達夫文集

郁达夫

文论集（上）

郁达夫◎著

吉林出版集团股份有限公司

目　录

文学上的阶级斗争

一

风光明媚，空气澄清的奥灵泊斯（Olympus）山，自古相传为诗神游乐之乡。习风纯朴，政治修明的有托譬耶（Utopia）是现世中外的文人在脑里创建之国。古今来这些艺术家所以要建设这无何有之乡，追寻那梦里的青花的原因，究竟在什么地方呢？约而言之，不外乎他们的满腔郁愤，无处发泄；只好把对现实怀着的不满的心思，和对社会感得的热烈的反抗，都描写在纸上；一则在生前可以消遣他们的无聊的岁月，二则在死后可以使后起者，依了他们的计划去实行。所以表面上似与人生直接最没有关系的新旧浪漫派的艺术家，实际上对人世社会的疾愤，反而最深。不过他们的战斗力不足，不能战胜这万恶贯盈的社会，所以如卢骚等，在政治上倡导了些高尚的理想，就不得不被放逐；又如凡尔伦（Verlaine）、淮尔特等在道德上宣传了些自由的福音，反而要被拘囚。

到了最后，这些艺术家对现实社会绝了望，觉得他们的理想是不能行了，只好逃到艺术的共和国里，造些伟大的斯芬克斯（Sphinx）留给后人；以表明他们对当时的社会怀抱着的悲愤。谁知没出息的后起者，不能看破前人的苦衷，反造了些什么“为艺术的艺术”和“为人生的艺术”的名词出来，痛诋他们，以为他们是于人生无补的。依我看来始创这两个名词的文艺批评家，就罪该万死。因为艺术就是人生，人生就是艺术，又何必把两者分开来瞎闹呢？试问无艺术的人生可以算得人生么？又试问古今来哪一种艺术品是和人生没有关系的？

二

思想是随时势而进化的，当浪漫主义盛行的十八世纪末，至十九世纪初期的那些艺术家所怀抱的漠然的不满和反抗，到了十九世纪中叶以后，就渐渐的具体化起来了。他们所攻击的目标，起初不过是漠然的对于人世的一般，后来渐渐成了一个或是专门攻击国家的政治，或是专门攻击社会的一种制度，或是专门攻击为恶社会作爪牙的一群同类的态度。

凡是一种新运动起来之后，必有一种反对运动起来的现象，即不必假海盖尔（Hegel）的哲学来证明，我们在历史上也可以看得出来。这一种艺术家的热心的攻击出来之后，不消说同时又有一班名利熏心的艺术家出来作反对的运动，于是艺术史上也同社会运动史一样，就分出许多阶级来，互相斗争。我这一篇小论文里，就想把艺术中间的一部分的文学上的阶级斗争，指点出来说明的。

三

“自有文化以来的政治社会史，所记录者不过是人类的阶级斗争而已”，这句话我们现代读海盖尔的哲学，研究马克斯的学说的人，谁也知道，谁也承认的。文学上的阶级斗争，若要追求它的渊源，也与人类一样的古，但我在此短篇幅中，不想把希伯来或希腊罗马的文学拿出来夸我的渊博。我只想把反抗古典主义的浪漫主义起后的文学上的变迁，约略来说一说，最后就好把我们现在从事于文学的青年的态度来说明一下。

文艺复兴以后盛行着的拟古主义的文学，是君主和堕落的贵族社会的玩弄物，断不许无产阶级者参加进去的。对于这一种文学上的暴君，揭竿而起的就是浪漫主义的运动，浪漫主义者的反抗心和对于现实的绝望，并他们所走的路径，我在第一节里已经约略说过了。他们当时怀抱着的郁愤，受了一班名利熏心的伪文学家的反对，到了他们的几代后的后起者的时候，才从实际上发现出来。法国的大革命，美国的独立战争，德国的反拿破仑同盟，意大利的统一运动，都是些青年的文学家演出来的活剧，即是前代的理想主义者散播下的种子的花果。

空中的楼阁，在实际上建设出来，一半成功，一半还没有根底的时候，这些曩时少年气锐的浪漫主义者，都变了文学上的 veteran，暮气颓唐，差不多也踏了前人的旧辙，成了一种文学上的贵族，压制后起，拥护起恶化不已的现实来。于是一班读他们少年时候的著作的青年，也对了他们揭起叛旗，同他们宣战，正同他们的祖先对于拟古主义者的战斗一样。到这时候，老朽的阶级，防御不坚，天下独步的浪漫主义，就不得不授首请降。于是代他们而起的新进阶级，就分道扬镳，走他们各人所走的路。

一时自然主义得了势力，几乎有包罗万象之概。然而它的宿命观，它的没有进取的态度，不能令人痛快的发扬个性。于是一群新进的青年，取消极的反抗态度的，就成了所谓颓废派和象征派的运动，取积极的反抗态度的，便成了今日的新理想主义及新英雄主义的运动。在后者的运动里，色彩更鲜明一点，反抗心更热烈一点的，就与实际运动联结一气，堂堂地张起他们无产阶级的旗鼓来，把人生和艺术合在一处。他们愿意用了他们的艺术，用了他们的生命来和旧派的文人宣战。而守着自然主义的残垒，在那里虚张声势，扬言改造的一辈人，大抵以俯伏在资产阶级有权阶级的脚下，作这两阶级的装饰品者居多，所以二十世纪的文学上的阶级斗争，几乎要同社会实际的阶级斗争，取一致的行动了。

四

我们且向各国文坛最近的趋势一看，更可以证明上节所说的话。

第一，法国文坛里继鲍特来尔（Baudelaire）、凡尔伦（Verlaine）而起的颓废派的作品里头，表现虚无主义，无政府主义的色彩最为浓厚。其他各国的颓废派的作家，差不多可以说都是虚无主义者。他们否定生命，否定自我，所以否定一切。无聊的政治社会，箝制个性发展的目下的政府法律和道德，为他们攻击最烈的目标，当然是可以不必说了。梅特林的戏剧和洛屯罢哈（Rodenbach）的小说及诗，表面上虽则没有攻击社会制度的调子，然而仔细研究起来，哪一篇不是对现实表示不满？哪一句不是对已成社会表示反抗的？主张积极的进取，非到鞠躬尽瘁死而后已的地步不止的罗曼·罗兰，提倡光明运动，欲以一点烈火，烧尽天下恶社会的巴比色（Barbusse），他们的想打破现代各种制度的热望，更是显而易见了。当他未死之前，法国文坛的耆宿阿娜督儿·弗兰斯（Anatole France）也曾实行过社会运动的参加，发表了许多为无产阶级申诉的文字，对他的热诚，我们是不得不佩服的。其他如已故的泻亚儿·路易·菲立泊（C. L. Philippe）的悲痛的小说和乔其·提由亚美儿（Geor ges Duhamel）的 Dolorisme（痛苦主义）的文字，可以说无一字不是对现世社会的厌弃与反抗。

第二，德国是表现主义的发祥之地，德国表现派的文学家，对社会的反抗的热烈，实际上想把现时存在的社会的一点一滴都倒翻过来的热情，我们在无论何人的作品里都可以看得出来。虽则还有几个文坛的遗老如赫尔曼·罢尔（Hermann Bahr）等在那里抱守遗经，但是不待人的时势与潮流，已经倾向到少年诗人麦克斯·罢尔退儿（Max Barthel）、弗兰此·凡尔弗儿（Franz Werfel）、来因哈尔特·贵林（Reinhard Goering）等人的身上去了。这些少年的文人，因为实际上在那里与既成阶级战斗，所以他们的作品中所取的材料差不多都是些阶级斗争的对照。譬如葛奥尔格·喀衣直儿（Georg Kaiser）的戏剧《喀来的市民》（*Die Buerget Von Calais*）是表现正义和残虐的斗争，弗利兹·丰·乌恩鲁（Fritz von Unruh）的悲剧《一代》（*Ein Geschlecht*）是表现母与子的斗争，伐尔泰·哈才克来弗尔（Walter Hasenclever）的杰作《儿子》（*Der Sohn*）是表现父与子的斗争的。其他如 Ernst Toller 的戏剧《转变》（*Die Wandelung*），《机器破坏者》（*Maschinenstürmer*）等，都是热烈的以阶级斗争为内容的文学。

第三，俄国的文学上的阶级斗争，已成了过去的现象，现在正是那些无产阶级者用了血肉的人生在实际上模仿艺术的时候了。奥勃洛莫夫（Oblomov）的无为，萨宁（Sanin）的冷酷，却是对社会上的有产阶级，有权阶级的最大的攻击。你们看哟！庄严伟大的泊洛来塔利亚（Proletariat）的王国，不是为他们的子孙所创建了么？伟大的俄国人呀，你们不要以一时的失败，摧残了你们的勇志。须知“成功可以不必，我们只要伟大好了。”

俄国现代的文学家所创造的作品，都是近代精神的结晶，我们但须把墓草方新的亚力山大·勃洛克（A. Blok）的“后面是饥饿的犬，前面是血染的旗，哦哦！烈风，铁弹不穿，何言乎痛，脚下的柔嫩的雪，真珠似的雪片儿，先驱者是谁呀？戴蔷薇装着的白冠的——耶稣基督。”（《十二个》里的一节）几句诗一看就可以知道了。

第四，要讲到世界上最顽固，最喜妥协的英国文坛了。英国文坛里流动着的还是千年前的沉腐的空气，我们青年所希望的刺激物是在英国的皇家文人的著作里寻不出来的。浅薄的 Bernard Shaw，浅薄的 H. G. wells，他们所讲的社会主义，不晓得是为富者作的辩词呢，抑或是唱给无产阶级听的诱睡的儿歌？我们若是定要于英文写的书里，看取点近代精神，不得已只好把美国已故的 Jack London 的著作和 Upton Sinclair 的小说拿出来作英文的解嘲了。

此外南欧北欧及欧亚交界的中心的各国里的青年文士，没有一个不在对传统的思想宣战的。他们对于庇护传统思想的有产有权阶级，攻击得尤其厉害。我确信这些诚挚的青年的理想总有一日实现的，我知道现在的我们正和革命前的俄国青年一样，是刚在受难的时候。但这时候我们非要一直的走往前去不可，我们即使失败了，死了，我们的遗志是可以永久生存下去的。所以最后我想学了马克斯和恩格耳斯（Engels）的态度，大声疾呼的说：

“世界上受苦的无产阶级者，
在文学上社会上被压迫的同志，
凡对有权有产阶级的走狗对敌的文人，
我们大家不可不团结起来，
结成一个世界共和的阶级，百屈不挠的来实现我们的理想！
我确信‘未来是我们的所有’。”

十二年五月十九日

艺术与国家

现在的国家，大抵仍复是以国家为本位的国家。军国主义，国家主义，仍复同从前一样的在流行着。表面上虽则有什么国际联盟，军备限制会议等虚文，但现在实际上在那里从事于政治，思为国家竭忠诚的人，哪一个不想把国家弄强大来？所以国富的堆积，和兵力的增加，在开明的今日，还依然是国家的唯一理想。国家因为要达到这兵强国富的目的，就不惜牺牲个人，或牺牲一群人，来作它的手段，所以在国家之前，个人就不能主张他的权利。我们生来个个都是自由的，国家偏要造出监狱来幽囚我们。我们生来都是没有污点，可以从心所欲，顺着我们的意志作为的，国家偏要造出法律来，禁止我们的行动。我们生来都是平等，可以在一家之内如兄如弟的过去的，国家偏要制出许多令典来，把我们一部分的同胞置之上位，要求我们的尊敬和仕奉，同时又把我们一部分的同胞，置之极处，要我们拿了刀去杀他们，或者用了刑具去虐待他们；终究使我们本来是平等的同胞里头，不得不生出许多阶级来。

斯巴达的尊崇蛮武，是国家主义侵蚀艺术的最初的记录，近世如克郎威儿（Cromwell）的清教徒式的专制，俾斯麦克（Bismarck）的铁血政治，都是表明国家主义与艺术的理想，取两极端的地位。因为艺术的理想，是赤裸裸的天真，是中外一家的和平，是如火焰一般的正义心，是美的陶醉，是博大的同情，是忘我的爱。

第一，我们先把真字拿出来讲罢。艺术的价值，完全在一真字上，是古今中外一例通称的。无论是文学，美术，或音乐，当堕入衰运，流于淫靡的时期，对此下一棒喝的就是“归向自然”，“回到天真”上去的一个标语。大凡艺术品，都是自然的再现。把捉自然，将自然再现出来，是艺术家的本分。把捉得牢，再现得切，将天真赤裸裸的提示到我们的五官前头来的，便是最好的艺术品。赋述山川草木的尉迟渥斯（Wordsworth）的诗，描写田园清景的密莱（Millet）的画，和疾风雷雨一般的悲多纹（Beethoven）的音乐，都是自然的一部分，都是天真，没有丝毫虚伪假作在内的。真字在艺术上是如何的重要，可以不用再说了。现在要说到国家是怎么样呢？在我们日常所知道的情形上看来，国家为要达到它的目的，最忌的是说真话。明明国民是瘦弱得不堪了，偏要使肥者应客，示以绰绰的态度。明明是兵残矢尽了，偏要大开城门，使敌人疑有伏兵，不敢进来。马克阿凡利（Machiavelli）的君主论，孙子的兵法，所力说的，就是欺诈两字。号召中原，得天下于马上者，大抵是善用欺诈的无赖之徒。外国史不必去说它，把中国的历史上大家所知道的事实来一看，我们就可以知道真诚者都不得不失败，而成功的都是些虚伪的人。以项王之直率痛快而自刎于乌江，市井无赖的亭长刘季倒得了天下。以仁慈忠厚之刘璋而安身无地，狡狯诈假的刘备，反得独霸西川。宋太祖以狡诈而得天下于孤儿寡妇之手。陈友谅以欺诈不如朱元璋而败死于鄱阳湖上。真诚与诈伪，这便是古代及现代的国家主义，和艺术不能融合的最大要点。

第二，爱和平，是艺术的内包性，艺术与和平实互相为因果的。艺术之发育，大抵在太平之世，艺术的理想是永久的和平。

但当黑暗时代，因艺术的复兴，每有惹起大战的惨剧者，这又怎么说呢？是的，这是最易混乱我们视听的一点，不过我们须知战争是黑暗时代的整理，是由黑暗而趋向光明的过渡波浪，艺术是引到光明路上去的一颗明星。所以表面上观察起来，好像这颗引路的明星，倒与兴乱的林檎一样，但实际上战争是必不能免的一种整理事业，却与艺术的理想相反的。因文艺复兴而惹起的宗教战争，因启蒙哲学而发动的革命战争，并不是艺术的理想，不过是艺术为要达到彼岸去的原因，不得不过的一个过程。并且在这过程之中，实际促成战争的主因，还是国家主义的野心，所以战争与和平，便是国家与艺术所持的两极端的理想。

第三，就正义说来，国家所标榜的正义，并不是亘古不变的普通的正义，不过是一种以国家为中心的偏见。两国开战的时候，参战者互相诋斥的根据，不消说是虚伪的正义的呼声了，就是一国内的法律道德，和本来是为保持正义而创设的制度，哪一种不完全是欺诈，繁文？我们读过《南华经》的人，大约都该注意到的，庄子不在说么？“窃钩者诛，窃国者侯，侯之门仁义存焉。”盗国的大盗，反而受世人的尊敬，为饥寒所迫，窃取一块面包，倒要被法律问罪。啊啊，现在的法律，都是国家为自家的便利而设的禁令，哪里有丝毫正义在内呢？我们读到于俄（Victor Hugo）的《哀史》（*Les Misérables*），和告儿斯渥西（John Galsworthy）的戏剧《正义》（*Justice*），就可以知道国家的法律和法律所标榜的正义为何物了。像这样的法律，像这样的正义，是艺术断不能容认，非要打破不可的。

最后我们要讲到艺术的最大要素，美与感情上去了。艺术所追求的是形式和精神上的美。我虽不同唯美主义者那么持论的偏激，但我却承认美的追求是艺术的核心。自然的美，人体的美，人格的美，情感的美，或是抽象的悲壮的美，雄大的美，及其他一切美的情愫，便是艺术的主要成分。德国人至定美学定义为“Wissenschaft des Schönen und der kunst”（美与艺术的科学），即此我们就可以看出美与艺术的关系如何了。艺术对于我们所以这样重要者，也只因为我们由艺术可以常常得到美的陶醉，可以一时救我们出世间苦（Weltschmerz），而入于涅槃（Nirvana）之境，可以使我们得享乐我们的生活。艺术的第二要素，就是情感，同情和爱情，都是包括在情感之内的。艺术中间美的要素是外延的，情的要素是内在的，拉弗爱儿（Raphael）的 Madonna 的丰丽的肉体，光艳的色彩，是美的要素的实现；她的灵通透彻的瞳神，由这瞳神而表现出来的情热，是情的要素的结晶。美与情感，对于艺术，犹如灵魂肉体，互相表里，缺一不可的。然则国家对他们的态度如何呢?

国家对于“美”完全是麻木的。不管它是达文齐（DaVinci）的建筑，或是罗潭（Rodin）的雕刻，战争的时候，炮弹飞来，便玉石俱焚，不留灰烬。天然的美景和丛残的古迹，国家因为要达到它自家的目的，掘堑壕，装炮架，便一扫而尽，也有所不辞。现代的国家，虽也注意到都会的美观，设立起美术院博物馆公园等装饰品来，但在阿房宫里起居的政治家，哪里能够想到在同猪圈似的贫民窟里的一道阳光，便是美的极致，和平寂静的乡村的午后，便是一幅古今来最大的图画呢?与近代的国家主义相依为命的资本主义，更是自然的破坏者。好好的一处山水，资本家要用了他们的恶钱来开发，或在山水隈中，造一个巨大的 tank，或在平绿的原头，建一所压人的工场。这工场，tank 的腹中，不但要把天然的美景，吸收得无余，就是附近的居民的财帛和剩余的劳银，也要全部被吸收过去，卒至许多的居民，就不得不妻离子散，变成 pauper（贫贱民?），小家庭的和爱的美感，和父子、兄弟、姊妹、夫妻、朋友中间流贯的热情，同时都不得不被一网打尽。

所以资本主义和艺术是势不两立的。

艺术是弱者的同情者，是爱情的保护者。没有国境的差别，不问人种的异同。这博大的爱在近代的艺术界上所现出的活剧如何，是大家所知道的。但是国家对于这博大的爱，如何的在逼迫仇视，却是大家所不知道的。国家的法律，系为保护少数强者而设，多数的弱者反不得不受法律的压制。拿破仑杀死了数千万人，人还称他作英雄，Dostojewki 的小说里的主人公 Raskolnikov 为想满足他的纯洁的爱情，杀死了一个人面兽心的动物，国家要罚他的罪。古代的国家且有禁止两国间男女结婚的法律，违反者要处以死刑。我们试思神圣的男女中间的爱情，是不是可以用几条腐朽的法律来规定的？现在幸而这种无常识的法律日渐稀少了，但是以文明先进国自命的英美，在国籍法上，仍旧还留着这种条例。这些爱情上的枷锁，都是因为有国家存在那里，总能发生出来的国际的偏见。要是现在地球上的国家，一时全倒毁下来，另外造成一个完全以情爱为根底的理想的艺术世界的时候，我怕非但这种不通的法律不能存在，就是许多因国际的偏见而发生的误解，也可以一扫而尽哩！国际间的事情，且不必去说它，我们就以中国的情形说罢，“天理国法人情”是中国的传统的概念。大抵的执法者多以情在法后为言，“执法如山”，“铁面无情”，便是执法者的招牌。我们试思在这保护少数强者的法律之下，要把我们的情感杀死，顺凭这万恶的法律来处置我们，是不是可通的事情？又何况乎现在的中国，法律堕落得比前更甚的时候呢？

综以上所说，现代的国家是和艺术势不能两立的。目下各国的革新运动，都在从事于推翻国家，推翻少数有产阶级的执政，我确信这不断的奋进，必有实现的一天。地球上的国家倒毁得干干净净，大同世界成立的时候，便是艺术的理想实现的日子。

一九二三，六月十七日

文艺赏鉴上之偏爱价值

有一种货物，对于一般人，并没有什么价值，而对于一定之个人，却有绝大的价值的。这一种价值，在经济学的价值论里，有一个专门名词，即所谓偏爱价值（Affektionswert）者是。例如祖先的图像，对于社会上之最大多数者，并没有什么价值之可言，但对其子孙则可成为无价之宝。这一种偏爱价值，在文艺赏鉴上也有的，不过我在此地所说的，是广义的偏爱价值，她的意义并不是同经济学上那么范围狭小。

我们没有讲到偏爱价值之先，要把各派对于文艺赏鉴的心理和标准的意见来介绍一下。

从来讲艺术赏鉴的心理者，可分两派。一派主张认识与自觉为美的赏鉴的不可分的要素，吾人之意志与意欲，当赏鉴艺术的时候，非绝对排除不可的。叔本好惠儿（Schopenhauer）的主张，就是如此。他所说的认识，并非是个个物象之认识，乃是泊拉东（Platon）所说的概念（Idea）的纯粹认识，而自觉便是不把意志混入的纯粹认识的主体。这一派的主张，再简单一点译述出来，就是说吾人的意志意欲，是贪婪无厌，打算利害，俗不可耐的一种作用。吾人因外的原因或内的兴调（Stimmung）的影响，完全脱离了这一种意志意欲的作用，纯粹没入于一种美的对象之内，现出一种平静，安快，无苦的状态时，才是美的赏鉴的真境地。

换一句话说，这就是“忘我”的主张，要把“我”忘了，使他完全浸溶于纯粹客观的对象之中，才可说到艺术的赏鉴。譬如我们看《桃花扇》的时候，要完全把我们自家忘了，使我们自家先变成了多情多感的侯公子，返到明末的时候，往来于秦淮水榭，与侯生丝毫不变的感到那些悲欢离合的情景，方可说是赏鉴了《桃花扇》。这种主张也可以说是以对象为标准的客观的艺术赏鉴说，确有一面的真理包含在里头。但是我们平时赏鉴艺术，总不能完全把自我忘了，总不能达到这个恍惚之境。并且同是一本《桃花扇》，有人看之能同李香君侯朝宗一样的哭一样的笑，但另一个人看之觉得远不如《琵琶记》的可歌可泣。所以近代的美学家立泼斯（Lipps）又唱了一种主观的感情移入（Einfuehrung）说，来代替这种纯客观的主张。这一派的主张可说是以自我为中心的主观的艺术赏鉴论。它的大意是说，一切的对象，都须经自我的陶冶才有生命，我们之所以能够感得对象的生命和活动者，因为是我们有生命的活动的缘故。譬如我们在快乐的时候，看一切事物，都觉得快乐，反之我们觉得忧郁的时候，看一切快乐都也忧郁。所以非薄命的女子，不能为冯小青陨伤心之泪，非落拓的文人，不能为韦痴珠兴末路之悲。一种风雅的古董，贩卖古董的商人见之，并不能起美感，而专嗜古玩者见之觉得要距跃三百。总之依这一派说来，艺术品的赏鉴，要把我们的主观，参入于对象之中，不使我们的主观消灭，而使我们的主观在对象内生活着，活动着，方能完成赏鉴的本职。至于利害关系，现实观念，在艺术赏鉴上，当然是大有害的，断不能在纯粹的艺术赏鉴的心里，留剩些儿影子。若叔本好惠儿所说的意志意欲的排除，也意尽于此，那这一点的主张，却是两派所共通的。

这二派的主张，依我看来，都是真理，我不能说谁是谁非。因为叔本好惠儿所说的境地，却是吾人时时感到的境地，而立泼斯的主张，也是吾人日常所经验着的。我这一篇文字并不想来讨论艺术赏鉴的心理和标准，所以我在此地，不下断语了，马上就讲到本题上去。

文艺赏鉴上的偏爱价值，完全是一种文艺赏鉴者的主观的价值。这种价值并不能作文艺批评的标准的，但在爱好文艺的赏鉴者中，却是很普通的一种心理。我在此地所要说的，不是对于这种价值的批判，却是这种价值的心理的研究。

文艺赏鉴上的偏爱价值可分三种，一是病的心理的偏爱，二是趣味性格上的偏爱，三是一般的偏爱。第一种偏爱的发生，与神经衰弱症，世纪病，有同一的原因，大凡现代的青年总有些好异，反抗，易厌，情热，疯狂，及其他的种种特征。因这几种特征的结果，一般文艺爱好者，遂有一种反对一般趣味，走入偏僻无人的路里去的倾向，偏爱价值就于是乎出生了。

好异和反抗的心思是人人都有的，伊甸园里的亚当，偷吃智慧树的果子，就是这种心思的流露。不过现代的人，藏有这种心思，更加热烈，所以我们老有与一般大势逆行的举动。譬如大家都在读《红楼梦》，说《儒林外史》的时候，我们就不愿意去接近这两部书，想另外去找一部新异的书来，代替它们。万一另外寻着了一本倾向完全都与那两部书相反，而能满足我们的欲望于十分之一者，我们就马上把这一部书的价值看得很高。当清朝亡国的时候，北京六部的员司，在朝房里所讲的只是黛玉怎么怎么，宝钗怎么怎么，而西洋小说的译本，却盛行于此时，就是这种现象。

喜新厌旧，也是一般的心理，不过现代人的易厌，喜变换，却是一种世纪末特有的现象。所以平时我们所习见，而一般人在那里诵读的文艺，我们因为听得不耐烦了，每不喜欢去看，要另外去求新奇的作品。这一种心理，非但于偏爱价值之发生，有绝大的关系，就是于促进新文学运动的方面，也有绝大的贡献。譬如自然主义极盛的时候，大家觉得平铺直叙的作品太多了，就生了厌烦的心思，想去另辟一个途径，于是乎新浪漫派，颓废派，象征派的艺术，就生出来了。

热情的亢进和疯狂的症候，是现代人谁也免不了的，一边我们虽有同木偶那般无感觉的时候，但一边我们的热情若得了对象，就热狂起来，有移山倒海之势。所以我们看到了一种文艺作品，觉得这作品的气脉，有与我们的心灵吻合的时候，就一往情深的称赞个不了，实际上这一部书的价值也许不十分大的，而我们非要置之荷马，莎士比雅，莫里哀等的著作之上不可。

第二种的偏爱价值，是由于吾人的趣味性格而发生的。譬如放浪于形骸之外，视世界如浮云的人，他视法国高蹈派诗人，和我国的竹林七贤，必远出于《神曲》的作者及屈原之上。性喜自然的人，他见了自然描写的作品，就不忍释手。喜欢旅行的人，他的书库里，必多游记地志。贫苦的人当然爱读描写贫苦的作品，贵族当然爱读幽雅的创作，这一种偏爱价值，是显而易见，且是吾人日常所经验的一定的倾向，我在此地不多说了。

第三种的偏爱价值是一般的偏爱现象，严格的看起来，本不能称为偏爱的，譬如我们因为年龄和周围的关系，有时喜欢这一流，有时喜欢那一流的作品。这一种倾向当一定的年纪，在一定的范围内，谁也是一样的，所以与其说是偏爱，还不如说普通的好。现在我把几个重要的现象举在下面：

栖息于二十世纪的地球上的人类，大抵以对现状抱着不满者居多。而此不满之发生，又是因于现在经济社会组织之不良。所以对现实社会反抗的文艺作品，描写被压迫者及贫人的生活的作品，偏爱价值比绝对价值大。

我们的习性，大抵昵近而疏远，凡与我们有时间与空间的隔阂的作品，其偏爱价值比绝对价值小。

悲剧比喜剧偏爱价值大。因为这世上快乐者少，而受苦者多。且现代人都带有厌世的色彩，而以血气方刚的青年为尤甚。

性欲和死，是人生的两大根本问题，所以以这两者为材料的作品，其偏爱价值比一般其他的作品更大。俄国的小说，差不多没有一篇不讲恋爱和死，所以我们见到俄国的小说，就想翻开来读。

以年龄为标准，吾人一般的倾向，偏爱对象一生中有三四次移易。第一少年时代爱侦探冒险的作品，第二青年时代爱恋爱的作品，第三中年时代爱描写人生疾苦的作品，最后老年时代爱回忆的哲学的神秘的作品。

以人性为标准，女性所爱的是和平优美的作品，男性所爱的是深刻彻底的艺术，这并不是由于教育的区别而生的偏爱，却是性格不同的缘故。

文艺赏鉴上的偏爱价值，在正则的文艺批评上，本来是有害而无益的，不过我们当读坎坷不遇的批评家所作的坎坷不遇的文人的批评时，每有不得不为感动，甚至有为流涕太息的地方，因此我们可以知道偏爱价值是情意的产物，不是理智的评定。例如贾生的评屈原，喀拉衣儿的评彭思（Carlyle：Essay onBurns）都是如此。所以我敢说对于文艺作品，不能感得偏爱者，就是没有根器的人，像这一种人是没有赏鉴文艺的资格的。

介绍一个文学的公式

世界上的文学，总逃不了底下的一个公式：F+f。

F是焦点的印象，就是认识的要素。f是情绪的要素。

我们人类，在生活的过程中所得的观念，大约不外乎下面的三种：

1. 只有F的。譬如一个人在银行里办事，天天捏弄许多的洋钱纸币，在平时我们手里有了钱是很快活的，可以引起感情作用。而这办事员却不仅不能感到愉快，并且觉得这种生活，是非常机械的。所以像这一类的事情，只可承认他是有焦点的印象——中心观念——而不随伴着情感作用的。我们日常看见的文字，如数学上的定则，科学书上的定义，就是属予此类，系只有F的东西。

2. 只有f的。譬如一班情绪丰富的人，看了静夜的月光，听了清晨的笳吹，就不知不觉的要流下眼泪来。你若问他“为了什么?”他又莫名其妙，不能具体的答覆你。这一种就是只有f的事情，是我们平时常常经验到的。文学里头，像这一类的东西，却是很多，例如英国诗人舍莱（Shelley）的一首诗（见《诗论》三《诗的外形》）：

Out of the day and night
  A joy has taken flight;

Fresh Spring, and Summer, and Winter hoar
  Move my faint heart with grief, but with delight
No more——Oh, never more!
日夜流传,
生趣索然,
明媚的夏和春和灰颓的冬日,
只增加我脆弱的心灵以忧悒,
愉快再来,永远望绝!

我们读了这首诗,只觉得诗人是无端的在那里愁闷,他的诗里头,只说到如何的忧悒,却并没说到所以忧悒的原因。所以这种文学是只有情绪的要素而没有焦点的印象的。在我们中国的文学里,像这类的诗词正是举不胜举。譬如李清照的那首《声声慢》的秋情词:

寻寻觅觅,冷冷清清,凄凄惨惨戚戚。乍暖还寒时候,最难将息。三杯两盏淡酒,怎敌他晚来风急?雁过也,正伤心,却是旧时相识。　　满地黄花堆积。憔悴损,如今有谁堪摘!守着窗儿独自,怎生得黑!梧桐更兼细雨,到黄昏,点点滴滴。这次第,怎一个愁字了得!

就是一个好例。词中处处说愁道恨,但她究竟为什么要这样的伤心,这样的多恨呢?里面却没有一个可靠的原因,举在那里。像这一种文学,系完全以情绪为主的,并没有中心的观念,所以一般人都说这一种文学,是言之无物,是无病的呻吟。殊不知这种文学,却确有永久的价值的。我们在上面所举的两首诗词,大约无论如何主张哲理诗写实诗的人,总应该承认它们的永久性罢!

不过我们欣赏这一类只有 f 的文学，应该先具备下列的几个条件，方才能够达到目的：

第一要读者的环境与作者的环境相同；假如作者是一个身世飘零，恋爱失败的人，他做出来的作品，若是只有情绪，缺少焦点的印象的时候，要是读者与他处在同一状态之下，那么读者读了他的作品，就仿佛是和读了自己的作品一样，作者的悲哀，能变成实感，感染到读者的身上去。

第二须知道作者当时的环境。假如我们读了李清照的那首《声声慢》，而不知道她填那词的时候的景状如何，环境如何，那么我们的欣赏，不会达到十全的目的。那时她和赵明诚结婚未久，明诚却和她分别，上别的地方去了。她一个人在家里，遇着了秋日的黄昏，梧桐上细雨滴沥，她不由得不想到她的爱人身上去。于是新愁旧恨，就一齐的涌上心来了。假使我们知道了她所以作这一首词的动机，再来读她的词，岂不更觉得柔情婉转，伤心刻骨么？所以我们当欣赏一位作家的作品的时候，一定要知道他的生涯环境者，也是这个原因。

第三就是欣赏这种只有 f 的文学的时候，要另外由我们自家制造一个 F 出来，以补不足。譬如我们读了上面舍莱的诗，若不晓得舍莱是什么人，更不晓得他为什么要作这首诗的时候，顶好由我们自家制造一种具体的实景出来，作为中心观念，然后再来细细玩味诗人的作品，就觉得格外的有趣，格外的真切了。

具有 F 和 f 的，就是合乎 F + f 的公式的。这一种文学系有了认识的要素，又有情绪的要素的。譬如我们上了六天课，到礼拜日去逛逛公园。这件事情，就是合乎文学公式的事情。因为去逛公园，是和我们的身体有益的，这就是中心观念，而同时我们看见些花草虫鱼和青年男女的游园者，心里就会快活起来，这就是情绪的作用了。普通的文学，都是合乎这一个公式的东西。所以我们在头上说，世界上的文学才逃不了 F + f 的公式。要是文学里头，若只有 f，也未始不可以成立，不过未免太觉空泛，容易使读者感不出实感来。若是只有 F 而没有 f，那就不能叫它作文学，只可算得是科学了。例如“三角形内角之和，等于二直角”之类就是。

其次要讲到焦点的印象，又不得不讲到心理学上的意识上去。一个人的意识，是有波有浪，千变万化的。譬如我们走到绸缎店里去，走到门口的时候，首先注意的是这绸庄的招牌，这就是一个意识的波动，也可以说就是一个焦点的印象。等到进了门，那种注意招牌的意识消灭了，于是把这种注意又移到布匹的选择上去。人的意识，大抵是这样继续不断地一波未平一波又起的。以图来表出来就是：

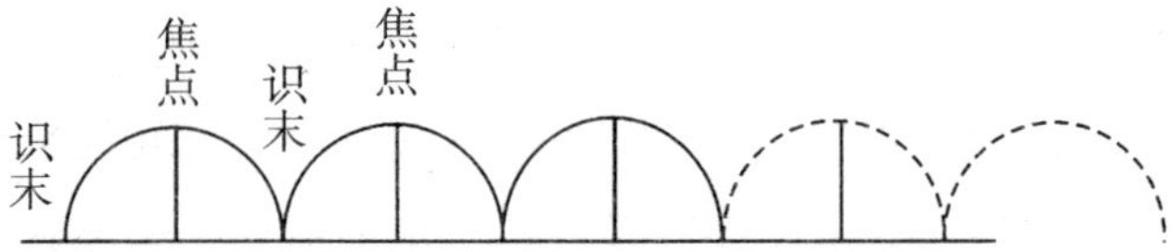

这一个样子。因为我们的意识，老是这样波浪重叠，千变万化，所以我们若只捉到一个焦点，去尽力描写想使它成一篇有价值的作品，实在是一件难能的事情。不过我们可以把许多焦点集合起来，另外组成一个新的焦点。这个新的焦点，就是我们所要认识的目标，也就是我在上面公式里头所说的 F。若举一两个例来说明，就更可以明白了。譬如一个人在十岁以前的时候，喜欢的是玩具之类，这就是我们幼年时代的焦点印象。等到了二十岁以下，就是讲恋爱的时候了，这时代的焦点印象，就是男女两性的恋慕。若一到三十以后，人就不得不趋向到名利的路上去了，所以中年以后的焦点印象，就是名利。假如我们把这三个焦点捉住，尽量的发挥描写出来，那就可以说是捉到了人的一生的焦点了。再如民国元年以前的一般人民的心理，都怀着一种种族革命的思想，现在一般青年人的心理，却倾向到社会革命上去了。假使把这两点捉住，就可以说是已经把这十几年来的时代精神捉住了。

照上面的话看起来，文学是无论如何，总要合乎 F + f 的公式的了。但是现在有一般人不主张文学里头一定要有焦点的印象。他们的理由，是说人生意识，是不断的起波浪的，要是只描写一个焦点，那么写到了顶点以后，后半就要往下降了，那么一篇文章，岂不是前后分成两气了么？这话也很有理由，不过他们并不想到文学并不是描写一个焦点波浪的，好的真的文学，大抵是集合许多的焦点，用自己的理想，去另外组织一个总合焦点，然后将这个新的目标，尽力的描写出来。这样的作品，才可以说是很有力量的作品。所以我们到最后仍然可以说是最完美的文学的公式是：

F + f

参看夏目漱石《文学论》第一章。

一九二四年五月在 W 城讲，湘君记

小说论

第一章　现代的小说

小说两字，在中国的周秦诸子书里，早就见过。但当时的小说两字的意义，与现代我们所用的小说两字的意义不同。和我们所用的这两字的意义相近似的用法，最早恐怕要推《汉书》的作者班固了。班固的《汉书·艺文志》，系删节刘歆的《七略》而成，《七略》已经不传，所以我们只能以《汉书·艺文志》为对小说两字下定义的最早之书。《艺文志》里说：

> 小说家者流，盖出于稗官，街谈巷语，道听途说者之所造也。孔子曰，“虽小道，必有可观者焉，致远恐泥。”是以君子弗为也，然亦弗灭也，闾里小知者之所及，亦使缀而不忘，如或一言可采，此亦刍荛狂夫之议也。

从《艺文志》的这一段解说看来，我们可以知道中国古人对小说所抱的观念有两种。第一，是对小说的轻视，以为“小说是小道，君子之所不为”的。第二，是在要求小说的实用，“如或一言可采，此亦刍荛狂夫之议”，可以补大人先生们的思想之所不及的。这两种观念，沿袭下来，一直到新文学运动起来的时候止，才稍稍转变过来。然而目下的一班思想顽固者流，对小说两字的见解，还是依然如故的居多。所以父兄每每禁止子弟看小说，即使准看，亦只限定于劝善惩恶的演义之类。至于启发人智人性的一切作品，他们都视同蛇蝎，一例排斥的。

这两种因袭观念，在中国的小说界作祟，几及两三千年。所以我们中国的文献里，旁的方面，都可以与世界各国的学术抗衡而无愧，独有这小说的一门，拿得出来的，只不过寥寥的几部。

新文学运动起来以后，五六年来，翻译西洋的小说及关于小说的论著者日多，我们才知道看小说并不是不道德的事情，做小说亦并不是君子所耻的小道。并且小说的内容，也受了西洋近代小说的影响，结构人物背景，都与从前的章回体，才子佳人体，忠君爱国体，善恶果报体等不同了。所以现代我们所说的小说，与其说是“中国文学最近的一种新的格式”，还不如说是“中国小说的世界化”，比较得妥当。本书所说的技巧解剖，都系以目下正在兴起的小说为目标，新文学运动以前的中国小说，除当引例比较的时候以外，概不谈及。

中国现代的小说，实际上是属于欧洲的文学系统的，所以要论到目下及今后的小说的技巧结构上去，非要先从欧洲方面的状态说起不可。现在暂且把二三百年来小说在欧美文学上的位置状况来谈一谈，借作参考。

西洋小说，发达的初期，虽在十八世纪；然其在文艺界，出版界占有势力，以至于压倒其他的一切姊妹艺术的气势，却是近几十年来的状态。欧洲人当初对小说的轻视，也和中国人一样的。俄国杜葛纳夫（Turgenev，1818—1883），初出小说的时候，他的母亲听见了他的文名，写信给他，教他不要去干这些无聊的事情，为贼民去制造娱乐品。英国大批评家喀拉衣儿（Carlyle，1795—

1881）的母亲，自己夸说平生只读过一本小说，这本小说，就是德国歌德（Goethe，1749—1832）的《味儿海耳姆·马衣斯泰》（*Wilhelm meister*），由他儿子翻成英文，（喀拉衣儿的译本，在Everyman's Libray里头有单行本两册）献呈给她的。从这两个例子看来，当十九世纪的初期，小说在欧洲文艺界所占的地位，也就可想见了。不但如此，在二十几年前头，美国的一位大学名教授飞而泊斯（william Lyon Phelps）在大学里，设了一个小说研究的讲座，就惹起了大家的议论。美国各地的报纸，竟有许多加以攻击的。飞而泊斯教授著的《现代小说家》（*Essays on Modern Novelists*，1918）一书的附录里有一篇 *Novel as University Study* 头上的一段，就是说这一件事情的。由此看来，美国在二三十年前头，还只以小说为Drawing Room的娱乐品，也无怪中国现在还有许多遗老遗少在那里骂小说是诲淫诲盗之具了。

但是近年来的小说的猖獗，却迥与从前不同了。全世界的文明各国，所出版的书籍中间，年年销数占第一位，种数占第一位的，总是小说。即以英国的出版统计来说，大战前一年的一九一三年中，在英国本土所印的八千六百本的新刊书里头，小说要占千二百册以上，即七分之一的多数。即以一书的销数而论，俄国现在所出的小说，无论好坏，听说头一版，总要印一万册以上。即以我现在手头所有的一本德国新近出版的小说 *Der Neue Daniel*，Von Willy Seidel来说，头六千系在一九二一年印，现在已经卖到第十八千（一万八千）了。日本德富芦花著的小说《不如归》，现在已超出二百版以上，贺川丰彦的《超出死线》，在最近的三五年中间，差不多要卖出三万部的样子。这一种小说销卖的种数册数的增加，以后恐怕只是有增无减，所以有人说二十世纪，是小说的世纪。我们从此就可以看出现代小说，对于现代的社会，现代的生活，是如何的有绝大的势力来了。

现代小说的所以能够发达到这样的地位的，也不为无因，现在想把促成小说发达的几种原因，约略的说一说。

第一、从艺术进化上看来，小说的发达，实在是必然的趋势。从前当生活很简单，人事不复杂的时代，我们人类的感情变动，亦不十分复杂。喜只是喜，哀只是哀，有动于中，就发于外，叫一声，唱一句，就可以把感情泄尽了。在这时代，文学表现上最适当的形式，是抒情诗。最简单的诗里，只须变更几个感叹词，变更几个词句中重要的名词，把很相近似的句子，翻来覆去，连唱几遍，就可成篇。中国《诗经》里的许多短篇，和西洋诗里的Refrain（复句），就是这一种的好例。后来社会的生齿日繁，人和人的纠葛亦日渐纷杂起来了，因而人类的感情，亦变得十分复杂，觉得光是几个感叹词，几个名词，不能把新的情感全部表现出来，于是乎文学的形式体裁，就也不得不随之俱变了。从抒情诗，变成了叙事诗，又于叙事诗之外，加上种种分子，使成了戏剧。后来觉得这些方法，还不够表现之用，到了十八世纪，就有小说出现了。所以在世界文学史里的一时代一时代的文学，都有一种特形，都有一条进化的线索可寻。例如荷马（Homer）时代的叙事诗，莎士比亚（Shakespeare）时代的戏剧，和近代的左拉（Zola），托耳斯托衣（Tolstoy），独斯托衣夫斯基（Dostoyevsky）时代的小说之类是。

第二、现代教育的普及，和一般求知欲的亢进，也是促成小说发达的一个原因。受了教育的人，和吸上鸦片烟的人一样，闲空下来，没有书读，是很难受的。然而带教训性质的圣经贤传，和要求精细的注意力的科学哲学，不是消闲的佳品。读了又觉得快乐，又觉得舒服，并且于消磨时间之外，有时候间或可以得到社会知识的读物，除小说以外，却无别的东西了。这就是小说的所以会这样的流行，小说内容的所以要非常普通的原因。

第三、现代社会生活的干燥，也是使小说发达的一种消极的原因。自从产业革命以来，人类的生活，几乎变得同机械一样。一天工作了七八小时，日暮归来，家里若有娇妻幼子，那么这肉做的机械，还能得着一点倦后的慰安，恢复一点精力，以待明朝的工作。若他是没有家庭和虽有家庭而不十分完满的人，那么日曜暇时，只有埋头闷死的一法了。当这样的时候，来安慰他们，使他们在人生的道上，得暂时忘记他们的十字架的担负的，是小说家的如花如蜜的灵笔。飞而泊斯教授，在一本著书 *The Advance of the English Novel* 里所说的“小说是最平民式的文学上的形式”（“The most democratic form of literature”）的意思，大约也不外乎此。

第四，因为上面三种关系的结果，一般人民对于小说的要求增加，作小说的人的报酬也丰富起来了。于是作家亦日渐增多，所以市场上的小说作品，就也不得不增加了。听说基泊林（Kipling）有一次为伦敦《泰姆斯》做一篇短篇小说，得到一个字一镑的酬金，譬如开头写一句 Once upon a time……就有四十块钱的报酬，这事情怎能不教人眼热呢？况且做小说不比做诗做戏剧，凡有一点聪明的人，不必素养学力，都可以写得出来的（例如英国刚死的作家康拉特［J. Conrad］本来是一个不通英文的波兰水手），也无怪乎英国现代大小的作家合计起来，有两万多了。所以最后，作家的辈出，也是促进小说发达的一个原因。

以上各种原因，互相作用的结果，欧美市场上的小说，此后恐怕还要年盛一年。不说欧美，就以中国的状态来说，今后的出版界，恐怕也要被小说占去头一把交椅。我很希望中国的青年作家，以后能努力一点，使中国的小说，将来质上量上都能较胜于欧洲。

本章的参考书：

鲁迅著《中国小说史略》第一篇。

日本木村毅著《小说之创作及鉴赏》第一章。

Phelps：*Essays on Modern Novelists.*（Appendix A.）

Ditto：*The Advance of the English Novel.*

Times：*Literary Supplement.* 1913—1914.

第二章　现代小说的渊源

在第一章里已经说过，中国现代的小说，实际上是属于欧洲的文学系统的，所以要说到现代小说的渊源，就不得不把西洋的小说发达史很简略的来介绍一下。西洋的小说，成立于十八世纪，前章已经有一句话说到过，但十八世纪以前，在埃及希腊拉丁的文学里，像小说一类的东西，也不能说是没有。据霍尔恩（Charles Horne）著的《小说技巧》（*The Technique of the Novel*）里来讲，世界最古的小说，当推惠斯脱喀·拍庇拉斯（westcar Papyrus），系六千年前的著作，专记述埃及第四王朝前后的事迹，大抵系关于大金字塔的建设者开奥泊斯王（Cheops）的故事。一八九〇年柏林出版的 *Märchen des Papyrus Westcar*，一八九五年伦敦出版的 *Egyptian Tales*，就是这书的移译本，大约可说是世界最古的小说了。

希腊最古的小说，据《大英百科全书》中 Edmund Gosse 所说是亚利斯的迭斯（Aristides）所著的《米雷贾加》（*Milesiaka*）六卷，系关于著者所住的米来塔斯街的故事，但现在已经不传了。不过由那些后代的模仿此书的作品推想起来，大约是一种饶有情趣的生活记录。纪元后第二世纪有一本《鲁雪乌斯别名驴》（*Lucius or the Ass*）的小说，所记多是愚人愚事。六世纪顷的一本田园的爱情小说《达夫尼斯与克罗衣》（*Daphnis and Chloë*），当为希腊文学中小说之冠，实在的希腊人的作品中之可传者，大约不过是这一篇而已。此篇的作者，相传为郎格思（Longus），作中情节，清丽缠绵。法国散·披爱儿（Saint－Pierre，1737—1814）在一七八八年发表的名小说 *Paul et Virginie*，就是模仿这本郎格思的作品的。

拉丁文学中的亚披来乌斯（Apuleius）所著之《黄金驴》（*Golden Ass*）不过是希腊小说的翻译，无特创之处。只有纳罗（Nero）时代的配屈郎尼乌斯（Petronius）所著之《杀谛列康》（*Satyricon*），系后代法国小说《其儿·勃拉》（*Gil Blas*）的先驱，实系为拉丁文学增色的东西。此外罗马人的作品，并不多见。总之拉丁民族，是政治的民族，不是艺术的民族，他们在艺术上只享受享受希腊人的已成品就够了。

中世以降，北部意大利，是产生小说的摇篮。英文的小说 Novel 这个字，系从意大利文的 Novella（描写世态的小说）来的。当然这意大利文本来是拉丁文的新奇的意思，因为这些小说都是新奇的创作，所以就变成这一种小说的普通名词了。意大利的小说之最古者，当推《古事百种》（*Cento Novelle Antich*）及《小话集》（*Il Novellino*）等，此等书的取材都很广，凡骑士，佳人，僧侣，村汉之类都被收在里头，内容则恋爱史，冒险谈，历史小说等体裁，混合在一处。这些小说故事，就是博加雪阿（Giovanni Boccaccio，1313—1375）的《迪加美龙》（*Decameron*，1347）的先驱。《迪加美龙》翻译出来，就是《十天中所讲的故事》的意思。当千三百四十八年的时候，意大利疫疾流行，有朋友十人，在弗洛伦斯附近避疫，无聊之极，大家想出些故事来讲讲，每人讲十个，合起来共有一百个故事。这就是博加雪阿想出来的十日长谈的开始。中间有妖艳的妇人，有淫乱的贵族，也有愚不可及的村夫，也有受天独厚的骑士。形形色色，美不胜收，实在是中世文学的一个宝库。可惜中间猥亵的地方太多，欧洲各国都列入禁书，但如《利撒与亚儿封所王的爱情谈》（*Lisa's Love for King Alphonso*）之类，可算是千古的佳作。英国女诗人乔其·爱利奥脱（George Eliot，1819—1880）；诗人如克子（Keats，1795—1821），退尼生（Tennyson，1809—1892），斯云鹏（Swinburne，1837—1909）等，都在他的书里得了不少的材料。博加雪阿的影响，到了二十世纪的现代，还没有终息呀！博加雪阿以后，起来的一群作家，都不能超过他而上之。现在暂且把几个重要的作家举出来，作个收场。弗兰各·刹克楷底（Franco Sacchetti，1335—1400）著《三十小说》（*Trecent Novelle*），英国洛斯各的《意大利小说家》（*Thomsa Roscoe's Italian Novelists*，1825）中有十篇英译。托马所·库阿达督（Tommaso Guardatto，1415？—1477）别出心裁，在一四七六年出版之 *Novellino* 里，共分五卷，每卷有小说十篇。马督·盘特洛（Matteo Bandello，1480—1561）总算是意大利中世小说家中最后的名花，共著小说二百四十一篇，虽则风格不高，然而当时因为诗人太多，散文作家没有的原因，他的名字就在文学史上辉耀起来了。嗣后意大利文艺消沉，一直到了十八世纪的后半，才有曼作尼（Alessandro Manzoni，1785—1873）出来，他的《婚约》（*I Promesi Sposi*，1825）一篇，实在是世界文学中的最伟大的小说。到了十九世纪以后，意大利的小说家又多了起来，现在即就我们所熟知的名氏，写几个出来。西西利的佛爱轧（GiovanniVerga，1840—1919?），是写实派的大家。福轧绰洛（Antonio Fogazzaro，1842—1911），他的《圣者》（*II Santo*）是我们所熟知的。丹农雪阿（Gabriele D'Annunzio，1863—）现在还依然健在，他的小说如《死的胜利》（*The Triumph of Death*）和《生命之火》（*Fire*）之类，都是代表意大利人的热情的作品。还有《留排》（*Rube*）的著者勃及思（G. A. Borgese），现在在英美，颇享盛名。女作家如塞拉奥

(Matilde Serao，1856—）待来达（Grazia Deledda）等，也已经有世界的声名了。

法国的作家，最初受了博加雪奥的影响，以写实的作风，来从事于小说的创作者，是安笃亚奴·特·拉·沙尔（Antoine dela Sale，1388—1461)，他著有《新话百篇》（*Cent Nouvelles Nourvelles*)。降而至于拉勃来（Rabelais，约1495—1553)，则诙谐百出，妙语天成，实为十六世纪中的一大天才。俄国的托耳斯泰对于拉勃来的说教的方法，也在称佩不置。不过这几个人，在法国的小说史上，并没有留下什么影响。到千六百十年窦游儿夫(Honoré D'Urfé，1567或8—1625）的可爱的田园小说《亚斯脱来》(*Astrée*）出现，法国人才有了清新的现代式的小说。十七世纪的马特穆亚裁儿·特·斯克游待利（Mdlle de Sctudéry，1607—1701)的《锁钥故事》（*Roman à clef*）可算是恋爱的百科大辞典。千六百六十二年女天才拉法衣爱脱（Comtesse de La Fayette，1634—1693）的《蒙攀及的王女》(*La Princesse de Montpensier*）出世，法国的小说界，又辟了一个新生面。一六七八年她的大著 *Princesse de Clèves* 出来了。女人心理解剖的精细，到此才可说是绝顶。克雷芜王女对她男人要做纯洁的夫人，然而一面对 Duc de Nemours 又丢弃不下，在感着一种热烈的爱情，这左右为人难的心理，被她几乎描写得无微不至，法国小说至此，已经是完全成立了。中间又有拉·封探（La Fontaine，1621—1695）的《自在镜》（*Psyché*，1669)，拂内龙（Fénelon，1651—1715）的《脱来马可》(*Télémaque*，1699）等作品出现，这时代的法国小说的进步，实可以说是居于世界第一。此后继起者三人，《其儿·勃拉》的著者亚伦·罗内·罗沙就（Alain René Lesage，1668 1747)，《马琍安奴》(*Marianne*，1731）的著者马利伏（Marivaux，1688—1763)，《马奴恩·来斯各》（*Manon Les－caut*，1733）的著者亚倍·泊来福

（Abbé Prévost，1697—1793），都是十八世纪的奇才，对小说的开展上，贡献不少的。福儿退儿（Voltaire，1694—1778）的《札帝库》（*Zadig*），《砍提特》（*Candide*），若说不当它们作严密的小说看，那么这时系受英国李佳特生（Richardson，1689—1761）等的影响的法国小说家，要推启蒙哲学者提特洛（Diderot，1713—1784）和卢骚（Rousseau，1630—1693）了。这一期的作家，有前头已经说过的散·披爱儿（Saint—Pierre）和特·斯泰儿夫人（Mme. de Staël，1766—1817），她著有《特儿飞恩》（*Delphine*，1802），《考林奴》（*Corinne*，1807）等小说。一八三〇年以后，浪漫运动的精神传到了法国，法国的小说，又变了一个方向，产生了许多杰作和天才。以心理描写著名的斯丹达耳（Stendhal，1783—1842，著有 *Le Rouge et le Noir*《红与黑》等小说），许多历史小说的著者提油马（Alexandre Dumas，1802—1870），《哀史》，*Les Misérables*，1862）的作者游俄（Victor Hugo，1802—1885），清新的田园小说也有，热烈的爱情小说也做的女作家乔其·山特（George Sand，1804—1876），浪漫派与写实派的调和者罢儿札克（Honoré de Balzac，1799—1850）等，是我们所熟知的。至于自然主义的作家弗洛背（Gustave Flaubert，1821—1880），左拉（Emile Zola，1840—1902），莫巴桑（Guy de Maupassant，1850—1893）和最近逝世的弗兰斯（Anatole France），泊罗爱斯脱（Marcel Proust），以及现在还健在的罗曼·罗兰（Romain Rolland），罢比斯（Barbusse）等，则另外已经有人介绍过的，此地不再说了。

英国的散文小说中，真正有价值，而又最古的，当推马洛利（Sir Thomas Malory）的《亚撒王之死》（*La Morte d'Arthur*）。这一篇诗的小说，系一四七〇年前后写成，一四八五年由 Caxton 印出来的。关于作者的事迹不详，但记事的明晰，思想的美化，实为英国文学中罕见的巨制。不过以后继起者无人，意大利的 Novella

输入英国以后，可以特笔的小说，也不过李利（Lyly，1553—1606）的《由非斯》（*Euphues*）一篇而已。此后的英国，完全为法国的小说所压倒，独创的作品，几乎无有。到了一六九二年William Congreve的*Incognito*出世，英国的小说总算有了眼目。中间出了几个散文作家，如爱迪生（Addison，1672—1719），史蒂儿（Steele，1672—1729）之流，文章不能说他们不会做，可是小说中最重要的结构和人物性格的开展，他们都没有注意到，一直到了《鲁萍生飘流记》（*Robison Crusoe*）的作者迭福（Daniel Defoe，166l—1731）出来，英国的小说，才得了复兴的机会。

一七四〇年，萨米爱儿·李佳特生（Samuel Richardson，1689—1761）专以作书翰文的模范为目的，发表了一本名《派米拉》（*Pamela*）的由许多连续的书简而成的信书。书中叙述一个少女派米拉·安特留斯（Pamela Andrews）在一家上流人家帮忙，这家的少主人，看中了她，要和她通殷勤，她在苦闷之余，就写了许多信给她家里，这些信现在竟成了十八世纪的最大杰作，近代小说的第一本书了，非而亭（Fielding，1707—1754）见了李佳特生的成功，在一七四二年作了一本《约瑟夫·安特留斯》（*Joseph Andrews*）来嘲笑他，殊不知这本讽刺的小说，竟又成了英国第二本的大作品。第三本英国的大小说，是李佳特生的《克拉列撒》（*Clarissa*，1748），在同一年中，斯摩来脱（Smollet，1721—1771）的《洛代列克·兰独姆》（*Roderick Random*）也出版了。英国同时出了这三个天才，三人又前后出了这三四本书，近代小说创始的伟勋，就被John Bull占去了。一七四九年非而亭又出了一本《汤姆·琼斯》（*Tom Jones*），结构的整严，观察的公平，较前面的诸作，又进了一步，诸家互相角逐，互相比竞的结果，一七五一年斯摩来脱发表了一篇《配来格林·匹克而》（*Peegrine Prickle*），非而亭又发表了一篇《亚美利亚》（*Amelia*），翌年李佳特生的《查而斯·格兰提生传》（*The History of Sir Charles Grandison*）又出来了。这三个作家的作品共八篇，总算是近代小说的先驱。这一期若说把它当作现代小说的创始期，那么 *Tristram Shandy* 的著者斯登（Sterne，1713—1768），《拉塞拉斯》（*Rasselas*，1759）的著者约翰孙博士（Dr. Johnson，1709—1784），《克列萨儿》（*Chrysal*，1769）的著者庄斯敦（Charles Johnstone，1719？—1800？），《奥脱兰督城》（*The City of Otrarto*，1764）的著者伏儿朴儿（Horace Walpole，1717—1797），《威克菲而特牧师传》（*The Vicar of Wakefield*，1766）的著者格得司密斯（Goldsmith）等辈出的第二期，可以说是英国小说的成熟期了。其后作者不多，十八世纪末期的背克福特（William Beckford，1709—1770）的小说 *Vathek*，总算是一本别开生面的奇书。

到了十九世纪中叶，英国的小说，又分了两派。一派是 *Sense and Sensibility* 的著者 Jane Austen（1775—1817）所代表的写实派，一派是司考得（Sir Walter Scott）的历史小说派。后起者有维多利亚朝初期的五大作家 Charles Dickens（1812—1870），Thackeray（1811—1863），Charlotte Brontë（1816—1855），Mrs. Gaskell（1810—1865），George Eliot（1819—1880）。这五位作家的小说，一样的富有社会的道德的意义。从此以后，小说的使命，不单是在供太太小姐们的娱乐了。

十九世纪的后半，以及二十世纪的初期，各小说家若 Anthony Trollope（1815—1882），Charles Kingsley（1819—1875），Charles Reade（1814—1884），George Meredith（1828—1909），Robert Louis Stevenson（1850—1894）Oscar Wilde（1858—1900），Joseph Conrad（1857—1924）等，都是各有特长的作家，大约在英国文学史里，诸君已经见过他们的评传，此地不必赘说。至如 Thomas Hardy，John Galsworthy，H. G. Wells，D. H. Lawrence 等现在尚健在

的作家，当于别处再作详论，此地只记记他们的名字。

西班牙的小说，当意大利的作品传入之后，一五五四年有一本无名作家的 *Lazarillo de Toremes*，实为后世 Picaresque Romance 之祖，法国的《其儿·勃拉》也系用这一种连续列叙式的。一六〇四年出来的塞儿范帝斯（Cervantes，1547—1616）的 *Don Quixote*，不单是西班牙一国的奇书，也是世界文学里的大杰作。此外西班牙的作家，与世界文学有关的很少。近代的小说家，惟衣罢纳此（Blasco Ibanez）正在享世界的盛名。他的小说如 *The Four Horsemen of Apocalypse*，在美国演成了电影，两三年前也曾到过中国的。

德国的小说，本来在世界文学上，不大著名。歌德以后的作家，浪漫派的巨子 Tieck，Brentano，Arnim，Fouqué，Immermann 等除外后，就当推《未熟的亨利》（*Der Gruene Heinrich*）的著者开拉（Gottfried Keller，1819—1890），和弗拉衣泰哈（Gustav Freytag，1816—1895）了。此外如海裁（Paul Heyse，1830—1914）的优美的体裁，弗伦森（Gustay Frenssen，1863—）的乡土艺术的小说，都是世界有名的佳品。大战后的表现派的小说，在世界的文学上还没有什么影响发生。近年来则犹太人伐色曼（Wassermann，1873—）的小说，颇有人称颂，他的名声，几与老大家好泊脱曼（Hauptmann 1862—），迟特儿曼（Sudermann，1857—）相并了。

世界各国的小说，影响在中国最大的，是俄国的小说。除郭歌里（Gogol，1809—1852），杜葛纳夫（Turgenev，1818—1883），托耳斯托衣（Tolstoy，1828—1910），独斯托衣夫斯基（Dostoyevsky，1821—1881），公雀洛夫（Goncharov）等过去的作家不说外，近代的雀霍甫（Chekhov），高尔基（Gorky），安特莱夫（Andreyev），亚儿此衣罢舍夫（Artzyibashev）等的作品，现在正在中国支配着许多作家的时候。大约中国的小说，不久也要和俄国一样的开展开来了。

此外各国的小说家，在瑞典我想举一个斯曲林堡（Strindberg），在挪威当推汉生（Knut Hamsun），波兰的显克微至（Sienkiewicz，1846—1916），是大家所知道的，此地可以不必说。美国的作家，除亚兰·波（Poe，1809—1849）外，可取的只有辛克来亚（Upton Sinclair）和安特生（Sherwood Anderson）的两人。

本章的参考书：

《大英百科全书》中之关于 Novel 一条，著者 Edmund Gosse.

Florence Trail：*A History of Italian Literature.*

Saintsbury：*A Short History of English Literature.*

日本木村毅著：《小说研究十六讲》。

Wright：*A History of French Literature.*

M. J. Olgin：*A Guide to Russian Literature.*

Heinemann：*Deutsche Dichtung.*

第三章　小说的目的

小说从来没有确定的定义，如尼儿生氏（W. A. Neilson）则谓小说家的本领，在提供人生真实的画图（The novelist's business is to give true pictures of life）。美国哈密儿东教授（C. Hamilton）在《小说技巧论》里，则谓小说的目的，在使人生的真理具体化于想象的事实的系列之中（To embody certain truths of human life in a series of imagined facts）。英国小说的始祖李佳特生在小说《派米拉》的序上，更有下列的几种说明：

“安慰青年男女之心，使他们娱乐，同时也可以教化

改良他们，

“宗教道德，平易愉快地教给他们，使他们可以平等的得到欢乐与利益，

“长幼的义务，社会的义务，最明白的发表出来。

“恶德使人见而生厌，美德使人见而生欢。

“正确的描写人物。

“使聪明的读者，起了热情，不知不觉，在耽读故事之中，而得达上记的各种善良的目的。

“这些若系有价值，是值得推奖的事情，那么本书的目的，就在此了。”

照这一段《派米拉》序文的大意看来，我们可以看出当时的小说的目的有三，一在使小说有趣，二在使小说能尽教化之职，三在描写正确的人生。这第二种以宣传道德为小说的任务的见解，就是现代的所谓“目的小说”（The novel with purpose）的根据，照艺术的良心上讲来是讲不过去的。总之目的小说，在创作者方面，不妨创作，而当论小说的艺术的时候，绝对不能拿来作论断的准则。因为目的小说（或宣传小说）的艺术，总脱不了削足就履之弊；百分之九十九，都系没有艺术的价值的。

何以“目的小说”都会没有价值的呢？就是因为它要处处顾着目的，不得不有损于小说中事实的真实性的缘故。原来小说的生命，是在小说中事实的逼真。如约翰·盘洋（John Bunyan，1628—1688）的《天路历程》（*The Pilgrim's progress*）之类，读者读不上两页，就觉得这书中的事实是假的，兴致就索然了。所以“目的小说”的价值的低落，第一在真实性的缺少，就是不自然，第二在趣味的不浓厚，就是无维系力。

小说的生命，是在小说中事实的逼真，上段刚才讲过，那么

记实的新闻，精细的帐目，说明科学的记载，从真实的一点上讲来，当然配得上称作小说，何以又没有艺术的价值呢？这一个问题的发生，是在把现实（Actuality）与真实（Reality）弄错了的原因。现实是具体的在物质界起来的事情，真实是抽象的在理想上应有的事情。以例来说，譬如一位母亲比儿子年纪大是真实，是真理，而实际上继娶的母亲是可以比儿子的年纪还小的，这是现实，是事实。真实与现实，若辨不清的时候，再以真理与事实来一比，就可以明白。真理（Truth）是一般的法则，事实（Fact）是一般的法则当特殊表现时候的实事。例如"人是要死的"是一个法规（A general law），是真理，而"今天午前李某人死了"是一宗事实，是这法则的特殊表现（A special manifestation）。所以真实是属于真理的，现实是属于事实的。小说所要求的，是隐在一宗事实背后的真理，并不是这宗事实的全部。而这真理，又须天才者就各种事实加以选择，以一种妙法把事实整列起来的时候才显得出来。新闻记事，流水帐，科学书等所以没有艺术价值的原因，是因为它们的事实还没有经过选择，整列的方法还不对的缘故。照相的价值，任凭你照得如何像，总没有洋画那么大的原因，也是如此。

总之小说在艺术上的价值，可以以真和美的两条件来决定。若一本小说写得真，写得美，那这小说的目的就达到了。至于社会的价值，及伦理的价值，作者在创作的时候，尽可以不管。不过事实上凡真的美的作品，它的社会价值，也一定是高的。这作品在伦理上所收的效果，也许不能和劝善书一般的大，但是间接的影响，使读者心地光明，志趣高尚的事情，也是有的。所以一眼看来，艺术作品好像和道德有不两立之处，但实际上真正的艺术品，既具备了美、真两条件，它的结果也必会影响到善上去。关心世道人心的人，大可不必岌岌顾虑，而小说家亦可不必想出法子来解嘲，如英国李佳特生之所为。

小说的目的，在表现人生的真理，表现的材料，是一种想象的事实，而表现的形式，又非美不可的，我们现在已经达到了这一段结论了，底下想再把人生的真理是什么？表现的材料应该怎么选择？表现的形式的美，应该是如何修饰的？三个问题来讲一讲。

人生的真理是什么？这个问题，是一个很大的问题。不但是像我这样学识谫陋的人，在这一本小册子里，解决不了，就是世界的大哲学家，穷年累月的著几十部书，恐怕也还研究不出所以然来。因此我们对于这一个问题，不得不加以修正。在小说上所说的真理（Truth），是我们就日常的人生观察的结果，用科学的方法归纳或演绎起来，然后再加以作家主观的判断所得的一般公理。所以在小说上所表现的，并非是反常的。新奇的主张，也不是前不见古人，后不见来者的新发见。艺术所表现的，不过是把日常的人生，加以蒸馏作用，由作者的灵敏的眼光从芜杂的材料中采出来的一种人生的精采而已。所以写在小说上的事实，是从世界上的万事万物里由作家的天才去剔抉出来的事实。并不是把烂铜破铁，一齐描写再现出来，就可以成小说，成艺术品的。自然主义者的所谓科学的描写方法的失败，就在这一个地方。他们主张完全灭却作者的个性，他们主张把观察的事实，毫无遗漏的报告出来。这种以科学者的态度而制造出来的作品，对于现实的把持，也许是周到得很，但是人生的真理，决不是从这些肤浅的表面观察所能得到，正如一个人的灵魂，你不能从他的外貌服饰来猜度的一样。并且世上的形形色色，繁之又繁，你若专以外面的描写周到作为小说的最后目的，则任凭你作家的笔尖，戴有若干副显微放大的宝镜，也必有遗漏之处。即退一步讲，使你的目的达到，一丝不漏，毫不参加作者主观的把现实描写出来的时候，或者你自已以为这是理想的作品，但倘有人向你一问，“我们何必要这一种艺术呢？我们就即了现实来赏识赏识，岂不胜于你的艺术多了么？”你将举何辞以对？自然主义者的谬论，谁也知道是不对的，我们在此可以不必再说，现在且进到第二第三个问题上去。

小说所表现的，是人生的真理，然而科学哲学所表现的，又何尝不是人生的真理呢？这两者的区别，究竟在哪里？是的，小说与科学哲学，在真理的追求这一点是同的，其不同之点，是在表现的方法。哲学科学的表现，重在理智，所用的都是抽象的论证。小说的表现，重在感情，所用的都是具体的描写。所以小说里边，最忌作抽象的空论，因为读者的理智一动，最容易使感情消减。有人说 Henry James 的小说难读，仿佛是和读哲学书一样，这决不是对詹姆斯的谀奖之词。哈密耳东教授，在他的定义里，特地把“使人生的真理，具体化于想象的事实的系列之中”提起来作小说目的的真意，大约也不外乎此。所谓“具体化”，所谓“事实的系列”，都是对一般青年，喜作空洞无物的小说的忠告呀！不过前面已经说过，一宗事实，关系繁多，你要来描写，每苦不知从哪里写起。在这一个事实选择的关头，实在是作家的天才活动最要紧的时候，作品的好坏，作家的优劣，全在此地分的。严沧浪说，“诗有别材，非关书也，诗有别趣，非关理也”，我们对于艺术的有没有天才，实在是不能以旁的方法来增损补削的。可是在一样的庸材之中，我们若能加以努力，虽不能妄冀天才之誉，然而相当的成效是能得到的。所以有志于创作的人，若苦于这事实选择的才能不足，可以在平时观察人生的时候，加以一点注意，常在心头留意着下列的几个问题：

“这一件事情的原因在哪里？”

“这事件的经过如何？”

“这事情的重要关键，在什么地方？”

“这事件和许多不相干的世上的事件，有一点什么联络?”

“假如换一个观察点来观察的时候，这事件在我们心里要起怎么一种作用?”

“这事件的结果如何?它的影响如何?”

上举的几条联贯起来，就是所谓 A series of facts 了。一篇小说中间的事实，若不是 A series 的时候，那么读者的注意力不能集中，小说的效果就要减少下去。这些事情，当在下几章里再说，现在且把基泊林（Kipling）把平时用心的经验，在一首滑稽诗里写出来的话，记在下面，作一个参考：

> I keep six honest serving - men
> (They taught me all I knew—:)
> Their names are What and Why and When
> And How and Where and Who—.

最后第三个问题，表现的形式的美，是如何的修饰的?这问题就是促小说技巧论发生的问题。一切小说的论文所讨论的，无非在小说的形式美这一点。不过本书不是讨论修辞学的书，所以关于小说的修辞一方面，只好略去，此外若小说的结构，人物，背景等，都是小说的实质上的根本问题，拟在下几章里，详细的讲一讲。

本章的参考书：

Clayton Hamilton：*A Manual of the Art of Fiction.*

木村毅著：《小说研究十六讲》。

Richardson：*Pamela.*

第四章　小说的结构

从本章以后，想把小说的形式美来解剖一下。一般的小说技巧论里，都把小说的要素，分成一结构（Plot），二人物（Characters），三背景（Setting）的三部。现在为叙述的便利起见，想暂且照了这一个次序讲下去。

小说里头所写的，无论如何，总是一宗事件。不过小说家对于这一宗事件，有深刻的观察，对于和这一宗事件有关系的种种情节，有取舍的明辨，并且对于许多前因后果，有一贯的思考。把这些事件的要点，有系统的写下来，使在这事件背后的真理，容易被一般人所认识，是小说的目的，也就是小说家的本分，这是在前一章里说过的大意。现在我们若单把这“事件”拿出来解剖解剖，那么至少可以知道这事件的成立要素有三种。第一就是这事件的事实，依基泊林的六个问字来说，就是 What and How 的主体，平常就是叫它作行为（Action）者是。第二，既是一种行为，那么必有为此行为的人，Who 的问题就发生了，平常都叫它作行为者（Actor），在小说里，就是主人公和人物。第三若要把这行为的真实性确立，非要将此行为起来的时间地点，详细的知道不可，这就是 Where and When 的问题，在小说上即所谓背景（Setting）者是。事件的起来，必定要这三种条件具备才可以。天下的事件，大抵都具此三种条件，而具此三种条件的事件，却不是都可以拿来做小说的材料的。

又有许多事件，本来很可以做小说的材料，然而于上举的三种条件里，偏有缺少一条两条的。在这样的时候，小说家就非要第一用他的眼光来加以选择，第二用他的想象来补足不可。小说的结构，就是指这一个时候的小说家的活动而言。

现在且把第一种小说家从许多杂乱的世事里，选择出材料来的过程来说一说。司替芬生（R. L. Stevenson）在一篇论文《谦虚的抗议》（*A Humble*, *Remonstrance*）里说："总之，小说并不是人生的精细的誊写，小说是人生的侧面或一角的单纯化。虽则大作家于捉住大动机而创作的时候，我们所赞佩的，大抵是他们的作品的复杂。然而归根结局，我说的真理还是不错的，他们的佳处，就在他们的单纯化"。作家的对于杂乱的事件的选择作用，就是这一个司替芬生所说的单纯化（Simplification）。不然一个作家就是从早晨到晚的二十四时间里，遇见和想到的事情，也有几千几万，又何从选择起呢？高明的作家，是在他的能把复杂的事件，化作单纯，把不必要的地方，一例删去。眼光常是注意在一个目的点上，使前后的理路，不至于没有系统。全篇的一字一句，也必须是对于这目的点有用的，才敢下笔，否则宁缺毋滥，不能在整篇的创作上，多插一句无益的费词。这目的点的确立，前后系统的保持和单纯化，就是在前章里所说的"想象的事实的系列"的真义。

第二种作家的活动，就是当一宗事件的条件不足，作家非要想出法子来补足它不可。司替芬生有一次对他的传记作者罢尔福（Graham Balfour）说："写小说有三种方法，第一，或者你先把结构定了，再去找人物。第二，或者你先有了人物，然后去找于这人物的性格开展上必要的事件和局面来。第三，或者你先有了一定的雾围气，然后再去找出可以表现或实现这雾围气的行为和人物来。"司替芬生的这一段话，实在是老作家的经验之谈，我们平常写小说的时候，一件事的三种条件具备，完完整整的涌到我们眼前来的事情，究属少数，大抵是脱不了司替芬生所说的三种意境中的一种。或者结构，或者人物，或者背景，必先在我们的脑里酝酿很久，然后灵思一动，妙想天来，再拿起笔来写，就一泻千里的写得成功了。总之，无论你的结构中三条件哪一条先有，作者当拿起笔来写的时候，必须把全事件的经过，完全在心中布置好才对。我们拿起一本小说来念，能够一步一步的跟随作家进行，和虽则不知道结局如何，然心里却十分信赖作家的原因，就是因为我们预想作家当拿笔写的时候，胸中已先有成竹，决不会欺骗我们的缘故。

小说结构的最简单的，就是只用一个人物，单描写他或她一个人的性格的开展。或者就事件而论，单叙一件事情，从原因到结果，一直的平叙下去。不过这一种单纯的结构，虽有在论理上得保持明晰的好处，但以之表现复杂的人生，究竟觉得太简单。在这一个地方，可以救这单调的弊病的方法，就是偶然事变（Accidents）的引入。这一种偶然事变，引入到平稳的事件的进行上来，一见好像是有使这事件中止或延长之危险，但实际上反可以使事件间接的进行更速的。这一种手法，在美国好桑（Hawthorne）的一篇短篇 *David Swan* 里头，就可以看出来。年轻的大卫特在路旁树荫下睡了一觉午睡。实际上就只有这一觉午睡，可以记叙的。不过单说大卫特睡了一觉午睡，未免太简单了。所以在他睡着的中间，好桑又创造了三个人来打混。第一个可以使他富，第二个可以给他爱，第三个可以制他死的，然而实际上却什么事件也不曾起来，他一睡醒来，就擦擦眼睛走了。像这样的，使许多单纯的事件，前后一贯的在一个人身上，或一种论理的方式里进行的小说，西洋叫做 Picaresque Romance。因为这体裁发源于西班牙，老使一个凶汉（Picaro）做主人公，叫这主人公似断似连的演出许多各自成一篇小说的冒险或别的行为来。这一种小说的好例，是法国的《其儿·勃拉》，近代作家基泊林的《基姆》（*Kim*）也可以说是这一种结构。

但是这一种单纯的结构，实在不是小说论里所论的结构的代表。要晓得西洋的 Plot 这个字，有织合拢来的意思，所以要说到结构，小说里至少总须有两宗事件的系列才行。或者写两个性格，如一男一女之爱情，或者写两个不同的性格，如 George Eliot 的 *Silas Marner*，中间的厌世者 Marner 和少女 Eppie 的交涉感应之类。现在一般最流行的三角关系，也是使小说的效力增加的一种最好的结构法。例如 Miss wilkins 的一篇小说名 *New England Nun* 的女主人公 Louisa Ellis 和她的婚约者 Joe Dagget 两人各守了十五年清白。后来正在将要成婚之前，女人知道男人有了另外的爱人 Lily Dyer 了，就很高尚地让他们结了婚，自家却过了一世尼僧似的生活之类，实在是很有效力的结构。不但如此，复杂的结构，就是五列六列的事件系列，都可编合在一处。起头不妨各自分开，后来可以渐渐使他们纷挐错合，终至于结到一个最后的大结末的。例如 Dickens 的 *Our Mutual Friend* 里，有七十五个人物，Thackeray 的 *Vanity Fair* 里有六十个人物之类。这些于正事件正脚色外，作陪衬的脚色事件，在西洋的小说论里，叫作 Subplot。

小说的结构，和戏剧的也差不多。它也可以分作起头、纷杂、最高点、释明、团圆的各部。不过小说系平面的艺术，次序可以不顾。并且近代的性格小说，心理小说里，大抵都没有团圆的一幕，不使事件有一个结局。至于小说的最高潮点（Climax），是不是必要的结构，也还是一个疑问。然而无论如何，当小说没有完结之先，要想出法子来使读者起一种期待焦躁之情，却是很有效力的方法。这一种方法，在西洋的小说论里，叫作 Suspense。有时候故意使单纯的事件纷杂错综起来，然后再加以释明，读者的心里，因此一起一伏，倒能得到快乐，这也和利用 Suspense 有一样的效力。

至于叙述的方法，也有从结果叙起，渐渐的将原因解剖出来的；也有从原因写起，渐渐的引到必然的结果上去的。或者顺叙，或者倒叙，或者顺倒兼叙，都不要紧，只教能使事件能开展，前后能一贯就好了。

关于小说的结构，实在不是仅仅在这样的一本小册子里所能详论得的了。现在想将结构的事情暂止于此，底下的两章，预备把人物和背景来说一说。

本章的参考书：

C. Hamilton：*A Manual of the Art of Fiction. Chapter IV.*

Bliss Perry：*A Study of Prose Fiftion. Chapter VI.*

R. L. Stevenson：*A Humble Remonstrance.*

第五章　小说的人物

Henry James 在他的一本 *Partial Portraits* 里，有一段关于俄国作家杜葛纳夫的话："在他，一篇小说的胚胎，并不是结构，——（结构他是不管的）是几个人物的显现。"（"The germ of a story, with him, was never an affair of plot—that was the last thing he thought of: it was the representation of certain persons."）据詹姆斯说，这一段话是杜葛纳夫关于他自家的小说的话。从此我们可以得到一个证实上章司替芬生所说的话了。本来小说里的事件，都系由人演成的，人物当然是小说中最重要的要素。不过我们第一在此地要解决的问题，就是小说家究竟从何处去找出这些小说中最重要的人物来呢？

小说家的人物的来源可分三种。第一，是由他自家亲眼观察得来的。第二，是听见人家说，或者在书报上看来的。第三，是由他的想象所造成的。不过小说家在小说上写下来的人物，大抵不是完全直接被他观察过，或间接听人家说或在书报上读过的人物，而系一种被他的想象所改造过的性格。所以作家对于人物的性格心理的知识，仍系由他自家的性格心理中产生出来的。

作家对于他自家的人物的态度，也有两种。若司考得及其他的许多浪漫的小说家，对于他们自家的作品中的女主人公，显然有五体投地的一种崇拜狂。反之，若弗洛背，莫巴桑，斯曲林堡等，都取一种自高处对作中的女人在那里下瞰的态度。弗洛背的女人心理的解剖，简直可以说是一位残酷的生物学家，对他的试验材料所作的行为。斯曲林堡的女人诅咒，也是显而易见的。不过处于这两者之间，与作中的人物，立在同等的地位，时时不惜以满腔的同情相向的作家也有。作者对于他自家的人物的这一种的同情，原不可没有，然而偏向的结果，也有把好小说弄坏的，不可不加注意。

作中的人物，对于读者特别有维系力的原因，有下列的几种：第一，劳力的经济。我们在实际社会上，所遇见的朋友，究竟有限。并且在实际社会上的朋友，大抵以限于与我们的地位性格相同者居多。而在小说上则无论哪一阶级，哪一种类的男女，在极短的时间内，多可成为朋友。二，私生活的洞见。读小说的第一心理要件是好奇心，我们当交一个新朋友的时候，这好奇心也在活动的。然而我们对于实际社会上的朋友，不能单刀直入的问他的私生活，而在小说上，则半日之间，这个人物的内部生活和私生活，都能一丝不挂的呈露在我们的眼前。三，因为作中的人物，大抵是典型的人物，所以较之实际社会的人物更为有趣。这“典型的”（Typical）三字，在小说的人物创造上，最要留意。大抵作家的人物，总系具有一阶级或一社会的特性者居多，例如 Don Quixote 系具有梦想家的特性的代表，Hamlet 是怀疑者的代表，Tartuffe（毛利哀儿的喜剧中人）是伪善者的代表之类。作家的人物，正因为具有这一种 Typical Traits of Characteristics 的原因，才能使大多数的读者对作中的人物感着趣味。但这一种代表特性的抽象化，化得太厉害的时候，容易使人物的个性（Individuality）失掉，变成寓话中的人物，如盘洋的《天路历程》里的 Christian，Hypocrite 之类，或变成一种 caricature，使读者感不出满溢的现实味来，这一层是小说家创造人物最难之点，也是成功失败的最大关头。

小说中人物的性格，有单纯的复杂的或静止的开展的（Stationary and developing characters）两种。前者在一篇小说之中，自始至终，毫无变化开展，而后者则因四围的境遇和自他的意志的影响，不断的在那里进变消长的。例如《红楼梦》的黛玉的性格是前者的代表，Mrs. Craik 的 John Halifax 和 Don Quixote 等的性格，是后者的好例。

描写人物的性格，有直接描写，间接描写的两种。第一种直接描写，作者系立于读者与人物之间，作一种正直的报告，与照相者的摄影完全一样。第二种间接描写，作者不露原形，烘云托月，使旁的作中的机会人物，将主要的人物的性格报告给读者的。这两种写法，各有各的好处，不必拘于一方，现在把它的内容，再来仔细分析分析。

第一，直接描写，方法又有数种：

A. 注解法（Exposition）：这是直接描写法里头最普通最幼稚的一种手法。系将人物的特性，由作者任意的施以注解说明的。例如格得司密斯的《威克斐而特牧师传》的起首一章，就是作者假了牧师的口吻，说明他自家的意见特性，使读者读了第一段，就可以了解牧师的行为偏见的。这一种描写法，有简练痛快的好处，然而容易流为抽象的哲理，和无实感的空言。

B. 描写法（Description）：描写法比注解说明，更具有具体的实感，不过用之过多，容易使读者生厌恶之心。司考得的作中人物，当上场之际，从头上描写起，一直要写到脚上。有时候还觉得不够，连这一个人骑的马，和拿的枪，都要描写半天，这一种描写，未免太冗长了。不过一个人物的面貌服饰，行动姿势，有时候却非描写不可的。像这样的时候，只须轻轻淡淡的点写几笔，恐怕效力反而更大，这一种手法，当推俄国的杜葛纳夫为世界第一。

C. 心理解剖（Psychological Analysis）：心理解剖为直接描写法中最有用之一法。要明示人物的性格，随时随地，把这一个人物的心理描写一点出来，力量最大。近来像法国的婆儿什（P. Bourget）等，完全以这一种手法在作小说。不过这一种方法，也有内的描写和外的描写的区别。我们的心理，有时候有表现上外面的行为动作上来的，这一种是外的心理描写，有时候我们有一种感情思想，不过在我们的内心中经过而不表现到外面来的，这是内面的心理描写。内面的心理描写比外面的描写难一点。因为人的心理复杂混乱，不容易寻出下笔的线索，描写得过多，又有使读者容易起幻象消灭的反感。俄国作家独思托衣夫斯基还不能免掉此等缺点，我们初学者当然是更难以下笔了。

第二，间接描写，里边也有几种不同的手法：

A. 言语（Speech）。一个人所讲的话，最足以使他的性格全部流露出来。西洋的小说作家，对于会话一面的艺术的进步，自可以不必说了，就是我们中国近代的狎邪小说《海上花列传》里头，也有许多会话很巧妙的地方。其例举不胜举，暂且略去。

B. 行为（Action）。一个人的行为，可以表现性格，在前段心理解剖的内的描写里，曾经约略的讲到一点过。现在但举一个例出来，就可以明白。例如《儒林外史》里的一位公子请客，省下了几合米来，他一定要问厨子要了来，用手巾包包，带回家去。这公子的寒酸特性，经这一番的描写，不是如同图画似的明显了么？

C. 给与其他人物的反应（Effect on other persons）。他人的对一人物的言语行动，可以作这人物的反射镜，当然是可以不必说了。譬如你上街去走一遍，大家都对了你笑，那么你的表情必定有点滑稽在那里。例如荷马的《意利亚特》的第三卷里（The third book of Homer's *Iliad*），屈洛衣（Troy）平原上，一时休战的条约成立，城中的父老，从斯堪亚门塔（The tower of Scaean gates）中，在那里举目凝望，一边在默想这十年来的战况和他们的战死的儿孙。忽而远远走近他们身边来的是白衣雪腕的爱伦姬（Helen）。他们互相觑视，虽则悲愤填胸，然也不得不发出这样的叹声来：

> Small blame is theirs, if both the Trojan knights
> And brazen - mailed Achaians have endured
> So long so many evils for the sake
> Of that one Woman.
>
> ——Bryant's Version
>
> （难怪难怪，为了这一个娇美的人儿，那些屈洛衣的武士和铁铠缠身的亚加亚人，长年的忍苦含辛，战征在外。）

从这一段话里，我们不是可以不言而喻的知道爱伦姬的美了么？

D. 环境（Environment）。人物的性格，不知不觉地反射在他周围的环境上的事情，是大家也承认的。例如你进一间小小的书房，看见桌上有些教科书万年笔和初级的杂志放在那里，你就可推想这书房的主人，是一位什么程度的学生。所以人物的间接描写，在环境描写上，也可达到目的。不过这一层是关于小说背景的事情，当在下一章里再说。

最后人物描写上，还有一种常用的方法，就是对称（Character contrast），譬如独思托衣夫斯基的《喀喇马作夫弟兄》（*The Brothers Karamazo ff*）一书里，同是一家的弟兄，而性格的善恶，竟会相差得如此之远的。这一种方法，在中国也时常有人用的，譬如《花月痕》里的韦痴珠，作者想使他表现得格外清苦，就设出一个韩荷生来作比，使读者对照之下，愈可觉得主人公的性格的离奇。

本章参考书：

C. Hamilton：A Manual of the Art of Fiction. Chapter V.

Bliss Perry：A Study of Prose Fiction. Chapter V.

第六章　小说的背景

我们在第四章里，有一段记司替芬生对他的传记作者说的话，这话的末段，还有几句说："我可以给你一个例，我的 *Merry Men* 就是。我先感着一种苏格兰西海岸的一小岛的情趣，在胸中缭绕。然后渐渐作成了那篇小说来表现这一种情味。"（"I'll give you an example – *The Merry Men*. There I began with the feeling of one of theos islands on the west coast of Scotland, and I gradually developed the story to express the sentiment with which the coast affected me."）*The Life and Letters of R. L. Stevenson*, by Graham Balfour。这是司替芬生述他自己的经验的话。的确我们有时候读到如法国洛蒂（Pierre Loti, 1850—1923）的《冰岛渔夫》（*Iceland Fisherman*），托耳斯托衣的《战争与和平》（*War and Peace*）等小说的时候，觉得在作中的人物及这些人物的动作以外，另外还有一种趣味。这一种趣味大约是从这些小说的背景上来的。背景两字，外国书里都用 Setting。然

而实际上与我们平常用的 Environment 或 Background 也差不多。

作家的背景的出处，也和他的人物的出处一样，或者由他的观察得来，或者系耳闻之他人，或者从书报上念过，或者竟完全由他的脑里想象出来。托耳斯托衣的 *Sevastopol* 系他的克利米战争的回忆，勃拉克摩亚（Blackmore，1825—1900）的 *Lorna Doone*（1869）系他的 Doone 地方观察的结果。不过无论哪一本小说里的背景，从没有完全和实在的背景一样的。作家的想象，大抵对于一个背景创造的时候，总要费许多组合和分割的劳。如有不足的地方，他要设法增加；如有不合用的地方，他要设法裁减。

当没有讲到小说的背景之先，我们想把近代绘画的背景来考查一下。原来古代的画里人物的背景是完全没有的。罗马废墟里的壁画，意大利的绘画的始祖 Cimabué（1240—1302?）的作品等，都是如此的。到了 Cimabué 的弟子 Giotto（1266? —1337），虽则在背景上用了一点意，但是远近的配置和气势的熏染等，完全还是没有。所以在这绘画发达的第一期里，背景对人物是完全没有什么意义的。到了第二期，意大利的绘画发达到了极点，背景才和前面的人物发生起关系来了。如来奥那儿独·达·文齐的《墨娜·丽沙》（*Mona Lisa* of Leonardo da Vinci，1452—1519）里，就有一个昙天的背景，背后渺渺茫茫，看得出些岩石远景来。不过这一期的背景，还不过是画家偶尔设计的时候增加上去的一种装饰，与前景的人物，还没有发生什么有机的关系。到了第三期，我们近代的画里，背景却变成了绘画的生命的一部了。诸君大约在卖照相的店头，总已看见过法国的农夫画家密莱（Jean - Francois Millet，1814—1875）的《晚钟》（*Augelus*，1859）和《播种者》（*Sower*，1850）的复制。《晚钟》的前景的两个人物，为什么要拱着手，低着头，面上表现着和平和热爱的表情，在那里默祷呢？这一幅画的背景，若没有荒凉的这一块大平原，若没有阴沉的日暮的天空，若没有地平线上远远的一个教会堂的尖顶在那里，那这画的情趣要减少十分之七八。《播种者》也是如此，播种者的身上脸上的一种倦累之情，与他的背后周围的和平的暮天野景一对照，就觉得这画的全部，处处在脉动了。近代的绘画，可以说幅幅是如此，不单是密莱一个人的作品而已。小说上的背景的发达，也和这绘画的背景发达的路径差不多。古代的传说神话里，没有什么背景，是谁也知道的。中世博加雪阿的《迪加美龙》里虽有时候有一点背景，然而和作中的人物及事件，仍没有什么大关系的。中世以后，十八世纪以前的那些作家，虽对于背景稍稍留意，然而也不过是一种作品中的装饰而已。十八世纪的后半，和十九世纪以后，小说的背景就和小说的人物、事件一样的重要起来了。

背景对小说的功用，可分两种。一，补助事件的背景。二，补助人物的背景。背景补助事件的手法，最初应用者为《鲁萍生飘流记》的著者迭福，他著的一本 *Captain Singleton* 里头，有一段记风雨之夜，猛兽袭来的情景（原文太长，略去），真令读者毛发竦然，宛同身履其境，在与作中诸人共患难的样子。当然他的一代名作飘流记的事件，一大半也系受背景的补助的。近代的小说家的利用背景，大抵是把背景拿来补助人物，例如俄国独斯托衣夫斯基的小说《罪与罚》及德国海耳曼·罢耳（Hermann Bahr，1863）的小说《好学校》（*Die güte Schule*）等，则主人公周围的事物，简直是主人公的性格的一部了。（前章人物性格的间接描写D项中，也曾说及。）

自从文艺复兴以后的科学精神，浸入于近代人的心脑以后，小说作家注意于背景的真实现实之点，很明显的在诸作品中可以看出。就是荒唐的乌托邦作者，也要顾到时间空间的关系，不敢使牡丹与梅李同开，天仙和凡人结义了。所以近代小说中背景发达得最盛的，是小说的地方色彩（Loeal colour）。哈提（T. Hardy）翁的惠塞克司（Wessex），基泊林的印度殖民地，康拉特的海洋，小泉八云（Lafcadio Htearn）的日本，是大家所熟知的，至于德国在前二十年盛行的乡土艺术（Heimatkunst）的诸作家，更把他们故乡的风物，描写得无微不至。他们的小说，差不多有人物和事件，系为背景而存在的倾向了。

近代小说里的背景和人物的关系，最显而易见的，是这些人物的职业身分和社会制度的背景（Human occupations and social institutions in the setting）。英国的作家如 Trollope 的小说里，写了许多英国的政治和僧侣生活在那里。美国的 Upton Sinclair 的小说，是大都会的贫民窟的写照。此外如中流阶级的生活，商人的生活，卖淫妇的生活，在近代小说里，一半都是在人物性格上刻画，一半是在背景上表现的。在性格小说中，决定人物的性格的背景，尤其是指不胜屈。

从上面讲过的地方看来，小说的背景，是如何的可以左右事件的进行，又如何的可以决定性格的发展，已无疑问了，现在且把自然风景和天候，在小说背景里的效力讲一讲。

小说背景的中间，最容易使读者得到实在的感觉，又最容易使小说美化的，是自然风景和天候的描写。应用自然的风景来起诱作中人物的感情的作品，最早的还是卢骚的《新爱洛衣时》（*The new Heloise*，1760）。在这本小说里的山光湖水，天色溪流，是随主人公的情感而俱来，使读者几乎不能辨出这美丽的大自然是不是多情多感的主人公的身体的一部分来。其后法国的一批后起的作家，随了卢骚的后尘，把小说中风景描写的艺术，弄得日进一日。我们但须把 Chateaubriand，Victor Hugo，George Sand，Balzac，Maupassant，Loti 等的小说翻开来一看，大抵没有一本里不能找出几段很美丽的风景描写的。不过这一种描写，在英美的十八世纪后半，十九世纪初期的作家中，尚不多见。自然描写的复兴，在英国是从自然诗人 Wordsworth 的诗出来以后起的。现在英国的作家中，对自然的描写，收成效最大的，要推那 *The Return of the Native* 和 *Tess of the D'Urbervilles* 的作者 Thomas Hardy 了。在自然风景的描写上，占重要的地位的，是天候和时节的观念。我们人类的感情，在晴天有晴天的特相，雨天有雨天的气象。自然风景也有春夏秋冬的不同。午前午后，薄暮深宵，主人公的气质，也各有变化。像这些变化不同的时节的光景，和千差万别的风景的推移，能够深深地观察，绵密地描写出来，那么这本小说的人物事件的结构，暂且不问，就单从风景描写上说来，也不失为一本最上乘的小说。

背景的风景及天候，和作中人物事件的作用，有调和与反衬的两种。譬如我们描写一对年少的恋人，在一天和暖的春天，乘了惠风赤日，在百花缭乱的山野里闲游，那么这时候的背景，有花添锦上，具四美，并二难之功，这一种自然风景，是与作中的人物事件调和的。还有一种写法，譬如像这样的春天，年轻的恋爱者，一对对的在那里寻欢作乐，而道旁有一个破衣丑貌，在那里对花溅泪的穷人，这时候的自然风景，分明是在嘲弄这穷人的。这一种背景，在小说上也很有效力，这效力称为反衬的效力。俄国的杜葛纳夫，最善用这两种方法，我们若欲修得这种描写的秘诀，最好是取杜葛纳夫的《卢亭》（*Rucdin*）和《烟》（*Smoke*）来一读。

最后，背景的用法，不管你正用反用，总之要保持小说全篇的统一（Unity），不可使一个地方，生出两种不同的色彩来。背景的效用，是在使小说的根本观念，能够表现得真切，是在使主题增加力量，是在使书中的各人物，各就适当的地位。并非是专为卖弄才情，徒使一篇小说增添一点美观而已。

本章参考书：

Bliss Perry：*A Study of Prose Fiction. Chapter* Ⅶ.

C. Hamilton：*A Manual of the Art of Ficlion. Chapter* Ⅵ.

卷头语

天地若没有合拢来的时候，人生的缺陷，大约是永远地这样的持续过去的罢！啊啊，社会的混乱错杂！人世的不平！多磨的好事！难救的众生！

回想起来，《创造》季刊的出世，去今已有四五年，周报的废刊，到现在也有两三个寒暑了！

我们觉得生而为人，已是绝大的不幸，生而为中国现代之人，更是不幸中之不幸，在这一个熬煎的地狱里，我们虽想默默的忍受一切外来的迫害欺凌，然而有血气者又哪里能够！

我们过去的努力，虽不值得识者的一笑，然而我们的一点真率之情，当为世人所共谅。现在我们所以敢卷土重来，再把创造重兴，再出月刊的原因，就是因为（一）人世太无聊，或者做一点无聊的工作，也可以慰藉人生于万一。（二）我们的真情不死，或者将来也可以招聚许多和我们一样的真率的人。（三）在这一个弱者处处被摧残的社会里，我们若能坚持到底，保持我们弱者的人格，或者也可为天下的无能力者被压迫者吐一口气。

我们的志不在大，消极的就想以我们无力的同情，来安慰安慰那些正直的惨败的人生的战士，积极的就想以我们的微弱的呼声，来促进改革这不合理的目下的社会的组成。至于创造社的脱离各资本家的淫威而独立，本月刊为大家公开的园地等等可以不必再说，想早已为诸君所察及。以后每期的稿子如何，执笔者何人，更不必自吹自捧，预先来引诱诸君。不过有一点我们可以请诸君安心的，就是“我们所持的，是忠实的真率的态度！”《创造月刊》，从今日起，又得每月与爱护创造社的诸君相见了。

一九二六，二月二十一日，达夫

尾　声

创造社的情形，大约是爱护者诸君所熟知的事实，本来可以不必再来提起。但当出版部成立的初期，创造社完全和那些大小资本家脱离的现在，又是从来没有出过的月刊的创刊号出世的这一回，我们以平常的感情来说，当然只有喜悦，只有对许多读者和出资者的感谢。可是这一层感激之情，喜悦之情，一涌上心来，我们的苦泪，也同时不得不迸流出来。创造社自从受了书贾的虐待，同时代的文人的虐待，社会上的有地位的诸公的虐待之后，丛书停了，季刊停了，日刊停了，周报也停了。我们潜声息影，默默的只好任人唾骂嘲弄。几个人又为饥寒所迫，不得不散而之于四方，勉强保持着装聋作哑，若存若亡的态度。像这样的状态，继续到现在，已将两年了。你说这两年来的苦楚，是不是可以言语来形容？你说当现在自家可以独立地吐一口气的时候，再回顾过去的两载，要不要双泪落君前呢？

不过现在虽则出版部根基也不十分稳固，《创造月刊》的内容，也不能掀动一世，以博大家的观听，然而到底还勉强把这个营养不良的头生儿子产出了。至于他将来的生命如何，长大之后的成就如何，只在诸君的好意的爱护，和我们几个无力的人的努力。我现在一边咳着，一边提笔在这里写这一段《尾声》，虽则脸胀得通红，气喘得厉害，然而心里却暗暗地在想：“总算还好，总算过去的两年苦还不白吃!”

其次要讲到这一期的稿子了。我们几个人，都因为生活不安，病苦来袭的结果，天天想做点东西，终于做不出来。仿吾自长沙寄来了一篇杂论，总算是新作的。其余如沫若的东西，系从前的旧稿。独清新自海外归来，游魂未定，也只将旧作的诗《吊罗马》寄来塞责。木天的许多诗，是陆续寄来给沫若的，共选了十一首。我虽则不懂诗，但觉得木天近来的作品，颇具一种特别的风韵。陈南耀君从安南寄来的陆蒂的介绍，是一篇很细心的作品，这一种工作，以后的月刊里，想再加一点努力，多介绍些。资平的两篇小说，虽无特长，但我想在目下中国的小说家里头，结构最严整的，总要推他了。我自家每苦于结构的松乱，所以骂我的人，都说我的东西，不是小说，是一种东描西写的乱杂的笔记。第一期里的两篇东西，更不成样子了。不过我还有一句话，请诸君记着，这两篇东西，本打算在一种周报上发表的，当初的计划，想把这一类东西，连续做它十几篇，结合起来，做成一篇长篇，可以将当时的绝望的状态，和苦闷的心境写出来。但是后来受了各种委屈，终于没有把这计划实行，所以现在只好将这未完的两断片，先行发表了。

总之这一期的稿子，虽则没有什么精采，但我想这里头的一篇一篇，至少都可以表示我们的真率的态度。率真两字，在现在的中国，就是愚陋的别名，不过我们实在没有“幽默”的智慧，所以只能甘于愚陋，很笨拙的来说我们良心上所想说的话。至于人家的诋毁，我们是早已置之度外了，名誉是什么东西？尤其是由我这样的一个垂死之人看来，名誉还是一具薄薄的棺材值钱。

一九二六，二月二十二日达夫记

《小说论》及其他

去年从某大学出来以后，又失了业，在上海杭州流转的中间，得了吐血病。无产者的最后财产，只有一枝破笔和三寸短舌。舌不能卖的时候，当然只好卖笔了。所以自去年以来，竟陆续的卖了几篇文章。我自家却没有看见，不过据人家告诉我的说："仿佛有几个和我们一样穷极无聊的学生，还在嫉妒我们，攻击我们，不晓在什么刊物上作文章，说'你们骂人家的堕落是堕落，自家的堕落却称作天才，在那里卖钱，同时情书也在卖钱。'"我说这骂骂得真不错，现在的中国，的确是途穷日暮，弄得我们不得不卖堕落，卖情书了。我们虽则不敢妄冀天才的荣誉，自家也从来没有说过"我是天才"，但无论如何，总还是读过几句书，想规规矩矩的活在这世上作工的人。弄到现在，非但作工的机会没有，简直想一杯粗茶淡饭都想不到了。所以我们一边在这里作文章卖钱，一边也在为自家伤心落泪，同时更在为那几个嫉妒我们，骂我们的穷学生落泪，因为他们也急得比我们更厉害，在卖"骂人"。

在这样的状态之下，粗制滥造出来的产品中间，有一本《小说论》，最近在光华出版了。

那本《小说论》共只二万多字，叙文也没有，后跋也没有。出来以后，有许多人在疑它的真伪，很有写信来问我的。我在此地想用蒲扇遮着脸儿，答应一声“是我做的”，好教读者省一番猜疑。那本书本来没有什么特长，仅仅抄了几本日本和西洋人的著作，撮合拢来，立了一个系统而已。不过我自家觉得良心还没有死，在各章背后，将所抄的原书都举在那里。当然若有抄错了，或说理不透彻的地方，责任应该是我负的。为生活所迫，不得不卖文章，并不是名誉。因为是卖钱的文章，所以做得不好，或者因为是四天功夫写成的东西，所以应该不好的这些话，都是无聊的口实。不过本来不是专门学者，又没有十分余裕的人，做出来的东西，从常情上讲来，也只好打一个折扣来看，不可诛求过甚。对于这一次的《小说论》的简略之讥的答辩，就终于此了。

其次是小说技巧论一类的东西，有没有存在的价值的问题。我想凡是天才——又要说天才了，却并非说我是天才，应该声明一句——总不必先研究诗或小说戏剧的结构，然后方才下笔。譬如曹雪芹并不读过小说作法之类的书。可是现在二十世纪，是科学方法猖獗的时代。它的坏处原是很多，但有的地方，也许有一点好处贡献我们。以纯粹的科学方法，来研究解剖艺术，使很优美的艺术作品，也带着工厂熔炉的烟火气，本来是我所不敢赞同的，但有些地方，却的确也可以提醒初学，不至使一般志有余而力不足的青年，终于陷入邪道去。所以从前是绝对排除那些艺术机械学的我，现在也想改变过来，承认这一种科学的存在了。这并不是因为我做了那一本无聊的书之后的变节，实在是因为看了近二三年来的青年作家，修养不足，卒至中途崩溃者太多的缘故。

我有许多朋友，每喜欢研究做文学家的要件。记得中国从前的文人，教人练文章，只有多读多作两法。实在想做一个文人，能够做到这两步工夫，他的外的努力，总算尽了。其次要看这人的根器如何，就是有没有天才——又用了一个天才——的问题。我在此地所说的天才，并不是说出类拔萃的才智，意思不过是说一个文人的天赋而已。有天禀的人，若能加以外的努力，那么他纵不愿意成为文人，也会自然而然的走上那条路上去的。不过大抵的稍有天赋的才能者，多犯一种妄自菲薄之病，不肯和常人一样的努力，以求长进。因此有人说笑话，说凡是文学家，总须具备三个要件，就是：懒，病，贫。这笑话虽则是取笑文人的话，然而的确也有点真理。第一，文人的智力，大约是比旁人要丰富一点，他的感受的能力来得强，理解的才力也来得快，所以人百能之者，他一即能之。而世上又是庸人多，才人少，所以他就同赛跑的兔子一样，老喜欢在山坡上偷懒睡觉。文人的懒，大抵是从这一个地方来的。并且还有一层，理智发达的人，他看得到人生的终局是什么。老幼男女，贫富贵贱，结局终竟是一个死，还要努什么力？做什么工？“有钱且尽今朝醉，明日青山卧髑髅，”这就是他们的口号，这也是文人之所以偷懒，所以厌世的缘故。第二，文人的多病，是以科学的眼光来看，也可以说得通的。他的神经比常人一倍的灵敏，感受力也比常人一倍的强，所以他常常离不了“自觉”（Selfconsciousness）的苦责。神经纤弱的人，旁的身体方面是不会发达的。中国人每以多愁善病来形容文学家，实在古今中外多是一样的。第三，文人的穷，仿佛是产生杰作的必要条件。中国人每说诗穷而后工，从外国的文学史看来，真正有永久性的几个文学家，却也没有一个不穷的。这事情，也可以以上举的两个原因来说明。文人因为常常要受“自觉”的苦责，所以有许多卑鄙龌龊的事情，绝对的干不了。又因为他的感受性太强的原因，有许多地方要忍耐模糊的，他却不能够。把自己的人格看得太高，把廉耻看得太重的时候，他在这世上，当然是不会成功了。像这样的人，若生在争夺剧烈的目下的社会里，哪里能够不贫呢？

诸君诸君，上面一段废话，并不是我的牢骚，也不是我的自己广告，请诸君不要误会，再来说我自称“天才”，自称“文学家”。自己广告还在下面哩！

《创造月刊》，已经付印了，大约在这一期《洪水》发行后的一个星期内，可以与诸君相见。我虽则老病未愈，然而当月刊编辑的时候，却整整的熬了两个通宵。月刊第一期的内容虽则简单，但它的 Sincerity 或者能为诸君所赞许。我们并不是说 Sincerity 是文学成功（Success in Literature [George Henry Lewes]）的秘诀，不过赋性愚鲁，不善于用轻车快马的我们，在这楚歌四起的当儿，只好借这一个字来标榜标榜，亦聊以解嘲，亦聊以自慰而已。

一九二六年三月一日上海

关于编辑、介绍以及私事等等

不可救药的人类，毕竟是穿着衣冠，能通言语的禽兽！为利而争，为权而争，为女人而争，处处都是丑恶。养子被子杀，养蛇受蛇咬，我在中国外国看过了一点世界，才知道这是天地间唯一的实际。我们的国家社会，弄得这样的支离灭裂，原是应该的。什么是党派？什么是争斗？更什么是感情？实际上不过是为了一点金钱、权利而已，旁的话都是骗人的器具，狐鬼的画皮！

我曾经到过创造新世界的理想国里，这理想国的人们，也免不了禽兽的本性。我现在又回到纳污藏垢的上海来了，这上海当然也是和旁的人类杂处的地方一样，处处是阴谋，处处是陷阱。啊啊，这丑陋的人生，这恶浊的人世！

然而人总不能彻底，活泼泼的人总还想活泼泼地过去。所以一边心里虽在厌恶痛恨这人世社会，一边还要庸人自扰，努些毫无功效的力，来作什么创造、改革的工作。这一回我总算又上了这生的诱惑的当，跑到上海来管理创造社的事务了。

事务的最重要的，就是月刊和《洪水》的编辑，及丛书等类的印行。远大的计划，暂且不提，现在总算把这第六期月刊的稿子弄清楚了。对于定期刊物出版延期的辩解，和种种办事上对不起股东及读者寄稿者的歉话，已经是说不胜说，现在只好在这里行一个最诚恳的鞠躬礼，请同情于我们的诸位朋友，再宽恕我们半年，来看看我们这一回的整理工作。万一这半年中间，仍复是支离灭裂，成绩空虚，那么万方之罪，在我一人，我情愿自行告退，受大家的公判。

讲到这一期的稿子，我觉得要比上几期整齐些。不过在台房里的人，自家当然不能叫好，请大家读了之后，自家评论罢。

以后每月有三期定期刊物要编，就是天生给我三头六臂，怕一个怪物，也支不住这两间大厦，还希望国内外的同志，竭力的援助，源源地送些稿子来。

寄稿的时候，最好写上小子的名字，好教我一人负责，替大家整理发表，或保管寄回。

这一期的沫若的小说，是旧稿，资平的《苔莉》已登完，李君初梨的戏剧是从日本寄来的。拙作《过去》一篇，系在这两三日内，勉强凑成，不惬意的地方很多，大约将来收入全集的时候，总须改削，这一回就猫猫虎虎的发表在这里，暂作填补空白之用。

编辑的事情，就算说到这里为止，底下让我来介绍两种刊物：

第一，《玄背》，本来是京津间几个纯正的青年，以自费出版的刊物，现在附在天津的庸报社印行。每星期发行一次，也可以单定。

承玄背社诸君寄赠我许多份数，嘱我与他们交换广告，然而我以为广告可以不必，现在还是让我来说一说它的内容。

执笔者都还是没有在社会上作事的青年，所以说话很痛快，做文章亦没有想利用什么，或取得什么的野心。我劝大家可以拿来一读，看看这一种青年纯挚的态度。

第二，《汛报》，上海贝勒路西门路汛报社出版，是一种周报。虽则内容没有形式整齐的长篇大作，然而一鳞一爪，也可以培养我们的趣味，我觉得这是一种小趣味刊物中的后起之秀。不过市气太重，希望以后编者经营者，不要太顾及低级趣味，而降落了你们的格调。

此外，一定还有许多想和《创造月刊》、《洪水》半月刊交换广告，互求介绍的刊物，可惜我这一次初到上海，大半是没有接到，或者是已接到并未曾看见的，当于下期里慢慢的登载，请大家不要着急，并请原谅我这不谙事务的懒惰病者的匆促的登场。

头上已经发过一段牢骚，这尾声还要说几句大家所不愿意听的话。

自从《创造月刊》出世以来，每次接到的信，都是来骂我者多，来安慰我者少。骂的原因，大抵是说我“偷懒”、“褊狭”、“太消沉”、“摆架子”、“做文章愈做愈坏”、“以老者自居”，等等。当然来骂我的人，是我在这人世上的最好的朋友，因为你们都在望我长进，望我奋发有为。可是诸君，进忠言的朋友诸君，你们来骂我的那些事实，实际上教我有什么法子可以改变过来？我一个人的私人的痛苦，实在只怜我自家少一点天分，不能和盘托出，殉情地写给你们看。一年多半是东飘西泊，坐立不安，妻离子散，母老家贫，日日的面包青菜，都担在我这瘦骨棱棱的肩上。又兼以脾气不好，易怒喜迁，不会用假面具，不会下黑心计。所以到头来，总是吃力不讨好，只落得一个对母不孝，对友不忠，对妻不义，对儿女不慈爱的大罪人。朋友诸君，试想想处到了这一个地位，我还有什么法子来摆脱这些“偷懒”、“褊狭”、“太消沉”、“摆架子”、“做文章愈做愈坏”、“以老者自居”的恶习气呢？

好，好，不说了，说了一天星斗，横竖是半文不值，倒反要再增加大家对我的忧虑，我还是在此地说一句风凉话，祝诸君的新年幸福罢！

“但愿得，河清人寿。我情愿，做一只太平盛世的爬儿狗。祝诸君不朽！祝诸君不朽！”

一九二七年一月十日

无产阶级专政和无产阶级的文学

革命的最终理想，在使全人类得享到幸福，在使无论哪一个人，能享受他或她的本来的生存权，在打破一切私人的压迫和解放全民众的束缚。然而这最后的理想，实现颇非容易，所以在革命的过程中，有许多人不得不因此失去幸福，失去生存权，并且也不免时时受点压迫，或受点束缚。这事实是谁也知道，并且是谁也承认的。譬如我们身上有了疮毒，要想医治它，使全身得保有健康，就不得不吃一刀痛，把这一处的疮毒来割掉。

可是为了一处疮毒的医治，而使更大的地方，同时受到比疮毒更痛苦的不自由，那我们当然不能承认这一种医治方法是对的。所以英国有几个狡猾的哲学家就创制了一种名目来骗人，叫作谋“最大多数的最大幸福”。这虽是一句不彻底的骗人的话，然而在革命还没有彻底的过程中，此话至少也可以通用。

在头上我们已经说过，革命的最后的目的，是在谋绝对全体的绝对幸福，不能说少数人就可以牺牲不顾的。可是想把过去几千年的积弊，一朝推翻，马上就达到这一个目的，是不可能的事情，所以在革命未完成的过程中，也就不得不依英国资本主义的经济学的所说，至少总须求一个大多数者的幸福才行。

中国自古以来，帝王封建的制度，行得太久，全体的民众，都只有为一个人而牺牲，从没有见过少数人肯为民众全体而牺牲的事情。辛亥的革命，把帝政推翻，总算增加了几个享幸福者，然而以四万万人来比这几个革命投机家，还是无穷小的小数。所以结果，就弄得这几个人和外国的资本主义者结合起来，造成这目下的军阀官僚和外国资本家专政的局面。

这局面当然不能持久，到现在就有多数的民众，起来工作，想要把大多数的民众的幸福利益，仍复夺回来由大多数的民众自己来主张。殊不知事有不巧，到了这工作将走上完成的初步的路上去的现在，又有一批新的军阀官僚和资产阶级出来了。当然这一次的新军阀新官僚和新资产阶级，比起从前的旧军阀旧官僚旧资产阶级来，数目要增加一点，头脑也新鲜一点，说话也漂亮一点，然而试问我们的牺牲的目的，改造的目的，是否仅仅只止于此？

所谓人类的幸福，由目下的社会状态看起来，根本问题，就在经济。当社会组织没有改善以前，我们的能不能享幸福，简直可以说就在你一个人的有没有资产。在目下的中国社会里，最明显的一件事实，就是有资产的富人少而无资产的穷人多。那么即使依英国资本主义的经济学家的主张说来，现在中国，至少也该是入于无产阶级专政的一个时期了，然而实际上却还相差很远。

现在中国在政治舞台上专政的人物，和握有兵权的人物，大抵是以出于小资产阶级而受过前期资本主义的训练者为多。他们要利用民众的时候，不妨造出很动听的话来打倒比他们更大更有实力的旧阶级，而万一事功成就之后，或竟至事功半就的时候，他们的根性，就会发露出来，要压迫大多数的民众了。这虽是无论哪一国的革命史上必见的事实，也是全民革命的过程中必经的道路，然而不幸我国的革命，在未熟的初期，就发现了这一种险象。

真正彻底的革命，若不由无产阶级者——就是劳动者和农民

——来作中心人物，是不会成功的。这又是什么原因罢？一，若这领袖人物，从小就没有无产阶级的思想经历，那么无产阶级的痛苦，他是不会了解的。二，他若不是出于无产阶级的人，那么他的左右前后，当然只是和他一样的小资产阶级的人物，真正无产阶级的自觉意识，他是不会有的。三，有了上举的两层原因，结果他就会把小资产阶级的根性培植增长起来，终究要一样的陷入于被他所打倒的旧资产阶级的荒谬之中。所以在一个革命的过程之中，我们所希望的，第一就是无产阶级的专政。反过来说，就是现在的那一种新军阀新官僚新资产阶级的打倒。

当然在无产阶级专政的期中，社会上就有一小部分的人，要失掉他们的利益、幸福。然而若社会上的最大多数，可由此而得享生存的权利，那么这牺牲也是有价值的牺牲，而这少数人者的痛苦束缚，在最近的将来，到了革命的最后目的达到的时候，也马上可以免除的。

在无产阶级专政的时期未达到以先，无产阶级的文学是不会发生的。

这是什么缘故呢？第一，无产阶级的专政还没有完成之先，无产阶级的自觉意识，就不会有。（因为若有了这自觉意识的时候，无产阶级的专政就成功了。）没有自觉意识的阶级文学是不会成立的。第二，文学的产生，须待社会的熏育的，在无产阶级专政没有完成的时候，社会的教育，社会的设施和社会的要求，都是和无产阶级文学相反的东西，在这一种状态之下产生的文学，决不是无产阶级的文学。

现在中国，虽然有几个人在那里抄袭外国的思想，大喊无产阶级的文学。或者竟有一二人模仿烧直，想勉强制作些似是而非的无产阶级的作品出来，然而结果毕竟是心劳手拙，一事无成，是不忠于己的行为。我在此地敢断定一句，真正无产阶级的文学，必须由无产阶级者自己来创造，而这创造成功之日，必在无产阶级专政的时候。

一月十七日

杂评曼殊的作品

因为胡适之氏的《最近五十年的中国文学》里。没有苏曼殊的名氏，一般年青气盛的文学家，都起了反感，竭力的在为曼殊出气。所以这几年来，关于曼殊的论文记载，散见于各种杂志上的很多，曼殊的遗文剩墨，尤其为书贾居奇，这几年来，他的作品，竟改换头面的出了几种。他生前的朋友，也在各处记述他的轶事奇行，想加重他的没世声名于万一。其实苏曼殊的名氏，在中国的文学史上，早已经是不朽的了，那些推重过当的称颂，实在不能在他的名氏上更加上些什么。

苏曼殊是一位才子，是一个奇人，然而决不是大才。天才是有的，灵性是有的，浪漫的气质是很丰富的，可是缺少独创性，缺少雄伟气，一位英国的批评家对十九世纪的鬼才淮儿特所说的话，也可以用在苏曼殊身上。

所以曼殊的才气，在他的译诗里，诗里，小说里，画里，以及一切杂记散文里，都在流露闪耀，可是你要求一篇浑然大成的东西，却在集子里找不出。

我所说的在文学史上可不朽的成绩，是指他的浪漫气质，继承拜伦那一个时代的浪漫气质而言，并非是指哪一首诗，或哪一篇小说。

笼统讲起来，他的译诗，比他自作的诗好，他的诗比他的画好，他的画比他的小说好，而他的浪漫气质，由这一种浪漫气质而来的行动风度，比他的一切都要好。因为近来有一般殉情的青年，读了他的哀艳的诗句，看了他的奇特的行为，就起了狂妄的热诚，盲目地崇拜他，以为他做的东西，什么都是好的，他的地位比屈原李白还要高，所以我想来做一点批评，指点指点他的坏处，倒反可以把他的真价值发出来。

他的诗是出于定庵的《己亥杂诗》，而又加上一脉清新的近代味的。所以用词很纤巧，择韵很清谐，使人读下去就能感到一种快味，举几个例出来就可以明白：

春雨楼头尺八箫，何时归看浙江潮，
芒鞋破钵无人识，踏过樱花第几桥。

孤灯引梦记朦胧，风雨邻庵夜半钟，
我再来时人已去，涉江谁为采芙蓉。

软红帘动月轮西，冰作阑干玉作梯，
寄语麻姑要珍重，凤楼迢递燕应迷。

罗幕春残欲暮天，四山风雨总缠绵，
分明化石心难定，多谢云娘十幅笺。

江南花草尽愁根，惹得吴娃笑语频，
独有伤心驴背客，暮烟疏雨过阊门。

平原落日马萧萧，剩有山僧赋《大招》，
最是令人凄绝处，垂虹亭畔柳波桥。

白水青山未尽思，人间天上两霏微，
轻风细雨红泥寺，不见僧归见燕归。

碧阑干外夜沉沉，斜倚云屏烛影深，
看取红酥浑欲滴，凤文双结是同心。

折得黄花赠阿娇，暗抬星眼谢王乔，
轻车肥犊金铃响，深院何人弄碧箫。

镫飘珠箔玉筝秋，几曲回阑水上楼，
猛忆定庵哀怨句，三生花草梦苏州。

蝉翼轻纱束细腰，远山眉黛不能描，
谁知词客蓬山里，烟雨楼台梦六朝。

像这些，那是定庵的得意之作，而曼殊去偷了过来，重加点染，就觉得清新顺口，读之有味了。所以我说他的诗比他的散文小说好，因为他的诗里头有清新味，有近代性，这大约是他翻译外国诗后所得的好处。可惜我读他的诗不多，所以不能再仔细的分析评断他的诗。最后他的诗的清淡味，似乎是得力于放翁、后山的地方也很多。他的小说里，也曾这样的说过，他的杂记里，也把放翁的“衣上征尘杂酒痕，远游无处不销魂，此身合是诗人未，细雨骑驴过剑门”一绝，称道得十分起劲。

曼殊有这样的诗才，有这样的浪漫气质，而他的小说实在做得不好。我所读过的，只有一篇《碎簪记》，一篇《断鸿零雁记》，读了这两篇东西之后，我再也不想看他的小说了。

《碎簪记》系记一个多情多病的少年，屈伏在专制婚姻之下，和一位他所爱的女子，不能结婚，就郁郁以卒。同时他叔父婶母为他定下的一位女士，也为了这少年而死。三人结成三角恋爱，都是好人，都可以博得人爱，而在前后差不多同时候死了。《碎簪记》的骨子这样，他的文章也做得很 sentimental。照理是可以做得很动人，很 tragic 的，然而他的技巧的不高明，描写的不彻底，真使我出乎意料之外。他的记述方法，用半写实的体裁，然而使人读了，处处觉得他做小说。尤其是作品中主人公性格，和事件的进展，联络很薄弱，看不出前后的因果系统来。他有时也用 suspense 的手法，来挑动读者好奇期待之心，然而这手法的用出，决不像曾经读过西洋近代小说的才人之所用，仍旧是一个某生体的中国滥小说匠的用法。譬如姓庄的那位少年，在病院里，与那位他还不曾见过面，然而心里已经决定生死不渝地爱她的杜灵芳小姐——这事情已经是不可通了——诀别的时候，曼殊竟用了“嗟乎，此吾友庄湜与灵芳会晤之始，亦即会晤之终也”的两句滥腐的文章。

还有杜小姐将簪一枝，赠与庄湜，庄的叔父于庄和燕小姐及婶母等出去的中间，去请了杜小姐来，要杜小姐将庄枕下的簪儿折断，逼与庄绝一段，抄袭《茶花女》太抄得不高明，我真不解绝世聪明的曼殊大师，何以会做出这样的文章来。

《断鸿零雁记》是举世所尊敬的作品，系带有一点自叙传色彩的小说，然而它的缺点和《碎簪记》一样，有许多地方，太不自然，太不写实，做作得太过。

这一篇是第一人称的自传小说，记述他自小孤苦，离了亲身日本产的母怀，远适异国（就是中国），寄养在一家他父亲（日人）的朋友粤人的家里。这养父虽好，然而养父的后娶母却坏得很，养父死后，逼得不得不去削发为僧。一天晚上，这受戒的和尚，于无意中遇见了他幼时的乳妪及她的儿子——这一段不自然得很——又于无意中遇见了很贞坚的当他养父在日为他定下了的未婚妻，就还了俗。这未婚妻在花园赠银给他，要他去寻亲生之母。他到了老母的怀里——他的生父早已死了，因此所以出养的——又和他的一位姨母的女儿（就是他的表姊），有了婚约，这是他老母所主张，他心里也十分愿意，可是终觉得对不起那后花园赠银的粤女，所以他就生了许多苦闷。苦闷之余，他就决计出家，又逃回中国，暂在杭州灵隐寺寄迹。这中间无意中遇见了他幼时的乡亲广东麦某，得知道那赠银的粤女，已因忠于他的原因而去世了。他悲愤之余，是沿门托钵，回到粤去吊这少女之坟，在路上遇见了他那乳母的儿子，也为追荐他自己的母亲，已削发为僧了。主人公好容易到了他未婚妻的家里，去访问她的婢女，倒反受了一顿抢白，他终于寻不着她的坟墓。最后的一段结语为：

> 呜呼，“踏遍北邙三十里，不知何处葬卿卿！”读者思之，余此时愁苦，人间宁复吾匹者，余此时泪尽矣。自觉此心竟如木石，决计归省吾师静室，复与法忍——这是他同行的一位和尚的名字——束装就道。而不知弥天幽恨，正未有艾，吾搁笔不忍再言矣。

实在做得太不高明，几乎把全篇的效力，完全打消了。

《断鸿零雁记》因为是带有自叙色彩的原因，内容稍为复杂一点，文章也似乎费了许多苦心。前后共二十七章，有三万多字。然而我觉得可取的，只有第一章的六七百字，其余的文章里，破绽很多，随便举几个例，就譬如第四章中，乳母对主人公说：

> “今吾为尔计，尔须静听吾言。吾家花圃，在三春佳

日，群芳甚盛，今已冬深，明岁春归时，尔朝携花出售，日中即为我稍理亭苑可耳，花资虽薄，然吾能为尔积聚，迨二三年后，定敷尔东归之费，舍此计无所出。三郎，尔意云何?”余曰：“善，均如媪言。”媪续曰：“三郎！尔先在江户，固为公子，出必肥马轻裘，今兹暂作花佣，亦殊异事，……”

你瞧，一个乡下的无知的乳母，何以知道三郎先在东京是一个贵公子，更何以知道他出则肥马轻裘。

又如第七章中，主人公得了未婚妻所赠之银，在东渡的舟中，拿出拜伦的诗来读后，又翻译了一大篇汉文等处，实在是画蛇添足，使读者的自幻观念，完全破灭，不得不自觉到“在这里读虚构的小说”上去。

还有第九章中，主人公到了日本，跟他母亲妹妹到小田原龙山寺去上先祖代代的坟的时候，他的感情，应该是如何的急迫，而他在寺的山门口，竟有看取山寺门联，悠悠批评这“蒲团坐耐江头冷，香火重生劫后灰”的联句的余裕，实在要使读者感到无限的滑稽。

诸如此类，还指不胜指，我恐怕一般崇拜曼殊的青年，要出来骂我吹毛求疵，不再做下去了。

这一回因为养病山中，偶尔读到了曼殊大师的遗著，所以拉杂写了这一篇感想，请读者勿要误会，说我在攻击这薄命的诗人，而借以自豪。老老实实，凭我良心说起来，我对于曼殊的漂泊的一生，是很表同情，很表敬意的，不过他的小说，尤其是《断鸿零雁记》，我觉得不敢赞成而已。

一九二七年五卅的午前作于逃难养病的山中

日记文学

散文作品里头，最便当的一种体裁，是日记体，其次是书简体。

我们都知道，文学家的作品，多少总带有自传的色彩的，而这一种自叙传，若以第三人称来写出，则时常有不自觉的误成第一人称的地方，如贝郎的长诗 *Childe Harold* 里的破绽之类。并且缕缕直叙这第三人称的主人公的心理状态的时候，读者若仔细一想，何以这一个人的心理状态，会被作者晓得得这样精细？那么一种幻灭之感，使文学的真实性消失的感觉，就要暴露出来，却是文学上的一个绝大的危险。

足以救这一种危险，并且可以使真实性确立，使读者于不知不觉的中间受催眠暗示的，是日记的体裁。

我们大家都有过记日记的经验，都晓得在日记里，无论什么话，什么幻想，什么不近人情的事情，全可以自由自在地记叙下来，人家不会说你在说谎，不会说你在做小说，因为日记的目的，本来是在给你自己一个人看，为减轻你自己一个人的苦闷，或预防你一个人的私事遗忘而写的。

日记有此种种便利的特点，所以小说家在初期习作的时候，用日记体裁来写的时候，其成功的可能性，比用旁的体裁来写更多一点。而我们读者，因为第一我们所要求的，是关于旁人的私事的探知（这一种好奇［curiosity］是读小说心理的一个最大动机），所以对于读他人的日记，比较读直叙式的记事文，兴味更觉浓厚。

由我个人的嗜好来讲，我在暇时翻阅旁人的著作的时候，最喜欢读的，是他的日记，其次是他的书简，最后才读他的散文或韵文的作品。以己度人，类推起来，我想无论哪一个文艺爱好者，大约是人同此心，心同此理的。

几礼拜来，呻吟在病床上，床头没有书读，从朋友那里借了两部日记来，一部是 Henri Frederic Amiel 的日记，一部是中国吴穀人祭酒的《有正味斋日记》。亚米爱儿的日记，我从前只读过英译的拔萃，及德文的 Rosa Schapire 译的更短的几段文字，这一回却得了一部全集，糊里糊涂的翻翻字典，竟帮助我消磨了许多无聊赖的黄昏。

古今中外的文人，以日记传世的很多，就浅陋的我所读过的几家日记说来，如德国近代剧作家 Hebbel，英国的日记专家 Samuel Pepys，俄国的 Dostoyevsky，Tolstoy，中国的李莼客及许多宋遗民明遗民的随笔日录之类，真是数不胜数。然而三十年如一日，中间日日在自己解剖自己，日日在批评文化，日日在穷究哲理，如亚米爱儿的日记，实在是少见的，因为这一个原因，我想就我所读过的记忆中所及的，抄一点出来，向大家来推荐推荐，并且同时可以把日记体的文学来说一说。

作者亚米爱儿，于一八二一年，生在瑞士的 Genf。在外国留了七年学——大部分是在德国的大学里——一八四九年去故乡的大学里当美学的教授，一直到一八八一年他死的时候止。他的一生都平淡无奇，少时境遇也还好，天资极高，同学辈都以为他将来是了不得的，然而出乎他们的意料之外，他的一生，除出了几本小品感想文及小诗集后，竟一无所成，到他的死时止，他的事业文章，没有一样可以使人纪念他，使他不朽的。然而他的内心的苦闷，自己解剖的精细，批评的眼光的周密，直到他死后的那部日记发表的时候，才有人晓得。

他是天生的一个忧郁病者，自己怀疑自己，对世界一切，当然更怀疑了。然而到了穷无所归，他却还保留得一丝信仰，他觉得还有一个唯一的神在，可以使我们安身立命，不过这一种矛盾的心理，就是使他一生苦闷的原因，而同时也是救他的灵魂，使他不至于自杀的一个最大理由。

据 Berthe Vadier——*Henri Frédéric Amiel Etudé Biographique* 的著者——说来，他的抑郁性，和当时的政局有关，因为他是生于有产阶级的贵族中的，然而心里却在同情于无产阶级，而无产阶级者，又不能信任他，所以他一生不曾与政治发生过关系，虽则处在一八四六年前后的革命世纪里头，但他的孤独，他的无聊，却比任何时代的人还要厉害。这也许是真的，尤其是由我们当这一个举国若狂的时代中，看了两派的投机师的活跃，使我们良心稍为纯正一点的人，一点事情也不能做，一句话也不能说，不得不坐以待亡的状态推想起来，这一种苦闷，这一种 dilemma 却是千真万真的。

一八五一年三月二十六日

多少伟人杰士，我所认识的，都被死神拉入冥冥中去了。Steffens，Marheinecke，Neander，Mendelssohn，……学者，艺术家，诗人，音乐家，史学家，旧的时代，死灭过去，新的时代，将有什么产生？几个老者，Sehelling，Alexander von Humboldt，Sehlosser，还在把我们联系在过去的有荣光的时代之中，然而形成伟大的将来者，又是何人？年事将终，不可逃避的运命，若要向我们寻问：你所有的伟大在哪里的时候，我们哪能够不颤栗惶恐？现在是时候了，是自家振作的时候了，是我们的力量或我们的无聊的暴露的时期了。是你的天才，英气，力量的显现的时期了，你究竟准备好了没有？（大意）

看哟，由苦闷而发的这一种自己鞭挞，是如何的伤心，是如何的可痛！

一八五一年四月六日

……我的心太柔嫩，我的幻想太不安定，我太容易感到失望，我的情感的回响太不容易消灭。我的成就的可能，都被未成就的现实所腐蚀，而一种成就的必然，只增长了我心身的苦痛。所以现实，目前的事实，事实的必然，总之不可救药的一切，只是使我忧闷，使我苦痛，我的幻想太发达了，思想太精细了，自觉太英敏了，总之是我的性格不强的原故，所以弄得现实的生活，实际生活，与我两不相入。

家庭生活，现世的快乐，他并不是不晓得，但是他的高尚的理想，终于不能使他安闲的得享受这些庸人俗人及投机师所特有的安宁。人生实在是一个危险的东西，是一种争斗。天堂与地狱，只隔了一张纸，恶魔与天神，都存在在一个人的心里的。

一八六〇年五月廿二

我有一种莫名其妙的骄情，总不愿意把我的感情直现出来。可以使人满足的话，自己总不愿意说。……

这一种骄情，实在是使他陷入孤独，使他在世不能成功的一个大原因。

一八六一年三月十七

今天午后，对于死的热望，烧满了我的全身，厌恶之情，生的厌倦，不断的苦闷，征服了我的心身……到墓地里去徘徊，或者可以得到一点安慰，然而也不能够……

一个不安被困的灵魂，想得到慰安，想得到神助，是不可能的，因为他不晓得要往哪里去祈求，向哪里去寻觅上帝。教会是不中用的，冷冰冰的牧师的说法是不中用的。他们没有同情心，不了解灵敏的感觉，不晓得深沉的苦痛是什么？

像这一类的日记，在全卷内在在皆是，批评宗教，解剖自己，阐明苦闷的心理的记载，若要摘录出来，总有千万条好摘，我不再写下去了。读者若要认识这一位日记作者的大胆的记录，及内心苦闷的全史，请先去看 Mrs. Humphrey Ward 的英译本，若要看对于 Amiel 的评论，则 Matthew Arnold 的批评文集里，有一篇关于他的文章，亚诺儿突说他是一个批评家，却是很适当的评断。

就孤陋寡闻的我看来，像亚米爱儿的这一部日记，大约是可以传到人类绝灭的时候的不朽之作。读他的日记，觉得比读有始有终，变化莫测的小说，还要有趣，所以我说，日记文学，是文学里的一个核心，是正统文学以外的一个宝藏。至于考据学者，文化史学者，传记作者的对于日记的应该尊重爱惜，更是当然的事情，此地可以不必再说。

因为日记文学里头，有这样好的东西在那里，所以我们读者不得不尊重这一个文学的重要分支，又因为创作的时候，若用日记体裁，有前面已经说过的几个特点，所以我们从事于创作时候，更可以时常试用这一个体裁。或者有人要说，我们若要做自叙传，那么用第一人称来做小说就行了，何以必要用日记体呢？这话也是不错。可是我们若只用第一人称来写的时候，说："我怎么怎么，我如何如何，我我我我……"的写一大篇，即使写得很好，但读者于读了之际，闭目一想，"你的这些事情为什么要这样的写出来呢?""你岂不是在做小说吗?"这样的一问，恐怕无论如何强有力的作者也要经他问倒（除非先事预防，在头上将所以要做这一篇自叙小说的动机说明在头上者外）。从此看来，我们可以晓得日记体的作品，比第一人称的小说，在真实性的确立上，更有凭借，更有把握。

上边说过的是日记文学的重要，和我们创作的时候用日记体裁的便利。底下本应该说到除真正的日记以外，作者特以日记的体裁而做的小说及各种作品上去了，但是因为手头的参考书没有，所以只好等下次有机会的时候，再来补作一篇。最后我更想加上一句，就是以日记体写下来的文章，除有始有终的记事文之外，更可以作小品文，感想文，批评文之类，它的范围很广很自由的。现在我手头所有的这一部吴穀人的日记里，就有许多很好的小品写生文在里头。就是那部亚米爱儿的日记里，也有许多很美丽很细腻的散文诗包含着，并不是拘于一格的。此外更有书简体的小说，最浅近普通的例如《少年维特之烦恼》，和《穷人》之类，也是和日记体一样的便于创作，富于趣味，但是这一种书简的体裁，我们可以说是日记体的延长，所以关于日记体的作品所说的话，是完全可以应用在书简体的作品上面的。此地不再说了。

一九二七年六月十四日作于病床上

电影与文艺

这也许是孤陋寡闻的我一个人的偏见，但我想大多数的文化享乐者，总也有一部分的人赞成我这一句话的：

“二十世纪文化的结晶，可以在冰淇淋和电影上求之。”

将天然的水，想法子使结成冰，又将蜜糖甜酱，混合和凝起来，使凝结在一处。它的颜色很柔美，香气很芳醇，在大暑的六月天，你当行路倦了的时候，走到树荫下去吃一杯，就是神仙，也应该羡你。同冰淇淋一样的集成众美，使无产者以低廉的价格，在最短的时期里，得享受到无上的满足的，是近来很为一般都会住民所称道的电影。

电影是最近方才发达的艺术界的 youngest sister，她的姊妹艺术（sistre - arts），如演剧、音乐、绘画，等等，发源都在数千年前以上，只有电影，可算是十九世纪后期的产物。但后来者居上，她的将来，正是不可限量，我敢断言，二十世纪，将要成为电影的世纪。

电影的所以能够在这样短时期里得到这样长足的进步的，我想有五种原因。第一，电影是合成各种艺术长处的集大成者。第二，电影是艺术的立体化而且具有动的性质的。第三，电影是合乎近代经济的原则的。第四，电影的现实性和超现实性，都比旁的艺术容易使观众满足他们的好奇心。第五，电影是合乎近世的社会主义的理想的。

现在且把这几种电影的特长来说一说。第一，艺术中除演剧外，都各自成枝，不能同时使我们的感官各得到满足。譬如诗歌文学之类，读了之后，我们最多也不过受到一种感情上的享乐，这一种满足，是属于精神的，内在的。并且非有智识教养者，或感情丰盛者，对于文学诗歌简直不能感到 ecstasy 而殉情陶醉于其间。其他如绘画、音乐、雕刻、建筑之类，对于我们的官能享乐，都只是限于一部分的提供而已，不能浑然整然，使我们五体投地，诸感满足，如处九重天上般的安适快乐。至于演剧呢，虽也是合成众美的一种艺术，然而剧场的设备，俳优的养成，衣饰的花费等等，太不经济，太不合乎无产阶级的要求，所以比之电影的简便廉价，要逊一筹。

第二，我们近代人，都是神经衰弱者，不是具体化的艺术，不能使我们感彻底的满足。雕刻、建筑，虽具有具体的形象，然而变化太少，没有动的性质。音乐虽瞬息千变，然而对于我们的具体的威压力很小。合成了各种艺术，各取其长，使溶化于一炉，而且具有高的威压力而变化百出，使观者随时能够得到动的观念的，只有电影。

第三，电影的经济，是谁也辨识得到的。我们读一部小说，非要一天两天不可，而在幕上看一出电影，至多也不过三两个钟头。如托尔斯泰的《婀娜·喀来尼娜》、于俄的《哀史》之类的庞庞大著，要从头至尾细读一遍，真是谈非容易，然而在电影里映写起来，则我们在茶余饭后，手里拿着一杯咖啡，嘴里含着一支纸烟，在闲谈休息的中间，就可以看得了了，岂不是时间的经济吗？旅行世界一周，至少也要五六十天，要看古代的残墟废垒，历史上的名山胜地，恐怕一两年也办不到，而在电影里，则无论什么地方的风景，无论哪一时代的风俗，都可以在一两个钟头里看得明明白白，这岂不是空间的缩短么？近来电影业发达，各著名的电影公司，都在大宗的制作出品，我们以最廉的价格，可以看到最美的影片，这岂不是合乎近代的经济第一原则的享乐么？诸如此类，说不胜说，总之电影的普遍性（popularity）是以根据于这一个原因者多，所以我在此地想特别把它来 emphasize 一下。

第四，我们的爱好艺术，都因为想满足我们好奇心。虽明知道艺术是骗人的东西，但我们所要求的，就是要它骗我们骗得巧妙。譬如哲学家的做人，他明知道人生是一场梦，但他总要想使这一场梦延长，在梦里却硬想装出许多不是梦的样子来。能够使这一种梦境最如实的表现出来，而且能够使这·种自幻（Sclbst-tauschung）观念最有力地形成的艺术，只有电影。因为电影的现实性和超现实性，都是很强的。电影的现实性，就是写实的便利，这一层在取材取背景上面，很容易办到，是谁也晓得的，殊不知她的超现实性，也是很强，也同样的逼真，不至于使观众的自幻观念打消。这只须举一个例出来，大家就可以明白，譬如歌德的杰作《浮世德》的第二部，有许多神秘的地方，像升天入地等行动，在演剧里是无论如何做不好的，而在电影里却演得很自然，很逼真，使观众一时能够感到惊异，感到快乐，毫不觉得在看假作的东西。这一层使不可能的动作化为可能的机能，是在旁的艺术里找不出的，我所以说，电影的现实性，和超现实性，都比旁的艺术更容易使观众感到满足。

第五，电影的廉价，经济，单纯，容易看得懂，是尽人所知道的，电影既具有这些好处，那她的合乎近代的社会主义的理想，可以不必说了。至于她的宣传力的大，对于社会教育、平民教育的帮助，更是人人所知道的，我们但把《伏儿羿河上的船夫》一片拿来一看，就可以晓得电影的宣传主义，是如何的速而且强有力了。

因为电影具有此种种的特长，所以她的进步之速，和将来的希望之大，实在有出乎吾人意料之外的地方。我们既已晓得了电影的这些特点，就可以说到她和文艺的关系上去。

在前面已经说过，文艺是静的，平面的，并且在最近的这个社会化的时期以前也可以说是很贵族的艺术。要使静的文艺，能带着动的意义，平面的文艺，能有具体的表现，贵族的文艺，能适合乎平民的口味，那么文艺作品，非要经过一次电影的媒介不可；电影的功效，非但能使死的文艺变成活的，有些地方，并且更可以使许多无意义的文艺变成了很有意义的东西。据我个人的经验讲来，当我读一位美国女作家的小说 *Little Lord Fauntleroy* 的时候，所受的感动也只是平常，及到看了那张影片以后，觉得有许多地方，所得的印象竟要比读书的时候深至数倍。又譬如 Murger 的小说《拉丁区的生活》里，有几段描写，简直使人讨嫌，不愿意读下去，而看到李莲吉舒的 *La Boheme* 的时候，无论男女老幼，不管他或是懂艺术，或是不懂艺术的都不要紧，一气看完之后，他们都不得不为女主人公靡靡流几滴伤心之泪。从这些地方看来，电影能够帮助文艺，是谁也能够承认的了，但是文艺也能同时促进电影的趣味一层，却还不大有人提起过。

在现代社会思想极盛的潮流里，我们所要求的艺术当然是大众的艺术。然而大众的艺术品，稍一不慎，就要流为填补低级趣味的消遣品，而失掉真正的艺术品的固有性质。我们但须向一般民众所聚集的娱乐场去一看，就可以知道这一种一般趣味的堕落性的旺盛。像《打花鼓》、《小上坟》等类的淫戏，在无论什么地方，由无论什么俳优演起来，都容易博得喝采叫唤的原因，就是一种证明。因为一般趣味的堕落性是这样的重的，所以美国出品的许多平常的影片，都是千篇一律勉强地制造出来迎合这一种下劣趣味的。可以使这一种趣味转向，并且同时也可以领导社会一般人的趣味，使一步一步提高上去的，那就非文艺不能办了。

大凡一种真正的文艺作品，不管它是不是第一流的创作，我想多少总有一点作家的个性和艺术品的骨气在内的。市气很重，而又完全为迎合读者的心理的投机货，我们不能承认它是文艺作品。所以电影的导演者，若真正于打算金钱之外，更有爱好的灵心的时候，那么他所导演的片子里，那种低劣的挑拨的场面，必要减少下去。从此更进一步，我们就可以达到提高一般趣味的目的了。

从这些地方看起来，我们就可以知道电影与文艺，实在是同要好的夫妇一样，须臾不可离开，两面都要常在一处，才能得到好结果的。唯其如此，所以我想向中国的那些导演家演员进一句忠言。

中国的电影，本来还是在萌芽的时代，技巧上剧本上，当然都还赶不上西洋。然而在最近的一两年里，一班中国的智识阶级，对于中国影片所抱的悲观绝望，实在也是出乎我们的意想。他们的攻击中国影片最力的一句话，就是“肉麻”。这肉麻的来源，就是在于趣味的低劣。影片公司，只想做南洋一带的买卖，所以把中国的趣味，硬要降到合乎殖民地的中国商人的口味的地位。同业者竞争愈烈，这低劣趣味的下降也愈速。所以起初多少还带有一点艺术性的中国影片，现在弄得和扬州班的文明戏没有什么分别了。在这一个危急的时期里，我觉得中国的导演者和演员，还有多读真正文艺作品的必要。我们要直接和文艺相接触，把文艺的精灵全部吞下了肚之后，然后再来创作新影片，使贵族的文艺化为平民的，高深的化为浅近的，呆板的化为灵活的，无味的化为有趣的。然而平民化不是 vulgarize，浅近化不是 monotonize，灵活化不是专弹滑调，有趣化不在单演滑稽，总之是在一种精神上面，是在一种不失掉艺术的品位的气质上面。

对于电影，本来是门外汉的鄙人，七扯八拉的说了一大堆 amateur 的外行话，我只怕为专门家所窃笑。然而中国有一句古话，叫做“愚者千虑，必有一得”。我上面所说的，若有可取的地方，那么请大家感谢《银星》的编者，因为来问道于盲，并且硬要我撰文投稿的，是《银星》的编者卢君所作的恶剧。说的若有不是处，那么请大家原谅我这末路的文丐，现在因为某种事件，思想上精神上以及物质上，正受一种绝大的威胁。

一九二七年七月十一日夜脱稿

《古代的人》序

范龙的书，已经我们中国人翻译出来的，在我所晓得的范围以内，只有沈性仁女士译的《人类故事》。现在我的朋友林徽音译的《古代的人》，又在这里与中国的朋友们见面了。

《人类故事》，我没有看过，可是这一本《古代的人》，因为徽音在翻译的当初，曾经和我商榷过几次，所以我的确是为他看过一遍的。

书的内容，和范龙的作书方法，在他的原序里，就可以看出来：

> I am not going to present you with a textbook. Neither will it be a volume of pictures. It will not even be a regular history in the accepted sense of the world.
>
> I shall just take both of you by the hand and together we shall wander forth to explore the intricate wilderness of the bygone ages.

范龙的这一种方法，实在巧妙不过，干燥无味的科学常识，经他那么的一写，无论大人小孩，读他的书的人，都觉得娓娓忘倦了。你一行一行的读下去，就仿佛是和一位白胡须的老头儿进了历史博物馆在游览。你看见一件奇怪的东西，他就告诉你一段故事。说的时候，有这老头儿的和颜笑貌，有这老头儿的咳嗽声音在内，你到了读完的时候，就觉得这老头儿不见了，但心里还想寻着他来，再要他讲些古代的话给你听听。

范龙的笔，有这一种魔力。但这也不是他的特创，这不过是将文学家的手法，拿来用以讲述科学而已。

这一种方法，古时原是有的，但近来似乎格外的流行了。像诗人雪莱（Sgelley）的传记，有人在用小说的体裁演写，Abelard和 Heloise 的故事，有人在当作现实的事情描摹。可是将这一种方法，应用到叙述科学上来，从前试过的人，也许有过，但是成功的：却只有范龙一个。

Tyndall 的讲结晶，Macaulay 的叙历史，都不过是字面雄豪，文章美丽而已，从没有这样的安易，这样的自在，这样的使你不费力而能得到正确的知识的。像这一种方法，我希望中国的科学家，也能常常应用，可使一般懒惰的中国智识阶级，也能于茶余饭后，得到一点科学常识，好打破他们的天圆地方，运命前定的观念。

上海，一九二七年八月二十六日

五六年来创作生活的回顾

一个人活在世上，生了两只脚，天天不知不觉地，走来走去，走的路真不知有多少。你若不细想则已，你若回头来细想一想，则你所已经走过了的路线，和将来不得不走的路线，实在是最自然，同时也是最复杂，最奇怪的一件事情。

面前的小小的一条路，你转弯抹角的走去，走一天也走不了，走一年也走不了，走一辈子也走不了。有时候你以为是没有路了，然而几个圈围一打，则前面的坦道，又好好的在你的眼前。今天的路，是昨天的续，明天的路，一定又是今天的延长，约而言之，我们所走的路，是继续我们父祖的足迹，而将来我们的子孙所走之路，又是和我们的在一条延长线上的。

外国人说，“各条路都引到罗马去”，然而到了罗马之后，或是换一条路换一个方向走去，或是循原路而回，各人的前面，仍旧是有路的，罗马决不是人生行路的止境。

所以我们在不知不觉的中间，一步一步在走的路，你若把它接合起来，连成了一条直线来回头一看，实在是可以使人惊骇的一件事情。

路是如此，我们的心境行动，也是如此，你若把过去的一切，平铺起来，回头一看，自家也要骇一跳。因为自家以为这样平庸的一个过去，回顾起来，也有那么些个曲折，那么些个长度。

我在过去的创作生活，本来是不自觉的。平时为朋友所催促，或境遇所逼迫，于无聊之际，拿起笔来写写，不知不觉的五六年间，总计起来，也居然积写了五六十万字。两年前头，应了朋友之请，想把三十岁以前做的东西，汇集在一处，出一本全集。后来为饥寒所驱使，乞食四方，车无停辙，这事情也就搁起。去年冬天，从广州回到了上海，什么事情也不干，偶尔一检，将散佚的作品先检成了一本“寒灰”，其次把“沉沦”、“茑萝”两集，修改了一下，订成了一本“鸡肋”。现在又把上两集所未录的稿子修葺成功，编成了这一本“过去”。

对于全集出书的意见，和各集写成当时的心境环境，都已在上举两集的头上说过了，现在我只想把自己的“如何的和小说发生关系”，“如何的动起笔来”，又“对于创作，有如何的一种成见”等等，来乱谈一下。

我在小学中学念书的时候，是一个品行方正的模范学生。学校的功课，做得很勤，空下来的时候，只读读四史和唐诗古文，当时正在流行的《礼拜六》派前身的那些肉麻小说和林畏庐的翻译说部，一本也没有读过。只有那年正在小学校毕业的暑假里，家里的一只禁阅书箱开放了，我从那只箱里，拿出了两部书来，一部是《石头记》，一部是《六才子》。

暑假以后，进了中学校，礼拜天的午后，我老到当时旧书铺很多的梅花碑去散步。有一天在一家旧书铺里买了一部《西湖佳话》，和一部《花月痕》。这两部书，是我有意看中国小说的时候，和我相接触的最初的两部小说。这一年是宣统二年，我在杭州的第一中学里读书。

第二年武昌革命军起了事，我于暑假中回到故乡，秋季开学的时候，省立各学校，都因为时局关系，关门停学，我就改入了一个教会学校。那时候的教会学校程度很低，我于功课之外，有许多闲暇，于是就去买了些浪漫的曲本来看，记得《桃花扇》和《燕子笺》，是我当时最爱读的两本戏曲。

这一年的九月里去国，到日本之后，拼命的用功补习，于半年之中，把中学校的课程全部修完。翌年三月，是我十八岁的春天，考入了东京第一高等学校的预科。这一年的功课虽则很紧，但我在课余之暇，也居然读了两本俄国杜儿葛纳夫的英译小说，一本是《初恋》，一本是《春潮》。

和西洋文学的接触开始了，以后就急转直下，从杜儿葛纳夫到托尔斯泰，从托尔斯泰到独思托以夫斯基、高尔基、契诃夫。更从俄国作家，转到德国各作家的作品上去，后来甚至于弄得把学校的功课丢开，专在旅馆里读当时流行的所谓软文学作品。

在高等学校里住了四年，共计所读的俄、德、英、日、法的小说，总有一千部内外，后来进了东京的帝大，这读小说之癖，也终于改不过来，就是现在，于吃饭做事之外，坐下来读的，也以小说为最多。这是我和西洋小说发生关系以来的大概情形，在高等学校的神经病时代，说不定也因为读俄国小说过多，致受了一点坏的影响。

至于我的创作，在《沉沦》以前，的确没有做过什么可以记述的东西，若硬的要说出来，那么我在去国之先，曾经做过一篇模仿《西湖佳话》的叙事诗，在高等学校时代，曾经做过一篇记一个留学生和一位日本少女的恋爱的故事。这两篇东西，原稿当然早已不在，就是篇中的情节，现在也已经想不出来了。我的真正的创作生活，还是于《沉沦》发表以后起的。

写《沉沦》各篇的时候，我已在东京的帝大经济学部里了。那时候生活程度很低，学校的功课很宽，每天于读小说之暇，大半就在咖啡馆里找女孩子喝酒，谁也不愿意用功，谁也想不到将来会以小说吃饭。所以《沉沦》里的三篇小说，完全是游戏笔墨，既无真生命在内，也不曾加以推敲，经过磨琢的。记得《沉沦》那一篇东西写好之后，曾给几位当时在东京的朋友看过，他们读了，非但没有什么感想，并且背后头还在笑我说："这一种东西，将来是不是可以印行的？中国哪里有这一种体裁？"因为当时的中国，思想实在还混乱得很，适之他们的《新青年》，在北京也不过博得一小部分的学生的同情而已，大家决不想到变迁会这样的快的。

后来《沉沦》出了书，引起了许多议论，一九二二年回国以后，另外也找不到职业，于是做小说卖文章的自觉意识，方才有点抬起头来了。接着就是《创造》周报、季刊等的发行，这中间生活愈苦，文章也做得愈多，一九二三的一年，总算是我的 Most Productive 的一年，在这一年之内，做的长短小说和议论杂文，总有四十来篇（现在在这集子里所收的，是以这一年的作品为最多）。这一年的九月，受了北大之聘，到北京之后，因为环境的变迁和预备讲义的忙碌，在一九二四年中间，心里虽感到了许多苦闷焦躁，然而作品终究不多。在这一期的作品里，自家觉得稍为满意的，都已收在《寒灰集》里了。所以在这集里，所收特少。

一九二五年，是不言不语，不做东西的一年。这一年在武昌大学里教书，看了不少的阴谋诡计，读了不少的线装书籍，结果终因为武昌的恶浊空气压人太重，就匆匆的走了。自我从事于创作以来，像这一年那么的心境恶劣的经验，还没有过。在这一年中，感到了许多幻灭，引起了许多疑心，我以为以后我的创作力将永久地消失了。后来回到上海来小住，闲时也上从前住过的地方去走走，一种怀旧之情，落魄之感，重新将我的创作欲唤起，一直到现在止，虽则这中间，也曾南去广州，北返北京，行色匆匆，不曾坐下来做过伟大的东西，但自家想想，今后仿佛还能够奋斗，还能够重新回复一九二三年当时的元气的样子。

至于我的对于创作的态度，说出来，或者人家要笑我，我觉得“文学作品，都是作家的自叙传”这一句话，是千真万真的。客观的态度，客观的描写，无论你客观到怎么样一个地步，若真的纯客观的态度，纯客观的描写是可能的话，那艺术家的才气可以不要，艺术家存在的理由，也就消灭了。左拉的文章，若是纯客观的描写的标本，那么他著的小说上，何必要署左拉的名呢？他的弟子做的文章，又岂不是同他一样的么？他的弟子的弟子做的文章，又岂不是也和他一样的吗？所以我说，作家的个性，是无论如何，总须在他的作品里头保留着的。作家既有了这一种强的个性，他只要能够修养，就可以成功一个有力的作家。修养是什么呢？就是他一己的体验。美国有一位有钱的太太，因为她儿子想做一个小说家（她儿子是曾在哈佛大学文科毕业的），有一次写信去问 Maugham，要如何才可以使她的儿子成功。M. 氏回答她说：“给他两千块金洋钱一年，由他去鬼混去！”（Give him two thousand dollars a year，and let him go to devrils！）我觉得这就是作家要尊重自己一己的体验的证明。

关于这一层，我也和一位新晋作家讨论过好几次，我觉得没有这一宗经验的人，决不能凭空捏造，做关于这一宗事情的小说。所以我主张，无产阶级的文学，非要由无产阶级自身来创造不可。他反驳我说：“那么许多大文豪的小说里，有杀人做贼的事情描写在那里，难道他们真的去杀了人做了贼了么？”我觉得他这一句话，仍旧是驳我不倒。因为那些大文豪的小说里所描写的杀人做贼，只是由我们这些和作家一样的也无杀人做贼的经验的人看起来有趣而已，若果真教杀人者做贼者看起来，恐怕他们不但不能感动，或者也许要笑作家的浅薄哩！

所以我对于创作，抱的是这一种态度，起初就是这样，现在还是这样，将来大约也是不会变的。我觉得作者的生活，应该和作者的艺术紧抱在一块，作品里的 individuality 是决不能丧失的。若有人以为这一种见解是错的，那么请他指出证据来，或者请他自己做出几篇可以证明他的主张的作品来，那更是我所喜欢的了。

于“过去”一集编了之后，回顾了一下从前的经过，感慨正是不少，现在可惜我时间没有，不能详细地写它出来，勉强做了这一段短文，聊把它拿来当序。

一九二七年八月三十一日午前四时于上海之寓居。

文学概说

第一章　生活与艺术

艺术与生活，究竟有什么关系？这一个问题，是从古至今，不能解决的问题，也是我们所急欲知道的问题。我想先把生活为什么要要求艺术，及艺术之影响到生活上的力量若何这两点说明之后，或者大家对于生活与艺术的关系，能够得到一个极粗的概念，现在先从生活说起。

要讲到生活，我们先要知道构成这生活内容的“生”是什么东西。总之我们是活在这儿。我们的一切要求，都因为我们的“生”的原因而来的。那么，我们就是说“生”这一个不可思议的力量，就是造成一切存在，一切现象的原动力，也未始不可。不过“生”的本质究竟是什么？却是很难说出来的。

“生”的本质，虽然是很难说出，但是因为我们天天生在世上，所以从我们的经验上说来，约略可以知道这“生”对于人生的影响如何。我们一般的人，大约生存在这世上的人，无论何人，总有一种想把这世上的生存继续下去的心思。这一种冲动，这一种内部的要求，想来是谁也不能否定的罢。我们非但想把这生存继续下去，同时且更有想使这生存强固扩充的心思，所以我们的生存在世上，实在是这一种内部的要求反动的结果。这内部的要求，就是“生”的力量，生物学者称他为本能。达尔文的进化原理倡导以来，“生”竟被我们认为使无机物变为有机物，有机物变为单纯生物，单纯生物变为复杂生物，复杂生物又进而变为人的原动力了。从心理的进化方面来说，“生”就是使无意识的活动变为有意识的，有意识的活动变为反省的，反省的活动变为道德的活动的动机。这就是“生”这一个力量所有的动向。总之“生”的动向，是使人类一步一步从不完全的路上走向完全的路上去。虽则有几个例外，然而从大体看来，我们简直可以这样的说的。

所以“生”这一个力量是如此的表现在我们的存在之中。组成人类社会的我们个人，以“生”的力量的原因，得保持我们的存在，所以我们的存在，就是“生”的力量的具象化。我们在表面上虽则好像是个个独立生活在这儿，但实际上我们不过是一种假象，我们的背后，有这一种“生”的力量隐存在那儿。所以“生”是如此的具象的表现在我们身上，而表现就是创造。讲到艺术哩，却又除表现（即创造）外，另外是什么也没有的。

现在我们已经达到了生活就是“生”的表现的结论了，一时暂且把“生”的观念搁开，单把生活当作是我们的本能的要求看，那么，我们的生活，就是我们的全个性的表现的这一句话，是可以说得的罢！行住坐卧之间，我们无处不想表现自己，小自衣食住的日常琐事，大至行动思想事业，无一处不是我们的自己表现，所以一分一刻，我们一边在努力表现，一边就在创造新的自己；换一句话说，我们的生活过程，就应该没有一段不是艺术的。更进一步说，我们就是因为想满足我们的艺术的要求而生活，我们的生活的本身，就是一个艺术的活动，也就可以说是广义的艺术了。

讲到了这里，大约生活与艺术的关系，也约略可以推想得出来。不过怕有人要问，既然生活就是艺术，那么狭义的，就是我们日常所说的“艺术”的存在理由，不是没有了么？这一个疑问，是很正当。现在暂且来作一个对于这疑问的解答，然后再讲到艺术上去。

上边已经说过，艺术毕竟是不外乎表现，而我们的生活，就是表现的过程，所以就是艺术。不过我们要知道，表现有种种程度，种种差别。我们要想表现自己，必须用一种媒介物或材料才行。对于这一种媒介物或材料，加以选择，认为适当的时候，我们就拿它来作表现的手段。这一种媒介物，在平常的文学论里，一般都称他为象征（symbol）的。

自己表现，最简单的时候，就是叫一声，吃一口饭，也可以达到目的。扩而张之，做一件事业，深而进之，奏一曲音乐，写一首诗，也是自己表现的一种方法。所以这些叫声、吃饭、事业、音乐、诗，都是自己表现的材料，换一句话说，就是象征。

我们各有各的嗜好，所以当表现自己的时候，对于象征的选择，也各有不同。然而大体说来，可以分作两种。有的喜欢选择粗杂的象征，有的非要选择纯粹的象征不可的。何以有一派人要选择纯粹的象征呢？因为象征是表现的材料，不纯粹便不能得到纯粹的表现。这一种象征选择的苦闷，就是艺术家的苦闷。我们平常所说的艺术家的特性，大约也不外乎此了。法国自然主义的作家福罗贝尔（Flaubert）对他弟子讲的话说：一个表现，只有一个字可以用得，不能用他字来代替云云，或者也是这个意思。

一般人的生活，照上面那样说来，本来当然是艺术的。无论何人，都有自己表现的欲求，都想创造一点什么东西出来的。不过内心虽则有怎样的要求，但是他们或者因为对于自己表现的才能不足，或者因为环境不好，累于衣食的奔走，不能达到他们的表现的目的。因此他们不得不求一个代言者，代他们表现，于这一个代言者的生活（纯粹表现的）之中，来求他们自家的生活的反映，于焉满足他们固有的创造的冲动。于是我们普通所说的艺术家就产生出来了。

所以艺术家是对于选择表现象征最精细的人，就是最能纯粹表现自己的人。他的任务，一方面是满足自己的欲求，一方面于不自觉的中间也是满足一般人的艺术的冲动的。这一种一般人的对于艺术的共鸣，就是艺术的普遍性的根据。我们对于艺术的要求，若只根据于这一种冲动的时候，那么，我们己身，即使不从事于创造，也不失为一个艺术家。我们对于艺术的要求，若于此外更有目的，那就是我们的堕落了。

从上面讲过的地方看来，我们人类，不问他天性如何，职业如何，社会的境遇如何，无论何人，都是天生的艺术家，都想自己表现自己，都想创造一点什么东西出来的。这一种艺术的冲动，这一种创造欲，就是我们人类进化的原动力。因为我们内部有这一种力量在那里起作用，所以我们的生活能够造成一种方式，内容亦能日渐调整发展，若到了一个新时期，觉得外面的方式，不合我们内部的要求的时候，更能破坏这老的方式，而重新改造。

在这地方，我们不得不注意的，就是一面因为这冲动的原因，我们造成了一种生活的方式以后，往往这一种方式，变成了硬壳，常有使这本来是内藏在人心深处，为我们进化的原动力的冲动，不能自由发展的弊病。譬如一般社会上所说的道德习惯，本来是由我们的艺术冲动所创造出来的东西，而年深月久，这些外面的方式，倒占了主位，潜藏在我们内部的艺术冲动，倒反而要被人轻视遗忘了。这种倾向的最好的适例，可以就我们的宗教生活上发见。宗教之所以能成立的原因，不外由于我们内心的热烈的要求，后来到了种种外面的仪式成立的时候，我们的内部的一种信心，倒反而变成不足重轻的东西了。这一种宾主颠倒的现象，世上随处都有，而在艺术的世界里发现的时候，最足令人心痛。

在这一个地方，艺术家就可以显出他的伟大来了。真正的艺术家，是非忠于艺术冲动的人不可的。若有阻碍这艺术的冲动，不能使它完全表现的时候，不问在前头的是几千年传来的道德，或几万人遵守的法则，艺术家应该勇往直前，一一打破，才能说尽了他的天职。所以人家说：艺术家是灵魂的冒险者，是偶像的破坏者，是开路的前驱者。

艺术既是人生内部深藏着的艺术冲动，即创造欲的产物，那么，当然把这内部的要求表现得最完全最真切的时候价值为最高。依理想上说来，凡一切的艺术作品，都应该是艺术冲动的完全的真切的表现，而事实上却是不然。这又是什么缘故呢？这是由于艺术家对于艺术冲动所取的态度的不纯上来的。

上面已经说过，我们因为想满足我们的艺术的要求而生活，所以我们的生活，依理应该是艺术的。然而我们的实际生活，往往因周围包在那里的恶浊的空气的原因，不能有可以使艺术冲动满足的那种表现。像这样的一种不完全的艺术表现，想使它变成完全的艺术表现的时候，我们不得不将不纯粹的恶浊分子除掉，而再来作一个第二次的表现，于是将生活用了纯粹精确的手段（文字、音乐、色彩、线体）来再现的要求就发生了。艺术本来就是表现，而艺术品的表现，实际上不是事实本体的现象，却是经过艺术家的气禀的再现。在这再现的时候，艺术冲动与表现的中间，就生了虚隙，艺术家得有自由出入之余地，上节所说的艺术家所取的态度的纯粹不纯粹，是全在这一个关头决定的。在这时候，若艺术家失了他的良心，不能使艺术冲动与他的表现一致，不能使艺术与生活紧抱在一块，不能使实感与作品完全合而为一，那么，这时候的作品，就是艺术堕落的发轫了。技巧偏重之弊，矫揉造作之弊，全是从这一个地方发生的。

表现当然是有赖于技巧的。艺术家不明技巧的时候，当然产生不出最好的艺术品出来的。但是技巧之得用的地方，只在艺术冲动旺盛的时候。若内部的要求一点儿也没有，单凭了技巧的熟练，率尔就可以创作的说话，那么，世上的艺术家可以不要，我们也可以把艺术拿来当作平常的工业出产品看了。

第二章　文学在艺术上所占的位置

上章所讲的，是关于艺术一般的创作冲动。我们一般人都有生的要求，这一种要求的表现，就成了艺术。世界社会的种种现象，都是表现，所以都应该是艺术的。然而因为外围空气的恶浊，或社会制度的不良，以及一切已成道德习惯的阻碍，我们的内部的要求，不能完全表现出来。所以现在实际上的一切表现，都是不完全的，因此我们要要求艺术家，用了他的天才，把一切非艺术的表现，和欲表现创造而不得的苦闷，来代我们纯粹的表现创造出来。这系上章所说的大意，是关于普通所说的艺术一般的，现在要说到文学上去了。

艺术的表现，非用材料（即象征）不可，上面已经说过了。古来的艺术家，所有的创作冲动，虽则是一样，然而当他表现的时候，因为所用的象征不同的缘故，从这共通的根上，就不得不分出许多枝叶来。

前人对于艺术分类的方法，各有不同，现在把比较得简单明了的介绍几种。

希腊的柏拉图（Plato，424—374B. C.）只从空间时间上着想，分艺术为两类：

- 艺术
  - 静的
    - 雕刻
    - 绘画
  - 动的
    - 音乐
    - 诗歌

德国哲学家黑智尔（Hegel，1770—1831）宗法国巴忒（Batteux）之说，把艺术分类的方法，由三个标准来决定。一自主观的方面，依赏玩艺术的官能方面而分的。二自客观的方面，依艺术的材料而分的。三自历史方面，依各时代的理想而分的。黑智尔的分类方法，觉得较为便利，不过第三种分类方法，不得不时时变易，未免太无确实性。

- 艺术
  - 主观的
    - 由视觉者（建筑、雕刻、绘画）
    - 由听觉者（诗歌、音乐）
  - 客观的
    - 形体的（建筑、雕刻、绘画）
    - 音响的（音乐）
    - 言语的（诗歌）
  - 历史的
    - 象征主义
    - 古典主义
    - 浪漫主义

其次为德国哲学者哈特曼（Eduard von Hartmann，1842—1906）之分类。虽更详尽，然而他所分的，只限于黑智尔的所谓客观的分类一方面，对于主观的历史的两方面，却没有说及。他把艺术分为形美、附庸、自由、复合的四部。四部中复以占空间时间或官能的空想的不同，分为若干项，列表如下：

- 一　形美艺术
  - 占空间者
  - 占时间者
  - 占空间与时间者
- 二　附庸艺术
  - 官能的
    - 空间的（建筑、园艺、化装）
    - 时间的（无）
    - 空间时间的（体操、竞技）
  - 空想的
    - 讨论
    - 演说
    - 谈话

- 三　自由艺术
  - 官能的
    - 空间的（雕刻、绘画）
    - 时间的（音乐、表情唱歌）
    - 空间时间的（表情动作、表情舞蹈）
  - 空想的
    - 读式诗
    - 吟式诗
- 四　复合艺术
  - 合二艺术
  - 合三艺术
  - 合四艺术

此外尚有种种分类方法，或细而难用，或简而不周，现在想取日本有岛武郎之法，分艺术为具象艺术与印象艺术两种。前者将创造者的内部生活具象化在象征之上，鉴赏者先与具象化的物体相接触，然后得与潜藏在此物体中之作家的内部生活起感应，例如雕刻、绘画、建筑等类是。后者将创造者的内部生活非具象的表现出来，鉴赏者因之得直接与作家的内部生活相接触，由此印象再徐徐在心中造出具体的形象来。这两种艺术的感应过程，以图来表明的时候，当如下式：

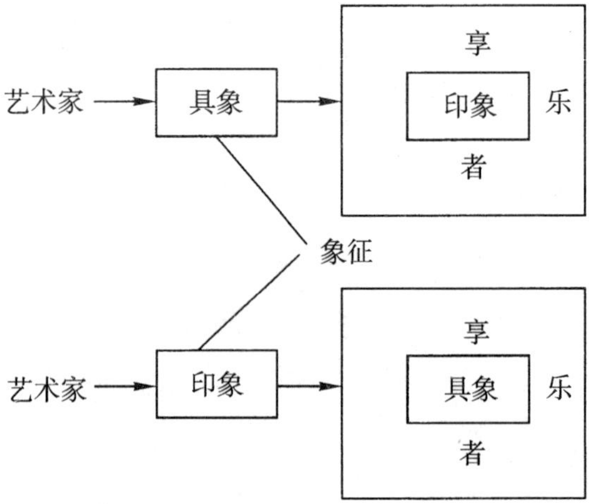

文学当然是印象艺术，印象艺术之特色，即在先向鉴赏者的

感情方面起作用，然后再起具象化作用，而移入感觉方面。

第三章　文学的定义

天下的事情，比下定义更难的，恐怕不多；天下的事情，比下定义更愚的，恐怕也是很少，尤其是文学两字的定义。然而古今中外，不少的哲人，曾经做过这件愚事，现在只好把他们的主张择优介绍一下。

魏文帝的《典论》里说：

> 夫文本同而末异，盖奏议宜雅，书论宜理，铭诔尚实，诗赋欲丽。文以气为主，气之清浊有体，不可力强而致。古之作者，寄声于翰墨，见意于篇籍，不假良史之辞，不托飞驰之势，而声名自传于后世。

大意说文章以气为主，气之清浊有本体在那里，不能勉强的。他的所谓“体”这个字，我想来曲解作第一章所说的艺术的本体，“气”这个字，我想把他曲解作艺术家的气禀之发于外者。总之，不管他的解释如何，在这一段话里，有一件事情，是的确可以看得出来的，就是文学的永久性（permanency of literature）。

晋挚虞的《文章流别论》里说：

> 文章者，所以宣上下之象，明人伦之叙，穷理尽性，以究万物之宜者也。……古之作诗也，发乎情，止乎礼义。情之发，因辞以形之，礼义之指，须事以明之。故有赋焉，所以假象尽辞，敷陈其志。古诗之赋，以情义为主，以事类为佐。……

其他若陆士衡的《文赋》及刘勰的《文心雕龙》里的解释等，大致虽约略相同，然其实却相去甚远。不过这些中国古代文人所下的解释，现在若把他们拿来，勉强用在现在我们所讲的文学两字上去，却有点不对。因为孔子所说的“文学子游子夏”的“文学”，是文章博学的意思，而现在我们在这里所说的“文学”，是外国文 literature 的译语。既已贩卖了外国的金丹，这说明书自然也不得不用外国的了。底下我想把外国人对于文学下的定义来介绍几个（文学是艺术的一个分枝，有许多关于艺术的根本的定义，当然也可以通用于文学的。）

外国人中间也各有各的见解，例如希腊亚理斯多德（Aristotle）的定义，以为“艺术就是模仿”（Art is imitation），他在他的《诗学》里说：

> Epic poetry, tragedy, comedy, and music of the flute and lyre, in most of their general forms, are all in their general conception, modes of imitation.

这一句话，实际上不能说他是不对，因为文学里头，的确有许多模仿的分子含在里头。然而也不能说他是整个儿的可用于文学的，因为创作的时候，除了模仿之外，还有选择、组合、理想化等等作用在那里。

其次是提奥·克立索斯吞（Dio Chrysostom）的定义。他说艺术是艺术家对于概念所给与的切实的现实性的具体形式。像这样的现实未起之前，或与此分离的时候，这一种概念是不明确的。

与这话同样的意思，莎士比亚在他的《夏夜的梦》（*A Midsummer Night's Dream*）里也曾说过：

And as imagination bodies forth
The forms of things unknown, the poet's pen
Turns them to shapes, and gives to airy nothing
A local habitation and name.

艺术实际上是不外乎由艺术家给与不定的概念的一个形体，不过若问这个定义是否可以包括一切，这话我们也难答应他说“是的”。

还有把文学的范围弄得很广的定义。譬如英国的亚诺尔特（M. Arnold，1822—1888）以文学为“The knowledge of best that has been thought and said in the world”。同样哈兰（Henry Hallam，1777—1859）以文学为包括一切的东西。《英国文明史》的作者巴克尔（Henry Thoms Buckle，1821—1862）把文学解作广义的application of letters on records of facts or opinions。

对于这些广泛的定义，怀了不满，第琴稷（Thomas de-Quincey，1785—1859）在他的论颇普（Pope）的文里说：“我们所说的文学，究竟是什么意思？普通一般无思想的人们以为凡是成书的印刷物，都包括在内的。对这定义的指摘，不必用许多论法；无论如何无知的人，总容易使他了解一个文学的观念里头，有一种关于人生普通一般的趣味的重要要素存在那里。是以单是与地方的、专门的、或个人的趣味相投合的东西，虽则他的表现是成一本书形，却不是属于文学的。”

第琴稷又把文学分为知的文学与力的文学。他的意思是知的文学重在教我们以知识，力的文学重在使我们感动。前者是舵，后者是棹或帆。前者只对论证的知力说话，后者是该对比较高尚的知力（即理性）说话的，然而它系常由享乐、同情等性情来说话的。

此外又有俄国托尔斯泰（L. Tolstoy，1828—1910）的定义。他在他的《什么是艺术?》一书里，攻击快乐主义、耽美主义，虽很猛烈，不足为训；但他这本书的前半，介绍历来各家的学说甚详。他自家的定义，也不能说他不对。他的大意是："自已经验过的感情，自己回想起来，回想出来以后，用了运动、线、颜色、音响、或以言语来表现的形式，来传达这感情，使他人也可以感到同样的经验，这就是艺术的活动。"

英国诗人塞理（Shelley，1792—1822）在他死的前二年做的论文《诗的防御战》（*A Defence of Poetry*）里头也有这样的主张。托尔斯泰又说："艺术是人用了外的记号，将自已经验过的感情有意识的传给他人，他人受了这感染，自己也经验这种感情的一种活动。"

此外还有密尔顿（Milton，1608—1674）把诗的意义作为单纯的感觉冲动（A simple sensuous impulsion）看的，也有如哥尔利治（Coleridge，1772—1834）的一流人，把文学当作最好的序次的最好文字（The best words in the best order）看的。

若更把德法诸家的定义拿来排列起来，怕单是文学的定义，也有几本书好写。现在我想引了约翰孙博士（Johnson，1709—1784）在他替颇普所做的传里所说的话，来笑那些硬下定义的先生们的狭小，"To circumscribe poetry by a definition will only show the narrowness of the definer，……"此地不再下定义了。

不过文学的定义虽则可以不下，而文学的内在的倾向，表现的倾向和体裁，却是有的，此后当把这些倾向分别说明一下。

第四章　文学的内在的倾向

从上章所书各家对于文学所下的定义看来，大约"文学究竟是一件什么东西”的这个问题，约略可以在我们的脑里造成一个极粗的解答。现在不从规定文学一般的原则上先下断案，想从文学共通所有的内在倾向里找出几个大纲来。

文学在表现上的倾向和表现的时候所用的体裁，原有种种的不同，就是内在的倾向，也可以分成数种。文学的内在倾向，就是各种文学作品的实质上的色彩，大抵是依产生作品的时代的倾向而决定的。总之，一个时代有一个时代的时代精神，一个地方有一个地方的地方色彩。时代精神和地方色彩，就是构成环境的主要分子。我们人类的生活，无论如何，总逃不了环境的熏染，文学作品的内容，也是一样的免不了环境的支配的。这一层的意思，法国的孟德斯鸠和滕（Taine），已经很切实的说过了，我们在此地不必多讲。

记得在第一章里，曾经说过，艺术就是人生生活的表现，文学既是艺术的一分枝，当然也是生活的表现。所以要说到文学的内在倾向，同时不得不说到生活上去。大凡在一个时代一个社会里经营的生活倾向，可以分作以过去为主的，以现在为主的，和以未来为主的三种。当然生活是我们人类经营处理现在的方法，断不能完全抹杀现在，而只注重于过去的回忆，或将来的空望，不过有时候在一个社会里的生活，因为忘不了过去的原因，每想把“现在”的生活，模拟“过去”，这就是以过去为主的生活。反之，这一种热望空想，倘向着未来发放的时候，那就是以未来为主的生活了。以现在为主的生活里，当然也有回思过去，梦想未来的事情，不过当这时候，为启发生活的主力的，却是现在。这三种的生活样式，以人生的老年期、青年期、壮年期来作譬喻的时候，最容易明白。

以过去为主的生活，大抵是在老年期里发生的现象。譬如人生在老年期里，衰弱难堪，对于将来，也没有半点希望，当时心里只感得一种无限的空虚，要想填补这一种空虚，就不得不把过去的荣华，重重追忆起来，以自娱慰。白头宫女的爱说玄宗盛日，就是这种心理。这一种心理，不但是个人当衰老的时候有之，就是一个社会到了颓亡衰老的时期，也是有的。大抵一个衰老的社会，当极盛时候早已过去，精力的全部，消亡殆尽，残余的一丝活力，不能自家振作，再来做一番事业，而生命力又不是完全塞死的时候，这时候的生活内容，就是过去的回思，因为过去是他的所有中最华美的东西。然而这过去的回忆，不过是他的现在的精力不足，意志不坚的证明，无论如何，想把过去的荣华完全恢复，是办不到的。于是乎只好用了感情，把过去的事情，格外的想得壮丽，才足以掩盖现在的孤苦。这时候，生活力的全部，就趋于感情的一方面，感情这个特殊机能，便不得不特别发达了。主情的倾向，就在此时十分的增长，文学上所说的殉情主义（sentimentalism），也大抵于此时发生的。所以我们可以这样的说：以过去为主的生活环境所要求的文学表现，是殉情主义。

文学上的这一种殉情主义所有的倾向，大抵是缺少猛进的豪气与实行的毅力，只是陶醉于过去的回忆之中。而这一种感情上的沉溺，又并非是情深一往，如万马的奔驰，狂飚的突起，只是静止的、悠扬的、舒徐的。所以殉情主义的作品，总带有沉郁的悲哀，咏叹的声调，旧事的留恋，与宿命的嗟怨。尤其是国破家亡，陷于绝境的时候，这一种倾向的作品，产生得最多。现在且把南唐李后主的一首《浪淘沙》词抄出来，做个好例罢：

往事只堪哀，对景难排。秋风庭院藓侵阶。一任珠帘闲不卷，终日谁来！金锁已沉埋，壮气蒿莱。晚凉天净月华开。想得玉楼瑶殿影，空照秦淮。

再举一个例出来，就如清朝黄仲则的一首《梅花引》：

> 厌厌闷，沉沉病，寓楼深闭谁相讯。冷多时，暖多时，可怜冷暖，于今只自知。　　一身常寄愁难寄，独夜凄凉何限事。住难留，去谁收，问君如此，天涯愁么愁？

这也是殉情主义的结晶体。他虽生于盛世，然而半生潦倒，病卧他乡，回想到少年的雄心幻想，与现在的情形一比，只觉得天空海阔，无处容身。于是他的自怜的感情，就油然起来了。

说到这里，我又不得不把前面的话来补正一下。到了国家衰败，生活不定的时候，原容易产生出殉情主义的文学来。但是有些作家，或者虽则身逢盛世，而他一人别有怀抱的时候，他的作品，也免不了有这样的色彩。譬如盛唐的王昌龄，有时也露出这一种倾向来。还有许多际遇很好，环境也很完满的人，偶因一宗细事，不遂心愿，也常有这一种殉情的作品写出来。这一种人，是天生的殉情主人者，无论如何，也改不过来的，譬如清朝的宗室纳兰成德，就是这一种人。

中国的文学里头，以殉情主义的文学为最多，像古代词臣的黍离麦秀之歌，三间大夫的香草美人之作，无非是追怀往事，哀感今朝。至若杜工部的诗多愁苦，庾兰成的赋主悲哀，更是柔情一脉，伤人心脾，举起例来，怕真要汗牛充栋。我且把外国文学里的殉情主义来介绍一点。

外国文学里最富有殉情的倾向的，是以“How doth the city sit solitary, that was full of people! How is she become as a widow! She that was great among the nations, and princess among the provinces, how is she become tributary!”一节起头的《耶利米的哀歌》（*The*

Lamentations of Jeremiah）为最。前后虽只五章，然而一句一泪，实在是《旧约圣经》里最有价值的一篇东西，大家若不厌麻烦，我再来引它的第二节罢：

> She weepeth sore in the night, and her tears are on her cheeks: among all her lovers she hath none to comfort her: all her friends have dealt treacherously with her, they are become her enemies.

以下一节紧似一节，咏叹也一层哀似一层。我劝大家有空的时候，可以拿它来一读。其次如十四世纪意大利的佩脱拉克（Petrarch, 1304—1374）的抒情诗，可以说是殉情主义的文学中的绝唱。大抵西洋自中世以来的抒情诗人，在他的抒情时代所作的作品中，多少总带有一点殉情的色彩，其例却举不胜举了。近代作家中的殉情主义者，在德国，我想举一个*Hyperion*的著者赫尔得林（Friedrich Hölderlin, 1770—1843）。在法国，当推卢梭（Rousseau, 1712—1778），及其后继者*Obermann*的著者塞农库尔（Sénancour, 1770—1846）了。在英国，这一流的纯粹的殉情主义者，比较的少些，不过在近代人像季星（George Gissing, 1857—1903）的小说里，道孙（Ernest Dowson）的诗文里，处处都可以看出这一种倾向来。

在这一个地方，我们可以看出文学上的主义倾向的界限是不同科学那样清楚的，并不是在一个怎么怎么的地方或时代，一定要产生怎么怎么的文学的。这种文学上的主义倾向，不过是为研究者的便利起见而设的名词，并不是先有了这些主义倾向的规则，而后文学才照此规则制造出来的。

上面觉得对殉情主义的话讲得太多了。现在只好赶快前进，约略讲一点其他的两种倾向。

以未来为主的生活环境，系当一个时代，已经做了一段事业之后，而生活力还是十分旺盛，更想把生活内容完全刷新更张的一种状态。若以人的一生来比，恰与青年期的情形很像。青年期系经过了幼年少年两期而达到的时代，这时候的生活力的丰盛，自可以不必说了。

青年期的生活力的暴涨，每有不受理知的或意志的制御之势。所以过去的荣华，当然不能满足他的梦想，就是目前的现实，也觉得丑陋难堪。他所期望的，只是未来的理想。这理想的实现，由生活力旺盛的青年看来，原甚易易。所以他对于过去，取的是遗忘的态度，对于现在，取的是破坏的态度，对于将来，取的是猛进的态度。这一种倾向的内容，大抵是情热的、空想的、传奇的、破坏的。这一种倾向在文学上的表现，就是浪漫主义（romanticism）。

殉情主义与浪漫主义虽同是富有感情的两种倾向，然而前者因为理知发达，感情无奔放之势。而后者则把理知和意志完全拿来做感情的奴隶。情之所发，不怕山的高，海的深，就是拔山倒海，也有所不辞，这就是浪漫主义的好处。然而由另一方面讲来，这也是浪漫主义的坏处，因为太无制御的结果，浪漫主义的文学每有使文学陷入空疏粗笨的危险。

浪漫主义的文学，大抵是新兴国民的产物。所以中国当金元盛日，产生许多传奇杂剧。剧中有许多离奇的理想，结局后来都实现出来。但自今日观之，实在和小孩的说梦差不多。

在外国文学里，这一种倾向的作品很多，例如德国的浪漫主义盛行的时代，若提克（Johann Ludwig Tieck，1773—1853），爱痕多夫（Eichendorff，1788—1857）等的作品，都是这一类东西。并且当时的欧洲，完全受了这浪漫运动的影响，各国都产生了许多浪漫派的作家。法国的嚣俄（Victor Hugo，1802—1885），英国的摆伦（Byron，1788—1824），德国的歌德（Goethe，1749—1832），席勒尔（Schiller，1759—1805）等的大半作品，都带有浪漫主义的色彩。不过这一种浪漫主义的分子，并不是限于这一个时代，更不是限于某一个地方的，现在二十世纪科学如此的昌明，民智如此的发达，也时时有这一种作品出现。

最后以现在为主的生活环境，系当一个社会发达到了相当的程度，各方面都保持着均衡的时候的生活现象。以人生来比，可比作壮年时代。青年期的生活力，在这时候，还依然保存着，没有萎缩。而理知与意志也发达到最高的地步，足以制抑热情的奔放。这时候知情意的三种作用，都能保持着均衡，而助成人格的完美。过去虽系华美，然而这时候的理知，知道事如覆水，不可再收，所以对过去并不追恋。未来也许是伟大，然而这时候的意志，却只顾着现在，因为欲使现在的生活充实，非要脚踏实地，一步也不放松不可。明知道现在有许多不完不美之处，然而理知与意志联合起来的判断，却只有努力于目前，按部就班的将这些不完不美的地方修正过去的一法。所以这时候的生活，毫不空虚，也不奔放，以五官所及的现在，为其中心，一步一步的走向完成的路上去。这一种倾向，实在是一般壮年人所共有的倾向。这一种生活环境在文学上的表现，就是写实主义（realism）了。大抵将近成熟期的文学，都是如此的。

写实主义的好处，是在无架空玄想之弊，足以救浪漫主义的不足，然而每有固定化形式化之危险。大抵生命力的内容统合完整的时候，这一种力量的动向，很容易硬化，这时候若周围的状态一有变更，那么，这种固定的形式，就要发生障碍，变成阻止进化的东西了。此外写实主义更有堕入琐杂主义（trivialism）的危险。这是因为接触现实太固，完全不承认新倾向的自由，以目前所有的琐事，为唯一的现实材料，就此自满的结果。所以非至于把人生弄成一个无价值无趣味的东西不止。

总之，写实主义因为肯定现在太甚，所以把现实的好处坏处，都无判断的承受过去。写实主义到了极盛之后，自坏作用，很不容易起来。然而因为这主义的根底系据在实际的现实上面，所以它的统合性、健全性、力的表现和构念（conception）的充实，都为其他两种主义所不及。

写实主义的发达，以十九世纪后半期为最显著。欧洲的文化，在这一个时期里，发育到了顶点。于是欧洲的思想界文学界，都呈一种饱满之象。这一种倾向，与自然主义运动结联在一处，产生了许多好的作品。不过后来因为这一种机械的人生观宿命观，太不自由了，所以自坏作用就在这主义的底下争执着想抬头起来。因而德国的乡土艺术的主张和法国的传统主义，便油然兴起，想取自然主义而代之。但是这两种倾向，也不过是一种回顾的风潮，系时代促成的一种殉情主义，所以破坏写实主义的力量，终究不足。一直到二十世纪的初期，所谓新浪漫运动（neo－romanticism）起来之后，写实主义的自坏作用，方才徐徐的开始了。

上举的三种文学内在的倾向，以哪一种倾向最能生产良好的文艺呢？这一个问题却不容易解答。因为三种主义各有各的好处坏处，无论是哪一种倾向的作品，只要是好作品，在文学上的价值都是一样的。你能指出《诗》三百篇中哪一篇为顶好么？你能指出《全唐诗》里的哪一首为第一么？上回已经说过，文学上的规则不能和科学一样的呆说的。况且这三种倾向，又系互有相通的地方，各种文学作品里，这三种主义简直可以说是同时并在的。三倾向的纯粹独自的表现，无论什么地方，什么时候，都找不出来。

但文学上的作品，因这三种倾向的配合成分如何，有时候也可分出健全的或不健全的区别来。而写实主义，系最富有健全性的。所以以写实主义为基础，更加上一层浪漫主义的新味，和殉情主义的情调的文学作品，在文学上当然是价值为最高。英国依利萨伯王朝时代的文学，和欧洲自然主义初兴时代的文学，就是好例。中国当清朝的乾隆盛世产生出来的《红楼梦》，也是如此的。

从本章所讲的地方看来，我们不得不承认环境对于生活的影响的巨大。不过在第一章里曾经说过，艺术和生活，同是一种生的力量的表现，是我们个人的内部要求的一种表现。若生活完全要受环境的支配，那么，艺术家的创造，不是几等于无了么？在这地方，我们要知道，一个时代和一个社会，若完全有支配生活的力量，那么，人生就不得不日渐消灭，同一个自旋的陀螺一样，外力停止的时候，就是人生寂灭的时候了。我们人类社会的所以有进化，所以不寂灭者，都因为有超越环境的个性的内部要求存在在那里的缘故。

伟大的个性是不能受环境的支配的。改造环境，刷新时代的工作，都是由个人的艺术的冲动演出来的。所以我们个人，一方面虽脱不了环境和时代的影响，一方面也是创造环境，创造时代的主力。王尔德所说的："并不是人生创造艺术，却是艺术创造人生"的意思，大约也不外乎此了。

总之，俯伏在环境支配的底下，不敢越雷池一步的，是一般庸人的状态。向人生的恒久的倾向、状态、命运等着眼，忠于内部的根本的要求，而不受环境的压迫的，是天才的气禀。同时代的一样的艺术家中，有天才也有庸才，所以艺术作品中，也有通俗的和艺术的两种。在小说上，这两种区别最容易看得出来。通俗小说，大抵是以俯伏在环境底下，描写社会上浅薄的情节者居多，文艺小说，大抵是以不顾环境，描写那些潜藏在人心深处的人类的恒久的倾向者为主。艺术的表现，艺术的创造的真意，当然是在后者而不在前者。从事于文艺的人的责任和意义，大约大家都能了解了罢。

第五章　文学在表现上的倾向

产生文学的内心的动机，即内在的倾向，已经在上章里说过了。现在要讲的，是这些倾向，当表现出来的时候，取的是怎么一种外形？前头曾经说过，艺术不外乎表现，艺术冲动的中间，有一个要求表现的重要要素在那里。这一种要素作用的结果，就是艺术的诞生。文学是艺术的一部类，他的产生的原因，当然也和其他的艺术品一样的。

文学在表现上的倾向，依历史的进展看来，大约可分作古典主义（classicism）、浪漫主义（romanticism）、自然主义（naturalism）和理想主义（idealism）的四种。

我们一听见古典主义的几个字，就要联想到希腊，联想到由希腊的美土里所栽培出来的那种伟大的艺术品上去。

大抵古典主义的表现的特色，在规模的雄大，形式的整齐，无极端的感情偏倚之病。文字庄重典雅，关节处无缝无痕。且平衡确保，好像是在坚强的基础上面，建筑着很适当的台殿。绝无理想主义或浪漫主义中所带有的那种流动的感觉，系绝对的安定，十分的匀整的。

何以独在希腊这一种艺术品会这样的发达的呢？这系被他们的生活所促成的。原来希腊人聪明透澈，对生活的事象，不单是随遇而安，他们有时候竟想把生活的内容完全分析解剖，欲得一个彻底的妙悟。然而人的生活，本来是神秘的，你愈是研究，愈能看到人世的矛盾、不可解和冲突。得到的结果，还是一个悲痛的收场。若这一种人类的绝望的运命完全呈露在我们的面前，没有什么缓和剂来解救的时候，那么，我们只好把人类的努力全部丢弃，无条件的降伏在大自然的脚下，任凭命运的播弄。这时候我们所有的观念，终须超出了悲剧之外，非至于厌世、悲观到极点不可。但在此处，希腊人却因为有一个绝好的缓和剂的原因，被解救了。

解救希腊人的性灵，不使陷入于极端的悲观厌世的状态中去的，是希腊的“大自然”。希腊的天然风景，能使泣者歌，忧者乐。不但气候温和，就是单从地脉丰饶的一点上讲来，也是世界的乐土。何况更有明媚的风光，澄鲜的空气，与华美的山岭，包围在他们的周围！

希腊人的聪明的头脑，对于人生的运命，当然是看穿了的，一面已经看穿了人生的运命，一面还不放弃生活的享乐，不放弃人生的努力，依然还想征服自然，征服不可抗力的运命的理由，就是因为他们的周围的天惠在那里鼓舞他们的勇气的缘故。

所以希腊人的生活，是英雄的生活。一方面因为对不可抗力的运命，希图反抗，结果终不能得到胜利，所以他们的生活，又是悲剧的。然而他们并不绝望，并不轻生。既然生在世上，他们就在预备作战。心里虽明知道将来的结果，然而他们的战斗，还是勇猛绝伦的。希腊艺术的雄大，即说它是从这一种生活态度发生出来的，也不算为过。

希腊人的生活，是处于两极端的中间的生活，一方面由他们的聪明的头脑而得的人生观，是悲惨的，一方面由天然环境给他们的外部生活，却是非常愉快的。若立于这两者之间，不能保持平衡，那么，希腊人就或者不得不放弃他们的外部生活，而陷入于悲观的自杀；或者不得不蹂躏他们的智慧，而全然服从自然的豢养，做一种不劳而食，不思而息的人民。然而这两种偏倚，对于希腊人，都是莫大的损失，也是智者所不为的事情。所以希腊人的生活，是立于两者的平衡之上的。希腊艺术的匀整，安定的表现，我们就可以从此处看出来了。

希腊的古典艺术，不单是外形的华美而已，这一种外部的表现，实系由于他们希腊人的内部的必要而发生的。所以在古典主义的表现被我们轻视的现在，希腊的艺术，还是有它特有的价值。

我们对希腊的极盛时代所产生的作品，于叹赏它的外观的整美雄大之外，更能感到一种内部的生命，更能觉着一种移动我们内部的热力。然则到了古典主义的末期，这些作品，在外形上，虽更整齐，而内部的生命，却完全消失，我们对之，就不能生十分的感叹了。其后也有几个时代，想把希腊的古典主义的表现复兴，不过人种不同，时地不同的这些萧条异代的艺术家，终究不能回复希腊盛时的旧观。譬如法国王朝极盛的时代，因为国王的提倡，大家来模仿希腊的作品，然其结果，除了柯奈耶（Corneille，1606—1684）、拉辛（Racine，1639 - 1699）等几个天才，略得其形似外，真没有许多大作品，可以使我们满足。这是因为法国当时的国民生活与希腊人不同，法国的自然环境、民族传习和国民性与希腊不同的缘故。

浪漫主义，系当希腊文化移入意大利后，经过了若干年代，然后起来的一种文学上的表现法。当然这一种表现法，与前章所讲的内在倾向的浪漫主义联结在一处，对这主义的内在倾向所讲的话，有大部分可以适用于这一派的表现法上。总之，浪漫主义在表现上的特质，可以用一句话来包括，就是“求异常的新的表现”。古典主义，以形式的整齐匀称为表现的极致，浪漫主义，则均衡对称等等，全不顾及，只以自己内部的要求为重，环境及传统，可使用者则使用之，否则就是完全破坏，也有所不惜。这一种倾向，系当欧洲文明到了中世纪渐渐统整的时候，方始抬头。

这时候，大家对于现在的生活，有些不满意起来了，大家都想找出一个新天地来，去安息娱乐。要达到这一个目的，只好以一种新的形式来表现整个儿的新的思想，于是丹第（Dante，1265—1321）就当时文化而加以批评，塔索（Tasso，1544—1595）即理想的艺术而托以生命。一般的群众，得了这些人的指示，才从睡梦里醒了转来，以新的眼光来视察周围。于是对现在不满的情调，就变成了普遍的倾向。新世界的追寻，新生活的热望，就成为一般民众共有的祈求了。

这浪漫主义的内在外现的倾向，惹起了欧洲文艺复兴运动以后，一直到了近代的国家组织就绪，欧洲的国民开始经营国家主义的生活，统辖于中央集权的政府之下的时候止，方才歇影。这时候在文学上新兴起来最有势力的表现法，是法国王朝所提倡的、前段已经讲过的拟古典主义（pseudo - classicism）。在这一种似是而非的古典主义之下，当然产生不出好的艺术作品来的。于是生气勃勃的德国国民，引了不为时代所屈服的天才莎士比亚（Shakespeare，1564—1616）的余光，重整浪漫主义的旗鼓，对法国的这种尸骸迷恋的表现法，下了绝大的攻击。这时候却逢法国帝政动摇，法国的青年，自家也不能满意于他们传来的那种艺术上的桎梏，马上就和新兴的德国国民联结成一处，树起叛逆的旗来。又加以莎士比亚的故国，也出了一群年少的天才，在那里摩拳擦掌，闻风响应。这一种风起云涌，席卷欧洲天地的新运动，就是十八世纪以后的浪漫主义的复活。在这一个时期里，德国有歌德、席勒尔，英国有摆伦、塞理、岐次（Keats，1795—1821），法国有嚣俄、巴尔札克（Balzac，1799—1850）等大家。一时人才辈出，把欧洲的天地，弄得异常的热闹，异常的活泼。他们的反抗现实的倾向，时代弹劾的精神，影响到政治上去的时候，就成了法国的大革命；波及到个人生活上去的时候，就成了个性的解放与思想的自由。总之，我们实际上要想把固有的习惯打破，要想做一番新的事业的时候，总要有一种浪漫主义的思想在前开道才行，这事实在历史上是早已经证实了。

不过物极必反，浪漫主义的发达到了极点，就不免生出流弊来。就是空想太无羁束，热情太是奔放，只知破坏，而不谋建设，结果弄得脚离大地，空幻绝伦。大家对此，总要感到一种不可名状的空虚，与不能安定的惑乱。尤其是有科学精神的近代人，对此要感到一种不安。

讲到了近代人的科学精神，我们更不得不解释一下。原来欧洲自文艺复兴运动起后，一般人的智力开展，对于现象的本质，每欲以一种冷静的态度来彻底研究。占星术、炼金术和神秘哲学等，就是这种倾向的先驱。他们不单是以直接的人的生活为思索的对象，更进一层，且想把产生人的生活的自然及思考力本身拿来做研究的目标，很合理的寻出它们的本质来。这一种精神活动，一时虽不能达到它的最后的结果，然而因为它是理智的运动，所以一天一天的及于文化生活的影响，终加大了。古来所轻视为俗界的物质，环绕在我们周围的物质，实际上对于我们的生活，有绝大的势力的这件事实，经了这一番研究，渐渐的明了起来。这思想的根据，在我们日常的生活上，更渐渐的证实起来，差不多要把我们的思想生活全部占领了。这一种精神，一般都称它为科学的精神。

欧洲的思想，到了这时候以后，差不多都受了这科学精神的洗礼。所以空想的假定，不得不被排斥，而不可捉摸的精神界的空论，就绝迹了。科学的精神所要求的，是实在的事实。实在的事实，只在我们所能感触的物质上可以得着把握。所以科学研究者第一先从物质的本质及支配物质的法则上下工夫，于是种种新的事实和法则，就被发现了。以这些事实和法则为基础，讨论万有和人生的关系的哲学，亦即随之而生，这就是我们所说的唯物的人生观。

科学的研究法，大体是以归纳法为主，故个体的特色，往往被我们所忽略。看取若干个体的共通的特色，是归纳法的目的。这种方法，应用到人生问题上去的时候，个性当然不能固持它的重要了。所以由个性综合而成的社会生活，和使社会成立的环境的状态，就成了研究人生问题的重心。这一种倾向，渐渐的推广开来，结果文学界里也感受了这一种习惯，以此为根据，文学上的表现法（自然主义）也就发生了。

浪漫主义打破古典主义的武器，就在主张个性重视的一点。代浪漫主义而兴的自然主义，这次又以注重环境，忽视个性为主张了。自然主义者老说的一句话，就是“一个人生在世上，任凭他个性如何不同的人，你若把他放置在同一生活状态之下，则可以看出支配运命的全部的，终究是环境。”自然主义者的主张，大抵谓各种存在皆因物质的因果关系而成就，须受宿命的力量的束缚的人的生活，也逃不了这个束缚。所以自然主义的文学者当创作的时候，要主张和自然持一样的态度，对人生要绝对的取一种无关心的态度。个人的好恶，务须屏去，对现成的现象，当以严密的具体的因果律为标准，而作科学的观察。这一种纯客观的态度，若达到完全的程度，那么，作品的价值，同时也达到最高的程度了。这是自然主义作家的主张。

自然主义的运动起来的时候，正当浪漫主义走到了极端，两脚远离大地之际。在各种知识研究上，已经用惯了这种方法的民众，看到了文学上的这种新的方法的试验，当然是欢迎的。

自然主义的作品，脚踏实地，不枯燥，不假断，研钻事实的真相，无微不至，于是人生的姿态，就一无掩饰的呈露在我们的面前了。到那时候止，或因为个人的夸矜，或因为一种怕惧，或因为一种感情的阻抑，不敢彻底的暴发出来的世相的黑暗面，于是就一丝不挂的暴露出来了。像这样的自然主义，比较空中楼阁的衰期浪漫主义，当然有许多好处。并且二十世纪的文明，一半也可以说是过去的自然主义产生出来的。在此处我们不得不谢当初的猛将福罗贝尔（Flaubert，1821—1880）、莫泊三（Maupassant，1850—1893）、屠格涅夫（Turgenev，1818—1883）等的功劳。

照这样说来，自然主义是只有好处，没有坏处的么？也不是的，自然主义有两大坏处。并且这两大坏处，都是自然主义的致命伤，很不容易修正缓和，使它的生命延长下去的。

第一，自然主义所主张的纯客观的态度，是绝对不可能的。我们研究自然科学的时候，例如岩石、天体之类，当然可以持纯客观的态度，去试验观察。但这一个方法，想同样的应用到有灵性有感情的人心上面去，却怎么也办不到。所以自然主义者以为系由纯客观的态度而得来的经验，结果仍旧是有种种主观色彩混杂在里头。那时候你若和他说："你的观察错了，你的结论谬误了。"他因为自以为是脚踏实地的观察，必不肯改过来。所以自然主义每有陷入顽固硬化之弊。

第二，自然主义把人生断作宿命的，把人生断定为一种自然现象，完全和其他的现象一样，须受自然律的支配这一个断案，是错了的。人类内部有一种强有力的要求在那里，因这要求的结果，人类可以打破环境，创造自我。这实在是人类进化的原动力，而自然主义者把这一种内部的冲动，轻轻看过了。人类还有一种特别的机能，为其他的生物所没有的，就是自觉作用，因这一种作用的结果，人类知道自己的存在须与环境的条件相符合之外，更须服从自己内部的要求。人类因为有这一种内发的自觉意识，所以能够和其他的生物区别，所以能够一天一天的向着高处发展。

而自然主义者把这两层事实完全忘了，以为人类内部的冲动和自觉，在环境的势力之下，完全是没有意义的。所以自然主义者的宿命的人生观，是出发点错了的人生观，这一种断案，是完全错的。

这一种表现的倾向，若在活力消失了的社会里传播，那么，人人都不免受他的影响，要变成一种无可奈何的宿命论者。幸而欧洲的天地，还有一角清新的未耕地在，充满着活力，正想创造一种新的文化出来。这未耕地是北欧一带，包含俄国、丹麦、斯干的那维亚等地方。在这未耕地上，有一群生活力旺盛的青年，以他们的活力作武器，对环境的威力，揭起反抗的旗帜来了。世人称之为新浪漫派。

新浪漫派极力的主张个性的尊严，环境的破坏，这一种倾向，确与自然主义未兴以前发达过的浪漫运动相一致。在哲学方面，这一派的健将，有斯替涅（Max Stirner，1806—1856）、尼采（Friedrich Nietzsche，1844—1900）、喀开卡特（Kierkegaard，1813—1855）等，文学方面，有斯特麟堡（Strindberg，1849—1912）、托尔斯泰（Tolstoy，1828—1910）、罗曼罗兰（Romain Rolland b. 1866）、惠特曼（Whitman，1819—1892）、卡盆特（Carpenter b. 1844）等，这些人虽系受过自然主义的熏陶者，然而高唱个性的力量，实行个性的主张，可以说都是被新浪漫主义所催生的人物。

当然这些人的倾向，不完全是和前期的浪漫主义者一样的，他们对现实的生活，目前的事实，怎么也不能一概抹杀。不过他们在这一个环境之中，毅然决然，用了他们个性的力量，在那里战斗。脚踏了大地，他们想征服大地。这一种表现的倾向，给人生的好处，至少有两三点可以说得出来。第一，人生内在的当为的能力，因而觉醒了。被宿命观压倒了的人类的自由意志，因而解放了。第二，因为主张自己的尊严和自由的结果，对于他人的个性的自由和尊严，也容忍起来了。第三，对于人类生活的见解，因而非常流动了。有这几种的影响反动在那里起作用，所以现代人的生活，都在向着新的方面开展。新世界的创造，究竟要在什么时候能够实现，虽还是一个未知数，然而至少我们的脑里，现在都有一个极朦胧的目标在那里了。想把这目标确立，而使我们全部的努力，都向着这目标行动，是一种最新的理想。我们若先把这一层意思弄明了之后，然后要了解理想主义的表现，是很容易的。

理想主义是最近受了新浪漫运动的感化后兴起来的各种主义的总称。大抵是由人类自家的思想里，造出一个人为的目的概念出来，使人类的生活，全部得遵奉着这一个目的而进行，这就是理想主义的倾向。

理想主义的两个前提，第一就是人类是有向下的倾向的，若任其自然，放置不顾，则人类必至渐渐退缩，终于灭亡。第二就是人类虽没有独自完成的力量，然而借了他力以向上进步的欲求，是谁都有的。人类可以由人类以外或以上的力量来帮助，而达到一个理想的境界。在自然主义的主张里，也说人类以外，还有一个环境的力量存在那里，一见好像是和理想主义的外力的意思差不多。不过自然主义所说的外力，系对人类没有什么帮助，而理想主义所说的外力，却是助人达到真善美的境地去的。柏拉图所说的Idea，神秘主义者所说的神秘本体，有神论者所说的神，都像我们所不能把握的一种超越的外力，暗里在左右我们的生活，引领我们的道路的。人类若信赖这一种力量，以之策励自家，跟它一步一步的前进，那么，终能达到一个较好的境地，这就是理想主义的态度。

什么人都想进到一个较高较好的境地去的，对于现在，什么人都觉得不满足的。所以人类中间，没有一个是无理想的人。所以无论什么时代的文学，都可以说是广义的理想主义的文学。不过此地所说的理想主义的表现，于这一般的倾向之外，还有几种特异的倾向。第一就是对于现在生活的很坚决的否定，第二就是对理想实现的排他的热意。

对于现在的生活的否定，和将来的理想的确立，在讲浪漫主义的时候，曾经讲过，从这一方面看来，这两种主义，确有相同的倾向，但在浪漫主义里，对理想的实现，无强硬的意志力去实行，而在理想主义里，却全部的精神都灌注在理想实现的工作上。是以努力奋斗，处处都表现出活力来了。这一种倾向的文学，在现代欧洲的文坛上，已经产生了不少。如高唱天主教信仰的作品，社会主义的作品，及法国罗曼罗兰等鼓吹奋斗的作品，都可以说是理想主义的文学。

理想主义，当然也有好处坏处的两面。它的好处，就是因为它的内在的热意发出来的时候，能破坏，也能建设。不许我们的生活有一毫苟且因循，处处鞭挞我们，使走上理想境去。理想主义者当鼓励我们的时候，常在说："现在的安逸之度，比较将来的理想成就的时候的安乐，终是云霄一羽毛"，意思是想使我们知道断无恋恋于现实的必要。并且将来的理想，不管它是梦幻，是空想，为成就此理想的原因，现在的一切，都可以牺牲。这一种力量，这一种热感，便是理想主义的好处。

同时理想主义的坏处，也就在这里。第一，因为它对现实否定的态度太坚决，所以这里头不免带些厌人厌世的色彩。第二，因为理想的概念太固定了，使我们人类生活的范围容易缩小。

最后这一种表现，是从怎样的一种心的状态里长成的呢？细分起来，大约有二种。第一，当人心稍觉衰落，感着一种倦怠的时候，这时候会发生很和浪漫主义近似的理想主义。第二，当一时代的生活全体极端的压迫个性的时候，这时候个性因为不能与现实妥协，所以非要把现状打破，全力倾注在未来的理想上不可。现代欧洲的凡带有社会主义色彩的文学，都系从这一个状态里发生出来的。

文学在表现上的倾向，大致已如上述。不过我们要注意的，就是不可以主义来评文学的高低。一种倾向的发生，自有它发生的理由，我们不必违反本心，去趋就主义，也不必故作奇言以自表矫强。德国歌德说的几句话，才是真正的艺术家所应当三覆的良言：

Und dein Streben sei die Liebe,
Und dein Leben sei die Tat.
Duim Leben Nichts verschiebe:
Sei dein Leben Tat um Tat!

第六章　文学的表现体裁之分类

文学不外乎表现，在前头已经说过。然当表现的时候，或因材料的不同，或因表现者的内部要求的互异，及嗜好气禀的差别，自然而然的在具体的形式上也有各种不同的种类。莫耳顿（Moulton）教授在他所著的《文学之近代研究》（*Modern Study of Literature*）里说："文学的形式的研究，对于欲了解各种文学的实质和精神的人，是很要紧的。"我们在这一章里，想把文学的各种不同的体裁很简单的说一说。

大抵生物的发声，总不外乎为自己保存，种族保存，或种族繁殖的缘故。为分配生存的必要物件，而放声唤友，为防止敌人的侵袭，而张喉求救，为满足生殖欲，而嘤嘤求偶，就是发声的起源。不过人类进化之后，发声的时候，却不是这样简单了。这时候的人类，不单是为实用而发声，有时候简直有毫无实用的意识而发声的。譬如感着痛苦的时候的叫唤，感着快乐的时候的歌唱，背后完全没有一点实用的意思在那里。又如看见美的事物、美的风景的时候，不知不觉放出来的惊叹的欢声，也是如此。这些无实用的发声，都是表现人类内部热烈的要求的，实际上就是艺术的表现。不过人类的生活，更进一层，变得更复杂的时候，大家就想出一种可以充实用的发声的手段来了，这就是我们所使用的言语。所以人类生活愈复杂，言语亦愈复杂，去艺术的表现的发声亦愈远。

像这样芜杂的表现，要使它回向纯一的原形，是艺术家的志望，所以从这一方面讲起来，文学上的体裁，以诗的形式为最纯粹。大约人类生活还没有变成现在那么复杂之先，文学上的具体的表现，用的多是诗歌的形式。无论哪一国，无论哪一个民族的文学的原始，都起自诗歌。或者中间加以一点舞蹈，也不过是诗歌的旋律的延长，所谓“咏歌之不足，不觉手之舞之，足之蹈之也。”但是生活的复杂化，影响到了文学，觉得光是诗歌的形式，有点不足，于是小说、戏剧、及其他的杂文学就发生了。

对于文学的分类，西洋各国的文学家意见分歧，中国古代论文章的流别，更是青黄杂出。现在想参取莫耳顿教授的意见先把纯文学视作创造文学，使和记述文学相对立。

文学 { 创造文学……纯文学（诗）
记述文学……科学 }

文学的表现，离不了言语——言语的符号是文字，——而言语的构成，在前面已经说过，实含有两重要素。第一，言语为发声的表现，所以有音调；第二，言语又为实用的手段，所以有意义。在文学里头，这两重要素，当然也是有的，尤其是在抒发感情的时候，要借音调来摇动我们的内部，使作者听者都感着一种激发不能自抑之情。所以纯文学因为这两种成分配合的不同，又可分出几种形式来：

- 纯文学
  - 重在言语的音调者……抒情诗
    - 诗（Ode、Sonnet）
    - 民谣
  - 重在言语的意义者……叙事诗
    - 小说
    - 短篇小说（Romance）

在纯文学里，有于综合上述两种要素外，更加以动作的分子，而达其表现的目的者，是戏剧。至于近代剧，则可以说是越过纯文学的范围以外，而参入科学的领域去了。

纯文学是创造的文学，系创造从来所没有的东西的。所以纯文学的每一作品，都可以增加文学之量，反之，记述文学，系就从来所有的东西记述评论，而使我们能得到精确的知识的，例如历史、哲学批评之类皆是。所以依照第琴稷的主张来说，则前者系力的文学，后者显然为知的文学。不过文学上的分类，并非绝对的，有时候有种种作品，简直不能分入任何的种类。上述的分类，亦不过为便利起见，勉强设分的大别而已。至于各种文学的特质成分等等，在各种诗论、小说论及戏剧论里，另外有人介绍，断非这一本小册子所包括得了，不再讲了。

参考书目

M. Arnold：*Essays in Criticism*，I，II series.

M. Arnold：*Essays in Literature.*

W. Bagehot：*Literary Studies*，2 vols.

E. Bjoerkman：*Is There Anything New under the Sun?*

E. Dowden：*Studies in Literature*，1789—1877.

H. Ellis：*New Spirit.*

W. H. Hudson：*Introduction to the Study of Literature.*

J. Morley：*Studies in Literature.*

R. G. Moulton：*Modern Study of Literature.*

Sir A. Quiller－Couch：*Studies in Literature.*

Saintsbury：*History of Criticism and Literary Taste in Europe from the Earliest Time to the Present Day*，3 *Vols.*

G. Santayana：*Interpretation of Poetry and Religion.*

W. Hazlitt：*Spirit of the Age and Lectures on English poets.*

L. Hearn：*Appreciation of Poetry.*

W. R. Worsfold：*The Principles of Criticism.*

有島武郎：《生活与文学》。

横山有策：《文学概论》。

农民文艺的实质

中国古来就有人说是以农立国的国家，国家的命脉，社会的重心，当然是在大多数的农民身上。中国的革命，无论如何，非要使农民有了自觉，农民晓得自家起来，自动的来打倒新旧军阀，打倒土豪，劣绅，和都会里寄生着的游惰阶级，决不会成功。然于他们受了二千多年愚民政策的催眠，和不彻底的温情主义的熏育，以及大家族的家长制度的束缚，要他们自觉，要他们自己起来主张他们的权利，却是比使顽石点头，还要烦难。于是我们就不得不想方法，嗾使他们起来。积极方面的，最实际的当然是莫过于去做农民运动，领导他们作实际的斗争。其次，消极方面的，我们便想到讲农村教育，然而一张纸一支笔都买不起的中国农民，你要想他们抛弃一切，到讲堂上来听讲，是怎么也办不到的。何况农村教育，进行须长时间的准备，而以中国的状况来说，又是不合时宜的。

在此百无方法之中，在消极方面觉得比较的可以事半功倍，比较的可以实行的农民运动的一种武器，我以为还是农民文艺的提倡，以最浅近简单的文字，来写作诗歌，写成戏剧，创作小说。使单纯的农民，在工作的中间可以歌唱，在闲暇的时候，可以到空旷的地方去观看阅读的这一种东西。

举最浅近的例来说，中国的《九张机》《小长工》之类的诗歌俗谣，其入农民之深，感农民之切，恐怕是比任何《大学》《中庸》的对于学者，还要有力，还要普遍。

即以外国文学来说，就譬如托尔斯泰《黑暗的势力》一剧，在俄国农民中的印象，Burns 的诗的对于 scotland 农民的影响之类，正指不胜屈。所以这也许是书生之见，我总觉得在农村革命之中，一种农民文艺的提倡，是不可少的。因为这是极有效力，极经济的宣传方法。

说到农民文艺，光是这四个字，是不容易了解的，所以我们要先把农民文艺内容，就是农民文艺的实质来说一说。然后再依了这内容的范畴，举几个实例出来证明证明。

第一，从客观的立脚点来说，我们的农民的生活状态，是如何的朴素，如何的悲惨的。光就这一方面的写实的叙述，只教写得生动，写得简单，也可以说是农民文艺。我们现代的从事于文艺的人，一大半还是从小资产阶级出身的，所以要主观的把一切农民的痛苦，和农民的感情，直吐出来，是不可能的事情，所以只教我们能有热烈的同情，和坚决的意志，去观察农民生活，研究农民疾苦，如实地写出来的东西，也可以成立，也可以说农民文艺的一种。

第二，从主观方面立脚点为农民申诉，为农民呼喊，完全是为农民而作的文艺。这一种是农民文艺的正统，非要从田里来的识字耕田夫，或和农民生活十分有关系者，决做不出来。这一种文艺，是代替农民来向外宣传的诉状，不出则已，若一出来，其效力比什么宣传文字，还要厉害。

第三，有地方色彩的农村文艺，就是与资产阶级的都会文艺相对立的作品。这一种 Regionalists 的作品，至少是可以唤起一般在都会中生活着的知识阶级对于农民生活的同情。从前中国的田园诗人的作品，和德国乡土艺术（HeimatKunst）的诗歌小说戏剧中之有社会性，现代性者，也可以成立，也可以说是农民文艺的一种。但其根本思想，要不先在卖弄文字，赞美景色，总须抱有一种作者的对于乡村的热爱才行。

第四，开导农民，启发农民的知识文艺。就是使农民能够了解自家的地位，知道自家的能力，和教示农民以如何的去开拓将来的一种文艺。这一种文艺，是带宣传色彩最浓厚的文艺，在一般农民知识幼稚的国里，这一种文艺尤为重要。我们要告诉他们，现在他们的生活状况，是如何的悲惨。他们若能联合起来，组织起来，向前奋斗过去，将来可以如何的享受幸福。他们组织的方法，前进的步骤，应该是如何如何的。他们若不组织，若不争斗，那么将来达到一个如何如何的苦境。凡此种种，都是农民文艺可以以最简单的手段，来使农民觉悟奋起的，我们在目下要求最切的，便是属于这一种的农民文艺。

上举的四种文艺，不过是言其大概，若要依了这一个规定，去勉强制造出来，那这一种东西，只能说是农民运动的宣传大纲，并非是我们所要求的真正农民文艺。总之作者第一要有热烈的感情，第二要有正确的意识。不问你是否出身于泥土的中间，只教你下笔的时候自觉到自己是在为农民努力，自己是现代社会中一个被虐待的农民。你的脚下，有几千万里的大地在叫冤，你的左右，有数百兆绝食的饥民在待哺。见一点写一点，有一句说一句，把你所有的经验，所有的理想，所有的不平，完全倾吐出来，最好的农民文艺就马上可以成立了。

最后我想介绍一个农民诗人的作品，来作个实例。新国家的波兰，在一八六八年的五月，产生了一个伟大的诗人，他的名字是拉提斯老·来蒙脱（W. S. Reymont）是《农民》秋冬春夏四卷的著者。

来蒙脱生于俄领的波兰，是一个贫农的儿子。小时候因为不愿意学征服者的俄国文字，被学校里放逐出来，其后也没有进什么学校。和俄国作家的高尔基一样，在各地流浪的中间，积下来的经验，实在不少。有时候做做铁路吏员，有时候做做佣工，有时候也曾做过水陆班子的三等戏子。他的作品到他最近死的时候止，大小长短，共有二十八种，然而将波兰农民的全部生活，详细描写，将农民的悲苦喜乐，残忍无智，可怜可爱的各方面描写得周周到到的，有一部题名《农民》的大作，是农民生活的百科全书，也是近来农民文艺的第一部代表杰作。

波兰的利泊嘉村落里，有一位名叫仆利那的老农夫，年纪虽过了五十，但还是精力旺盛，没有失掉他的青春的兴致。他是一位有田地的中农，儿子也已经长大，娶有妻小，生有儿女了。他的境遇，当然是很可以满足的，但是今年春天，他的老妻死后，他也忽然感到了一种枯寂。

有一天，他的一只很值钱的母牛死了，仆利那忽而想到，若是自己的女人还在的话，那这一只母牛，大约是不会死的。正是这一个时候，他的再婚问题，却由周围的人们谈论起来了。

所提出的再婚女人，是一个名耶格那的村妇，仆利那老人，在当时虽只付之一笑，但是在孤灯冷帏里一个人暗想起来，觉得柔和丰满的耶格那的肉体，也大可以安慰他的孤寂。并且耶格那家的所有地，和他自己的地面接壤，从种种方面筹算起来，这一件婚事，或者可以成为事实。所以到了秋天定期市场开始的时候，他老人家，也居然到耶格那家去出入，以他的所有地为饵食，买得耶格那家族的欢心，此外又送了她些丽绷杂品，想博取她的情爱。

耶格那还是一个不经世故的可爱的少女，见了这些赠品，当然是非常喜欢的，但是这时候，她却已和老仆利那的儿子安的克爱上了。可是安的克又是一个已经有妻室有儿女的青年，他也知道，两人中间，虽则有十分的爱情，事实上却终是不能够结合的。结合虽则不能够，但是两人的心，终竟也剖不开来。并且安的克对他年老的父亲的那种丑态，心里也着实感到了些不平。

但是最后老仆利那终以六亩田的遗赠，买了耶格那的母亲和家族的欢心，向耶格那求起婚来，耶格那虽则心里嫌恶这老东西，可是母亲和家族的意思，也是不可抵抗，就终于承认了这件婚事。

安的克和他的女人汉喀以己辈所应得的六亩田产的损失为口实，和老人吵闹相打起来。结果父子间感情破裂，安的克被父亲放逐了出去。

老人和耶格那结婚的时候，天地萧条，秋天已经是将尽的时候了。儿子安的克去到了岳家和汉喀的父亲在度最悲惨的生活。用人顾罢，因密猎伤枪，死于厩下。野鸟悲鸣，木叶尽脱，连村里的乞丐，都感了残秋的杀气，只身南渡了。一年将尽，以后便是冰雪寒冬的世界。

这是小说《农民》第一卷《秋》的内容，底下还有《冬》《春》《夏》的三卷，写利泊嘉村的农民的日常生活，无微不至，无美不收。光将内容的人事，转述出来，真是唐突了故人，侮蔑了名作。可是不把它讲完，这一篇文章也结束不了，所以我还是继续的讲下去。

荒凉落寞的冬天到了，利泊嘉村的农民生活，比这荒败的冬天还要惨酷。但是这些惨酷的人生中间，受苦最深的，还是相思相爱，而不能相聚的安的克和耶格那的两个灵魂。

终于堤防决裂了，耶格那和安的克在一天暗夜里到干草堆边去密会了。发见了这不伦之事的老仆利那，也起了杀心，向草堆上放了一个火把，几被烧死的安的克，于是乎也存了一个报仇之心。

残冬将尽的时候，利泊嘉村的领主和村民起了争斗。老仆利那率引了村民，和领主的强暴的用人打了起来。安的克的儿子却趁这一个机会来报父之仇，但放枪不发，倒引起了他的父子骨肉之情，于是乎安的克就把父亲的对敌者的领主的用人扑杀，救了他老父的性命。

春天来了，受打扑伤很重的老仆利那，病卧在床上。利泊嘉的青年，因为反抗领主，扑杀领主的用人的缘故，个个都入了监牢。安的克的女人汉喀，从娘家搬了回来，在婆家因为想夺取未死的仆利那的遗产和现钱的原因，日日在和耶格那争吵。

利泊嘉的田园荒尽，野草连天。虽则到了春天，一种荒芜的景象，伤心触目，弄得去年冬尽，跑往南方去的乞丐婆回来，都认不清故园的田宅了。为入狱的青年们设法救援的老人罗夫，因为不忍见利泊嘉村的灭亡，便去邀了邻村的人来为他们耕种田地。

正在这一个时候，耶格那和村董通奸的风说传扬开来了。

五月初头，老人罗夫的营救奏了效，入狱的青年们被释回家了。但是安的克却因为杀了领主的用人，不能开释，汉喀就把从麦中偷来的老人仆利那的暗藏着的现金交给罗夫，托他再去设法。

春天将尽的时候，村董因为和耶格那的关系，把公款挪用的事实，被村人传了出来。正在这前后，仆利那老人，也安安稳稳的和春长逝了。

很和平的一个夏天的早晨，耶格那和汉喀又在吵闹相打，原因是为了六亩田的一张遗产证书。

耶格那从柜里将这张证书拿了出来，丢给了汉喀，向她大骂了一场，就从仆利那家里搬出来往，离开了大家。

耶格那搬出了仆利那家不久之后，入狱中的安的克也赦免回来了。

俄国政府，当这时候，有向利泊嘉村里建设一所俄文小学校的计划，村民上下，又因租税的负担和对仇人的文字的嫌恶，起来反抗。老人罗夫，被官宪当局忌视为反抗的发起者，于农忙的夏日，被逐放出国境外去。

和耶格那相好的村董，也因挪用公款的结果，被投到狱里去了。

村董的夫人和一位被耶格那所弃的男子，到处宣传耶格那的丑恶，说不把她去掉，利泊嘉村不安宁，仆利那的死，村董的入狱，都是耶格那的流毒。

宣传发生了效力，利泊嘉村的农民大家团结了起来，先把耶格那骂了一场，打了一顿，然后将她捆起，于大暴风之中，把她追逐出村境之外。

第二天早晨，太阳依旧从东方升了起来，地上依旧有明珠似的露水滴着，平和的利泊嘉村的农民，也依旧的回复了他们旧日的生活。

太阳升到中天的时候，农民等带着了镰刀饭盒，出去收割去了。村道上，野径里，只充满了和平的太阳和收获的马车轮声。

这是前后四卷，共四十万字以上的小说《农民》的梗概。当然来蒙脱的文字的优美，描写的周到，和笔力的持久，不是在这短短的几段介绍文里可以看得出来，但是单就这一点骨子一看，也可以知道这一位诺贝尔奖金受领者的作品，是如何的富有乡土气，如何的带有革命性了。地大物博的中华民国，受压迫比波兰人更甚的中华民族，我希望你在不久的将来，就有这样大著作产生！

一九二七年九月十四日作于上海

如何的救度中国的电影

电影成立的最大根据，就是要通俗，要 popular。因为太高深了，太艺术化了，恐怕曲高和寡，销不出去。所以从 commercial point of view 讲起来，愈通俗愈好，愈能照一定形式做出来愈好。结果就弄得同美国的那位讽刺滑嘴 George Jean Nathan 所说的一样，影片有几个金科玉律。他所举的有二十种，现在择其要者说出来，就是：

一、乡下姑娘，要不穿皮鞋、线袜。

二、各种调情的场面，要在海滨的一个危岩上。

三、每个纽约的写字间的窗，看出去总看得见 singer 公司的高楼。

四、各投机大商人当接受破产通知的时候，他们的妻女总在开盛大的跳舞夜会。

五、女人都有一样钟爱的动物在她的身边。

六、男子总送情人以珍珠的项饰。

七、无论哪一个男人，在结婚以前，是游荡子的时候，迟早总要发现他儿子的未婚妻，就是他放荡当日的私生女。

八、在赌场里，总要有一个人，玩把戏，用药水骰子，或假骨牌等。

九、艺术家到乡下去画画，总要和一个乡下女子恋爱，因而看出他都会里的未婚妻的虚伪来。乡下女子的兄弟，总要对艺术家起反感。

十、每个女人，总在对镜施粉时看见恶人进屋，在镜里现出恐怖的面色来。

十一、西部山中，在大厅里两人相打的时候，总有一个人把灯打暗。

…………

G. J. Nathan 所说的美国的这一种电影的定则，不幸在中国的电影里也照样子发生了。就是每个中国的影片，总脱不了卡尔登的跳舞场，西湖的风景，手枪，麻雀牌之类。像这一种刻板的方法于影片的通俗化上，或者很有效力，但是我觉得导演家能少遵奉一点这些死规矩，也未始不可以使观者得到一种清新的感觉，外国人老说中国人是最善抄袭，我觉得中国人的抄袭，还是不高明的。抄袭的妙手，在抄袭其神，而不抄袭其形，现在我们中国的电影，事事在模仿外国，抄袭外国，结果弄得连几个死的定则都抄起来了，这哪里还可以讲得上创造，讲得上艺术呢?

通俗化原不是病，不过死化却是病，所以对于电影的通俗化，我不反对，但对于电影的刻板化，我却大不赞成。

从 Commercial point of view 讲起来，通俗化原是要紧的，但也须有一个限制，你若死守了几个通俗的原则，照例行去，仍旧以为能事尽矣，那中国的电影，就一辈子也不会有出头的日子。

所以我对于中国现代的电影，有底下的两个要求：

第一，我们所要求的是中国的电影，不是美国式的电影，所以我们与其看大华、卡尔登的跳舞，还不如看乡下扶乩师的请毛元帅。我们要极力的摆脱模仿外国式的地方，才有真正的中国电影出现。房子不必一定要洋房，坐车不必一定要坐汽车。妖妇淫妇不必个个是剪去头发，黑画眼圈的，就是乡下的小脚妇人，穿了乾隆时代的衣服，天天在溪边挑水的女人，她的恶毒淫艳，尽可以追过中西女塾的学生的。

第二，我们要求新的不同的电影，已经看过许多次数，只把几个人面换一换的电影，我们不大愿意去看。我们所要求的，就是死规则的打破。我们要求有 originality 的，有 creative spirit 的东西。

我这两个提议，或者有人要反驳我，说：你要看中国的电影么？那么你去看古装影片好了。是的，古装影片，的确是中国特有的，可是现代的中国古装影片，同各戏院里新排的旧剧一比，觉得不但影片不能胜过旧剧，并且有许多戏院里的好处都失掉了。中国现在的古装影片，是大世界小世界的戏院的哑子化，何尝比戏院有一点进步？所以要光是看看红脸的关公和黑脸的张飞，那么我们还是到大小世界去看那些戏子好，何必看电影呢？所以我的要求，中国的古装影片仍旧不能满足。古装影片，也要有创意，不要抄袭戏院里的那些陈腐的俗套才好。即以旧剧而论，梅兰芳的古装，就比往日的进了一步。就是现代的貂蝉黛玉，电影里的貂蝉黛玉杨贵妃等，不能比梅兰芳的更进一步，那么我们非要反对进化的原理不可了。

对于第二种或者有人要说，那么奇形怪状的，譬如汽车会飞电灯会说话的东西岂不好么？《乌盆记》不就可以满足了么？这也不行的，光是奇怪没有什么理由，那么我们可以到江北大世界去看变戏法，何必来看电影呢？所以新奇（novelty），也要不离 realism 才行。要 realistic 同时又要 original 的出品，才是我所要求的东西。以文章来说，就譬如 R. L. Stevenson 的《新天方夜谈》之类，才足以当此。

关于电影的知识不多，所以不能说出些可供内行人参考的话来，我只把我所感到的地方，写了这一点要求。

一九二七年九月二十日在上海。

读《老残游记》

第一次读《老残游记》，是在十几年前头。那时候只觉得它的文字简练，华实相称而已，此外也另无所得。现在过了十多年，秋宵无事，再展开来读，愈觉得作者寄托的遥深，牢骚的美化了。想将读后的感想，来写一点出来。

> 《老残游记》二十章，题“洪都百炼生”著，实刘鹗之作也，有光绪丙午（一九〇六）之秋于海上所作序；或云本未完，末数回乃其子续作之。鹗字铁云，江苏丹徒人，少精算学，能读书，而放旷不守绳墨，后忽自悔，闭户岁余，乃行医于上海，旋又弃而学贾，尽丧其资。光绪十四年河决郑州，鹗以同知投效于吴大澂，治河有功，声誉大起，渐至以知府用。在北京二年，上书请敷铁道；又主张开山西矿，既成，世俗交谪，称为“汉奸”。庚子之乱，鹗以贱值购太仓储粟于欧人，或云实以振饥困者，全活甚众；后数年，政府即以私售仓粟罪之，流新疆死（约一八五〇—一九一〇，详见罗振玉《五十日梦痕录》）。（鲁迅《中国小说史略》下卷第二十八篇）

这是著者的略历，征之书中的隐射，一点儿也不会错的。有人说《老残游记》，是浙湖某某所撰，这是附会之谈，可以以书里的俗语来证明。书里的白话，虽则用的大抵是普通官话，然而时有作者所不注意的土白流露出来。譬如称落花生之为“长生果”，以“不可以”“不通行”为“不作兴”之类。写会话的时候，他也时常用地方的方言，来助长 local colour，譬如山东姑娘二翠的言语和店小二的言语等都是如此。除了这些方言，略有不纯的地方外，他的写长会话的手段实在高明。

我们读过 Joseph Conrad 的小说的人，总没有一个不佩服他的用一个人来陈述小说内容的方法的灵巧的，这一位洪都百炼生，也有这一副手腕。老残的晓得酷吏虐民的事实，都不是他自己看见，大抵是由于他人告诉转述给他的。由平常的人来记述这样长的 monologue，必要使读者感到厌倦，而由他来一写，将几宗冤虐的案情，由几个店小二的口中说得明明白白，文字又经济，又明晰，这实在是他的不可及的地方。例如曹州知府玉大人的诬良为盗的事实，他老并没有亲眼看见，只听店家的掌柜老董说的。老董坐在店门口的长凳上，一直说玉大人的如何陷害于家的事情，说了有四五千字，结果他就想出一个伙计来说破老董的喜欢说话：

> 正要往下说时，只听他伙计王三唤道：“掌柜的，你怎么着了？大家等你挖面做饭吃呢！你老的话布口袋破了口儿，说不完了。”老董听着，就站起，走往后边挖面做饭。……

老残到了马村集，又是一个店里的店伙，对他说曹州知府玉大人如何的害死一个卖布的小贩。这店伙于说完一段长长的话后，就结了几句：

“酒也完了，你老睡罢！明天倘若进城，千万说话小心。俺们这里人人都耽着三分惊险，大意一点儿，站笼就会飞上脖儿梗上来的。”于是站起来，桌上摸了半截线香，把灯拨了拨说：“我去拿油壶添添这灯，”老残说：“不用了，各自睡罢！”两人分手。

这一种很自然，很简洁的 narrative power，实在可以比得上 Joseph Conrad，只有过之，不会不及。

他的文章的好，叙述方法的灵活，可以不必讲了。底下我想解剖解剖作者的思想。

洪都百炼生的满肚皮牢骚，都借了老残来发泄，果然不错。就是当时的以清白为名，实在是暗中在虐民媚上的那一种所谓清官的惨无人道，也已被他骂得够了。这些都是很好的笔墨，也是很值得我们崇拜的精神。可是有一段讲到了革命，他老似乎没有把近代思想了解。当然像他所说的那一种革命家，原是很多，就是现在的南京武汉的许多新政客，也还是他所攻击的那一种“只管自己敛钱，叫别人流血的”英雄豪杰。可是在冒生死的大不韪，实际上在民间的最下层做工作的革命家，他似乎还没有梦想到过，似乎他绝对的不相信在中国的民族里会产生出这一种革命家来的。所以他对于革命的见解，是可以代表现代中国的一般知识阶级的见解。我们且听听他的理想中的人物黄龙子的议论：

若说那革呢，——这是黄龙子说明北拳南革的一段——革是个皮，即如马革牛革，是从头到脚无处不包着的。莫说是皮肤小病，要知道浑身溃烂起来，也会致命的。只是发作的慢，若留心医治，也不致于有害大事。惟此革字上应卦象，不可小觑了他。诸位切忌：若搅入了他的党里去，将来也是跟着溃烂，送了性命的……。

他承认革命的势力是不小，革命的结果是牺牲，可是他竟把那些投机师，无赖子当作革命者看了，所以他切劝大家不要去入革命党。这一宗见解，要说他错，原也是不错的。因为中国人的根性太腐劣了，实在在吃革命饭的人，在假借革命而贪图官位的人，有一大半还不能脱他所说的范畴。并且当时中国的政治，还没有糟到现在那步田地，一般中小资产阶级，还尽可在厝火的积薪之上，安眠贪梦。现在却不同了，时势也愈变愈糟了，真革命者也出来了。我想假使他是生在目下的中国，那么他的对于革命的见解，总要完全变过。我想若他现在还是不死的时候，他一定会去参加革命，因为他的那一种愤世疾邪，渴慕正义的精神，就是现在的革命精神。

所以看一种文学作品，非要设身处地的把作者当时所处的时代环境仔细想一想不可。《老残游记》是二三十年前的作品，他所代表的思想，是二三十年前的小资产阶级的思想。我们若以他的以目下的眼光看来，是完全立于反革命的地位的议论，来断定他的作品的毫无价值，毫无时代性，却是过于苛刻的批评，这一层应该为作者原谅的。

总之《老残游记》二十章，将他的反革命的思想除去，以文艺的眼光来看的时候，却可以称得起《儒林外史》的后继者，不过笔力弱一点，没有笼罩全书的伟大的精神，所以不能成为一部大作而已。

一九二七年九月廿二日读后志于上海

《达夫代表作》自序

因为马勃牛溲，都收到了全集里去的原因，弄得三百页内外的书，积成了四五本了，这一回春野书店的同人，来和我商量，说要出一本选集，以便无钱买书的穷苦读者，我因为版权上没有问题——因为全集的版权，都还是我的私有——所以也就答应了。

出一本选集，是没有什么问题的，我最怕的就是书店的广告，如“以一手奠定中国文坛”、“中国有新文学以来的第一部书”、“天才作家”等等文句，所以当出书之际，我要求书店同人，广告不要太做得过火。

至于我的几年来努力创作的结果如何，自家对自家的作品所抱的幻灭之感如何等，已在全集各册的序里说过了，此地不再多谈。最后我想约略的对于近来人家和我论辩的两个问题说一说。

第一，因为我为一位作家做了一篇创作集的序文——这序文并没有用——并且在杂评人家的创作集的评论文里，用了“新进作家”的几个字眼，外间大有人在那里议论，仿佛是说我以“老作家”自居。殊不知我用这“新进”两个字的时候，是以为作品愈新愈好，作家也愈新愈有力量，并没有轻视人家的心思。我就愿意成一个永久的未成熟的作家，永久的新进者，可是自已的落伍的思想，落伍的头脑已经不行了，就是坐了飞机追赶，也追不上时代潮流了，所以只好以新进让人，以老朽自甘。在文艺的王国里，本来是没有辈次，没有第一把第二把交椅之分的，谁有力量，谁有新味，谁有为时代先驱的思想，谁就是王者。若以年纪的大小，或以创作时代的先后来分作品的优劣，那就譬如说牛的智慧比猴子大，因为牛的身体大，这话是无论如何也不可通的。总之我觉得“新”是文艺上的一个重要成分，若没有“新味”，那文艺的价值就等于零了，我们何必要文艺呢？所以我可以很坚决的在此地主张，“新”的思想，要“新”的作家才能宣传的，时代落伍的“老”者，只配在旁边喝喝彩，助助兴，决不是“新思想”的代表者，虽然这新老之分，并不是在年龄的大小，和创作时代的先后的。

第二，因为在《过去集》序上说及了“艺术品都是艺术家的自叙传”一句话，致惹起了许多误解，想在这里辩一辩正。我在那里所说的意思，是在说作家要重经验。没有经验，而凭空想象出来的东西，除非是真有大天才的作家，才能做得成功，像平庸的我辈，想在作品里表现一点力量出来，总要不离开实地的经验，不违背 realism 的原则才可以。这是我的真意，这我想也是谁也应该承认的一个原则。但因为那篇自序的文章上太写得过火了，大家都以为我在主张所谓……Ich—Roman……，除自叙的作品以外，无论如何的好作品，都是不足取的，这真真是笑话了。若照这样的讲下去，那么男作家就不能写女性的心理，女作家就不能写男人的生活了，我虽则愚笨，哪里会发这样的疯狂之言？这一层应该在这里声明一下。

新时代开始了，中国的文学，也渐渐的到了一个转变的时机了，我只希望在最近的将来，我们中国也有可以压倒一切，破坏一切文学理论的大作家出现，来作我们的旗手。像我的这一本选集，原不过是选出来供人家作作笑弄的中心，为这一位未来的巨人填一块脚下的细石的，就譬如中世的王侯出来，前面总有一个 clown，在那里作对比的引导一样。

一九二八年一月二十八日达夫序于上海

翻译说明就算答辩

在明枪暗箭，众矢猬集的这当中，我要宽一宽怀，昂头先来吐一口气。

英国的老小说家哈提死了，中国的各种新闻杂志上也有许多关于他的记载。不幸一两个月前头，我也糊里糊涂在《语丝》上将他的《生活和艺术》一书中的小意见译了几段，所以现在仿佛是成了一个投机的介绍家了，杂志的记者和许多评论家，把我当作了哈提学者，群来索稿，这事情于良心上实在有点过意不去，所以不得不郑重地声明一下。哈提的书，我只读了三部小说，一部诗集，和一本现代作家（Writers of the day）丛书里的《哈提评传》，是 Harold Child 所著。此外他的最后的大作一九零四年的诗剧 *The Dynasts*，现在还只读了一半，没有谈议的资格，因此关于哈提的介绍批评，冒昧不敢下笔。可是因为翻译他的小意见的时候，恰在他的死前的几个礼拜之中，所以心里着实感到了一种歉疚，仿佛是我预计了他的死亡，在这里翻译了几段文章，静候他的死似的。写到了此地，我却想起一篇揩霍甫的小说来了。“俄国一个小村里的一家棺材铺的老板，老是不快活，因为他的买卖不好。有一次他因为同村里的一位富翁病倒了，他老喜欢得很，预算了这一位富翁的身材大小，私下做了一具棺材在那里等着。但是这一位富翁出去试转地疗养，结果在异乡的温泉场里死亡了，老板又落了一个空，又发了气。”小说的开头仿佛有这样的一段事实写在那里，A. S. M. Hutchinson 的小说 *If Winter Comes* 的头上，记得也有同这件事情差不多的一个地方。所以这一回我总算做了棺材铺的老板，找着了买主，投着了机。同说革命文学的人一样，不迟不早，恰巧遭逢了好机会，说出了革命文学。这些是无聊的空话，是正文的引子，底下让我先说所以要翻译一点的原因。

同棺材铺的老板一样，这一回我又在《北新》二卷六期上做了一篇《卢骚传》。做这传的原因，是因为听见朋友说，有一位教授在讲台上说卢骚“一无足取”。当时听了，我觉得批评卢骚，而以这四字了之，心里实在有点不服，所以回来就检了几本关于卢骚的书，写成了那一篇传赞。在这传里，失于检点，对那位教授发了几句失敬的话——其实我当时并没有听清楚，并且教授的论文和讲稿，我也没有看见，所以若说我冒昧轻率，我自己也承认是罪该万死——后来看到了《语丝》，才明白了一切，并且知道《语丝》上已经有人谈起了，也很自后悔，悔我空做了那一篇文章。不过事情还没有完，过了几天，《时事新报》的（二月五日）“书报春秋”栏里，梁实秋教授的论辩文出来了，于是我就照例的不得不做几句别人已替我写过的答辩。第一，梁先生笑我只引了四部书作参考，似乎还不足以称卢骚“学者”。这攻击我承认是对的，因为我根本就不是学者，更不是卢骚学者，所以梁先生的第一笑是笑着了的。接着梁先生又引了我的话说，卢骚传记都是无价值的，所以我的那篇东西也是无价值的卢骚传之一，这话是我自己说的，梁先生引来攻击我，我当然没有异议。底下梁先生仿佛说，我在拒绝别人“批评他（卢骚）的行为，估量他（卢骚）的价值”。这话却错了，因为我在那篇《卢骚传》里，并没有“永远把卢骚批评者从字典里注销，或由政府下令永禁”的提议。至于正人君子和荡子浪人的叫骂，东洋流和英美流的争辩，我在此地暂且不提，为的是说出来怕惹人笑，一半是因为近于村夫的相骂，有碍 Gentleman 的体面，一半是因为同是黄皮黑发的东洋人——中国人——在同一国家内用同一文字来做的文章上，要借重外国人或外国的出身来做护符，未免有点太看轻了自己。把笑话支流一切辟去，我们若再来谈论要点的时候，由我看来，梁先生的那篇文章里很著重的，仿佛是在表示关于晓得的书的多少的一点，尤其是在主张白璧德教授的读书引书引得很多的一点。

梁先生所举的三部书，我很坦白的在这里承认，的确是没有读过，就是（一）梁先生记不清的一位名 Frederika Macdonald 的卢骚传（?），（二）法文的一本 *Rousseauisime avont Rousseau*，（三）白璧德教授的 *Rousseau and Romanticism*。可是我的不读这三本书，并不是我的罪，是我的父亲和国家的罪。这话怎么说呢？第一，因为我的父亲没有许多资产给我，使我不能有钱买书，不能有钱去进哈佛大学。第二，因为国家没有公立图书馆供我去自由阅览。——卢骚的所以要流为荡子浪人，我想或者也是因为这两重关系。

梁先生所举的（一）（二）两部书，并没有说清楚，所以现在不必去提它们，但是（三）的那部大著，梁先生却说得很出力，并且很替白璧德教授的学者的根基和欧美的盛名在鼓吹，我想就顺便借重一位美国的文学家的话来，代我答辩。——这也并不是我的发见，因为《语丝》里已经引用过了。这也与借重外人来对国人辩难不同，因为他们都是外国人。

Upton Sinclair 在 *Mammon art* 一书的第四十四章的《革命的喇叭手》（*The Trumpeter of Revolution*）里，已经把卢骚在现代的社会革命中，是如何重要的话说得很清楚了：

我从没有看见一个主义的说教者，能比蒋捷克更完全的将自身和盘托出交给敌人的（将自身的矛盾弱点暴露给敌人）。他告诉我们，如何的因为不能糊口而把他新生的小孩们抛弃在养育院中。这当然是当时的风习，但照一般的惯例，依这风习而把自己的儿女抛了的人们，哪有出来做一本书向他人忠告如何的养小孩如何的教小孩的人呢！正为了这种种的矛盾，所以批评他的批评家就毫无谅宥的嘲笑他了。但是批评家虽则在嘲骂笑弄（体无完肤的攻击他），可是他终究成了一个法国的政治革命，经济革命，文化革命的鼓吹者。就是在我们的现代，他也还是一个在目前正要起来的社会革命的喇叭手呀。

（《拜金艺术》第一三八页。）

是的，He remains in our time a trumpeter of the social. revolution which is happening before our eyes. （Mammon artP. 138. ）辛克来儿继续着说：

这并不是说我们对于他的主义中的诡辩和不通完全是盲目的。现代的我们，研究教育，则可以借许多心理学的知识的光，研究政府，则用历史的经济的知识，研究人类的精神，则用生物学，社会学，化学，精神分析学的眼光——另外还有许多科学，卢骚连名字都没有知道的。但是试问我们的所以能有这些个知识，究竟自从何而来的？要知道我们的所以能有这些知识，原是因为蒋捷克以预言者的先知，道德的天才的热忱（The fever of a moral genius），从屋顶上宣传了人类精神的自由权利，人生事实的大胆的肉搏，和适合于己身的幸福和健全的道路的自由选择以后，才能达到目的的呀。

（同　上）

在这一章的末尾，他却提起了白璧德：

无论在哪一个卢骚的批评家，都有一个首先应该解决的问题。（就是）为什么你和他吵闹的？是因为你想纠正他的错误，为他的目的点的自由，平等，调协（Liberty，Equality，Fraternity）开路么？还是因为畏惧卢骚所发向世界上的新思想和新感情的激流呢？使对于他所引起的个人主义运动的全体怀疑，将我们带到子女服从父母，奴隶服从主人，妻子服从丈夫，臣民服从教皇和皇帝，大学生毫不发生疑问，而佩服教授的讲义的善良的古代去，是你的目的么？

阿巍夫人曰："最后的一句，好像是对于白璧德教授的一箭似的。"

"奇怪呀！"她的丈夫说，"斯人也而有斯名也。那一定是上帝的审判。"

（此段见《语丝》四卷四期鲁迅先生的文中。）

对白璧德教授的一箭，还不在这里，还在底下的第四十五章"哈佛态度"（The Harvard Manner）一文里哩，我现在把它抄译在底下：

我们首先要说明的，第一是在这里我们并不在研究一个小说里的人物，（小说里的很肥很胖，戴着眼镜的Broker白璧德，是另外一件事情，电影里扮这白璧德的是

Willard Louis. ——附注。）这是一位还活着的人，伊尔文·白壁德，哈佛大学的法国文学教授；一位学者，他的一生的目的，就是在把美国从卢骚的恶影响及卢骚主义——他所说的卢骚主义，就是全部的近世文化运动——里救度出来的这一点。他印行了堂堂的一本 *Rousseau and Romanticism*，有三百九十又零三页，再加二十三页的序引，大约平均一页里有十二个引证，把在过去的一百七十五年中，无论何时凡有一种新思想，新试验，或在艺术的形式上体现出一种特别的紧张的情绪来的男女的矛盾，不通，愚劣等，都证实说明得很周到了。

这成了一部可以使人畏惧的细目账。因为，你总也明白罢，人类的进步，大抵是依尝试和错误的经验（方式）而渐进的，除此而外，另外实在没有别的出路。人生的"摆"，总先摇到这一极端，然后再摇到那一极端去的。无论哪一种运动，总有它的狂妄的极端（边际），总有些使我们可以知所底止的人物存在的；我们的这一位哈佛教授所做的就是在把这些过激而近于狂的事情缀合起来的一部全书。他把那极端当作了运动的中心，所以在他当然是很容易证明人类的精神应该永久不解放的；因为这是对于正人君子的礼义（Decorum）的悖叛。这礼义礼节（Decorum）是他所最爱用的字语，每章每节，结果就要说到这 Decorum 上去。但是在美国还有一个另外的字，就是叫做"哈佛态度"（Harvard Manner）者是。

到了此地阿嶷夫人又插了一句嘴，说，那些过激的新思想家中间，也有很坏的人。她的所晓得的卢骚，就是这一个名字"卢骚"，常在被一位拐诱妇人的男子所称道的一点。对此阿嶷就回答说：

你若要因了渣滓而来批评波浪，那我就不得不做一番研究古典主义的罪囚（Criminals of Classicism）的工夫了。如那些服膺三一律，吟咏八韵诗，正装正服的正人君子等的可怕的事情之类。并且在这书里也不得不特为哈佛大学设一节了。——请看《机械式的教练》（The goosestep）六二到九一页。

到此地阿嶷夫人的话又说回来了：

还是让我们言归正传，来谈卢骚罢，请说明这位大学教授为什么要费这么些个心来杀一个已经死了一百五十年的人？

阿嶷就又回答说：

这教授不明白为什么卢骚到现在还活着，但我能够告诉他，——因为卢骚的革命还只完成了一半。政治的部分，总算实现了，但是结果却给了我们一个世界资本主义。我们是不满足的，我们在聚精会神，要作第二次的跳跃，但全世界的王党（守旧者）都在拉我们的后部衣服，想要我们向后转的前进。他们从棺材里掘出些陈死人（木乃伊）来，把它们穿上衣服，装扮好来，仿佛是活的样子，然后教它们给我们以警告。就是服尔德的“这无耻的东西”（l'infame）的口号也是的。欧洲的各国，都有一批僧侣团体在欺骗工人，所谓如“基督教社会主义者”，即旧教 Tradc Unions 是。美国也有哥仑布武士团（Knights of Columbus），TammanyHall 及许多僧侣主教，受了资本家的津贴接济，在做同样的工作。当然在这中间三一致律和其他的古典的传统是严守着的，在这里我们的这位饱学教授就拿出他的那本堂堂的著作来证明卢骚的没有“哈佛态度”了。这岂不是和卢骚生前所受的阴谋逼迫一样的么？

阿嶷夫人又问这是不是被迫的错觉，阿嶷说：

不是的，这是实际的被迫。假如卢骚现在还活着，要研求一研求这白壁德事件，那么他可以得许多的证据证人哩！大资产家的 The House of Morgan 在大战中所得的万亿的金钱，The U. S. Treasury 为它的英法公债所付的 Thirty Billion Dollars，波士顿诸大银行及信托公司的结托，Lee Higginson 及莫尔干之为哈佛大学的委员，波士顿的大报 *Transcript*，哈佛大学印行的 *Lampoon*，驱逐教授拉斯基（Laski）事件，萨各范在的事件，波士顿巡警罢工事件，及侥幸成名的柯立其等都是很好的证据呀！你且想一想一九一九年，当 Palmer 在做总监的时候的事情罢，哈佛暴徒（The HarvardMob）不是打翻了警察的罢工，波士顿的财阀爱国者不是侵入了赤党的事务所，见一个打一个，把他们（mob）拉来关在牢里，密闭在没有便所的室中，放逐到欧洲本土去了么？

阿嶷夫人说：“这是哈佛态度么？”阿嶷说：

> 正在这一个当中，正在这一年奇异的一九一九年中，我们的这一位 Babbitt Profess，——我的意思是 Professor Babbitt，——一只手拿了一根教棍，一只手拿了一面投石弓，把在过去的一百七十五年间的凡有真情（Human feeling）的艺术家通通骂倒，嗳海嗳海的来了。这算是一部学术湛深的著作，一部文学批评论。这是为教 Decorum 而著的书。……

抄了半天，把 Upton Sinclair 的 *Mammon art* 的第四十五章，自一三九页至一四一页的大意抄完了。梁先生若容许我效一效阿嶷夫人的颦，那么我只想说一句话："这一章好像是对于梁教授的一箭似的。"到此地我的浅学无能，我的所以不读那位 Babbitt Professor 的著书，和这一位白壁德教授的著书是怎么样的一件新装的古董——Mummy——等，大约梁先生总可以明白了罢？让我们再进一步，再谈一谈别的问题。

梁先生对于学行不分畛域，觉得波士顿并不比早稻田好，去日本游荡并不比去美国转听坏，是很公正的态度，真是合乎 Havard Manner 或 Decorum 的公平应付。可是以这一种 Decorum 做了标准，来批评卢骚的思想而攻击到他的行为道德，因为卢骚的道德不好——梁先生所竭力攻击的是卢骚的缺德的事情——所以就判断他的思想是"无一是处"，我就觉得是太偏于一方了。梁先生所不满意于我的，"在未动笔之先，已有成见，已有愤慨，已有偏心。"我是承认的，因为我那篇东西，本来是为颂扬而作，并不是在批评。但不晓得梁先生当批评卢骚，批评卢骚的批评的时候，果真能够抛除一切成见，如梁先生所说的那般心地光明不能？

至于知道了一个历史上的人物，对于这人物或者崇拜，或是轻笑，我以为是知道者的个人问题。在开明的今日，我想总不能向政府上一个条陈，去请愿政府下一道命令，勉强大家对一个人一定要崇拜或一定要轻笑的。不过有一个问题，在这关头却须先决的，就是因以为崇拜或轻笑的标准的道德，究竟是不是和三一律及古典传统一样，有轻重长短等一定的分量的？

梁先生攻击卢骚的许多缺德事件，我不想来替卢骚辩驳，因为我要他说是道德家，和梁先生要说他是无赖汉一样，各有各的成心，各有各的偏见，两条平行直线，是永也不会相遇的。末了我想答覆一答覆梁先生所提出的四个疑问。

第一，是译名问题，为简略起见，我把卢骚的 *Discours surles Letters et les Arts* 译成了《文学艺术论》，梁先生以为不妥，就译成艺术文学论也好，译成什么都好，尽可以商酌改译。因为卢骚一代的事迹，我把它缩短在万余字的一篇小传之中，疏漏不周在所不免，梁先生若有高见，我很愿意顺从，因为我并不是学者，没有那一种固执骄强的气概。

第二，卢骚到英国以后，所受的英国人的待遇，若梁先生以为是礼遇，那我也不反对。因为我觉得这时候卢骚的 Persecution Complex 已经是很深了，即使他在英国闹了笑话，发了脾气，起了疑心，也只能请医生来代担一部分他的忘恩负义的责任，因为病了的人，疯了的人，是不能以寻常的法律来对待的。

第三，蒙泰沟的人品不好，梁先生也承认了。再举一件事实来证明，就譬如这一位大使的奇想之类就是。他想三只皮鞋，可以抵得上两只，因为一双皮鞋之中，一只老是先破的。所以他老先生做皮鞋的时候，老是定做三只的。你想想看，像这样的一位蒙泰沟大使，即使卢骚不和他闹，你能保得住卢骚一定能安安稳稳的领到薪水么？所以这一段事实，梁先生说忽略不得，我却说忽略得的。

第四，是卢骚的乐谱新记法。我说他的这新发明是没有什么大不了的，系根据 Arthur Chuquet 的评传而讲的话，因为我也是不通音乐的人，除这一点之外，也不敢多说。万一有研究卢骚当日的乐谱的人出来指教，我当和梁先生一样的欢迎拜倒。不过美国很远，想去哥仑比听一回讲，是很不容易的事情。

回答梁先生的话，在此暂告结束，我更想利用这机会答辩说明一下另外的几篇攻击我的文章，因为往后恐怕我没有再做这些论辩文的闲工夫了。

究竟梁先生是一位 gentleman，他的批评卢骚的批评的文字，能够明明白白的指出姓名来，好给我一个 fair play 的机会。此外更有一位作家做的几篇羞羞缩缩，暗地里在放暗箭的文字，我到此刻，方才看到，以此较彼，我倒很佩服梁先生的态度的光明。

事件的起因，是在去年的秋天，在和创造社脱离关系以后，有一位作家——暂且不把他的姓名写出来，是想以忠厚待人，并非是以毒攻毒，学放暗箭的手法——时常到我的寓里来闲谈。往后他就拿了一本创作集来要我做序，我当然为他细读了一遍，为他写了一点点序文，在这序文里偶尔用了“新进作家”的四个字进去。这四个字仿佛是触犯了他的忌讳了，以后他就老在各种政治旬刊及文学周刊上冷嘲热骂，我当时并不晓得，直到现在才兹看到想起。要晓得我头脑虽旧，却是一个最崇拜新的人，我的用“新进”两字，并不是以前辈自居，而在侮蔑新进，却是衷心崇拜的意思。这一层意思，已经在一本选集的序文上说明了，我希望那一位作家下次再做攻击我的文字的时候，先去翻一翻那篇选集的序文，再来动笔，庶几可以晓得我所说的“新进”，还是在倚老卖老呢还是在厌旧崇新。

和这一位作家取一样的态度的，是 K 书局发行的一本杂志。这杂志对我的人身攻击，更是奇怪了，他们竟因我的一件私事而攻击到了我的习惯，生活和作品。并且因为想侮辱我的作品而兼侮辱到了中国的古典"红楼"与"西厢"，说我的诸作，都系这些古书的改窜与末流，大约是卑卑不足道的——这句话他们虽没有说，但推其结论，则当然是如此的——对此种种，我也辩不胜辩，不过顺便在此提起一句。

最后是创造社的诸杂志了，他们也以一样的态度，在攻击我的私事和作品。这些本来也是没有答覆的必要的，可是因为文学的革命不革命，而攻击到金屋的藏娇，老七老八的名字的应用，我觉得未免走得太远了。在这里我并不想说别的话，我只想说一说所以要和创造社脱离的经过。

前年的冬天，我徇了朋友的愿望，辞去了职业，回到上海来编辑处理创造社的刊物。一到上海，就做了一篇《广州事情》，随后又做了几篇关于方向转换及阶级文艺的短文。当时同人中就有对我不满的，我也以以后不再做议论文自誓。后来狂风暴雨，时局变迁，一直到了去年的七月。八月上旬，果然来了一件奇祸，当时新来上海主持创造社的人，就以我的空言招祸、于实际毫无补益的大义相责备。一位司银钱出入的，且对我个人很周密的表示了反抗的精神。我于事件结束，一场 Comedy of Errors 闭幕的时候，就脱离了创造社的关系。一脱离创造社之后，现在就成了一个个人主义者，一个小资产阶级的时代落伍者了。没落也罢，灭亡也好，我只希望以后各人都能走上各人自己所想走的路去，或向成功光明的方面，或向黑暗堕落自杀的方面，不过总要诚诚实实地，不虚不伪地。

拉杂一写，总算把半年中所接下来的明枪暗箭，在此地数了一数，以后是要逃避了。大约这一种答辩议论的文章，总须间隔一个很长的时期以后，才能恢复勇气，再来执笔。诸位战士们，请接受我一个再见的敬礼。

一九二八年二月十四日

对于社会的态度

《文化批判》创刊号里有一篇批评我的文字，说我对于社会的态度是和另外的两人一样的。只怕转述得不正确，现在我把原文抄出：

从主张提倡自然主义的一派——文学研究会的团体中，可以抽出叶圣陶。他是一个静观人生的作家，他只描写个人（——当然是很寂寞的有教养的一个知识阶级）和守旧的封建社会，他方面和新兴的资产阶级的社会的“隔膜”。他是中华民国的一个最典型的厌世家，他的笔尖只涂抹灰色的“幻灭的悲哀。”他反映着负担没落的运命的社会。别一方面他的倾向又证明文学研究会标榜着自然主义的口号的误谬，这是非革命的倾向。

鲁迅这位老先生——若许我用文学的表现——是常从幽暗的酒家的楼头，醉眼陶然地眺望窗外的人生。世人称许他的好处，只是圆熟的手法一点，然而，他不常追怀过去的昔日，悲悼没落的封建情绪，结局他反映的只是社会变革期中的落伍者的悲哀，无聊赖地跟他弟弟说几句人道主义的美丽的说话。隐遁主义！好在他不效L. Tolstoy 变作卑污的说教人。

郁达夫的悲哀，令一般青年切实地同感的原因，因为他所表现的愁苦与贫穷是他的所要申诉的，——他们都是《沉沦》中的主人公。但是，他对于社会的态度与上述二人没有差别。

我头脑昏愚，看了这批评之后，不晓得作者究竟是在褒我的呢，还是在贬我？抑或是褒有所不甘，贬有所顾忌，而最后是很巧妙地说出来的这一个似褒却贬的评断。可是我看了总终究有点不解。照作者的意思，明细叙说出来，则底下的一个公式是可以成立的：

郁达夫＝叶圣陶＋鲁迅

他所表现的愁苦与贫穷是一般青年所要申诉的＝反映着负担没落的运命的社会＋社会变革期中的落伍者的悲哀，无聊赖地跟弟弟说几句人道主义的美丽的说话。

本来批评家批评人家的作品，是绝对自由的，不过遇到了模棱不决的评断的时候，则被批评者当然有点难受，而一般读者也有点张天师着鬼迷之感，所以我想在此地为这批评加上一个注释，可以使读者明了一点这批评背后的事实。这批评的索隐当然要从我与创造社的关系说起，因为《文化批判》是创造社出版的缘故。

原来创造社是我和成、张、郭四人发起的。成立在十几年前我们的学生时代。后来回国之后，就为人作嫁，以创造社的名义出了许多丛书，许多刊物。中间忧患丛生，分离转变，四个人为创造社也着实吃了些苦受了些气。到了前两年的春天，得了许多同情者的资助，才设立了一个出版部，创造社总算得脱离了书贾们的压迫而完全造成了一个自由独立的基础。谁知风云变起，出版部成立之后不及一年，又有几个外人来搅乱内部的事件发生了。

这事件就是那位在创造社服务，现在是老在向租界及政府当局告密，而当时正在和一位同事的同性作家出比目集的艺术家，想在创造社内另立一社，而以这社的名义出书出杂志的事情。

他们都是创造社出版部的服务人员，除住房子吃饭拿薪水不计外，他们所出的书和杂志的包装、堆栈及印刷的校对等营业杂费，都由创造社负担，而这些书和杂志的纯利，全由这另一个社来收受的。所以结果弄得变成了创造社耗费了基金在养另外的一个社了。

这消息传到了当时我们都在那要当教员的广州，大家合议的结果，要我牺牲了教员的地位，到上海来整理出版部的事情。关于这“牺牲”两字，现在我又听到了一件事情，不得不在此夹叙一叙。

前年暑假以后，我担任的是广州中山大学的出版部的事务。这当然还是经子渊氏在那里当校长的时候并没有征求我的同意而为我决定的职务。当我到了广州，子渊已经去职，换了戴传贤氏顾孟余氏朱家骅氏丁惟汾氏等五委员在那里负责。这几位委员，直接间接或在北京或在上海，都与我有点认识的，所以当我到了广州之后，在他们的那施行那种彻底手段发表解散中大命令之后的第二天晚上，就送了一个仍留原职的聘书过来。当时广州正在混乱之中，我也不想再在那里混饭吃，可是因为欠薪未发，而委员们对我的意思，似乎也不是恶意，却之不得，所以也就马马虎虎的住了一月。一月之后，承骝先朱委员的好意，欠薪发给我了，我托了种种人去关说，并且又对戴委员面述了许多苦衷，才返还了聘书，奔回到上海来整理创造社的事情的。所以这事情在我说来，当然是一种“牺牲”，而当时在场劝我的诸人，也是说“非要我来牺牲一下不可”的，但是现在怎么样？据一位前几天我遇到的C君之所说，则现在的创造社内部的诸公，却都在说，我是因为当时在中大被五委员革职了，所以不得不到上海的创造社出版部来混饭吃的。听到了这一句话之后，与前情来对照一下，我想无论何人，总也免不了惊愕的罢？所以我的要在纸面上拖出这么些个伟人的名姓来，并不是想在这里夸一夸大口而卖阔绰，不过是想证明现代的人心的如何险恶而已。好在这革职不革职的问题，现在是还有几位和我当时同来的人在，大约他们的心里总该明白的，我在此地可以不必说了。并且不被革职，也并不是什么荣誉，由昆仑山顶上的人看起来，正是要笑煞人的。还是闲话少说，让我再来说到本题上去罢！

从广州到了上海，和那位青年——因为他老在替我登广告，说老人某某某某，要出什么什么杂志云云——的比目艺术家办了许多的交涉，将社内之社肃清，把创造社全部的财产，托付了成仿吾氏的一位亲族管理，我就于去年夏天，完全脱离了创造社的关系。

和创造社脱离关系前后的事情，我记得曾在本年二月里的一篇《翻译说明就算答辩》里拉杂说起过的，现在若不嫌重复。请读者恕我再来叙说几句。

我的要和创造社脱离关系，就是因为对那些军阀官僚太看不过了，在《洪水》上发表了几篇《广州事情》及《在方向转换的途中》等文字的原因。当时的几位老友，都还在政府下任职，以为我在诽谤朝廷，不该做如此的文章。后来又有几位日本文艺战线社的记者来上海，我又为他们写了一篇更明显的《诉诸日本无产阶级》的文章，这些文字，本来是尽人欲说的照例的话。而几位老友，都以为我说得太过火了。究竟不晓得是不是这几篇文字的原因，在去年的七月里，居然来了一位自称暗探的司令部的人员，到创造社出版部来说要拿人拘办。弄得出版部里的人员逃散一空，后来由郭复初氏去司令部说明了原委，由胡适之氏向黄膺白辩剖了究竟，创造社出版部才由我自己到警察厅去接受回来。而在这一场悲喜剧结束的时候，正由广州带了重大使命去日本的成仿吾氏，却对我说了这几句话：

> 这都是你的不是。因为你做了那种文章，致使创造社受了这样的惊慌与损失！那些纸上的空文，有什么用处呢？以后还是不做的好！

因为这几句警告的结果，成氏的那位的亲族，现在是在管理创造社的全部财产的那位亲族，本来就厌我监督的太严的这位成氏，竟对我很明显的表示了反抗的态度。我看了左右前后的这些情形，深恐以后再将以文字而召祸，致累及于创造社出版部的事业经营，所以就在去年八月十五日的《申报》《民国日报》上登了一个完全与创造社脱离关系的启事。这是我和创造社所以要分裂的实情实事，由此看来，也尽足以证明创造社诸公的如何稳健持重，如何的是现在革命政府的忠实同志了。而最可笑者，却有最近的一个名《青年战线》的刊物上，还在大大的登载，说他们是共产党的机关，说他们是在替第三国际宣传主义，致弄得他们搬地方请律师，乱得一榻糊涂。他们想获得青年的崇拜，想在文坛上作一个墨索利尼，作一个专卖机关的事情是有的，至于说他们是共产党徒，那我就可以为他们出来证明，证明他们决没有这样的胆量。而尤其是可笑的，是前几天当我遇到 C 君的时候的那一番对我怒骂的话。他的意思，是因为那个名《青年战线》的刊物上利用了鲁迅，来骂了他们是共产党的结果，以为鲁迅是怕了他们的文学理论，所以在暗中作鬼，想利用了政治的势力来压迫他们，似乎现在的各级党部和中央政府及那个青年战线社的人们，都是由鲁迅在指使似的。而对我哩，因为我最近在和鲁迅合出一个杂志，似乎也在为鲁迅奔走，与他共同谋算，在借了政治上的势力压迫他们。其实政治上的势力，究竟有没有被那个刊物《青年战线》所动，还是一个疑问，而鲁迅若有这样的大势力，那我就相信他早可以不做文章而去做总总司令了。至于我对鲁迅哩，也是无恩无怨，不过对他的人格，我是素来知道的，对他的作品，我也有一定的见解。我总以为就作品的深刻老练而论，他总是中国作家中的第一人者，我从前是这样想，现在也这样想，将来总也是不会变的。所以对于C君的那一种偏见，我是始终想为鲁迅在这里辩白，辩白他没有那么大的势力，辩白他没有那一种恶伏黑变之才，不管你骂我是鲁迅的共谋犯也好，骂我“没有辩护的余地”也好。

因为想为那篇批评我的文字，做一个背景的索隐，枝枝节节，竟写了这么一大堆，我在此地想对读者告一个罪，总之归结起来，我是创造社前身的一个发起者，现在是已经与创造社完全脱离关系了，对创造社虽没有什么大功，但自家想想也决没什么大罪，创造社的所以能有今日，我想或许也与我前半生的无补实事的一点努力，有丝毫的关系，这就是我对于那个半吞半吐的批评想说的几句话。也就是对那批评所想提出来供大家参考的一点事实。

末了我更想对他们所主张的阶级文学的理论来表明我的态度。

我对于中国无产阶级的抬头，是绝对承认的。所以将来的天下，是无产阶级的天下，将来的文学，也当然是无产阶级的文学。可是生在十九世纪的末期，曾受过小资产阶级的大学教育的我辈，是决不能作未来的无产阶级的文学的一点，我是无论如何，也不想否认的。这些主张，我都已经在一本小著名《奇零集》的那册书里说过了，大约读过那册书的人，总已经知道得很明白，我也无须来再述。不过我对于不是工人，而可以利用工人，来组织工会，不是无产阶级者，而只教有一个自以为是无产阶级的意识，不管你有几千万家财，有几十乘汽车，有几十间高大洋楼，只教你有一个自以为是无产阶级的心，你就可以变成一个无产阶级者的这一种理论，我是绝对否定的。

言尽于此，别的话我不想再说了。我只希望秋凉一点的时候，能够做一点真正的翻译或创作的工作。

一九二八年八月一日

革命广告

在今天的革命八月八日的这革命日子的革命早晨革命九点钟的革命时候，我在革命《申报》上，看见了一个革命广告。（注）

（注）现在革命最流行，在无论什么名词上面，加上一个“革命”，就可以出名，如革命文艺，革命早饭，革命午餐，革命大小便之类。所以我也想在这里学学时髦，在无论什么名词之上加以革命两字，不过排字房的工人的苦处，我也知道。所以以后若铅字不够的时候，只好以〇〇来代替革命两字。读者见到〇 〇，就如念阿弥陀佛者之默诵佛号一样，但在心里保存一个革命“意德沃罗基”就对了。

这〇〇广告是在说，上海有一家革命咖啡，在这一〇〇咖啡里，每可以遇见革命文艺界的〇 〇名人革命鲁迅，革命郁达夫等。

后来经我仔细一问，才知道果真有一位革命同志，棍（滚?）了一位革命女人和几千块革命钱，在开革命咖啡馆。

这一家革命咖啡馆究竟在什么地方，是和哪一位开的，我——这一个不革命的——郁达夫，完全还没有知道。推想起来，大约是另外总有一位革命郁达夫是常在那里进出的。至于鲁迅呢，我只认识一位不革命的老人鲁迅。我有一次也曾和他谈及咖啡馆过的。他的意思是仿佛在劝我不要去进另一阶级的咖啡馆，因为他说："你若要进去，你须先问一问，'这是第几阶级的？'否则，阶级弄错了，恐怕不大好。"所以，我想老人鲁迅，总也不会在革命咖啡馆里进出，去喝革命咖啡的，因为"老"，就是不革命，就是反革命。听说杭州还有一位鲁迅，大约这革命鲁迅，或者也是杭州鲁迅之流罢。

今天看见了这一个革命咖啡的革命广告，心里真有点模糊。不晓得这咖啡究竟是第几阶级的咖啡？更不晓得豪奢放逸的咖啡馆这东西，究竟是"颓废派"呢，或是普列塔，或者是恶伏黑变。至于我这一个不革命的小资产阶级郁达夫呢，身上老在苦没"有"许多的零用钱，"有"的只是"有闲"，"有闲"，失业的"有闲"，乃至第几十几 X 的"有闲"，所以近来对于奢华费钱的咖啡馆，绝迹不敢进去。闲来无事，只在三个铜元一壶的茶馆里坐坐，倒能够听到许多社会的琐事，和下层职业介绍的情况。

一九二八年八月八日

《大众文艺》释名

“大众文艺”这一个名字，取自日本目下正在流行的所谓“大众小说”。日本的所谓“大众小说”，是指那种低级的迎合一般社会心理的通俗恋爱或武侠小说等而言。现在我们所借用的这个名字，范围可没有把它限得那么狭。我们的意思，以为文艺应该是大众的东西，并不能如有些人之所说，应该将它局限隶属于一个阶级的。更不能创立出一个新名词来，向政府去登录，而将文艺作为一团体或几个人的专卖特许的商品的。因为近来资本主义发达到了极点，连有些文学团体，都在组织信托公司，打算垄断专卖文艺了，我们就觉得对此危机，有起来振作一下的必要，所以就和现代书局订立合同，来发印这一个月刊《大众文艺》。我们并没有政治上的野心，想利用文艺来做官。我们也没有名利上的虚荣，想转变无常的来欺骗青年而实收专卖的名声和利益。我们尤其不想以裁判官、天才者，或个人执政者（dictator）自居，立在高高的一个地位，以坛下的大众作为群愚，而来发号施令，做那些总总司令式的文章。我们只觉得文艺是大众的，文艺是为大众的，文艺也须是关于大众的。西洋人所说的“By the people，for the peopIe，of the people”的这句话，我们到现在也承认是真的。

把我们的这一个卑卑的主张说明之后，就想将《大众文艺》的内容来说一说。约而言之，它的内容当然不过是登载些文艺作品而已。可是文艺里也有诗歌、小说、戏剧、杂文等之分。所以我们的这一个月刊，以门类来说，就想注重于小说，旁及于其他的作品。尤其是近几年来，戏剧和影剧，渐被认为文艺中最有大众的意义的制作了，若有适当的作品，也当然要登载进去。以这几年的流行看来，诗歌的时代，仿佛是已经死去了的样子，不过天地有情，万物有韵，人的真性灵不死，诗歌是决不会死去的。所以散文以外，我们也想稍稍采及诗歌。杂文一项，可以有闲评，可以有游记，可以有诙谐多趣的 essay，可以有清新俊逸的小品，若得得到，每期也想登载一点。

中国的文艺界里，虽然有些形似裁判官与个人执政者的天才者产生了，但平庸的我辈，总以为我国的文艺，还赶不上东西各先进国的文艺远甚，所以介绍翻译，当然也是我们这月刊里的一件重要工作。不过我们的良心还在，还想分别分别尔我，决不敢抄袭了外人的论调主张，便傲然据为己有，作为专卖的商标而来夸示国人。

最后，对于是非的正当的讨论问答，也是现在社会上的一件要务，所以末后，特辟通信一栏，便登来件，但篇幅不多，容或有不及登载之处，应该请来信者诸君曲为谅宥。

一九二八年八月

《大众文艺》编辑余谈（一至四）

一

《大众文艺》也没有多大的野心，不过想供给一般读者以一点近似文艺的东西而已。每期的编辑，虽说由我来担任，但实际上的集稿子，排次序，以及其他的一切工作，都系由夏莱蒂先生负责的。不过译稿有译者在那里担当责任，创作有作者自己在那里说话，所以根本的说起来，编者的责任，原不是十分重大的。可是稿子的去取，先后的排列，以及一切译稿的校对之类，编辑者也不能诿卸他的肩仔。所以本月刊的内容，若有不到之处，责任应该由我来负，若有一点可取的地方，那就是夏先生的功劳。

最后，本期的封面，系日本画家宇留川潘氏之笔，他是日本最新一派的画家，这一回特肯为我们画这一张封面，我们在此地应该向他道谢。此外还有许多寄稿的先生们，如鲁迅先生、叶鼎洛先生等，我们也想在此地表示一表示诚恳的谢意。还有郑吻冰先生，从日本寄来了一张封面画，因为到得太迟了，拟于下期再用，先在此地对他表示我们的谢意。

达夫记

一九二八年九月

二

这一个年头，真是不毛之年，大家都因为被骂得怕了，所以屁也不敢放一个，结果弄得这一期，大半都是翻译，创作只有寥寥的几篇。贫苦的我们，又加以多病，莱蒂病了，我也同病了的一样。Musset 的 *La confession d'un Enfant du Siècle* 大约三四期后可以译完，万一译者还健在，那总想把它继续登载下去，在这样的一个小月刊里，勉强可以对读者告一声无罪的，就是这一篇大著的翻译，请读者诸君能够赐以一点好意的指教。

别的话不愿说了，说了也是无益，就此与诸君暂别，等下一期再见。

还有许多与我们表示好意的读者，赐信来指教，并且和我们提出了许多问题来讨论，无奈夏先生病重，我也同死了的一样，不能在这一期里登出奉答，应请赐教诸君原谅，等下一期再说。

达夫记

一九二八年十月

三

编辑之余，实在也没有什么可谈的了。因为实际上的一切编辑事务，都是由夏莱蒂先生帮忙的，我不能把当编辑的时候的苦心谈写出来，至于自捧自吹，互相标榜的话，说出来也有些肉麻，所以还是全部删去了的好。这一期我们觉得不满的地方，就是因为创作太少了一点。既而自慰自的想想，以为粗制滥造，硬的写些不相干的肉麻的东西出来，还不如贩卖贩卖外国货来得诚实一点，大约读者诸君对此总也能予以原谅的罢？

来稿积压得很多，但一一的细读之后，觉得都还赶不上我们译载在前面的几篇外国东西，所以对投稿者诸君很抱歉的，但也不得已，只能等下期稿子缺乏的时候，再逐次的为诸君发表了。

达夫记

一九二八年十一月

四

自己因为不会应时豹变去出出风头，或者去拍拍吹吹，所以到了革命大成功的现在，也还弄不到一点职业，做不到“委员”或“时代不落伍者”等有光彩的要人。更因生性直笨，争不到外国帝国主义者赐与我们的庚子赔款，吃不到先辈的版税或已为我们造好在那儿的地盘，又因还保持着一点封建时代遗留下来的道德与良心，所以也当不着野鸡大学的教授，吞不着可怜的穷学生们的五块五块的股款及十块十块的学费。到了万不得已只剩下饿死与干死的一途的末路，才去替书局编编杂志，出卖出卖些萎靡堕落反动而且又极端的个人主义的为小资产阶级的劣根性所支配的文章。这些杂志、文章之类，似乎也有了一点销路，所以又无端挑起了许多文学青年的暴怒。这些文学青年之所以要这样怒吼的原因，似乎有下列的各种：

第一，因为来投了稿，没有为他们登出。

第二，因为出了杂志，侵犯了他们的专卖权，所以要声明冒假，必须打倒。

第三，说我是在拿稿费，所以已经是资产阶级了，是在替资产阶级说话。

第四，说我不去利用了文艺做官，所以是反革命。

第五，说我在欺骗青年，而在拆他们的信托公司的台。

凡这种种，我想明白一点的人总会替我代答，我假若去抄些生吞活剥的日本人的议论来和他们辩论，倒反要使旁观的人弄得昏头昏脑，铁立托、扑烈塔的弄不清楚，所以在此地我就想以已被克服者自居，只说两句自己的话来告诉给大家听听。

我想要想打倒别人，而只想把自己一个人弄得伟大一点的思想是什么人都有的。所以对这一点我并不想说一句什么话。不过打倒的方法，我想总有种种，最辩明简便的，我想总在自己做一点切实的东西出来。我们要打倒 Dante，Goethe，Schiller，Ibsen，Hugo，Tolstoy，Turgenev，Dostoivsky，乃至鲁迅，都可以的，不过我想总要先做出一点比上列诸人的作品更伟大的作品来才行。这一句话就是我想对无论何人说的一句唯一的话。

假如《大众文艺》的出现，果真若有碍及许多同行者的地方，致使他们的信托公司不能组成，政治上的野心不能满足，或者竟至几个蝇头微利不能赚到，那我们倒也不是想拚了命来与鸡鹜争食的人，就是马上不出也可以办到，这一点要请大家放放心才好。

至于我个人因为在别的地方出了几本书，大家就要画一个人或一只狗出来，使这一个人或狗身上不得不背负许多书名或洋钱的数目，那也未免太劳心了，真真有累了诸君。

末了我还想在此地将第一期的《编辑余谈》里的几句话再来重言一遍：就是，"《大众文艺》也并没有多大的野心，不过想供给一般读者以一点近似文艺的东西而已。"

一九二九年一月达夫记

最后的一回

世间无不散的筵席，和夏先生所串的这一出滑稽戏终于到了最后的一幕了。虽然说是和夏先生合串的这一出戏，但从实际上说起来，生旦净丑却只有夏先生一人在调凑，而我哩，不过总了点揭开幕来和拉上幕去的这一些些微力，说起来实在有点对人不起。不过好在在第一期里也已经说明了的，大约读者诸君，书店主人，和夏先生自己，总也能够谅恕我这一种疏懒的死性情，其他的告罪之辞，在这里也不想多说了。但在闭幕之前，不得不再慎重声谢的，是许多寄稿于本志的先生们及寄热烈的长信给我们的读者。从一大堆的来信中间，我现在想抽出一封北京荒岛社王余杞先生的来函来附载于此：

达夫先生：

今天才得在市场上买到《大众文艺》第三期，高兴极了，正要翻开来读，忽然朋友翟永坤君打来电话，说先生在本志上有封信给《荒岛》同人，问我见到没有。我想一二两期已经读过，都没这回事，想必在第三期上，便翻开最后的通信栏，果然找到了先生那篇盛意手书。

承先生不弃，注意到我们这样幼稚浅薄的东西，更特别提到我，尤其是我个人引为荣幸的。翟君已经把以前各期寄上了（只有第一期早已售罄，故未寄），还望先生多多指教。可是，不幸得很，《荒岛》原是朱大枬及翟君和我等十来个人所创办，结果，竟被一些人所利用，想借此出出风头。我们除失望之外，便于第六期出版之后，辞去一切职务，不再干预，事实上已等于和《荒岛》脱离，让他们所谓大多数的人去承办了。这当然使热烈期望我们如先生者如何失望，但这年头的事，大概如此，又有什么法子呢？

好在，现在我们又和别的朋友组织了一个徒然社，份子既较整齐，感情又极融洽；除了我们三人之外还有梁以俅、闻国新、张寿林、李自珍诸君。明年新正，拟在《华北日报》出版《徒然》周刊，届时当按期寄呈，请加指正。如能得先生介绍的荣幸，更愿在上海书局中，出一月刊，得和社会上爱好文艺者研究讨论，不知能否办到？

很惭愧的是承先生谬加推许，感谢之至！拙作 *A Comedy* 系一长篇中的短篇，其故事乃描写一对男女结婚前后的心理。不知何故，一部分读者还表相当的同情，也竟有些女士指我为“骗女人”之流，这不白之冤，倒是我意想不到的事。此时，全稿已寄与春潮书局，如蒙收买，将来一定还要请先生赐教！

在我个人，曾经读过先生很多作品，但近年来，除了《迷羊》一书而外，只在杂志上读到些零星的短篇译文，这不能不说是文学界一个巨大的损失。先生和鲁迅先生都是文艺创作家，却没有来由抛弃了来干这翻译的玩艺——翻译固然也很需要，但总觉两位先生不应该走这条路——（中略）

对于本期《大众文艺》的选稿，很觉谨严，只是稍嫌单调，除了几篇创作及翻译小说之外，仅有先生的一首译诗。说到“文艺”，范围似不只此，何况又属于“大众”？这点小小的浅见，不知当否？

这封信如果能在本刊刊出，更是感激不尽。

王余杞　敬上

一九二八，十二月二十六日

来函中有一段希望我们得太大的地方，怕登出来要为识者所笑，所以被我略去，这一点还希望王先生能够谅我。

自从印行《大众文艺》以后，所得到的新的从事于文艺的朋友虽然很多，但北京的这一个徒然社的诸君子，我觉得是印刻在我心上最深刻的一团人物。

在最近还接到了一期北京明天社的第十二期《明天旬刊》，以前的各期也不知是被邮差误了呢，也不知是被书店塞掉了，我却没有接到。可是就单从这第十二期的内容看来，也尽可以使我佩服，佩服他们是真正的在努力于创作与翻译的有心人了，特在此提起一声，遥祝他们的再向前进。

此外还有寄给我个人及大众文艺社的刊行物及信件，大约是很多很多。可是一则因为书店事务繁忙，二则因为我个人行踪不定，所以一大半是不能到我的手里的，即以到我手里的许多信件来说，大部分系以问文学的门径，或读书的程序及买书的方法之类者为多。就是这些也总已经是三个多月或竟是半年以前的信札，我读了第一既感不到一一答覆的兴趣，第二也恐怕寄信者早已迁移到了他处，即使我现在答覆了，总也不能到通信者的手里了。因此我想在此地总覆一声，希望大家凡赐信给我的人，都能够谅我的孤苦，恕我的无礼。

一九二九年四月

《小家之伍》译者后叙

在“大家”很多的中国，下面被译出的五位作家，当然只可以称作“小家”，虽然在这五位作家的本国，也许各是在享受着相当的尊敬的。

这五篇东西，全是曾在《奔流》上登载过一次的旧稿，现在不过将误印的文字，略加改正而已。其中有一篇《幸福的摆》，在初印的时候，错误尤多；后来承清霜先生的厚爱，从日本寄了一册原作的英译本来，使我得有了一个和德文原作校对的机会。但是校对未终，我又因为受交易所政府底下的戍腿的压迫，仓皇逃了一次难。那本英文本子，竟被扣留在长江边上的一个小都市里了。其他的四篇原本，也同样的遭到了被扣留的恶运，所以现在当出书的时候，终于不能够过细地再来修改一番。

此外关于各作家的约略的介绍，仍各附在每篇的篇末，此地可以不必再说。

不过当中国的各“大家”正在合纵连横，对我这样的一个小之尤小、决未成家的人，在下总攻击的此刻，把这一部稿子送给印刷所去印出书来，似乎也有一点借了外国人的毒瓦斯来遮盖自己的嫌疑。但是不想做官，尤其不想做领袖的我这落伍者，向来是与世无争，于人无怨的这一点微衷，或者是可以对诸位攻击我的大家们告罪而有余的罢！

一九三〇年二月达夫志

我希望于《大众文艺》的

老老实实的招认出来的话，那《大众文艺》自第一卷第一期起，一直到现在的第二卷第二期止，我从来还没有从头至尾的细读过一册。夏莱蒂先生在编的时候，已经是如此了，病倒了的现在，当然可以不必再说，虽然夏、陶两先生的主编《大众文艺》，我都是很赞成的。不过《大众文艺》这一个名目，却是由我而取，为此而受到的讥骂嘲讽，不知道有多少，但是已经过去了的，现在却也能够平心静气地接受这些满含恶意的攻击了。所以陶先生来征求我对《大众文艺》的意见时，我也可以同在最初的时候一样，闭上眼睛，文不对题的来瞎说几句。

第一，“文艺是必须要带着普遍的大众性的”这一个意见，我到现在也还在主张。所以我觉得“只许我文艺不许你文艺”的这一种态度是不对的。还有文艺是只为几个人的这一种态度，也不对的，总要使大众能看得懂，大众能了解才行。铁立托，朴立得的弄许多以中国字来写出的外国文来骗一般的读者，我觉得是不十分可以佩服的方法。

第二，“文艺的大众化并不是文艺的卑劣化”，譬如专为想迎合一种社会的变态浅薄的心理，而以文艺来作做官发财的阶梯，这也是不对的。官尽可以去做，财尽可以去发，但是想借了新文艺来做旧时科举式的考卷，这却是文艺的卑劣化并不是大众化。

一九三〇年三月十五日

读刘大杰著的《昨日之花》

近来因为交游断绝，友朋稀少之故，所以新出的书籍，简直不大看到。又因为新时代的大作家实在太多，作品也出得同机器产品一样的快，所以读新书的勇气也自然的减少，孤陋寡闻，偷生在这多事之中国，不求闻达，不求长进，默默的岁月，已经过了四五个年头了。最近因为书局的关系，才稍稍读了几册新出的杂志，其中的一本却是北新出版的《现代文学》第一卷第五期。在这一期的《现代文学》上，又忽而读到了一篇杨伯珊先生的关于《昨日之花》的评语，恰巧作者刘大杰先生，也正在我这里进出的当中，所以就问他要了一册来读了一遍。一读之后，就觉得有几句话，不得不向作者和读者来谈论一下。

作者刘大杰先生，本年二十七岁，湖南岳州人，是我七年前在武昌大学文学系教书时候的同学。他那时从武昌大学出来之后，曾到日本早稻田大学去专习过文学的。因为有了这一段关系，所以有许多人似乎在批评他的作品，系继承我的作风的，——这是作者自己对我说近来有人这样批评他——但我把他的这一册短篇小说集一读之后，觉得这话却是大大的不然。

作者的初期的作品，还在武昌大学学生时代，及其后的作品，或者许受了我的一点坏影响也说不定，但这一本《昨日之花》，却完全不同了。我现在先把它的内容介绍了之后，再来说明其他的地方。

《昨日之花》共包含小说八篇，其中可分三类，《新生》，《昨日之花》，《戒指》，《饿》，《春草》是一类，《蜘蛛的死》，《花美子》，是一类，《半夜醒来》是一类。

《半夜醒来》是写一位寄居在日本的穷作家，在一日之内的冒险事迹的。这小说因为背景是在日本，主人公的作家又穷得可怜，所以说来似乎是像我的初期的作品。但是这一篇，在全书里并不是杰作，也不是代表的作品，所以由我说来，在像这一篇那样的作品里，并不能够看出作家的个性及其后的倾向来的，所以并没有十分重要的意义。

第二类的《花美子》系写一位女孩花美子的残废的伤感和童心的悲剧的，作者的技巧很好，是在以客观的态度，来烘写出少女花美子的悲哀来。这一类的作品，只须观察得周到，技巧上用一点苦心，在相当的程度内是可以得到成功的。《花美子》和《蜘蛛的死》，都可以说是得到成功的了，尤其是《蜘蛛的死》，写出了蜘蛛的不自量力的野心，演成了童话式的作品，使读者很能感到趣味。可是这一类的小说，还不是作者的特色。

作者的特色之所在，是在第一类的作品里头，是在写那一种问题小说（Problematische Romance）的伎俩高头。

《新生》是写一位过渡时代的女性仲芷的觉悟的。同易卜生的娜拉一样，她弃了她的男人白莎和儿女们，一个人到外国去求学，努力于女子的解放运动，但最后又遇到了她的男人和儿女，一往深情，终至于不能自持，然而也能够毅然决绝，一个人重离开了他们。

《昨日之花》里所写的，是一位年纪已过了结婚年龄的女性，对一位少年所感到的爱情。照理这一篇应该是描写心理的小说，然而照作者所写在那里的文面看来，却仍旧只是提出了几个问题。

就是一，对于婚姻的新旧思想的不同；二，爱的牺牲的价值等等。在这篇里头，我所感到的缺憾，就是作者描写女主人公约莉女士的心理还描写得不足这一点。约莉女士从外国修了学回来，志趣很高，学问很好，但忽而却又爱上了一位从前曾爱过她而被她拒绝的曹博士的儿子曹鼎奇。这一位曹鼎奇本系和他的表姐徐德昭自小就有贾林之好的，因格于父亲的顽固，终不能成婚。后来曹鼎奇去托女先生约莉女士说情，他父亲才肯收回成命，使有情人终于成了眷属。在订婚的席上，义侠的女先生约莉女士所感到的感情。当然是可想而知的了，作者可终于没有放出力量来，把这一位义侠的约莉女士的牺牲的心情写得可歌可泣，这一点我以为是作者的缺点。

《戒指》是写一位受了爱人的欺骗而把爱移及于子和孙的老妇的悲惨的运命，《饿》是写农村工人王麻子的末路，《春草》是写小学教员汪碧如女士受了穷苦的虐待终于丢了心爱的田园而甘心堕落去作军阀的玩具的历史的。

从这几篇小说总括地观察起来，我觉得作者是一位新时代的作家，是适合于写问题小说，宣传小说的，而描写细腻的心理，却不是他的擅长，在这一点上，我觉得我的意见正完全与杨先生的意见相反。

心理小说和问题小说，向来就是小说界的两大支派，近来因已故柏洛司特（Marcel Proust）的小说的盛行，英国吴尔芙女士（Virginia woolf）、法国纪得（Andre Gide）等的出现，杜思退益夫斯基与安利倍儿（Stendhal，Henri Beyle，1783—1842）的复活的结果，在欧洲大陆似乎心理小说正在兴盛起来，可是最新最有力的俄国文坛，却年年只在创制那些伟大的宣传小说，问题小说。我们中国在最近闹普罗文学也总算闹得很起劲了，但真正能完成这宣传的使命，使什么人看了也要五体投地的宣传小说，似乎还没有造成的样子。

所以我看了刘先生的作品之后，觉得风气在转换了，转向新时代去的作品以后会渐渐产生出来了，而刘先生的尤其是适合于写这一种小说的原因：就是在他的能在小说里把他所想提出的问题不放松而陈述出来的素质上面。我希望刘先生以后能善用其所长，把中国目下的社会问题斗争问题男女问题都一一的在小说里具体描写出来。当然，小说并不是告示命令之类的简单的东西，光是提出几个问题，发明几句口号是不对的。若要提出问题的话，至少也应该同杜思退益夫斯基一样地造出几个具体的有血肉感情的人出来才行，这一点是我在读无论什么小说的时候常常感到的想头，而对于刘先生，却觉得他是可以做得到的事情。

至于文学的素朴与华丽，观点的异同，主张的如何等，这些原都是很重要的问题，但是刘先生若能努力，我以为他是完全有可以成功的素质在那里的。读了这一册《昨日之花》之后，我敢断言的，就是“刘先生是一位有未来的希望的作家”的这一句话。

一九三〇年十二月

关于小说的话

小说到了现在，似乎也同议会政治、独裁政治一样，走进了一条前路不通的死弄了。但是十九世纪以下一直到二十世纪初半为止，却的确是小说独盛的时代，就是在最保守旧习，最尊重国故的中国，这中间小说也盛极一时，虽然好的小说在中国独不曾出现几多，然而改头换面的下劣抄袭小说，与夫旧时的通俗小说的翻印，由量上统计起来，怕也敌得过英德法三国的小说全部。一八九二年，当左拉（Zola）的小说 *La Debacle* 的英译本出世的时候，在周刊 *Weekly Times and Echo* 志上，曾有一段左拉与该志记者 Robert H. Sherard 的谈话发表。左拉于详说他的做这篇小说（英译名 *The Downfall*，Translated by Ernst A. Vizetelly）的苦心与夫内容的错综之后，更申述他对于小说一般的态度说：

> 我的写小说，常怀有着一个较更严正的目的在的，并不是光为使人娱乐而才执笔。对于小说的这一种表现形式，我是付与它以一个重大意义的——我觉得它和抒情诗相并，是文学表现的最高形式，正如在前世纪里，戏剧曾经是文学表现的最高形式一样——正是为此之故，所以我选取了小说这一个形式来发表我的意见给世界大众，以小说来说出凡是回环在有思想的人们的脑里的一

切关于社会、科学、心理的问题。若不是如此的话，那我或许选取了另外的一种表现形式而将我的意见发表了也说不定。今日的小说地位已经不同前世纪一样了，已经从茶余酒后的消闲文字堆里钻脱了出来而提高了。那时候的小说只是消磨无聊的时刻的消闲之具，其地位之低，系介在荒唐寓言与田园牧歌之间的东西。今日的小说却是包括着，或者是被作成了包括着一切的一种文学形式；正因为我的信条是如此，所以在这意义上我是一个小说家。我以为我自己对于思想界关于有些问题不得不提呈一些贡献，我之选取小说这一个形式，就因为她是最好的手段而作这些贡献之故。

这就是左拉对于小说的信条，这实在也是在十九世纪中的小说的实际情形。所以在这前后，英德法意各国，小说的出产特多，而好的小说也真层出不穷，在小说这一门类里建立起了辉光灿烂的金字高塔。在小说技巧这一方面，也差不多把所有的矿脉都掘尽了。

世界大战起来之后，接着就有了各国的政治与社会的变动，思想文艺界也自然不得不受这大浪的波及，于是战后的文艺界，有因苦闷而主张破坏一切的法国颓颓衣士姆（Dadaisme），与嫌平淡而抗争的意国未来派等的兴起。同时因科学的进步与生活的紧迫之故，战后的欧洲，觉得光是白纸上的黑字，光是平面上的空谈，不能满足一般的欲望了，所以主张文艺是宣传的人们就有传单口号式的文学的创制，想于最短的时间里得到最大的刺激者就有及时（Jazz）狂舞的发见，天花乱坠，百鬼夜行，时代在暴风雨里，The Age of Revolution 之后，是 The Age of Jazz 的世纪了。昼夜颠倒，上下易位。外界的狂风暴雨来得愈大，内部的麻醉激刺要求得愈深。在这一个当儿，小说的功效，显见得不能和在十九世纪的时候一样，再维持它的特有的地位了，于是集科学之大成，把现代人所要求的一切都容易表现出来的电影，就应运而生，取了它的地位而代之。所以若照左拉之所说，则左拉假使生在现代的话，那他将不做一个小说家，而在经营电影，做一个名导演与高级的 Scenario 的编者无疑。因为电影是最易于传播思想的现代新兴艺术。

所以现代的电影一出来，一切旧时的各种艺术的精华都被它吸收了去。熔成了一炉，造出了新样。于是演剧本的舞台，述情节的小说，挑拨肉感的跳舞，怡神悦耳的歌声——Sound Picture——，奏送和音的乐器，甚至于抒写真情的诗句，都不得不受它的影响，完全屈伏在它的脚下。近年来欧洲剧场的不振，新小说出版的减少，文学界的衰落，虽说是由于一般人对于艺术的观念的变更，然而实际上却也是因这一个声光的巨兽在那里作怪的缘故。

所以我说，小说到了现在，似乎也同议会政治、独裁政治一样，走进了一条前路不通的死弄了。不过凡事穷极则变，是一定的道理。既有了五六百年的光荣历史，与几万万人的曾经爱护维持，就是现在也不知有几千万人还在盼望它的复兴的这小说，也终不能就此灭亡。是以最近的小说界，似乎又在酝酿着新的革命。关于这新的方向，若想简明地来解说分析的话，那我们却不得不把它分成两部分来观察。就是第一，技巧上的革新，第二，内容的变换。

新的小说的技巧，似乎在竭力地把现代人的呼吸，现代生活的全景和拍子，缩入到文学里去。最浅近的例，譬如所谓新感觉派与表现主义以及心理分析派的技巧，就是如此的。结构总须得新异而不冗，造句务求其明快而有力，叙事又致意在简洁与深沉，无论是哪一节或哪一句文字，你漫然读去，总觉得没甚意思，必须费尽脑筋，思索好久，才能赏识到它的好处，看出来它的真意。当然这些文字，并不是空弄弄文笔，光修饰修饰外表的前代技巧派的模仿，它们是都有背景，都有深意存在着的。至如咬文嚼字的文章游戏，堆砌雕琢的耽美精神，则中国的六朝金粉，欧洲世纪末的象征作家，都已经受世人的厌弃而失去了它的存在理由了，所以新小说的技巧，是系和内容紧接在一气的技巧，并不是涂抹在俗妇面上的浓艳的粉白黛绿。

其次是新的小说的内容了。新的小说内容的最大要点，就是把从前的小我放弃了，换成了一个足以代表全世界的多数民众的大我。把一时一刻的个人感情扩大了，变成了一时代或一阶级的汇聚感情。一样的是一个人生，从前的小说里的人生是以人生一代之中最有余裕的纯情时代为主的，譬如三角四角的恋爱小说，挑拨肉感的性欲小说之类就是。现在的小说却不然了，表现人生，务须拿住人生最重要的处所，描写苦闷，专在描写比性的苦闷还要重大的生的苦闷，因为性欲不就是人生的全部。人的一生，在男女的性交之外，重要的事情还不知有多少。人生的重要意义，若只在恋爱的话，那一部小说，或千部万部小说，只须接连描写着十几次，最多也不过百次的性交形容状貌，男女主人公就都可以脱阳而死了，床笫之外，更还有什么社会世界呢？这就是新旧小说的着眼不同之点，也就是小说到了极路而在作新的飞跃的预备。

上举的两部分，即小说的新的技巧和新的内容的溶合的结果，创生出来的新的小说，自然地成了一种新的小说的形式。关于这些小说的新型的话，当待有机会时，再来介绍。

看联合公演后的感想

一九三一年十二月十三晚上，上海抗日救国各团体联合起来，在河南路上海市商会里演剧募款，那一天白天，也曾演过一次，但我没有看到，晚上看到的，是《血衣》、《工场夜景》、《双十节》、《七个暴风雨中的女性》等四个剧本。

这一次联合演剧的最大目的，不消说是在激起中国民众的反抗帝国主义的感情，这一点，我觉得他们是已经做到了。这最大目的已经达到之后，对于这一次的演剧，实在是另外没有多大的感想可以说的，因为他们的艺术是有目的的艺术，目的已经达到，那另外的一切便都是不关紧要的枝节，说了也没有什么用处。不过当日的作家和演员等，有一大半是我平时认识的朋友，他们正想更在这一方面前进，来更伟大地成就他们以艺术来作宣传的工作，所以有几点关于艺术和演出技巧上的所见，我想简单地来说一说。

中国的话剧，我看得并不多，但是一次一次的看来，总觉得后一次要比前一次进步些。去年在大夏大学看的《子见南子》一剧，觉得已比前几年看到的进步得多了，但这一次的公演，觉得比去年看到的又进了一步。进步的地方，就在演员与观众同时都增加了率真的态度这一点。在大夏大学看到的时候，演员当然是率真的，但当时的观众却都似乎是只在寻求娱乐。在这一种游戏气氛里，剧的效果是不容易发生的，因为戏剧的成分，系合剧本作者，演员和观众的三者而成，要三方面都能率真，剧的效果方才能成立，缺去一面，则 play 就终于成了 play，演剧的本意也就失掉了。当然那时候的演剧和这一次的演剧，意义完全不同，所以这一点差异原是当然的事情，但总而言之，观众的态度的率真，却是一个进步的表现。

其次要说到这一回的四个剧本了。四个剧本之中，觉得《血衣》稍弱一点。因为作宣传用的剧本，感伤主义太浓厚的时候，要失去煽动的功用的，《血衣》的弱点，就在它的太 Sentimental。听说这剧本的作者劲草自身，就是一位高妙的演员，而他的这剧作也还是头一次的尝试，那么让我们且静待着他的远大的将来罢。

《工场夜景》是袁殊作的剧本，四个剧本之中，以这一个剧本最为有力，而那晚上的演出，也以这剧的演员演得最均整而富于刺激。看到这剧本的时候，不由我不想起十几年前所看过的由一批俄国演艺家在东京上演的那出《下层深处》——日译名《宿夜店》——两剧的背景和人物是差仿不多的，不过比较起来，则自然地可以看出两种目的不同的艺术来。高尔基的剧本，是在描写，是在指示出一个个的个性，而《工场夜景》却是在宣传，在把个性埋没了喊出一个共同的口号。《工场夜景》之所以能演得那么成功者，就因为这剧本是正适合于那一晚的要求，而剧中的动作和登场的人物也比较的闹热的缘故。演员之中，尤以演四爷的罗凤，演阿森的严僧与演李二哥的国彦为出色。

《双十节》的剧本，我没有看到，然而技巧结构都觉得还不坏，那个演皮匠的主角，也可以说是成功了的。说白的清晰和抑扬的有致就是这一位演员的特技。

最后的《七个暴风雨中的女性》，以剧本而论，当然是一篇好剧本，然而像这一种剧本，在舞台上却是不容易成功的，就是因为它的动作太少而对话太长的缘故。七位女性，都演得相当的好，以那样沉闷的剧本而居然收到了那么的成功，却是我所意想不到的。这剧的本子，我没有看到，所以不能一一指出谁演得如何。不过我觉得代表急进主义的三位女性，代表小资产阶级的犹疑态度的那位女性，及代表知识阶级的那位女主席等的演出者，将来是很有成就的。其中的男演员，则演那位杂志编辑者的滑稽态度，却是很合乎有情滑稽（Humour）的本意的，因为他的态度并不是卓别麟式的态度。

上面的感想，是我于那晚上得到的概括的印象，当然若要过细地评断起来，则说的话还很多很多，不过那晚上演剧的目的既在宣传，而上演的诸君又都不是 professional 的演剧专员，所以我们的苛求与毒评自然不能够任意地乱发。我想诸君的技术再长进几步，或者竟决然地加入了职业的演剧团体之后，再来抨击诸君的尚未做到的缺点。

一九三一年十二月

中国近来文艺创作不振的原因

承询及中国近来文艺创作不振的原因，简单奉答如下：

一、中国社会政治以及其他一切，都在颠倒混乱之中，文艺创作者要去做官、当兵，或从事于革命工作，所以没有人能做出好东西来。

二、军阀擅自杀人，压迫得太厉害，长此下去，非但文艺创作要在中国灭亡，第二步就是新闻纸的灭亡（现在中国承认已经没有一张新闻纸了，有的只是些英美日等外国帝国主义的外字新闻纸），第三步便是中国文字和人种的灭亡。

三、“从革命文学到遵命文学”这是鲁迅的话，将来若有新文学起来，怕就是亡命文学。

以上三点，是我的愚见，似乎太悲观一点，但我觉得事实是如此，所以只能这么的直说。

一九三一年十二月

关于黄仲则

黄仲则生在西历一七四九年的乾隆十四年己巳正月，死在一七八三年的乾隆四十八年癸卯四月，计年则三十四岁有余三十五岁不足，照中国算法是三十五岁。在这短短的三十四年中间，他走尽了几万里路——九州历其八，五岳登其一，望其三，——做了二千多首诗，二百多首词，无数的骈文散文。又生了一子二女，负了一身的债，大约总还流了许多眼泪和结交了许多朋友。

我的认识黄仲则，是在年纪很轻的时候。记得在进杭州中学的那年，于礼拜日放假之余，常爱上梅花碑和丰乐桥直街的旧书铺去逛。仅仅还只有十三四岁的一个初从乡下进城的毛学生，在书铺主人的眼里，当然是不值半分钱的；所以在问书价之先，书铺的店员总要先问我，"你买得起么?"有一次因为气不过，就忍痛出了块把来钱，买了一部黄纸印成的《两当轩集》。当时买了回去，翻翻读读，实在也莫名其妙，只觉得有些凄艳的近体诗，读起来倒还顺口。此外又因同班中有一位年纪要比我大得多的绍兴同学，用了绍兴式的杭州话老在开口袁子才，闭口袁随园，我对他着实有点反感，故而每于他走近我的桌子的时候，就故意翻开这莫名其妙的《两当轩集》来想给他一个下马威，硬装作是十分爱读的样子，实际上在内心里，我却只在怨那书铺的人的无礼，和那一块来钱的花得可惜。后来辗转迁移，那一部集子也不知道丢到什么地方去了，直到十余年后我到安庆去教书的那年（大约是一九二一——二二年中间），闲来无事，想多读一点线装的旧书，才又买了一部《两当轩全集》，从头至尾地细读了两遍。

《两当轩集》里，好句原是处处都有，可是间有些可以有可以没有的、平时因一点儿感兴就做成、或因不得已的应酬而奉献的诗之类，觉得真可以删掉。

把那全集细读了两遍之后，觉得感动得我最深的，于许多啼饥号寒的诗句之外，还是他的那种落落寡合的态度，和他那一生潦倒后的短命的死。

四岁就成了孤儿的他，家境本是很困难，考考乡试又考不上，东跑西走，以“母老家贫子幼”之身，又加上了“狂傲少谐”“上视不顾”之习，终至于为养亲糊口之故，想谋一县丞而未得，却早为债家所迫，抱痛而逾太行。正当三十几岁的壮年，不得不客死在黄河东岸，山西的运城。洪稚存的替他去搬丧时所发的一封信，实在写得悲切得很。

洪稚存与军侍郎笺

自渡风陵，易车而骑，朝发蒲坂，夕宿盐池。阴云蔽亏，时而凌厉。自河以东，与关内稍异，土逼若衙，涂危入栈。原林黯惨，疑披谷口之雾，衢歌哀怨，恍聆山阳之笛。日在西隅，始展黄君仲则殡于运城西寺，见其遗棺七尺，枕书满箧。抚其吟案，则阿?之遗笺尚存，披其穗帷，则城东之小史既去，盖相如病肺，经月而难痊，昌谷呕心，归终而始悔者也。犹复丹铅狼藉，几案纷披，手不能书，画之以指，此则杜鹃欲化，犹振哀音，鸷鸟将亡，冀留劲羽，遗弃一世之务，留连身后之名者焉。伏念明公，生则为营薄宦，死则为恤衰亲，复发德音，欲梓遗集。一士之身，玉成终始。闻之者动容，受之者沦髓。冀其游岱之魂，感恩而西顾，返洛之旐，衔酸而东指。又况龚生竟夭，尚有故人，元伯虽亡，不无死友，他日传公风仪，勉其遗孤，风兹来祀，亦盛事也，今谨上其诗及乐府共四大册。此君平生与亮吉雅故，惟持论不同，尝戏谓亮吉曰：予不幸早死，集经君订定，必乖予之指趣矣。省其遗言，为之堕泪。今不敢辄加朱墨，皆封送阁下，暨与述庵廉使东有侍读共删定之。即其所就，已有足传，方乎古人，无愧作者。惟稿草皆其手写，别无副本，梓后尚望付其遗孤，以为手泽耳。亮吉十九日已抵潼关，马上率启，不宣。

我读了这一封洪稚存自陕西赶到山西，为他去搬丧回籍的时候写的信，并他做的一篇黄仲则行状之后，心里头真感到了异样的辛酸，所以在那时候，曾以黄仲则为主人公，而写过一篇《采石矶》的小说。翻开这小说的刊行日子来看看，是一九二二年的十一月，计算起来，去现在，已经将满十年了。在这十年之内，黄仲则的诗词，似乎曾博得了不少的青年作家的同情。据我所知道的，他的评传，已有一种单行本印行了。此外关于他的诗词研究和评论，散见在各种新闻杂志之上，而不曾印出书来的，还不知有多少。

黄仲则的诗词的风行，原是应该的，因为他实在是像唐朝李长吉一样的一位人物，生下来就是个多愁多病的诗人。他自己原是肺病患者，猜想起来，他的父亲，他的儿子，大约总都是带有结核菌在体内，形状总都是长身玉立的，因为在他上下的两代，享年也各和他一样，正当壮岁而夭折了。甚而至于他的夫人赵氏，我疑心她也是因病肺而致命的。因为她的逝世，在一七八六年的乾隆五十一年丙午二月，去他自己之死，为期不过两整年零一点。——仲则夫人之死，见阳湖左仲甫中丞《念宛斋尺牍·与张药房编修书》中，“仲则夫人，又于二月病殁，白发孤孙，益复凄苦，诗稿尚须校订，且梨枣之资，亦烦筹度，正是一件未了心事”云云，按此书系丙午三月初六日发，在乾隆五十一年——所以仲则夫人，我疑心她总也是患的肺病。

他的全集的重刊者，是他的孙子志述。后遭洪杨一劫，版又毁失，乱后经志述的夫人吴氏的一番苦心，复得重行于世。我所见到，及当中学时代所买到的，当然是这一种版本。书的首尾附录在那里的许多序跋传赞以及年谱评论之类，收集得也很多很周到了，所以关于他的诗词评赞，和一生事迹，我不想多说。不过在许多评论中间，我觉得张维屏的评语，最为适当，特在这里提起一句，用以表示我对于黄仲则诗词的意见。

《两当轩集》，在黄仲则死后不久，当乾嘉易代之际，曾经风行过一时。看了当时诸大家的评语，和两当轩诗词的刻本种类之多，就可以知道。这所以风行的理由，也很简单，第一，因为他的早死，他的潦倒，和他的身后的萧条；第二，他的诗格，在社会繁荣的乾隆一代之中，实在是特殊得很的。我们但须看看他的许多同时代的人的集子，就能够明白。他们的才能非不大，学非不博，然而和平敦厚，个个总免不了十足的头巾气味。要想在乾嘉两代的诗人之中，求一些语语沉痛，字字辛酸的真正具有诗人气质的诗，自然非黄仲则莫属了。其后龚定庵以瑰奇突兀的格律，幻妙奔腾的诗句，唱出新调，道咸以来，诗风又为之一变，而黄仲则的《两当轩集》，流行也稍稍减了。但到了光绪的季世，西昆排比之诗兴，而二三自命为风流的人物，又多喜作淫靡猥亵之语，于是一般有识的读者，遂又崇拜起黄仲则的诗来。最近十年，《两当轩集》居然也成了一种复兴的样子。现在金君的想选印黄仲则的诗词，我想他的意义，总也在这里。

一九三二年六月在上海

《永嘉长短句》序

自半塘蕙风诸人逝后，长短句就少有人做了。胡适之氏选词，侧重在苏辛豪放一派，未为公允。最近且有以语体诗入词，将平仄句读完全推翻者。“自作新词”，亦未始不佳，不过既写了词，则呆板的死律，也还须守着一二才好。可是“杨柳岸，晓风残月”，“斜阳外，流水孤村”，过于纤细造作，也不是已经解放了的词人的口吻。所以我觉得学词，总该在不粗不细之间，以能唱出自己的情绪为大道，《永嘉长短句》，庶几乎近是了。只有一点白璧之瑕，就是在他的用辞使句，还嫌太为两宋的作家所束缚。举出一首咏樱花的《江月晃重山》来作证，好处瑕处，便都可以在这里看得出：

艳色未输桃杏，清香何异梅花，匀红嫩脸似流霞，娇波溜；年纪正些些。　飞鸟山头曾见，蓬莱原是伊家，风流袅娜小宫娃，多春思，碧玉尚无瑕。

永嘉原是风流的渊薮，蒲江佳处，有“碧嶂青池，幽花瘦竹”，再加上以“啼春细雨，笼愁澹月”，词人的材料，自然是取之不尽，用之无不足了，卢祖皋殁后八百余年，先生其努力追随，好“传得西林一派清”也。

一九三二年六月在上海

批评家与酒

似梦非梦地过去的生活，到现在为止，似乎是已经过得很长，同时也仿佛觉得是很短的样子。

但屈指一算，自从同学少年的背我而去，后起诸壮士的宣布了我的没落以来，一转瞬间，却也已经有足足的两三个长年了。

在这两三个长年里头，因为交游断绝，收入减少之故，我所修练成熟的功夫，却是一种适应时势的圆转变化，和生活费到了最低限度时的生活的方法。两三年来所以能自活自娱地过去的，也唯赖有这一点工夫。

这一个方法的极处，说起来原也是最简单也没有的事情，无非是能挨冻饿，能硬着头皮挺死而已，然而到今天为止，我却从还没有遇到过这些极顶的险难过，最大的证据，只须从我的还依然活着，仍在这里写字读书的这一点上看来就可以明白。说到了读书写字，这一点却的确是我的强处，也是我这两三年之中，赖以生活的唯一的法宝。

我的过去的几篇无聊的作品，可以收到的一点版税，当然是我一年收入部内的大宗，然而作品不多，又不应时，在十几年前就被人认为邪说异端的东西，到现在当然是更加不合时宜了，所以销路也很少，版税终竟是有限，因此另外也不想再做，而每年只在减少下去的这一点点版税，也只够养养家中的儿女，我的零用，我的旅游之资，还是要另外再去设法才能过去。当然，每遇到一件新计划开始或间或失掉去路的时候，几个开办的本钱与日用的资财，不消说，仍旧是要仰给于这一点点仅够养家的版税的。

当我最初搁下创作的笔杆，而想另寻生路的时候，第一使我感到惊异的，是当时国内大半青年的奇怪的嗜好。他们大抵都还是在中学里念书的人，然而却个个都在希望做文学家。而他们的所以要做文学家的原因哩，又极其简单。第一就是因为做了文学家便可以出名，第二出了名就可以恋爱，第三接着就可以做官，做了官的结果自然好发财了。因为一般青年的思想都在这样的文学化，所以他们所要求的也是些简单明了的论文，除此之外，如真真内容充实的作品之类，一般是不十分注意的。所以他们所切实盼望着的东西，概括地说起来，就是“如何能最快的成一个文学家”，或者“成名秘诀”，“由文学而至官与委员的捷径”等书。我静息了半年，看透了这一种倾向，于是乎又想重新拿起笔杆来了。这一回打算做的当然是可以不绞榨脑筋而适应时尚的论文，而实际上，在半年之中，东谋西托的结果，觉得可以骗几个钱来勉强过活的方法，在我，实在也只有一支笔和几张纸，除此而外，实在是没有什么办法的。所以半年之后，重拿起笔来，第一次写的，就是一篇叫《官与文学》的论文。大意是，文学作品的优劣，完全须依作者的官位大小而定的，官做得越大，他的文学也一定越好，专制时代是皇帝的御制作品为最好的文学，现在革命时代是主席委员长及部长等的文学为最好，其次则主任比副主任的文学好，科长比科员的文学好，这是一定的。最不好的文学，就是无官无位，一点儿势力也没有的人做的文学。这一篇论文做出之后，果然马上卖掉了，在周刊某杂志上登载了出来，读者喝彩的信件一共寄来了七八十起。杂志编者于是更来要我做第二第三的论文，并且接着还登了好几个夸大口的预告，说下一期有比这一期更精采的论文发表之类。

第二篇的我的论文，有点带起新思想的色彩来了，因文学而说及了经济，题目叫做《钱与文学》。大意是说，有钱的人的文学，比无钱的人的文学好。所以我们批评文学的好坏，也可以由作者的有没有钱，和作者的因文学而发不发财来做标准。当然做官是可以发财的，若作者因文学而做官，更因做官而发财，那这人所制造的文学就是世界上最伟大的文学了，这学说叫作文学的唯物论，是文学史上千古不灭的定则。这论文登载了之后，杂志的销路，果然增加了不少，于是乎接二连三，我就做了不少的论文。现在只好将几篇的题目，和大意写在下面，否则恐怕要废掉几万字，才抄得完全。

第三篇，《有名与文学》。文学作家先要有名，然后才能够有好文学，所以做文学家的最大修养，是在如何能够把名声弄大来的这一点上。要把名声弄大来，必须不择手段，什么事情都忍心去做才行。譬如自捧自吹，用了假名字去替自己吹拍，同时再用假名字去打倒对自己不利的人，就是一个方法。此外如植党，营私，卖友，造谣，中伤、暗箭，装作自命不凡，欺骗后起青年，等等，都是可以弄成自己有名的各种手段。只须这一层努力做到，他的文学就不好也自然好了。

第四篇，《领袖与文学》。做文学家先要服从，服从领袖，因为领袖的文学一定是好的，对领袖的所作所为，绝对不应该公平批判。当面对领袖应该恭维到三十三天以上，背后对自己一群以外的人哩，应该说得领袖比神道还要神圣，而对自己一群之内的伙伴哩，不妨直说出领袖的种种罪恶，而示人以自己的伟大。这就是为自己造成领袖地位的一条捷径，一做到领袖，那文学就自然而然的会好了，因为做领袖是文学家的最后目标。

第五篇，《革命与文学》。革命是要文学去革的，劳动者的铁锤和农民的镰刀，都不及文学家的一篇文学来得力量大。此外的火药，枪弹，机器，暴力，流血，牺牲，等等，都是不必要的，只教有文学，革命就可以成功，所以革命成功之后，文学家应该大家去做革命官而为自己谋幸福，这就是文学的活用与时代的要求。

第六篇，《投机与文学》。文学家要会投机才能够有好文学出来，要认清时代，获取大众。所谓投机者，并不是坏的意义的投机，譬如大家所未见到的时候你先见到，大家所不愿做的事情你一个人去做去牺牲之类，这是坏的意义的投机。这一种投机是与自己只有害而无利的，所以不是好文学。好文学与好投机，系指当大众已经倾向到这一边去了以后，你再来比大众更倾向得过度一点，激烈一点的那一类事情而言，这才是文学上成功的第一法门。至如头上所说的那一种坏的意义的投机，那因为你所见到的太远太早，对于短视健忘色盲耳塞的大众是不发生效力的，结果你只有身败名裂，穷困至死而已。这并不是好文学，这也不是聪明的文学家所应走的道路。

第七篇，《非隐与文学》。文学成立的两重要素，是表现欲与所得欲，文学是越有人知道越使人看越好的。所以隐士式的文学是不对的，不求名利，不想法使大家来佩服你尊崇你的那一种文学是不合乎现代的潮流的。这就是违反上面各论文所说的不做官，不要钱，不骛名，不想做领袖，不革命，不投机的文学，所以就是最坏的文学。凡有志于文学的人，切不可染有这一种最坏的倾向。

第八篇，《时髦与文学》。文学要时髦才行，越时髦越伟大，这就是说要认清你的时代，要明白你左右的状态的意思。所以文学者应该每时每刻的转换方向，才可以不落伍。不怕那方向转换的轨道是一个圆圈的，你若不应时转变，只在一直线上前进，那就是到没落之路。

第九篇，《外国字与文学》。画鬼易，画狗难，中国文学要用外国字用得多，才能伟大，才能使中国人看不懂。人家看看不懂或者简直连作者自己都看不懂的时候，这文学就可以算中外第一了，因为以中国字写的外国文，当然外国人也是佩服的。

第十篇，《年轻美貌与文学》。文学家必须年轻而貌美者，才能够做得出好的文学来。进一步说，只有年轻美貌的人的文学，才都是好文学。法国从前有一个诗人篮鲍，中国现在有一个男扮女装的小旦文学博士，就是最伟大的文学家。像这样的“××与文学”的论文，我一连做了二十几篇，到后来弄得没有什么好说的时候，便连“吃饭与文学”，“睡觉与文学”都做了进去，那一个杂志——本来是一个三万字一期的周刊——的编辑者，也有点不大佩服起来了，所以他就教我快点转换方向，做些另外的论文，以后这“与文学”式的论文是不想再登了，于是一时我又迷了去路，正如同自以为已经掘到了金矿矿脉的开掘者，忽而遇到了不毛岩石时的情形一样。

没有法子，只好再来沉思默考的观察一般的倾向。这样的静观了两三个星期，我又得着了诀窍了，就是看出了一般人所最喜欢看的，是“对于有名的人的攻击”这一件事情。于是我又转换了一个方向，“××与文学”式的论文绝对不做了，就开始写了些攻击有名的人的论文。可是这些论文的牺牲者的选择，也很费了我许多心血，因为我晓得有许多有名的人，是不能够轻易地攻击的。第一就是那些有势的权力者们。他们正唯其有势，所以可以无恶不作。他们杀人盈野，积财到了四千万万，把中国的国土和百姓都卖完了也是不要紧的，但是你却不可以去攻击，因为一攻击他们你的头就要落地。第二是那些有官有钱，或仅有钱而没有官的人。这些人是在帮助那些有势的人作恶作威，从中取利的，他们也是有权力生杀你的人，你一攻击他们，你的首级也将难保。所以可以安然地攻击，攻击之后并且可以名利双收的一群无权无势，无官无产的名人，才最合我的口味。可是不幸之至。我们中国社会上的名人，都是或以权势或以官位或以金钱而出名的，像适合上面所说的各种条件而能为我的论文做材料的人，我搜尽中国，也只得了寥寥的几个。所以没有法子，只好翻来覆去，正面反面的尽把这几个人来做我的鱼肉。

做了一年的这些言与心违的论文，我的收入果然增加了不少，名声似乎也大了许多，但是正因为这些缘故，我却染上了一种致命的习惯。

这一年中间所做的论文，老实说将出来，实在是篇篇都和我的本心所想说的意思相反的。但为取悦于群众，取悦于杂志编辑者，取悦于书店主人之故，不得已只能昧了良心，做出这许多实在是毒害青年不浅的东西来骗几个钱。论文做后钱虽则骗到了，名居然也有了，然而良心的苛责，却比什么还要厉害。这暗暗里的自责之念，从早至晚，一刻也不停的尽在鞭挞我，压榨我，使我有了钱也不能够买到顷刻的快乐与一时的安心。于是乎，这中间我就想出了种种自谴之法来借作忏悔。最初我所试的一个方法便是绝食。我想我之所以要这样卑污下贱去迎合群众，昧尽良心来作这些论文的原因，总只是为了想吃饭，万一饭可以不吃的时候，那岂不是一切都解决了么？所以要想以后不再做这些论文而免去良心的苛责，应该根本的先从绝食上面来着手。

我的第一天的绝食，成绩很好，一点儿也没有感到捱不过去的苦楚。因为我平日早晨总要睡到十一点钟左右起床，起床之后的两三个钟头之内，是决不会得感到饥饿的。起床之后，我特地不看书，不走路，不喝茶，不抽烟，使精力无发散之处，而真空的肠胃可以不起变化。静静地在躺椅上躺了三个钟头，到了午后二三点之交，腹内却终于有点跷蹊起来了。开始先是一阵咕噜噜的鸣动。其次就是胸腔里面仿佛有什么在抽动似的一种下垂之感。到了此地，我晓得静坐是不能有效的了，所以立起身来就去喝了两杯开水，随后就索性上大街上去乱走了半天。在走路的中间，虽则时时也感到饥肠的转吸，和胃部的压迫，但临时自然而然的咽了几口津液，另外却也没有什么难过的地方。

到了天黑之后，一回到寓里，我把衣服脱去，就上床去躺下了。睁开眼睛，在被里躺着，虽则仍是睡不着觉，然而肚里的饥饿，却完全忘掉了，想了许多今后的处世的方法，脑脉管里似乎缺少了血液，不上两个钟头，竟也朦胧地合上了眼睛。

第二天可就不对了，到了早晨的五点多钟，就从睡眠里醒了转来，起床静躺在椅上，喉咙头因多咽津液之故而尽在感到干燥。腹中胃部的抽绞，只是一刻一刻的在厉害起来，硬的静坐了一点多钟，头上背上竟出了一身冷汗。勉强的捱到了八点之前，我因为吃苦不起，终于又破了这绝食之戒。接着就又只好再开始来做那些言与心违的论文，又是日夜不断的良心的苛责。被良心苛责不过，过一回又想试试其他的自谴之法，如捱冻，不睡，一天到晚的直立过去，以小针来刺臂刺身，用铁尺来自敲自的头皮脚骨之类，然而一次一次的尝试终于都失败了，都得不到一点点较好的成绩，所以最后我就喝上了酒。这酒的麻醉的力量，实在也真是大得很，大得竟不可以言语来形容。

最初的一杯两杯，喝下去只能润一润喉，暖一暖胃，使你感觉到一点生气。直到一两斤落肚，满身血液里都溶和着酒精的时候，那你周围的世界会完全换一个面目，你的脚和身体也会得轻起来，脸上的筋肉忽然一张忽然一放，笑神经与泪腺便同装上了电气一样，稍微一拨，就会起完全的作用。到了这时候，悲哀，喜乐，生死，得失，在你就都是一样的了，你所感到的，只是舒服，舒服，解放的舒服，自由的舒服。就连没有饭吃的这一件事情都不能够苦你，更还有什么良心不良心，世界不世界，这些事情是别人的事情，还去想它干什么，喝，喝，喝，越醉越自在，越醉越放心，这才是世上的乐园，这才是梦里的游仙。

酒喝上之后，我文章也越写越多了，原因是因为有了酒癖，花钱比从前要多花几倍之故。于是昧了良心的比以前的更是恶劣卑鄙的论文，也就不得不做。做了之后，就是更厉害的良心的苛责，结果便是更多量的暴饮。这样地循环不息的又过了半年，收入越来得多，饮酒越是没有节制了。在这半年里头，我竟喝尽了四十几坛大行使的花雕，写了一百三十几篇言与心违的论文，做了二十来篇隐匿着名字自己捧自己的批评文字，被人督促不过，还口述了三篇夸大口夸得不得了的自叙传。这些论文、自叙传、自己批评自己——当然是用的假名字——的文字，我又收集起来出了三四本书，可怜的青年，盲目的社会，判断力不具的中国读书界竟被我欺骗到了，在这半年之中，我竟一跃而成了最革命最新进伟大的文艺批评家。

【附记】

这一篇断篇，不知是什么时候写下的，现在连写的时候和动机都想不起来了。洵美问我要稿子，一时弄不出来，翻翻作废的一堆旧稿，以这一篇为最长，所以就捡了出来，送给了他。原来的题目，是“《血泪》之续”的四个字，这回重看了一遍之后，觉得这题意并没有写出，大约是当时想写而未竟的无疑，因为这题目和内容太不相符，所以把它改成了现在的样子，叫作《批评家与酒》。

一九三二年，十二月廿一日。达夫附记。

说翻译和创作之类

翻译，在中国似乎是最容易也没有的一件事情。因为完全不懂外国文的人，在中国，也可以用了之乎者也来翻译，并且大家都还在说他译得很好。其次稍稍懂一点外国文的人，更加可以来翻译，只教有一本华英字典在手头，将英文本上的字一个一个地翻出连结起来，就够了，对此人家也会称颂他是翻译专家。

对于这两类翻译大师，中国一向就有很好的历史和传统在那里，大约读一点书的人，总该都知道得很明白，我可以不必拿出经传来作注。现在在这儿引出来应用的，却是两件不能作证的证明。第一，是见于《彷徨》小说集中的一位老翁。他对他儿子说，英文里骂人的“恶毒妇！”是什么东西？你且翻翻字典看，大约是在坏的部里的。第二，是某书馆初出的一本《中德字典》里的一个字 Entlassen 中国译义，叫作放狗。何以这解放等意义的德国字，到中国来会变成放狗的呢？原因是因为那本字典的编译者的老师，是一位德国老太太，她来教她德文的时候，总有一只狗牵来的。有一天教到了解放、罢免这一个字，她解释了半天，那位字典编译者还听不懂，所以她就做起手势，实地演习起来给他看，放开了她带来而被系缚在那里的那只狗。这位先生，将此事牢记在心，到了编译字典的时候，就很有把握地用出来了。后来有人批评他这一个字的译义说：“你译倒译得很好，可是末后却少了一个字。

‘放狗’之后是还应该加上个‘屁’字上去的。”他老先生从谏如流，于是再版的《中德字典》上，EntIassen 的译义，就变成了放狗屁了。

实在中国人的风俗习惯和外国人的颠倒相反的地方也太多，譬如外国人见面的时候，系两个人互相握手，来表示亲密的，而中国人却两手一拱，必自己来握着自己的手，方算恭敬。又如吃饭的时候中国人总是最后才吃汤，而外国人的汤，却在最先。茶托的小碟，外国人是摆在茶杯底下的，而中国在火车里却要把茶碟盖在玻璃杯上。到了夏天或跳舞场里，外国人总是女人赤膊，而男人却总穿得规规矩矩的，中国人却赤膊者，总是男子。外国人只有小孩，可以白坐车白进戏院，或买半票，而中国人却总只是身体伟巨的军人到处在坐白车，听白戏，吃白食。还有看电影或听戏的时候，外国人总只是临时赶来，而中国人却会在定刻前的三四个钟头，就上戏院子去等着，反之请人吃饭的时候，约好时间，中国人却要迟三四个钟头才到了。诸如此类的中外风俗习惯的相反，又是中国翻译者的一个大便利，因为他若把译文翻得同原文颠倒或相反了，就可以拿出这些事情来作证，证明他的翻译是顺译、神译、魂译，可以不受原文的拘束的，关于这一点，林语堂先生曾在《申报·自由谈》上谈过一次，实在说得很对。

这么一来，所以近年的中国出版界上，翻译就可以“汗牛而充栋”了，因之买书者，也为了译本买不胜买的缘故，有些人索性就把翻译的东西，一概不买，专门来买些创作读读。

于是中国的创作界，也就变成了第二个翻译界，大家你抄我来，我抄你，抄得个前后不接，内容纷歧，而创作作品之量，便因而大增。到了最近，非但创作品，多得如老牛身上的黄毛，并且小说作法，新诗作法，日记作法，戏剧作法，成名秘诀，发财宝鉴等类的书也一天多似一天的增加起来了。在这里，我要举出一个实例来作证，证明这些“××作法”的所以会畅销的原因。

这些“××作法”，实在真说得简单明了不过，无论你是怎么样的一个蠢人，只教你能读得懂这些××作法，那你只须花去块把五毛钱，就立时可以成诗人、小说家、日记家、××家了。譬如说做诗罢，他先提出一个例来，叫你去练习。第一首叫作《远近》，例子是“远看是个人，近看不是人，看来又看去，还是一个人。”照这样做去，你只叫把人字一换，换上一个任何名词，如猫狗牛马之类，诗就都可以做了。像这一类诗的最上的作品，就是《见城墙有感》的一首，叫做“远看像牙齿，近看亦牙齿，愈看愈牙齿，不看不牙齿。”“你瞧！”××作法的作者说，“这是何等灵活，何等感慨的佳作！”依此做去，自然吃饭有感、走路有感等诗，一天要做七八十首，也不患做不出了。这些练习经过之后，最后就是《剃头》的五言律诗的例子，就是“闻说头堪剃，何妨便剃头，有头皆可剃，无剃不成头，剃便由他剃，头还是我头，但看剃头者，人亦剃其头。”照样的填去，则吸烟、杀牛、剥猪（猡）的诗，都可以做了，做到了这里，诗人就算毕业而又大成，而那本××作法的作者，块把五毛钱的稿费就到手了。

像这样的转转循环，创作日富，××作法也日益多。于是恋爱则三角五角，新诗则的呀啦吗，普罗则工厂工女，布尔则月也花也，样样齐全，各色都有，最后就是文学史的辈出。批评家曰，文学大观，尽于此矣，文艺复兴，乃在中国！翻译家，创作家，不亦乐乎，婆婆一响，汽车开了，白旦一来，跳舞场到了，五色的混合酒，铜龙铜龙铜的狐的跳舞，狗的跳舞，到了天明，便又是翻译，翻译，翻译，创作，创作，创作，作法，作法，作法，et cetera，etcetera！

一九三二年十二月廿一日

萧伯纳与高尔斯华绥

我们正在预备着热烈欢迎那位长脸预言家的萧老的当中，却不幸又接到了去年诺贝尔奖金获得者高尔斯华绥的讣告。萧今年七十七岁。高尔斯华绥今年六十五岁了。

照理说来，六十五岁，也并不算是天寿，但这位由法学家出身的英国上流社会的精密记录者，若是不死的话，以后说不定总还有几册巨著出来，来报告我们以英国上流社会的动摇与变迁。高尔斯华绥在文学上的功绩，不单是《福些以脱家的史传》，与《银盒》、《斗争》、《正义》、《群众》诸剧本，可垂不朽，就以他当一八九三年在南海旅行的途中，发现了海洋作家康拉特的一事业来说，也该在英文学史上占一席地位了。虽然是比较上流出身，但他那始终为人道而立言，对社会下针砭的态度，就是在时代不同，潮流激转的现在，我们也不得不加以十二分的尊敬。

反过来说萧，他老先生对社会的态度就不同了。初听听似乎只在说玩而不当正经的死话，但闭目一想，或笑后心灵一转，则立刻就可以发见这位长脸老人的嬉笑怒骂，哪一句不是准对着社会症结的强心针？善哉，麦克开勃（Joseph Mocabe）之言，他批评萧说："他并不说警句奇语，但他本身却是一句警句。他是最有道德的不道德家，最不利己的为我主义的说教者，最洁己的十诫否定人，最严肃的幽默利世德。The gravest humorist." 这不是很适当的萧的评语么？

有一次有一位以美貌驰名欧美的女优曾对他说：“萧先生，你若和我结了婚，生下一个小孩，相貌像我而头脑像你，那这孩子岂不是世上最美丽最有思想的人了么。”萧说：“万一相貌像了我，头脑像了你，那还了得！”

诸如此类的妙语，在萧的七十六年中间，不知发放了多少。曾记得他到俄国去参观的时候，史太林也不得不认作马克斯主义的后生小子，因为他说，我研究马克斯，是远在列宁之先。当时欧洲各资本主义的国家，正在宣传苏俄强制作工的违反人道，而萧却对俄国人说：“我愿意欧美都有这种非人道的现象发生，否则那些成千上万的失业工人，哪里会有出路呢？”

在我们中国，幸喜还有一位鲁迅先生，可以和萧伯纳对对。片语杀人，人家都在骂他是绍兴师爷的故技，但萧伯纳总不至于是萧山人吧？

一九三三年二月一日

序《爱情的梦》

为女作家的作品做序，是一件极危险的事情，因为数千年来，我们的祖宗代代对女人卑视的那一种不通的因袭思想，在我们的脑里，动不动也会现出它的幽灵来。结果，我们男子对于女人的作品，不是同捧女伶一样的过誉，便同感到了横恋而不曾得着时一样的恶骂。这一次我对于白杨女士著的《爱情的梦》，却敢大胆地说一句，将写出我自以为是纯客观的评语。因为从我和她的十几年的交谊上看来，前说的两种坏意识，是决没有存在的余地的。

《爱情的梦》里所写的，当然依旧是千古不变而又是千古常新的三角的纠葛。一提起这些三角四角的恋爱方程式来，最近似乎在文坛上流行了一种对它深恶痛恨的疾病，原因是在几个文学商人曾因此而发了财。这却是读者的一种偏见，是因噎而废食，因个人而推及全般的笼统观念，不是我们这些想研究社会，研究人生的率真的人，所应该抱有的。所以第一我要说：《爱情的梦》里的三角恋爱，和千篇一律、粗制滥造的文学商人的出品不同。不同的最显著的地方，就是作者态度的率真。

其次是《爱情的梦》所提出的问题，女子为什么一定要依赖男人，而成一个家庭的玩具？

第三，是这小说的描写最成功的部分，便是它很轻妙地写出了女主人公曼娜对她的孩子菲菲的爱。以小孩的心理，来反映出家庭间大人的冲突。以对于天真无识的小孩的热爱，衬托着生离死别的大难关头，文笔自然就灵活圆转，会增加起热力来了。

这些好处说完之后，我还要加上一个不伦不类，而又不必要的尾巴。我觉得作者很有写小说的手腕，但可惜还缺少一点文采。我并不是要作者去搽脂抹粉，装成一座七宝楼台，我只希望她写第二部小说的时候，能于中心问题的骨干之外，再加上一些跃动着的血肉。

一九三三年三月于上海

《断残集》自序

《断残集》，是把断编残简收集起来出书的意思，决没有影射朱淑真女词人的丽句的企图，开卷第一，先得在此声明。

第一类的像论文而又不是的那些杂著，系临时为各杂志凑篇幅或为上各学校去骗青年之故而写下来的，所以气脉不贯，前后重出的地方很多。所幸我的读者，大半都是不喜吹毛求疵的梦乡中人，故而当这出书之际，也不想再事重新改削。

第二类的书序五篇，或已毁版，或未刊行，特来重印一道，也是敝帚自珍的愚夫愚志，读者当能察此微衷。

第三类的短稿，十九系因《申报·自由谈》的催逼，偶于茶余酒后，操笔急就之章，论旨浅薄，不关痛痒，汇集在此，以志无聊。

末后译稿四篇，都系我平时爱读的作家的选译。薄命的尼采，在中国虽也传噪过一时，但三十年来，他的作品，却还不见有一部完全的翻译。穷乡独处，每有将这疯狂哲人的身世来编一篇小说的雄心，但岁月因循，一转瞬间，时代已经变成了不要超人，不要哲学的世纪了。翻翻爱利查白·费尔斯汰·尼采的私记，只能暗替这一位孤独的诗人，抱一层更深的孤独之感而已。

卢骚的《漫步沉思》，是这位叛逆狂人的辞世绝笔。因他晚年的感慨太深，所以笔致就变得分外的阴沉晦涩，译了三章，青年读者，个个都说是高深莫测，觉得这一种译事，终究是劳而无功的浪费，所以搁起。万一闲居多暇，或将续译下去，来作一种聊以自娱的枕中鸿宝，也未可知，现在只能先把这三章断篇付排，以符这断残集子之名。

一九三三年五月序

文艺与道德

文艺与道德的关系，久为文艺批评家的争论的中心。希腊罗马的批评家，独断地以道德为文艺的唯一重要内容，原是不通，但同近世唯美派的主张，那么，以罪恶之花为文学的美，也有些不当的地方。

统观自命为卫道的正统批评家们，对文学攻击的态度，可以分为三种。（一）如希腊人的排斥文学，统指诗人皆为不道德的；（二）有些严正的批评家，以裁判官的态度，说不教训人为善的文学是不道德的；（三）持平的庸碌批评家们，专指斥有些书中的有些地方为不道德的。

第一类批评家之所说，如 Plato 以及文艺复兴时代的清教徒们，当然是不成问题，我们只须有一点常识的人，就会看出他们的不对。第二类的劝善惩恶的教训主义的批评，也不是合乎文学的本义的，因为文学的目的，不在教训。并且有些淫书，中间写了一大串猥亵颠倒的事情，结末尽可以善有善报，恶有恶报了之，这一种书，教训原是教训，但是没有伦理的价值的一点，是谁也看得到的。独有第三种的批评主张，初看似乎很公平，但仔细一想，道德与不道德的界说，究竟如何，还是一个先决问题。譬如因时代、地方、社会、人种等的各异，就可以生出许多不同的道德标准来。英国十八世纪之初，甚至于说一声“大腿”，就是淫猥，

legs 这一个字，文人只能避而不用，以 limbs 来代替。若以这一种时代，和那一个社会层，以及英国人当时的道德标准来批评文学，那现代的文学就没有一册不是不道德的了。

总之向文学来要求道德，教训，是不对的。文学的伦理的价值，只能依文学所及于社会及个人的影响与功用来立脚，而测定其伦理的价值和其他二种情与智的价值的比例成分，以及相互的作用，那就可以说得过去了。

文学的偏重于道德主张者，或先因欲宣传道德而创制出来的文学，不一定是好的伟大的文学。《四书》的文学价值，远不及《诗经》的地方，就在这里。并且社会道德，也不能局限得范围很小，只以教人为善为唯一的指归。暴露社会的罪恶，指出人性的弱点，拥护大多数的人的利益，暗示将来的去路等等，都是有社会道德的价值的事情，我们要定一文学作品的内容之有无伦理价值，应该要向这些地方着眼才对。

还有美国的 Spingarn 在新的文评里说，文学与道德是完全不相干的，说这文学是道德的，那文学是不道德的时候，无异于说，音乐里的低音高音是或道德或不道德的一样。譬如说这一株菜，照国际公法的条例来烹调起来，一定会好吃；或者说，我的厨子做菜做得很适口，就因为他是一个不说谎和不玩女人的人，这话岂不是很可笑么？

这一种主张，我觉得也不大对。德国其安保罗 Jean Paul 说："书虽则不能使人一变而为善为恶，但却能使善者变为更善，恶者变为更恶。"（Wenn auch Büchernicht gut oder schlechtmachen，besser oder schlechter 、machen sie doch！）一般的书且然，更何况乎文学作品呢？

要而言之，智的价值，和情感的价值，都是可以助成道德的价值的。譬如知识的获得，和因受了悲壮美人格美的感动，而吾人自然而然地想进步向上，奋斗勇进起来，这不是文学的伦理的价值是什么？说文学一定要教人为善，一定要给一个教训的说话，原是不对，说文学和社会个人的道德进化完全无关，也是不通之论。例如伦理的价值最低的只供人家一时娱乐的小说，虽然并不是诲淫诲盗的东西，但因为一时也可以使读者感一感到身心的轻快，在这里，这小说就有了它的伦理的（或广义的说社会的，对人类的）价值了。

至于诗小说剧本里的肉体上的描写，以及犯罪、性事描写等要指其为不道德之先，我们还须看作者的主意如何而后定。有些事实，平常每认为是不道德的，而事实却俨然存在在那里，作者为忠于写实起见，当然画人不能只画一个头来了事。在这些地方，批评家的话就很难说，但有眼光的批评家，则对于作家的根本主意之所在，自然能一目洞穿了的。

五月三十日中公讲稿

五四文学运动之历史的意义

五四运动所给与的社会的影响，比文学的影响，要大得多；不过中国新文学的诞生，当然应该断自五四始。现在且简略地来谈一谈五四与文学的关系。

第一，最重要的一点，是因五四的一役，而打破了中国文学上传统的锁国主义；自此以后，中国文学便接上了世界文学的洪流，而成为世界文学的一枝一叶了。如封建思想的打倒，德谟克拉西的提创，民族解放的主张等等，是风靡世界的当时的倾向。中国自五四以后，才处入了世界呼吸的神经系统之下，世界一动，中国便立时会起锐敏的感觉而呈反应。

第二，五四运动，在文学上促生的新意义，是自我的发见。欧美各国的自我发见，是在十九世纪的初期，中国就因为受着传统的锁国主义之累，比他们捱迟了七八十年。自我发见之后，文学的范围就扩大，文学的内容和思想，自然也就丰富起来了。北欧的伊孛生，中欧的尼采，美国的霍脱曼，俄国的十九世纪诸作家的作品，在这时候，方在中国下了根，结了实。

第三，文言的废除，白话的风行，不过是一种表现形式的更新，它的意义当然也有相当的重要，但只以这一点来说五四与文化，是不能抓住五四运动的重心的。

以上是五四运动在文学上的历史的意义，以扩大的眼光，从文化史方面立脚而下起论断来，当然更有许多别的意义好说，因为要逸出文学的范围以外，所以不提。

至于促成五四运动的社会基础，当然是在封建制度的崩溃，与国际资本帝国主义的压迫。民族意识的抬头，也是上举两种现象的自然反响，系同时发生的三一体。

五四运动，不过是中国思想解放，文艺复兴的一个序幕，它的结果，与后来的影响，还要看我们的能不能努力合上世界的革命潮流，而把促生五四运动的社会遗毒，全部肃清，才能说话。

无事忙者闲谈

诗人徐志摩氏未死的时候，我们都称他是一个无事忙者。一天到晚，他这里跑跑，那里走走，念几句诗，写两行信，又匆匆地打几个圈，看看男女的朋友们，和这个那个吃吃饭，接受接受来访问他的老少朋友，一天的工夫，就如此地忙忙碌碌的过去了。但其实呢，则这些忙事，是一件也没有什么重要的，所以我们当时，就大家恭送了他一个称号，叫他作无事忙者。仿佛记得林黛玉曾以这名称奉敬过宝玉，或者我们的称志摩为无事忙，许也有点比拟他为宝玉的下意识在那里作怪。这虽然是关于志摩的一段轶事，但一检点我们自己，则有许多地方，也觉得同志摩并没有什么大差别。一天到晚，一年到头，忙忙碌碌，去去来来，不晓得在那里做些什么。志摩是剩下了几卷新诗，安然回到了不会再忙的国境里去了，而生性鲁钝的我们，忙到现在，连同志摩那么的一点儿成绩也没有，以后更还不知道要忙到什么时候，才能休止哩。

有人来问："想做一篇五四以来的中国文学，应该看些什么书籍，来作参考?"

我答："若以作家为中心的论文，则只能看看各人的著作集，好在中国的新作家也并没有同外国那么的多。若以文艺团体为中心的研究，则初期的可去翻《新青年》新思潮等旧杂志，后期的去看《小说月报》、《创造》、《语丝》、《萌芽》、《向导》、《文学导报》、《文学月刊》以及《新月》等。”

再问：“若依作风派别来研究，如古典派，浪漫派的作家如何如何，普罗派的作家如何如何之类，也使得么?”

答：“这可不大便利，因为中国各派的作家，都是在差不多的时候产生的，什么什么派的名字，系由西洋文学史里抄译而得，并不是因文学的社会的背景，渐次进化而成，所以中国就根本没有什么古典主义的时代，浪漫主义的时代等等好说。若以时代为中心，而划分几期来研究，则文学与社会的关系，还可以明白地看出来，若只以表现形式如浪漫派古典派等外形来研究中国现代的文学，怕有点不大便利。”

又问：“若以时代为背景，则当然五四是一期，五卅是一期，九一八是一期，对么?”

答：“大致是不错，不过从五卅事件发生之后起，一直到国共分家的前夜止，文学上的意识是表现得不大明确的，所谓普罗文学的兴起，怕是在国共分家以后的事情吧？这当然又是一个重要的时期。”

日本女作家中条百合子，在左翼文艺团体的机关志上，接连地攻击了藤森成吉、须井一、藤泽恒夫、林房雄等的作品，指为非普罗文学，林房雄的反攻答辩，登在本年二月号的《改造》志上，这事情在五月号的《现代》志国外文艺通信栏里朱君也曾报告过的。我觉得当这一个法西斯怪兽横行世界的危急之秋，在他们左翼阵营里自己发生这一种内讧，的确是有点助长敌势的危险。当然理论是要彻底的，战斗是要拒绝妥洽的，但文艺究竟不是政治，大可以不必把还用得着的好意的同路人或追随者一脚踢开。这事情的不利于左翼文坛的全般，可以以藤泽恒夫写给林房雄的一段信里的言语来作证明：

我所噬脐痛恨的一件事情，是自己的到今天为止的工作态度，惶惶然只顾虑着了诸大先生的监视的目光，生怕挨骂，而结局只好杀死了自己所有的才能，勉强追随。因此之故，自己真不知受了多大的损失。唉，我到明年，也三十岁了，而你也在，自今以后，将决心大胆地把自己所欲写的东西彻底的写去。

一读到了这悲愤的自白，谁能不对于同路人的苦心而加以谅察！

想象的功用

文艺之中的真善美价值评定标准，已在各处约略分别说了。但文艺作者若想将他的经验，有价值地传给读者，那还须想象（Imagination）来帮忙，才办得到。

什么是想象呢？英诗人辜律勒己（Coleridge）说：想象是一种创制成形的精神（A Shaping Spirit）。泊来斯考脱（Prescott）说：简单地说来，想象就是心灵的眼睛（The imagination is，in a word，the eye of the mind）。照这两个定义看起来，则想象是创制观点的力量，可以不待赘说，没有想象力时，作者是不能将他的经验看清，整理，复制出来的。

想象作用有三方面：一，用了想象去将作者的经验、理想、观点等散乱的断片收集起来，加以一道选择。选择之后，他可将它们连结成形而造成一新的境地事象。二，他将这些新的事象来排列成一种完整的结构，就因此艺术的结构而可以把他的想象传给他人或唤起他人的想象。三，他用想象去发见些文词字句来表现他的经验的价值，因以传给读者。

我们日常的经验，即所接触的人物事件，经过的地方环境，及千变万化的内心的心想思考，与夫从他人的经验，及读书报施观察时得来的印象等，一天之内，不知有多多少少。只有想象丰富的人，才能在这些茫无头绪的杂琐之中，撮取要点，造成一件新的事实，或一个新的人物，或一个新的境地。就是旅行记、传记、史传之类，亦并非单靠印象事迹的罗列，便写得成，非以想象来整理复制一番，决不能成为伟大的著作。如鲍思韦尔的《约翰生行述》、司马迁的《史记》、史梯文生的《旅行记》等。

有了想象，才可以将经验增大，削减，补缀，移易，而连成一串美的、有价值、有趣味的贯珠，而不至失去人物或事件的真实性。总之，文学是作者的经验的翻译与编制，而想象就是当作者的翻译与编制当中的一种天来的魔术。

要想把作者的经验，整理出来，联成一个完整的艺术的结构，就是结构形式的选择问题，也非用想象不成功。有些材料事实，是宜于戏剧小说的，有些是非用史诗或抒情诗的形式来写不可的；对于这一层，本也是文艺批评论里所应讲到的实际内容，但因篇幅的限制，只能让给文学概论，或诗论、小说论、戏剧论等专著去讲了。在这里，我只能唤一唤醒读者的注意，就是当选择结构形式的时候，必须慎重从事，倚赖想象，才能造出天衣无缝，完整纯美的艺术品来。

次于结构形式，而在传达作品的内容时，其重要并不减于结构的，是文字词句的选择。这一层，当然与个人的学力也很有关系，但想象不丰富的人，却决不能将一个字或一个形容词、名词等用上最适当的地方去；或当表现一种感情思想时，去找出一个独一无二的最适当的字来。莫泊桑的老师弗罗贝尔所说的那句金言，终竟是千古不易的定论。

文却斯德（Winchester）的《文学批评之原理》第四章里，说想象是文学者用以激发情感的工具，其所以能激发情感者，就在它的能将欲表现的情感具体化出来，使读者能感到一种情感的现实。因而他把想象分成：

（一）创造的

（二）联想的

（三）解释的

三种，而将漫无控制，不成系统，与不限于情感的联想等，别名为空想（Fancy），以示与想象不同。文却斯德在那一章里所说的大意，原同上面说过的种种，异途而同归，不过有一点，却是他的特见。他说，因为文学上所用的想象，每是与情感联结在一气的，所以高度的想象，一般总与同等的热情同时俱在，凡具有冷淡、浅薄、尖刻的性情的人，是不常有坚强雄厚的想象力的。但浓情奔放，若过了度，则想象亦将成为空想，雪莱、济慈的作品里，老有这些地方。在另一方面，有极上的想象力的天才，如莎士比亚或但丁等，则他们的情感，总老是深沉有致，不至于逸出范围，不受控制的。

总而言之，想象是创造者所必具的一种天赋，无论创作家、批评家、历史家、科学家、事业家，若缺少了想象就不能做出伟大的功业来。不过因从事的方面不同，想象力发展的方向有彼此互异的差别而已。

略谈幽默

幽默究竟是属于情的呢还是属于智的？对这问题，许多文学家心理学家，似乎争论得很起劲。有的说，幽默是全属于智的，一涉及情，幽默便终止了。譬如，看见一个人，忽而仰天跌了一跤，我们就会得笑。但一感到这人跌死了或跌伤了的时候，怜悯同情之心动了，所以笑也就笑不成功。这话原也不错，但李逵搬母过山，老虎吃了他的老母，后来经他述说，宋大哥心中不觉好笑，却也是事实。所以说一涉及情，幽默便而终止的话，我觉得也不尽然。不过幽默之来，终像属于智的部分较多，涉及情的地方较少，倒是讲得通的话，若说完全与情无关，那却有点不对了。从前日本人初译幽默这一个外国字的时候，还有人把它译作“有情滑稽”，假使幽默而不带一点情味，则这一种幽默，恐怕也不会有多大的回味。俄国柴霍甫的小说、戏剧的所以受人欢迎，妙处也就在他的滑稽里总带有几分情味，所以有人说微苦笑的心境，是真正的艺术心境。

查组成幽默的实际，总不外乎性格和场面的两种分子。幽默的人物性格，和幽默的事件场面，互相织合起来，喜剧就成功了。让我先引一段古书作例之后，再来说明：

杭城石某，家甚富，有呆子之名，善于丝竹，而挥金如土，出于意表。后渐贫，屡欲谋售宅，有来议视者，必盛筵款接，优戏笙歌竟日。人或给以看宅未遍，来晨再至则歌席相待如初，甚至半月未议价，而亏欠已累累矣。有田数百亩在萧山，托王兆祥代售，馆于其家；每数日，有人乘舆来索债，形容褴褛，石必鞠躬迎款。向王乞余钱赠之而去，隔日来，仍复如故。王私问其家人，究何急债乃尔？答曰："主人所穿洋绒袍，系赁来者，每日赁价千钱，此人系居间言定，索价时，并赏与钱工食，故源源而来也。"时正严寒，王视其袍，亦敝甚，劝不如自购裘服，因借银六锭付之。石至衣店中，拣阅竟日而归，绝不提及。居数日，王问前买衣银何在？答曰："衣有合意者，未讲定价值，以银为押，约昨日不往取，则银必押没；昨因酒醉，偶忘之，无可复问也。"至岁晚，田未售成，石愤急欲自尽，王惊救之，因为减半价售去。问何急需？石曰："昨岁欠人千钱，除夕有群众持刀斫入，我哀切恳求，许以堂中楠木桌椅及一切什物偿利，始恨恨持去；今若空归，又须受窘迫也。"其痴呆类如此，妻劝之，不听，因析炊别居，得田百余亩，尚温饱；怜石饥寒，制衣遣人送至，石必怒叱之，取衣碎剪如缕，送食至，则抛掷户外，遂卒以馁死。

京师寿佛寺门前，地甚辽旷，云有鬼，傍晚路过者咸惴惴。一暑夜，溟蒙尘雨，淡月微映，一人著屐过，值一人对面来，相去不数步，谛视，其人矗然戴三首焉，疾号倒地，三首者亦狂呼，脱二首而倒。有顷，行人集，始掖起而苏，视三首者；则以两手捧两瓜于肩耳，怪其大声号，故亦惊，释手碎瓜而僵云。

（以上两则，都见海昌俞石年著之《高辛砚斋杂记》

中，我是从《妙香室丛话》卷十四里转抄下来的。）

上面的两则笔记，读起来都有点好笑，不过第一则的幽默，分明是在石某这一个人的性格上；第二则，当然是由于事件场面的巧合了。虽然仅仅看了这两节笔记，我们不能下概括的断语，但大体说来，则幽默的性格，往往会诉之于情。如法国莫利哀的喜剧，我们读了，笑自然会笑，但衷心隐隐，对主人公的同情或憎恶之情，也每有不能自己之势。其次，对于错误，颠倒，或意外的幽默场面，则哄然一笑，此外没有什么余味了，这就因为不涉及情，所以感人不深的缘故。

一九三三年八月十日

在圆圈子上前进

历史是循环的这句话，一般人都在说着，而圆圈子是走不尽的这个真理，一般人也不自觉地在遵守。农村破产，丰收成灾，大家就都来做农民文学；经济恐慌，市民失业，大家就都来描写都会的悲惨；外国作家来朝，于翻译作品，开会欢迎之后，就发表几句鄙薄本国的官面话；外国人侵入中国，将中国的人民和土地劫去以后，就来一套民族主义的把戏；转来转去，几十年来，中国的政治，社会，可以不必去说，就是文学也还只在圆圈子上前进。圆圈子是走不尽，也走不通的，我们只希望集合群众的大力，能将这圆圈割断，而把它拉直；可以使我们唱着那位斯屈拉斯婆儿的炮兵军官的圣歌，而直捣巴黎。

《日本少年文学集》序

我童话读得很少，对于这一门文字的别派，当然也没有什么研究。可是它的重要性，它的对于国民教育的意义，却时常在想到。记得初学德文的时候，曾经念过几则格离姆兄弟的童话，现在偶一看到身边的可爱的女孩，以及凶悍的老妇人之类，便自然而然的会回想到当时所读的童话上去。可见好的童话，给予读者的印象，要比经书、说教，以及历史、剧本、小说等，来得深切得多。

中国的童话之汇集成书者，一向就很少很少。只近几年来，因新书业的不振，才有几册三不像的儿童读物，流行在市上。但大体也如本书译者之所说，谨能供幼稚生的阅读而已。高级一点，带有一点艺术性的童话集译，大约要算这一本书导其先路了吧？我深望这书出后，能有同样的译品，或作品，会继续的出世，庶几乎高年级的儿童，可以不再去看那些恶劣得不堪的狸猫换太子、七剑十三侠一类的连环画本。

译者钱子衿女士，是日本女师大的毕业生，也是儿童文学的研究者。对于中日文学的素养，当然可以不必说起，就是英文学的根底，也迥非一般浅薄的学子所追赶得上。现在当她将再去英国留学之先，来把这一册童话集问世，或者也是一个绝好的纪念。

一九三四年三月六日郁达夫序于杭州

Mabie 幽默论抄

美国散文作家 Hamilton Wright Mabie 氏，在一本《文学申说》（*Essays in Literary Interpretation*）里，有一篇关于幽默的文章，题名 A *Word about Humor*，系纽约 Dodd，Mead and Company 所发行。现在将这一篇文字的大意，抽译剥制，介绍在下面：

要把幽默和急智（Wit 或作机智）的本质说明，界限划清，是一件很困难的事情：从古代亚利士多德以来，批评家们谁都在感到。这两个文学上无处不在的分子，变幻离奇，就是最严格最有论理头脑的思想家，也不能以范畴公式来笼住它们。它们的变化多端，不单是一种大大的爱娇，并且也证实了幽默和急智在人事万端中所演的重要任务。它们是无所不在的，凡艺术上、宗教上、历史上的精神满溢之处，喜乐与悲哀，友谊与敌忾，高洁与污浊，同时同样地都用得着它们。它们的性质是最为大家所周知所认识，可是无论如何，你总不能以一定义来说出。日常我们是乐于用它们尊重它们的，但同对于固定物件似的界说，却怎样也下不了。急智变幻太多，幽默基于天性，完全的定义，是不可能的。这不是说，我们对于它们的性质，不能窥探，对于它们的歧异，全无明察。美国文学是富于急智与幽默的，因而对于两者的分析说明，也来的很多。海士立脱（Hazlitt）、来汉脱（LeighHunt）、萨喀莱（Thackeray）等，都喜欢以文章来证说（并非解释）这些，而许多英美的批评家、散文家，无不在加以令人了解它们的帮助。

准确的定义，并非是深奥的思想与了解的必要条件；而精神心理的最深邃处，却最易感到而难捉摸。

急智含有多量智的分子，故轮廓比幽默稍为清晰，然两者性质终极近似，一见之下，往往难以辨得为之雌雄。总之，两者的发生，同是由于一种颠倒（incongruity 或作失谐，不调）与对称（counteract）的感知而来；不过急智较为轻快、干燥、明显，纯含智的分子，而幽默较为彻底，遍在，是根于性格和气质的。急智是才智的巧运，而幽默为天性的流露。急智是心灵的自觉的机巧，而幽默却出自人性的深处，往往不自觉地从性格中表现出来的。古代的科学者，至指幽默为组成人身的四大成分之一，实在是很可以助我们了解幽默的根本性质的解释。急智只在事物的外表上徘徊，而幽默能入它们的深处，洞彻到底，并不有意识地探握到它们的隐秘。急智是没有声色，不动情感，干燥抽象的；但幽默却系全人格、全身心的表现，有柔情，有怜情，有哀情。即使撩人作笑，却也并无恶意与狠心，其为笑也，与泪相联，两种情怀，常常极自然地混合错综，像是四月里的天气。

最深的幽默，决不含破坏、讥刺、伤人之意。服尔德的幽默，常是轻笑冷讽的假面，而海涅的急智却锐利得像外科医生的钢刀。但西万提斯的幽默，是对人尊敬客气，莎士比亚的幽默，又是富于柔情哀意的。

勃须纳而博士（Dr，Buchnell）说得好："急智是干燥的故意的造作，想博得赞许，想吞没对方，且含妒意，想把人家的善处好处掩抑下去。至于幽默，是精神本身的润泽之蒸发，笑时因为满怀是笑，不得不尔，若含哀意，尽可以哭，持满充盈，啼笑皆宜。阵雨淋枝，黄樱细草也点点含珠；其后清光化日来临，照出晶莹的水滴，终无存心故意的形迹可求，将使你辨不出这究竟是笑的泪还是哭的泪。”健全、自在、是幽默的特征。急智有时也许可以自在，可以健全、甘美，可以发人隐秘，但幽默却必然地是自在、健全、甘美，显示隐秘的。

急智便于引用一句两句，不能全读，服尔德、雪特尼·斯密司（Sydney Smith）、大仲马等的急智，都是如此。它只是对话中的一句警语，如电光之一闪，不能包括人生或思想之全部，无创造的活力。比到广大、赅括，使万物成熟的阳光似的幽默，却差得多。幽默就是将全人生显示给我们的东西，如亚利士多芬纳斯，西万提斯、莫利哀、莎士比亚等的作品，所给与我们的，便是全人生的翻译，罗雪安、拉勃来、海涅等的幽默，却是自由自在，天空海阔，打破武士制度的形式，打破虚伪、自欺，打破贱民主义的狭小、自满、愚陋与浅薄的生力军。尤其是海涅，初看似乎是破坏的，但是他的那一种矛盾的性格，善感的天资，诙谐的高调，毕竟是他对时代、对环境的反抗。这便是他的作品的特长，也即是幽默的真谛。至若亚利士多芬纳斯，则更是一个破坏一切、解放人类的创造者了。

若说这一个人生广泛的包罗，与解放的力量，是破坏的幽默家的特质的话，那以真诚严肃来对待人生的建设的幽默家，如莎士比亚、莫利哀、西万提斯、李希泰（Richter）、喀拉爱而（Carlyle）等，更足重视他了。这两种幽默家的研究，可以使我们看出幽默所包括的背景，实在比幽默家所处的世界还要大一点。大幽默家悠然泰然游戏人间，就足证明他的了解一切人生的秘密，而较孜孜从事于工作者所包含的更伟大更自由更完满。因为游戏是一种大力量饱满后的自在的流出，是艺术家将他的思想具体化时的喜悦与丰满的游刃。

认真的理论家，不认想象与洞察力为可靠，终身营营于规矩方圆之中，见人生之一面，自以为已冒万险而穷究竟；殊不知幽默者，方站在世界圈外，静观人生，以全体的眼光，在看万象系统中之一部分人事世事。他明知人生是一悲剧，但作整个的观察时，阴影亦为光明所掩没。故幽默家对于近身事体，许为一厌世悲观者，但对于宇宙的实际，整个人生的价值与尊严，却自有他的乐观的信仰。

苏克拉底泰然处世，在人生最重要的关头，亦能以反讽的态度相处，就因为他早超出于地域人种的小信念，而抱有一绝对根本的大信念在那里。喀拉爱而利用幽默和想象的交织，以人生背景的无限与永久为目标，故能轻视传统的旧习，以睥睨一世。莎士比亚的悲剧，和他的喜剧，同出一源，是由他的天性与人生观里溢流出来的力量。他的描写悲剧原因，是超然处于一优越者的地位，因他知道违反天则者，悲剧原是难免的结果。他以深沉大觉者的态度，描写悲剧的经过，一丝不乱，平稳安闲，因为他早就从一时的风云黑暗，而看到了彼岸的天空。这就是大幽默的沉着，系由事物的全体统观而来的沉着。

幽默在这根本的意义上，就是人生的颠倒与对称的感知。从人生的论理观点看来，这对称是悲剧的，从自由扩大的信念原意，通过想象来看，这对称却是富于幽默的。小孩子们因为不懂事物相关的界限与重要而有时会得到痛苦的经验，由成人看来，这些经验原是很可笑的；从神通的视点来看人生，也免不了有同样的幽默分子存在人生之中。以有不灭的灵魂的人类，而去经商营贩，搬弄些即灭的事物，更营营于衣食，而亟亟欲保此灵魂的外壳，必灭的躯体，岂不是很可笑的事情？幽默之源，就在这人类不灭的灵魂与必灭的物质关系的对称矛盾之上。将这幽默，说得最透辟的书，当无过于喀拉爱而的那部《衣裳哲学》（*Sartor Resartus*）了。

有限与无限的矛盾对称，便是人生的幽默之源，唯达观者、有信念者、还视者、统观全体者，得从人生苦与世界苦里得到安心立命的把握，而暂时有一避难之所。幽默是一牢不可破的信仰的谛观，所以带几分忧愁，是免不了的。世人之视幽默为轻率，为不懂人生的严肃者，实在是大错而特错的见解。

一九三四年十二月

《达夫所译短篇集》自序

译书实在是一件不容易的事情！从事于文笔以来，到现在也已经有十五六年的历史了，但总计所译的东西，不过在这里收集起来的十几万字的一册短篇集，和在中华出版的一册叫作《几个伟大的作家》的评论集而已。译的时候，自以为是很细心，很研究过的了，但到了每次改订对照的时候，总又有一二处不妥或不对的地方被我发见；由译者自己看起来尚且如此，当然由原作者或高明的读者看起来，那一定错处是要更多了！所以一个人若不虚心，完全的译本，是无从产生的。

在这集里所收集的小说，差不多是我所译的外国小说的全部。有几篇，曾在北新出过一册《小家之伍》，有几篇曾经收集在《奇零集》里，当作补充物用过。但这两书，因种种关系，我已经教出版者不必再印，绝版了多年了；这一回当改编我的全部作品之先，先想从译品方面来下手，于是乎就编成了这一册短篇译文的总集，名之曰《达夫所译短篇集》。

我的译书，大约有三个标准：第一，是非我所爱读的东西不译；第二，是务取直接译而不取重译；在不得已的时候，当以德译本为最后的凭借，因为德国人的译本，实在比英、法、日本的译本为更高明；第三，是译文在可能的范围以内，当使像是我自己写的文章，原作者的意思，当然是也顾到的，可是译文文字必使像是我自己做的一样。正因为常常要固执着这三个标准，所以每不能有许多译文产生出来；而实际上，在我，觉得译书也的确比自己写一点无聊的东西，还更费力。

这集子里所收的译稿，头上的三篇，是德国的；一篇是芬兰作家阿河之所作；其次的一篇，是美国女作家玛丽·衣·味儿根斯初期的作品；最后，是三篇爱尔兰的作家的东西。关于各作家的介绍，除历史上已有盛名者之外，多少都在篇末写有一点短短的说明在那里，读者若要由这一册译文而更求原著者其他的作品，自然可以照了我所介绍的书目等去搜集。但因各作品译出的时候，大抵在好几年之前，当时的介绍，或许已经不中用了，这一点，同时也应该请读者再加以注意。

近来中国的出版界，似乎由创作的滥制而改进到研究外国作品的阶段去了，这原是很好的现象；不过外国作品终究只是我们的参考，而不是我们的祖产；将这译文改订重编之后，我却在希望国人的更进一步的努力。

一九三四年十二月序于杭州

两位英国的东方学者

一

二月十三日，英国剑桥的电报，告诉我们一位东方研究大家，支那学者迦尔斯（Herberty A. Giles）教授去世了，享寿八十九岁，若这岁数是可靠的话，那迦尔斯教授总算到了耄耋而好学不衰，确有点东方元德先生的风度。

他的著作的最为我们东方人所佩服的，是一千九百年著的那部《中国文学史》。这一部文学史，是告斯（Edmund Gosse）主编的“世界文学史丛书”中间的一部，由英国海纳曼发行，系于光绪念六年庚子编成的东西，所以迦尔斯教授在序文上说：“这是在世界各国——连中国也包括在内——语中，试作这种企图的第一次。”当然中国作家当中，零星琐细的文艺批评，并不是说没有，可是整个地有系统地写成一部文学史的人，却还不曾有过。他的这一种中国文学史创始者之说，在旁的欧美各国的著作中我不晓得是否正确，但在中国日本的两国，倒的确是要让他的这部文学史占据首席。日本的有《中国文学史》，是在光绪末年间（明治四十年左右），而中国的新式文学史，却是二十几年前才渐渐地有人编纂起来的。德国郭鲁裴博士（Dr. wilhe Grube）的那本《中国文学史》，虽也系一九〇二年光绪念八年编成的东西，序文上却也曾说起迦尔斯的文学史已经出版了，不过为免去雷同影响，他在编辑的时候故意不看而已，郭鲁裴并且还举出了几位前此写中国文学短史的人，如 Schotts，Baumgartner，Wassiljew 等等，不过他们的东西，都系太简太短，不能独立成一本中国文学史的。

迦尔斯的文学史，轮廓虽则是画出了一个，可是内容却也不能完全使人满意，如把《太上感应篇》、《玉历钞传》之类的善书，都当作了中国的文学作品在看，也未免有点过于奇特。

至于其他的迦尔斯的译著，如《聊斋志异》的英译本、《满洲与中国的史实》等，虽则并没有大不了的地方，可是由一位从宁波的领事官出身的外国人手里，得产生出这么些个关于中国和翻译中国的文献，当然也是极可佩服的事情；现在当他新死之后，由我们中国人来提一下他的名氏，纪念追悼他一下，倒也值得。

二

近看天津《庸报》，在“另外一页”里，见到了张伯伦（Basil Hall Chamberlain）逝世的消息，说他是于本年二月十六易箦的。他在日本海军学校教书多年，曾著有《最初之日本》法文书，以及《英语变革一览》等，是日本人在二三十年前读英文，弄弄文墨的人都知道的事实。

我在东京，有一次在本乡的中央会堂里曾听过他的讲演。他人并不高，眼睛也同小泉八云一样，是近视的，不过没有小泉八云那么的厉害，身材瘦削，额角的高，高到了无以复加，演讲的声气，又清澈又缓慢，大约是在中国住久了的外国人，都是一样的那么一副腔调。这时候，他在东京帝大英文学系里教书，而我却刚到日本，正打算去考入一高的预科。

他的著书和翻译中间，我所最佩服而直到现在也还时时在展读的，是伦敦曲留勃纳公司发行的一册《日本名诗译丛》（*The Occidental Poetry of the Japanese*），系当他于一八八〇年在日本帝国海军学校执教鞭的时候译出来的力作。凡《万叶》、《古今》两集里的诗歌，以及《日本书纪》、《名所图绘》，《谣曲》、《能狂言》等书中的短歌长曲，一起译出了百首以上；用词的清新，选韵（他用的是韵文）的简洁，是他的译作的特长。

曾记在日本的时候，收藏过一本英德日对照的百人一首歌集，中间的英译就系 B. H. Chamberlain 的手笔，而德译者是当时也在东京帝大文学系教书的佛洛伦兹（Dr. K. Florenz）先生。

《庸报》附刊的张伯伦的死报上，没有载他的年纪，但计算起来，总也应该是七十左右了；因为我在东京听他的讲演，是在二十余年以前，而当时由我看起来，他也已经是四十上下的中老年人的样子。

英国同时丧失了这两位东方学者，学术界原要感得无限的寂寞；而曾经受过他们的教益，尤其是亲聆过其间的一位的謦欬的我，回想起从前来，更觉得是黯然神伤了，特写这一点点感想，以志哀悼。

一九三五年三月十八日

林道的短篇小说

记得是一位美国作家——不知是否 O'Brien——对于短篇小说所下的定义，他说："短篇小说者，小说之短篇者也。"（Short story is a story that is short）这定义虽则有点幽默，但即此也可想见短篇小说花样的多，定义的难。尤其是各国有各国的风气，各作家有各作家的特样，所以要求一个概括一切，随处适合的短篇小说的定义，真是难于上蜀道；就是勃兰代·马修斯的《短篇小说哲学》（Brander Mathews：*The Philosophy of Short Stories*）里也不曾把这定义，交代清楚。

法国的所谓 Contes 似乎是真正的短篇，大约欧、美各国的短篇小说之收敛得最紧缩的，莫过于这些 Contes 了，可是德国的 Erzählungen 却一般总来得很长，长的也有到四五万字以上的。我们通常所说的短篇小说，大约是英美的一系，长短总只够半小时至一小时的读，字数或在两万以下千数以上；叙述的是人生的一面半面，或事件的最精彩的一段，人物的极特异的几点；作者读者，俩都经济，实在是近代生活与近代 Journalism 所产生的一种特殊体裁。

我的初读短篇，是二十年前在日本做学生的时候，那时自然主义的流行虽已经过去，人道主义正在文坛上泛滥，但是短篇小说的取材与式样，总还是以引自然主义的末流，如写身边杂事，或一时的感想等者为最多；像美国那么的完整的短篇小说，是不大多见的。虽则当时在日本，每月市场上，也有近千的短篇小说的出现；其中也有十分耐读的作品，但不晓怎么，我总觉得他们的东西，局面太小，模仿太过，不能独出新机杼，而为我们所取法。

后来学到了德文，与德国的短篇——或者还是说中短篇来得适当些——作家一接触，我才拜倒在他们的脚下，以为若要做短篇小说者，要做到像这些ErzähIungen的样子，才能满足。德国的作家，人才很多，而每个诗人，差不多总有几篇百读不厌的Erzählungen留给后世，尤其是十九世纪的中晚，这一种珠玉似的好作品，不知产生了多少。即就保罗·海才（Paul Heyse）他们所选的《德国说库》（*Deutsches Novellen - Schatz*）与《新德国说库》的两丛书的内容来说，已经是金玉满堂，教人应接不暇了。其他的丛书专集，自然是更多得指不胜屈。

在这许多德国短篇作家中，我特别要把罗道儿夫·林道（Rudolph Lindau，1829—1910）提出来说说的原因，就因为他的作品在德国，也还不见得十分为同时代及后世的人所尊重；并且他在生前，正当洪杨的起义前后，是曾在中国.日本等东方大埠流寓得很久的缘故。

他的故乡是在德国西北部的Altmark，晚年并且又在北海滨的Heligoland（他死在巴黎，葬却葬在此处）住得很久，所以他的小说的主调，是幽暗沉静，带一味凄惨的颜色的，中年以后，又受了东方的影响；佛家的寂灭思想，深入在他的脑里，所以读起他的小说来，我们并不觉得他是一个外国的作家。

他的小说，全集共有六卷，因为后半生是过的外交官的生活。故而长短各篇小说之中，独富于异国的情调。在三四年前，我曾译过他的一篇《幸福的摆》（先在《奔流》上发表，现收在生活书店印行的《达夫所译短篇集》中)，发表的当时，沈从文曾对我说，他以为这是我自己做的小说，而加了一个外国人的假名的，这虽则不是他的唯一代表的作品，但读了之后，他的作风，他的思想，他的作品的主题，也大略可以领会得到了。他的用文字，简练得非凡——原因是因他遍通英、法文，知道选择用语——而每一篇小说的叙述进程之中，随处都付以充分的情绪，使读者当读到了他的最琐碎的描写的时候，也不会感到干燥。笔调是沉静得很的，人物性格是淡写轻描而又能深刻表现的。整篇的文字，没有一句赘句，所以他想要表现的主题思想，都十足表现到了恰到好处，断无过与不及的弊病。他的全集之中，尤其值得一读的，是一九〇四年出的 *Die alten Geschichten* 和一八九七年出的《土耳其小说集》(*Die Tuerkischen Geschichten*)。关于东方若日本及中国的小说，也很多很多；他的观察东方人的性格、思想，简直比我们自己还要来得透辟。例如读他的一篇描写日本人的小说 *Sedschi*，就可以见得当时日本的社会状态和武士气概，比读《明治维新史》之类的书，还要了解得更彻底一点。

他的描写寄寓在东方的外国人的思想行动，因为他观察得久，体验得深了，读了尤其觉得活灵活现，发人深省。例如写一个蒙了不白之冤，为商人社会所鄙弃，但后来终得昭雪，可是他的思想已早趋于消极，卒至自沉于黄浦江外的海里的一篇《荷兰长子》(*Der lange Hollander*) 之类，就是这一种小说的代表。

他的小说的结构，同俄国屠格涅夫的短篇小说很像；这两位同时代者，我想一定是在巴黎会到过的无疑。例如写一件事情吧，总是先点出作者自身是在何地何时干什么什么，这中间就遇到了怎么怎么的事情和怎么怎么的人物。这一种写法，原是陈腐得很的格式，但经他们写来，却是自由自在，千真万确，不但不使你有一点感到陈腐的余裕，就是在读下去的中间，要想吐一口气的工夫都没有。

关于林道的小说的研究，是足有一本十万字的论文好写的；这一篇短文，只可以说是绪论的一节，余论且等到另外有机会的时候再写罢。

伟大的沉默

从前在日本高等学校里念书，校中的一位教日本古文的老先生，对学生说话和考试出题，都非常之刻薄，因此日本的同学，大半全恨他入骨。有一次说到了中国，他的挖苦更是厉害，全班中只有一个中国学生的我，当然面胀得通红，几乎要滴下泪来了；而五十几个同班的日本同学，听了他的话，非但不哄堂大笑，对这位口吻轻薄的老教授，反而表示了鄙视的态度。从此之后，我上课虽则仍旧去上，但轮到我讲书的时候，却很顽固的只管直立在那里，不再开口了。这一种沉默的反抗维持了半年，考试的结果虽然不及格，但因校长的特许，我也进了级，脱离了这一位先生的教室。当时的日本同学，为这事情，却赠给了我一个诨名，叫我作“伟大的沉默”，在这诨名里，另外倒也并不含有着什么的恶意。

后来看到了拿破仑的半身照相，额上斜披着一簇短发，目光炯炯，嘴角下挂，好像是滑铁卢失败之后照的样子；看了这张照相，我就想起了“伟大的沉默”那几个字。

中国的革命，似已成功，现在是建设的时期了，所以一切施设，都用得着统制，而文化统制的结果，这几年来却只产生了许多铁血的月刊旬刊报纸副刊之类，伟大的民族文艺作品，仿佛还正在印刷中的样子。

小说是长篇的不大有了，戏剧也只剩了一出《越王勾践》，长诗是更加可以不必说，小诗倒还有人在写，可是诗人却减少了数目。这一个文艺界的大空位时代，若是沉默的话，那或者也许是一个伟大的沉默。

由神秘作家说来，凡是沉默总是伟大的。彼苍者天，天何言哉，沉沉大地，地亦无声，除非是火山爆裂，地震起来的时候。

我平时对于一切人生实际问题，都抱悲观，唯有对于中国的文艺，却总抱着乐观，以为好的不朽的作品，慢慢地总会得产生出来，我们可以不必着忙的。可是照现在那么的伟大下去，沉默下去，这信心倒也有点动摇起来了，只怕这一个反抗，不过是在异国教室里被辱之余的反抗，拿破仑于滑铁卢战后反映在照相上的反抗而已。

沉默原不是坏事，但不说话的死人的沉默，看了却有点儿可怕。

大风未起之先的海面原是沉默，变成了化石的本贝城市，可也是沉默。

两鸡相斗，未发动的时候，要瞋目互视半晌，这总算也是沉默的一刻。这沉默是表示有预备的，是有将来的沉默。我们若能利用这一刻的沉默，实地做些预备的工作，如翻译世界名著，先将用语文字整理，算清前代遗产之类的事情，倒也很好；无奈喊声大作，而将不登台，这一种虚势张了也还如不张。

天下乌鸦一般的黑，世界同在坟墓里似的静，身穿骆驼毛的衣服，腰束皮带，吃蝗虫和野蜜的约翰，要几时才出来上旷野里去大叫呢！

“天国近了，你们应当悔改！”

一九三五年四月廿九日

什么是传记文学

传记文学，本来是历史文学之一枝，中国自太史公（司马子长生于汉景帝时，当在西历纪元前一五四年前后）作《史记》后，才有列传的一体。释文传，传世也；记载事迹，以传于世。所以中国的传记文学要求其始祖，只能推司马迁氏为之嚆矢。其后沿这系统一直下来，经过了二千余年，中国的传记，非但没有新样的出现，并且还范围日狭，终于变成了千篇一律，歌功颂德，死气沉沉的照例文字；所以我们现在要求有一种新的解放的传记文学出现，来代替这刻板的旧式的行传之类。

新的传记，是在记述一个活泼泼的人的一生，记述他的思想与言行，记述他与时代的关系。他的美点，自然应当写出，但他的缺点与特点，因为要传述一个活泼泼而且整个的人，尤其不可不书。所以若要写新的有文学价值的传记，我们应当将他外面的起伏事实与内心的变革过程同时抒写出来，长处短处，公生活与私生活，一颦一笑，一死一生，择其要者，尽量来写，才可以见得真，说得像。

统观西洋的传记文学，约有他人所作之传记，和自己所作的自传，以及关于自己或他人的回忆记之类的三种。传记是一人的一生大事记，自传是己身的经验尤其是本人内心的起伏变革的记录，回忆记却只是一时一事或一特殊方面的片断回忆而已。

西洋古代的传记，当以 Xenophon 的《梭格拉底回忆记》(*Memoirs of Socrates*) 为第一部，其次则纪元一世纪中的泊罗泰克 (Plutarch) 之《希腊罗马四十六伟人比较传》为集大成之著作。其后一直到文艺复兴时代，始有传记文学的再兴。自传则开始于罗马皇帝 Augustus，其后圣奥古斯丁的《忏悔录》，卢骚的 *Confessions*，歌德的《虚构与现实》，以及近代托尔斯泰的《忏悔》，都是代表的作品。至于回忆记之类，则自古迄今，多得记不胜记，因为系片断的短篇，做做容易，所以作者也多了。

英国的传记文学，起始于 William Roper（1496—1578）的《摩亚传》(*sir Thomas More*) 与 George Cavendish（1500—61 ?）的《渥儿塞主教传》(*Cardinal Wolsey*) 的两书；直至爱札克·渥儿东（Izaak Walton，1593—1683）于一六七八年以后，完成了他的五个人的传记集以来，英国的传记文学，又换了新局面了。

十八世纪末叶，Mason 写一部《格来集传》(*Life and Letters of Gray*)，于是近代式的英国传记文学就萌芽了；其后鲍司蕙儿 (Boswell) 的《约翰生传》(1791) 与洛克哈脱 (Lockhart) 的《司考脱传》(1837—1838)，便是沿这一系而进，写得神采焕发，启后空前的两部传记文学里的结晶。两三世纪之前，当然在西班牙也有了 Fernnando Pérez de Guzman（1378—1460）的《历代传神记》。在意大利也有了 Georgio Vasari（1512—74）的《艺术家列传》，但规模的简略，语意的深长，却与这两部近代的作品，大约有点不同的地方。

传记文学，是一种艺术的作品，要点并不在事实的详尽记载，如科学之类；也不在示人以好例恶例，而成为道德的教条。近人的了解此意，而使传记文学更发展得活泼，带起历史传奇小说的色彩来的，有英国去世不久的 Giles Lytton Strachey，法国 AndréMaurois 和德国 Emil Ludwig 的三人。斯屈拉基的《维多利亚名人传记》

(1918)，虽多少系沿袭鲍司蕙儿之作风的书，但他的白描个人排斥向来的谀墓式的笼统写法，实是独创的风格；经他那么一写，Dr. Arnold，戈登将军，奈丁盖儿女史以及曼宁主教等四位人物，就活现在我们的面前了。至于一九二一年的《维多利亚女皇传》，则尤其刻划入微，完全脱去了一般把这女皇神圣化的塑像的印象，使我们见到了一位并不异于常人而有血肉的英明的英国女主。

斯屈拉斯的写法，下笔时或者还仍免不了有传记作者的一种存心。至于安特来·莫洛亚的 *Ariel* (1923) 却完全把 Shelley 一生的史实小说化了，而且又化到了恰到好处。其后的莫洛亚的作品，若一九二七年的 *Disraeli* 等，虽仍在跟了他的初旨前进，务使史实与读者的趣味联系在一道，可是因与他所写的人物性格有关，终不能及他第一部杰作《雪莱传记》的有趣。

爱弥尔·罗布味希的专喜以伟大的题目来写精细的文字，也是一种新的传记文学的创造；但外界起伏的事情太复杂，因而场面的变换也大刀阔斧，迅速异常；若依春秋的笔法来断，则这一位聪明的传记作者，还是有点电影式的趣味性的，终不免为一位懂得近代人心理的 Journalist，我们且看他所选择的对象，如拿破仑、俾斯马克、斯大林之类，就可以知道了。

此外还有在一限定时期中的片段的记载，并非传述一人一生的好书，如英国 Sir Edmund Gosse 的《父与子》(1907)，Harold Nicolson 的《贝郎的最后之旅行》(1924)，以及美国 Horace Traubel 的《与霍衣脱曼在康姆屯》(1906 及以后) 之类，又是传记文学的另一好例，有点近于回忆记了。

南欧的传记文学作者 Giovanni Papini (1881 年生于弗罗伦斯) 予一九二一年写了《基督传》后，更有好几种传记续行于世，但近来似已转入了历史小说的创作，所以在这里只提起一下他的名字。

一九三五年五月

怎样叫做世纪末文学思潮?

世纪末的三个字，系由于法国作家 F. de Jouvenot 与 H. Micard 两人合作的一篇喜剧而来的名称；Fin de siécle 之所指，是以十九世纪末的现状为主的。后来这一个名词，变成了欧洲各国的流行字，内容愈来愈复杂，含义也愈变愈广了。那一位犹太医生诺尔道（Max Nordau）所著的《变质论》（*Degeneration*）的开宗明义的第一章，头上就有一段说：

> 世纪末这一个名词，包括近代诸现象的种种物质与其基本情调（或内在倾向）的两面。经验早就告诉我们，凡一个名词（观念），总带有创始造这名词的民族语言的指义在里头。……世纪末是法国语，因为世纪末的那一种心的状态，最初自觉地实现出来的，是在法国。这一个名词，现在是流行两界，泛混在文明人的口头语中了，这就是这名词有存在的必要的证明。世纪末的心状，现在是随时随地，都可以遇着的了，虽然有些地方也许只是一种外国流行风气的模仿，而不是有机的进化的过程。总而言之，还是在这一名词的产地，那一种真正的现象才表现得最为彻底，而巴黎却是一个观察它的各色各样的形状的最适当的地方。

（意译）

据这一位痛骂近代人的堕落，攻击现代文学无微不至，他自己或者也许有点变质的诺尔道医生说来，世纪末的病症，是带有传统道德破坏性的疯狂病疾，这些世纪末的人的肉体上就有着显著的不具者的特征。因而神经衰弱，意志力毫无，易动喜怒，惯作悲哀，好矫奇而立异，耽淫乐而无休。追求强烈的刺激的结果，弄得精神成了异状，先以自我狂为起点，结果就变成色情狂，拜物狂，神秘狂；到头来若非入修道院去趋向于极端的禁欲，便因身心疲颓到了极点而自杀。这一种现象，尤其在文明烂熟的都会里为最普遍，因而由都会里产生出来的近代文学，便一例地染上了这一种色彩，这就是世纪末的文学思潮。

诺尔道的这一片沉痛之谈，虽也把握着了世纪末的心理的一面；但他因为自己的人种的关系，与所习的医学的关系，只知攻击，不知谅察，也是一个缺点。

总之因产业革命的结果，在文明烂熟，物质进步，人性解放了的现代，个人的自我主张，自然要与古来的传统道德相冲突的。所谓法律，所谓国家观念等束缚人性的枷锁，若在一击之下打破了的话，那当然是没有另外的问题；可是几千年来的幽灵，要想用一般年青不解事的人的智力来驱逐，却也是谈非容易。这些青年战得精疲力竭，自然要感到倦颓，自然也要变成悲观。精神萎顿的时候，要想感到的快乐，自然只好去寻求官能的享乐；在物质文明进步，感官非常灵敏的现代，自然要促生许多变态和许多人工刺激的发明。这一种世纪末的精神与物质上的现象，是人类进步不停止一天，在这世上也决不会绝迹的。文学是反映时代的镜子，而文学家又是感觉最灵敏的动物，故而这种倾向的在近代文学上极盛的原因，也就在这里。

世纪末的文学思潮，在法国已经开了高蹈派与恶魔派（Parnassians and Diabolists）的花，到英国就结了唯美派的果；而 Arthur Symons 所力说的象征主义派的运动（The SymbolistsMovement）也就是这一种思潮的末流。

在德国经 Hermann Bahr 的一番提倡，当然也曾经掀起过绝大的波浪，可是骇人的世界大战一到来，这倾向又改了道了；有的趋避了现实，没入了神秘的一途，有的发了狂热，变成了革命的或极端国家主义的信徒。

这一种思潮，原也在俄国（如《沙宁》的作者阿尔追跋绥夫等）、美国（如 Edgar Allan Poe 一系的作家等）等处露过脸，但究因国民性的不同，早就隐没入沙下变成底流去了。若我的观察是不错的话，则现在为人所视作民族英雄的那一位南欧的怪杰，伽勃立爱儿·丹农雪阿，在前期的作品里，却也纯是这一种心理与现象的代言人。

总之现在虽则已经到了二十世纪的中期之前，说起三十五年前的世纪末来，仿佛是觉得很远的样子，但那一种根于人心的倾向，那一种由物质文明所惹起的精神上的潮流，是依然还在，依然还有很大的势力的。

一九三五年五月

谈谈民族文艺

民族文艺的叫唤，大抵是某一个民族，受到了他一民族的重压，或某一个民族伸张发展，将对其他民族施以重压时的必然的流露；前者的例，在中国历代被外族所侵，终至于亡国的时候，都可以看出，而尤以目下为最著；后者的例，是德国在世界大战以前的流行现象。现在当希脱勒在压迫犹太民族的正中，死灰又复燃了。

文艺的与民族人种有关，是铁样的事实；因为文艺根本就是人所创造的东西，而个人终有其族，终有其种，荒岛上的卢柄逊是决不会为了他自己一个人而去创造文艺的。

民族文艺当然是有文艺以后，同时就存在在那里的，因为文艺就是民族文化的自发表现，亦是对于这民族以后的文化发展发生一种哺育作用的精神力；譬如意大利的但丁、德国的歌德的作品《神曲》与《浮士德》，一面原是以当时两国民族的精神生活为背景的个性表现，但同时却又是第二代的国民精神生活的养料。民族文艺原是有文艺以后，同时就存在在那里的事实，但这观念的发生，却须有一种民族自觉的意识来促成；以在同一国土、言语、社会制度的条件之下所产出的文艺，与其他民族的文艺作品总体来作一个比较的时候，这观念才显示得格外的明确。

所以在中国古代，像《诗经》创作的时代，或屈原写《离骚》

的时代，他们都不以民族文艺作家自任，就是他们同时代者，也不抱了民族文艺的观念去读他们的东西的。第一，在当时，中国国民的民族意识还没有自觉；第二，可以拿了《诗经》与《离骚》去作对比的外国文学，也没有流入到中国来。在西洋也是一样，譬如希腊时代，这一个民族主义文艺的观念是没有的；到了罗马统一了西欧，罗马人在文学艺术只知道模仿希腊；独立的文化，罗马人仅在日用起居饮食和政治上标了一个异，民族文艺的观念自然也不会发生。中世纪的欧洲，又是基督教会统一精神世界，压迫民族自立的时代，独立的民族尚且很少，民族文艺的观念，当然更没有了。

民族文艺或国民文学等称号，是十七世纪法国诸批评家为尊重本国文学传统之故而创始的名词。所以在法国，提倡这一种主义的文学家特别的多；稍远的如 Sainta Beuve、Taine 诸人，近代如 Brunetière、Maurice Berras 以及现在还活着的老作家 Paul Bourget，都德的儿子 Leon Daudet 之类，都是墨守着国民传统主义的群星。尤其是英国文学史作者的 Hippolyte Taine，他的批评文学，每以人种、环境、时代的三条件来作分析的标准，当系大家所周知的事实。而对于这三标准中，他对于人种，更加着重；他说，亚利安人种，不管流传下了几千年的时间，分散到了什么样的地方，但是人种的遗传血统等特质，总还是依然保留着的；虽则因环境与时代的不同，以及变质的发露，小节或偶有差异之处，如等为一犬之长而为猎犬，为守门犬，为爱玩犬一样，但结果的大关节目，总还是有人种的特殊地方保存在那里的。泰纳的这种透辟的批评见解，实在是可以拿来作民族文艺的论据的一块柱石。大家试想想，在同一个疆土之中营生活，体质面貌有同一的形象，所用的又是一种语言文字，社会制度，习惯风俗感情等等，又都是一样的一群人，他们所造出来的文艺，哪里会没有互似的共通之点呢？

民族文艺的论调，到了一境之隔的德国，经过古艺术史研究家 Winckelmann（1717—1768）的创导，以为希腊的艺术，就是从希腊的人种、风土、宗教、社会、习惯等全民族的内外生活所发生的精神之果；同时又有诗人 Herder（1744—1803）的歌颂人类的大议论（*Ideen Zur Philoso phie der Geschichte der Menschheit*）出现，说到人类的发达，应从国家的民族的团体生活上着眼；凡言语、宗教、法律、文艺等等，都是民族的特质与境遇的必然结果，团体生活的自然的生产；一国的文学全体，就是这一国国民的文化的反映，这一国国民的活的生力体系（Ein System Lebendiger Kraft）的表现；诗人就是较周围诸人感觉更灵敏更深刻的民族先觉者，所以文学可以说并不是个人与为个人的产物，也不是可以私有的东西。继这一种见解之后，又来了世界的两大诗人歌德与雪勒的作品的实证，于是民族文艺或国民文学的观念，就根深蒂固地种入在日耳曼民族的脑里了。结果，在一九一四年终于引起了世界的大战，直到现在，这观念也还在驱使希脱勒党徒，虐杀无国家的犹太的流民，如在头上我所说过的一样。

像这样约略地把欧洲的民族文艺理论起伏的经过考虑了一遍之后，却好回顾到我们目下的中国来了；在目前的中国，正是提倡民族文艺最适当也没有的机会，且看在政治上，在言论上，以及社会的一切上，左倾思想的潜伏，与民族主义论调的高涨，就可以晓得强邻压境的时候，一般民众所急于要保存的是什么东西。何以在“五四”的当时，在国民革命军出发的前后，以及三五年前普罗文学盛行的期间，民族文艺这一个名词，会不受人欢迎的呢？从这里，我们可以知道，凡是一种运动，或一个名词，时机未熟，客观的条件不曾具备，但凭几个人来空喊是不会发生绝大的效力的。民族思想，民族意识，在我们之先的先觉者，不知已经说了多少次了，可是不到亡国的关头，不服奴隶的贱役，不至于家破人亡的绝境，民族自觉的意识，是不会普遍地发扬，像目下那么的深刻的。

既然有了民族意识的自觉，自然首先要把这意识具体化到最微妙最易感的文艺上来，于是乎民族文艺的这一个口号，就变成了目下文艺界的宠儿；而有许多作家，并且也有意识地创作了许多篇的东西了，可是在这里，我就感到有两点危险的地方。

第一，像目下我们听人在提倡的那一种民族文艺，觉得未免太狭义了一点。狭义的爱国心，狭义的民族主义，是要贻误大事的；从结果好的一方面说，即使民众一时受了刺激，果然团结自强了，若不识大体地一直的下去，恐怕终于要变成战前的德国、目下的日本一样，弄成一种人不我侵而我将侵人的状态。

第二，我们现在听人在提倡的一种民族文艺，似乎不着重在民族的全体，而只着重在民族中特异的个人；这一种英雄崇拜思想在艺术上的流露，是穷来说富时、老来说少年的回顾的温情，是民族衰老的证明。

总之我想说，伟大的文艺，就是不必提倡，也必然地是民族的文艺；但既经提倡了，则当以整个民族为中心，以世界人类为对象，本着先图自强，次求共存的精神做下去才对。地球上若只成了一种人种或一个国家的时候，文化还有进步的日子么？并且民族文艺作品，也并非一定要说“杀到东京去！杀尽日本人！”才是正宗。把目光放大来一看，则描写财主的横暴、官吏的贪污、军阀的自私，如《东周列国志》、《水浒传》等，叙述学子的寒酸、酷吏的刻薄，如《儒林外史》、《老残游记》之类，也未始不是我们中国的民族文艺。

不过再进一步的说法，民族文艺的确立，要进了世界文艺的圈内，才算能够稳定。同在前面已经说过的一样，民族文艺的成立，要有甲乙的比较，彼此的不同特点，才能要求独立的地位，世界的公认。若只有几句仄仄平平，或一篇“大哉孔子”，则在中国，或许可以夸为民族文艺的杰作，但一经比较，恐怕就要等于沙上的楼台，说不定经过一阵狂风之后，也就会坍下来的。

一九三五年十二月

二十四年我爱读的书

自从被在位的诸公，强派作闲人以来，读书写字，就成了我唯一的消闲办法；所以今年一年之内，读过的书，实在不少，最近读到了一部 J. C. Heer（海尔）的自传体的小说 *Tobias Heider*，却使我受到了极大的感动。雅各勃·克利斯笃夫·海尔这一个名字，大约在中国总是很生罢？我想他在德国，当然也不是一位很有名的第一流文人。他于一八五九年生在瑞士的 Toess bei Winterthur 地方，父亲是一位机械工程师，少日曾在巴黎留过一年学，后来就回瑞士做小学教师多年，终于做了新闻记者，吃起文笔饭来了，现在不晓得他还健在否？他的那本以主人公的名字作书名的小说，所叙的就是这一点内容。文笔平淡无奇，故事也并不十分有趣，但说他在小学教书时的一段贫苦生活，以及结婚前后的另一段恋爱生活，却真写得真切，使人不得不为他感动。这小说，是一九二二年在德国的哥答书店出版的，到如今已经有十二三年了，我的到今年才翻开来读它的原因，就因为自己也在写自传，想多读些这一类的书，做做参考的缘故。

书共四篇，是“巴黎的少日”，“亚格留脱的候补牧师”，“伦兹的小学教师”，“都市里的卖文为活”等项目，历叙他的奋斗，恋爱，以至于第一册小说——大约是指 *An Heiligen Wassern* 而言——的成功的，用的是手记的体裁。

书里写到在报馆里遇见大艺术家像（Gottfried Keller，Arnold Bocklin，Rudolf Keller 等的印象时，原使我发生了极大的兴趣；可是末后第三百七十八页上写到了他的谦虚的自觉一段，真使我流下了感动的热泪。他说：

> 我不作这些空想，以为我的许多作品是有永久的价值，或许多创作是可以与人类的历史并传的。自己的著作的必无永久生命，同我自己的生命必无永在的事实，一样地明白无疑。我只希望它们能在我的生前不消失它们的价值就尽够了。假如有些著作，在写它们的一双手还未完全失去力量之先已消失了它们的价值，那真是运命之中最惨酷的一种苦事了。……

这一个卑卑的愿望，在以文字作生涯的人的心里，哪一个没有？我的所以要把这一位不甚有名的作家的这一部小说，特别举出来的原因，就在这里！

《闲书》自序

平常出书，不大喜欢作自序，而请旁人为代写一篇的麻烦事情，当然是更不愿意做了。近来偷懒取巧的习惯，与年岁同时进了步，所以看书的时候，也爱看看那些写在书前面的绪言导词之类；有时患着无事忙病，竟有凭了一篇序文而来决定要不要把那册书读完的行动。这一回轮到了自己出书的头上，自然要想在书的前面，也写些什么了，先让我来释明一下这书命名的由来。

简单明了地说一句，下面所收集起来的许多短长杂稿，都是闲空不过，才拿起笔来写出的；所以事忙的人，简直可以不读，这一种书，终于也还是帮闲的作品。不过仔细一想，凡一个人到了拿笔管写写的时候，总是属于闲人一类的居多，忙人是决不会去干这些无聊的余事的；同样想拿起一册书来读读的人，必然地也非十分有闲者不可，忙人连吃饭睡觉的工夫都没有，又哪里会起看书的心思。中国一向，就把看书当作是消闲的动作，故而对于那些小说笔记之类的册籍，统叫作闲书，说它们的无关大体，得遣闲时；我以为这一个称呼，实在是最简洁适当也没有的了，所以就拿来做了我的书名。

列宁曾经在一本《国家与革命》的小册子上说过一句有趣的话，以这话来说明写稿子的人的闲空，觉得尤其合适，所以想在这里把它引用一下，来嘲笑嘲笑自己的无聊。他说：“这书后半部还没有写成，而自己却要去干实际的革命工作去了。”做些实际的事情，当然要比弄弄纸笔，说说空话有趣得多；“予岂好辩哉，予不得已也”，说起来倒有点像孔孟之徒了，但被天强派作了闲人之后，他的寂寞与凄凉，也并不是可以借了一句两句的话来说出的。

一九三六年四月末日

“鬼故事”号征文启事

苏东坡因多言而获罪，所以到了成所只欢迎人来谈鬼，聊斋主人功名蹭蹬，百不自聊，于是乎就著成那部志异之书。人世间鬼的有无，暂且不去管它，但是在这一个天高地远，网密人多的当口，我们这些弄弄文笔的人，与其去放言而丧命，倒不如来谈鬼以消忧。况且实际上伊孛生死后，群鬼还散满在欧洲，钟进士入山，小丑仍跳梁在中国。更何况祭孔子礼隆，新招来的有七十二贤人与三千弟子之魂，敦邦交令下，该揖让的自然是东西洋各国碧眼红毛之鬼；五族既云平等，魍魉也不应被摒，幽明本属一家，魑魅自可以露形；为这种种理由，所以我们想发起出一个“鬼故事”的专号。

不过同人等见闻有限，经历无多；既没有罗马大诗人的引导，自然不敢深入地狱中去吟诗。唯望海内外的同人，上下层的读者，多赐以阴戚戚的文章，黑沉沉的画幅；务使修罗场里，百鬼齐全，白玉楼中，奇文共赏。虽则玄谈与救国，似风马牛之不相干，但豕立而人啼，亦大复仇之一表现。

一九三六年五月郁达夫邵洵美谨启

《厦门天仙旅社特刊》序

丙子冬初游厦门。盖自日本经台湾而西渡者。在轮船中即闻厦门天仙旅社之名。及投宿，则庐舍之洁净，肴馔之精美，设备之齐全，竟有出人意料者，主人盖精于经营者也。居渐久，乃得识主人吕君天宝，与交谈，绝不似一般商贾中人。举凡时势之趋向，社会之变动，以及厦埠之掌故，无不历历晓。较诸缙绅先生，识见更远大有加。噫，奇矣，吕君殆士而隐于商者耶？畅谈之余，吕君复出近编之特刊一种相示，珠玑满幅，应有尽有。自古指南导游名著中久未见有包涵如此之博且富者，是吕君又为一特具异才之著作人矣！达夫从事文笔廿余年，踪迹所至，交游亦几遍于全国，而博闻多识、行径奇特之如吕君者，尚未之见。喜其新著之成，且预料其事业之更将日进也，特为之序。丁丑元月郁达夫书。

写作的经验

到了福州之后，觉得最麻烦的一件事情，是地方各新闻杂志的征稿者诸君大举的来侵。弄弄文笔的人的习惯的一端，坐下来想拿笔写写，写了后希望以铅字来印刷，印出来后，更急盼读者的赞同，这原是一般的心理。但是从事文笔将近二十年，素来又不喜以文人立世的拙者，却绝对地没有起过这样的心思。当初在创造社时代，时时来催索强逼我的稿件，一定要我出乖露丑的，是郭沫若与成仿吾的两位。对这两位少年时代的益友，有好几次弄得感情不佳的原因，一大半也为的是他们催逼得太凶。

后来同创造社脱离了关系，想以自己的趣味为本位，和朋友出了一个《奔流》，这一回，催逼者又换了一位实际在负责的先生了。住在上海，和这些文坛人的来往，实在觉得有点可怕，一天到晚，一年到头，我总是居于债务者的地位，而他们却总要比我高一级，常常是属于债权者的一类；因此，心机一转，在五六年的前头，就下了决心，绝对的想不再作文士，举全家而迁往到了杭州。自以为从此之后，总可以闭门高卧，不再会被这些催稿人搅扰清梦了；但事不凑巧，《论语》、《人间世》等杂志，又相继的产生，不管你离群索居得如何之远，催稿的信，与催稿的人，仍旧是络绎在沪杭的道上。

去年来闽，自己是想来漫游武夷，并且一踏南明末世，在海滨勉强支撑着的小朝廷的遗迹。而人家却是说我来升官发财，卖身投靠的。这些原系属于人家的自由，与我本没有什么相干；但是到了福建之后，也有催稿者的袭来，倒真使我感到了上天无路，入地无门的永久被压迫者的悲哀。这段文字，也就是我这被压迫者的绝望的微吟。

平生的信条，第一是“被催逼出来的文字，决不是好作品。”因之我自开始写作到如今，从没有写过一篇有自信的作品。第二是“一二个人在一生之中，好作品总只有一篇两篇的；多产的作家，决不能自保篇篇都是珠玉，所以勉强写作，不如放任自然。”第三是“好作品要死后才能够发表。”

本此三个信条，故而近来绝对不想发表应时即景的文字。至于小说，是要热情来做血肉的，人而消失了热情，就决没有再写小说的资格。

以文字来维持生计么？中国不是这样的国家，并且我就是不做官，不卖文，生计也未始就至于断绝；因为薄有资产，自奉也并不过奢，平常的生活，自度到死为止，已经勉强的可以过去。

如此说来，此后是永也不写作了么？这也未敢断言，热情复来，诗思重潮的时候，我还是要写，但是最有自信的作品，发表一定不会这样的草草付诸。

我的最近的努力，还是在完成自己；做文士也好，做官也好，做什么都好，主要的总觉是在自己的完成。人家的毁誉褒贬，一时的得失进退，都不成问题；只教自己能够自持，能够满足，能够反省而无愧，人生的最大问题，就解决了。做人当然先要在求己，然后再为人；我一向的被人骂作个人主义者，而同时也能够入污泥而不染，抗环境而有余的最大强处，就在这里。或者也许是弱者的强处，但这一点我却总想固执着到死。

二月十七日

介绍《回春之曲》

抵抗日本帝国主义残暴的侵略，争取我们国家民族的独立生存，这是我们目前神圣光荣伟大的事业。在这个事业之下，没有个人，也就没有私利，谁都要贡献出整个的生命，尽忠报效于国家民族。

然而我们不自讳，中国民族过去是太散漫，太自私，并且太苟安。对着这个血光闪烁的时代，生死不容片间的关头，我们可再也不能不憬然警醒，奋然而起，让自己来决定自己的命运了。

《回春之曲》，写觉悟的青年，为效忠自己的民族，抛撇下优美的生活，别离了热恋的情人，从异土回到祖国，参加英勇的抗战，以致受伤成废。这种悲壮热烈的行为，不但值得我们同情，并且应该是每个青年的模范。我希望我们从这戏中，来认识自己，并且来鞭策自己。

“差不多”也好

在大变动之前有文学，之后也有文学，但正在动荡的时候，文学却往往不能和实际工作一样的立下伟功，换句话说，就是大文学不大容易产生。

前一二年，在《大公报》上，见有“反差不多”运动的议论许多篇，后来的结局，究竟如何，虽则没有见到，但我想这些议论，总还是太平时候的调子，在这一个时候，恐怕已经失掉了时效。

目前在各报上杂志上所见到的类似文艺的长篇记载，大抵总是“从××到××”，或“自火线上回来”，或“在炮火下活跃着的人们”，或“血与肉的雷雨”等等，所记的多是可歌可泣的我军奋勇抗战的记录，以及慰抚伤兵难民所目睹的情形。事实大抵差不多，而读者却也各会感到兴趣。所以，我以为在这时候，做这些报告文学，以及战地或后方的写实记载，即使是“差不多”也好。只教笔致能生动些，内容能充实些，观察能透彻些，就是很好的宣传文学了，其中有些，也一定会传下去，成这一时代的代表作品无疑。

吴王阖闾败于槜李，伤将指而卒，其子夫差誓以复仇，令人立于庭，苟出入，必谓己曰：“夫差！尔忘越王之杀尔父乎？”则对曰：“唯，不敢忘！”如是者三年，乃报越。这样的他每天出入几次，同样地要呼几次，答几次。这一呼一答，当然每次都是差不多的，顶多或许有些嗓音高下缓急之别而已。说到“差不多文学”，我想当以此为杰作，我们也何妨来学学夫差，以及夫差的立在庭中的人？

小剧团公演之成功

十一月十二日晚，民众教育处实验小剧团在文艺剧场公演田汉的剧木《回春之曲》，由吴英年氏导演，观众情绪紧张，确为福州话剧界之一新纪元。剧情并布景及舞台效果，想为观众所洞悉，可不再说。现在只就各个演员之演出成分，下一二断语。

黄碧如身分适合，恰到好处，唯颜面化装，过于浓厚，或系脂粉质差之故。

梅娘唱做俱佳，二幕尤见精采。所可惜者，服装不甚完美，当求改进。

胡夫人，态度自然，有大家少奶奶风，但发音欠高欠洪，加以练习，可致大成。

男演员，个个出色，连伤兵医生，都能各出长技，唤起观众注意，实系难能可贵之事。陈三水演作颇有独到处，唯说话时，过意置重于抑扬，易令人想起职业演员的窠臼。这一点，说好，原也是好，说俗，则难免有几分俗套，若能纠正，则锦上添花。

其次，是剧本问题，原作经导演者加以改编一二处后，舞台效果，果然比原剧本增加不少；但有些对话，还觉有不自然处。方知作剧本者，非看原剧本演出至三五次，修改至五六次，决不能成功。

田汉之作此剧，想在三四年前，技巧比从前大进步了。由熟悉田汉前半生事迹之人看来，更觉弦外有音。首幕取材于南洋，且以南洋侨女与女教师为主角，以异地之风光，搬来故国，插入抗战情景，一半实系田先生己身之经历。及看到胡华生之头发早白，壮语解嘲，更令识田汉的人，发生夫子自道之感。与田汉不见将近五年，近来只见其出入沪阵火线，豪情一如旧日，实在可喜可庆。剧作者田汉，原成了功，而民教处小剧团的演员及辅导者的全体，尤其成功。

杀！前进！

杀！前进！

我们要把演剧与欣赏剧艺的精神，移到杀敌卫国的行动上去。

《晨星》的今后

自本日起，《星洲》《晨星》的一栏，由鄙人来负责编辑了。林先生的规模俱在，我是新来晚到，当然仍旧是一本林先生的规模做去。从前的诸位爱护本栏的作者读者，希望仍能依照旧日的爱护热忱，使本栏得日臻完善，放灿烂的光辉。

“晨星”两字，在中国的旧词汇里，是寥落的意思，也是稀少的意思。读者作者，若寥落起来，那就是鄙人之罪。可是《星洲》的此栏，若能日臻完善，日渐近于理想，使此小小的一个园地，得像稀少晨星之可贵而可珍，那就是鄙人之荣幸，亦即是爱护本栏诸君的大成功了。

更一推晨星之所以会寥落，会成稀少的原因，是由于光明的白昼的来临。现在的世界，若是将旦的残夜的话，那光明的白昼，不久地就可以到来了。英大诗人奢来亦曾说过，冬天若至，春天自然不远，《晨星》这一块小园地，若能在星洲，在南洋各埠，变作光明的先驱，白昼的主宰，那岂不更是祖国之光，人类之福？

我所以只在希望，希望得在本刊的这一角小田园，而培植出许多可以照耀南天，照耀全国，照耀全世界的大作家出来。

廿八年一月一日

《繁星》的今后

清早的晨星，与日落后的繁星，本是同胞的姊妹，孪生的弟兄。今后的《繁星》，同早刊的《晨星》一样，统由鄙人来负责编辑了。前任林先生努力的成绩俱在，此后当然也只是萧规曹随，以期不负读者作者诸君之期望，和林先生的长年奋斗的初衷。

可是个人的识见有限，而大众的嗜好不同。以言文艺，亦有喜欢文调铿锵，音韵谐顺的旧诗旧学的人，同时亦有喜欢思想奇突，文字通俗的人。讲到趣味，每人不同，更如其面；有的爱听京戏粤调，闽剧秦腔。有的爱玩扑克麻将，跳舞银星。一张报纸，要想收大众的爱，博全场的彩，当然是谈非容易。可是新闻记者，尤其是副刊编者的理想，总得在向这一条能满足各人之所好的路走去。所热望者，是诸君的不客气的指教，与不间断的督促，总期这一块《繁星》的小天地，能使油墨纸张，都不浪费而后已。

中华民国二十八年的序幕揭开，以后的建国中兴与自强，到处都在要求我们全民族的精诚团结与互助。今后的《繁星》的读者投稿者，希望也能发挥这一种国民至上的团结的精神。

廿八年一月一日

战时文艺作品的题材与形式等

在这一个全民抗战的时期里，文艺作者，要想写些与时代有关的作品，题材当然要取诸目下正在进行中的战事，或与战事直接间接紧相连系着的种种现象，但是孤悬在海外的南洋作者，不容易回故国的战场上去经历，这事情又待怎么办呢？以非自己的体验，不能写在纸上的说法来讲，那南洋的文艺作者，除写些舞场，助赈，读书，冲凉而外，岂非没有什么可写了么？

这是一位热心创作的朋友，向我提出来的问题，当然，在这时候，若能赶上最前线去提枪杀敌；或亲冒烽火，去仔细观察；他的材料，自然是第一义的好材料。欧战后的许多作品，譬如以最普通的《西线无战事》来说罢，雷马克正因为身历其境亲尝过甘苦了，所以写得出那么样的有趣的故事。以小说而论，《西线无战事》，也并不是一部了不得的大作；但是战场上的情形，大炮炸弹如雨下的时候的心境，以及受伤回后，在车上，在病院里的种种滑稽，却的确是怪有趣味，非亲历其境的人，不能道出的。还有初上战场的新兵的变态，军士的性欲异状等，自然也是实事。但是次一等的，能上前线，或直接后方去的人呢？要想写，应当怎样的写法？

在这里，我就想抄一句批评家的老调子了，作者应该好好地运用他的想象力，从第二义的材料里，取出他所能用的一切来。

想象力，外国人叫作 Imagination，是合乎理性，能诉感官与情意，使读者得受作者催眠的一种大力量；与毫无根据，前后不接，也无智、情、意的联系的幻想不同。幻想两字，是外国字 Fantasy 的译名。

第二义的材料是什么呢，当然是些报章杂志的报道，亲历其境的人的讲演，古代人描写过的同一类事实的文件，以及照相，画片等等。不过要想以想象力来运用这些材料，所最易犯的，有两种毛病，第一，是空疏，第二，是抄袭。运用第二义的材料，并非是一件容易的事情，我们必定要有丰富的常识，正确的判断，以及如实的想象之后，才能利用得到人家所供给我们的材料，譬如说罢，台儿庄的一役，报上杂志上，不知有多少文字发表在那里，我们若想于读了许多报告文学之后，自己来作一篇综合的小说或戏剧，第一，就须熟悉台儿庄的地理与天时，第二，要熟悉台儿庄附近的居民的习惯与风尚，第三，要深明白当时对垒的兵众的配置，第四，要懂得台儿庄外围的情势与进退，此外还有在当时的世界的动态，全国的情形。

另外，还有一种反射面的写法，譬如，大海中投下一石，波浪是一定会起的，你如不能捉住石下海去的一点中心，描写焦点，你也可以从侧面看去，描写出因这投石而起的波纹的一圈或半截。狄更斯在《双城记》的头上，写了一排骈俪的文字，似乎是与法国大革命的狂涛不相干的样子，但是，其实呢，则人心的险恶，世路的艰难，社会一般的恐怖，就在公共马车的几个乘客身上反映了出来。他们坐在车里，只在你怕我，我怕你的警戒，生恐这中间，有一个出乎意外的强人。这就是我们中国旧式文人所说的烘云托月之法。

而这次战事的影响所及，它的反映面很广大，就是远处在数千里外的南洋，各地总多少也受到了一点影响。譬如，人口的增多，市面的畸形发展，筹赈会、展览会的开催，以及各地的景气的推移升降等等，都是。

其次，是作品的形式问题了；战事爆发以后，小说的创作，当然减了色，因为它的宣传力不够，而群众的好奇心变易了的缘故。过去的小说，总是以几个人的生死爱欲，或喜怒哀乐为主体的，现在，则大批的人在那里死，那里逃，也在那里被敌寇们强奸，个人的恋爱，个人的生死，以及个人的感情的起伏，在这一大时代里，当然再也唤不起大众的注意来了，况且小说的感性，是静的，纯一的，平面的；比起动的，复杂的，立体的戏剧电影来，当然要差得多。抗战以后，戏剧运动，歌咏运动，特别的会有长足的进步的原因，理由也就在这里。

故而说到这时候的作品的形式问题，一时实在很难以断言；但是有一句话，是可以说的，就是无论小说也好，戏剧也好，诗歌也好，这时候的作品，必定和前几年的不同。不单是说形式，就是内容，也要和三年前的划然成两个时代。这三年的进步，比民国以前的五十年，民国以后的二十年还要快，所以我们在今后，无论哪一个作家，决不会，也不能再写三五年以前那么的作品了。但是大致的形式，总仍是存续着过去的遗迹的，不过，小说类中，以报告文学、叙述文学为主体。戏剧类里，自然以宣传短剧与歌剧为最盛。诗歌则当然要以能朗诵，能激发情绪的作品为大宗了。

至于在这一时候，顶好是专用哪一种形式去写为最适当呢，则现在也和从前一样，决不能执一而说的。各人有各人的倾向嗜好，与习惯，伊孛生就不会写小说，和托思妥以夫思基的不会做抒情诗一样。这问题，在初期学写作的人，最喜欢提出，但它的解答，也很简单。就是：“试一年两载之后，再问你自己。”

一月廿日

我对你们却没有失望

二十一日，发示了一篇随感式的杂文以后，想不到就来了一个反响，平常只晓得闭门读书，或写些东西的我这无名小卒，因为新入报馆做了一个小编辑之故，也不得不简单地回答几句。

第一，耶鲁先生在头上的一段文章，我却不大看得懂。南洋航路是不是同敌人的扬子江航权一样，在这时候不准文化工作者来的？耶鲁先生现在不知是不是在南洋？

第二，我记得我那一篇文章，并没有离开文艺作者的岗位。

第三，我说讨论的人若个个是鲁迅的话，则那场讨论或者可以不必的，这是对死抱了鲁迅不放，只在抄袭他的作风的一般人说的话。这一点，我希望耶鲁先生应该看清。鲁迅与我相交二十年，就是在他死后的现在，我也在崇拜他的人格，崇拜他的精神。前些日子，报传鲁迅未亡人许女士沪寓失火，我还打电报去探听，知道了起因是有一点的，但旋即扑灭，损失毫无之后，我才放心。并且许女士最近还有信来，说并没有去延安，正在设法南迁，我也在为她想法子。所以我说用不着讨论的，是文体，作风的架子问题，并不是对鲁迅的人格与精神有所轻视。

第四，我并不是要禁止人家去开讨论会，或发起什么运动；我只说"文艺作品，是要人创作的，文艺作家应该守住自己的岗位，努力去修养去创作。"若是只教参加讨论会，参加各种运动，就是文艺作品的话，那也很好；不过我却还是在打算以笔来写，以头脑来想，以自己来体验。

第五，我的所谓选点书读，不过是提议中间的一个，我并不要包办启蒙运动，教大家都停下来让我选出一个庄子，文选的书单子来。还有耶鲁先生屡次提出了颓废的两字，不知是作怎样的解释的，若马华青年都不落后，都不颓废，我以为这是很好的现象，将来中国的复兴，就只在希望青年们不颓废，不落后，而能不离开自己的岗位。

第六，我不敢自居于前辈，我也没有救孩子们的大力，我不过是一个文艺作者，只想站在自己的岗位专做点文章，并且也用点心思，细看看来稿，从前和鲁迅一道在上海的时候，我曾对史沫特莱女士说过一句话“I am not a fighter, but only a writer.”这是当自由大同盟正在孙夫人家开会的时候。

第七，我以为文艺作者的“实践”，总之还是在写作，没有作品的作家，也许是可以有，但是我却不愿意中国的青年，个个都成了这样的作家。

最后，我要忠告耶鲁先生，对南洋的土人，不要看得太轻。我们希望人家以平等来待我们，我们必先要以平等来待人家，我所说的菲律宾作家李查儿的作品，不过是随便举的一个例。我所说的，也是他的精神，他的人格，和他的作品。

至于说到旧诗哩，我以为也可以做，也不必一定要强人家做，总之，也不过是旧瓶之一而已。

犹太人的德国文学

我们只知道威匿思的商人，是犹太人的代表，殊不知现代的德国文学，却完全是犹太人的文学。当纳粹强盗，那一位滑稽小胡子，没有跳上猢狲舞台之先，组成普鲁士艺术院的许多委员，十九是犹太人。不但是如此，凡近代的德国文艺作者中，除了歌德与雪勒两位以外，为世界各国人所称道的作家，几乎三分之二以上是犹太人。就是现在的德国文学，世人的所以还知道有德国文学存在的，也都是靠那一批犹太作家在那里维持的。如亨利·曼、汤麦斯·曼的两弟兄，伐赛曼、弗兰兹·物儿否儿、亚儿弗来特·代勃林、开拉曼、来恩哈儿脱、弗兰克、盖奥儿葛、喀衣香、罗纳·西开来、福衣希脱范盖，等等。举起来，差不多有一百多名好举。

这一批抱有热烈的人类爱与深远的世界观，作品坚实伟大的作家，现在都被迫害而离开了德国，他们或在墨斯哥，或在巴黎、泊拉葛，或在瑞士的秋利希，荷兰的亚姆斯泰堂，或在北欧的各小国，仍旧用了德国文学，年年在那里发表他们的大著作。反过来，纳粹主义的走狗作家呢，我们到了今天，还没有听见过他们的一个名氏，也没有见到过他们的一部成功的著作。

德国近代大诗人中，为全世界人所崇拜的利儿该，也是犹太人，还有新维也纳派的作家之群，如已故的须尼兹勒，现在的霍夫漫须泰儿等，又何尝不是犹太人呢？

所以我们可以说，德国人的德国文学，已在纳粹疯犬栏里灭亡了；现在的德国文学，完全是犹太的德国文学。将来的德国文学，若说还能在世界上残留的话，那所靠的，完全是犹太人的力量。

影响全世界文学的“旧约”《圣经》，塔儿默特；影响德国狂飚运动，为歌德、雪勒作模范的大诗人兼批评家勒辛的著作，诗人海涅的珠玉似的诗和散文，斯必诺查的哲学，这些，都是犹太人的贡献，尤其是犹太人对德国文学的贡献；现在那一位滑稽小胡子，不晓是否为他家系上的一点与犹太人的纠葛之故，竟在大刀阔斧地毁灭他们自己的文化恩人了。德国文学，到了目下，也可说同日本文学一样，已经被军阀执行了机关枪的扫射。

奢斯笃夫的去世

去年冬天，是文坛巨星凋落的季节；爱尔兰夏芝的死，捷克加贝克的死，我们已经在《晨星》栏里介绍过了，现在再来报道一位俄国的哲学家兼批评家奢斯笃夫的讣告，兼介绍一下他的生平。

奢斯笃夫，于去年十一月二十日，在他寄寓了十七年的巴黎寓居里逝世。当时因为他的著作系硬性的居多，读者层并不广泛，所以只在巴黎各报上，有了一点记载。现在也根据这些记载，并以新文艺志的材料为骨干，写下点他的事实。

奢斯笃夫，于一八六六年一月卅一日，生在俄国基爱夫的一家中产知识阶级的家庭里。在故乡修完了中学的业，遂由基爱夫大学而去墨斯哥、柏林各大学专修哲学、宗教、文艺各科。一八九〇年提出《俄国劳动阶级状态》的论文于墨斯哥法科大学，但因被禁止而没有出版，后即入墨斯哥律师公会为会员，仍旧于暇时继续他的哲学与文学的研究。他用了莱翁·奢斯笃夫（Leo Shestov）的笔名，出版他那册《莎士比亚及其批评家勃兰特斯》的时候，已经是三十二岁了。其后继续有《托尔斯泰与尼采的善的观念》（1900 年）、《悲剧哲学——（陀斯妥耶夫斯基与尼采）》（1903 年）、《无根的神化》（1905 年）、《始初与终末》（1908 年）、《伟大的前夜》（1912 年）等五部著作问世，在大战前的俄国，已确立了他的思想家的地位。其后十年，一直到被一般称作他的欧洲时期为止的十年中，他却只在沉默的研究中过日子，一九二〇年，他离开了俄国；一九二一年以后，他就在法国住下，就是所谓他的欧洲时期开始了。他的作品，也渐渐被译成了法文，译成了其他欧洲各国的文字。

他的《死的启示》、《拍斯加尔研究》、《基尔该告儿的研究》、《雅典与耶露撒冷》，这几部著作，是他一生的劳作的总成绩。

他的作品的特质，是在斯拉夫人种的与宗教的两重传统的交织。他带着的宗教性的浓厚，与艺术气质的独特处，与托尔斯泰、陀斯妥耶夫斯基一样，足使他在俄国成一预言家而有余。他的作品，中译本只有一两种，大抵是由日译本重译过来的，在法国，目下正有人在编他的全集。

顺便在这里再介绍一位英国热情家克利斯多拂·考特惠耳（Christopher Caudwell）的去世与奢斯笃夫来做一个比较。他是去年二月十二日，为帮助西班牙政府军的作战，仅仅以二十九岁的青春，殉了他的主义的。在英国的左倾作家中，以他了解马克思主义最为彻底；而且是不尚空言，能以实际行动来证实自己的主张的；他的热情、乐天，与勇往直前的气概，和奢斯笃夫的迟疑、隐忍、苦闷，恰恰好成一个对比。一方若是代表斯拉夫人的迟疑与不决的民族性的话，一方就代表了盎格鲁·撒克逊人的勇敢与彻底。他的一部叫作《一种正在死去的文化的研究》，新近在伦敦出版了，他对和平主义者的激烈的攻击，就在这一部书里，也可以明白看得出来。十九世纪的英国，有拜伦的参加希腊的独立战争，二十世纪的现在，英国又出来了这一位为民族解放而殉主义的作家考特惠耳。我们联想到此，对那位行动不忘携洋伞的绅士首相张伯伦君，正可以一笑付之，谁说英国人是没有热情的种族呢？

看稿的结果

自到星洲，接编《星洲日报》的文艺副刊和这星槟的《文艺两周刊》以来，为时虽并不久，但也有两个月的光景了，所看稿子，长短大小，总已经有一千篇的数目，在这千把篇稿子里的倾向，简括起来说一句，就是“差不多”的现象，表现得最明显的一点。

文艺是时代的产物，也是环境与人种的产物，每一时代与一地方的文艺作品，有“差不多”的现象，原是无可奈何的事情，但在南洋的这种“差不多”的倾向，似乎觉得太呆板了一点。

同一件事情，同一个主题，我们写的时候，可以从许多的角度来写的，而南洋的作者，却是只从正面入手的居多。

我并不反对“差不多”，但我却想要求同一主题的多样化。譬如同是一件爱国的事情，我们可以从侧面反面去写写看；同是一个汉奸、奸商，我们可以从他的人性，和周围的反射面去分析分析看。这一种试验，当然在我国的文坛上，也并不十分多，但在我国总觉得并没有南洋那么的单调。原因当然是由于祖国的人才多，方面广，题材富！可是在南洋，我想也可以找得出这些人与事来的。所以，根本问题，还是我们的不肯下死功夫，与用全心力。这一点，我想与投稿的诸君，再来共同地努力一下。

其次是文字的问题，在国内的作家，无论如何，写几句文字总是清通的，所缺乏的，是内容、作意以及整篇文字的布局和技巧的熟练等等。而在南洋呢，则有许多投稿者，似乎很有不注意于文字的洗炼的。我看有许多作者，他们都有作意，都有思想，但到了一捏起笔来，却辞不能够达意，笔不能够从心，致弄得文字都不大通顺。在这里，我才看出了南洋的青年，读书读得太少了的弊病。当然，我国的印刷品、刊物的不容易来到这里，也是一个原因；但一般青年的平时不大用心在文字的修练上，却是根本的一个症结。读书要眼到、心到、口到；多读、多写、多想、多改，是补救这一个缺点的一剂对症药。

槟城是南洋的风景区，照例，应该是有很美丽、健全的作家出来的；但照我所收到的稿子统计表看来，却是星加坡和吉隆坡两地的投稿者居大多数，太平、怡保、马六甲等地居其次，槟城的投稿者，数目为最少。难道环境太好了的时候，文思反会得不进的么？或者是刺激太少了的缘故吗？这又是一个我所推解不出的哑谜。

当编辑的经验，并不长久，现在正当废历年终的前夜，我特意在此地写出这一点点意见来做个贡献。我正在希望以后的南洋，尤其是槟城能够渐渐发展开来，成一个中国文坛已经四散后的海外方面的文化中心地。

报告文学

自从我们的神圣抗战发动以来，在国内外的新闻杂志上发现得最多，吸收读者的注意力也最大的，谁也知道，是报告文学这一类型的写作。

报告文学的起源，原也很古，在希腊罗马时代，散文叙事与历史记述不分的时候，就有了这一种写作法的典型。因为历史是不能用想象，用杂笔的，但在希腊罗马人的历史著作里，却夹有不少的想象和杂笔。

这一个名词的成立，大约是从法国人的提倡写报告文字里，应该加上一点趣味始。所以，我们要以外国文来说这种作品的时候，总只以法国字的鲁保泰柔（Reportage）来代替报告文学。但它的发挥得最尽致的国家，却是苏联。当第一个五年计划刚开始的时候，苏联一般青年作家，因技术不高明，感情很兴奋，老有使记叙离开现实，是自然地产生和合法的报告文学。

现在，又有许多人在说报告文学的太多太刻板化了，但我却以为这并不是坏现象。在中国目下的情形之下，要想用准确的现实，来写出足以动人，足以致用的文学来，自然以取这一个报告文学的形式，最为简捷。

各地的通讯运动，作者上前线去后的观感与报告，在敌人后方游击区域的我军的行动和战略，都是绝好的报告文学的资料，这些资料，只能在炮火声里，赶路途中，草草整理，写出的东西，要想它们写得和在太平时候一样地美丽，完整，当然是办不到的。而将来的中华民族解放史的大部分材料，当然也就是从这些报告堆里去分排建筑起来的无疑。所以，在最近的将来，这报告文学的风行，还必然地有继续的可能；即使到了抗战胜利，大规模地开始复兴建设的期间，这报告文学也还有它特殊的功用。

所要研究的，只是作者对于现实取舍时的判断力，和再现时的逼真性，以及掺杂在报告之中的感情成分的浓薄配合等问题而已。

看了《雷雨》的上演后

当武汉合唱团在大世界试演《雷雨》之后，我看了就发生了许多关于戏剧的感想。

《雷雨》这一剧本本身的批评，以及合唱团诸君演出的成功，在看完的那一晚上，就写了些杂感，对剧本和演员诸君的成功，我就是到了现在，还仍是抱有那一种见解，在这里记下来的，只是些关于戏剧一般的事情。

中国的戏剧运动，到了抗战以后，真有了长足的进步，且也收到了最大的效果，原因是在戏剧能将各种艺术的长处，在最经济的调度下同时利用。譬如电影，则制作和放映的时候，都须受成本、地方，以及各种装置的限制，不能简略地便好应用的。

但现在的一般剧团，以及宣传团体，都在感到剧本荒，所以剧作者，不能应付时代的需求，当然是目下很显明的一个缺点。

而写剧本，实在也很难，尤其是写宣传剧本，必要达到不简单不烦杂，而又能使达到雅俗共赏的程度的剧本。

这难处的第一关，仍是在文字的不普遍，语言的不统一，与对话的调整不好的诸点。

语文学已经推行了二十多年，但完全可以将用白话文写成的印刷物给大众读，使大众懂，而且可以令大众感到兴趣的作品，真觉得绝少绝少。

写剧本的其它的难处，当然是在：

一，题材或故事的选择。

二，舞台技巧的熟谙，如独白不要太长，场面不可太多，对话不要太单调，而说词与动作要配合得适当，不可使舞台过于冷落或过于热闹等等。

三，要顾到演出时的可能性，如剧中人的分配，布景化装的简易等。

四，结局的付与以意义，中心思想即焦点的把握。

五，也要顾到艺术性，使不致堕入到无意识的粗俗卑陋趣味中去。

这些难处，或者还可以用学习和训练来克服，但第一关的语文不真正的一致，与最后一关民众和戏剧的不发生紧密的关系，却终需要最大的努力和推动，才得有点成效的工作。我们还须想出法子来，使大多数的民众都能感到演剧和观剧是日常生活中的一件必须做的事情才行。而做这事情的时候，又须勿使有中辍的现象，致成一曝十寒的临时点缀。

那么，结果就必须有许多职业剧团，及职业剧作家出来才对。但这些团体与作家们的维持，又将想怎么的一种办法？这些问题，虽然不免是轮回式的，但终究是问题。

大众的注意在活的社会现实

前两天，我们已经将伦敦那有悠久历史的纯文艺月刊《默叩利》的停刊报道过了，从这《默叩利》志的停刊，和正月里停刊的《规范季刊》这两事看来，我们可以知道现在的世界大众一般所须要的读物，是记活的社会现实的书。飞立泊·吉勃斯的记第一次世界大战的现实的书《战争的现实》，比他所作的任何小说销路多；现在欧美出版界的统计，也是小说部门的书，比非小说部门的书，销路更来得滞。

所以，美国的《默叩利》志、《部克曼》志，以及英国约翰·密特儿东·麦莱的《亚特儿菲》志等，早就看到这一点，渐渐改变了作风，内容变成了记一般现实的杂志了，直到现在，也在受着一般大众读者的支持。

这原因，在前次也已经说过，第一，是世界变动的太激烈；第二，是在一般大众的少了悠闲的余裕。

从第二个原因来设想，社会大众的没有了悠闲的余裕，当然是在于经济的困迫。他们要维持生计，适应环境，当然不能像十八世纪的人一样，费一礼拜两礼拜的时间，来细读一部三五十万字的由情书集成的小说了。其次，则一般社会进展步骤的迅速，使你一个人，不能在这些大旋风之外悠闲地独处，也是一个原因。社会进展的“登步”快了，你自然也不得不去合上这一个急拍。

人家都在忙碌赶路，你一人能悠闲自在么？

并且因为交通缩短，国际间关系复杂紧密化了的结果，你关心了自身一家的事，当然还不够。几万里外的一个炸弹，你以为与你是不相干的么？可是波浪一掀两掀，长大起来，直接间接，也会影响到你自己。

从这些社会实际的需要上出发，我们可以见到，近代出版界的一般的倾向（不单是杂志，就是单行本也是一样），是如何的在大众化，简单化。

第一，各种简要的丛书，应运而生了，不独是文学部门，就是哲学，政治以及一般社会科学的简要丛书，近来在欧洲出得特别的多（譬如伦敦哥兰兹公司出的新民众丛书，就是一例）。

第二，书型减小，极便于携带，定价低廉到每一个工人，都能够购买。（只举一个例，譬如英国的潘根丛书，定价一册只六便士。当一九三五年，那位三十五岁的青年亚伦·来恩氏计划出这丛书中的第一册诗人奢莱传记，即安特来·穆洛亚的《亚利爱耳》的时候，决不会料到有今日那样的成功的。当时的亚伦·来恩氏不过是鲍特来·海特书店的一个小伙计。资本只有一百镑［合国币三千元］，但现在却是英国出版界的大王了。）

第三，记社会动状，尤其是与国计民生，及战争和平等有关的书，压倒了一切其他的高深，专门，或纯文艺的著作。

第四，是文字的简洁扼要，不事铺张点缀，内容的都记实事，缺少幻想，臆测。

从这种种方面观察的结果，我们知道现在的世界，正在一个大转变时期的十字路口，而大众的注意，却全转注入了活的社会现实。

五月四日

《星洲文艺》发刊的旨趣

想再来编一个纯文艺杂志的心，是起了好久了。去年夏天，在武汉和郭沫若氏在一道工作的时候，就定下了创造社复兴的计划，初步的动作，便打算出一个文艺杂志。但后来因抗战局面的转移，友人四散了，所以一直到我来星洲的时候为止，这计划终没有实现。

去年年底到星洲后，胡社长昌耀先生，一见面就谈起了编一文艺杂志的话，我倒正在惊喜着和我的初意的暗合，所以不费思索，就一口答应了下来。但其后，因发信到国内各处去的结果，到现在两三个月，发现的两件事实，又不得不使我踌躇。第一是国内作家通信的艰难；第二，是星洲发行的杂志，寄往国内推销的不易。

并且，最近，更使我感到寒心的，是英国那各有几十年权威历史的两大文艺杂志（爱里奥脱的《规范》季刊，和伦敦《默叩利》月刊）的停刊。在目下这一个政治激变，战争迭出的局面之下，纯文艺杂志究竟能不能维持下去，确实是一个问题。

在这种种困难和考虑之后，我才决定了《星洲文艺》的不单独印行，而附入在《星洲日报半月刊》之后。一则可以减少一点篇幅，省去许多印刷，装订，发行上的麻烦；二则也可以使关心社会动态、政治演变的读者，得有接近文艺的机会；反之，从前对政治与社会不甚感兴趣的文艺爱好者，也能多识一点时务。

鉴于美国的《默叩利》杂志，英国的《亚特而非》杂志，从前也是纯文艺的刊物，现在却都不得不大众化通俗化，而拦入许多政治、社会的活事实进去的故实，我以为文艺的读物与政治社会的研究批评混合在一道，却是在这一个时代潮流里最好的编制方法。

《星洲文艺》之所以作为原有《星洲日报半月刊》附录的意义与经过，既如上述，现在我再来说一说这一部分的内容。

既然是《星洲文艺》，当然要以南洋的作家为主，祖国的作家为副；所以作品的采登，也是完全以这一个主旨为标准的。

戏剧、诗歌、小说，以及游记、评论、杂文的篇幅稍长，在副刊上不能容纳的许多好作品，是《星洲文艺》的中心稿子，此外则特约的稿件，也有三分之一。

翻译作品，自然也打算登载，但因每期总字数只二万余字的缘故，比较长的译作，只能割爱。在同一理由之下，有许多超出二三万字以上的好作品，我这里也留存得可观，这些当于每一期里选登一种，作为连载，连载完后，依次选登。

最后，《星洲文艺》的使命，是希望与祖国取联络，在星洲建树一文化站，作为抗战建国的一翼，奋向前进的。凡与这宗旨不相违背，而能发扬光大我国文化及民族意识的文艺作品，都在欢迎之列。亲爱的作者读者们，当这祖国烽烟遍地的时候，让我们也聚精会神地来一个抗战侧击的总动员。

廿八年五月　达夫

旧诗百一抄

抗战之前，曾在杭州一裱画店里，见俞曲园太史隶书立轴一幅，诗为：“暮云千里乱吴峰，落叶微闻远寺钟。目尽长江秋草外，美人何处采芙蓉?”因无跋语，不识为何人之作。但曲园老人不能诗，决写不出这样飘逸的句子。后在福州，得读清朝十名家集，始知为毗陵六逸之一的恽南田诗，题名“远眺”。

摘句之风，当系始于宫廷，所谓“十联诗上御屏风”，大约就是摘句的一例。宋人诗话中，原也有摘取佳句之习，但没有清朝那么的盛行，自阮亭而后，直至光绪，此风不息，尤以赵翼之瓯北诗话、张维屏之国朝诗征等为最。

风气一变，变成集联，朱古微的浣鞠录，汇为大观。

这一种摘句、集联的玩意儿，实在是很好的温课方法，尤其是对于像我那么记忆力不好的人，为更有意义。现在，抄一些在下面：

地有大风连沛泽；人馀奇气动幽州。

（陈纬云《赠阎古古》）

烟中人语前村树；雪里鸡声隔岸山。

（金亦陶《雨泛湖上观梅》）

寒深笠泽愁中雨；春老吴宫梦里花。

（金亦陶《寄家祖生大兄》）

水底鱼龙惊静夜；天边牛斗转深更。

（沈德潜《月夜渡江》）

尚有晚香留紫菊；不妨小雨到黄杨。

（申笏山《杂兴》）

梅花何处三更笛；寒食无家万里人。

（吴雨文《宿吴山寺楼简严景亭先生》）

霜清玉斧催修月；水冷银河看种星。

（张实居《大游仙》）

发离汉地根先白；泪过秦城色变红。

（徐兰《归化城杂咏》）

独书甲子依彭泽；老向乾坤哭富春。
画里无人元隐士；井中有史宋遗民。

（李松《赠戴南枝》）

眼看西北高楼远；心逐东南孔雀飞。

（赵虹《自大梁东归感赋》）

征夫寄内之诗，往往动人。我只记诵两律，时时于无人在旁的空闲中念出。其一是:“老妻书到劝还家，为道江乡乐事赊。彭泽鲤鱼无锡酒，宜州栗子霍山茶。牵萝已补床头漏，扁豆犹开屋角花。旧布衣裳新米粥，问君何事滞天涯。”其二是:“两手空空岁又阑，西风心与鼻俱酸。依人自叹冯唐老，作客谁怜范叔寒。写到家书千点泪，算来归计十分难。此身只作从军死，累汝孤鸾镜影单。”两诗各在笔记中看见，且当时各曾感动过旁人。近读钱塘沈香岩诗，亦有寄家人长句:“归来偕隐计犹虚，垂老他乡叹索居。别久怎疑前劫事，路歧才得去年书。梦如柳絮飞无定，愁似芭蕉卷来舒。记得小园亲手植，一栏红药近何如?”抑何婉腻。

纪念柴霍夫

近来有许多刊物上，在发表纪念柴霍夫的文字，原因是因为他死在一九〇四年的七月十五，距今三十五年了。他生于一八六〇年一月二十九日，享寿四十四岁。

从纯文艺的立场来说，他原也值得纪念。但从只在上海方面出版的刊物，纪念他的文字特多的一点来看，就可以看出，孤岛上的那些文人，正同十九世纪末年，俄皇高压下的俄国青年一样，在感到绝端的黑暗与苦闷。因为柴霍夫的作品中的人物，正是这一时代在苦闷中的青年男女，和绝了望的无智的中老年人的写照。

在他的祖国大革命之前，他当然是影响俄国文学最大的作家之一；革命初期，因为他所描写的人物，太带灰暗的颜色，而且这些人物的绝望的悲哀太深沉了，深沉得只剩了一脸微苦笑，所以青年作家们，都对他起了反感。可是暴风雨过后的现在，当苏联诸作家做完了整理文学遗产的工作之后，又重发见了他原有的评价。他是和托尔斯泰、杜葛纳夫一样的，被视作了用俄国近代文字，制作出伟大文学的时代创造者。

柴霍夫的作品的影响，在外国恐怕比在他的本国大些，尤其是在欧洲。譬如说，英国文学吧，约翰·密特儿东·麦莱的夫人故路查琳曼殊菲儿女士，就是受他的影响极深的一位作家。

他的评传*Anton Chehov*（*A Critical Study*）的作者威廉姆·盖哈

提（William Gerhardi）的初期作风的完全像他，自然更可以不必说了。

还有一点，他的作品，在英国出版的有两种名译，一是爱德华·轧纳脱未亡人康斯坦斯·轧纳脱女士（Constance Garnett）的全集本，一是郎氏的选译本。而直到现在，前者有一册被收在《潘根丛书》的大众读物之内，后者也加入几篇戏剧，作为邓脱书店发行的《万人文库》之一而问世，也就可以见到他的影响，在英国正还强烈得很。

柴霍夫的短篇，在法国是被视为可与莫巴桑并立的；以国民气质这样不同的两个国家，一致地会推崇这一位微苦笑艺术的深刻创制人，这也可说是他的作品伟大的一个证明。

在我们中国，则我以为唯有鲁迅，受他的影响为最大。鲁迅和他，不但在作品的深刻、幽默、短峭诸点上，有绝大的类似之点；并且在两人同是学医出身，同是专写短篇，同是对革命抱有极大的同情，同是患肺病而死的诸点，也是相像得很。不过有一点，却绝对的不同，鲁迅是没落的乡宦人家的子弟，而柴霍夫却是农奴之子。

总之，在中国抗战正激烈的今日，来纪念柴霍夫，虽不是正对脾胃的举动，但从善师善学的创作家的立场来说，柴霍夫也是值得纪念的一位文学上的巨人。

在《原野》公演揭幕式上的致词

诸位来宾：

今（天）晚（上）武汉合唱团初次公演我国剧作家曹禺先生的新剧《原野》，来实践他们筹赈兼宣扬祖国文化的双重义务，特地命鄙人自星加坡来此地，替他们揭幕，代他们向各位致一辞，鄙人亦为中华民国的国民一分子，对于筹赈，对于宣扬祖国文化，自然是义不容辞。现在暂借这一个大剧本未开演以前的几分钟，向各位讲几句简单的话。

第一，关于我们的抗战，关于我们的应该出最后一个钱和最后一分力的话，诸君原也已经听得很多了，这里可以不再说。但有一事，要向诸君报告的，是最近在扬子江以南，洞庭湖以东新展开的血战，我们绝对有胜利的把握的一点。诸君从报上，大约也都已经看到，敌人因在伪满与苏联的边境，最近取了事大主义，向苏联屈膝求和了，故而抽调了两三师团的兵力，来向我们华中下一个总攻。一面既可以助长汪逆精卫等傀儡登场的声势，一面也可以暂掩饰一下师劳无功的丑态，使敌国内反战的空气，敌前线倒戈的局势，得缓和一下。可是出师不利，在湘鄂赣边，首次就受了大挫折，结果又增加了几万敌师的死亡，和许许多多军械的损失。敌人的计划，是在夺取长沙，直下衡阳，然后再分兵向西向南，最后目的，在宜昌、沙市，与广西桂林。可是敌人这一个迷梦，当然在不久的将来，就说一个月之后吧，马上会被我们打破。因为两湖的形势，就是目下正在展开血战的那一块地方，不是湖泽湿地，就是崇山峻岭。敌人的机械化部队，大炮、飞机、舰队，是绝对不能发生效力的。

原来，湖南这一块地方在中国一向是兵家用以覆没敌军的好处所。军阀时代，北下的雄师，每次都在湖南全军覆没的事情，只教稍为留心一点祖国近二十年来内战局势的人，都应该记得清楚。普通我们老爱说敌人的泥足二字，可是两湖这地方，才真正是陷敌人于不拔之境的沼泽。洞庭湖水，秋来要减，湘、澧等江，弯曲迂回，敌人进得去，就永走不出。过了长沙以南，洞庭湖以西呢？一面是南岳衡山的脉网，一面是扬子峡下的岭区，就在平时行路之人要向西南前进，都是很不容易的，更何况人生路不熟的敌人的疲惫厌战之师！所以要求敌人付以相当代价以后，长沙一个空城，我们是可放弃的。但敌人要想征长沙再西进、南进呢？则诸君请瞧着吧，绝对是一个不能实现的迷梦。并且我敢断言，敌人的葬身之地，就在湖南的湖沼与山区接壤之间。我们最后胜利的第一块路程碑，也就可以从那里建起。

可是，诸位来宾：天时、地利、人和，目下原是全于我有利的。但不久之后，寒天就要到了，前线勇士和新成战区的成千成万的难胞，正在急待我们去接济，去抚养。

吉隆坡诸位侨领对于赈济事务的出钱出力，本来就是马来亚的表率，这就武汉合唱团来吉隆坡后筹赈的成绩上看来，就可以明白。可是好事不嫌多做，尽力务期到底。百尺竿头，若能再进一步，就是鄙人此来的本愿。

第二，要说到我们的文化了。

敌国的文化，本来就是从中国抄去的副本。他自从侵入中国以来，一味的想摧毁我文化机关，文化种子。原也如拓碑的人，既拓得了全碑之后，想把原碑打破毁去的意思一样。可是五千年的文化历史，四万万五千万人的种子，敌人哪里能全部摧毁得了，只教我们国家的灿烂的文化，是决不会全灭的。在沦陷区的同胞，敌人原可以用奴化、毒化的政策来消弭。但是在抗战后方的同胞呢？在海外广大的同胞呢？敌人有什么方法来毒化，来奴化？汪逆的恶宣传，绝对不会发生效力。我们的援助祖国抗战，和保持祖国文化的决心，也绝对不会有一点动摇。古人有抱祭器而入海，到海外来培养文化基础，做复国兴师的根底的。这一次合唱团要来宣传文化，在艰难困苦之中，排演曹禺先生的这一出名剧的用意，我知道他们，也就在这里。关于这剧本的话我已经在《马华日报》上写过一点了，并且该报也已经出了专刊。想诸位来宾，都已经见过，此地亦可以不说。至于剧情的全部，和合唱团诸君的演出艺术，诸君也可以马上明白。最后，不得不用力提一提的，是我们在海外的侨胞，不得不乘这一个大时代，来更加努力于保持，与发扬光大我们祖国的文化这一件事情。文化的种类，原是很多，也应该从各方面来着手提倡的。譬如学校、家庭和社会的教育方面，艺术、宗教以及生活习惯方面。可是从戏剧来着手却是一个捷径，因为他的感动力大，教育范围广，而且很容易使一般和文化不接近的人发生出趣味和热爱来。

此次武汉合唱团的提倡，以及诸位来宾及当地筹赈会诸君的热心赞助，使这一个企图，得收到这样的成功，使筹赈和宣扬文化的两重目的都能达到，就是最后胜利必属于我们的一个证明。最后，我们要叫出这两个口号：中华民国万岁！中国文化万万岁！

介绍昆明文协分会漫画展览团

全国文艺界抗敌协会（简称文协）的工作，在本栏已经介绍过许多次了，想读者总已对这集团有了充分的认识。我们发动的捐助文协款项，前后已经汇去两次，国币千元，用以资助文协的种种费用，如对海外的宣传，派前线慰问队与慰劳宣传队等的活动。现在这文协的昆明分会，又有漫画展览团到星洲来展览了。我们为沟通国内外的文化，获知祖国前线后方抗敌的诸种情形起见，当然是欢迎之至。

该展览团主任喻世海君，以及同来的宁涵章女士，都是云南大学的学生；他们这一次自备资斧，间关万里，携带了许多画幅，木刻与照相，由云南而之缅甸，由缅甸而之星洲，巡回展览，为的不外乎想暴露敌人的凶狠，与祖国难民的流离。

喻君等在缅甸已获得很大的成功，所筹得的款项，是全部托交该地筹赈会寄回祖国的难民的，这一次在星洲展览的目的，自然也不外乎此。

亲爱的侨胞们，楚虽三户，足以亡秦，众志一成，卒能兴夏，我们只教万众一心，坚持到底，最后胜利，自然是指日可待。最紧要的，是在这为山九仞的时候，务必大家更多出一点钱，多出一点力，来促成我们建国的大业。

喻君等已经出了力了，我们自应该多出一点钱与时间，以助成他们的盛举。

该展览团决于十月二十八日起，至三十一日止，公开在本坡总商会展览四天，门票两角，所得悉数助赈，希望同侨，能踊跃前去参观。

杂谈两则

一

前星期日（十一月廿六日）的晚上，在新世界日光园看到了话剧《活地狱》的演出；对于这一剧本的上演，各报都曾有过详细的批评和介绍，我在此地本可以不再谈论些什么。可是评剧者，对地下室里的灯光装置，似乎都一致的表示了不满，对这我原也有同样的感觉；可是，第一，我们应该想到日光园的舞台，并不是专为演话剧而设。而第二，排演的剧团又是没有大资本，没有长历史的团体。

我平时不喜欢对人作过分的苛求，所以，这一次，对这小剧团的演出这一个剧本，已经觉得有了十二分的满足。如女主角的金姑娘，及破落户的洪二爷，原是演得很好，此外就是各个配角，也只觉得瑜多于瑕。

在马来亚来推行话剧，本是一件很艰难的事情，原因就在观众的不易争取；这回《活地狱》能够有此成绩，有此反响，由卑之无甚高的立脚点来讲，可算是已经有了六七分的成功了，今后该团若能再自精进，努力继续下去，则十分的成就，也决不难于短时期内收获得到。

二

最近曾接到温梓川、陈毓泰两先生译著的《南洋恋歌集》一册，是以白连史纸精印的小册子，系由上海华通书局发行。初版在十九年三月问世，现在的却是再版的本子。书中包有马来恋歌四十八首，暹罗情诗若干首。

文学里面，以短小的抒情诗，为最有价值；抒情诗中，以谈情说爱的高热度的情诗，为最真切而有意义，是一般批评家的共同的见解（美国亚兰·坡氏的《论诗》一文中曾这样说过）。而马来文学的精华，尤其是会聚在恋歌情歌的中间，又是我们所习知的事实。每当清凉的晚上，你在海边月下，远听听那些哀切的歌声，就是不懂马来话的我们，也会作“念天地之悠悠，独怆然而泪下”的感想。现在由两君译出的四十八首马来恋歌之中，虽则不能说是篇篇珠玑，但其中却有不少像我国古乐府似的名句。例如：

> 清晨的露珠，生命是短短的，
> 还是尽情的相爱吧，你我的爱也是短短的。

> 蝴蝶为花忙，我为君相思，
> 蝶死因花残，我病因君离。

> 昨日入山来，邂逅逢旧好，
> 今日入山来，谁知伊去了！

真是多么像波斯诗人奥玛·奥加耶姆的口吻；德国海涅的情

诗，有时也会有这样的紧张情绪，可是简洁干脆的味儿，要逊一筹。

自己青春期早就过去了，人一到中年，自然只有些摇落之感；但一翻读这种情诗，却心如悬帆，也会得不自觉地饱涨起来。在这里，我要感谢温陈两先生的收集和翻译的大功劳。

戏剧与人生

人生就是戏剧，戏剧就是把人生紧缩成在某一时某一地演得完的场面而已。自然主义戏剧初起的时代，伊孛生、勃兰提斯等曾经解释过，舞台就是把家庭的四面墙围，撤去了一面的装置。

所以，社会生活高潮或发生剧变的时代，戏剧的情绪也一定高涨。同样，在个人生活里，有兴奋转变等情形时，也会有戏剧的气氛酝酿出来。所谓戏剧的情绪、气氛等等，原不必一定要化装，要搬上舞台，分派角色的。

英国清教徒专政的克林威儿时代，戏剧是被禁止了的；但当时的社会，就是一幕大大的戏剧，戏剧的传统仍没有中断。

浪漫主义在欧洲盛行的时代，各国也只把人生社会的精彩部分凝练了一下，调整了一下，而搬上了舞台。莎士比亚、毛利哀儿、卡而特笼等，并不因私人有了特殊天才，便成功了伟大的戏作的，实在也是当时的社会生活，和时代所造成的。

按此理来加以伸引，则我们现在所处的这大时代里，自然会有大戏作家产生；因为戏剧不外乎人生，人生也便是戏剧的缘故。

看王女士等的演剧

三月五日的晚上，在华侨中学的大礼堂，看了王女士等演出的三出独幕剧，一、是《贼》，二、是《反纳粹》，三、是《放下你的鞭子》。剧情很简单，想是大家所熟知的，此地不再说了。在这里特别想提一提的，就是王女士等演出的高度的成功。

本来演戏的目的，是在感动人；使观众各受到感动，各受到演者所想收到的效果，那这演出就可以说是成了功。不过受感动程度有深浅，观众于接受感动之后，若再能发生一种莫名其妙的快感；一样的一出戏，看了还想去再看，那这剧技的成功，就可以说是到了高度。

现在，若以此准则，来衡量王女士等的这一次的演出，则她们的成功，确已到了话剧所能达到的最高度。

譬如第一出戏的鼓励助赈，描摹敌寇的残暴，这是无论谁演起来，或者都可以成功的。但是对于后方的小资产阶级的那一种不问国事，冷血的思想行动的讽刺，则不是剧艺高超的演员，就很难收到效果了。王女士等的神技，就在这些地方，有他们独特的色彩，演得恰到好处，一丝一毫，无懈可击，各个演员，都一样的能在同一时间同对一个动作取得调和，这是难能可贵的第一点。

男主角，在演阔少爷的时候，有阔少爷的好好先生的风度，在演江湖卖艺的老头儿的时候，更一举一动，完全像一老人，这真是此君的天才卓越的地方。我看《放下你的鞭子》这一出街头剧，在徐州前线，在国内各地，以及到了马来亚以后，看武汉合唱团及其他剧团所演的，总共总也有了十几次的光景，但仔细比较起来，却觉得以这一次为最出色。

我不在说临时的那些穿插，也不在说王女士的歌声。总之，全剧的一种和洽妥贴的气氛，是王女士他们一剧团最有声色的地方。

我们老实不客气的说，马来亚的固有剧团，无论在化装方面，布景方面，效果方面，都还没有达到可以使我们满足的程度；这一次王女士他们的出演，我相信一定可以给我们许多刺激，和足资观摩的地方。

长篇小说

最近曾读到了一篇被纳粹放逐，受过诺贝尔（一九二九年）文学奖金，当年六十五岁的德国文坛巨子汤麦斯·曼的自传。对于他的那一种老而益壮的精神，实在使我感到了无上的钦佩。

在这一篇短短的他的自传里，尤其使我感佩的，是他自己的那一种谦虚的态度。在六年前，他旅居在美国，正当他那一部直到现在也还没有出齐的最后的大著《约瑟和他的弟兄》的第一部美国版出版的时候，世界各国的文人，都有贺电或书函去祝他的生日。他对于这些，表示了难言的感谢。

在这自传里面，他特别提起了他一生所著的三大部长篇小说，第一部《婆藤勃洛克的一家》，是他二十五岁的时候，当他父亲死后，从德国北部的海港留培克市，迁移到德国南部慕尼克市去住下的第四年完成的长篇。以二十五岁的一个青年，竟有这种毅力与耐心，写得成这样长的一篇巨著（书长八十余万言），当然是德国文学史上的一个奇迹。这一部一家资产阶级的代表家族的没落史，自然是不单在德国，就是在世界的文学史上，也已成了一部不朽的名著了。这书的出版，是在第一次世界大战之前（一九〇一）。他的第二部长篇巨著，是经过二十五年的时间，当他五十岁时出版的那部《魔山》。据他自己所说，在这一部长篇小说里，就含蓄着二十五年间欧洲全社会的思想和精神界的结晶。

第三部长篇，就是前面说过当他过了六十岁以后写的那部尚未出齐的《约瑟和他的弟兄》了。

他的自传里对这三部长篇，特别的着重，听他的口气，仿佛是在这中间所出的二十几部长短的作品集，都算不得什么的样子。

我读了这一篇自传，就不能自己地感觉到欧洲人的作者读者，实在真有耐性。法国的巴尔扎克，把他所著的全部小说，都联结起来，成了一部《人生的喜剧》。左拉的《罗贡－麦加尔家的叙事丛书》，是大家所周知的故事。就在现时，罗曼·罗兰，以及柔尔·罗曼等的连续长篇，动辄都是数十万的连续小说四五部（柔尔·罗曼的《善意的人们》自一九三三年后，已有英译本了）。

回过头来，一看我们中国，则惊人的巨制，实在太少不过。虽然，文学作品，是应以质不以量来定价值的。但在中国的新文学作品里，总觉得长篇还太少一点。茅盾、巴金诸先生，原也已经有了很好的长篇问世了。可是除这几位作家之外，一书及五六十万字以上的长篇，究竟还不多。看了这一种情形之后，我就在想长篇巨著，所以在中国不多见的原因。

第一，当然是历史（新文艺的）还短，作者还不多，可说是一主因。

第二，则社会对作者的待遇太差。环境还没有到接受得下长篇的地步。譬如一部百万字的小说，或长诗和戏剧集，出版者就不容易找到，读者的数目，当然是更少了。

第三，国家政治的不上轨道，受侵略者的压迫太重，当然也是造成环境恶劣的一个间接原因。

统观这些原因，大约总要等这次抗战胜利，建国成功的时候来作一个总的解决。所以，我想中国的文艺界，在三五年后，或将成为长篇小说，或长篇剧本风行的时代无疑。

本来，写长篇，也并不比写一完整的短篇来得烦难，布局定了（材料的集收，当然是写长篇的初步工作），只教作者在时间，经济，与精力的三方面有点余裕，就可以一气呵成的。但是在这一个抗建工作正须人去赶做的中间，这三个对作者的条件，就不容易具备，这单从最近文协发动保障作家生活运动的一事上来看，就可以明白。

我只在希望，当我们的抗战告一胜利段落的时候，抗战的长史诗，也就会接踵地产生出来。

介绍《美丽的谎》

接到了温梓川君寄给我的新书《美丽的谎》之后，花了一个黄昏，我曾经从头至尾读了一遍。这短篇集一共有十篇小说，篇篇都写得很整洁。照我的嗜好来说，觉得十篇之中以写一个小市镇上营小贩生意者的《阿松伯的生辰》，和记一个吉宁苦力之死《解脱》的两篇，为最精采。像这一种看来似乎不甚华美的题材，能一一精细地刻划起来，很容易铸成马来亚中下层社会的现实禹鼎。不过温君的这两篇是短篇，内容并不十分详尽，所以它们只使我发见了作者的温君，很有眼光，很有魄力，敢将这些平凡的故事，叙写成短篇小说，若照这一方向伸展开去，温君是可以成为马来亚社会的忠实纪录者的。

恋爱的故事，像《安南之夜》、《白衣天使》、《元宵夜》等，取材适当，剪裁的手法也不错，但总觉得还不够艳丽。

温君的作风，本来是属于朴素坚实的一类的，像这一类的作家，本不适合于写恋爱小说，所以温君的恋爱小说，总觉得有些地方，描写渲染得还不大够，不够味儿。

《罪与罚》一类的故事，我以为是最有价值的题材，而温君的才能，也最适当于重述这种材料。以后温君若能再多写些这一类的东西，则我以为比写普通的恋爱小说，要强得多，英国的 R. L. 司替芬生，就是这一类小说的名作家。

《飘流异国的一个女性》、《妻》的两篇，都写得很周到，比起前八篇来，似乎是进步得多，大约是温君的得意之作。不过从我的嗜好来说，我却还是喜欢那几篇有社会意义较深的作品。

总之，温君是很有希望的一位南岛的作者，我希望他今后更能精进不已，能产生些有时代与地方意义的作品出来。

特在这里作此短短的介绍，本来就不是批评，希望温君能勿以这段介绍为过于求全的责备。

有三点可取

最近看到中国制片厂的新片《火的洗礼》，觉得比《孤岛天堂》等初期的作品进步了。

第一，是在这片中，外景配合得很好。第二，是收音也比较得进步了一点。但还有许多顾彼失此的地方，当然是可以渐渐的改进。第三，是将我们抗战中国的坚强之处，全部宣传了出来，可以打击那些专以攻击政府为职业的失败主义者的奸党，而证明出在我们后方，还是严肃的工作者比荒淫者多。

凡此三点，我认为是这一个片子的可取之处。

夕阳楼日记

Horas non numero nisi serenas.

(The motto of a sun dial near Venice)

时代精神（德人所谓 Zeitgeist，英人译作 The spirit of theage）是最难摸捉的一种东西，亦是最易感染的一种风气。我们住在什么地方，就不得不受什么地方的感化；生在什么时候，就不得不呼吸什么时候的空气。我们所呼吸的现代的空气（DieAtmosphaere der Zeit）同我们所受的环境的感化（Der Einflliss des Miueus），就是造成时代精神的两种要素。

目下的中国，是强盗窃贼的天下，打来打去，都是为分赃不平的缘故。人心厌乱，大家都知道做小小儿的文官是不能发财，做平常的武官是不能保命了。一般青年男女都受西洋民主思想的感化，渐渐儿的生出了厌谈政治厌说武事的倾向来；于是乎文艺的世界，与思想的王国就变了他们的理想之乡；大约晋代的竹林七贤，同法国的高蹈派诗人的心理，也是如此，我之所谓时代精神，就是指着这一种心理而言。

世界上有一种新的“欲望”生出来的时候，必即有一种“供给”生出来，来填这一种新的欲望；我们中国的青年既然有了那一种要求，自然社会上不得不生一种无理的供给出来。这供给是什么呢？就是各国文艺思潮书的乱译，同各种小说诗词的粗制滥造。

我并非是那一种无学问的思想家，专爱说说大话，以寻人错处，嘲弄古代的道德为本职的。我也不是那一种卑鄙的文人，专欲抑人之善而扬己之德的。

我之所以不能默默者，只为一般丑类，白昼横行，目空中外，欺人太甚的缘故。我真不忍使我们中国的思想界，也腐败得同政治界一样，使我们中国永无吐气的一日。孟子有一句话说得很好："吾岂好辩哉，吾不得已也。"

我们中国的新闻杂志界的人物，都同清水粪坑里的蛆虫一样，身体虽然肥胖得很，胸中却一点儿学问也没有。有几个人将外国书坊的书目录来誊写几张，译来对去的瞎说一场，便算博学了。有几个人，跟了外国的新人物，跑来跑去的跑几次，把他们几个外国的粗浅的演说，糊糊涂涂的翻译翻译，便算新思想家了。我们所轻视的，日本有一本西书译出来的时候，不消半个月工夫，中国也马上把那一本书译出来，译者究竟有没有见过那一本原书，译者究竟能不能念欧文的字母的，却是一个疑问。

人家说 Kropotkin 的屁是香的，他就说 Bakunin 的排泄物是甘味儿的；有一位半通的先生说论理学 Logic 应该叫做"老七"，他就说心理学应该叫做"老八"了。这样没有常识的国民，这样喜欢盲从的民族，如何能不灭亡呢。中国虽然革几百次命，我恐怕也不中用的，施洗的约翰说：

"天国近了，你们应当悔改！"

我对了我们的同胞，也想这样的说。

我现在因为没有工夫看中国近来出版的书籍杂志，所以也不能举出确实的例来；但是前几天我在散步的时候，偶然买了一册书，上面写着"新文化丛书"的五个红字，底下是《人生之意义与价值》的一个书名，是中华书局出版的。我素以忠厚待人，所以现在我也不愿把译者的名姓提出作一个笑柄，因为我的意思，并不在嘲弄他人，不过想请大家谨慎些儿，免致见笑于外国人而已。

译者分明说："著作者的原书是用德文写的，英、法、俄、西班牙、日本，都已早有译本。我这次是根据 Lucy Judge Gibson 和 W. R. Boyce Gibson 的英文译本重译出来的。……"我对于译者的这几句宣言，就已经不满足了。大凡我们译书，总要从著者的原书译出来才好；讲到重译，须在万不得已的时候，才能用此下策；如今这一本《人生之意义与价值》是用德文写成的，德文并非是一种无人学习的文字，译者既有心介绍哲学，何不先费一二年工夫，去学学德文？况且 R. Eucken 的文章，并不难懂，要直接读他，也不算是一件难事。

我读了那一本中文的译文，什么也不能理会，所以就去买了一本英文的译本来对看。因为我所有的德文本，是一九〇九年改正的第二版，德文本的文章同中文译本并无一句相同，所以我疑思译者对于英文者倒反忠诚，对于原著者，倒反有漠不相关的样子。

英文本买了来一看，我才知道英文本是从原著的一九〇七年的旧版翻译出来的。你看在他的故国，已经绝版的老版书，在我们中国倒当作了最新的新书流布开来，岂不是一个奇怪的现象么？这也不必去说它，我把英文本同中文本对了一读，我才觉得天下的奇事，更没有甚于这一本书的翻译了。

中文译本的《绪论》第一页第一行第一句说：

> 人生有无何等意义与价值？有此种怀疑的，并非为幻想所支配。

这两句究竟是什么话呀！

英文译文的第一页第一行：

Has human life any meaning and value? In asking this question we are under no illusion。

我虽不长于英文（因为我所学的是德文），我想这两句英文，总应该照下面翻译：

人生究竟有无什么意义与价值？问到这个问题，我们大家都是明白的了。

若依了前举的中文译句讲起来，英文的第二句要改作：

Those who have this scepticism are ruled by noillsion. 才对哩。

中文译的第二句说：

我们有自知之明，知道我们不能冒充真理的主人，不过必须从事于真理的发见而已。

我在英文本上寻了半天，总寻不出“我们有自知之明”的几个字来，因为英文本的第二行说：

We know that we can not pose today as the possessors of

a truth which we have but to unfold.

目下我们只能求那一种真理的发明的时候，我们知道我们不能装作已经是理会得那一种真理的人。

中文译的第三句说：

烦扰我们的，是这个未曾解答的问题，然而我们对于解答的尝试决不可加以厌弃。

可怜译者好像把原文的 confront 当作了 confound 了。confront 是撞上我们的面前来的意思，confound 是烦扰我们的意思，两字确有些相似的地方，也难怪译者把它们弄错了。英文的第四行说：

The question confronts us as a problem that isstill unsolved, whilst we may not renounce the attempt to solve it.

这个问题，在我们的面前，还是一个未曾解决的问题，所以我们不应该把解决这问题的尝试来拒绝了。

（我们还该试手解决它才好。）

中文译的第四句说：

关于这个问题的解答，以前各派说全无一点确实，往后我们要详细的指明。

不知何谓“以前各派说”。英文的译文是：

That our modern era lacks all assurance in regard to its solution is a point we shall have to establish more in detail.

我们现下，关于这个问题的解答，还缺少种种确实的地方，这就是教我们将来不得就更加详细造就之处。

我买了这本“新文化丛书”，头上看了上举的四句译文，就不得不把它丢了。若看下去恐怕底下更要错得利害。我下次再也不敢买中文的译书了。

像这样的误译，在目下的中国，不知更有几多。可怜一般无辜的青年男女，白白的在那里受这些译书的人的欺骗，中国要到什么时候才能有进步呢？

一九二一年五月四日夜半

编辑余谈

(From the Castle of Indolence)

我们的小杂志《创造》第一期，总算编好了。我提起笔来写这一句话的时候，觉得背上有两条冷汗同冰也似的流了下去。我对于这一次杂志的编辑，实在是惭愧得很。

我们这杂志的预告在三四个月前头已经登出去了，但是一直迟到现在方才出世，对我们的几位爱读者，不得不道歉。

我是世界上一个最疏懒的人。这一次沫若上日本去之后，却把杂志编辑的事务，推托在最疏懒的我的身上。《创造》第一期的所以产不出来，罪都在我。我在此不得不更对创造社同人和替我们出力的赵南公谢罪。

这一次本来打算在评论坛里，大大的做一篇中国创作界批评，因为没有功夫读新出的各杂志和日报上的小说，所以竟流产了。

第二期的评论坛里，打算再来补偿前过，好好的来批评一下。我们所欢迎的是外来的对于各种创作的批评稿子，此后凡有此种稿子，请直接寄至日本福冈市外箱崎纲屋町交郭沫若。

我们所欢迎的批评，不仅限于小说，就是诗歌哲学之类，也可以的。但是翻译品的批评，只可评他的译文错不错，译法好不好，不能评他的内容，这一点要请投稿诸君注意。

第一期上本打算做一篇《世界现代文艺概观》登在杂录栏里，因为新年中忙了半个月，所以终究没有做好。大约第二、三期出版的时候，我总能把这一篇文字登上去。

第二期的稿子已经有把握的，开列在下面：

郭沫若	《孤竹君之二子》	戏曲
	《未央》	小说
	《好像是 Dante 来了》	诗
张资平	《上帝的儿女们》	小说
	短篇小说题未定	
田　汉	Verlaine 评传《可怜的侣离雁》	
	《女工》	戏剧
穆木天	散文诗若干首	
郑伯奇	小说题未定	
何　畏	诗若干首	

我也有一篇戏剧《信陵君之死》和一篇小说《秋柳》（乃《茫茫夜》的后半截，现在第一期上发表）。还有几篇小说因须推敲，所以赶不赶得及，还是一个问题。

我弄了半年的《创造》，出了这样的一个畸形儿来。《创造》第二期的编辑，我再也不敢担当了。以后凡有关于《创造》编辑上的批评和意见，请读者直接与郭沫若通信（郭君住址见前），凡有关于我个人的通信，请寄至日本东京帝国大学经济学部。

一九二二，二，三，午后达夫记

《一个流浪人的新年》跋

T君的这篇小说，其实是一篇散文诗，是一篇美丽的essay，我们中国的读书阶级恐怕还不能够懂得。因为这小说的内容，并不是原原本本的，他所想表现的，就是离人的孤冷的情怀。他的努力，读到除夜十二点钟的那一场静默的scene就可以知道了。这短篇的结晶，就是在这一场silent scene的里头。我所欲推荐的也就是这几行文字。诸君要尝那神秘的美味，舍此就不能另得了。这批评并不是Holmes所说的mutual admiration，请读者不要误解了。

答胡适之先生

我在第二十期（九月十七）的《努力周报》的《编辑余谈》里，读了胡适之先生的《夕阳楼日记》的批评以后，不知道他题目上所标的“骂人”两字，究竟还是在骂我“骂人”呢，还是在说他自家“骂人”。

我正如胡先生教训我的话所说，还是一个“初出学堂门的学生”，世故人情，全不通晓。中国社会上的那种互相推许的礼节，还是读了胡适之先生的“他称我先生，我称他皇上”之后，才稍稍领悟起来的；——这并不是俏皮话，因为我对胡先生是非常尊敬，所以就是他的片言只语，我也常常记着在心的。——所以我的“破口就要得罪人”，也是不得已的事，因为我还未曾在礼让谦恭的北京社会里锻炼过，我的愚直的野气，还未除掉。

我那一篇《夕阳楼日记》还是一年前在东京作的。当时因为偶尔买了一本德国哲学家 Eucken 的翻译书，就发生了一段感想，把它写在日记簿上。我那一篇文字的重心，是在讨论译书的问题，尤其是在主张德国哲学书，不宜由英译本而重译的问题，至于指摘了几句英文的误译，原是附带在后面的一段事例，可惜胡先生因为谈论政治太忙，没有把我那篇文字的重要地方看出，我现在想把它来重提一下：

……大凡我们译书，总要从著者的原书译出来才好；讲到重译，须在万不得已的时候，才能用此下策；如今这本《人生之意义与价值》是用德文写成的，德文并非是一种无人学习的文字，译者既有心介绍哲学，何不先费一二年工夫，去学学德文？……

我读了那一本中文的译本，什么也不能理会，所以就去买了一本英文的译本来对看。因为我所有的德文本，是一九〇九年改正的第二版，德文本的文章同中文译本，并无一句相同，所以我疑思译者对于英文译者，倒反忠诚，对于原著者，倒反有漠不相关的样子。

英文本买了来一看，我才知道英文本是从原著的一九〇七年的旧版翻译出来的。你看在他的故国，已经绝版的老版书，在我们中国倒当作了最新的新书流布开来，岂不是一个奇怪的现象么？……

这二段是我那篇文字的重心所在的地方，可惜胡先生没有把它看出来。

我不长于英文，是在那篇文字上曾经声明过的，因为我在学校里学的是德文。当初我记那一篇日记的时候，心里也觉得不十分妥当，因为讨论翻译哲学书，是一个问题，研究外国文是一个问题，两个问题混在一处，怕分不清楚。讲到讨论德国哲学家的著作的翻译，总要由德文直接翻译出来的译本，才有讨论的价值，否则我以为毫无讨论的必要，因此去年我写完了那篇日记的时候，心里就觉得有一种做了一件愚事的想头。如今胡先生因为讨论德国哲学家的以德文所著的原书的翻译问题，竟拿了英文来讲起英文法的考据学来，岂不是更愚了么？我在讨论德国哲学家的著作的译本的时候，带叙了几句关于英文的话，已经觉得唐突了，这一次胡先生的详细的英文法的讲解，怕更要唐突那位德国的老哲学家呢！胡先生教训我说“彼此之间，相去实在有限”，我对于胡先生的这种谦让的态度，委实是佩服得很。

说我英文不好，我是自家承认的。胡先生的英文好，胡先生的从英文翻译过来的中国文字更好，也是一般社会所承认的，所以关于英文翻译的事情，像我这样的一个“初出学堂门的学生”实是不敢在胡先生面前议论，不过究竟谁翻错了，谁翻得不错，还须寻那本一九〇七年的旧版德文原著来一对，才能确定，我希望有那本老版的德文书的人，能指明出来，下一个判决。我因为自家知道英文没有根底，所以从来还没有译过英文书，二年来译了一本淮尔特的小说——*Dorian Gray*——到如今我还不敢拿出去出单行本。我这一次在《创造》第二期上发表的这点对于翻译的意见，原是冒昧得很，但是我以为不偏不袒的定起“罪”来，总要比出误译的单行本“罪”还轻些，因为杂志是一时的出版物，不是永久的丛书，抱着了这个想头，我才敢把那篇大胆的日记发表的。因为我想我的责任，当指出那本译本的误译，说出那本译本的没有价值的时候，就可以告终了。至于我自家的能不能翻译那本书，还是进一层的问题，我的英文程度，在这时候，只须能看得出译本的错误，就算合格，讲到一字不能移易的翻译，那非要等待若胡先生那样的专门研究哲学的人来不可。

我对于胡先生的《余谈》后面的几句话，更有一点意见。中国新文化运动，自胡先生提倡以来，创作出版的却不很多，间或有几册创作出世，也许是“浅薄无聊”如胡先生所说的，不过胡先生若自家仿佛说只有《胡适文存》，《尝试集》，《中国哲学史大纲》上卷的三本创作不是“浅薄”，不是“无聊”的，其他的一切现代中国人的创作都是“浅薄无聊”的时候，怕也未免过于独断了罢。这是我友人所说的暴君的态度，是我们现代人所不应该取的。

我们现在打开窗子说亮话，胡先生的那篇教训我的《余谈》，怕是看了我那篇日记里的"……有几个人跟了外国的新人物，跑来跑去的跑几次，把他们几个外国人的粗浅的演说，糊糊涂涂的翻译翻译，便算新思想家了。……"的一段话愤激而做的。看了这几句话，胡先生怕要疑我在骂他，其实像我这样的一个无名小卒，何尝敢骂胡先生，不过我以为除了胡先生以外，确有"英文不通"更甚于我的人，在那里跟了名人讲演，作他们外国人的翻译者。我怕胡先生谈政治忙碌，没有工夫细想，要把这些"无聊浅薄"的文字的意义误会了，所以特地在此声明一下。

我的英文不好，已经声明在前了，不过以后在我所能看得出译本的错误的范围以内，我还要大胆愚直的指摘些错误的译本出来，我要请胡先生此后也能常常教训我才好。最后我还要郑重地说一句话，我今年发表了两篇去年做的旧文字，竟受了两次大大的教训，我对于教训我的，是非常尊敬而且感激的。

九月二十一日夜半记

批评与道德

有了社会，便应该有批评。最广义的批评，简直可以说是存在社会成立之先，与人性相终始的。罗萍生在荒岛上见了动物中的强欺弱的景状，就用了他的弹丸去射击专横暴虐的强者，便是批评心的发露。所以纯正的批评是不能与正义道德须臾离的。邪正的辨别，是非的公论，上自在祭坛上立着的庄严的神像，下至村坊下流传着的卑俗的闲谈（gossip），都是对文明，对思想，对社会，对政治及其他一切的批评。

不过道德有兴替，社会有盛衰，所以神圣的批评，每不能不被宵小利用，作成发挥个人私欲的器具。自古国纪废弛，社会堕落的时候，总有几个卑鄙龌龊的人出来颠倒是非，混淆黑白，赵高的指鹿为马，李振的诬蔑清流，是其明证。降而至于近世乔那利是姆（journalism）横行天下，几个不学无术，天良昧尽的新闻记者，或作权贵的走狗，或受金钱的驱使，便把他们公正的天职卖了，欲以一手掩尽天下耳目，只许一面说昏话，不许他下面严正批评。于是天下靡靡，不知所适，社会就日趋愈下。我们中国的所以弄成目下的昏黑状态者，都是他们的毒害所致。这便是批评离开了道德，不能尽批评的职务的危险。

道德的客观标准，一时虽有重轻移易的现象，但是道德的本质，是亘古不变的。道德的本质是天良，天良的运用是良知，纯正的批评便是良知的表现。我们下批评的时候，总要凭着我们的良知，不违背道德的本质，论衡轻重，辨别真伪，才能压服众人，挽回颓俗。若有丝毫不纯的私心存于其间，甚或至于弄卑鄙的手段，来报其睚眦之仇，那这批评实比风波亭的判决，元祐的党人碑，更可痛恶，这还能算得什么批评呢？然而试问我们中国目下的批评，究是属于前一类的纯正批评多呢，还是属于后一类的东西多？啊啊，不知人间有羞耻事的现代的诸公，你们身居言职，竟甘卖尽你们的良心。你们一时虽能博得些儿利禄，或者天下万世，也许有人来铸你们的铁像，但到后来怕终不免化成溺器呢！

讲到这里，我们就不得不论到批评的动机上去了。大抵纯正的批评，都是激于正义到了忍无可忍的时候，方才下笔。所以纯正的批评家所说的话，是勇往直前，无所假借的，春秋的责备，董狐之直笔，便是由于这种动机而发的批评。与此相反，因卑劣的动机而作的批评，大抵当众人视听不明的时候，由几个小有才的败类作成者居多，他们必美其文辞，逞其辩难，先将惶惑不定的一般群众催眠倒了，然后再下断语，譬如古时的剧秦美新，和价值远不及《剧秦美新》而用意则同的目下的那些乔那利是姆的文字，都是如此。我们当这是非颠倒的时候，要如何方能把批评引还到道德上去呢？这便是我在这里欲向国内青年大声疾呼的问题。我现在有几个条件要提出来请大家反省：

第一　我们要保持天良。无论是我们自家下批评或读人家的批评的时候，我们总要不违背我们的良心，凭着我们的良知去判断。

第二　要养成严正批判的能力，彻底的追求真是非。

第三　要审辨批评的动机。若我们自家觉得这批评的动机不纯正时，就不当下批评。若对人家的批评，看出不正的动机来的时候，我们便当勇往直前的打破这批评，不使它成立。

第四　我们要注意立在一个不受催眠暗示的地方。换一句话说，就是不可盲从，不可崇拜偶像，不可服从多数，不可人云亦云。

美国独立纪念日（一九二三，七，四。）

写完了《茑萝集》的最后一篇

《还乡记》是《茑萝集》的最后一篇。这最后一篇的最后一页，我于昨日写完了。自去年冬天以来，我的情怀，只是忧郁的连续。我抱了绝大的希望想到俄国去作劳动者的想头，也曾有过，但是在北京被哥哥拉住了。我抱了虚无的观念，在扬子江边，徘徊求死的事情也有过，但是柔顺无智的我的女人，劝我终止了。清明节那一天送女人回了浙江，我想于月明之夜，吃一个醉饱，图一个痛快的自杀，但是几个朋友，又互相牵连的教我等一等。我等了半年，现在的心里，还是苦闷得和半年前一样。

活在世上，总要做些事情，但是被高等教育割势后的我这零余者，教我能够做些什么？

七月中旬，我抱了一个悲痛的决心回家了一次。我的母亲、女人、小孩，都不使我实行我的决心。但是彻底的讲来，这不过是我卸诿责任之辞，根本上还是我的决心不坚的缘故罢。以死压人，是可羞的事，不死而以死为招牌，更是可羞。然而我的心境是如此，我若要辞绝虚伪的罪恶，我只好赤裸裸地把我的心境写出来。世上若骂我以死作招牌，我肯承认的，世上若骂我意志薄弱，我也肯承认的，骂我无耻，骂我发牢骚，都不要紧，我只求世人不说我对自家的思想取虚伪的态度就对了，我只求世人能够了解我内心的苦闷就对了。昨天写完了《还乡记》的最后一页，重新把《茑萝集》的稿子看了一遍，我的眼泪竟同秋雨似的湿了我的衣襟。朋友，你们不要问我这书中写的是事实不是事实，你们看了这书也不必向这书的主人公表同情，因为这书的主人公并不值得你们的同情的。即使这书的一言一句，都是正确的记录，你我有什么法子，可以救出这主人公于穷境？总之我们现代的社会，现代的人类，是我们的主人公的榨压机，我们若想替他复一复仇，只须我们能够各把自家的仇怨报复了就对了。

这书应该是不受欢迎的，因为读这书的时候，并不能得着愉快。本来是寥寥的几个爱读我的著书的人中，想读我这一本书的，大约更要减少下去。但是我不信在现代的不合理的社会里，竟无一个青年，能了解这书的主人公的心理。我也不信使人不快乐的书，就没有在世上存在的权利。

《血泪》是去年夏天在某报上发表，《茑萝行》是《创造》二卷一期里的一篇小说，《还乡记》是最近为《创造日》补白而作的。三篇虽产生年月不同，落笔时的心境各异，然而我想一味悲痛的情调，是前后一贯的。

这书付印之后，大约到出世之日止，至少总要一两个月工夫。我不知秋风吹落叶的时候，我这孱弱的病体，还能依然存在在地球上否？前天医生诊出了我的病源，说我的肺尖太弱，我只希望一个苦痛少一点的自然的灭亡，此外我对现世更无牵挂了。

我的女人昨天又写信来催我回家去养病，至少这书出世之日，我总不在上海住了。读者诸君，我祝你们的健康！

一九二三年七月最后的一日

我承认是“失败了”

副刊的读者中间，大约总有几位，把我近来发表的那篇《秋柳》读了的。昨天已经有一位朋友，向我提出抗议，说我这一篇东西，简直是在鼓吹游荡的风气，对于血气未定的青年，很多危险。我想现代的青年，大约是富有判断能力者居多，断不至就上了这一篇劣作的当，去耽溺于酒色。我所愁的，并不在此，而在这一个作品的失败。

游荡文学，在中国旧日的小说界里，很占势力。不过新小说里，描写这一种烟花界的生活的，却是很少。劳动者可以被我们描写，男女学生可以被我们描写，家庭间的关系可以被我们描写，那么为什么独有这一个烟花世界，我们不应当描写呢？并且散放恶毒的东西，在这世界上，不独是妓女，比妓女更坏的官僚武人，都在那里横行阔步，我们何以独对于妓女，要看她们不起呢？关于这一层意思的辩解，我在这里，不愿意多说，因为法国的李书颁（J · Richepin），以英文著杂书的勃罗埃（Max O'Rell）等，已经在他们的杂论里说过了。

我在此地不得不承认的，是我那篇东西的失败。大抵一篇真正的艺术作品，不论它是宣传“善”或者赞美“恶”的，只教是成功了的作品，只有使读者没入于它的美的恍惚之中，或觉着愉快，或怀着忧郁，读者于读了的时候，断没有余暇想到道德风化等严肃的问题上去的。而我这一篇又长又臭的东西，竟惹起了读者的道德上的批判，第一就足以证明这作品的失败了。第二，我虽不是小说家，我虽不懂得“真正的文艺是什么?”但是历来我持以批评作品的好坏的标准，是“情调”两字。只教一篇作品，能够酿出一种“情调”来，使读者受了这“情调”的感染，能够很切实的感着这作品的氛围气的时候，那么不管它的文字美不美，前后的意思连续不连续，我就能承认这是一个好作品。而我这一篇东西，却毫无生动的地方，使人家读了的时候，只能说一句“呵呵，原来如此。”若托旧日私塾里改文章的先生来批，只能在末尾批“知道了”的三字。这篇小说与新闻纸上的三面记事，并没有什么大分别。总之我这篇东西，在情调的酿成上缺少了力量，所以不能使读者切实的感到一种不可抑遏之情，是一个大大的失败。

最后我觉得我的这篇东西，原是失败，而我们中国的妓女，尤其是一个大失败。原来妓女和唱戏的伶人一样，是一种艺术品，愈会作假，愈会骗人，愈见得她们的妙处。应该要把她们的欺诈的特性，以最巧的方法，尽其量而发挥出来，才能不辱她们的名称。而中国的妓女，却完全与此相反。这等妓女应有的特质，她们非但不能发挥出来，她们所极力在那里模仿的，倒反是一种旧式女子的怕羞，矜持，骄喘轻颦，非艺术的谎话，丑陋的文雅风流，粗俗的竹杠，等等，等等。所以你在非常烦闷的时候，跑到妓院里去，想听几句你所爱听的话，想尝一点你所爱尝的味，是怎么也办不到的。因此我有一位朋友，自家编了许多与他的口味相合的话，于兴致美满的时候，亲自教给一位他所眷爱的妓女，教她对他在如何如何的时候，讲怎么怎么的一番话，取怎么怎么的一种态度。可是她老要弄错，在甲的时候，讲出牛头不对马嘴的乙的话来。就这一幕悲喜剧里，我们便可以看出我们中国的妓女的如何的愚笨来了。所以现在像我们这一种不伦不类的人物，就是嫖妓女，也完全不能找出赏心的乐事来，更何况弄别的玩意儿呢？我想妓女在中国，所以要被我们轻视厌恶的，应该须因为她们的不能尽她们妓女的职务，不能发挥她们的毒妇的才能才对，不应该说她们是有伤风化，引诱青年等等一类的话的。

末了我还要告诉读者诸君，不要太忠厚了，把小说和事实混在一起。更不可抱了诚实的心，去读那些寒酸穷士所作的关于妓女的书。什么薛涛啦，鱼玄机啦，举举啦，师师啦，李香君啦，卞玉京啦，……这些东西，都是假的，现实的妓女，终究还是妓女，请大家不要去上当。

十三年十二月二十三日

历史小说论

中国自新文学运动起来之后，七八年间创作已经产生了不少了。而这许多创作中间，尤以小说为最多，自传式的小说，忏悔小说，心理小说，传奇小说，现在生活的小说，大抵都有人做过，而历史小说，在新小说里，在我的浅陋的认识范围以内，却是寥寥无几。或者有人要说，小说里所叙的事实，有时虽有用现在的动词的，然而当我们读的时候，都当作过去的事实看，所以小说中所记的事情，都可以说是历史。或者是国家的历史，或者是民族的历史，或者是个人的历史，这话原是不错，可是我们在此地所说的历史两字，不能作这样广义的解法。现在所说的历史小说，是指由我们一般所承认的历史中取出题材来，以历史上著名的事件和人物为骨子，而配以历史的背景的一类小说而言。

原来小说的内容，不外乎人生的记录。小说家的认识人生，第一系由于他自己的生活体验，第二须靠着他人的生活记录的。我们的精力有限，而社会上的生活方式，有种种的不同。小说家在他的三万六千日短生涯里，决不能经验尽社会上的各种不同的生活。虽然想象力丰富的作家，也可以以自己的生活经验，推想出和他近似的生活内容来，然而贫富贵贱，老幼男女，悲欢离合，患难死生，一个小说家，终究尝不了这么些个人生的经验。所以小说家一边自家务必要去丰富自家的生活内容，同时一边也不得不在他人的生活记录里去寻找材料，所谓他人的生活记录，不外乎传记，日记，书简，诗歌，小说，戏曲，记事之类。当然他人的报告，谈话之中，也可取得同样的材料的。在这一种他人的记录之中，最初可以供我们的应用的，不消说是同时代的人的记录。然而我们的生涯有限，而与我们日常接触的物质界，也有边际，若专靠目前我们所接触的记录来描写人生，必有矢穷弦尽的一天，所以最后我们势不得不向人类过去的生活里去捞点材料。人类已经有几千年的历史在背后，古今中外人生的核心不变，生活的内容，也都是一样的。并且现代的人生，是过去的人生的连续，也是人生的桥梁，我们要知道现世，预测将来，也一定非知道过去的历史不可，况人类的历史这一种记录，大抵是成于头脑明晰者之手，而所记的事实，又都系经过时代的过滤作用，为万世不可磨灭的典型的事件或人物，从这一个地方看来，历史的对于小说家的意义的重大，可以不必说了。

因为过去的历史可取的是为了它是人类生活的记录，所以小说家的读历史，和历史家的读历史不同。历史家当读历史的时候，要以理智判断，辨别记事的真假，推寻因果的关系。而小说家读历史的时候，只要将感情全部注入于这记事之内，以我们个人的人格全部融合于古人，将古人的生活，感情，思想，活泼泼地来经验一遍，完全不必起道德的判断，考证的审辨的。譬如历史上有段记载范雎为人家打了半死，被丢在厕所里，后来改名易姓，逃出关外，复仇之日，先衣了敝衣，来试探前仇。我们读到这一段记事，试以己身置在范雎的地位，想他被溺的时候，心里如何的愤恨，回家来见了妻子，又如何的惭恼。复仇日到，当你在设计试探仇人之先，心里又如何的惶惑，那么我们在这一段短短的记事里，必能发现出许多新的生活经验出来。小说家在此地，就可以以古人的生活，来制造出他的现代的生活体验来了。

上边所说的，是历史小说的成立径路第一种。第二种历史小说成立的径路，方向是正与此相反的。第一种是我们当读历史的时候，找到了题材，把我们现代人的生活内容，灌注到古代人身上去的方法。所以这一种历史小说，与考古学家所做的报告不同，是有血有肉的在现代人的读者面前跃动着的历史。郭沫若的历史剧《聂荌》、《卓文君》等，虽不是小说，然而它们的成立的径路却是合于这一种方向的；第二种历史小说，是小说家在现实生活里，得到了暗示，若把这题材率直的写出来，反觉实感不深，有种种不便的时候，就把这中心思想，藏在心头，向历史上去找出与此相像的事实来，使它可以如实地表现出这一个实感，同时又可免掉种种现实的不便的方法。譬如我们处在这一个内战不息，民生凋敝的现代的中国，心里的情感，实在是想去到稠人广众之中，大喊革命。可是一则有因革命而要丧失自家的地位的军阀在那里监视，你若言语稍一不慎，就要拉你到司令部去砍头，二则有一个外人用以保护他们在中国向我们榨取的利益的巡捕房在作梗，你若印刷一种宣传的书类，就要请你去坐西牢。当这一个时候，他若想做一部鼓吹革命的小说，最好莫如借了法国或俄国革命前的史实，来托付你的感情思想的全部。像这一类的小说的例，我且举一篇沫若的《鹓雏》罢。当时我和他穷极无聊，寄住在上海滩上，度比乞儿还不如的生活。忽然有一个人，因为疑沫若去夺他的编辑的饭碗，就嗾使了许多人出来，在他的机关月报和一个官僚新闻上，大放攻击之辞。沫若把这时的感情，不好全部发泄出来，所以只好到历史上去找了一个庄子和惠施来代他说话。

这两种历史小说，当然在艺术上的评价是一样的。不过第一种小说的成立，要赖作家的眼光和描写的技能。若一步不到，却容易使人家认作为传历史而作的作品。英国的司考得的有许多小说，就免不了这一种弊病。第二种小说，因为创作的动机是由现实人生得到的实感，所以写来容易动人，也容易成功。

其次要论到历史小说家对历史的忠实问题上去。历史小说，既然取材于历史，小说家当创作的时候，自然是不能完全脱离历史的束缚的。然而历史是历史，小说是小说，小说也没有太拘守史实的必要。往往有许多历史家，常根据了精细的史实来批评历史小说，实在是一件杀风景的事情。小说家当写历史小说的时候，在不至使读者感到幻灭的范围以内，就是在不十分的违反历史常识的范围以内，他的空想，是完全可以自由的。譬如我们大家知道杨贵妃是一位肥满的美女，我们当写她的身体的时候，只教使我们不感到她是一个林黛玉式的肺病美人就够了。至于她的肉脚有几寸长，吃饭之前的身体有几磅重，胸前的乳房有几寸高等问题，是可以由小说家自由设想的。批评家断不能根据了她的袜来说小说家的空想过度，使她的脚长了一分或短了一分。但是这一种空想，也不能过度，譬如说杨贵妃是一个麻脸，那读者就马上能根据他的历史上的常识，识破你的撒谎。说到了杨贵妃，我又想起一件事情来了。朋友的L先生，从前老和我谈及，说他想把唐玄宗和杨贵妃的事情来做一篇小说。他的意思是：以玄宗之明，哪里看不破安禄山和她的关系？所以七月七日长生殿上，玄宗只以来生为约，实在是心里已经有点厌了，仿佛是在说“我和你今生的爱情是已经完了！”到了马嵬坡下，军士们虽说要杀她，玄宗若对她还有爱情，哪里会不能保全她的生命呢？所以这时候，也许是玄宗授意军士们的。后来到了玄宗老日，重想起当时行乐的情形，心里才后悔起来了，所以梧桐秋雨，就生出一场大大的神经病来。一位道士就用了催眠术来替他医病，终于使他和贵妃相见，便是小说的收场。L先生的这一个腹案，实在是妙不可言的设想。若做出来，我相信一定可以为我们的小说界辟一生面，可惜他近来事忙，终于到现在，还没有写成功。我们在此地就可以看出历史上的事实，应该服从到怎么的一个程度来了。

历史小说的好处，就在小说家可以不被史实所拘，而可以利用历史。小说家的利用历史最大利益，是在历史的事件的多而且富。人类数千年的历史里，战争也有，和平也有，杀人也有。阴谋奇策，淫乐奢侈，种种事实，在历史上是取之不尽，用之不竭的。我们平常在现实生活里所经验不到的事情，若在平常的世态小说里写出来，大家都要骂你低能欺诈，而在历史小说里证据确凿的写出来的时候，人家反会称赞你眼光的周至，着想的奇特。这是因为读者先有一种时间的观念，在那里作辩解，所以在历史小说里见了不近人情的事件的时候，大家都可以原谅，以为在古代或者真是如此的。这是历史小说的容易使小说真实性增加的一个大特点。其次还有历史小说里的人物性格，在读者的脑里，大约是已经有一半是建筑好了的，作家只须再加上一点修饰，就可以成立，并且可以很有力的表现出来。譬如我们大家都知道项羽是一个粗猛的英雄，有了这一个先入观念在脑里，然后再去看小说，那么不必细细的描写，作者就能给读者一个很深的印象。

凡这种种利益，都是显而易见的，而目下的中国，作历史小说的人，竟会这样的少，实在是一种不可解的现象。我很希望今后的青年作家，能向这一方面去努力，向现在这沉闷的中国创作界里，输入一点新鲜的空气来。

十五年三月十一

编辑者言

在上海滩上闷住了一个月，总算编出了两期《创造月刊》。第二期的创造，又在此地与诸君相见了。这一期的稿子，虽则和前期一样，没有什么精采，但是沫若的《瓶》，光赤和全平的小说，都是一时的力作，大约可告无罪于读者诸君的。独清的哀歌，是有浓厚的背景存在的，此中语，不足为外人道，知之者大约自能知之。近来病总是不好，咳嗽还是不止，所以几次想做一点东西，终于做不出来。头上的小论，系从前在某大学教室里的讲话，现在重把它写出来的，小说一篇，不消说是四年前的旧作了。沫若在近一年中，思想上起了变革，完全把方向改了过来，而我哩，思想却完全消灭了。人家笑骂只好由人家笑骂，我一个人只能念念“诗到无人爱处工”或“诗到无言说处工”以自慰，然而这老病的文氓——流氓之氓——说起来也有几分伤感！

我和沫若，为饥寒所迫，明日扬帆，想到广东去找一个息壤。下一期的月刊编辑，打算到广东之后，就把仔肩卸往仿吾的身上去，因为一个已经为时代所忘却的闲人，是不能引导青年，促成未来的中国文化的。

读者诸君，我们恐怕要暂时分别，待元气恢复过来，当再与诸君在月刊上相见，此后所有一切关于月刊的通信，都请寄往广东大学交成仿吾先生。

十五年三月十二日达夫编后志

《兰生弟的日记》

到北京之后，遇到的都是伤心的事情。第一是弟兄之分裂，第二是龙儿的病死，第三是灾民灾官灾教员的惨状。种种苦楚，紧压住我的心身，既不愿意执笔，也不愿意读书。有时清夜醒来，在院子里默坐，仰视苍天，亦复寒噤不敢作一语。在这一种压榨状态之下，得读到装订精美的《骆驼》，自然是一件快事，尤其是读了徐祖正君的《兰生弟的日记》，觉得心里非常愉快。

徐祖正君的神经纤敏，凡见过他一两次的人，都是晓得的。我和他虽不是至交昷友，然而也曾和他谈过好几次天，见过好几次面。有一次因为说话偶不留意，触忤了他的神经的末梢，弄得两人默坐了半点钟，没有一句话讲。我平时虽也是神经过敏的弱者，但如遇见了过于像林黛玉那样的男子，心里也有点难受，所以自那一次以后，直到了此刻，还没有和他见面的机会。现在读了他的作品，回想起他的全人格来，很想做一点东西表白我的心迹，同时也可以致我对他的敬意。

《兰生弟的日记》，虽不是徐君的杰作，然而我们都承认是他的一部很诚挚的作品。内容系兰生弟写给薰南姊的一封长信。对兰生弟的性格心境，描写得颇周到；然而书函式的小说老犯的一着疾病，这《兰生弟的日记》还依然免不掉，就是薰南姊的性格，薰南姊的感情，和薰南姊的心境变迁的途径，我们一点儿也捉摸不到。

兰生弟的意志薄弱，兰生弟的多愁多病，我们即使是不和作者相识的人，读了这作品，也十分可以感觉得出；所以此书于写兰生弟的内心的lnnigkeit一点，是成功的了。然而这一种内心的lnnigkeit，又因为着根不深，来源不定的原因，所以很难使一般的读者起共鸣。这大约也是书函告白式的小说，不能使作者有用武的余地，不能使作者得畅所欲言的缘故。

小说里头最怕说带哲理的空话，我对于淮儿特的《杜莲葛莱的肖像》到现在还有点不满，就是因为Lord Henry的paradox太多。兰生弟的日记里，时时也有这一流的语句，我觉得是白璧之瑕。

这一封长信，系根据兰生弟的日记而写，所以引日记的处所很多。一件件的错综事迹，都有很详细的日子记载在那里。这是作者使读者容易感到reality的笔法，凡有过做小说的经验的人，都喜欢用。不过《兰生弟的日记》里，所记的时间很长，错综的事迹太多，前后的倒置太杂，年月日的记载因为太精详了的缘故，反而使读者感到困惑，这也是这小说的一点毛病。

徐君的文体精强，所以使读者觉得生硬。尤其是头上的三四十页，风骨峻峥，虽则是力量很足，然不能引人入胜。我怕中国的一般读者，遇此都要感觉困难。

人事错杂，性格开展，兰生弟到了北京之后，有许多琐事遇着，这些琐事的描写，若在另一篇小说里叙出，不失为一段妙文，而在这一篇前后结构复杂的小说里出现，容易使读者起一种冗赘之感，因为和前半篇的叙述，不能保持均衡。我在此地，不得不想起Mark Rutherford's *Autobiography* 和 *Deliverance* 来了。一样的一部 *The Story of My Heart*，一样的描写主人公的精神上的动摇苦闷，一样的描写主人公的几个恋爱史，然而我们当读Mark Rutherford

时，觉得前后相称，均衡保持得整齐。虽然 M. Ruther ford 的作者也描写几个与 Mark Rutherford 关系很少之人之事，然而我们却不觉得它们的冗赘。尤其在 Mark Rutherford's *Deliverance* 的后半部里，觉得他的一节一章，到小说结尾的时候，都有用处，都发生效力，这一步功夫，兰生弟却还没有做到。

《兰生弟的日记》的坏处，我都不客气地举出来了。因为徐君是一位贤者，所以我不惜春秋之笔；因为徐君是我的朋友，所以我欲争得一谏友之名。末了我想来谈谈《兰生弟的日记》的好处。

《兰生弟的日记》是一部极真率的记录，是徐君的全人格的表现，是以作者的血肉精灵来写的作品，这一种作品，在技巧上虽然失败，然若以真率的态度，来测文艺的高低，则此书的价值，当远在我们一般的作品之上。凡爱读 Amiel 的日记，爱读 Mark Rutherford 的人，对此当然能有十分的敬意。不过我要在此地说一句预言："这书决不是 popular 的书，这书是少数人的书。"

十五年七月二十七日

《手套》附志

这篇小说，是古君的处女作，我一见就很欢喜。教他改了两三回后，曾经给他介绍过好几次，介绍给几个杂志的编辑者，但他们都没有赏鉴这小说的雅量。现在我不得古君的同意，就在此地为他发表了，望古君恕我，更望古君努力。

达夫附志

非编辑者言

《创造月刊》的第五期，又延了期，到现在才出世与诸君相见，实在是我们同人对读者不起的很。可是一方面由我们各人的行动讲来，也有一点可原之情在那里的。

本月刊本期的编辑者，本来是仿吾。然而他在广州，一礼拜中要到黄埔去住三四天，到了广州，又须为新成立的中山大学处理风潮，帮办事务。而广州的邮务通信，又非常不便，因此种种原因，所以弄得这《创造月刊》几乎成了不定期刊了。

本月刊的长期负责撰稿的人，譬如说沫若罢，随同北伐，却去前线宣传去了，对于他，我们当然不能硬硬地压榨他的文章。王独清、穆木天诸人，听说是留在广州，在那里代替沫若的职务，他们的日夜繁忙的态度，可以在广大学生的各种印刷品上看见，也不是天天可以坐在家里，闭起门来，寻觅词句的。而我自己哩，啊啊，再不要提起，这三四个月中间，死了儿子，病了老婆，在北京的危险状态里，躲藏着，闷愤着，非但做文章的趣味没有，并且连做人的感兴都消亡尽了。此番受了广州同人的催促，勉强出了北京，到上海来一看，才知道这第五期的月刊，还是没有编成。

现在没有办法，就只能将仿吾已经寄来的稿子，重编了一下，加上了一点头尾，猫猫虎虎，勉勉强强，把这第五期的月刊弄完。

若我们的能力，能够在秋凉之后，增加一点，那么六、七两期的刊物，当可按期接上，否则我想只好找出机会来出一个大增刊了。

这一期的稿子，似乎稍为逊色一点，但是冯穆两人的诗，和资平的小说，却是可以推荐的作品。《苔莉》本来是六万余字的一篇中篇小说，由资平自己说来，却可超过《飞絮》的。现在先登了三分之二，还有三分之一，当在下一期里登完。我的《蜃楼》，本已作成，但也是未完的作品，所以这一期暂且搁起，让资平的先登完了，然后再继续登载下去。全集的自序和杂感文两篇，本来是在行旅中间，草成的无聊草。因为稿子没有，也就把他们登上了。

明天有船去广州，我想就此南下，再去南方半载，和他们切实的讨论讨论杂志和出版部的事情。万一他们都想出去作实际的革命事业，那么我打算于年假的中间，再回到上海来，专门来弄出版编辑的事情，因为这是老废残疾如我的最适当的生活。

一九二六年十月八日达夫记于上海

《鸡肋集》题辞

“弃之可惜，存之可羞”，像这一类的东西，古人名之曰鸡肋，我就把它拿来作了全集第二卷的名称。

凭良心说起来，自己到现在为止，所做的东西，没有一篇不是鸡肋，但是稚气满满的这集里所收的几篇，尤其觉得不成东西。

回溯从前，当一千九百二十一年的七月，——是《沉沦》等篇作完的时候——自己毫没有成一个滥作家的野心。当时自己还在东京帝大的经济学部里念书，住在三铺席大的一间客舍楼上，志虽不大，也高足以冲破牛斗，言出无心，每大而至于目空一世。到如今五六年来，遇了故国的许多奇波骇浪，受了社会的许多暗箭明创，觉得自己所走的出路，只有这一条了，不得已也只好听天由命，勉强承认了这一种为千古伤心人咒诅的文字生涯，年纪到了三十，心里又起了绝大的幻灭，今后如何的活过去，虽不能够预说，然而近一年来，日夜在脑里汹涌的愤世的洪涛，我想过几年后，总能找出一个适当的决裂河口，变程流出。现在我所感到的，可以说是中道的悲哀，歧途的迷惘，若有所成，若有所就，总不得不期之于最近的将来。

牢骚怨愤，现在暂且搁起一旁，让我先把这集里所收的几篇东西写成以后的变迁情状来说一说。《沉沦》、《南迁》、《银灰色的死》是成于一个时期的，年代是一千九百二十一年。当时国内，虽则已有一班人在提倡文学革命，然而他们的目标，似乎专在思想方面，于纯文学的讨论创作，还是很少。在这一年的秋后，《沉沦》印成了一本单行本出世，社会上因为还看不惯这一种畸形的新书，所受的讥评嘲骂，也不知有几十百次。后来周作人先生，在北京的《晨报》副刊上写了一篇为我申辩的文章，一般骂我诲淫，骂我造作的文坛壮士，才稍稍收敛了他们痛骂的雄词。过后两三年，《沉沦》竟受了一班青年病者的热爱，销行到了贰万余册。到现在潮流逆转，有几个市侩，且在摹声绘影，造作奇形怪状的书画，劫夺青年的嗜好，这《沉沦》的诲淫冤罪，大约是可以免去了，我在重编此书的卷后，也不知不觉的想向那些维持风化的批评家，发放半脸微笑的嘲讥。

一九二二年，在日本的大学里毕了业，回国来东奔西走，为饥寒所驱使，竟成了一个贩卖知识的商人。这中间所受的待遇，所感到的悲哀，到第二年的暑假止，又写成了一本“茑萝”小集，共有小说不像小说，记事不像记事的杂文三篇。

《茑萝集》出后，——一九二三年的秋天——一般人对我的态度改变了，我的对于艺术的志趣，也大家明白了，可是在这里，我又接受了一个新的称号，就是说我是一个颓废者，一个专唱靡靡之音的秋虫。伟大的天才，我是没有，如洪钟大吕般的号吹，我也没有，天生就我是这样的一个能力薄弱的人，靡靡也罢，颓废也罢，这一回我却不顾前后左右，勇猛的前进了，结果就在一九二四的一年中，写成了几篇实在是衰颓得透顶的自伤自悼之文。这些文章，有的已收在《寒灰集》里，有的还在这里重新修改，大约在此集出后的两三个月中间，也能够印行问世。

一九二五年是我衰颓到极点以后，焦躁苦闷，想把生活的行程改过的一年。这一年中书也不读，文章也不写，从前年冬尽，到这年的秋后止，任意的喝酒，任意的游荡，结果于冬天得了重病，对人生又改了态度。在客中病卧了半年，待精神稍稍恢复的时候，我就和两三位朋友，束装南下，到了革命策源地的广州。在那里本想改变旧习，把满腔热忱，满怀悲愤，都投向革命中去的，谁知鬼蜮弄旌旗，在那里所见到的，又只是些阴谋诡计，卑鄙污浊。一种幻想，如儿童吹玩的肥皂球儿，不待半年，就被现实的恶风吹破了。这中间虽没有写得文章，然而对于中国人心的死灭，革命事业的难成，却添了一层确信。

一九二六年年底，迁回上海，闲居了半年，看了些愈来愈险的军阀的阴谋，尝了些叛我而去的朋友亲信的苦味，本来是应该一沉到底，不去做和尚，也该沉大江的了，可是这前后却得到了一种外来的助力，把我的灵魂，把我的肉体，全部都救度了。对于这助力的感谢，我很想不以笔墨来铭记，我很想以后半生的行为思想来表彰，现在可以不必说，总之在黑暗中摸索了半生，我现在似乎得到了光明的去路了。

在这一个新生出发的当儿，我匆忙编成了这一本“鸡肋”，结束了许多杂务。等秋风一到，就想蹈海东游，远离开故国，好静静的去观察人生，孜孜的去完成我的工作。

在过去的半生中，使我变成了一个顽迷不醒的游荡儿，在最近的数年中，和我也共受过许多中国习俗的悲苦的我的女人，我在记念你，我在伤悼你，这一本集子里，也有几篇关于你的文章，贫交远别，没有旁的礼物可以赠送于你，就把这一本集子，虔诚献上，作个永久的纪念罢！

一九二七年八月一日达夫题于沪上

《日记九种》后叙

半年来的生活记录，全部揭开在大家的眼前了，知我罪我，请读者自由判断，我也不必在此地强词掩饰。不过中年以后，如何的遇到情感上的变迁，左驰右旋，如何的作了大家攻击的中心，牺牲了一切还不算，末了又如何的受人暗箭，致十数年来的老友，都不得不按剑相向，这些事情，或者这部日记，可以为我申剖一二。

文人卖到日记和书函，是走到末路的末路时的行为，我的所以到此地步，也是由于我自己的生性愚鲁，致一误于部下的暗箭，再误于故友的违离，读到歌德晚年叙 *Faust* 的卷首之诗，不自觉地黯然泪落了。

唉，总之做官的有他们的福分，发财的有他们的才能，而借虎威风，放射暗箭的，也有他们的小狐狸的聪明。到头来弄得不得不卖自己的个人私记，以糊口养生的，也由于他自己的愚笨无智。

我不怨天，不尤人，更不想发牢骚，不过想自己说说自己的倒霉行径，请大家不再要去踏我的覆辙。

编完了半年来的日记，茫茫然，混混然，写这几笔字好作个后叙。

一九二七年，八月十四日，叙于上海的寄寓中。

序孙译《出家及其弟子》

在民众要求解放的思潮日高一日，革命还没有彻底的现在，把仓田百三的《出家及其弟子》的译本拿来付印出版，或者有点说不过去。因为这是一部宣传爱的宗教的剧本，是一种纯粹的艺术品，是 sentimentalism 的结晶体。尤其当一般文学上的 pragmatists 正在提倡排除感伤主义，打倒艺术，废止宗教的这时候。

然而再回头来一想，把古今的艺术总体积加起来，从中间删去了感伤主义，那么所余的还有一点什么？莎士比亚的剧本，英国十八世纪的小说，浪漫运动中的各诗人的作品，又哪一篇得完全脱离感伤之域？我想感伤主义是并无妨害于文学的，不过须有一个相当的限度，我们要不流于浅薄，不使人感到肉麻，那么这感伤主义，就是文学的酵素了。

艺术和革命，并非是相克，却是相生的这件事实，明眼人都能够辨识，我曾在各处力说到如今了。虽然一篇抒情诗，并不是符咒，并不是枪炮刺刀，但是革命家的情绪，非艺术不能培养，一般民众的热忱，非艺术不足以挑发，大家但看现在一切革命反革命的运动中的宣传工作，就可以知道了，我们且不必远引诸俄国革命以先的文学运动，和法国恐怖时代以前的启蒙哲学。

宗教在现在，虽只成了枯骨残骸，不复能启发我们的灵性，然而这罪系在一般宗教家的曲解教义，营私舞弊。与宗教的情绪和皈依的悦乐是无关的。革命军的勇不顾身，少年同志的视死如归，服从党纪，正是宗教心的发露。人心一日不死，革命一日不成功，这一种宗教的情绪，是一日不可缺少的。我们只须把主义拿来代宗教，则宗教成立的理由，还依然存在，所以说到废止宗教，也有限度，若并宗教的情绪，殉教的皈依，一并抹杀，也未免太过了。

因此我就毅然决然的把仓田百三的这本译本拿来付印，觉得与现在的民众要求艺术的渴望并无违反之处。先说清了这一点，我再来把作者和这剧本出世当时的影响，拿来约略说一说。

作者生于一八九一年，这剧本的出世，是当他在东京第一高等学校退学之后。我虽和原作者没有一面之缘，然而当十几年前的东京第一高等学校的学生的思想烦闷，是曾经经过过的，所以仓田氏的撰作此剧的动机，和内心的苦闷，似乎也略略体会得出。

当时的日本，政治入于小康，思想纵横错乱之至。大家觉得旧的传统应该破坏，然而可以使人安心立命的新的东西，却还没有找着。所以一般神经过敏的有思想的青年，流入于虚无者，就跑上华严大瀑去投身自杀，志趋不坚的，就作了颓废派的恶徒，去贪他目前的官能的满足。所以当时——我在日本修学的时候——的一高学生，自杀的，年必数起，而沉湎于酒色，屡次受了铁拳制裁，还不能改悔的，一学期中，也总有几个。

仓田氏当这一个时候，死了两位姊姊，得了不治的肺病，学校也中途退了学，一个人在南方的禅寺里养身。静观深思，默坐了几年，对于精神肉体的痛苦，总想设法解脱，打破了无门关，猛然间提笔写下来的，是这一篇剧本《出家及其弟子》。出版的当时，因为大众的苦闷，和作者有同样的过程，他的风行全国，自不必说，并且继续酿成了一种宗教小说盛行的风气。

在这书出版后的二三年中，关于亲鸾上人的研究及讨论的书籍，竟出到了百种内外，所以它的艺术价值如何，暂且不说，即就它的影响的大而且广看来，也尽可以和歌德的“维特”相比了。

这一种流行热在日本，现在虽则早已过去，然而《出家及其弟子》，还在年年再版，现在外国的译本，亦已经有好几种了。在剧本寥落的中国现文坛上，我想添上这一本译剧，也未始不是一种有意义的工作。

这剧本中所表现的亲鸾，并不是历史上已经死了的亲鸾，它所表现的教义，也不是只念南无阿弥陀佛的教义，在译者的序内，已经引用了作者自己的言语说明在那里，我此地可以不说。不过有一点，是读了这剧本之后，谁也要感到的，就是他对于耶稣教义的抄袭。这一种抄袭，他用的本来是脱胎换骨的手法，我觉得读了只有感泣，只有赞美，只有人格伟大的感铭，于艺术的价值，却无关系的。

其次是孙君的译笔了。孙君在日本高师的英文学系毕业，住日本前后有七八年之久，对于原文的了解，当然可以不必说，就是译文的流畅，也无愧于作者，间或有一二生硬的地方，是他的太忠于原本之所致，原不足为译者病的。

《敝帚集》题辞

两年前头，为贫病所迫，曾勉强将数年前的杂稿收集起来，出过一本《文艺论集》。这本《文艺论集》里编稿的芜杂，和印刷的错误，连我自己看了，也有许多地方，会不出当时的意来。所以现在又把它们删改了一下，重编了一道，并且在头上又加上了两万余字的两篇关于卢骚的文章，此外更把最近发表的几篇杂评翻译之类，也一齐收入了。

在这些论文传记里，当然见解荒谬，辞句错误的地方还依旧是很多，但是由孤陋寡闻，读书不求甚解的我小子说来，于一篇一篇的撰著抄译的当儿，费去的心血，也已经是不可以升斗量了。古人说："家有敝帚，享之千金。"自知所见不明，不能学聪明人的藏拙以揽誉，所以重编之后，我就猫猫虎虎的加上了这一个名字。

一九二八年一月四日达夫自题于上海

《惜分飞》序

我的认识王余杞先生，是在读了《荒岛》半月刊上的王先生的作品以后。记得最初读到的是第六期上的 *A Comedy*，那时候我正和朋友出一个无聊的杂志，所以就借了那杂志发表了一封公开的通信，要求荒岛社把从前我所没有见到的几期也寄给我，好使我有一个细细味读的机会。后来该社同人果然徇我之请，把《荒岛》一至五期都寄来了，同时也接到了王先生和翟先生等的信，从这些信里我才知道了他们有改组徒然社的意思。以后，我和朋友出的那杂志，也因为销路不好而停刊，我自己又懒不过，于接到了几期《徒然》周刊之后，也竟和他们的通信断绝了。最近由春潮书局寄来了一束原稿，翻开来一看，原来就是王先生的全稿《惜分飞》，系打算在春潮书店出版的。书店的同人，因为我和王先生有前面所说的那么一段因缘，所以想教我为王先生写几句序文。我因为对王先生的作品也抱有十分的敬意，所以就想在这里写它几句。

《惜分飞》这书的内容和好处，已由朱大枬先生在他的序里说尽了，我可以不必再说。这小说的缘起经过和背景，也有作者的自序在那里说明，更用不着我这门外汉来多一句嘴。我所想说一说的，就是这小说当革命文学盛行的现在，也不曾失去的它的存在理由。

原来文学这一件玩意儿，若照英国 M. Arnold，Henry Hallain，

Henry Thomas Buckle 等说起来，则它所包括的范围很广很广，凡一切广告、传单、口号、命令、新闻纪事，甚至于政府所出的告示，学堂里所用的代数几何的教本等，都可以称作文学的。可是同时又有一位英国人汤麦斯·提·昆塞（Tnomas de Quincey）却在把文学分作智的文学（The Literature of Knowledge）与力的文学(The Literature of Power)。他的意思是说“智的文学系着重在教训与宣传，使我们能够得到知识，而力的文学是重在使我们感动，系由享乐、同情等比较高一层的智力来说话的。”两种文学各有它们的好处，各有它们的存在的价值，我们不能说有了这一种就可以不要那一种，正仿佛和我们既有了一只右眼，也必须有一只左跟一样，《惜分飞》是后一种的文学，是“力”的文学，在它这几万字里，虽然没有口号，没有手枪炸弹，没有杀杀杀的喊声，没有工女和工人的恋爱，没有资本家杀工人的描写，然而你一直的贪读下去，你却能不知不觉地受到它的感动。有时候会感到快乐，有时候会感到悲哀。我以为一篇作品，能够直诉到你的感情，使你读了它能够为它所动一动，不管你是喜也好，是哀也好，总之你读了会被它动一动，那这作品就可以说是成功的作品了。《惜分飞》在这一方面，却可以说是已经成功的，虽然是很弱，虽然是不十分强而有力。

作者王余杞先生，和我并没有一面之缘，我不过在杂志上和邮筒里同他通过了几封信。不过王先生的将来，我觉得一定是不可限量的。《惜分飞》这一部小说，我也觉得是一九二九年中间所看到的最好的小说中的一部。

别的话不想说了，在这序文的末尾，还是让我们来向王先生进一句忠言，祝他的今后的努力奋进，祝他的为中国将来的新文艺而自重自爱罢！

一九二九年五月郁达夫序

《在寒风里》单行本序

都会里住不下去了，所以逃到了乡下，乡下更是穷迫得可怜，所以又只能溜回到了都会。但是猖狂乞食也可以过活的时代是早已消灭，如今是革命同志，买办洋商，与武装要人联合起来的时代了。我因为认不清时代，干不起革命，获不到大众，转不了方向，所以在都会里也只好让人来克服，任人来打倒。但是不幸之至，这些革命的勇土又不肯来解决我的生命，割去我的脑袋。不死之前，胃腑是总要要求它的权利的，所以无可奈何，也只能模仿模仿诸大英雄侠士之所为，来以“文”而作作“丐”。自命曰“文”，实在也有点可笑，但是“武”终不“武”，“革”又不“革”，“丐”则“丐”也，那另外更还有什么足以自慰的名称呢？

一个人既没有了希望梦想，是不会写出好东西来的，所以在下面收集起来的几篇散乱的杂文，也不过是些虫鸣鼠语，一位丐者的穷泣而已。好在版权未卖，几千元的老牌无产作家的酬报未拿，万一肚子不饿的时候，马上就可以教书店把纸版毁去的。

象州郑小谷先生有两句诗说：“最无赖事惟谋食，大有为人不著书。”最无赖而又最无为的我，三复此言，只有暗暗地向肚里吞几滴眼泪。

稿子集完，几句照例的破题儿在这里写好之后，我连这几点暗泪都干了。最后在喉咙头含咽着的，却只是一声默默无言的苦笑。

一九二九年六月达夫序于上海

学文学的人

孔二先生说："吾非生而知之者，学而知之也。"这大约是他的警戒后生，又兼以一点自己谦虚之辞。当然是的，生而知之的人，是自有人类以来，不曾有过的。但是要应用这一句话的反面真理来证明"人苦不学耳，若有志于学，则精神一到，何事不可成，"那有时候，也恐怕要出乱子。譬如文学，就是不能常常以这反面真理来作证的一种。漫然地说到文学，范围原也是很广。若只以粗通的文字，和关于文学一般的常识，来作文学两字的内容，那当然是无论何人，都可以学而知之的。至于说到文学内里含最重要的一门的创作，那就不能一定说是只须学，便能够的了，因为无论如何，柏油马路上，却总是栽不起稻麦来的。所以对于学文学的人，我觉得第一件事情应该顾虑到的，就是本于天性的一种基础。

文学家所走之路，并不是一条铺满蔷薇之路，也不是有了金钱便可以买通的路，若天性不近于文学的人，则学了一辈子，也不能得到相当的成绩的。从这一点天性之所近否上说来，当然在文学以外的其他各科学上，原也是和文学一样的东西，不过在学文学的时候，这一点尤其觉得重要，因为文学是精神科学里的最微妙的一种学科。所以打算学文学的人，第一先要问一问自家，问自己的天禀气质，究竟是不是适合于文学的，这是第一个条件。

第二，牺牲的精神，是学文学的人所必须有的，因为在各种科学里面，最不容易学，而物质的报酬最少的，便是文学。五千年来的中国人的习惯，都以趋易避难，昧心取巧为能事。到了现在，这一种风气尤其是厉害了，所以现在想学文学的人，大抵是抱有这一种思想的——学文学最容易出名，一出名便可以做官，做了官就可以发财——抱了这一个连环三段论去学文学，那就糟了，结果恐怕要弄得不成一个人，更哪里会成一个文学者哩？诚然不错，中国人的出路，只有做官的一条，做了官便什么都有了，可是学文学的人，一有了这一种思想，那他的文学就要走上邪道上去的，真正的文学是决不会由他的手里创造出来。

做官发财，原也很好，但学文学的人，预先抱定了这一个宗旨去学，则他的学业总不免为外界的权势阶级所左右，中国的一部文学史之所以成为奴隶史者，原因就在这里，中国文学家之所以都成为适应时代的苍鬣四足者，原因也就在这里，中国的社会、政治，以及其他的一切，所以弄得每况愈下不可收拾者，原因也完全在这里。贫贱虽然不就是好文学，贫贱的人虽然不就是大文学家，但是不患贫，不媚世，不盗名，不望报，不亟亟于成功，不反覆无常阴险恶毒的去求合于时流，才是学文学的人所应有的抱负，所应持的态度，我所说的牺牲的精神，就是指这一点而言。

具有了这两重基础，然后我们才可以去试学学文学，不过学的时候，也应该专于一方，切不可起大而无当的野心。日本从前有一位文学家夏目金之助，他的作品，是明治一代的文学作品里最灿烂有味的东西。他的学问也非常之好，读书也读得非常之多，因此日本文部省就送给他一个文学博士的头衔，不过他不愿意受，所以将文部省的公文退了回去，文部省因为从来没有遇见过这一种事情，没有办法，只好央人去向他说情，请他权把公文受下，但他却又把公文退了转去，一直到他死的时候为止，这一角公文退来退去的还不知是在哪一个地方，像这样饱学的这位夏目金之助——漱石——先生，在他的东京帝大的文学讲义录《文学论》序文上还在劝青年学生说：

> 年富力强的时候，每有于自己的专门学业上成些贡献之前，以为必须博通全般，必须把古今上下数千年的书籍读破它们的想头。若须如此，那就到了白头，也永不会有博通全般的时期的。像我这样的人，对于英文学全体，真还不能说是通。大约就是今后再过二三十年总也是依然一样地不能通的。

这实在是有经验的人所说的话，也就是孔二先生所说五十学《易》可以无大过的意思，这是对我们想学文学的人的一个绝好的教训。因为野心太大了的时候，失望的事情也一定愈加来得多，结果反要变得自暴自弃，一事也做不成功，所以我们初学的人，最怕的是在唱不能实践的高调。

因为自己年纪大了一点了，对于自己的不满不快愈来愈多了，所以我对于一般比我年轻的学文学的人，只想提出下面的几件条件，来作我的最低的要求：

第一，中国文字总要弄它到清通的一个地步。

第二，要养成能够读得懂汉魏以后的文言文及韵文的一点学力。

第三，能通一点外国文，果然更好，可以去直接看外国书，不通外国文，也须看看三四十年来的已有定评的翻译书籍，虽然有许多新出的翻译书是不十分可靠的。

第四，读书读得多，果然是愈多愈好，但须有系统，不可乱读，这便是节省时间精力的一法。

第五，读书的时候，总要自己存一个主见，切不可盲从瞎佩，受那些半可通的批评家之愚。

上举五条，是我的卑卑之论，是对于想学文学的人所提出的起码条件。至于具体的方法，及哪一门应读哪些书之类，则断不是一篇两篇的短文字所能说得明白，而现在的我，也没有弄这些文字的余裕，当等另外有机会的时候再谈。末了，我还有几句话想对从事于创作的人说一说。文学理论，原可以帮助启发一般不深入的人的，当然是很重要，但是有实力的作品，却比理论还要雄辩，还更能够帮助启发我们这些初学的人，这一点请大家不要忘记。

一九三〇年十二月写

《几个伟大的作家》译者序引

收集在这书里的，全是一九二八至一九二九年间，当月刊《奔流》在出版的中间译成的几篇文字。占全书之半的第一篇《托尔斯泰回忆杂记》，当时只译出了前面的一半，后面的《一封信》终于没有译成，劳生事杂，一搁就搁下来了。后来经一位朋友全部译出，发表在另一月刊的上面。随后他又出了一部书，总算全部都译成了中文了，我正在欣喜，喜欢着有人代我做成了这未竟之功。但不幸得很，拿了中译本来和英译本一对，觉得有许多地方还不十分妥当。而尤其是大家觉得不幸的，是这一位朋友，在那一本书出版之后，竟殉了主义，已经不存在世上了。所以这一回，当整理旧稿之际，我又重新把这一部稿子翻译了一遍。我和我朋友所根据的，原同是由 S. S. Koteliansky and Leonard woolf 两人含译的英文译本。可是与德国 Malik—Verlag 出版的德译《高尔基全集》和日本改造社出版的日译《高尔基全集》中的文字一比较，则英译本在前半的杂记中竟删去了八节记录。英译本是译至三十六节为止的，而德日译本则都有四十四节。现在当我在重译的中间，除将我自己的和朋友的许多译错的地方改正之外，又根据德日的两种译本补上了这八节记录。所以高尔基的这一篇《托尔斯泰回忆杂记》的中译本，虽然称不得完璧，但我想比起英译本来，总要完整得多了。英译本名 *Reminiscences of Tolstoy by Gorki*，是一本一百页光景的单行本，出版处在英国为 Hogarth Press，在美国为 B. W. Huebsch Inc 公司。这一篇回忆杂记的德译者为 Erich Boehme，日译者为外村史郎，我因为得到德日译者的利益不少，所以应该在此地声明一下，以示谢意。

近来看见讨论翻译的文字很多，大抵是在诸杂志及周刊上发表的，但我的对于翻译的见解，却仍旧是非常陈腐。我总以为能做到信、达、雅三步工夫的，就是上品。其次若翻译创作以外的理论批评及其他的东西，则必信必达方有意义，否则就失去翻译的本旨了。至于雅之一事，则今非昔比，白话文并非骈偶文，稍差一点也不要紧。

最近还有一个杂志上在说，说我曾经有过这样的话——现代中国武侠小说的流行，其因是起于中国翻译作品之不良，因为翻译的东西，大家都看不懂，所以只好去读武侠小说了。——这话不晓得该志记者当时有没有听错。假如真是出于当时我的口中的话，那我想在这里订一订正。武侠小说的流行是与翻译没有多大关系的。武侠小说之所以这样流行者，第一是因为社会及国家的没有秩序，第二是因为中国没有正义和法律之故。社会黑暗，国家颠倒的时候，而没有正义没有法律来加以制裁纠正，则一般的不平就没有出气之处了。大之就须发生绝大的革命，小之尤小，在没出息的国家民族内，就只好看看武侠小说，而聊以自慰。日前有位日本的杂志记者，曾来下问，问我以最近中国文学的倾向，我就把这意思告诉了他，说现在武侠小说是正在流行。而尤其是最明显的一个证据，是中国绝对不会有侦探小说产生的一事，因为中国没有法律，所以用不着侦探。中国的法官是没有用的，一粒宝石不见了，随便把几个稍有嫌疑的人拿来杀了就对，你只须有武器，有权力，就是杀一千万个人都不生问题。这一段话虽是蛇足，但因为和翻译有一点点关系，所以就附说在此。

此外是该说到这书里的几篇另外的东西了。杜葛纳夫的那一篇演说，是向来就有名的，但不知何故，英译的《杜葛纳夫全集》里，却没有收在那里，我说的当然是 Heinmann 出的 Constance Garnett 译的全集，日本的升曙梦似乎是译过的，但这日译本我却终于没有见到。现在我所根据的，是一本很旧的德译本，所以或许有些错误也说不定，但以文字论来，我觉得这真是一篇最好也没有的批评文字。大作家对大作家的观察批评，想来总是大家所喜欢阅读的罢？

其次是蔼理斯的《易卜生论》，这一篇虽是一部大作里面的一篇，然而蔼理斯的批评方法，也就可以在这里看得出来了。他先调查了作者的三代血统，然后说明了作者的国土气候，最后才拿了作者的作品，一个一个来分析解剖，拿住了作者的作意之所在，而后再论及他的技巧和艺术。一个有良心的批评家原是应该如此的。这一篇的译笔，虽时有疏漏之处，但是十分荒谬的错误，我觉得总可以免了的。

末后附上的一篇《阿河的艺术》，做批评者和被批评者，在中国都还不十分知道，可是我却很爱这一篇写得真美丽不过的批评。

这书里所收的各篇，作者和论及者，除了南方的一位拿来作对比的塞尔范底斯外，差不多都是北欧的巨人，所以当初我想把这书叫作《北欧气质》的。但后来一想，这书名未免太冷僻一点，所以只用了一个极普通的名字，叫它作了《几个伟大的作家》。

一九三一年九月郁达夫序

文学漫谈

（在暨南大学讲演稿）

一 “文学是宣传”

这一句话，是无论把文学狭义的或广义的解释起来，都可以说得通的。譬如依艺术最上主义者的话说起来，艺术是美的表现，那么一首绝美的诗，和一幅最美的画，使人读了看了，读者看者自然而然地会得到一种美感，而感到愉快，这时候艺术就成了宣传了。更进一步，最大广义的解释起文学来，则从前的六言告示，或“此处不可小便”与画一个乌龟之类，也是文学，也是宣传，至少可以使你晓得这些文字或画形是些什么意思。

中国古来的文人，把这“文学是宣传”的功效说得最大最具体的，是《西厢记》里的那句“笔尖儿横扫五千人”。假使这一句话可以不打折扣而照实应用的时候，那么日本帝国主义者有十万大军来袭，只消有二十个张生就可抵制了。可是现代的这位张生，却只能打两个嫁祸于人，因而开始内战的电报，此外是一个日帝国主义的军队也吓不退的。若想真正的找出这样有笔力的文人来的话，那除非是去找孙悟空或剑仙大侠之类来作法不行。这些荒唐的文人的幻想，又哪里可以据为事实呢？

当然《西厢记》里的这一句话，也并不是照这样死解释的。

宣传的力量若到，则一篇檄文就可以使为个人权利而战的军队倒戈，则笔尖儿横扫五千人的事实，也未始是不可能。所以现在我们若要利用文字来作宣传的话，那应该先查明我们所要宣传的是什么事情。譬如第一要打倒帝国主义在中国的势力，那就得先查明帝国主义在中国所以能跋扈维持的原因在哪里？在帝国主义下所受的中国民众的痛苦是如何？要想打倒它应该采取怎么的一种手段步骤？更还须估量估量在这些帝国主义本国的劳苦群众能不能和我们合作起来？第二，废除不平等条约，应该怎样去进行才得发生效力？第三，打倒国内一切军阀官僚、土豪劣绅、买办阶级、腐化分子以及封建势力，应该从哪些地方入手？第四，要建设一个真正大众的革命政府，须采取怎么的一个战略？凡这些事情，无一不赖宣传，无一不可以用文学来作武器的。

可是有一点，我们必须注意。文学这一件东西本身，并不是飞机、机关枪。文学的效力功用，是间接的。所以必须写得动人，才能达到宣传的目的。光是喊喊口号，或作一些教训指示的空壳文章，是没有用处的。所以在过去的两三年中，普罗文学的喊声，也很热闹，但终于收到了反对的效果，致使民众运动受着莫大的压迫与损失，弱点就在这里。

二　“文学是革命的先驱”

革命是必须破坏的，但这破坏的真意义，并不是无一定目的意识的盲目的破坏。大抵都因社会的积弊，到了万不得已，方才有破坏的事实出现。文学家的神经是最纤敏也没有的组织。对于社会环境，一有了什么不通不顺之处，文学家必在一般人所感到之前预先就有所感触。文学家之所感所思，并且还一定非写出来喊出来不行。所以一般人在笑文学家是作无病呻吟的时候，其实社会的破绽，已经芽锋茁露了。所以法国在大革命之先，有启蒙哲学家一流的人先出来空喊，俄国十月革命未成熟的时候，早就有一九〇五年前后的文学者的一群在谈革命。文学譬如是一根火柴，而革命的客观条件就譬如是装好在炮里的火药弹丸和药线。

三 “文学是进化的”

一切艺术都是时代和社会环境的产物，这是谁也知道的很浅近的一句话，因为创制艺术的人，谁都不能够遗世而独立，去抹杀时代与社会，而孤独地过着鲁滨孙在荒岛上的那样的生活。所以生活和艺术是同出于一源，紧抱在一块，同在一种社会现象的下层深处合流着的一面时代的镜子。时代是不断地在跑，社会也是不断地在变化，所以艺术当然也非同样地更换着不可。譬如一个人的面孔，从小而大而老，耳目五官的位置虽则不动，但是表情纹路，与夫须发之类，却是常在变换移易的。德国的一位哲学家叔本华（Schopenhauer）说：“每一期的时代精神（Zeitgeist）正像尖利的东风，它是无物不洞穿吹过的。所以吾人在无论哪一种作为思想和写作的东西上，或在音乐、绘画之中，与夫这种那种艺术的消长之内，都可以看出它的痕迹来。”

可是这时代精神在各种艺术之中表现得最明显的，当然是莫过于文学，因为文学所用以表现的工具，是和吾人的说话一样的文字。文学家将周围给与他的影响，从他的内部汹涌着的思想和本能感觉里整理排列，用文字表现出来，文学作品就成立了。

那么文学作品，完全是外界的影响，周围的环境所给与文学家的印象么？文学完全是时代的产物么？若是这样的话，那我们所说的文学的永久性又在哪里？前时代的文学，产生这文学的时代已经过去了的伟大文学作品，又何以会还有价值呢？这矛盾，我们在这里就不得不用一个仿佛是二元的，其实却仍旧是一元的理论来解释。当然在文学作品之中，有一部分完全系属于时代的产物，那是要和时代一道地过去的，譬如十几年前的中国那些红男绿女佳人才子式的小说，现在当然是没有人再去翻读了，因为现代的社会环境，已经是完全变过了的缘故。

可是还有一部分伟大的文学作品，则不问时之古今与地的中外，对我们还有兴趣，我们觉得它们还是有价值者，其理由究在什么地方呢？在这里，我们就不得不把作家的自我和人性加入到思考里去。大作家的把捉时代，是要把捉住时代精神的最主要的一个根本观念，是要把捉住超出在一短时候和各种不相干的琐碎关系之外的人性的本质（Das Wesen der Menschheit）的。这时代的基础观念和人性的本质融化入作家的个性，天才作者然后再把它们完完整整地再现出来，于是千古不灭的伟大作品，就马上可以成立了。作家的自我通过了艺术作品这重门而冲入到了时代精神之内，时代精神同样的也通过了作家的自我而淋漓尽致地渗入去混在艺术作品之中，两相融化，各相为用，在这里方才能够发出灿烂的光辉，铸成金字的高塔，伟大的文学之所以有永久性者，原因也就在这里。所以时代可以影响作家，而结果作家也可以影响和促进时代。

因为作家所把捉着的是时代精神的基础观念，所以这观念一定是大众的、一般的。因为作家所具现的是人性的本质，所以他的作品也就是古今中外不易的东西。

所以照这样的看来，文学之为时代和社会环境的产物这一句话，是千真万确的了。时代和社会有变化，自然地文学也必定有变化。但时代是向前进的，社会也在不断地改善的。而文学家所追求表现的，又系是最高的理想和最适应时代的人生系统（Das Lebens-system）。从这各方面综合起来，那“文学是进化的”这一个真理，自然是可以说毫无疑义的了。（文学的本质既是如此，那么将这本质具体化出来的文体形式当然也是一样的。）

四　结论

正唯其是如此，所以我们到了这样内忧外患一时俱集的时候，也还要来谈文学。我们要用文学来作宣传，唤醒我们本国的群众，叫他们大家起来反抗帝国主义。我们要用文学来作水门汀，使我们中国和世界各国的被压迫群众都能联合起来，站在一条战线之上。我们要用文学来鼓吹世界革命，用以抵抗帝国主义者和资本家的世界第二次大屠杀。最后我们还要用了文学来促成最合理最进步的新社会的实现——虽然我所说的新社会却和那位英国的老僧正 The gloomy Dean Inge 所说的梦话 Utopia 是完全不同的——

在这样寒冷的冬天，以这样无聊平淡的废话来占据了诸君的好多宝贵的光阴，这是我所抱歉的地方。但今天在场的诸君，听了我的这一席话之后，倘能够去分析一分析现在的时代社会，而不屈不挠地去寻出吾人现在所应该走的大道，那我的喜悦，就最大也不能更过于此的了。

一九三二年一月七日

现代小说所经过的路程

小说已经有五六百年——好奇的考古学家，每在主张着说，二三千年前已经有了小说这一种著作了——的历史在它的背后，所以它的进化转变成今日的状态，也决不是偶然的事情。

尤其是在文化最古的中国，汉时（在西历纪元以前）已有稗官之设，使采取闾巷的细言。至于小说的最初渊薮，更可上溯至《楚辞》的《天问》及《山海经》等篇，年代更加荒远了。但古时中国的小说，本来就不为儒家所重视，朝廷士大夫，尤不屑称道，以为是“街谈巷语，道听途说者之所造”。而一般小说作者，也就易避难，自甘菲薄，既无刻苦振作之心，又每具琐碎因循之习，所以从来中国的所谓小说家者流，所记缀者，大别不外乎两种：（一）系叙述杂事琐语的，如《西京杂记》、《朝野佥载》之类，（二）系记录异闻怪事的，如《山海经》、《海内十洲记》之类，其后的许多笔记小说，就系这两种东西的混血儿，这些都是不具近代小说的体格的东西。及宋代的平话及通俗小说本出来，由元历明，迭出了《水浒传》、《三国志演义》、《西游记》等巨著，到了清朝，更出了吴敬梓（《儒林外史》）、曹雪芹（《红楼梦》）这两大天才。创造成中国小说史上的一个黄金时代，于是小说的体制，才算完备，而现代小说的雏形，也就此铸就了。

（我觉得中国小说的典型，总逃不出五种大小说的范围。第一，宋代平话京本通俗小说，是短篇小说的楷模，《今古奇观》之类，完全仿此。第二，《水浒传》的叙事及性格描写，是历史及社会小说的祖宗，《三国志演义》、《岳传》等类，完全是模仿它的，刘备就是宋江，张飞、牛皋就是李逵。第三，《西游记》当然是神怪传奇小说的先驱，《封神传》、《镜花缘》之类，就是它的后嗣，虽则它的人物性格，多少也是模仿《水浒》的。第四，《儒林外史》，是写一般社会状态，尤其是描写知识阶级及土豪劣绅阶级的一部百科全书。《金瓶梅》中之除去性交形状描模以外的记述，虽然是和《儒林外史》有点相像，但两书的重心着力点完全不同，所以《老残游记》之类，毕竟是《儒林外史》的后继者，而不是受着《金瓶梅》的影响的。第五，《红楼梦》，中国的言情小说，除此而外，更没有再伟大，再完备的小说了。上述的《金瓶梅》等，却是另外的一种性质，当然是又当别论，自清朝乾嘉以后，一直到新文学兴起已经有十余年的现代，我们且看看鸳鸯蝴蝶派的小说还在那么流行，这岂不是《红楼梦》的绚烂的余辉么？至如模仿《红楼梦》到了十分，非常显而易见的言情小说如《品花宝鉴》，《花月痕》之类，则更加可以不必说了。去年曾有一位研究中国小说的外国文学者来问道于盲，要我举出中国小说的几部代表作品来告诉给他，我就毫无踌躇地举出了上述的五部。）

中国的小说，到了清朝，已经是极盛了，但其后又因为皇帝及士大夫的封建观念的陈腐，而朝廷的奖励又偏于八股时文及载道的圣经贤传，所以清自中叶以来，二百余年，小说就只落在一班轻薄文人的手里。到了晚清末季，则更是鸳鸯蝴蝶，只作为文丐文娼的糊口索诈之资，作品的卑污恶劣，愈趋愈下，简直是谈也无从谈起了。

一九一二年民族革命军兴，推翻了满清的帝制，中国的上下，才宽了一宽眼界。三五年后，于社会组织，社会风习，略变了一变式样之余，新的潮流，就在欧洲美国日本等处汹涌而来，于是在思想上一向抱着闭关自守的精神的中华民族，也不得不振作起来，转换方向。自此以后，中国的思想界便加入了世界的联盟，而成了受着世界潮流灌溉的一块园地，所以中国现代的真正文艺复兴，应该断自五四运动起始才对。正唯其如此，故而目下我们来论述小说，也应该明白了西欧小说的古今趋势，才能够说话，因为现代的中国小说，已经接上了欧洲各国的小说系统，而成了世界文学的一条枝干的缘故。

欧洲的近代以及现代的小说，大别起来，也不外乎两种。一种是只叙述外面的事件起伏的，如塞尔范底斯的《堂·克蓄德》（Cervantes'*Don Quixote*）就是这一种小说的先例。（中国向来的小说，除出几部特异者外，都是属于这一系统的作品。）这小说的第一部，出在一六〇五年，第二部于一六一五年出来。里面所描写的是西班牙拉·曼却（La Mancha）的一个村落里的一位性格善良，头脑简单的绅士。他读了许多关于中世武士的义侠的小说，遂受了这些小说之迷，竟穿起了一套旧时武士的甲胄，骑上了一匹名叫洛齐难戴（Rozinante）的羸马，而出去巡行，追寻着时代错误的古代武士的经历，自命曰：拉·曼却地方的堂·克蓄德，因为武士必须有一个爱人而去为她冒险，他所以择定了一位由他命名作杜儿西奈亚（Dulcinea）的理想中的美人作他的巡历的目标，而以一位无智的忠实的乡农山巧·班沙（SanchoPansa）为他的护士，他幻想着自己是一个救世济民的武士，所以十七世纪的西班牙国道上在行走的许多寻常的行人，就在他的眼里都变作了不德的武人，受苦的美女和只在神话传说里所有的巨妖骇怪之类的一些幻象。譬如有一次，他看见了风车轮翼的回旋，竟以为是害人的巨怪，便和他的随从护士为济世安民之故，向风车大战起来，终至于他们俩不得不因此类似疯狂的行为之故，而陷入于困难的现实之境。像这样的他的幻想与现实处处发生冲突，所以他的一生事迹，都是滑稽的笑柄。到了垂死的时候，他才醒悟转来，然而一生却已经殉了他的理想而过去了。

这小说可说是大规模地描写外部事件变迁的小说之祖，近代小说之含有事件起伏和一幕一幕的剧的场面似的内容，因之造成一个典型人物，而表现出现实与理想的矛盾来的作品，其先河可以说是开在这一位西班牙的舠轲不遇的文人的手里的。虽则这一种冒险经历纪叙的手法，在荷马（Homer）时代的史诗《奥迪赛》（*Odyssey*）里，已经可以看到，然而近代小说的开始，当然要推塞尔范底斯（1547—1616）的这部奇书《堂·克蓄德》。

属于《堂·克蓄德》一流的代表作品，还有一部法国勒·沙殊（Le Sage，1668—1747）所著的《琪儿·勃拉斯》（*Gil Blas*）。这小说自一七一五年发行初两卷起，直到一七三五年全部完成为止，足足费了作者二十年的工夫。主人公琪儿·勃拉斯是一个孤儿，十七岁的时候，叔父给了他一匹驴子，几块洋钱，教他出去看看世界，求点学问，上萨·拉曼加（Salamanca）的大学去卒他的业。一路上他就遇到了些骗子、强盗、优伶、帮闲之类的人物。经过了许多变迁，受尽了种种荣辱，也曾作过医师的助手，美妇的帮闲，首相的书记等等，最后他才安顿下来，过他的清白的日子。所叙的事实，原同《奥迪赛》的连珠记事差仿不多，但诙谐百出，巧智横生，而书中出来的人物性格，也各具典型。作者沙殊从没有到过西班牙，而他的这以西班牙为背景的小说，竟写得神气活现，致使西班牙的译者和法国的伏儿泰儿（Voltaire）都疑他为剽窃西班牙的旧作的作品。这《琪儿·勃拉斯》实在是专门家所说的劈加来斯克（Picaresque）小说中的一部最好的模范，视它为歌德（Goethe）的《威廉·迈衣斯泰》（*Wilhelm Meister*），夏多勃里安（Châteaubriand）的《勒奈》（René）及斯戴儿夫人

（Madame de Stael）的《哥怜奴》（*Corinne*）的粉本，也不算为过。

欧洲近代小说的第二种，与上述诸作背道而驰的，就是那些注重于描写内心的纷争苦闷，而不将全力倾泻在外部事变的记述上的作品。依美国女作家爱迭斯·华东（Edith Wharton）之所说，则近代小说的真正的开始，就在这里，就是在把小说的动作从稠人广众的街巷间移转到了心理上去的这一点。

> "Modern fiction really began when the 'action' of the novel was transferred from the street to the Soul."
>
> Edith Wharton：The *writing of Fiction*. P. 3

在小说上作这一步的最初的尝试者，当推法国的拉费爱脱夫人（Madame de La Fayette，1634—1693）的那篇《克来芜公爵夫人》（*La Princesse de Cléves*）了。这书出在一六七八年，系描写克来芜公爵夫人对自己的男人既欲竭尽忠贞，然而她的内心却在对奴慕尔公爵（Duc de Nemours）感到不能自已的爱的。这些内心的苦闷，绝望的隐忍的热情，与夫表面上虽则不露出来，然而在心里却在起伏着的欢乐与悲哀，就是这一篇小说的独到之处。顺这一条系统的近代心理小说，到了亚培·泊来伏斯脱（Abbé prévost，1697—1763）著的《曼侬·来斯各》（*Manon Lescaut*，1731）出世之后，又向前进了一步。因为在这小说里的主角人物，是破了常套典型的有血有肉的平常我们所看得到遇得着的活人，并不是像老式传下来的那些男主人公女主人公恶汉与严父之类的呆板木头人。

《曼侬·来斯各》里的许多人物虽则破了常套，接近了写实的手法。可是书中各人的性格，还不免有些抽象的。直到提特洛（Diderot，1713—1784）的那篇《拉摩的侄儿》（*Le Neveu de*

Rameau）在他身后被发现之后，我们才真正地看到了近代小说中的性格这一个特型。《拉摩的侄儿》是一篇作者和寄生虫般的无赖汉拉摩的侄儿两人中间的对话。十八世纪的人物性格，社会情形，音乐哲学等在这一位无赖汉的聪明冷讽而又富于诙谐的谈话里描摹批评得几乎毫末无遗。提特洛的这一种性格捏塑的手腕，非但是巴尔札克（Balzac，1799—1850）的老师，并且也可以说是杜斯妥以夫斯基（Dostoyevsky，1821—1881）的先驱骑手。

这中间虽则英国也有了迭福（Defoe，1661—1731），非而亭（Fielding，1707—1754）、斯摩来脱（Smollet，1721—1771）、李佳特生（Richardson，1689—1761）等新型小说的创制，但是现代小说的真正推进者，却仍是生在法国的两位后起的特殊天才。一个便是上面说过的巴尔札克，一个是本名马利安利·培儿（Marie—Henri Beyle）的斯当达耳（Stendhal，1783—1842）。

在提特洛之后，巴尔札克就是第一个人，他能把他的人物在肉体上精神上看得清清楚楚，凡他或她们的生活习惯，嗜好弱点，无不刻画尽致。而他所描写的剧的动作，又纯系由这些人物的对于他们的环境——如住宅、街市、职业等——或他们的遗传天性及各人相互间的偶然的接触中抽绎出来的事件。巴尔札克自身在把这些写实的影响，归功于英国的司考得（Scott，1771—1832），但司考得的观察是肤浅而虚伪的，尤其是写到了男女的爱情，他总不免要受着当时时代的影响，不能如实地描写得淋漓尽致。而巴尔札克的手法，却不同了，他所描写的女性，不论是老的幼的，都是栩栩欲活的人，满保有着人生所难免的矛盾和热情，一点儿也没有夸大，一点儿也没有做作。其他的性格，如吝啬狂者、财阀、僧侣、医生之类，凡由巴尔札克所创造出来的人物，总没有一个不是实实在在的。所以结果司考得终于是一位浪漫的色彩很浓厚的作家，而巴尔札克却确是近代写实主义的伟大的导师。

斯当达耳所分析解剖的人物性格，尤其是特异精确了。他的唯一的功绩，是在把人物的动作心理动机，直掘到了最后的源泉去的那一点。在个人的心理分析上，在周围情势的影响实写上，斯当达耳就是到了二十世纪的现在，也还是一个无人追得上他的苦心雕刻者。

这两位大作家的作品的新异的地方，就在他们的把人的性格之造成，完全系属到了特殊的物质和社会条件上去的那一件事情。是以由巴尔札克说来，他的人物之所以会变得这样这样者，就因为这些人物的职业是如此，或所住的房屋和周围的环境是如此的缘故。照斯当达耳的看法，则他的人物性格，所以要那么那么地发展开去的原因，都因为这人物所想插身进去的社会是那么样的缘故。或系有一块地他在羡慕，或者有一个有权势和时髦的人他在模仿，因而就发生了主人公的许多动作和行为。（巴尔札克的小说，如*Les Parents Pauvres*，*Le Père Goriot*等篇，是百读也不会使人厌的；斯当达耳的杰作，则当推*Le Rougeet Le Noir*，*La Chartreuse de Parme*。）总之欧洲的小说，自十六七世纪开始萌芽以来，这两位小说家就是最初注意到“一个人物性格的造成，是决逃不出周围的人类和事物的影响的”先觉者（英国迭福的那篇《荡妇自传》[*Moll Flanders*]却是一个例外），而他们坚强有力的写实的笔致，也是近世种种大同小异的流派的开路先锋。

自从这两位作家的死后，到如今将近百年，其间小说的派别风气，不知变换了几次，然而个人性格的捏塑，社会物质的对于个人的影响，心理的分析，和一丝不漏的写实的笔法，却终是千古不易的小说的定则。目下的小说又在转换方向了，于解剖个人的心理之外，还须写出集团的心理；在描写日常的琐事之中，要说出它们的对大众对社会的重大的意义。向这新的小说方面，大胆奋勉地在作不断地尝试者，是许多新俄的少壮的作家。他们的作品，他们的对于艺术和创作的理论态度，被翻译输入到中国来的，数量已经不少，我在此地可以不再说了。

一九三二年一月

本篇的参考书类：

一　鲁迅著《中国小说史略》

二　Henry Burrowed Lathrop：*The Art of the Novelists* 的最后一章“小说发展中的几个高潮点”

三　爱迭斯·华东女士著《小说作法》第一章总论

四　关于《堂·克蓄德》，请看《奔流》一卷中的拙译杜葛纳夫的论文

五　Herbert Read：*Reason and Romanticism* 中的最后一章《现代小说》

六　牛津大学出版部印行“法国丛书”中之《法国文学史》（*A History of French Literature*），著者为 C. H. Conrad Wright

介绍萧伯纳

萧伯纳的名字叫作 George Bernard Shaw 简作 G. B. S. 和司替文孙的 R. L. s. 三个头字一样的为大家所知道。一千八百五十六年，生于南爱尔兰之杜伯林（Dublin）市，一八七六年随母至伦敦。是一位很漂亮的杂文记者，不守旧例不循规矩的批评家。后为费边协会会员，成了非正统的社会主义者。先写小说，最著名的为《开舍尔·贝伦》（*Cashel Byron's Professsion*）及《艺术家间之爱》与《非社会的社会主义者》等。初受美国亨利·乔其的学说影响，后转入于马克斯主义。以戏剧为他的宣传武器，作成剧本至数十种之多，最著名的，有《武器与人》、《人及超人》、《华伦夫人的职业》、《圣爵安》等等。散文集之有名的，为《戏剧论集》、《伊孛生主义》、《乐圣华格纳》等的宣述，以及为有产阶级男女说社会主义的著作等等。

平生爱听音乐，爱看戏剧，爱说死话，爱作长序。连对他自己的父亲的批评，都喜欢以死话出之。他说："我的父亲是一个无能的、不成功的人，在主义上他是一位热烈的禁酒主义者，但在实际上却是常在偷偷喝酒的醉汉。"又最爱和人抬杠子打叉，譬如当一位德国犹太人马克斯·诺尔道（Max Nordau）在摆起新人的面孔，大说近代艺术的堕落的时候，他老就会一反素来的习惯，出来说最守旧的妙语。到了他古稀的诞辰，英国各报，当然都登他的照片，争呈颂誉，他老人家却忿忿地说：“我早晨起来，一见了这许多报上的我自己的照片，倒以为我是死了。”

在英文里有一个新字，叫作 Shavian 后面加上一个 ism 或 ist 上去，就是属于这的主义及主义者。字典上去翻翻，或者会翻不到，怕要译作剃头主义或整容主义者，但其实却是指萧老的崇拜及模仿者而言，犹左拉之于 Zolaism 也。关于萧的评传之类，英美出得很多，似以 Frank Harris 和 Archibald Henderson 的两本为最好。

我们对于萧的希望，就想他能以幽默的口吻去向世界各国说出我们政府对于日本帝国主义来侵后的幽默，与国联对于此事的幽默，另外倒也没有什么。

達夫文集

郁达夫

文论集（下）

郁达夫◎著

吉林出版集团股份有限公司

略举关于文艺批评的中国书籍

中国的文艺批评，探水寻源，大约可以远溯至于孔子的删诗订礼，在西历纪元前的五六百年。孔子虽是一位述而不作，集大成的批评家，但关于文艺批评的话，如行有余力，则以学文之类，只散见于语录之中，没有成书。

到了战国，文学大兴，章实斋在《诗教》篇里说："周衰文弊，六艺道息，而诸子争鸣。盖至战国而文章之变尽，至战国而著述之事专，至战国而后世之文体备，故论文于战国，而升降盛衰之故可知也……"。但战国时作者虽多，而文艺批评的专家之如孔子者，却也没有。

降而至汉，则承秦火之余，考订、训诂，变作了文艺批评家的专务，于是乎就有了刘向刘歆的《七略》。刘氏《七略》，经班固一删，成为《汉书·艺文志》而流传到了现在，为后世目录分类学的先驱，像清朝（《四库全书总目提要》之类，就是这一派文艺批评的巨著。

自汉以后，而三国，而六朝，文艺批评始有专著。陆机有《文赋》在先，梁刘舍人彦和广其意而作《文心雕龙》，这是中国文艺批评中之最初的专著，直到现在，一提起文评，我们还不得不首举此作。但在他的《序志》篇里，所举的前人评文之失，他自己也仍旧不能够免掉。《序志》篇中说：

详观近代之论文者多矣，至于魏文述典，陈思序书，应玚《文论》，陆机《文赋》，仲治《流别》，宏范《翰林》，各照隅隙，鲜观衢路；或臧否当时之才，或铨品前修之文，或泛举雅俗之旨，或撮题篇章之意。魏典密而不周，陈书辩而无当，应论华而疏略，陆赋巧而碎乱，《流别》精而少功，《翰林》浅而寡要。又君山公干之徒，吉甫士龙之辈，泛议文意，往往间出，并未能振叶以寻根，观澜而索源，不述先哲之诰，无益后生之虑。……

他所说的，是魏文帝的《典论》，曹子建《与吴质书》，挚虞的《文章流别》，李宏度的《翰林论》，应玚的《文质论》等。他所见到的诸家缺点，原很中肯。但失之于华，失之于不周，失之于碎乱，就是《文心雕龙》自己也在所不免。总之此书虽是非科学的文艺批评论，但总也可算得是中国诗文评论中的一部大著。所以《四库全书总目》里把它列在诗文评类之首，以示推崇。

《四库全书总目》集部四十八，诗文评类一里的按语说：

文章莫盛于两汉，浑浑灏灏，文成法立，无格律之可拘。建安黄初，体裁渐备，故论文之说出焉，《典论》其首也。其勒成一书，传于今者，则断自刘勰钟嵘。勰究文体之源流而评其工拙，嵘第作者之甲乙而溯厥师承，为例各殊，至皎然《诗式》，备陈法律，孟棨《本事诗》，旁采故实，刘攽《中山诗话》，欧阳修《六一诗话》，体兼说部，后所论著，不出此五例中矣。宋明两代，均好为议论，所撰尤繁。……

这一段话，觉得也很有见地，故特引用在此。

同时梁钟嵘的《诗品》，是评诗的专著，其源仿自颜之推的《家训》。《颜氏家训》卷四的“文章第九”篇中，自“屈原露才扬己，显暴君过”以下，直至“王元长凶贼自贻，谢元晖侮慢见及”为止，都是一人加以一个评语的体裁，和钟嵘的第作者之甲乙的辩论方法，差仿不多，不过钟仲伟的评论发挥，稍加详耳。任昉的《文章缘起》，书如其名，只溯源流，无关宏旨，所以不好视作评文之著。

唐以诗取士，唐诗在中国文学史上的地位，大家是晓得的，但对于文艺批评的伟论专著，却不见得多。可是同时代人对同时代人的诗文的评话，则在各家的专集里，在在多有流露，如老杜的“白也诗无敌，飘然思不群”，小杜的“杜诗韩笔愁来读，似遣麻姑痒处搔”之类，但自成一家之著，如《文心雕龙》者，则寥寥没有几种。至如李德裕的《文章论》，和韩退之的论文大旨，异途同归，要亦戋戋小著，不足道也。唐代的文艺批评，反而在颜师古的训诂考订，及刘知几的评史稽古上，别开了生面；所以《汉书注》，《史通》等，倒是唐代的评注文中的菁华。评诗之书，则司空图的《诗品》，释皎然的《诗式》，较为华丽专精。若孟棨的《本事诗》，则如《四库总目提要》中的所说，旁采故实，有点像后世的一般诗话了。

宋代承平日久，作者多于牛毛，诗话诗评，尤浩如烟海，举不胜举，先以评文的专著来说，则王铚的《四六话》，谢伋的《四六谈尘》，洪容斋的《四六丛谈》，陈骙的《文则》，王正德的《余师录》，李耆卿的《章文精义》等，稍有系统。至于诗话，则各家多有见地，多有好处，不能一一标名，我只想举出计有功的《唐诗纪事》和严羽的《沧浪诗话》两部来，劝初学的人去看看，必有所得。

元代的评文之书，当首推陈绎曾的《文说》一卷，其《文筌》八卷，并不见佳。其次则王构的《修辞鉴衡》，虽则多系采录他人的意见，然去取颇为精核。又刘壎的《隐居通义》三十一卷中，其评诗论文的二十卷，征引赅博，对于文艺批评，多所贡献，亦犹宋王应麟的《困学记闻》，清顾炎武的《日知录》等，虽不是评文的专书，却很可以用作参考也。

明人的评文专著，有王文禄的《文脉》三卷，略抒己见。其次若黄洪宪的《玉堂日钞》，则系抄摘四五家的论文要旨，缀拾成书者，不能目为批评文艺的专集。至如朱荃宰的《文通》，虽勉仿《雕龙》，然其实亦只摭拾百家，藉示奥博而已。明人的诗话，却也不少，其中当以王世贞的《艺苑卮言》，及杨慎的《杂著》，与胡应麟的《诗薮》及《笔丛》等为较博一点。

清朝一代，盛世之文学，各类俱臻极顶，足比前代，但文艺批评的巨著，却也没有。评文者除桐城阳湖两派的选文标准外，我只晓得乌程孙松友的《四六丛话》，泾县包慎伯的《文谱》，兴化刘熙载的《文概》，及许多散见于诸专集中的论文短篇而已。独于评诗的一门，却是著作很多，如王渔洋述的《燃灯记闻》，《师友诗传录》，沈德潜的《说诗晬语》，赵秋谷的《谈龙录》，宋牧仲的《漫堂说诗》等，都是可作参考的精密著述，虽不是文艺批评的总说，但也不失为一门一类的名著。至于诗话，则自吴景旭的《历代诗话》以下，乾嘉上下，代有名人，卷帙之繁，大约可以超轶明代而上之，这里略去不举。

现代新文学兴起之后，中国所出的关于文艺批评的著译很多，这些系属于世界文学的系统的，当另外再以一篇东西洋文艺批评参考书略目来介绍。

一九三三年三月廿七日讲稿

文学上的智的价值

人是理性的动物，所以一受外界刺激，除只有反射作用发生的诸刺激外，总须起内心的作用。就是日常所见的广告，我们看了，内心也必有一种反应起来，不过这些反应，在文学上是不能以智的价值来解释而已。我们所说的智的价值，是当读过一册书或一首诗以后，心里所感到的一种目的意识，能使我们的精神生活更丰富和扩大起来的那一种文学上的效用。见广告而想买东西，或能使我们的物质生活得到满足与安慰，但与我们的智的生活，却无关系。

另外的各种艺术，像音乐、绘画、雕刻、跳舞之类，是不重在智的价值的，它们全是由感官接受的美的表现，是通过耳目而把美唤起在我们的心里的，故不重在智的感染，例如音乐就是一个好例。

文学的智的价值，不在解决一个难问题（如国家财政预算书之类），也不在表现一种深奥的真理（如哲学论文之类）。

智的价值的可以测定，就因为它有种种阶段的不同。譬如词曲、喜剧、纯抒情诗等文艺作品中所含智的分子比较得少，但它们的价值，自然是可以以其他的两种价值的增重来补足。故而测定文学作品的价值，光以一种标准来立论，是危险得很的尝试。因为文学是复合浑成的东西，必须将情的价值，遭德的价值等联系起来，才能判断，不能执一端而弃其他。我们在这里把批评文艺的价值，分成三部分来看，不过是一种为便利起见的企图。

当然有些文学如散文、史传、论文之类，是偏重在智的方面的。但就是在这些作品中，能于智的价值之外，更加有丰富的情的价值，则该作品的成功和评价，一定也愈来得高。在所谓创造的文学里——如诗，小说，戏剧等——原是以情感的价值为中心的，但在作者之中，也未始没有把智的作用视为重要成分的，如Pope、Browning、Butler、B. Shaw、Edwin Arlington. Robinson 等及宋代的道学诗人辈的作品，就是一个好例。不过在创造文学里头，智的成分过重，也并不一定是好文学的证明。如新近去世的英国文坛的耆宿 George Moore，就以绝对客观，不容一毫作者的偏见理想在创作中，为文学的极致。此外更有一派新兴的所谓 Imagists 的主张，以受印象而后有感于心的心象为诗的唯一内容之类，都是将智的成分看得很轻的；因之他们所唯一重视的，自然是情感的价值了。

智的价值，虽不是创作文学的唯一生命，但反过来说，千古不灭的大文学，必都是有智的价值的一语，却是铁案。譬如诗三百篇、楚辞、唐诗、宋词、元曲等，内容虽只咏述了些感情，但我们读了之后，自然而然地会感到我们的精神生活加富了，就从这一点而论，它们的智的价值也必然地很高。

在批评文艺作品的时候，少有人固执着逻辑的法则的。可是不合逻辑的文学，终于不是伟大的文学；尤其是小说与戏剧的两种，是非要合乎理性不可的。思路不清，前后不一贯等弊病，当然不是大文学所应有的东西。还有在有些抒情诗里偶尔一看，觉得仿佛是不合情理的狂人呓语，但你仔细去一想，或以自己的体验来一度诗人之心，则在外貌是似乎矛盾，无据，不通的文学里，也会感得无上的真理。譬如 John Keats 在 *Ode to aNightingale* 里说：

A thing of beauty is a joy forever！这诗人的空想，初看似乎不通，陈腐，没有什么意义，但于再三玩味之后，我们才会晓得“秀色可餐”的这句话，也决不是空言。

说到上面提起的陈腐两字，是很不容易解释的名词。文学原尚独创，可是“天日之下，无物是新”的这句英国俗语，的确也是至理名言。所以在文学上的所谓独创性，不过是当那一瞬时的一种感觉，以那一个特殊的形式来表现，而使成为这作家自己特有的一种思想或作品而已。

文学上的“智的价值”的解释，最浅近的一句话，是对读者的知识（information）的给予。不过光是知识的供给者，并不是都是文学，例如代数几何教科书，上海指南，公债市面报告书等，知识虽能给予我们的，但这些谁也知道并不是文学。所以文学上的智的价值，非要和情感的价值、道德的价值等总和起来，才能判断的。所以文学上的智的价值之所归，无非在乎它的能丰润我们的智的生活，能帮助与促进我们对于生的了解与享乐，能增加我们的经验而澄清我们的思路各点上，当然不仅仅在乎使我们增加知识的这一件呆事高头。

其次要说的，是文学上所谓的知识，和科学上所说的知识的不同的一点。就是文学的真实性，在科学上未必一定是通用的。因为文学是作者将真理真实拿来，加以一阵情感的外衣，而翻译过一道的制作品，并不是事实本身。在这一点上，各文学家对于写实主义的界说，很有争论。不过纯科学的自然主义作家们的那一种议论，当然是有语病，但在实际，则文学含真实性愈多，内容也愈充实而健全的一句话，却是千真万确的。须知真实性有相似性和适合性的两种，于证明事实时，当然是着重前者，于贯彻全体时，当然非适用后者不可（Correspondence notion andcoherence notion）。

文艺上的智的价值，须与情感的价值联合在一气的事情，前面已经再三说过了。还有这些文艺上的知识与真实，假使能够影响及于我们的思想行动，使我们实际得着益处，则这些文艺的价值当然要算是顶高。这一点当于论道德的价值的短文中再来说及。

末了，要说幽默的价值了。有些人说幽默是属于智的，有些人说是属于情的。这争论在各大家的论文里，各说得很起劲，但平心而论，则幽默之种类，当然是以先诉于智，而后动及于情者，方为上乘，若只限于文字之游戏，及错误场面的牵就造成，则在文学上的价值并不能算得很高。

一九三三年五月中公讲演

屠格涅夫的《罗亭》问世以前

在许许多多古今大小的外国作家里面，我觉得最可爱、最熟悉，同他的作品交往得最久而不会生厌的，便是屠格涅夫。这在我也许是和人不同的一种特别的偏嗜，因为我的开始读小说，开始想写小说，受的完全是这一位相貌柔和，眼睛有点忧郁，绕腮胡长得满满的北国巨人的影响。但从他的长短作品，差不多有四分之三，都被中国翻译出了的一点看来，则屠格涅夫的崇拜者，在中国，也决不是仅仅只几个弄弄文笔的人的这件事情，也很明白。

他于一八一八年十月二十八日，生于奥料儿（Orel）的一家贵族（本为鞑靼系）之家。一八二九年入一私塾，初学英文。一八三二年至三三年间，生了一场大病，由童年一变而为青年，身体也长高了，爱好文学梦想的倾向也坚定了，一八三三年满十五岁的前后，当进莫斯科大学的时候，他居然是一位身体强健，背脊略驼的成人了。在莫斯科大学修完了一年业后，他的哥哥尼哥拉斯已在彼得堡，母亲在预备到德国去试浴温泉，而病得厉害得很的父亲，也在打算离开莫斯科而去首都，在这些风尘仆仆的来往之间，年轻的伊凡·屠格涅夫（Ivan Sergeyevich Turgenev）早就养成一种行旅飘流的性癖，他的后来的流寓异邦，死在法国的结末，不能不说是家庭在幼时将他养成的倾向。

一八三四年的秋天，伊凡也上圣彼得堡去了，就在那里进了彼得堡的大学。他到彼得堡不久，长年病发的他的父亲，也就死去。夫妻间的感情，本不融洽，相貌也并不美丽（是一张麻脸，富有遗产，后来屠格涅夫常去住的斯巴斯可埃［Spasskoye］的房产田地等，就是他母亲带来的遗产）的他的母亲，当时还在意大利养病。故而父亲死后，伊凡和尼哥拉斯兄弟俩，就成了受叔父照管的无父的孤儿。

他的父母，他的叔父，他的历次所遇到的先生同学之类，后来都一个一个的被他用了灵妙的笔法，写在他的许多长短作品之中。这件事情，想是读过几册屠格涅夫的作品的人，谁也知道的，我在此地可以不必说了。

在彼得堡修学的三年中间，他接触的人也多了，看社会的变动也看熟了，读书的范围也扩大了，就在中间，屠格涅夫便奠定了他后来的震惊一世的文学者的始基。

他的《文学与生活回忆录》里面的第一章，所写者就是一位彼得堡大学的文学教授泊来脱内夫（Pletneff）和他的关系（见 *Literaturund Lebens Erinnerungen* 十页至二十二页）。他在泊来脱内夫家的门口，曾第一次遇见了当时为一般俄国青年所拜倒的诗王普希金，他也在那里第一次参加了诗文评诵的文学家的座谈会。他的所以被邀入参加的原因，就因为在这前后，他曾做了一篇处女作诗剧 *Stenio* 交给了这位教授，请他评定；而泊来脱内夫也在这处女作里，看出了他是一位可造之才，这是一八三七年春间的事情。

他的第一次的发表创作，也是由于泊来脱内夫教授的推荐，是两首诗，系印在由普希金领导的《现代人》（*Sovremennik*）杂志上的。

一八三八年五月，他在大学卒业后还不满一年，因欲更求深造之故，就匆匆上了柏林留学的旅途。他的母亲，曾叮嘱再三，讲了许多的规劝的絮语，临行前，并且全家曾上客栈的礼拜堂去祈祷他的行旅的安全，汽笛鸣时，轮船“尼哥拉斯号”（因为当时铁路未通，由俄赴欧，走的是海道）将欲离岸的一瞬间，他母亲几乎为了不忍别离之故而昏厥，这些事情，都缕缕在 Avrahm Yarmolinsky 著的那册《屠格涅夫》的大著里详述在那里。从此之后，屠格涅夫就满身的沉入了西欧的文化涡中，不复是一位驯良懒惰的斯拉夫人了。

在柏林，他结识的朋友很多，无政府主义的老祖宗巴枯宁，谨严和平的 Stankevich 及昔年的许多大学里的同学，都日夕聚在一处。智识上所受的影响之最显著者，当然是当时正风行的 Hegel 的哲学。

经过一二年的豪放散逸的柏林学生生活，伊凡的心驰野了，他母亲的悲泣哀求，计谋恐吓，都不能使这位野少年伏伏贴贴地再回到黑暗专制，乱七八糟的俄罗斯来。及受了一次恋爱的痛创之后，好容易在一八三九的十月，伊凡终回国去省了一次亲，但到了一八四〇年的正月，他又出来了，以后就在欧洲各处如意大利、瑞士等地方旅行了一年。一八四一年的夏天，他终算学成了归国，上斯巴斯可埃他母亲的身边去住了几天。可是在这中间，他又同去柏林之先和一位农奴的女孩发生过关系时一样，竟猫猫虎虎地和一位他母亲的女裁缝师生下了一个小孩。同时因巴枯宁介绍之故更同巴枯宁的妹妹塔的亚娜（Tatyana）发生了像罗亭对娜泰芽似的恋爱关系。这一年的圣诞节，他并且离开了爱母，上远在二百俄里外土耳作克市（Torzhok）近旁的巴枯宁家去过的。他和塔的亚娜的关系，似有若无地继续了总约莫有三年之久的岁月。巴枯宁家的姊妹，实在也真多，若白林斯基（Belinsky），若博得金（Botkin），都是和他家的姊妹们发生过热恋的。

一八四二年因欲谋得莫斯科大学哲学教授之故，他上彼得堡母校去考取学位，但因为只差了一篇结末的论文，竟将学位的事情永久地搁了下来。他母亲不得已就只好要他上内务部去供职，想使他成一个有名誉的公务人员，但性情终于不合，两年之后，他也就辞职了；辞职的原因，却因为他自己不慎一溜笔尖，而使一位贫苦的窃贼之该受三十小鞭者受了三十大板。他的一八四三年在圣彼得堡出版的第一部叙事诗集 *Parascha* 总算是他在内务部供职期中的唯一的成绩。

一八四二年八月，他又去过德国一次，在德勒斯登（Dresden）曾和巴枯宁重见了一次面。

内务部卸职之后，他竟闲散地在彼得堡住下了。在这中间，他就做了后来变成涅克拉梭夫的爱人的柏拿也夫夫人（Mme Panayev）座上的常客。在柏拿也夫夫人处进出的，还有一位瘦弱矮小，有肺病倾向的白林斯基；他虽出身于平民阶级，然奋勇向前，对于因袭传统的批评，对于文化建设的主张，处处都具有着大无畏的精神。自从屠格涅夫的初次出世的那册叙事长诗，得到了他的好评以后，两人就成了莫逆的挚友了，屠格涅夫的留心社会，观察下层阶级的疾苦诸倾向，无一不是受的白林斯基的影响。以后的屠格涅夫，便永久成了白林斯基的信徒，和许多其他的新人，结成了欧化主义者（Westernist）的一团，以和当时在莫斯科的贵族资产阶级间的国粹主义者（Slavophil）们相对抗。

屠格涅夫对白林斯基的交谊，一直维持到了他的死后，短命的白林斯基是一八一二年生下来，一八四八年死去的。白林斯基死后，屠格涅夫还对他的未亡人时时加以慰问与赠遗，逢人一谈起这严正不屈的亡友，总是声泪俱下，带着诚敬兼至的那一种神情，长篇小说《罗亭》一作里的那位哲人 Pokorsky 就是由白林斯基与 Stankevich 两人的性格溶化而成的。《文学与生活的回忆录》中第二章（德译本二十二页至六十四页），全是写的白林斯基的议论主张与风度，在全书中，这一章写得最长最精，也最有热力。

一八四七年春，屠格涅夫处理了许多身边的杂务，预备上欧洲去，二月中旬，他已经置身在德国的境内了。照他自己之所说，则这一次的出国，完全是为了国内环境的沉闷与混浊，想到西欧去吸收一点自由的新鲜的空气，但实际上，却是为了一八二一年生在巴黎，以音乐和歌唱驰名欧美，弗兰滋·利斯脱的入室弟子，受过大诗人 Alfred de Musset 与海涅的颂赞，曾做过乔其桑的小说的女主人公，于一八四〇年嫁给歌剧导演者 Louis Viardot 的那一位并不美丽的佳人宝灵奴·贾尔夏（Pauline Garcia）（见伦敦渥儿泰斯考脱社出版的勃兰提斯《俄国文学印象记》第二八六，二八七页）——他和她的初见之日，是一八四三年十一月初一，在彼得堡的 Bolshoi 剧场的退休室里，从一八四七年起，以后三十六年间，屠格涅夫就永远地做了费雅度夫人的最驯服的俘虏。

依勃兰提斯看来，则费雅度夫人的追逐，与因文豪郭哥里死去（一八五二）而做的那篇追悼文的结果的监禁处分，是屠格涅夫生活遭遇中的两件决绝的大事。（见《印象记》第二八六页。）

分离了六年之久的普鲁士首都的空气，当一八四七年屠格涅夫重来的当儿，和他的学生时代的情形，完全变过了。Hegel 的哲学，已成了强弩之末，一切的一切，都倾向了左边；唯物主义的狂潮，浸入了柏林的学府，Feuerbach 的破坏偶像的论文，倒成了一般青年的议论的中心。这一次和他同行的，有他的挚交的病友白林斯基，是白林斯基在窄儿此勃龙（Salzbrunn）养病的当中，这一位垂死的批评家，如回光返发照似地出了他的热烈的致郭哥里的信，攻击农奴制度，攻击官僚政府，攻击教会当局，把俄国上下的一切腐政，攻击得体无完肤。杜斯妥以夫斯基曾因这信而作了西伯利亚的流徒，屠格涅夫也曾因此信而获得了他日后诸创作的中心思想。屠格涅夫的和他后半生的亲友阿宁阔夫的相遇，也就在这须来其安的浴场地方，其后的阿宁阔夫对屠格涅夫的半生简直是一位不可缺少的帮闲食客。屠格涅夫的终于和费雅度一家的结成不解之缘，上巴黎东首四十英里远的费雅度氏的别庄窠儿泰芫内儿（Chateau de Courtavenel）去同居，也是在这一年的盛夏的时候。

盛夏过后，费雅度夫人登台的季节到了，或去伦敦，或上巴黎，屠格涅夫因无路费，决不能常追随伴侍在她的脚下。因别离而生的那一种无可奈何之情，因贫困而来的那一种忧郁哀伤之感，更因孤独而起的那一种离奇幻妙之思，竟把屠格涅夫，炼成了一个深切哀伤，幽婉美妙的大诗人。一八四八年的法国大革命，他是亲身经历着的。自从他那变态的母亲，断绝了他的经济接济以后，他就只好日日的依人为活，借债为生。或流寓在爱人的别庄，或寄食在巴黎 Herzen 的家里，从一八四七到一八五〇的三年中间，虽是他最困苦的时期，但在创作生活上，却是他最丰收的年岁。在这中间，他对社会现状的观察认识可以不必赘说，就是小说戏剧，诗，以及《猎人日记》的大部分，短篇等创作也不知写下了多少。总之，凡可以使他成一大作家的条件，这时都已具备了，所缺少者，只有金钱和生活的余裕而已；而这两个重要的条件，却因一八五〇年他那变态的母亲的死去，完全凑就了。

他的母亲，实在是一位不幸的变态的女性。早年守寡，她的希望自然就只好维系在两个儿子的身上了。但长男尼哥拉斯老早就违背了她的志趣，和一个身分不相称的女人结了无理的婚姻。次男的伊凡，又是这么的一个游手好闲，不务正业，长年飘流在外国的无赖汉。心情恶劣起来，她的愤怒与报施，当然只有虐待农奴，和断绝儿子们的接济两条窄路好走了。一八五〇年的春天，她病到了十分，好容易汇出钱来，向债主们赎回了伊凡·屠格涅夫的身体，终把他召回到了膝下，但住不上几日，母子之间，天大的冲突忽而又发生了。直到她死，Varvara Petrovna竟坚决地拒绝了再见伊凡之面，等屠格涅夫接着讣报赶到莫斯科他娘的寓里——这中间他是住在Turgonevo他父亲的遗产庄上的——的时候，她早已葬在地下了。

一八五〇年春回俄国之后，屠格涅夫将他和他母亲的女裁缝师生下来的那女孩，送去法国托付了费雅度夫人去抚养。他母亲死后，分到了许多遗产，他就在莫斯科彼得堡两地间暂时来往着定住了下来。集中在他左右的，当然那些《现代人》志的同时代者，和许多出身于贵族，醉心于欧化的新进的文人。因几本戏剧和《现代人》志上登载过的《猎人日记》的成功，他也居然成了一位被大家所推崇的文学家。

一八五二年二月廿一日，写实的幽默的大文豪郭哥里在莫斯科去了世。屠格涅夫在学生时代，虽则曾和郭哥里在一个学校里呼吸过空气，听过他的演讲——因为郭哥里曾在彼得堡大学当过短时间的历史教授——但亲自去访他，和这一位大作家的认识，却是在他死前的几个月。屠格涅夫的崇拜郭哥里的热情，不减于他的崇拜普希金。接到了他的死耗之后的屠格涅夫的哀悼悲痛，当然是意想中的事情。撰成了一篇文字，他先是交给彼得堡的一家报纸去公布的，但因检查者的不许可，没有登出，所以只好送到莫斯科去交托V. Botkin，请他发表，以雪彼得堡的文人全体，对这位巨人之死，大家噤不敢言之耻。这追悼文在莫斯科发表之后，屠格涅夫的监禁处分令就下来了。先在看守所里被监禁了一月，后来便被送到了故乡斯巴斯可埃去永久安置。这一篇短短的哀悼文，系载在一八五二年三月十八日第三十二号莫斯科报上的，全文中并没有一句出轨的话——该文名《从彼得堡来的信》，见德译本《文学与生活的回忆录》七十二页至七十四页——但在一八四八年的革命失败之余，白色恐怖正充满着欧洲，昏庸暴虐的沙皇，连郭哥里的死耗都不准彼得堡的报纸刊载的当时，本来就在预谋着一网把那些文人打尽的政府当局，硬要拿这事情来加你以罪，那你又有什么法子来解避呢？写到了这里，我就不得不联想起目下流散在我们自己周围的一重褐色的暗云，唉，一八五二年的专制政府治下的俄国，一九三三年的××××治下的××！

正当屠格涅夫在故乡斯巴斯可埃被看守的中间，彼得堡的一家书铺把在《现代人》志上登过的八篇短篇收集起来出了一本单行本，书名是《一个猎人的日记》，出书的年月是一八五二年七月十八日。这一册小小的册子——后来增订加大了——居然促成了俄国农奴解放的运动，这事情屠格涅夫自己原在引以自慰，而由我们这些从事于文笔的人看来，更觉得是懦弱无能的文人的无上的光荣。

屠格涅夫的永久放逐，因诗人亚力克西·托尔斯泰之力，缓和了一半，一八五三年十二月，他得到了许可，移寓到了首都的Povarskoy巷里。这两年间的故乡的安置，真如大批评家勃兰提斯之所说，是他作风转变的一大机纽。以后的屠格涅夫，决心抛弃了小小的自我感情，变成了客观的社会的时代的代言者，长篇小说创制计划，也在这蛰居的中间立定了。

到首都去后，他就成了文艺界的社交的中心，托尔斯泰、梭罗古勃、涅克拉沙夫、柏拿也夫、格利郭里味支、龚察洛夫等，不时上他的独身者的寓居里来。虽则时时也在感到自己才能的不足，对文学曾几次的失望嗟叹着不能胜任，但在一八五五年的夏天，终于上斯巴斯可埃去写成了他的《罗亭》。这本来是费去六七个星期，在七月廿四写完的，但因不敢自信，广请他人评判的结果，后来他又把稿改易了好多次。

罗亭的性格，罗亭的哲学，罗亭的对女人的无责任无胆量的态度，不消说，都是由屠格涅夫的自己的全身中捏制出来的。

一八五六年八月廿六日，沙皇亚力山大举行登极的特赦大典，屠格涅夫到此，才完全恢复了他的自由，所以在这一年的夏季，他又在法国费雅度氏的别庄里作客了。嗣后二十余年，他大半的生涯，就在欧洲过去。间或向故乡去暂住些时，也都因为国人对他的作品的不满不了解之故，每次都不免怀恨而去国。

上面所叙述的，是屠格涅夫到他的第一部长篇杰作《罗亭》出世时为止的生涯的大略，其后《贵族之家》、《前夜》、《父与子》、《烟》、《新时代》、《春潮》等长篇巨著，每隔一二年而迭出，他在故国所受的批评，虽则不好，但在国外，则早已喧传众口，成了替俄国向世界要求荣誉的代表者了。

晚年流寓巴黎，差不多同时代的法国文人如梅里美等当然对他非常尊敬，就是小一辈的奥其埃（Augier）、泰纳、福罗贝尔、贡果儿，更年少的左拉、都德、莫泊桑，也没有一个不在绝口赞美，常在领受他的教益的。一八八三年九月三日（此日即俄历八月二十三日，俄国的旧历与普通历相差了十二天），他在法国死后，莱南·亚浦（Edmond About）等来吊，还说出了“纪念他的铜像，应该建造在农奴的打碎了的铁链之上”的话，岂不也可以想见他在外国被人崇拜的一斑了么？

一九三三年七月九日

清新的小品文字

周作人先生，以为近代清新的文体，肇始于明公安、竟陵的两派，诚为卓见。可惜清朝馆阁诸公，门户之见太深，自清初以迄近代，排斥公安、竟陵诗体，不遗余力，卒至连这两派的奇文，都随诗而淹没了。

近来翻阅笔记宋罗大经《鹤林玉露》于卷四第七节中见有这么的一段，先把它抄在下面：

余家深山之中，每春夏之交，苔藓盈阶，落花满径，门无剥啄，花影参差，禽声上下。午睡初足，旋汲山泉，拾松枝，煮苦茗啜之；随意读《周易》，《国风》，《左氏传》，《离骚》，《太史公书》，及陶杜诗，韩苏文数篇。从容步山径，抚松竹，与麛犊共偃息于长林丰草间，坐弄流泉，漱齿濯足。既归竹窗下，则山妻稚子作笋蕨，供麦饭，欣然一饱；弄笔窗间，随大小作数十字，展所藏法帖墨迹画卷纵观之。兴到，则吟小诗或草“玉露”一两段，再啜苦茗一杯，出步溪边；邂逅园翁溪友，问桑麻，说粳稻，量晴校雨，探节数时，相与剧谈一饷；归而倚杖柴门之下，则夕阳在山，紫绿万状，变幻顷刻，恍可入目，牛背笛声，两两来归，而月印前溪矣。

看了这一段小品，觉得气味也同袁中郎、张陶庵等的东西差不多。大约描写田园野景，和闲适的自然生活，以及纯粹的情感之类，当以这一种文体为最美而最合。远如陶渊明的《归去来辞》，近如冒辟疆的“忆语”，沈复的《浮生六记》，以及史悟冈的《西青散记》之类，都是如此。日本明治末年有一派所谓写生文体，也是近于这一种的体裁，其源出于俳人的散文记事，而以俳圣芭蕉的记行文《奥之细道》一篇，为其正宗的典则。现在这些人大半都已经过去了。只有斋藤茂吉，柳田国男，阿部次郎等，时时还在发表些这种清新微妙的记行记事的文章。

英国的 Essay 气味原也和这些近似得很，但究因东西洋民族的气质人种不同，虽然是一样的小品文字，内容可终不免有点儿歧异。我总觉得西洋的 Essay 里，往往还脱不了讲理的 Philosophising 的倾向，不失之太腻，就失之太幽默，没有东方人的小品那么的清丽。说到了英国，我尤其不得不提一提那位薄命诗人 Alexander Smith（1830—1867），他们的一派所谓 Spasmodic school 的诗体，与司密斯的一卷名 *Dreamthorp*（亦名《村落里写就的文章》）的小品散文，简直和公安，竟陵的格调是异曲同工的作品，不过公安、竟陵派的人才多了一点，在中国留下了一个不可磨灭的印迹，而英国的 Spasmodic School 却只如烟火似的放耀了一次罢了。

原来小品文字的所以可爱的地方，就在它的细、清、真的三点。细密的描写，若不慎加选择，巨细兼收，则清字就谈不上了。修辞学上所说的 Trivialism 的缺点，就系指此。既细且清，则又须看这描写的真切不真切了。中国旧诗词里所说的以景述情，缘情叙景等诀窍，也就在这些地方。譬如“杨柳岸晓风残月”，完全是叙景，但是景中却富有着不断之情；“万里悲秋常作客，百年多病独登台”，意在抒情，而情中之景，也萧条得可想。情景兼到，既细且清，而又真切灵活的小品文字，看起来似乎很容易，但写起来，却往往不能够如我们所意想那么的简洁周至。例如《西青散记》卷三里的一节记事：

> 弄月仙郎意不自得，独行山梁，采花嚼之，作《蝶恋花》词云……（词略）。童子刈刍，翕然投镰而笑曰，吾家蔷薇开矣，盍往观乎？随之至其家，老妇方据盆浴鸡卵，婴儿裸背伏地观之。庭无杂花，止蔷薇一架。风吹花片堕阶上，鸡雏数枚争啄之，啾啾然。

只仅仅几十个字，看看真觉得平淡无奇，但它的细致，生动的地方，却很不容易学得。曾记年幼的时候，学作古文，一位老塾师教我们说："少用虚字，勿用浮词，文章便不古而自古了。"我觉得写小品文字，欲写得清新动人，也可以应用这一句话。

一九三三年七月二十八日

查尔的百年诞辰

提起查尔（Ferdinand von Saar）这一个名字，或者大家都会感觉到奇异，因为在中国的文艺刊物，或译丛里，是不大看得到的生名。这原也是不得已的事情，莫说中国，就是外国文学翻译介绍得最多最杂的英美，恐怕也不见得有一册查尔的作品的翻译。但在德国，尤其是他的故乡的奥国里，则不但在他的死后，就是在生前，已经为几个有识的批评家所推崇，许为可以和 Gottfried Keller，Theodor Storm 等并立的一流不朽作家了。

查尔于一八三三年九月三十日生在一家维也纳的贵族的家里。虽然是一家由官吏起家的贵族人家，但大半都是廉吏的奥国的这家宦家，财产却是没有的；因此查尔为生计所迫，年少的时候，就入了军籍，以资糊口。一八六〇年，他厌倦了军队生活，且为自己的内心冲动所激荡，虽然明知道文笔谋生活的不可靠，但也毅然决然地退出了军队，开始来做文士。当时奥国的对文士的待遇，恐怕比到现在的中国还要差些，查尔若没有 Elisabeth Salm 侯爵夫人和 Josephine von Wertheimstein 的两位贵妇人的保护，则他早也就饿死在屋顶底下了。做了许多诗和诗剧，写了许多轮廓并不伟大的哀艳凄清，情调绝人的短篇小说，他直到六十岁的高龄，才获得了一部分批评家的赞誉。奥国政府为表扬国家诗人功绩起见，且任命他做了贵族院的议员，这当然是大剧作家 Grillparzer 以来所绝无仅有的国家特典。

到了七十三岁（一九〇六）的七月二十三，久为癌病所苦，独身到老的这位孤独的大诗人，竟于早晨出去散步回来之后，用手枪自杀了。他的全集十二卷，装成四册，是莱府的 Max Hesse 所发行，头上有 Anton Betteheim 的一篇详传附印在那里。

他自己以为他的诗和剧是最得意的作品，但他的不朽的盛名，显然是依存在他的几十篇短短的小说上。关于他的作品的介绍，当另撰专文，在这里只传述了一个极粗的生涯骨格，以志景慕。

查尔诞生百年纪念

“在十九世纪末叶，为众人所称许的四个奥国大诗人之间（其他三人为 Ludwig Anzengruber，Peter Rosegger，Marie von Ebner－Eschenbach），可惜以最纯粹的诗人气质的 Ferdinand von Saar 为最没有人知道。”这是德国文学批评家 Adolf Bertels 的意见，也的确是实在的情形。以一八三三年九月三十日在维也纳生下地来的查尔，当今年距他的诞生正及一百年的日子，在奥国有没有纪念他的盛典举行，我们也不知道。不过创作虽则不多，声名虽则不广，但以他的作品的纯粹，与夫注意到劳苦阶级的生活描写的极早的两点看来，则我们的纪念及他，也决不是一件好奇或无谓的事情。他的简单的生活大概，本年九月十二日的《申报·自由谈》上，早就有人记载过了，现在且让我们来简略地谈一谈他的作品。

自小就丧了父亲的他，虽则生在贵族的家里，但在极幼小的时候，就不得不因经济的压迫而入军队。直至晚年，受了两位贵妇人的保护，作品才稍稍博得了一般人的崇仰。但到了七十三岁的高龄，还不得不因癌病的痛苦，厌世而自杀的这一位诗人的心境阅历，也尽够得我们的同情了，而更况乎他的不肯轻易发表的作品，篇篇都是由他的生活经验与观察里得来的珠圆玉润的结晶妙品呢。

他自己所最得意的诗与戏剧，虽则在质地上，独创的风格上，也不许第二个人容易追随得及，如许多抒情诗与《亨利四世》（*Heinrich* Ⅳ）之类，但他的不朽的盛名，当然是建筑在他的几本短篇小说集上的。那些小说里的凄清的情调，与质朴的描写，只有德国的 Theodor Storm，俄国的 Ivan Turgenev，法国的 Guy de Maupassant，丹麦的 Jacobsen 可以庶几和他比比，但以叙述的逼真与凄凉来说，则就是那四位世界闻名的大手笔，也还不得不让他一步。

他是百分之百的一位奥国国民文学家，所以在他的小说里表现出来的，也只是奥国的国民生活与气质。他的第一册小说集名《奥国的小说》（*Novellen aus Österreich*）实在是最适当也没有的名称。查尔的小说，如 *Herbstreigen*、*Camera Obscura* 等集子里所收的中篇短篇，大抵是所谓 *Ich - Novellen* 的那一种作品。一个“我”到了怎么怎么的一种地方，遇着了些怎么怎么的人，和怎么怎么的事变；或者在一集会中，让在会中的一位主人公自己去说自己的过去事情，或者以一册日记手札之类的东西，来说述事件的经过。若 *Innocens*（1866）中的那位僧侣，*Marianne*（1873）中的那位女主人公，*Die Steinklopfer*（1873）里的那一对爱人之类，都是哀感动人，使人读后不得不惘然若失的人物。据专门研究查尔的 Karl Quenzel 说来，则他就是只以单单内容并不很长很复杂的 *Leutnant Burda*、*Herr Erdolin und sein Glück Suenden fall*、*Die Familie Worel* 的四篇短篇来说，已经可以不朽了，更何况还有其他的像 *Das Haus Reichegg*、*Die Brueder*、*Dissonanzen* 等许多回味津津的作品在呢？*Die Steinklopfer* 一篇，虽则没有像现代那么明确的劳动文学的意识表现在那里，但一想到了那一八七三的发表年代，则我们也就可以说查尔是同情于劳苦阶级的文学者的先驱旗手了。

《屐痕处处》自序

身体强健，有闲而又有钱的人，出去游山玩水，当然是一件极快乐的事情。每见古人记游或序人记游，头上总要说一句“余性好游”的开场白，读了往往想哄笑出来，因为我想，狗尚且好游，人岂有不好游的道理？

孙文定公在《南游记》的头上，历说了些游的作用：“游亦多术矣，昔禹乘四载，刊山通道以治水；孔子孟子，周游列国以行其道；太史公览四海名山大川，以奇其文；他如好大之君，东封西狩以荡心；山人羽客，穷幽极远以行怪；士人京宦之贫而无事者，投刺四方以射财”，以表明他自己的出游，是为了“以写我忧”。然而我的每次出游，大抵连孙文定公那样清高的目的都没有的，一大半完全是偶然的结果。因而写下来的游记，也乱七八糟，并无系统。

近年来，四海升平，交通大便，像我这样的一垛粪土之墙，也居然成了一个做做游记的专家——最近的京沪杭各新闻纸上，曾有过游记作家这一个名词，——于是乎去年秋天，就有了浙东之行，今年春天，又有了浙西安徽之役。然而黄山绝顶，一度也不曾登；雁荡天台，梦里也未曾到；况且此外，还有昆仑五岳，万国九洲，算将起来，区区的游迹，只好说是从卧房到了厨下，或从门房到了大厅的一点点路，说游真正还说不上。不过室内旅行，也可作记，少文晚岁，欲卧而游；那么，我的游记，自然也不妨收集起来，作一次对徐霞客的东施之效。更何况印行权——并非版权——一行出卖，还有几百块钱的黄白物好收呢！

将稿子收集好了以后，就想造出一个好听一点的书名来，以骗读者；叫作《达夫游记》哩，似乎太僭，叫作《山水游踪》哩，又似乎太雅；考虑了几天，更换了几次，最后我才决定了一个既不僭，又不雅，但也不俗的名字，叫作《屐痕处处》。

末后的一篇《黄山札要》，是这一次想去黄山时的夹带，然而带而不用，弃之可惜，所以一并收入了；附录的一篇黄秋宜的《黄山纪游》全文，只好算是大夹带之中的小夹带而已。

一九三四年五月达夫记

重印《袁中郎全集》序

大抵文学流派的起伏变更，总先有不得不变之势隐存着，然后霹雳 ·声，天下响应，于是文学革命，乃得成功。这革命的伟业，决非一二人之力所造得成，亦决非一二人之力所止得住。照新的说法，文学也同政治和社会一样，是逃不出环境与时代的支配；穷则变，变则通；通而又穷，自然不妨再变。

统观盛明崛起，先有了刘文成高青邱两大诗人，树立于前，一则郁伊善感，万象包罗，一则清华朗秀，词坛独步。盖创业初期，文气自然豪丽也。承平日久，馆阁诸公，竟以裔皇典丽为指归，孔步亦步，孔趋亦趋，于是乎滔滔者天下皆是优孟衣冠了。明代前后七子模仿盛唐的流弊，就在乎此。

公安袁氏，兄弟三人（袁宏道字中郎，兄宗道字伯修，弟中道字小修），独能于万历诗文疲颓之余，自树一帜，洗尽当时王李的大言壮语，矫揉造作。以振衰起绝而论，他们的功业，也尽可以与韩文公比比了。然而袁中郎集的不见流传者（乾隆中被禁毁），当然又是清初馆阁诸公的袍巾头巾，在那里作梗。

现在先摘几节袁中郎论诗文的要旨在下面，然后再来说一说他的全集。当然在现代也有翻印出来的必要：

文之不能古而今也，时使之也。……夫古有古之时，今有今之时；袭古人语言之迹，而冒以为古，是处严冬而袭夏之葛者也。……夫复古是已，然至以剿袭为复古，句比字拟，务为牵合，弃目前之景，摭腐滥之辞，有才者，诎于法而不敢自伸其才，无才者，拾一二浮泛之语，帮凑成诗。智者牵于习，而愚者乐其易，一倡亿和，优人驺子，皆谈雅道。吁，诗至此，抑可羞哉！……

（《雪涛阁集》序）

……弟才虽绵薄，至于扫时诗之陋习，为末季之先驱，辨欧韩之极冤，捣钝贼之巢穴，自我而前，未见有先发者，亦弟得意事也。……

（答李元善）

……宏近日始读李唐及赵宋诸大家诗文，如元白欧苏，与李杜班马，真足雁行，坡公尤不可及。宏谬谓前无作者，而学语之士，乃以诗不唐，文不汉病之，何异责南威以脂粉，而唾西施之不能效颦乎！……

（与冯琢师）

“文章新奇，无定格式，又要发人所不能发，句法、字法、调法，一一从自己胸中流出，此真新奇也。……”

（答李元善）

略抄数条，大约《明史》（二百八十八卷）列传里所说的宏道“诗文主妙悟”，“清新轻俊”诸点，总已能想见一斑了吧。

由来诗文到了末路，每次革命的人，总以抒发性灵，归返自然为标语；唐之李杜元白，宋之欧苏黄陆，明之公安、竟陵两派，清之袁蒋赵龚各人，都系沿这一派下来的。世风尽可以改易，好尚也可以移变，然而人的性灵，却始终是不能泯灭的：袁中郎的诗文虽在现代，还有翻印的价值者，理由就在这里。更何况全书遭禁毁之后，流行不广，贫门寒士，要想一赏袁中郎的奇文，非受尽书贾的恶势不可的今日呢！

至于公安一派在文学上的革命功绩和历史，已有周作人先生提倡在先，我在此地可以不必再说，然而矫枉过正，中郎时时也不免有过火之处，如他的《西湖纪游》里关于吴山的一条记事：

> 余最怕入城，吴山在城内，以是不得遍观，仅匆匆一过紫阳宫耳。紫阳宫石，玲珑窈窕，变态横出，湖石不足方比，梅花道人一幅活水墨也，奈何辱之郡郭之内，使山林僻懒之人，亲近不得，可叹哉！

这岂不是太如《明史》列传作者之所说：“以风雅自命”了么？

较袁中郎略后，继公安派而起的所谓竟陵钟伯敬、谭元春之流，因公安派诗文的清真近俚，欲矫其弊而变为幽深孤峭，那又是一时的风尚，本来与袁中郎无关；但后世的论诗文者，每以三袁的佻仄，与钟谭的幽诡并提，斥为伪体俳体，将钟谭三袁，尤其是宏道的奇文妙句，一概抹煞，这可真使人不得不为袁中郎叫屈了。

记得十数年前，在武昌曾买得一部《袁中郎全集》的家刻旧本；当时熟读数过，觉得通行本《瓶花斋集》里所收集的诗文，只有全集的十之三四。后来贫病交迫，这全集以五六元钱被上海一家书贾买去，如今回想起来，总隐隐还觉得心痛。现在林刘两氏，翻印袁中郎全集的计划成功，我不但感到是替我报了一班市侩书贾的仇，并且更有重遇故人的快乐机会了，这快乐我想和中国各地的贫文士，大家来同尝一下。

一九三四年，六月。

艺专剧社乐社公演的第二晚

十二月念三的晚上，上大光明公演场去的时候，已经过了七点半，所以音乐只听了一部分。音乐的知识，我是没有的，但耳朵却也有一双。匈牙利的舞曲，海狗来斯进行曲，都觉得不错。以师生合组起来的这一个乐团，人手不齐，乐器马虎的这一个乐团，能够做得到这样，已经是费了海狗来斯般的大力了的无疑。并且在放送局里日夜只知送神号鬼笑，或老妇发骚般的小曲儿的沪杭等处，这种洋乐的提倡，也是必要的壮举。我在这里，想先上一个对乐团诸子的敬礼。

第一部的节目完后，电灯一亮，照出了戏院子里的那一种修罗场似的光景，可真是使我哭笑不得了。

到杭州来后，一年有半，上戏场上电影院去的时候很少很少。大礼堂只因陪兄嫂去看贾波林时去了一次，大世界则因老太太爱看绍兴戏，陪她去过两趟。这一个大光明，却是因艺专的公演，才头一回来。建筑的丑恶，座位地板墙壁等的龌龊，对于我真有了意想不到之效力。尤其是舞台正面，墙上涂在那里的广告，只看了一眼，早把我从听音乐而得来的一种愉快消杀了。

入了第二部节目的话剧之后，电气的装制，实在要令人发起气来。在这一种恶劣的舞台上，就是让世界最大的名优来演世界最大的名剧，也决不能有相当的收获的；而艺专诸公，竟也得到了一点小小的成功。

第一出《新年节》，演俞玉钧的程丽娜，毕竟是老上舞台的有经验者，姿势动作，几几乎要超过“亚马泰”的界线，可以和职业的演员，争一夕的短长了。所可惜者，广东口音未全脱去，对话少抑扬宛转之致，这一点希望她能自努力，以后可以在百尺竿头，再进一程。演俞申伯的邱玺，演俞福的雷圭元，都很得体，并非因为是认识的人，故意在替他们捧场，实在他们的动作对话，处处都有劲儿；想当时在场的观众，对我这话总能认为公平。演俞夫人的吴玉仙，演俞振钧的沈长泰，演使女荷花的梁岳英，也很不错。但梁女士的化装，不知道犯了什么病，看过去似乎有点臃肿，大约是胸部塞得太高了吧？

剧本，别无问题，只末了的一句话：你们的婚约，跳舞，招待，都只能抛向九霄云外去了（似乎是这样的一声痛喝）！觉得有点碍耳，根本是在“九霄云外”的一句文言成语，特在此地提起一声，好教作者朴园，以后再努力把文言成语，从他的剧本里删去。

第二出《秋》，本来是很沉闷的剧本，真正有好舞台，有好观众的时候，也未始不可以演成功，但这一晚却失败了。失败之咎，不在作者，不在演员，是在剧场舞台设备的不好，和观众的缺乏同情。而演黄月松的那位高淑贞女士，却是一颗大有将来的新星，原因是在她的京话的流利而富于抑扬，并且也肯用功。

一九三四年十二月念四日

小品文杂感

太白社征文，以对于漫画及小品文的感想为题，漫画我不大懂得，并且看也看得不多，不敢乱说，所以只谈谈小品文。

关于小品文的定义，作法，分析之类，大约市场上这一种书，总已经出得很多了，此地可以不必赘说。我只觉得现在的中国，小品文还不算流行，所以将来若到了国民经济充裕，社会政治澄清，一般教育进步的时候，恐怕小品文的产量还要增加，功效还要扩大。

现在中国的小品文，大家都以美国法国的 essays 为指归，范围觉得太狭一点。就是讨论政治，宣传主义，小品文何尝是不可以用的一种工具？

至于清谈的小品文，幽默的小品文，原是以前的小品文的正宗，若专做这类的小品文，而不去另外开拓新的途径，怕结果又要变成硬化，机械化，此路是不通的。但是小品文存在一天，这一种小品文也决不会消灭。清谈，闲适，与幽默，何尝也不可以追随时代而进步呢？譬如前人的闲适者坐轿子，今人的闲适者坐黄包车之类。

日本漱石及子规的门弟子之中，有一派从俳句出身的文人，专想以小品文的笔调来写小说，成绩也很有可观。像高滨虚子，长塚节他们几个人的作品，我到现在还时时在翻读，可惜中国还没有这样的作家出现。不久的将来，我想这一种小说，中国也将逐渐产生出来的无疑。

一九三五年二月

对于杭州作者协会的希望

我对于杭州的作者协会，始终是一个客员；第一次开会员大会的时候，我不在杭州，现在第二次再开的时候，我又因不得已的事故，须去上海。

并且还惭愧之至，自被选了理事以来，对于协会的事也始终没有理过，一切都由别的几位先生在偏劳，至多至多，也不过出席去做了几次主人，陪了几次客而已。

这一次的大会，听说会员也已经加多，而节目也很有可观，大约来会的诸君，总都能得到一天的快乐。不过我对协会的希望，却不仅仅在“交换智识，联络感情”的一面；我以为事到今日，正当中国上下涂炭之际，这种协会，还有些比较得重要的事情好做。譬如，第一，启蒙的工作，就是使一般昏聩糊涂的人，不要再去开倒车，再去做读经，念佛，求仙之类等无聊的事情；第二，作家倘在思想研究或合理的言论上有失去自由的时候，应当起来主持正义，互相扶助；第三，实际生活上，若有艰难困苦的作家，也应该想想法子，救济救济，以祈能达到会员于万一的时候，能收到一点实效之类。

不过凡此种种，都是很大的事情，大家要团结坚固，志趋纯正，不受利用，不怕辛劳，才干得出一点头绪来；所以我想我对于协会的这些希望，虽则并不是绝对的无望之望，但至少，恐怕也是在最短期间之内，难以实现出来的吧？

五月三十日

文坛的低气压

文学必须成长在自由的空气里，这一句话，差不多弄弄文艺的人，都在当作自己不生产的口实；其实当重压之下，文学也何尝不可以产生？西伯幽而演《周易》，仲尼退而修诗书，太史公腐而《史记》以成，诗必穷而后工，这些又岂不是我们中国文人习熟的故事？所以我以为自由不自由，与文艺的兴起，关系还不顶大；现代中国文学衰落的绝对理由，却是在一般人的没有一个坚固的信念。鞠躬尽瘁，死而后已，诸葛公之所以为诸葛公，原因就在这里。一看现代的那些朝谈杨墨，夕归孔子的纷拏转变，就可以知道大文学当然是不会产生在中国的，日本民族，虽然比中国坚忍一点，可是近两年来，因军部专政之故，转变者也日见其多了；回视六七年前的新兴文学蓬勃的气象，真令人有隔世之感。机会主义者，在为人处世上，或者可以成功，但在文学上，却绝对的不行。

国民信念摇动的空气，不单是在东方一隅的现象，意大利是如此，德意志也同样的是如此。叫嚣，浅薄，横暴，游移，是这五六年来世界文坛上共通的特征，虽则原因也许是在政治社会的不安定，但人类智巧的日趋于纤弱，终于是根本的大动机。

这一种弥漫于全世界文坛的低气压，现在已经到了不能再加一分的程度了；要想拨云以见日，还须等待着春雷的一振。

一九三五年九月一日

却说平剧

麈父先生，是平剧崇拜狂者，拉我写稿，不得已只好在班门弄一下子斧。

平剧的命脉，到了现在，实在已经是成了奄奄一息的状态了，尤其是合乎科学原则与资本主义的生产原则的有声电影流行了以后。在外国，就是现代话剧，古典剧等，也都受了有声电影的打击，到处不振。至于大规模的乐剧，要肉声的天才，要奢侈的服饰布景，要纯熟的乐队伴奏，它的衰落，当然更可以不必说了。受了这近代潮流的侵蚀，于是乎关心平剧者，如梅兰芳博士等，就有了改良平剧的意思，像唱词的改善，新剧的排编，弦子鼓板手的搬至后进，值台的不许露面，以及化装的入时等等。这些当然也是很好的改进，不过我们还嫌它改进得太缓罢了。

总之，平剧要想与有声电影争观众，要想侵犯话剧的领域，吸收一般对于活的人抱兴趣，对于剧的意义有见解的人来瞻仰，却是不可能的。所以我觉得平剧就应该保持住它的特点，而加以训练，发展，与精进。

我们应该先问平剧的特点是在哪里？大家当然都晓得是在声乐。天赋的歌喉，是钱也买不到，机器也制造不出来的。所以九九归原，有歌喉的天才的发见，还是得挽救平剧于垂亡的第一要着。其次，就是这天才的训练问题，我及身曾听见过陈德霖、龚云甫辈的养生秘诀，他们为保持自己的嗓子，就甘愿牺牲闺房的乐趣与饮食的奢侈。这虽是从前的艺人的苦心孤诣，但也未始不是严格的训练的一种模范。我尝在说，从前的艺人的气断不可有，从前的艺人的操守却不可以没有。

第二，是曲调的改进，光是标几个谭派汪派，而仍是只在西皮二簧里翻筋斗，总还不够。可是若演成了海派的《狸猫换太子》、《妹妹我爱你》等俗曲，却反觉得可笑。我们在这一方面，还希望有几个天才作曲家出来，以扩充平调的内容。至于弦子或乐器的改善，能改自然最好，否则也还勉强可以维持得过去，凭空弄几件西乐器进去，夹得中不中西不西，倒要变成个三不像了。

关于戏剧，要想说的话很多很多，廑父是平剧中人，所以只说这一点点。

十一月十日

题闽侯陈演白画序

国画之所持以立者三，曰气曰神曰韵。有气无神与韵，失之粗；有神无气与韵，失之简；有韵无气与神，失之纤，必一德备而后画始灵。达夫不识画，亦不识贻衍陈先生。但就先生纪游画集九十九幅观之，知先生非常人也。闽中固佳山水地，而尤以建溪上游为幽绝。先生之画，即旅游闽西闽北时之所作，一幅有一幅境界，而气与神与韵则无一幅不俱备，呜呼，可以传矣。达夫不识画，亦不识陈先生。承先生不弃，介人来索一言，因书鄙见以就正贻衍先生有道。丙子仲春，郁达夫拜观。

小说与好奇的心理

对于人生或社会的秘密，抱一种好奇的心思，西洋人叫作 curious，中国人叫作多事。这多事之心，就是小说作者和读者的共同心理。否则，小说非但将没有读者，就是作者也不会得有。

人生经验不丰富，对世上的事事物物都还抱有着探险心的时候，做小说的兴致格外的来得好，同时读小说的趣味，也特别的来得浓厚。大抵人当三十岁以前，无论社会上属于哪一层的男女，多少总带有着一种倾向，所以年轻的读者作者，在无论哪一国，总在读书界创作界占据着首位的多数。到了三十以后，娶了妻室，生了儿子，一踏进生活竞争剧烈的战斗场里，对于人生，对于社会，非但不感到兴趣，像在中国的现状之下，恐怕连做人都不想再做。像这一种人，你若想他为《红楼梦》而落泪，替岳老爷抱不平，是办不到的。因为他们晓得，人生不过是这么的一回事。所谓文学，所谓爱情，所谓忠君爱国，都是生活问题解决以后的一种消化 Dessert Course。有了原更好，没有也并不是必要的。

中国有一句话说得好，叫作“人到中年万事休”，所谓万事休者，就是说这一种 Curiosity 消失完了的意思。

不过在外国的作家中，大作品的出来，大抵总在四十岁以后，那又当怎么说呢？这当然也有一个道理。袁子才的诗话里，曾有一处说起诗人不失其赤子之心的地方。这赤子之心，就是 Curiosity

的遗留。凡不失此心的人，像英国的哈提，俄国的高尔基，我们的鲁迅一样，到了高年，还会得做年青时候般的梦。

哈提八十岁后，还写情诗，鲁迅的《两地书》是四十以后的书简；高尔基五十岁以后的小说里，写到恋爱的场面，还是活灵活现。

这多事之心，亦即是赤子之心，中国的现代人，特别的消失很早，因此中国就不能如外国一样的有许多大作品出现。所以日本人老是批评我们说，中国民族是富于现实性的。其实呢，却是民族志趣不高，社会环境恶劣，以及教育不普遍，政治不安定的种种原因所促生出来的恶果。

一九三六年七月

看闽剧

福州的高尚娱乐场所不多，尤其是对于知识分子及其家属的高尚娱乐地方为更少。所以一个健全的剧场和电影院的设立，我以为是必要的事情。

星期例假，若遇到天晴，还可以上鼓山，鳝溪，磨溪，罗星塔等地方去走走，若遇天雨，则简直没有走走的地方了，于是只有群居终日，作不义之言之事的消遣，这我以为是都市住民的不幸。

到福州以来，闽剧场是去过好几次的，最感到不满的一点，是那些演员的知识的不高。他们非但知识不丰富，有些地方，简直连常识都还不够。譬如，随地涕吐的这件事情，是进过小学的学生，都知道是应该戒绝的，而演员在台上演戏，竟老有若无其事，随地乱吐痰唾的事情。

演员的一般习气，更加觉得幼稚得可怜。譬如在三十年前，上海曾经流行过的一种小孩子的玩具，现在在闽剧演员的身上，个个都还带着。这玩具是什么？就是用黄铜薄皮打成，三个铜子一枚的那些牙齿套——假冒金牙齿的牙齿套。镶金牙齿，本来是一件可笑的事情，就是证明这人的知识的不足，而于金牙齿之外，再个个人以黄铜牙齿套来做装饰品，岂不更可笑了么？我想第一个闽剧演员，满口黄牙地用这种装饰品的人，必定是一个大滑稽家。他因为要故意夸张他的没有常识浅薄可笑，才用这一个满口黄牙的化装方法来表现他的滑稽可笑，仿佛是刚刚吃过什么污臭食品似的。现在却连悲剧的主人公，都装出这一副滑稽的样子来了，岂不是本末颠倒的事情？或者有人要说，闽剧演员的个个要套这黄牙齿套是在表示他们的有钱，那么我们看戏，还不如去看法币，倒要比看这些黄牙齿，更直截了当些。

其次是剧本的问题了。后花园私定终身，落监小生中状元，金銮殿上大团圆，这似乎是闽剧一定的节目。当然这一种戏，也未始不可以做，但不对的却是那些中间前后穿插的太没有变化。大关节目，既然是一定了，那穿插就非多一点变化不可，譬如中状元之后的情节，也可以添演上去的，为什么就只演到中状元为止呢？未定终身，未落监之前的情节，也是一样。所以剧情的延长和缩短，我以为都是可以救这千篇一律的坏处的。

还有关于闽省的历史剧和地方实事剧，以及短的滑稽剧，忠义剧，在闽剧里，似乎不多。这一方面，若去开发起来，我以为材料是不会少的。譬如一个小工人或小商人，冒险到南洋去经商，他的家里的儿女子等辈，总也有许多的悲欢喜愤的事情，可供演剧的材料。闽王开国以来，几百年的中间在福建难道就找不出《三国志》似的戏剧的材料？譬如蔡状元修造洛阳桥，郑成功远渡东南海，梅妃恨多谢珍珠赐，郑和船喜有海神扶之类，随便想想，就有这么些个。

闽剧的必须有头有尾，全本自始至终的连演下去，我以为是不十分好的现象。譬如我们要排演一出郑所南，或者俞大猷的戏，若要从他们的自小读书习艺演起，演到寿终正寝为止，不知道要费去几多回的场面。我们若能将精彩的地方，割出几段来排演，岂不省事？

神仙怪诞，外国戏里，也未始没有；可是闽剧里的神仙之类，似乎也只是状元与千金小姐一样地单调的产物。

闽剧的歌辞，我本来是不懂的，但听来听去，觉得总是那几个老调子。从这一方面来下手，假如有几个像京剧里的汪大头，秦腔里的十三旦之类的人出来，加以一番改革，我想闽剧或可以独立地自成功一派，以与京剧昆曲和粤剧来对抗（粤剧在近来是很进步的歌剧，闽剧改良，可以取来做个参考）。

综上所述，都是闽剧门外汉的闲谈。不过这些愚人之见，或者对闽剧的改进，也可以有点旁敲侧击之微功。改良会诸君，若能将闽剧改良到使观众不会感到肉麻的地步，我以为功劳就等于修造成千万间的广厦。使福州市民有一个在雨天在晚上及时行乐的去处，对社会自然是很有利益的，若更能进而至于教导民众的地步，那闽剧改良，就可以说是最后的目的，也达到了。

廿六年四月廿六

双十节感言

初到闽中时，曾于一处宴会的席上，写过这么的一首诗：闽中风雅赖扶持，气节应为弱者师；万一国亡家破后，对花洒泪岂成诗？系掇拾杜老的“感时花溅泪”与“国破山河在”的两句而成的。现在虽还没有到这境地，但我们却不可不以此来自警。

文化人是识风浪的海鸥，我们要号吹在前，切不可悲歌在后。歌咏也好，漫画也好，做诗做文章也好，第一总要向实在的地方，有力的地方去做。我们的广大的群众，尤其是劳农的大众，都在那里等我们去启发，去组织。他们所需要的，不是空头话，也不是闲文采。我们于鼓动旁人去牺牲，去尽瘁之先，先还须问我们自己有没有这决心，这行动。文文山的《正气歌》，岳武穆的《满江红》，因为是他们血染的文章，所以才有价值。前人有两句话：“夔州而后论工部，凝碧归来识右丞”，我们该做“每依南斗望京华”的杜甫，不该做“万户伤心生野烟”的王维。

《白云轩诗词集》序

秋山兄以所著《白云轩诗词集》原稿见示，嘱余为序。讽诵之余，顿觉琳琅满目，美不胜收。尤以《大鹏》、《雪花》等词，与《凤凰》、《牡丹》诸诗，为压卷之作。才华横溢，独树一帜。豪情逸兴，挥洒自如。盖其灵感覃思，素养精湛有以致也。爰拈七绝二首，藉抒观感。然仅蠡测之见，未足以统窥渊海。读者捧诵斯编，自可左右逢源，以资沾益焉。是为序。

一

唱罢鲲鹏唱雪花，关西铁板转红牙。
芬芳藻雅真名士，逸兴豪情两不差。

二

形象思维汇九流，寄情花鸟乐优游。
葩经比兴骚人赋，荟萃成章罕匹俦。

丁丑冬日，郁达夫于榕城。

日本的娼妇与文士

我们因为在日本住的日子长一点，所以平时交游的日本文士，也比较得多。以常识及平时的谈吐，修养，抱负来看，总以为文士是日本的优秀分子，文人的气节，判断力，正义感，当比一般人强些。但是疾风劲草，一到了中日交战的关头，这些文士的丑态就暴露了。我们原有点被他们欺骗了的后悔，但因此也可以看出日本民族的决不能与世界各伟大民族相并立的痼疾，因此也可以断定日本的抄袭文化，决不能有在世界文化史上一点色彩的运命。矮子登场，弄了一辈子的轻薄小技，终也不过是些沐猴冠者而已。

所以会引起我这一段感慨来的原因，是因为最近读到了《日本评论》三月号上的一篇佐藤春夫的电影故事的创作。

文人的幻想，原不是可以用道义的立场来批评的。文人对于作品中模特儿的引用，原也不是可以由被引用者来提出抗议的。但是，至少至少，对于事实的歪曲、诬蔑，总也应该在一个不超过常识的范围以内才对。使用挑拨离间的策略，也应该不远离开艺术家的立场才对。

让我先来介绍佐藤的那一篇劣作《亚细亚之子》的内容。

有一位姓汪的革命文学家，在十七八年的国民革命军北伐之后，流亡在日本，与他的日本妻子，共过了十余年的放逐的生活，他本来学的是医学，他的妻子，本来是大学里学助产的看护学的。儿女也已长大了，大约两个已经进入了第一高等学校。有一天晚秋的薄暮，他的一个姓郑的中国朋友，忽而到他的寓居去访问他了。这姓郑的使命，就是受了中国最高领袖的密谕，去煽动他回国来作抗日的宣传的。

终于芦沟桥事件勃发了，汪一个人便悄然留下了给妻与子的遗书，逃回了中国。在各地作了许多热烈的抗日的宣传。

最后他发见了自己是被人利用了，作了人家的傀儡，并且也感到了自己是供作了被报复的牺牲。更使他失望的，是他在北伐时代的一位情人，却被他的老友姓郑的骗去作了妾，藏置在杭州的金屋之中。

于是他就翻然变更，要求日本人容许他去作救济华北人民的工作，在北通州造成了一个日本式的医院，在倭寇保护下重迎他的日本妻子到了通州。

这是他那一篇劣作的大意。在这中间他处处高夸着日本皇军的胜利，日本女人爱国爱家的人格的高尚。同时也拙劣地使尽了挑拨我们违反领袖，嗾使我们依附日本去作汉奸的技巧。至于中国人的人格呢，对男人则说是出卖朋友的劣种，如姓郑者之所为，对女人则说是比日本的娼妇还不如，如那一位姓汪的爱人之所为。

介绍了这一篇劣作的内容之后，读者大约总也已经可以明白我这篇短文的主旨了吧！就是：日本的文士，却真的比中国娼妇还不如！

佐藤在日本，本来是以出卖中国野人头吃饭的。平常只在说中国人是如何如何的好，中国艺术是如何如何的进步等最大的颂词。而对于我们私人的交谊哩，也总算是并不十分大坏。但是毛色一变，现在的这一种阿附军阀的态度，和他平时的所说所行，又是怎么样的一种对比！

平时变化莫测的日本女人，如林房雄之类的行动，却是大家都晓得的。在这一个时候，即使一变而做了军阀的卵袋，原也应该，倒还可以原谅。至于佐藤呢，平时却是假冒清高，以中国之友自命的。他的这一次的假面揭开，究竟能比得上娼妇的行为不能？我所说的，是最下流的娼妇，更不必说李香君、小凤仙之流的侠伎了。

当然，日本的文士，也不可以一概说的。我们有我们的理知与判断，我们亦有我们的矜持，我们决不愿意像佐藤似的不分皂白地加以一例的阿谀的谩骂。日本老大家中，如秋田雨雀，如志贺直哉，岛崎藤村等，还是良心不昧的人。中坚作家如鹿地亘及其他的诸非战作家，更加是具有强烈的正义感的文士了。我们对那些军阀的走狗文士，只能以一笑一哭来相向，如对于摇尾或狂言之老犬一样。对于那些真正有世界眼光，有文人气节的作家，应该以全腔的热血来致敬。不分国界，不问人种也。

一九三八年五月九日作

接编《文艺》

《星洲日报》星期日的《文艺》一栏，以后是由我来接编了；和《晨星》、《繁星》一样，前此担任编辑的郑先生的规模俱在，我也不过是依照了他的方式，继续下去，唯期不失故步，略有进展而已。

《文艺》旧日的读者、作者，希望仍能一本旧日爱护本园地的热意，照旧日的样子来督促，来投稿。使这一星期一次的小园地，不致荒芜，并且更能发出新的力量来，助我们国家民族的复兴的成功，这想不仅是我这编者的期望，当亦为诸君所乐与合作的一件大事业。

一月十四日

编辑者言

一个人有了固定的社会评判，就是就了一个固定的范畴之后，他的一举一动，一言一语，就难免要惹许多固定的猜测出来；这猜测，也许是对，也许是不对。譬如说罢，一位政客到某地来了，大家便会推想到他将在某地的政治活动，一位青年未婚美少女来了，大家又会推想到她的相攸择婿等问题上去。这原是一般的倾向，但是每一原则，各有例外，世上的事情，原也不必一定是这样简单。

在下这一次渡海南来，新就了《星洲日报》文艺副刊编辑之职，测字摊儿摆起，已经有七八天！大家自然也不免又将有一些想当然的猜测；就是说某某此来，星洲的《晨星》、《繁星》、《文艺》，及未来将出版的文艺半月刊，或将有一番大大的变革。这猜测自然是爱读《星洲》副刊诸君所应有的期望。可是文艺的滋长，风气的造成，与夫新进作家的发现，决不是同捉鱼买物一样地简单的事情；况且只有一个人来掀起这广大的波浪，力量也有点儿觉得不够，因为我并不是一个全能的百科辞典家。所以开卷第一，只能说些卑之无甚高论，切实不虚幻的话来告诉读者。

第一，既然做了一方文艺的编辑，则这一方的责任，自然应先尽到，看稿不草率，去取不偏倚，对人无好恶，投稿者的天才与抱负更不得不尊重，这些当然是编辑应尽的职分。

第二，时势有变迁，潮流有起伏，人事亦有代谢；一个编辑，虽不是全知全能的上帝，可是读书、修养、批评眼的琢磨，也应该与时而俱进，看稿的时候，原须不忘教，也须不忘学，教学并进，竭其全力，以期负起此职。这虽是对一般人都可以适用的为人之道，但对于编辑，尤其是副刊的编辑，更应该如此，所以不必自负为人师，不必自夸为先进。总要知无不言，言无不尽，但开风气，亦顺潮流；去时代不能太远，提问题不能太高，实事求是，以汗水来作天才的养乳，这就是我以后在编辑职内想努力的目标。

第三，时代转变得太快，在这抗战期间，不但政治、经济，以及一切社会设施，赶不上时代，就是应站在时代先头的文艺思潮，哲学原理，恐怕也会有落伍的危险。在这时候，所最易出现的，是躐等、躁进、空喊等小儿病的症状；我们在这里，就不得不多注一点意。跑尽管可以跑，但脚切不可远离了地，要想腾空，也须坐飞机才行，无支杆的跳高，终于是危险的曲艺。行千里者，三日聚粮。目的既远且大，速度又快而急的时候，食粮与汽油，总得先备足才行。这又是我今后想采取的一个态度。

凡此数点，是我于就职之初，就内定好的 Pose。但能维持得多久，与其后的结果，究竟如何，这就只好“看货色”了。

一九三九年一月十七日

理智与情感

人的感情，人的理智，这两重灵性的发达与天赋，不一定是平均的。有些人，是理智胜于情感，有些人是情感溢于理智。并且同在一个人的身上，这两种灵性的发展，滋长，也不是同时同等的。有些人，在少年时，固是情感富于理智。但年纪渐大，则理智也会与日俱增，渐渐的可以以理智来制服情感。有些人，则自幼到老，都是热情奔腾，不会有少许的变更。

文艺作品，是一个全人格的具体化，所以在作品里，这两种性灵，也表现得各不相同。大抵的诗人，都是情感较理智更强，而一般哲学家、思想家、批评家、政论家，当然是只在运用理智。但是没有情感的理智，是无光彩的金块，而无理智的情感，是无鞍镫的野马。

诗里面的抒情诗，是完全靠热情作支柱的；可是运用文字，排列文字的时候，也不得不动一动理智。哲学论文，批评文字，照理是以不涉及情感为理想的；但是叔本华的著作，读起来比康德的来得有趣。批评文字，也是一样，勃兰提斯与培灵斯基来一比，就觉得前者胜于后者，所谓胜者，就是更富于热情，更富于牵引力的意思。

所以，理想的文艺作品，总以理智与情感同样丰富，同时运用的为上品；譬如十九世纪英国托麦斯·提昆西的散文，就是这一种作品里的代表。

高尔基在晚年，为青年作家所做的许多序文，大抵也在高调着这一句话，尤其是在对于 *Barsuki* 的作者 L. Leonov 的一篇推荐辞里，可以看得出来。他推崇托尔斯泰与独斯妥以夫斯基的理由，也全在这一点上。

理智与情感的平衡，这一句话，讲讲实在是很普通，可是实际上，却很不容易做到。

日本的侵略战争与作家

本文所想谈谈的，是日本文坛在军阀们发动侵略战争以前的状态，与战争以后的趋势；要想明白他们最近的动向，自然先不得不略说一说他们的过去。

原来日本文学，在过去是不能独立存在的；因为他们在没有输入中国文化以前，根本就没有文字。自输入了中国文化以后，以中国字及由中国字里抽出来的假名字所写下来的《古事记》、《日本书纪》、《万叶集》之类的古代文献，虽说是日本固有的文学，但谁能够保证，当写下来的时候，不曾经过那些饱受中国文化的执笔者的改造和增删？他们在文字黄金时代的产品，如藤原时代、平安朝、奈良朝时代的作品，所受的完全是中国文学的影响，《昭明文选》、《白氏长庆集》、《老子》、《庄子》，以及《四书五经》，简直是当时日本人中间家弦户诵的书。这一个传统，一直传下来，到了明治维新的前后，还是如此。虽然这时候为学的书本——就是现代所说的教科书——已经由整部的总集全集，而变成了十八史略、唐宋八家文，及三体诗、唐诗选（李攀龙）等的选本。在这前后，日本人中间有教养学问的人，做的诗是汉诗（如森槐南等），大部的著作，也是以中文写的，如赖山阳的《日本外史》之类。

日本近代文学的成立，是在明治的中年，由砚友社——以尾崎红叶为首领——的后辈与长谷川二叶亭、国木田独步、田山花袋、岛崎藤村等的提倡介绍了欧洲自然主义文学，及夏目漱石、森鸥外等创作和翻译了主智主义的文学以后。所以，讲日本近代文学的历史，自从中国的传统转移到欧洲的传统以来，最多亦不过短短的六十年。但日本的文学，同日本的其他一切翻译模拟文化一样，在这短短的六十年里，居然也有了长足的进步。可是可叹之至，这一个进步，到了大正时代，就骤然的停止了。

这停止进步的原因，原有内在与外来的两个因素。第一，自然主义本身，到了十九世纪末期，已经走到了牛角尖，不能再进一步了，这当然是内在的一个重大原因。第二，创造新日本的宪法，在这时候，完全崩溃了，法治精神一变而成了蛮勇暴力的横行，思想、言论，以及一切合法的自由，在日本都被蛮勇暴力劫夺了去，这一个外来的动力，实在是目下的日本文学，亦即是日本广义文化的丧钟。所以到了现在，日本文学，非但停止了进步，反而是在一步一步的向后开倒车。我们所要谈的主要部分，就是日本文学的这倒车的历程，与这倒车的目的地的死亡点。

当大正与昭和易代之际，社会主义的左倾潮流，泛滥侵蚀了全世界；日本文坛，正当自然主义没落，主智主义无后继者，呈现着一种虚无倾向的时候。在这苦闷的虚无状态中，一班年青气锐的从事社会运动的青年，就竖起了左翼文艺的旗帜，顺风一呼，响者云拥，在大正的末年，日本左翼作家的集团与刊物，至少也有几十种以上。成功的作家，有小林多喜二、藤森成吉、前田河广一郎、叶山嘉树、中条百合子等。但是，因为这些运动的气势太盛，传播太快了的缘故，到了昭和以后，反动势力，就加紧起来了。许多作家，被杀的杀了，被囚的囚了；许多团体，也一举而被解散得无遗。左翼作家中间的意志稍为坚强者，大抵到现在，也还在牢里；另有一部分，就缄守沉默，入乡去种田卖菜去了。

而一般投机乘势的机会主义者，就马上写下服辩，愿作军阀们的犬马，而来了一个转向。最有名的这些转向走狗文学者，就可以由林房雄、片岗铁兵的两位从前是极左的作家来做代表。所以左倾文艺，社会主义的文艺，在现在的日本，已经可以说是完全绝了迹。

原来日本的文人，一面也还有一种中国的传统风习，遗留在他们的身上的。这一派人，就是无论在什么时候，都不愿意混入潮流中去的高蹈派。这些高蹈派的作家，在自然主义流行的时代，只取了那时候的写实作风，而所主张的却是人道主义；在虚无主义支配着文坛的时代，他们只固守了艺术至上的主见，也不肯轻易去学时髦，而写些红灯绿酒，跳舞通奸的油腔滑调。这一派极少数的作家，在社会主义泛滥，左翼作家极盛的时代，也不过暂时停止了写作，只在沉思默考，反省他们的过去与将来。到了现在，就是到了兽欲横行，正义理智完全泯灭的现在，他们也只严守着沉默，而仍不失他们的故态。像白桦派的志贺直哉，浪漫派的谷崎润一郎等，就是这些少数人的代表。

其次，是的确忠于主义，忠于自己的艺术良心的老大家们，在现时所取的态度，多少也与这少数的高蹈派有点相近似，如岛崎藤村、正宗白鸟、德田秋声、秋田雨雀等几位文坛的鲁灵光。

所以，现时的日本文艺作家，若要简明地把他们分列起来，大体上，可以分成像底下的三种类别：

第一，是只写些毫无意味，而只以色情怪奇为主眼的作家。

第二，是为高压与生活所迫，不得已而转向，或以走狗自甘的帮凶作家。

第三，受了军部的指使与豢养，一心一意，专在为军阀歌功颂德的喇叭作家。

第一类的作家，以出身于艺术派，转入到大众读物，多少有一点主智倾向的作家为最多。他们所写的，大抵是古封建时候的事事物物，在这一点上，多少也成了高扬武士道，提倡日本主义的帮凶犯。已故的如直木五十三，现在的如吉川英治、自井乔二等，就是这一派这一流中的代表。其次，是以现代的人事起伏为题材的所谓带有艺术味与主智性的作家，他们的作品，完全以趣味为中心，他们的读者群，大抵是中产以上，受过教育的青年男女。这一派这一流的作家，当以横光利一、川端康成、武田麟太郎、丹羽文雄、尾崎士郎等为最著名。

第二类的作家，是或由左翼，或由艺术派，或由大众作家中转向过来的蜕变者，如岛木健作、佐藤春夫、林芙美子、菊池宽、林房雄、片岗铁兵、小岛政二郎等都是。去年九月，日本内阁情报部，受了军部的颐使，召集，训话，遣发到中国武汉一带来做吹鼓手的所谓从军作家们（总数二十二名，后又加入作词作曲家五名），大抵是属于这一类的。

第三类的作家，则根本是由法西斯蒂所熏育豢养，或是身任军职，或是充当军部随军记者的人。称他们为作家，实在有点冒渎了这一个名字。但是他们总算也是以文字自见的人，所以也不得不归入到作家的类里去。像这一类人的代表，我只可以举一个本名玉井胜则，笔名火野苇平的报道部员来说明一下。火野苇平，是一个伍长，前年被召集入营。在杭州湾登陆，碌碌随人而到了杭州。后来又转到上海，入报道——即我们的政治部——部。当徐州会战的前后，他也跟报道部而北上。先由上海而浦口，由浦口而徐州。到了徐州城外，没有进城，他就回来了；现在是在广州的报道部里服务，到琼州去了。

自从去年八月的《改造》志上，他发表了一篇叫作《麦与兵队》的从军日记以后，日本全国上下，异口同声，说他是等于写《赛伐斯脱堡尔》的托尔斯泰，是日本这一次侵略战争所产生的最大文学家。但其实呢，这作品的平淡无味，写孙圩一场混战场面的支离灭裂，真出乎人的意想之外。像这一种作家，这一种作品，在日本已可称作最大杰作的话——尤其是最近在《文艺春秋》一月号上所发表的那篇无聊的《烟卷与兵队》——，那日本的作家，与日本的文坛，也就可想而知了。

这些，是现代日本作家的一个大概情形，此外，则在军部指挥下的作家团体，于最近结成，正在向各农村在作老爷式的宣传的一团，也是值得一提的，那就是日本农民文学恳话会的一群。他们——如和田传——受了军部的金钱，假借农民作家的名义，到处在视察，在宣传，想把日本一般农民反战的高潮低压下去。但是西洋镜，老早就被人家拆穿，于去年结成的当时，日本《都新闻》就有了正当的指摘，军部心劳日拙，想假了几个堕落文人来欺骗民众，终于是欺骗不了的。

所以，在这一个情形之下，日本的作家，只在跟着指挥刀一步一步的倒走到十八世纪、十五六世纪的路上去。自提倡自然主义以来的日本新文艺运动，经过了这一次侵略战争的压迫与强奸，将来必然地只有完全死灭的一个运命。日本文学与作家，一半已爬入了睡棺，一半也已变成了畸形的怪物了。我们站在文化人的立场上来说，只有对他们唱一句追悼的哀歌。

但是新时代的到来，也不在远，我们只教先能把那些文化的刽子手肃清以后，将来也可以帮助邻邦再造成一个主张正义与和平，而又有世界眼光的新文坛起来。

一九三九年二月

《雷雨》的演出

曹禺先生的剧本，只在武汉曾经看过一次中旅剧团演出的《日出》，当时就觉得曹先生的剧本，当上演时，舞台效果是一定会好的，妙处就在他的技巧的高明。这一次，又看了《雷雨》的演出，却是我与曹先生的剧本发生关系的第二次。

《雷雨》这一剧本，当然是写得很好，但是武汉合唱团诸君的演出的成功，即在舞台上的剧艺表现的成功，却远在剧本本身之上。所以，《雷雨》这剧本若只是好作品的话，则武汉合唱团诸君的演出，却是她（他）们的杰作。

先以剧本来说，曹先生在《雷雨》中的中心思想，不知是说命运的呢，还是说恋爱的，或者是说资本主义的破绽的。

英国的哈提，有一本初期的小说名叫《三代恋爱》，是以一个男主人公，爱了一个女主人公及依次又爱到她的女儿及孙女儿的故事，《雷雨》中间的男女纠葛及两代恋爱的地方，就很有些与这小说相像。

剧中说到资本主义的破绽的地方并不多，所以不能当它是带有社会主义色彩的剧本。其次，倒还是写出同希腊剧本里一样的命运方面的意义来得重些，如兄妹的相爱、母子的相恋、二重情敌、两世交爱等之类的多角关系。要它的用意是在说出运命的弄人来时，才有意义。

从另一角度来分析这剧本，则它的多角的巧合——天下事不会这样的巧。所以在十九世纪的纯自然主义作品里，这一种倾向是没有的——当然是从浪漫派的剧本里学来的作风。法国作家的浪漫剧里，像这一种技巧，就很普通，尤其是大仲马的小说和戏剧里。而对话及描写，以至于动作，则仍是自然主义的和写实主义的。曹先生的剧本的成功，也许就在这一点，外国人所说的 Melodramatic 的地方。

最后，则《雷雨》这剧本中的人物，各都是一个极有趣而成功的 Caricature。并没有造成具有特性的典型。

凡此种种，都是对剧本说的话。而这一次武汉合唱团诸君的演出，我却以为他（她）们的成功，却远在剧本之上。演周朴园的陈仁炳博士，演蘩漪的查光富女士，演四凤的陈文仙女士，演鲁侍萍的黄昆玉女士，以及演周萍的项堃先生，演鲁贵的谢锦标先生，演鲁大海的李书翰先生，没有一个不是做到了恰到好处，个个都有百分之九十九的成功，一分的不足，是在由主演地位而移入傍角地位时的舞台注意，还有点儿不到，这，在非职业剧团的演员身上，当然也是不可以苛求的，全体演员中，只有演周冲的徐仁宪先生，稍为弱了一点，但这也并不是失败，是不够劲而已。

总而言之，武汉合唱团诸君的演出，是可以比得上国内的无论哪一个有名的剧团，只教再有好一点（更适合他［她］们）的剧本，和好一点的舞台，给他（她）们利用，则成功的成分，可以直到百分之一百。

和我们同去看戏的有一位老太太，问我话剧要演得怎么样才算成功，我就很简单的对她说，很肉麻的说话和动作，在舞台上演出的时候，而台下的观众，并不觉得肌上生栗而感到肉麻时，剧艺就算成功了。而这一次武汉合唱团诸君的成功，竟超出了这不使人感到肉麻的成功基线，并且深深地感动了人，我亲眼见观众中间，有拿出手帕来揩眼睛的。

看了试演回来，粗枝大叶地写了这一点感想，最后我还要说一句，合唱团诸君演出的成功，远在剧作者曹先生的剧本之上。

《前夜》的演出

看《前夜》的演出，这是第二次了。头一次，记得是在武汉，作者华汉先生，还在一道。凭良心说，《前夜》这剧本的技巧，比《雷雨》要差，但它的意识，它的坚决自然等点，却比《雷雨》要进步到四五十年，《雷雨》假如是有十九世纪中叶风格的剧本的话，那《前夜》当是二十世纪初期，略染到了些伊孛生风格而未完成的作品。幼稚当然也难免，技巧也并不好，但刚才说过，它的写实的一点，是可取的，是比《雷雨》要强得多。

华汉，即阳翰笙氏的剧本，我读得不多，听说，他的成功的剧作，还不是这一本《前夜》。

因为在一礼拜前，刚看过了《雷雨》的演出，所以，说起来，总要带着两个剧本的比较，和两次演出的衡估。

说到舞台演出的成功呢，这一次自然觉得要比前一次差。

第一，是在演员国语的不纯熟。西洋人学习舞台对话的工夫，平常总下得很深，这只须看一看萧伯纳年轻时候所写的一册小说《艺术家中间的爱》，就可以晓得外国人学对话的苦心如何了。饰林建平的李承先生，对这一点，还应该留意。

当然，业余社的诸位演员，比起合唱团诸君来，工夫要差，这原也是不得已的事情；因为合唱团诸君在处处地方，有比业余社诸君更好的环境，有许多占便宜的地方，譬如，他们有些人，是受过正式的戏剧教育的。并且自小又生长在中国，习话的一点，当然是比在南洋的诸位社员要便利。况且，业余社的诸君，又是言语系统和我们普通所用的言语不近似的；而合唱团的诸君呢，却是言语系统与普通话近似的江浙皖鄂川等省的人居多。最后，合唱团诸君，在最近并且还有了很多次的上演经验，而业余社的诸君，却没有这么些个机会。

在这一个对比的情形之下，所以我们要说，业余社的诸君，成绩虽则比合唱团诸君差，但是也算是难能可贵的了。

尤其是饰白青虹的陈英女士，与饰郑文萱的杨文侃女士，只教嗓子练得亮一点，就可以完全成功了。陈英女士的对话，已经到了炉火纯青的境界了，只是嗓子太低一点，第十五六排以后的观众，恐怕就不容易听得出来。杨文侃女士也是一样嗓子太低，而语头语尾，还有一点江浙的土音。

汪仲元先生的杨五爷，吴适鸣先生的张二爷，都很好，若要苛评一下，就是在于舞台经验的不多，有些动作，似乎过火，有些，又似乎不够周到，借旧戏的专门用语时，叫作不够劲儿。

总之，这一次的《前夜》的演出，并不能算成功，但业余社诸君也不必自馁。古人说："学到老"；卢骚也曾说："我在不断的学习之中，渐渐老了"。业余社诸君，再努力吧！最后的胜利是我们的！

伦敦《默叩利》志的停刊

由约翰·司卡候儿爵士于一九一九年所创刊的英国文艺界的权威月刊伦敦《默叩利》志，同爱里奥脱的《规范季刊》一样，自五月份起，将并入《现代人生与文艺》去合刊，归劳勃脱海林去编辑了。我们对这有悠久历史的文艺刊物，在市场上的消灭，原也同该志现在的编者司考脱詹母斯一样，有万分的惋惜。

这杂志曾经在英国造成了许多诗人和小说家，也给与了英国的文学青年以莫大的帮助和指导。它的立论的不偏不党，光明正大，介绍书籍，批评作品的富有意义，是为全世界一般爱好文艺的人所公认的。我自己从这杂志的创刊期起，一直到现在为止，其间因不得已的事故而买不到时之外，却是每一期都是从头至尾，细心阅读的一个。

这杂志经营者毛文出版部的出让此志给勃銮庭公司（《现代人生与文艺》志的出版者），大约总也是为了经济上的原因。《默叩利》志，从前每册定价一先令，从一九三八年起，才增加到了二先令，据编者司考脱詹母斯之所说，则增加了定价之后，销路与经济上的维持，也还可以过得去。

但世界的变动是太大了，纯文艺的刊物，终于是不能适应时代，适应大众了。这世界是兵荒马乱，急于备战的世界，大众已没有余裕来享乐纯文艺了。三个月前，我们刚为《规范季刊》的停刊而作过悼词，现在接着又是在三月之前，同样地为《规范季刊》的停刊而致惋惜的伦敦《默叩利》志寿终的时候了。

从这两个纯文艺权威杂志的停刊中，我们所得到的教训有两个：其一，是在政治飞跃的时代（大战或大变动的时代），太高的纯文艺是会赶不上时代的；其二，是以后的文艺，与政治以及大众，更须发生密切的关系才行。

文艺假使过于独善，不与大众及现实政治发生关系的时候，则象牙之塔，终于会变成古墓。这一个倾向，从我在前几天介绍过的许多诗人小说家，都一变而去作新闻报道的记者去了的一点上来看，也可以明白。

因伦敦《默叩利》志的停刊，我们希望此志的后身的伦敦《现代人生与文艺》志，能作一次适合时代的大飞跃。

略谈抗战八股

关于抗战文艺的公式化，一般人都在表示不满，名之曰抗战八股。固定形式化，就是硬壳化的这一个弊病，不但是抗战文艺中会有，就是其他的文艺，以及一切事情上，都可以有的。譬如宋时的道学，本是修身，齐家，治国，平天下的哲理，若能身体力行，于人于国，都是有裨益的，可是衍之末流，就成了伪道学，这就变成了只有躯壳而没有灵魂的假把戏了。社会风尚、礼教、习俗之类，大抵也都是如此。

居丧者悲哀，自是天性，但当出丧时表示孝心，去雇一个人来到棺前，代行哭泣，却是八股了。齿落要镶，原合理数，可是为了好看，把真齿拔了，镶成满口金牙，岂非是东施效颦，口头八股。最善诙谐的吴稚老，系首倡××八股一语的人，但他自己，也老在踏八股的覆辙，却不曾自觉。当中山先生作故那年，我们学校的一位门房，因有一信要交给此老；当他踏进我们在坐谈的一室之门，两手向吴老一拱，先叫了一声“吴先生”。我们大家不动，而吴稚老却也立起来拱手一揖，连说着“久仰久仰！”大约和吴稚老认识的人都该晓得此老的“久仰久仰”，是他的无锡八股，于遇见生人时，一辈子也不会去口的。

知道了这一点，便可以知道抗战八股的作者，原因还是在生活内容的不充实（关于这一点，我已另写一篇短文了）。

抗战文艺的须多样化，写实的须彻底，所见的人物事物须具体化等，都是救这抗战八股的药石，问题只是在作者的率真与否的一点。

同一模型，摆在教室里，习画的学生们，因角度阴影等地位取景的不同，画出来时，尚且可以完全各异；何况乎以错杂伟大的全中华民族在此时期的事物人物为对象的抗战文艺呢？

所以，我以为抗战八股，也未可厚非；这不过是一时的现象，等作者们成熟之后，观察深刻，视界扩大，具象化的能力（艺术手法）增强了的时候，这作风当然会得改变过来的。

总之，抗战八股，原是不好的文艺，但是“有”还胜于“无”。并且在陪衬出非八股的真正抗战文艺的一点上，它的消极的功劳，也是很有可取的。

文艺与政治

——介绍《现代人生与文艺》志

前几天，我们刚在《星洲日报》的《晨星》栏里，报道过伦敦《默叩利》文艺月刊的并入了《现代人生与文艺》去合刊，现在这《现代人生与文艺》的五月号，已经到了马来亚了。

主编者罗倍脱·海林氏在他的那篇卷头语上，曾说述了《现代人生与文艺》的历史的经过。这些虽与本文无关，但为参考起见，也可以抄译一段在下面，好作文坛的掌故。

伦敦《默叩利》志创刊于一九一九年，独立发刊到现在已有二十年的历史，在这中间，并且还并合了有四十三年历史的《簿克曼》。而《人生与文艺》却是一九二八年夏天创刊的，《人生与文艺》经过种种的变革，直到归由勃鋆庭公司出版的时候才加上了“现代”的两个字，自一九三五年以来，继续到现在还没有改过。

《默叩利》志创刊的时候，刚在欧洲大战之后，所以编者司卡候儿爵士，在当时的《发刊词》里，还说起了当这遇着了物质的危机，以及政治与军事的纷乱之后，文人们尤其要保持他们的超然态度等话。

可是事情到了现在，这超然的态度，却怎么也不能再保了，故而有与《现代人生与文艺》合并的必要。

《人生与文艺》本来也是一个纯文艺的刊物，但是自西班牙战争发动之后，态度可就改变了！文艺作者觉得怎么也不能再和政治不发生关系。

《簿克曼》志的最终号上，编者休·罗士惠廉姆孙的一段断言就成了《现代人生与文艺》志的目下的指标。他说："艺术之中的文艺，和其他各种艺术一样，是必须和最广义的政治有联系的。这就是说，以开展我们的警觉性的限界为天职的艺术家，是无论如何也不能放松他那时代的政治，而他的工作，也必然地须受当时政治的影响。"

文艺的必须与政治有紧密的联系，我想在抗战的今日，总可以不必再说了。问题只在文艺的是否须跑在政治的先头，或至少也得与政治军事并步在一道，以收互助之效。至于故意踏高跻，唱高调，表示是文艺跑在政治的先头几百年，而实际却是一个倒行比赛的时候，问题当然是又当别论的。

翁占秋先生画展专刊附言

翁占秋先生的画展，已经开始了三日了。往观者的口碑，以及评论家的文字，都在大家的耳边眼里，我可以不必再费一辞。在这里想表明一下的，是本报的专刊，因稿件拥挤的关系，致迟出了两天的歉意。

至于翁先生的造诣，以及画的能感动大家，作宣传的最好工具；并且，这次翁先生的画展，是以筹赈为主要目标等，诸先生已先我而言，而实际上，大家也都已经明白了。

翁先生的画，是有根底的，从开幕之日，翁先生的演辞里，我们就可以看出他的用功的苦心。但艺术无止境，翁先生于今后环游世界回来，他的精神境地，当然会比现在的更有精彩，我们正在预祝他将来的更大的成功。

自从这一次神圣抗战发动以来，艺术家中间的向海外发展，作国际宣传的，以画家为最多。光从这点上来说，也可以见得我们因抗战的结果，而得到的艺术在国际间的地位。

敌人的国际间的声誉，在政治上文化上，都已经毁灭无余了。敌国的画家，就是古代的浮世绘作者，现在尚且有人以提起为耻辱，现代的画家，自然更加没有国际人士来过问了；这征之于金门博览会中，敌馆被美国人士所轻视，就可以明了。足见我们的抗战建国、重造新文化这一句口号，并不是无根的虚语。

我们距离最后胜利的时期，日渐近了；愿同胞们之无论属于哪一阶层的斗士，各能尽我们最后的一次努力。

六月二十日

《奢儿彭论文集》

《奢儿彭论文集》（*Shelburne Essays*），是美国文艺批评家保儿·爱耳玛·摩儿（Pual Elmer More）的批评及感想文集，自一九〇四年起，到一九二一年为止，已经出到了十一册之多。

牛津大学出版的世界古典文学集里，曾于一九三五年出了一册《奢儿彭论文选集》，是摩儿自己选的；在这一册选集头上，也曾有一篇自叙传式的很谦虚的序文。现在，简单地把它介绍在下面。

他说，他的年轻时候的岁月，是在想做一个诗人的私愿，和不得不奔走衣食这两件事上消费了的。不过，最初，他也曾出过一册抒情诗集；对这诗集，读者和作者，同样地想不再提起它了。此外，还有用诗的形式写的悲剧几种，和一篇较巨的史诗。这些都被人家遗忘了，而作者自己，也想把它们统统送到炉子里去代替煤炭。

只有一册从梵文翻译过来的印度罢脱利维利的警句百首，从它们原有的内在价值上说来，却是一件有永久价值的工作。

至于他的公职呢，在大学毕业之后，他曾在各高中教了五六年书，教的大抵是梵文，希腊，拉丁的古典文学之类。

对于教书这职业，他自己觉得是不适合于他的天分的；所以，其后就下绝大的决心，抛去了这职业，在纽·汉姆泊舍儿的奢儿彭村附近，租了一家小小的农家住下了；它就在沉静的安得鲁斯可琴村谷的边沿。在这里过了两冬和三夏，断绝往来，亦没人类的影子和他见面，他只和一只叫作“拉其”的狗和一只猫做伴侣，完全是一种照他的方式的俭朴隐士的生涯。

这些生活经验，就是最初的那些奢儿彭论文的内容。

有几位老处女的长辈（姑姑们）曾对他这一种生活方式，着实提出了抗议，但他却不顾一切，仍固执着他的决心。

夏天的寻欢作乐的旅客们，时或路过这和平的村落，也许可以在松林里看见这一座小小的红色的屋子（这是一九〇四年的事情），乡下畸形的邮传马车，有时也会摇过这小屋的门前。那些打盹的乘客，会看了门楣上的奇异的牌号而发一些疑问，或对蜷伏在阶上的老犬加以几下轻抚。但深居在这屋子里的那位隐士，却并不欲参加这些人事的纷烦，只沉思默考，静静地想他的文章。

所以他的教育，和思想，实在也很窳陋；只有恒河边上的那些贤哲的语言文字，给与了他些养料，近代的种种新思想，和他是缘分很少的。

但是，他在离群独处的中间，虽则发现了他的本职，是在批评，而不是在创造文学。可是于离开这隐士生活的时候，实际上，他也并不比来时更有了些什么学问与经验。所以，这些论文，也不一定是惊天动地的，而这一个论文集的卑卑名字的由来，也就因为了此。

但是，这几年的隐遁生活，对他的学问修养，虽无多大贡献，但对于他所写的文章的内容，却多少总有点影响。因为在这一个时期中，他所想的，不外乎是“人生的意义”。故华尔泰·立泊曼（Walter Lippmann）在一九三〇年三月十五日的《拜六文评》上，发表一段对于他的批评，所说的也就是一个意思。

“摩儿先生不但学识丰富，对于信仰，以及神秘的教义的研究，并且也是一位精神上的天才。《奢儿彭论文集》以及五卷希腊传统的研究，不仅仅是划时代的文艺批评而已。实在是一位有灵敏的感受性与对现实有坚固的直觉的天才的发现宗教的记录。不管你赞成不赞成他的每一个特异的判断意见，但你读了它们，就觉得是进入了一个严肃与崇高的理想的境域；而知道作者虽在一个文艺批评家的假装之下，发表他的意见，但他却是始终在热烈地关心于人生经验的最初与最终事物的人。”立泊曼的这一段的批评，摩儿承认是很对的；他谦虚地说：“人家攻击我的，实在也不少，但这一篇颂词，我至少觉得他两点，是说明了我的为文的志趋，当然文章的成就，有没有达到目的，是另一问题。”哪两点呢，就是：（一）发现新宗教（新信仰）的不断的努力，与（二）人生经验的最初与最终事物的探讨。

他的关于宗教、哲学、社会学的种种意见，并没有收集在这一册《奢儿彭论文集》里，但这选集中他的文艺批评文，却多少是受着法国圣·佩父的影响的；虽然，在所走的理智的道路上，两人是完全显示着一个相反的方向。就是圣·佩父的路线，是完全离开信仰趋向怀疑主义，带有一种古典趣味的自然主义色彩，而他呢，则是渐渐趋向于宗教的独断论去的。

可是，他的论文，都是旧式的文艺批评，和新的那些文艺批评家的倾向，完全不同，譬如说，李查滋（I. A. Richards）的那一种以他的心理为主的批评，就和他的对探求人生的意义的批评不同。对这旧式的见解，他不想做什么歉然的辩护，因为他相信文学若和人生分离了之后，内容就会变得空虚。而真正的人生意义严求的结果，自然要走上一条信仰的路去，多少会带宗教的色彩。

这是他那篇序文的大意，他从那个隐居村落中出来以后，曾做过诸大杂志和《独立》志、《国民》志的编辑，一时也曾主编过《纽约夜报》。他今年五十多岁了；最近似乎从言论界退隐，只在不时做做自由的投稿人。我的要介绍那一部《奢儿彭论文集》的原因，就因为他的批评见解，虽则很旧，但终于是“为人生的艺术”一方面的斗士的缘故。

语及翻译

新近由上海的陶亢德氏，转来从美国寄来的林语堂氏的信，说：林氏新著一部小说，名 *Moment in Peking*（《北京一刹那》），本年九月可以在美国出版，长约三十万言。书的内容，系以北京为背景，以姚家二姊妹为中心，起庚子，止现代，新旧并陈，人物错杂。俏婢美妾，显宦才人，亦颇不少。女主人公名为姱姑。此书林氏必欲由我为他译成中文。

因这关系，陶氏并告以新近将行发刊的《人世间》（系《人间世》之后身）杂志上，还想出一期关于翻译的专号，并征求我的对于翻译的意见。

我当时，已经匆匆覆了他一封信了，大约不久总会在该杂志上刊出，现在还想补充几句。

我国翻译的标准，也就是翻译界的金科玉律，当然是严几道先生提出的信、达、雅的三个条件。他是从隋唐人的翻译佛经中得来的归纳经验，因而立为此说；而他自己的翻译穆勒氏、赫胥黎氏、亚丹·斯密氏等名著时，亦曾躬行实践过了。这三个翻译标准语，当然在现代也一样的可以通用。在福州时，曾见过严先生所用的翻译原本，英文的栏外，无论在边沿和天地空处，严先生临读时写入的细注，多得无以复加；并且，每一册书，他的从头细读，总在几遍以上，这从他的中文细注的年月中可以看出。

从这一点来细推当日严氏译书的苦心孤诣，真要教我们这些读书不求甚解的粗心小子，惭愧得无地容身。

所以严氏的关于翻译的三个条件，我总以为在现代，也还可以通用，而且也还应该固守。不过关于最后的一个雅字，因时代的不同，或者有一点商榷的余地。

譬如，前人以太常的长斋为雅，而现代的绅士，却以对女士们献殷勤为雅的事情也很多。所以，这一个雅字，若系指译文的文体来说，那么现代的译文，只教能使读者感到有直读下去的趣味，也就可以了。换一句话说，就是原文的味儿，是原作者的，但译文的味儿，却须是译者的。英国人菲兹及拉儿特（Edward Fitzgerald，1809—1883）的翻译《鲁拜集》，就是一个好例。

至于我自己的翻译经验呢，总觉得翻译古典或纯文艺的作品时，比到自己拿起笔来，胡乱写点创作诗词之类，还要艰难万倍；原因，是当下笔时要受原作者的束缚之故。所以，从事文笔将近二十五年，但翻译的东西，却极少极少。

此后，也不大想专门为翻译而翻译；至若有不得已时，当然也可以日译它三五千字，如为林语堂氏帮忙之类。

总之，创作原难，翻译也并不容易。每见到上海的出版界，那一种翻译的敏捷，出书的众多的现象，真令我欣羡不置。

介绍雕刻家杜迪希（Karl Duldig）

雕刻家杜迪希，本来是奥国维也纳人，今年三十七岁。去年，反犹反艺术的魔王希脱勒，并吞了奥国之后，我们的这一位艺术家，也就和其他的许多犹太系艺术家一样，被放逐到国外来了。

他进的学校，是维也纳的那一个有名的造形艺术学院。在学时，他就是一个有名的运动家，身体结实，感情丰富；以他的那一种体魄，若教他挥动起斧凿，向大理石花岗石的细致的凝合体里下起手来，自然会有绝好的波纹线条，迎刃而出现；他实在是一位天生成的雕刻家。

当他初来马来亚的时候，当地的《海峡时报》，曾有一篇介绍他的文字，登在六月廿二日的报上：

> 希特拉进维也纳的数小时后，雕刻家兼体育家的杜迪希氏，就丧失了他的职业，幸福，和家庭。
>
> 他现在居住于新加坡，以凿刀雕刻他的新生命。用他那灵妙的手指，将泥土塑成些几乎能发言语的艺术品。
>
> 他十五岁的那年，完成第一座泥土模型。三年后他就入维也纳的艺术专门学校，做了名教授汉勒克的高足，那时教授就看出他的璀璨前程。在他入校几个月后，汉勒克教授曾对人说：“他是个具有特殊天才的学生，而且

富有创造能力的思想。”

毕业以后，他在维也纳自力创设一间艺术室，经过数年的努力，完成许多得意作品，曾在维也纳，和慕尼克各大城市展览，后来维也纳艺术展览大会中获得极荣誉奖品。

杜迪希氏确是个不平凡的人，他虽曾遭受侵略者给予许多苦痛，然而仍不厌恨任何人。

他操着不流利的英语对我说：“我不愿使我心中存有厌恨他人的意念。我常爱好所会见到的人，因为我感觉到，‘厌恨’这种情绪，是不文明，不进步的表现。”

他在维也纳时的生活是愉快的，有趣的，除在艺术方面极有修养外，对于体育也很有造就，尤其是网球一技，他已达到竞夺世界台维斯杯的程度，奥地利第一流十五名网球明星中，他也是其中光耀灿烂的一位。

他的这个黄金时代，已成为过去。但是我们可以从他的艺术作品上，发现他的奢望还闪生着光。

他现在底目的，是探寻些具有灵魂的模型，因为有灵魂的模型，才能使他那泥土造成的作品表现出生气。

人们是用眼睛观看一切事物，杜迪希氏当然不能例外，不过，同时他也用他的手去观测一切。

由这一篇介绍文来一看，我们也可以晓得他的成就的大半了；在最近，他又完成了一个我国领袖蒋委员长的胸像。他说，他虽则没有谒见过蒋委员长，但是对我们的坚苦抗战，反法西斯的侵略的那一种精神，却佩服得非常。这一个胸像，他将把它送给筹赈总会，由筹赈会去拍卖得最高的代价，将全部的款项去送给我们的伤兵难民。

他的夫人，也是一位画家。夫人的叔父，便是有名的奥国大画家霍洛维兹（Horowitz）。凡到过维也纳，参观过奥国皇宫的人，当能记起这一位霍洛维兹所画的奥皇弗兰兹幼瑟夫的像。

他们夫妇两人．流亡马来半岛，寄寓在立咨咨里路的圣多玛士路三号，想以他们的艺术来奉仕社会，也想以他们的学识经验，来传授给我们。

杜迪希先生，到星加坡已经半年多了；他所雕刻的中外名人的半身全身像，以及浮雕之类，已经很多。凡是对艺术有点心得的人，对他的作品，都已有了一致的好评；我很希望我们的画界，有机会时，也该去领教领教。

他现在还正在替柔佛苏丹的一位爱女，雕制一座伟大的墓碑；这墓碑完成之后，在半岛的坟园里，又将有一座不朽的纪念坊了。

杜迪希先生人很和蔼，英语也勉强能够讲讲，有如《海峡时报》之所说。而最令人佩服的，是他那一种富于艺术气质的动作与风度。

喀拉候儿在一篇论诗人彭思的论文头上说：凡今世之引车卖浆者流，木工泥匠之属，都是生活裕如，起居阔绰；独有为我们制造精神粮食，从无有之中而创造出美的诗歌艺术品来的人，却大抵都困穷以死。世上不平事，当无有更过于此者。我对这一位流亡的雕刻家，也想替他洒一掬同情的热泪。

去年诺贝尔文学奖金的受奖者

因为世界各地战事的蔓延，到处有火药气味的窒塞，所以去年诺贝尔的和平奖金停给，而文学奖金的受奖者，也因为他本人是一位北欧的作家，不为世界各国，尤其是我们东方所熟悉的，故而很少有人知道。

去年（一九三九）诺贝尔文学奖金的受奖者弗兰斯·欧米尔·雪尔兰拜（Frans Eemil Sillanpaese）本来是现代芬兰的一位最大的文学家，于一八八八年，生在芬兰的湖沼区搭伐斯脱兰特的农民的家里。

原来，芬兰的文学，历史并不久远，他们的作家，被欧美各国所介绍传诵的，也并不多；这位今年五十二岁的雪尔兰拜，当然也只是在北欧司干狄那维亚半岛上知名的一个。他的作品，法译的只有两种，一名《清苦》，系叙述一不遇的农民之子，遭受了种种困苦，加入俄国的革命运动，终被枪毙了的一篇阴暗的故事。此外则为一册在海尔辛斯基印行的法译芬兰短篇集里的一篇短篇。英文的译本，从未见过，德译本在希脱勒执政以前，曾有一二种译本，现在也买不到了。

可是在瑞典，则他的著作，差不多是全部都被译出了的。而诺贝尔奖金受奖的决定者，系瑞典的学士院，所以这一位已经有好几次曾被列名作受奖候补者的雪尔兰拜，去年才终于受到了奖金。

雪尔兰拜，在芬兰文里，是桥头的意思，因为他出生的那一家农家，是在一条小河之旁，河上有桥，因以为字。他从小就习熟了农民的生活，小学时代，成绩超群，因而得升入中学；但读不上四年，学资就不继了，于是这位未来的大文学家，就只能权当小学教师，以便积贮些将来入大学的用费。他在大学里所修的课程，先是化学与生物学，后来才稍稍被文学所吸引；而蓄意创作，努力向各杂志新闻的投稿文学作品，却在他因贫辍学，回到了乡下去住下以后。

他的夫人，本来也是农民出身的一个女人，现在已经过世了。他曾受过海尔辛斯基大学名誉博士的学位，目下且是芬兰笔会的会长。

他的作风的特色，是在坚实细致的现实主义，与高迈的理想的交织调和的一点。最有名的小说，还有一部叫作《年少者永逝》。

因为他本身，是无产阶级出身的人，所以他的作品，以描写农民生活的内容为最普遍，芬兰湖沼海滨区的自然的描写，尤其是他的得意的地方。

芬兰，现在正在受着炮火的洗礼。他的存在，已为世界各国所注意了；逆料不久之后，这一位坚实秀美的作家的作品，将为欧美各国（不久之后，也许为东方各国）所竞译、所传诵的无疑，特先在这里作一个短短的介绍。

《塞上风光》之演出

阳翰笙君的剧本《塞上风光》，我还不曾读过，所以原剧与舞台台本的出入，我不能说。但从这一次王莹女士的演出看来，则这剧本确也是适合时代的剧本之一。关于剧情等事，读者想已是熟悉的，在这里，可以不谈。现在先从布景说起。

第一幕的沙漠地，第二幕的蒙古包内的样子，第三幕的丁世雄流亡之家，第四幕的倭人特务机关的地下室，都是伟大完善，在新加坡各话剧团的布景装置（舞台装饰）史上，恐怕还是第一次的记录。

其次，说到饰金花的王莹女士，及饰丁世雄的赵洵先生，是剧坛已有定评的前进艺术家：有思想，有学问，有魄力，有天才，更有那一副清爽干脆的说词口音；当然是演无论哪一个角色，都是有精采的，此地也无庸赘说。

柯刚小姐的金花之母，也演得恰到好处，此君之演老太太，实在是不可多得的专技。上次叶平玉先生，曾盛赞过她在华中演《贼》时的枭娘老旦之唯妙唯肖，现在改演蒙古老婆婆，当然也超凡绝俗，令观众发生好感。饰迪鲁瓦的演员，台词的粗悍雄壮，大合身份。但体格似嫌瘦削一点，这是天定事实，非此公之罪也。

观众一般的意见，大家对济克扬的台词缓慢，都觉得是美中不足。当他饰喇嘛僧时的那种缓慢口词，或者可以说是在故示庄严，但到了第四幕显了特务工作首领的原形以后，还是那一种说法，大家都觉得有点不大自然。

其次如饰郎桑的，演柳德三的，以及其他的配角，都还不弱。总之，王莹女士及其一伙的演员，各已到了炉火纯青的境界，在话剧坛上，是可以树起一帜的了。并非捧场，谨贡浅见而已。

谈翻译及其他

林语堂氏的《北京的一瞬间》（林自译作《瞬息京华》），在美国约翰·台公司出版，已将半年，行销听说将近五万册。在上海，除别发公司与美国原出版公司订有特约，印行廉价本外，并且也已经有了一种盗印本在流行。中国作家的没有保障，当然不必赘说，聪明的中国出版业者，并且还劫夺到外国文的作家及书店的身上，这本领可真算不小。这些还是余谈，现在要说的，是这书的翻译问题。

当然书在出版之前，语堂氏就有信来，一定要我为他帮忙，将此书译成中文。后来这书出版，林氏又费了很大的气力，将原著所引用的出典，及人名地名，以及中国成语，注解得详详细细，前后注成两册寄来给我。

在这中间，我正为个人的私事，弄得头昏脑胀，心境恶劣到了极点；所以虽则也开始动了手，但终于为环境所压迫，进行不能顺利。而我们的敌国，却在这书的中译本未出之前，已经有了两种不同的日译本出世了。

在这里，我一面也很感到对林氏的歉意，一面也看到了敌国文化的低潮。

原来敌阀因起了不自量力的野心，向我发动侵略战以后，敌国的文化界、言论界，已经不复存在，简直没有什么值得一看的新著作问世了。所以在这两三年来，敌国也流行了一个翻译盛行的恶现象，尤其是粗制滥译的横行。

譬如德国的赫儿曼，赫塞的作品，汉司加罗撒的作品等，在敌国的翻译界一时曾出过了很大的风头。

这一种出版界苦闷状态之后的畸形现象，当然，在中国也不能说是没有。譬如上海孤岛的出版界，现在就也在呈出同这一样的怪象。但我总以为这现象是一时的，决不会在文化界有长存的可能。

所以，最近林氏从香港来电问我的译讯的时候，我就告以我们不必岌岌与这一群无目的滥译者们去争一日的长短。

对于翻译，我一向就视为比创作更艰难的工作。创作的推敲，是有穷尽的，至多至多，原稿经过两三次的改窜，也就可以说是最后的决定稿了。但对于译稿，则虽经过十次二十次的改窜，也还不能说是最后的定稿。

但我这一次的翻译，好在可以经过原作者的一次鉴定，所以还不见得会有永无满足的一天。否则如翻译西欧古人的作品之类，那就更不容易了。这是关于翻译的闲话。

其次，因为林氏在美国的成功，中国人似乎很有些因眼红而生嫉妒的样子。如说林语堂镀金回来了啦，林语堂发了大财了啦等批评就是。林语堂氏究竟发了几十万的洋财，我也不知道。至于说他镀金云云，我真不晓得这两字究竟是什么意思。林氏是靠上外国去一趟，回中国来骗饭吃的么？抑或是林氏在想谋得中国的什么差使？

文人相轻，或者就是文人自负的一个反面真理，但相轻也要轻得有理才对。至少至少，也要拿一点真凭实据出来。如林氏在国外宣传的成功，我们虽则不能说已经收到了多少的实效；但至少他总也算是为我国尽了一分抗战的力，这若说是镀金的话，那我也没有话说。

总而言之，著作家是要靠著作来证明身份的，同资本家要以财产来定地位一样。跖犬吠尧，穷人忌富，这些于尧的本身当然是不会有什么损失，但可惜的却是这些精力的白费。

一九四〇年五月廿六日

英法的文坛近事

一，法国的诗人们，就是在这烽火连天的大战期内，也不停止他们的努力，可由本年三月出的那一册《二月诗刊》中看出来。这诗刊系由坡埃儿·西哀编印，每两月出一册，所载的，都是披甲胄的诗人的诗，西哀本人，就是一个现役军人。该诗刊每期的第一篇诗，系为对上次欧战的从军诗人示敬起见，必载上次欧战中的诗人之诗一篇；其后则载录现在正在从事作保卫祖国的诗人之诗。三月出版的那册诗刊的第一首诗，是美国诗人之在上次从军的亚兰·西该的译诗，他是在一九一六年殉职的。这次的诗刊，未到，第一首诗闻将译载上次大战中殉难的英国诗人之作云。

二，自然主义盛行时之法国大小说家都德，本年为其诞生百年纪念期；但他的未亡人都德夫人，却于本年四月中逝世了。她本名由利·亚拉，亦为一散文名家，所写的文艺批评论文极多。笔名为卡儿·司汀，生于一八四七年，于一八七六年嫁都德，生子三人，莱翁·都德即系其子，现亦已成法保皇党首领，文名亦已满全欧，他所作文艺批评集，及小说之类，都已有英译本了。

三，汤麦斯·哈代之诞生百年纪念，近亦在其故里陶楷斯泰盛大举行，哈代博物馆曾于是日开放一日，使大众得自由参观。此博物馆之一室，系完全照哈代生前从事工作之一室，而模制成的。该馆系于去年夏季成立，由桂冠诗人美斯菲儿行揭幕礼的。

四，英国诗人之祖乔叟，今年为其诞生六百年纪念之期。英法两国，各举行盛大的纪念，因为他系承受法国诗歌熏育，而开始创造英国诗歌之第一人，是沟通英法两国文化之第一条桥梁。他的大著《坎泰培利异谈录》，在美国芝加哥大学出版部，于今年出了一部八大册的最完美的详订本，系由约翰·曼利教授，与爱迭司·立该脱女士编订者，但可惜立该脱女士为编订此书，心力交瘁，已不及见此书的出版而逝世了。

同时墨斯哥之中央国立图书馆外国文学部，也曾开了一次乔叟著作版本展览会。而《坎泰培利异谈录》之俄文全译本，亦将由苏联国立文艺出版局印行以问世。担任俄文翻译者，为嘉须金及罗美两人；盖在俄国，一向是只有节译本在流行，向无全译本之故。

刘海粟大师星华义赈画展目录序

关于艺术大师刘海粟氏的国画，西画，以及书法上的伟大成就，不但在我们祖国已经早有了定评，就是在国际间，如艺术中心地的巴黎，学术研究空气极浓厚的柏林，以及伦敦、罗马等地，也各有许多艺术大批评家、美术史家、诗人和东方艺术专家等，在热烈地介绍，批评，并且加以无上的颂赞。所以，对于大师的艺术的高超绝俗，独往独来的气概，我在这里，可以不必再说。

在此地值得提出来一说的，倒是艺术家当处到像目下这样的国族危机严重的关头，是不是应丢去了本行的艺术，而去握手榴弹，执枪杆，直接和敌人死拼，才能说对得起祖国与同胞这问题。爱国两字的具体化，是否是要出于直接行动的一条路？

譬如大家都到了前线去打仗，后方，自然连烧饭的伙夫，制军服的裁缝，以及制造军火的工人，也要感到缺少；但是完全在后方工作的人，假使一个也不留，而都赶上了前线去的话，则这仗将如何的打下去？兵士可以不吃饭，不穿衣，不用子弹军械的么？

从这一个极简单的譬喻来说话，则当国家民族，正处于生死存亡的危急关头，我们的报国途径，原不固定在执枪杆，戴军帽的这一条狭路的。我们只教有决心，有技艺，则无论何人，在无论何地，做无论什么事情，只教这事情有一点效力发生，能间接地推动抗战，增强国家民族的元气与声誉，都可以说是已尽了他的报国的义务。

清道夫在战时后方扫一条街，原是在报国，敌报侦察员，在异国的首都，仿佛是在寻欢作乐，而实际却在为国家搜罗情报时，也是在报国。

从这样的观点来着眼，则艺术大师刘海粟氏，此次南来，游荷属一年，为国家筹得赈款达数百万元，是实实在在，已经很有效地，尽了他报国的责任了。

但是，我们的抗战，还未达到最后胜利的阶段，我们的报国责任，自然也不能说只尽了一次两次，就可以算终了完满的。我们既是中华民国的臣民，则自生至死，自然都要负为中华民国努力的责。不但在战时是如此，就是在平时，也是一样。刘大师于荷属各地的筹赈画展开完之后，这一次又肯应星华南侨筹赈总会之请，惠临到马来亚来，再作筹赈工作的本意，自然也出乎此。

现在，关于画展的一切筹划，已经妥贴了；而画展目录，也将次印行；因刘大师是我数十年来的畏友，所以当他这目录付印之前，我特为写出这一点艺人报国的意见，以附骥尾，本来并不足以称作序言，不过一时想到，便即写出，聊表我对大师的倾倒之意云尔。

一九四一年二月在星洲

题《重订西青散记》

己未秋寄迹都门，星疏月淡之夜，每与曼兄谈世界各国文艺之进退。余颇以德国、英国之田园小说为可贵。曼兄因为言《西青散记》足超秀。来日本后，于上野图书馆内得此书，诵读数过，欲抄录一部而未果。今夏因婚事西归，无意中得《西青散记》之翻印本于沪上之书肆。其中错落处颇多。来日本后，又得此本于坊间，大约此书之古者莫过于是矣。予将以之寄潜媞焉。

庚申秋郁文识

《散记》中记双卿事特详，当为摘出之作《双卿记》一篇。

《沉沦》自序

我的三篇小说，都不是强有力的表现。自家做好之后，也不愿再读一遍。所以这本书的批评如何，我是不顾着的。第一篇《沉沦》是描写着一个病的青年的心理，也可以说是青年忧郁病（Hypochondria）的解剖，里边也带叙着现代人的苦闷，——便是性的要求与灵肉的冲突——但是我的描写是失败了。第二篇《南迁》是描写一个无为的理想主义者的没落，主人公的思想在他的那篇演说里头就可以看得出来。这两篇是一类的东西，就把它们作连续的小说看，也未始不可的。这两篇东西里，也有几处说及日本的国家主义对于我们中国留学生的压迫的地方，但是怕被人看作了宣传的小说，所以描写的时候，不敢用力，不过烘云托月的点缀了几笔。第三篇附录的《银灰色的死》，是在《时事新报》上发表过的，寄稿的时候我是不写名字寄去的，《学灯》栏的主持者，好像把它当作了小孩儿的痴话看，竟把它丢弃了；后来不知什么缘故，过了半年，突然把它揭载了出来。我也很觉得奇怪，但是半年的中间，还不曾把那原稿销毁，却是他的盛意，我不得不感谢他的。

《银灰色的死》是我的试作，便是我的第一篇创作，是今年正月初二脱稿的。往年也曾做过一篇《还乡记》，但是在北京的时候，把它烧失了，我现在正想再做它出来，不晓得也可以比得客拉衣耳的《法国革命史》么?

千九百二十一年七月三十日

叙于东京旅次，达夫

《茫茫夜》发表以后

一

又是黄梅雨的季节了。天晴的时候，热得难堪，每年夏天要发的我的神经衰弱病，又在起作用来，我自六月初三日再到日本以后，每晚的睡眠，最多不过五个钟头。白天我好像在做梦似的，看书也看不进，谈话也不能谈，尽是混混茫茫的头脑不能清楚。食事毕后，老觉得消化不良，有时候竟有一天不食什么东西的日子。肉体的状态像这样衰弱的我，哪有能力再来执笔作小说或其他的随笔等类呢？但是我今天有不得不提笔要写几行的苦衷。只因为《茫茫夜》发表以后，我接到中国青年的来信太多了，所以不得不借《学灯》栏的空处，为我发表几行 apology，一则可以作写信给我的诸同志的覆书，一则也可以辩明我自家的态度。

去年秋天，梧桐树落叶的时候，我回到中国住了几时。后来因为朋友邀我去作 A 地的教员，我就上 A 地去住了三个月。阳历年终放假之后，我在上海杭州各地闲逛了两个月，直到今年三月一日，因为学校里要考卒业，我的卒业论文不得不提出了，我才回到日本来。一自去年迄今，共计在中国住了五个月的光景，五个月中间，只作了一篇《茫茫夜》，编了一部《创造》，这两件事若要说是成绩呢，那我的成绩未免太无意思了，但是无论如何，这两件事，总算是我的有形的劳动，所以我暂且当他作了成绩看。我这点成绩：都是于二月十三日做成的。

三月初三到了日本，为卒业的事情忙了一个半月，四月二十五日，领得文凭以后，我又忽为同乡的留学生举作了代表，为官费事情，回国请愿了一次。这一次回国，是五月一日到上海的。

到上海之日，正是《创造》初发卖的日子。初一晚上就有几位朋友来看我，说我的那篇《茫茫夜》，恐要惹起问题来。我平时对于我的创作的批评，本来是不顾忌的，所以当时听了朋友的话，也并不注意。初二到了杭州，为留学生的经理员和增加官费问题，忙了二十天。到五月三十日我才由杭州动身，回到上海，打算仍返日本，再进文科大学念书。这一回是六月三日到东京的。上两节是我过去半年间的生活，因为诸同志的信中都有问及者，所以略为叙述。我这一次到东京之后，在学校里接到了三十余封信。其中有十七封自A地来的，都是对《茫茫夜》的批评。并且学校里校仆说，此外我回中国后更有十几封信到着，因为不晓得我的住址，都打回中国去了。我不知道这打回去的十几封信内容如何，是谁发的，所以不能一一作答。我只能在此请发信者诸君原谅，不要说我不来酬对诸君，却是为地方间隔，未曾接读的原故。

二

来信中的批评大约可分两种，一种是以艺术上的缺点来忠告我的，一种是以道德上的堕落来责备我的。第一种的批评，以星楼君的最为概括，所以我就取了他的来信来作代表。

来信第一段说——《茫茫夜》的文体太松（too loose），所以不免有文字浪费之处，并且给读者印象不深，故读后茫然一无所得。——这一个批评是我所心服的，因为我的文体不洁，人人都在这样的说。给读者印象不深，我以为不是文体的关系，总因为我没有能力，不能做出像俄国诸作家一样的小说来的缘故。Romain Rolland 的文体不是也很松么？我们读到 Jean Christophe 在巴黎堕落的时候，谁能不被他感动呢？至于读后有无所得，我以为因读者而不同，且“所得”两字的意义，不得不先说明，若以“所得”解作深刻的印象呢，则我的答词已在上面说过了，若以“所得”解作有益于人生的教训呢，则我的创作并非带有宣传的性质的，这一段议论，我想在下面道德与文艺的关系里说明。

来信第二段说——《茫茫夜》的叙事散漫得很，没有集中的地方，——这批评也是真的，《茫茫夜》似乎失了中心点的样子，但是我以为我所描写的是一个灵魂的生长（the growth of asoul），因为这灵魂生长的程序，曲折不定，所以我的描写自然流于散漫了。这短处是我技巧上不曾努力的结果，以后作续篇的时候，我想在这方面再加些功夫。

来信最后一段说——你的创作的态度，似乎没有作《沉沦》时代那样的率真（sincere）了。我虽不是 Carlyle，但我很愿你以后不要把 sincerity 抛弃。唯其不率真，所以《茫茫夜》里配角太多，主人公的性格和重要人物（Hauptrolle）的描写，没有显然跳跃在纸上。若把《沉沦》拿来对比，则《沉沦》的主人公，我们能想象他是如何的一个人，而《茫茫夜》的主人公，我们竟想象不出来。末后的第六段，我以为不如删去更好。——这一段批评有教我不得不流眼泪的地方。老实讲起来，我近来也觉得不像从前的率真了。况且《茫茫夜》作的时候，我的生活正在上海污泥里游泳的时候，所以那篇东西，是一晚做成的。这并不是我的 egotism；作那篇东西的前后，我为家庭问题绕缠得不清楚，所以自暴自弃的干起 Huren und Sausen 来。一直到了原稿不得不缴出来了，我才勉强把他做成了一个段落。昨天晚上我在做这篇文字之先，又取出来把他读了一遍，觉得《茫茫夜》究竟不像东西。大约出单行本的时候，我总要大加改削，详细的批评，请诸君到那时候再和我说，我虽不是大禹，但我闻过的时候，真有下拜的想头。诸君在此先受我感谢的一礼罢。

三

我接到的信中的第二种批评，都是以道德来责备我的。因为来信中语气太强，所以我不便把批评者的名姓写出来。属于这一类的批评，总合起来大约可分两段。

第一段——文艺总要有益于人生方好，目下中国，文艺还没有发生，若个个像你一样的专门来描写不伦的性欲，则非但未熟的青年要受你的大害，我更怕反对新文艺的人，且将传作话柄，请你以后改变方向罢。——操这种议论的有五六人之多。我在此地并不欲更把 L'art pour l'art（为艺术的艺术），和 L'art pourla vie（为人生的艺术）问题来讨论。不过我以为艺术虽然离不了人生，但我们在创作的时候，总不该先把人生放在心里。艺术家在创造之后，他的艺术的影响及于人生，乃是间接的结果，并非作家在创作的时候，先把结果评量定了，然后再下笔的。若以人生为第一目的，以其功果及于人生的巨细，为文艺批评的标的，则美国 *Uncle Tom's Cabin* 的作者 Harriet Elizabeth 在文学史上的地位，当在 Edgar Allan Poe 之上，而俄国托尔斯泰的基督教宣传的小册子，当为世界文艺的最大杰作了。总之亚连辟山上的 Muse，并不是人家的使婢，若定要将她作手段用，设了美人局，来施连环计，则是使用的人的堕落，并非文艺的职务应该如此的。所以我在创作的时候，“这篇东西发表之后，对于人生社会的影响如何？”“这篇东西发表之后，一般人的批评若何？”那些事情，全不顾着，只晓得我有这样的材料，我不得不如此的写出而已。至于反对新文艺的人，要把我的小说来作材料，做些谩骂的文章，那更无一顾的价值了。要反对的人，就是你再把《礼记》《大学》来抄一遍，也要反对的，我若因为有人要反对，改变我的态度，那我还不如默默地不做小说的好，又何苦来做些媚人的文字，求讨人好呢？

第二段——像你这样的人，竟有那些行为干出来。你非但不自知耻，反而将他来作招牌，煽动青年学生，使他们堕入禽兽的世界里去，总而言之，你不该提倡同性恋爱的。——竟是一片激烈的人身攻击的议论。我对此第一不服的，就是读者好像把《茫茫夜》的主人公完全当作了我自家看。我平常作小说，虽极不爱架空的做作，但我的事实（Wahrheit）之中，也有些虚构（Dichtung）在内，并不是主人公的一举一动，完完全全是我自己的过去生活。读者若以读《五柳先生传》的心情，来读我的小说，那未免太过了。若说我的描写，是一种提倡，那更是冤罪了。我不过想说现代的青年“对某事有这一种倾向”（Avoir des tendances à quelque chose），我并非说你们青年“应当这样的做”（Dusollst so etwas tun）！读者若能仔细的再读一过，把我的这些辩论放在心里，则你对我的愤怒就立刻会消失了。

四

病弱的我，现在什么也不愿意干，凡我的朋友，于这几月之内，写信给我的，我也不更作回书了，这一篇文字就作了我的apology罢。但丁说：“在人生的中道……”（“At the midway oflife…”），现在我也渐渐觉得到了进退两难的中年的迷路上来了。昨天晚上，太阳还没有下山的时候，我毕了晚饭，一个人拿了一枝小杖，上市外去散步去。东中野的郊外高低的山腹上，都是瑞士式的别庄，只我一个异乡人，也无伴侣，也无宿所，清踽踽的在万绿丛中藏着的一条日暮的乡间官道上走。这一条路好像是和西方日落的地方连接着的样子。我看看西天的落日，想想祖国的情形，觉得一种 nostalgia 忽然把我的 mood 笼罩住了。我眼睛张得很大——因为一闭拢来，就怕不能再张了——呆呆对了西天的空处说：——我要回家去了。——大约我在阳历七月底总可以回到故乡去的。

自我狂者须的儿纳

Max Stirner

“自我就是一切，一切就是自我”，个性强烈的我们现代的青年，哪一个没有这种自我扩张（Erweiterung des Ichs）的信念？Max Stirner 的哲学，实是近代彻底的“唯我主义”的渊泉，便是尼采的超人主义的师傅。

Stirner 是他的绰号，因为他的额角高出在前头，所以人称他是 Stirner，德文的 Stirn 便是“额”的意思。他的本名叫 Johann Kaspar Schmidt（约翰·喀斯巴尔·须密脱）。于一八零六年的十月二十五日生在德国 Bayern 的 Bayreuth（罢衣禄欧脱）。罢衣禄欧脱是德国中部贴近油腊（Jura）山的一个小市，Stirner 的父亲便是这小市里的制笛卖的人。他生下之后，父亲便死了。他的母亲改嫁了一个药剂师，所以孤儿的 Schmidt 就不得不跟了他的后父迁到西普鲁士的一个小都市里去。在这小都市里卒了小学的业，当他二十一岁的时候仍复回到 Bayreuth 来，进了一个有名的中学。在这中学里住了七年，转入了柏林大学。从一八二六年（二十一岁）到一八二八年间他听了 Hegel 等的讲义，在研究神学和博言学。后来又转到爱儿兰干（Erlangen）的大学去住了一学期，就停了学，在国内旅行了一年。因为家事的缘故，他又从旅行中回西普鲁士的生母的膝下去过了一年。又在Königsberg闲住了一年之后，到一八三三年的十月，他才第二次回到柏林来，继续他的博言学和哲学的研究。一八三五年（三十岁）他得到了高等学校（Gym nasium）教员资格的证书，但不去就职，仍在那里研究他所爱的哲学。到了一八三九年，大约是穷困逼迫他起来了，他才就了一个柏林女学校的教席，一边仍在继续他的研究和著作。在这中间，他和一个女人结合了。但脾气怪癖的这唯我者，在社会上虽则非常柔和，对他的女人却是一个专制君主。所以他的女人，住不上半年就逃走了。在这前后，他的母亲又发了狂，精神上物质上他同时受了大大的打击。可怜他的一双弱腕，又要扶养病乱的哀亲，又要按捺自家失爱的胸怀，——在这样轗轲不遇的中间产生出来的*Der Einige und sein Eigentum*哟，你的客观的价值可以不必说了，由百年以后，万里以外的我这无聊赖的零余者看来，觉得你的主观的背景，更是悲壮淋漓，令人钦佩不置哩！

六年后他又和一个有新思想的女人结合了，一八四四年奇著*Der Einzige und sein Eigentum*就在Leipizg见了天光。他的名声，就同烟火中间的龙蛇似的高扬起来。然而贫穷高尚的他，以孱弱的一身傲然想与人类全体对抗的他，在社会上决不会成功的。可怜他的在波上写着的名字，也不过喧传了二三年，其后世界受了巴黎革命的狂潮，一时振荡起来，他的名声和著作，就永永的被葬在忘却的海底了。他的第二次结合的新妇人，把他的几个积下来的金钱花完之后，看他也没有振作的希望了，和他同住了三年，剩下了些痛泪和幽郁的回忆给他，在一天寂寞的残春的晚上，终究离开了他，另外去跟了一个人。啊啊，个性强烈的Stirner！性质非常柔和，对外界如弱女子一样娇柔的Stirner！名誉，金钱，妇人，一点也没有的Stirner！到了末路只剩了一个自我！啊啊，可怜的唯一者（Der Einzige）哟！你的所有物（Eigentum）究竟是什么？

他的著书《唯一者及其所有》出版之后，忽被禁止，女学校的教职又被解除。二三年的盛名衰颓了下去，他的第二次的夫人，又同春去了。一八四九年的秋天，他只剩了几件破碎的衣裳，和几本丛残的册籍，清清冷冷，流寓在繁华的大都柏林莱府之间。啊啊！长街的菩提列树，萧萧叶落的中宵，雄壮的都市公园，被白雪铺满的寒夜，他的穿了褴褛的单衣，在风中颤抖的情形，是我所不忍描写的了。

在这时候，供给他几颗米麦，使他得免于死亡的，还是他的著作的出版者，莱府的一个书贾。但是十九世纪初期的一个小小的出版业者，能有几个金钱来供养这天才思想家？直到一八五二年，为负债的原因，被监禁在牢狱的时候止，三四年中间，我们竟不晓得他寄身何处。有的人说，在这失踪的期间内，他曾坐过一次监牢（是为了负债的原因），一八五二年的入狱是第二次了，这也许是真的。

Krim 战争终局的一八五六年，对我们在社会上失败的无产阶级的青年最有同情的两颗巨星逝世了。一个是失恋的诗人，反抗的诗人 H. Heine（海涅），一个便是受尽了千辛万苦终究不能得着一点安慰，在柏林贫民窟的客舍，被毒蝇咬死的，唯我者 Max Stirner！他的薄命的生涯止于此了，诸君若要详细研究他的穷困的生活，请参看 John Henry Mackay 著的 *Max Stirnet*, *Sein Leben und sein Werk*（《麦克斯须的儿奈的生涯及其著作》）。听说英文的关于他的传记，有一本由内喀（Hunecker）的著书，但是我还没有看到过。不过他的名著《唯一者及其所有》却是被英文译出得久了。我所有的除了一本 Leipzig 的 Philipp Reclam 发行的原本外，更有一本纽约发行的现代丛书里的 *The Ego and His own*。听说这本书译成英文的时候，纽约的几个无政府主义者费了许多苦心，譬如那个书名，英译者把它更换了好几次才决定的。起初想译作 *The Unique One and. his Property*，或 *The Single One and his Property*，*The Individual and his Prerogative* 等的，后来终究用了上举的那个名字 *The Ego and His Own*，我们从这一点看来，就可以知道他们西洋人当译书的时候的慎重的态度了。

现在要讲到 Max Stirner 的思想上去了。我在此地只能把它的大意，及它的思想在哲学上的影响，约略的来介绍一下。

Max Stirnei 不承认人道，不承认神性，不承认国家社会，不承认道德法律。他所最反对的是一种偶像，不管它是理想呢还是什么，总之自我总要生存在自我的中间，不能屈服在任何物事的前头。他更是反对各种主义，因为一有了主义，自我更要屈服在主义的前头。所以若有人说他是唯我主义者，无政府主义者，或者更进一步说，说他是遵奉“无主义主义”的时候，他是一定要在泉下叫冤的。他的主张，约而言之，几句话就可以讲了的，——便是除了自我的要求以外，一切的权威都没有的，我是唯一者，我之外什么也没有。所以我只要忠于我自家好了，有我自家的所有好了，另外一切都可以不问的。

关于 Max Stirner 的主张的批评，美国的 Walker 在他做的那篇英译的 *The Ego nnd His Own* 的序文里，有几段很透彻的话，我把它们引在下面：

> Stirner 的思想对于那些被已成观念（Ideas）所支配或在要求新的支配思想的人，当然是太简单了。他们是想把“人”来类列起来的。但是在我之内你所能类列的我，并不是特殊的我。“人”是个性我的存在的水平线或零点。我是要尽我所能超出于其上的。至少我总要是比“一般的人”以上的 something。先入见的崇拜，及自己的

轻视，终不过把自己造成了一种somebody，便是常常承受暴虐的教义的恩惠及残物的空器，实际上不过是一个nobody。Stirner排斥病的服从，承认各人若知道自家感得自家是自己的所有的，不是贱劣的nobody，也不是被困迷的somebody，但是是有自觉的Mr. Thisbody，这一个Mr. Thisbody有他自家的性格，与自家的趣味，正同他有他自家的名字一样。(*p. iii. Introduction to The Ego and His Own.*)

Stirnet的思想有对于政治自由之哲学的根底，他的对于“唯我主义”的实际发展，变成国家的瓦解和爱自由的人的结合的兴味，是明明的断言在那里，并且完全和Joisah Warren的经济哲学是一致的，Stirner和Proudhon只有气质和言语的不同，实质上是一致的。两人都酷爱自由，并且以爱自由的人数及他们的智力的增加为反对专制者的大助力。(p. ix ibid.)

Stirnet为他自身而爱自由，并且爱看世上的男女都能自由，他没有对于权力的欲望。对于他，民主政体是虚伪的自由，唯我主义才是真正的自由。(p. ixibid.)

最后我们若要窥测Stirner的思想，只要把他的序文一看，就可以知其大概，现在我把它译在下面：

我的分内事不放在什么上面

Ich hab'mein'Sach' auf Nichts gestellt.

天地间没一件不是我的分内事！先说善行，如敬神，如贡献于人类，如为真理，为自由，为人道，为正义；

更进为国民奔走，忠君，爱国；最后如精神修养以及其他整千的事项，都也是我的分内事。只有我的分内事才不是我的分内事，“丑哟！只知道为自己作想的个人主义者！”

那么让我们看这些东西把它们自己的分内事在怎么样做，它们的分内事该得我们出力，献身，热中的。

你们关于神的说教是很晓得彻底的，你们“探究了神性的深处”几千年，你们观彻了它的心，那么你们当然能够说出，神是在怎样做我们该得替它做的“神的分内事”。主的功用，你们是不隐瞒的。到底什么是它的分内事。它可曾像我们所推察的一样，做过别人的事情没有？它替真理和爱做过什么事情没有？你们误会了满在高兴，你们教我们说，总之真理与爱便是神的分内事，因为神便是真理与爱，所以真理与爱的事情在它不是别人的事情；你们假设了便自鸣得意，你们假设道：假使神要替别人做事情，那么神便和我们可怜的微虫相等了。“神假使它自己不是真理的时候，它会替真理做事情吗?”它只担心它自己的分内事，但是因为它是一切的一切，所以一切的事情也就是它的分内事。但是我们，我们不是一切的一切，而我们的分内事是微末不足道；所以我们定要“有更高尚的服务”。——是，这是明了的，神是只关心它自己的分内事，只是自己努力，只为自己作想，只把自己放在眼中；可怜的是它所不满意的一切。它没有更高尚的服事，它只满足它自己。它的分内事是一个——纯粹的个人主义者的分内事。

说到人类时又是怎么样呢？它的分内事该我们做了，它怕在做别的一种事情吗？它在做更高尚的服务吗？否，人类只顾它自己，人类只想使人类进步，人类自身便是它自身的分内事。它要自行发展，所以使民族和个人疲于奔命，等到民族与个人把人类所要求的任务做完了，他们千恩万谢地便被它投在历史的粪窖中，人类的分内事不是一个——纯粹的个人主义者的分内事吗？

别个的分内事要移到我们身上的，只是为它自己，不是为的我们，只是为它自己好，不是为的我们好，我简直不用指示了。让你们把其余的自行去想罢。真理也，自由也，人道也，正义也，它们除望你们热心去服事它们外，还贪想什么吗？

最受人激烈地报效的时候，便是它们最出色的时候。有一种民族，受了许多牺牲的志士扶殖的，我们请观察一下罢。志士血战而死；或死于与饥困之苦战；民族谁去申问呢？民族由他们尸骸的肥料而成为“华荣的民族”！个人为“民族之大业”而死，民族追送他们几句谢辞，而——自享其利益。这个我说它是一种利得的个人主义。

但是请看突厥的皇帝罢，他是很仁慈的关心“他的臣民”的。他不是纯粹无私，而时时刻刻在为他臣民牺牲吗？是，不错，是为“他的臣民”。但是你只消表示一次看看，表示你是你自己的，不是他的；你从他个人主义中把你抽出了，你便会在监牢里彷徨。突厥皇帝把他的分内事除了放在自己的上面，不放在什么的上面，他是一切的一切，是唯一的存在者，他不耐得有人敢说不是“他的臣民”。

在这些光明磊落的实例上，个人主义是至善主义，你们看不出吗？在我是在这些上面得了一个教训，我与其无私地替些大的个人主义者服务，我宁肯自己做个个人主义者。

神与人类把它们的分内事，除了放在自己的上面，不放在什么的上面，请把我的分内事也放在我自己的上面，我和神一样不是一切身外的什么，我是我的一切，我是唯一的存在者。

据你们所确定的，神和人类在它们自身既有足为整个的一切之性质；所以我觉得，于我不见得更有什么缺少，对于我的“空虚”，我不必吐甚不平了。我不是空空洞洞的“无”，我是创造的“无”。从此“无”中我自行做个创造者以创造一切。

完完全全不是我分内事的事情，把它丢去了罢！你们以为我的分内事，至少该得是“善事”吗？什么善，什么恶！我呀便是我自己的分内事，我不是善，也不是恶。两者于我都无意义。

神性的是神的分内事，人性的是“人的”我的分内事，不是神性的，也不是人性的，不是真，善，正义，自由等等，而只是我自己的所有，不是普遍，而是——唯一，如我是唯一的一样。

除我而外一切于我无关。

六月十一日

赫尔惨

Alexander Herzen

关心于俄国革命，抱有无政府共产主义的倾向，主张以破坏为第一义的现代的青年，当不能忘记先觉者赫尔惨的一生。

赫尔惨于一八一二年生在俄国旧京莫斯科（Moscow）的一家富家，他的母亲是德国人。赫尔惨所受的教育，完全是旧式的俄国贵公子的教育。教他法文的，是一个法国的移住者，教他德文的，是一个德国的家庭教师。他的俄国的先生，却是一位爱自由的新思想家。除了这几位先生以外，平时作他的导师的，便是十八世纪德法两国的哲学家的著书，而尤以法国启蒙哲学家和百科辞典编纂诸家如提特洛（Diderot）、达兰倍尔（D'Alembert）辈的感化为最深。所以到了后来，在他研究德国的纯正哲学的时候，他仍脱不了十八世纪法国哲学的影响。

他在莫斯科大学里所习的是物理数学科。一八三〇年的法国革命，影响及于全欧，当时年未弱冠，还在学窗里研究的赫尔惨，当然逃不了这狂澜似的思潮的波浪，他和奥搿利约夫（Ogaryoff）、拍赛克（Passek）诸人，很热心的开始议论政治问题、社会问题和读法国圣西门（St. Simon）的著书就在这个时候。

这些年轻的俄国的——是的，也可以说世界的——未来的革命家，在宿舍的楼上夜夜的谈论，便成了诗歌，吟咏了出来。神经过敏的当局，听得了风声，便来搜索，这些可怜的热情者，就不得不去尝铁窗的苦味了。当时年纪都还不过二十前后的这一群青年，有的被流到西伯利亚，有的被送到军队里去服苦役，有的被监禁在囚牢里。

但是我们的赫尔惨却被流在乌拉山下的一个名雾霞脱加（Vyatka）的小镇里，足足被放逐了六年。

一八四〇年他遇了赦免，回到莫斯科来的时候，正是俄国智识阶级致力于德国哲学研究的时候，当时德国的纯正哲学的抽象概念，在莫斯科流行极了。赫格尔（Hegel）的现实肯定说，支配着莫斯科的思想界，就是白苦吟（Mikhail Bakunin），白林斯基（Byelinsky）也承认说“俄国的专制是有意义的”。赫尔惨虽则一时也免不了赫格尔的研究，但是他的中心思想，却仍是不变。他终是法国百科辞书学家的崇拜者，绝对的赞成法国大革命的宗旨。

一八四二年以后，白苦吟在德国解脱了德国哲学的迷雾，奔往巴黎，和当时正在流行的社会主义接触之后，俄国的新进青年，受了他的影响，才渐渐的抱起近时的革命思想来，法国富利爱（Fourier）、洛罗（Leroux）辈的著书，遂成了他们的圣典，俄国的文学家如白林斯基、屠格纳夫（Turgenev）、喀凡林（Kayein）等的激烈的思想，亦系于此时造成的。

一八四〇年回莫斯科住不几时，热情奔放的赫尔惨，又不得不被放逐，这一回却被流在诺芜格洛特（Novgorod），费了九牛二虎之力，在一八四二年，他才被赦回来。住了几年，他看看故国终不是他永住之乡，一八四七年遂出游外国。自从这一次去国之后，我们的勇猛的先驱者赫尔惨，就长离祖国，永久的变成了一个天涯的孤客。这时候白苦吟，奥搿利约夫已经在外国了，赫尔惨先上被奥国压迫的意大利去跑了一次，回到巴黎寻他的思想上的朋友的时候，正在一八四八年的大革命将起之前。

巴黎的热狂的革命，和无产阶级被有权有产阶级的虐杀，都是他所身历的经验。当时他和屠格纳夫所住的地方，被警察守住，不能出来。他们听了劳工被胜利的军阀官僚虐杀的枪声，只能在屋里狂跳愤激。我们要晓得他们当时的热情，但把他们描写当时的文字拿来一看就对了，赫尔惨作的《六月天》（*June Days*）也是俄国文学中的一篇杰作。

看看革命的希望如晓天的残梦，被扫荡得干干净净，反革命运动，弥满了全欧，奥国的压制，仍复支配着意匈两国，而拿破仑三世的专制的根基，也已筑就，伤心失望的赫尔惨，只把他的一腔热泪，洒向简端，我们读到他的《异岸之声》（*From the Other Shore*），谁能不为他所感动？这是对西欧文化绝望的判决，这也是大政治家借了诗人的美文所发的预言。

后来赫尔惨在巴黎和布鲁东（Proudhon）发行了一种出版物，名《民众之声》（*La voix du peuple*），但是专横的拿破仑三世却每期都把它没收了。非但这热烈的出版物遭了厄运，就是赫尔惨自家也马上被放逐于法国之外。逃到瑞士，住了几时，入了瑞士的国籍。及他母亲儿子在船里遇险伤命之后，他就迁到伦敦去永住了，这是一八五二年的事情。

搬到伦敦去的一年，就是他的鼓吹自由思想的千古不灭的杂志《北辰》（*The Polar Star*）发行之岁。不几时这杂志陆续的秘密运入了他的故乡，俄国的上下，几乎没有一个新思想家不奉它为宝典。他在这杂志上发表的政治论文和可贵的当时的俄国时事之外，还有一篇回忆记，名《往事和杂感》（*Past Facts and Thoughts*）。

这一篇回忆记非但其中所记的事实很可宝贵，就是以文学而论，也是一篇名著。当时的凡他所晓得的人物大事，自四十年代起，至放逐时代止，都被描写得活跃如生，而且处处可以看出他的嫉恶如仇，渴仰自由的性格来。其中描写他对娜答丽(Nathalie）的爱情，和他母亲儿子伤失的几章，尤其是风光细腻，凄艳动人，屠格纳夫也对人说：

“俄国的作家没有一个人可以赶得上他，因为他的文字是以血和泪写的。”

名《洪钟》（*The Bell*）的新闻纸未几随《北辰》而出世。这《洪钟》发行之后，赫尔惨的影响，就普遍了俄罗斯的全国，乡村僻邑，也被他的热烈的吼声振动起来了。从他和屠格纳夫的通信中看来，好像后者在《洪钟》上也帮他的忙不少，当时的批评的材料和他所应取的态度，好像是屠格纳夫教给他的。

那时候正当俄国将解放农奴的时候，种种弊政，正在力图改革，有许多人在皇帝前上书献策，屠格纳夫将这些材料拿住了，送给赫尔惨，教他在《洪钟》纸上批评。赫尔惨以流利之笔，热烈之文，批评改革事业，揭发恶政黑幕，针针见血，就是当时的皇帝亚力山大二世和皇后马利亦为他所感动，据说也是《洪钟》的爱读者中的两人。

农奴解放之后，百事正待改革，当一八六三年的时候，波兰的独立事件起来了。俄国用了虐杀的手段，把波兰的独立运动压伏了下去，于是国内的自由运动，也绝了踪影。赫尔惨本来是对波兰的独立表同情的人，他的宣传，遭了这番顿挫，自然不得不失去他的势力，《洪钟》就不能在俄国维持它的地位了。赫尔惨转了方向，想到法国去宣传自由的福音，但是杂乱的法国，终没有容纳他的雅量。他于一八七〇年为贫病所迫，尝尽了种种苦楚，就客死在巴黎的寓里了。

赫尔惨没有出亡之先，在他故国的各种杂志上，曾用了伊势砍特（Iskander）的名字，做了许多讨论政治艺术哲学的文字。他更有一篇《是谁之罪》（*Whose Fault Is It?*）的小说。他的全集被禁止了六十余年，到现在才见天日。德国的 Sperber（Leip. 1894）有他的评论一篇。此外关于他的传记散见于俄国作家的著书者正复不少，我这一篇介绍是根据他的崇拜者克罗泡得金（Kropotkin）的《俄国文学史》（*Russian Literature, Ideals and Realities*）及《一革命家的回忆》（*Memoirs of a Revolutionist*）的两书而作的。

啊啊，先驱者的悲惨的身世！我不识造物者何以偏爱与思想家作对头人。热血的青年，有志的男子，我希望我们不要一面高谈革命，一面在资本家跟前卑称门下士。我们不做便休，若要动手，先要有赫尔惨那么的客死他乡的勇气。

十二年八月二十日

郭沫若《瓶》附记

我们看过他的《文艺论集》序文的人，大概都该知道，沫若近来的思想剧变了。这抒情诗四十二首，还是去年的作品。他本来不愿意发表，是我硬把它们拿来发表的。我想诗人的社会化也不要紧，不一定要诗里有手枪炸弹，连写几百个革命革命的字样，才能配得上称真正的革命诗。把你真正的感情，无掩饰地吐露出来，把你的同火山似的热情喷发出来，使读你的诗的人，也一样的可以和你悲啼喜笑，才是诗人的天职。革命事业的勃发，也贵在有这一点热情。这一点热情的培养，要赖柔美圣洁的女性的爱。推而广之可以烧落专制帝王的宫殿，可以捣毁白斯底儿的囚狱。南欧的丹农雪奥，作纯粹抒情诗时，是象牙塔里的梦者，挺身入世，可以作飞艇上的战士。中古有一位但丁，逐放在外，不妨对故国的专制，施以热烈的攻击，然而作抒情诗时，正应该望理想中的皮阿曲利斯而遥拜。我说沫若，你可以不必自羞你思想的矛盾，诗人本来是有两重人格的。况且这过去的感情的痕迹，把它们再现出来，也未始不可以做一个纪念。

三月十日　达夫附记

《鸭绿江上》读后感

艺术家是革命的先驱者，革命的艺术作品，是加上正在革命行动中的许多人肉机器上去的油膏。因为艺术家的神经纤敏感觉锐利，所以一时庸人还不曾感到的苦闷、反抗和不满，艺术家就比他们要早几十年感到。或者一般庸人，在同一时代内所感到的痛苦、烦闷等，艺术家因为神经纤敏的缘故，要比庸人多感到一倍。就譬如我们常人，受到经济压迫的时候，假使感到的痛苦只有五分，那么在同一状态之下的艺术家所感到的痛苦，非要增加到十分或二十分不可。并且一般我们庸人，感到了不满，反抗，或苦闷的时候，只能默然地过去，而这时候艺术家就非要把这一层不满，反抗，或苦闷叫喊出来，表现出来不可。因此有许多艺术家的艺术品，因为同时代的人太近视了，太鲁钝了的原因，每有被嘲为无病呻吟的倾向。其实真正的艺术家所做的真正的作品，没有一篇不是真实的表现，不过鉴赏者的神经有时太鲁钝，所以不觉得这艺术家的叫喊为然而已。这一种艺术家，是当革命未起之先而发预言的艺术家，是挑拨革命的开火的艺术家，是革命的先驱者。

到了革命的条件已经具备，革命的必然性，已经达到成熟的境界以后，这一种先驱的革命艺术，若是力量是很足的时候，那么当然仍复是可以继续享受她的生命，仍复是指使革命的原动力，可是力量若不十分足的时候，那么这一种革命先驱的艺术，就不得不让位于跃动的有新生命的革命艺术，来作革命行动的燃烧料和膏油。

现在中国的革命条件已经具备，旧社会的崩坏作用，已经开始了，所以一般读文学的人，都同声一致的要求革命文学，若嫌革命文学的名称太泛的时候，我们可以改过来说，目下中国的读者，大家都在要求无产阶级的文学。

有许多人说，文学是点缀太平、讴歌盛世、创造美的感觉的东西，无产阶级是与美的原理不合的阶级，所以无产阶级的文学这一句话是不通的。讲这些话的人，当然是从前曾经受足了资本主义文化的熏育的人，由他们的立脚点看来，这原是千真万真的事实，可是我们再回头来一想，再把文学的要素拿来一考察，就觉得光是琳琅钻石，脂粉黛绿堆了一大堆，也不能都说它是美是艺术。反过来若有一个乞儿，在街上挨户求乞，蓬头垢面，将乞来的几个金钱，去买一件很便宜很粗糙的衣服来给他的可爱的人穿，也未始是不美不艺术的。总之文学里要有情绪，文学里要有意识。我们只能问这情绪热烈不热烈，这意识强不强，而不能说无产阶级不能有这情绪，不能有这意识，因为他们没有钱。

无产阶级既然一样的是人，一样的有情绪，一样的有意识的，那么无产阶级的文学，当然是存在的。

现在的中国的国民革命，是世界革命的一部分，是无产阶级要求支配政权，要求解放的革命，那么我们现在所要求的革命文学，当然是无产阶级的文学。

可是在现代的中国，从事于文学创作的人，还是以小资产阶级或资产阶级的人居多，真正从田里出来的农民诗人，或从铁工厂里出来的劳动诗人，还不见得有。所以至少我们现在所要求的文学，让一步来说，也应该是同情于无产阶级的文学。可是身坐在黄包车上，一边口头却在说同情于黄包车夫，是不十分可以使人信服的事情。所以我们对于现在的中国的那些同情于无产阶级的文学，只能问它那一种同情真不真，问它对于无产阶级的阶级意识，把捉表现得切不切。

当然中国的新文学里，可以合这一种要求的作品，目下还出得不多。可是在这一点不多的产品里头，蒋光赤著的短篇小说集《鸭绿江上》，却可以占到一个很重要的位置。

《鸭绿江上》共含有短篇小说八篇，从内容讲起来，篇篇都是同情于无产阶级和反抗军阀资本家的作品，光就同情的一方面说起来，已经可以完全说是无产阶级的文学了。可是作者究竟还是一个中产阶级的人，所以每篇中所有的感情，意识，还不能说是完全把无产阶级的阶级感情和阶级意识，表现得十分真挚。

现在中国革命的火线，早已破裂，革命的进展，也已不似从前的缓慢了。在这一个时代，我们所渴仰着的文学，并不是仅仅乎煽起一点反抗的心情，或叫喊一阵苦闷的那一种革命先驱的文学。若文学是时代的反映这一句话是真的时候，那么我们在这一个时代里所要求的，是烈风雷雨般的粗暴伟大，力量很足，感人很深的文学，就是我在前面所说的跃动的、有新生命的文学。可是《鸭绿江上》一集，无论如何，还不能满足我们这一种的要求。

《鸭绿江上》的作者，有驾驭文字的手腕，有畅所欲言的魄力，可是无论如何，我们读了他的作品之后，不能起激烈的冲动，狂暴的兴奋。这是什么原因呢？我想这完全是因为作者还没有把握到无产阶级的阶级意识，还没有将无产阶级的阶级感情，全部喷泻出来的原因。所以他在徐州旅馆里，只能拿出七块钱来给那可怜的少女，而不能马上就丢下了开封在病卧着的爱人，去寻着那逼人为娼的老妪来，给她一顿痛打。所以江霞——《弟兄夜话》的主人公——只能逃避在外，仅仅乎不彻底的避免了专制婚姻的恶毒，而不能跑回家去，将他的兄嫂离拆，或将他的老娘痛责。所以周德发——《橄榄》的主人公——当他的爱人吴乳姑被资本家何庆三夺去做姨太太的时候，不能马上就打到何庆三的家去，和他拚命。

然而文学也是与国民性有关的，或许我们现代的中国人，还没有这样强的性格，或者我们中国现代无产阶级，还没有锻炼成这一种阶级意气，那么我就不得不为中国的革命前途悲了。

以上因为读了蒋著的《鸭绿江上》，偶尔生出来的杂感，至于无产阶级文艺的考察，当另外再来撰文记述，此地不再说了。

一九二七年四月八日

农民文艺的提倡

近代资本主义的流毒，在都会里头，产生了一个无产劳动者阶级，同时在农村里，也促进了许都贫农。

都会文化，本来是工厂的文化，在都会里头，资本主义的害毒，很容易看见，而在平和优美的农村里，这一种资本主义的毒瓦斯，却使呼吸者不容易感到它的坏处。

机械工业发达的结果，一般人的欲望亦随之而增高，生产品多了，当然要求消费者的增加。于是农村的大小地主，就不得不一倍的剥削小农佣农，来满足他们的欲望，本来是穷苦无归的这些土地的耕作者，就也不得不一倍的受压迫，被榨取了。这倒还是小事，顶大的就是资本主义的生产，侵入到了乡村里头，使大农愈来愈大，愈进愈富，而中小自作农，就不得不一天一天的减少下去。同时因为应用机器的结果，农村劳动者，大部分就不得不陷于失业的地位，而流为饿殍。他们中间的强者，飘流到了都会里头，就不得不增加都会劳动者的人数，致使工业劳动者，也受了他们的影响，而立于不利的地位。这是近代农民的一般状态，无论在哪一国里，农民状态的悲惨，都是一样的。

说到农民与文艺，向来就关系很浅，尤其是在中国，文艺是贵族和准贵族阶级的娱乐品，农民不但自己不能创造他们的文艺，就是有了替他们创造的人，他们也是不会欣赏，不能感泣的。

所以在中国的文字里头，关于农民的文学，很少很少。论者常以陶渊明的诗辞、范成大的田园杂咏等，为中国农民文艺的代表，这一句话，实在不通之至。

你们做了官回来，弄了许多的金钱，博了许多的名誉，偶尔兴到，到乡村幽僻的地方去造一所别庄。春花秋月，看看四季，咏叹些自然的美观，说些与农夫不关痛痒的风凉话，这若是可以作农民文艺看的时候，那么唐诗里那些说自然美，赞渔夫农民的生活的诗歌，都是农民文艺了，你且去念给那些自早至晚，在田里劳作的人听听，看他们会不会首肯。

古代中国的田园诗人的作品，大抵是赞叹田园风景的纯美，农民生活的安乐的。这一种文艺，在上古日出而作，日入而息的时候，或者可以代表一部分农夫的感情意识，而现在的那些贫农的情感和意识，却与此完全相反了。并且这些作者，大抵是自身不到田里去，只立在高岸上作客观的人。由客观的地位看来，农夫周围的自然风景，的确是美得很，农夫的生活的态度，当然是高尚自由的。然而太阳火热的五月的日中，他们不得不去耘田，秋风凉爽的八月中间，他们不得不和自然争斗，趁天气晴快的时候，去割进稻来的那些苦楚，是客观的诗人怎么也梦想不到的。况且天旱了，有旱时的焦急，天雨了有水灾的危惧，这些情感，这些心事，是哪一个诗人，曾经道过？这中间更有催租的官吏，榨取的大农，和威吓欺诈的土豪劣绅，中国的诗人，何曾将这些农民苦楚申诉出来？

所以我在这儿所说的农民文艺，是和从前一般人所说的，只以赞颂田园风景，和称许农民生活的高尚为能事的农民的文艺不同。

文艺是人生的表现，应当将人生各方面全部都表现出来的。现在组成我们的社会的分子，不单是游惰的资产阶级，凶悍的军人阶级，和劳苦的工人阶级而已。在这些阶级之外，农民阶级，要占最大多数，最大优势。而我们中国的新文艺，描写资产阶级的堕落的是有了，讽刺军人的横暴残虐的是有了，代替劳动者申诉不平的是有了，独于农民的生活，农民的感情，农民的苦楚，却不见有人出来描写过，我觉得这一点是我们的新文艺的耻辱。

在军阀土豪劣绅压迫下的农民，他们的苦楚决不在都市无产劳动者之下。他们的阶级感情，革命精神，只在一般的被压迫者之上，决不会默默无言，没有不平可诉的。我想中国的新文艺里，没有伟大的好的农民文艺出来，一半原是因为农村教育的不发达，一半大约也因为没有人提倡的原因。所以我们在此地想和从事于文艺创作的诸君，好好的商榷一下，或者亲自到农民中间去生活，将这一块新文艺上的未垦地开发出来，或者对于乡村的文学青年，加以征搜奖励，使他们有生气勃勃的带泥土气的创作产生出来。在革命运动吃紧的现在，在农民运动开始的现在，我觉得这一种工作，必有良好的结果可收，我希望大家能够将注意分一点出来，来提倡这泥土的文艺，大地的文艺。

一九二七年九月三日

《达夫代表作》改版自序

《达夫代表作》的出世，本来是因为想救济几位失业的朋友之故而想出来的方法。当时他们在开书店，大家来要我出一本书凑凑数；而我哩，又笨拙得厉害，不会抄袭日本人的小说来当作我自己的作品，又不会雇用些青年来代我写作，所以只能将已经出版的，实在是幼稚得不堪的五卷全集来送给他们，教他们自己去选择几篇比较得不肉麻而还可以看看的东西出来，出一本选集。当时为出这书之故而最费心力的，是钱杏邨先生、孟超先生、杨邨人先生的三位。《达夫代表作》这一个名目，也是由这三位先生替我取定的。印行之后，到了两版的时候，他们的那家书店也无形中停顿了，现在现代书局就又旧事重提的问我来要出这一本书。我也因为这几年的失业的结果，连日用的几个必需的金钱都来不转身了，所以也落得做一次买卖，再来改订一遍，让他们去出去。

并且由买卖的这一方面讲来，在我尤其是觉得干脆合算的，是一个新近由一位文学商人创设的所谓出卖印行权的事情。这一个所谓印行权者，实在是一个奇妙不过的名称，一本书的印行权虽则卖了，而这书的内容的版权，还依然是属于作者自己的，所以在甲的地方出了一次之后，只教内容不完全一样，编次顺序把它颠倒颠倒，变换一个名目，则一样的内容就不妨在乙的地方出书的。这一种办法，由作者的利益方面说起来，实在是很好的办法，可是由购读者方面讲来，却的确的是有点类乎奸商的诈欺取财的行为，所以我在这改版的第一页序上就想诚实地先告诉购读者诸君一声，“这再一本所谓代表作者，实在是由全集里选出来的东西，万一你们买重了之后，可不要来怪我，说我在骗取你们的几个血样的金钱”。

已将这书的来踪去迹叙明了以后，我就想再将它的内容来约略的分剖一下。

我的全集五卷，虽则有六十万字内外的容量，然而老老实实，并非假冒谦虚的自己评量起来，觉得稍有一点可取，读了不会起寒栗而感到肉麻的，只有其中的十分之一的东西。而这十分之一的寥寥几篇之中，觉得可以传世行远，遗给子孙的作品，由我自家无论如何的自夸自负的说来，最多也不过一篇两篇而已。当然是不消说的，这十分之一，和这十分之一中间的一篇两篇，是已经统统都收集在这一本所谓的代表作里了。所以没有读过我的全集的人，我只想以这一册小小的选集奉献给他，而想来读我这一册小小的选集的人，我尤希望他只读读《离散之前》以后的一篇两篇，最多也不要超过三篇。

在改订这书的当中，本来是想把《银灰色的死》及“还乡”两记删去的，但书店的主人，却希望能维持原书的状态，所以只把文句略加了一番修改，而篇数仍复不动，依旧是如前两版之数。不过在前印的两版之中，末尾是有钱杏邨先生的一篇后序的，现在因为出版的书店不同，而钱先生的那篇文章也已经单独印出来了，所以不载，一半是怕掠他人之美，一半也是因为这序中有几处期望得我过大，实在有点儿惭愧害怕的缘故。

一九二九年十月达夫序于上海

《薇蕨集》序

三四年来，不晓为了什么，总觉得不能安居乐业，日日只在于逃亡窜匿的勾当。啊啊！财聚关中，百姓是官家的鱼肉，威加海内，天皇乃明圣的至尊；于是腹诽者诛，偶语者弃市，不腹诽不偶语者，也一概格杀勿论，防患于未然也，这么一来，我辈小民，便无所逃于天地之间了。夷齐远逝，首阳山似乎也搬了家，现世的逆民，终只能够写点无聊的文字来权当薇蕨。薇蕨之集，也不过是想收取一点到饿乡去的旅费而已。

一九三〇年十一月记

文艺论的种种

光华《读书月刊》于三卷五期中，特辟“文艺论战”一栏前来征稿。提出问题三个：（一）有人主张只有革命文学，普罗文学是不存在的，有人主张普罗文学即是革命文学，到底革命文学与普罗文学有什么分别？普罗文学与革命文学存在的基础在哪里？（二）文学究竟有没有阶级性的？（三）文学应否大众化？文学大众化后亦妨碍文学本身的尊严否？文学大众化的具体办法如何？

对于艺术理论，本来是没有什么研究，并且依一位自称革命诗人之判决，似乎是早已死去了的我，想从坟墓里喊出几条答案来。这几条答案，当然也只同小学生的回答天圆地方等是一个样儿，或者由还活在屈洛茨基名下的那一位革命诗人看来，依然是白昼的鬼话，也说不定。

（一）与（二）

革命文学是一个抽象的名词，最广义的解释起来，凡当文学革命时期创作出来的新文学，都可以称作革命文学的，这是我对于革命文学四字的解释。文学是脱不了社会环境的反映衬托与酿造激成的，所以有人说文学是社会的产物，这句话虽很陈腐，但也是千真万确。有了这两个已成观念，作为前提，那对于上举的

（一）（二）两个答案自然是十分简单。

革命文学是每当一种文学处到了前无出路，后无退境的时候起来的新文学，必须具备两个条件，（一）内容的革新，（二）形式的革新。所以当古典文学发达到极点，弄到了处处械梏，常常碰壁的时候，突然起来的浪漫文学，在当时就是革命文学。其后又因浪漫文学的放肆太过，弄成千篇一律，内容空虚的时候，起来补她的缺的写实文学，又可称之为十九世纪的革命文学。然而十九世纪的自然主义文学，末后也踏上了前两期的覆辙，弄到了水泄不通，故而自前世纪末以来，三四十年中间，文学遂演成形形色色，无怪不逞，无奇不有，各种自称为革命的派别多得来五花八门，迭起迭衰。到了现在，因资本主义的崩溃，与社会组织的突变，成了两大阶级的对立，于是本来是社会产物的文学，当然也要变了，所以在现一阶段里，具有普罗阶级的意识，向资产阶级进攻的文学，当然就是革命文学。所以照现在的社会环境看来，普罗文学即为革命文学这一句话，是毫无疑问的。至于现在的普罗文学即革命文学存在的基础在哪里，却是一言难尽。要说明此点，除非要写一部数十万言的艺术论，才能解释一二，决非是这一册论战征文的小册子里所办得到。抄抄书，借用借用外国译本的论调来铺张示博，不是我的素志，我只想举出几个人的学说著述来，聊表我个人私淑的一斑。（一）法国的学者之注意及社会与文学的关系影响的，前有 Henri Taine（1828—1893），后有 Jean－Marie Guyau（1854—1888）等哲人。Taine 的艺术哲学的见地，系确立在一八六四年他做了巴黎美术学校的教师以后，而 Guyau 的诗人气质的主张，则在他的《现代的美学诸问题》里，《艺术与社会的现象》里，处处都可以看得出来。（二）德国的学者，像 Lumaerten，像 wilhelm Hausenstein，像 Franz Mehring 等，虽则未成体系，但他们的唯物史观的艺术论文，却也很有可观的。

（三）新俄的理论家如屈洛茨基，蒲力哈诺夫，卢那却尔斯基，甚至于政客的蒲哈林等，他们所指导的著作、论战，早都已被译成中文了，我们读了自然会明白革命文学和普罗文学的区别与存在理由等问题。虽则他们的解释和主张，互有出入，但大前提却都是不相反背的。

文学的有阶级性，是当然的事情。未受过资产阶级的高等教育，所来往熟习的都是些工厂贫民窟和贫苦乡村中的景象与人物的真正无产者，决不能做出典丽矞皇，高尚优美的馆阁文章来，正如我们这一批将就殁落的小资产阶级的不能创造出彻底的普罗文学来一样。文学的必然有阶级性，必然有时代性，在此就可以看到一点证明。主张着文学是没有阶级性的人们，大约是在依文学的有永久性这一点在立论，譬如封建时代以前，阶级斗争并不十分激烈，阶级意识也不十分明了的时候的那些文学，这些古代以及近世五六十年前的文学，难道就不是文学了么？他们大约要这样的问难。这话听来虽似乎很有道理，但我们若去仔细一想，那时候难道是真的没有阶级的么？那时候的文学，难道都是一样的东西么？再试看看屈原的《离骚》是怎么样的东西？《诗经》的《国风》诸什，是怎么样的东西？虞舜的“南风之薰兮”，汉高祖的“大风起兮云飞扬”，又是怎么样的东西？大约也能够明白一点文学的究竟有无阶级性了。至于阶级色彩的浓厚不浓厚，何以那时代的文学，现在还有人传诵，那是文学的时代性和文学的永久性的问题，说起来话也很长，在这里讨论这些，或将逸出于答案的范围以外，所以不说。若把阶级两字，只局限作现在一般所说惯的资产阶级和无产阶级解，那也未免太狭窄了，这却是认识的错误。

（三）

文学的非大众化不可，我在三五年前头，已经力说过了，当时曾因想达到这一个目的之故，而发刊了一种名叫《大众文艺》的杂志。可是当时有许多想做官出名因而发财，却还没有成功的革命志士，却向我下了一个总攻击，说："文学的大众化云云，就是欺骗民众的德谟克拉西。文学与革命这两件事情，应该由到外国去留过一次学，懂得以中文来写出外国字母的几人来包办的。日本马克斯，或美国列宁的第几章第几节里曾说过，只许我革命不许你革命，只许我文学不许你文学，郁某，你知道么?"我受了这几位革命老爷的这一番训斥之后，当然是知所悔改了，所以就把这一个每月有几百块钱收入的《大众文艺》让给了那几位革命老爷。这几位革命老爷，却也真转变得很快，翻了一个筋斗，就都上这被他们所痛骂的《大众文艺》上来发表了许多很有意得握老鸡的文章。后来又一转变，几位革命老爷，竟如愿以偿；做党官的去做三民党官，弄现钱的弄到了两万八千块钱，上满洲国去做伪官去了。这些虽是废话，但因和大众文艺这四字有关，所以顺便在此提起一句。读到这一篇文字的人，或者也还能记起七八年前，一直到现在的事情来吧，本来我是也可以不必说的。

现在，言归正传，先让我切实地说一句，文学是非要大众化不可的。《水浒传》所以伟大，就因为它的大众化，杜诗韩集的所以不能深入民众之心，就因为它们的不大众化。至于文学的尊严，却是必待大众化了以后，才能取得的。你一个人只自称自为革命诗人，或只命你的儿子、学生、以及仆妇之类，称你为万岁爷，为马克斯，为列宁，为世界上最大的诗人，这并不是尊严，这倒反而是笑话。一定要大众不约而同的爱读你的作品，深受你的影响，被你的文学所激动，能勇猛无畏地走上你在文学里所指示的大道上去，这才是尊严。所以文学的大众化，非但不妨碍文学本身的尊严，反足以证出文学的伟大与有力来。可是有一件事情却要明白，文学大众化与否并非是从这一位文学者的占钱占得多，或做官做得大上可以决定的，必须看那文学的给与社会人类的影响如何而后才能下一句断语。

最后要谈到使文学大众化的具体办法了。我觉得最重要的事情，第一还是在取材。文学的内容材料，若是不为大众所渴仰，所希望的东西，那即使你俗化到了万万分，也终于是不会大众化的。第二，是技术和用语，不管你思想如何高深，文章如何美妙，若一般人读了不感到趣味和刺激，或竟是铁立托泊立塔的看不懂，那大众是决不会来欢迎你的。在三五年前，我的所以要提出大众文艺这一个口号来者，原因也就在这里，因为在那几位攻击我的革命老爷所做的文章里，以中文来写出的外国字，实在太多了，他们虽则在夸示博学，而读者一般却只觉得在猜谜念咒，摸不出那些高深的论文的所以然来。在这儿，又须注意的，是我所说的为大众所欢迎为大众所嗜读的一句话。有许多封建思想很浓厚，对于向上的革命绝没有一点推进力的如鸳鸯蝴蝶派的什么什么肉麻因缘之类，它们在现在的小资产阶级社会里，却是很为大众所嗜读的，难道这些就是大众化了的文学么，不是的，决不是的。以仅仅一二万的堕落小资产阶级的读者层，来比起全国的无产大众来，恐怕还不至一毛与九牛之比而已，它们所宣传的那些封建思想和法西斯蒂思想的混合体，非但对大众没有一点益处，并且也应该是为觉醒了的大众所深恶痛恨的，所以它们并不是文学的大众化，乃是文学的妓女化。真正的大众文学，必须是为大众而说的关于大众的事情，由大众中出身的作家自己来写，才能成功。

文学的大众化这问题，在最近一二年间，似乎也闹得很热闹，何以到现在为止，还不见有一点成绩出来的呢？其原因的大半虽在作家这一方面的只读理论而不努力创作，可是大众教育的未普及和一般经济的大衰落以及社会组织的依旧没有变革成新的这三点，却也是客观地不能使文学马上大众化的主要原因。

一九三二年七月五日

再来谈一次创作经验

大约是弄弄文学的人，大家常有的经验罢，书店的编辑，和杂志的记者等，老爱接连不断的向你来征求自叙传或创作经验谈之类的东西。这一类文字，要写的话，原也是轻而易举的事情，可是人类大抵都是一样地有一次生有一次死，有时候失败，有时候成功的，将平平常常的自传写将出来，虚费掉几十万字，和几千张纸，实在也没有多大的意思。除非要写得很好很特异的自传，如卢骚的忏悔，歌德的《诗与实际》，利却特·杰弗利斯的《心史》之类，写出来还有点道理，否则如一般人的墓志传略一样，千篇一律，非但作者自己感不到兴趣，就是读者读了，也要摇头后悔，悔他的读书时间的可惜的，又何苦来多此一举呢？关于创作的经验谈，也是一样。虽则说戏法人人会变，各人巧妙不同，但大抵的做诗做小说剧本的人，总逃不出多读多想多练习的一个死律，此外的个人经验，如还是在早晨写好呢还是在晚上写好？还是用毛笔呢还是用钢笔？还是做书简日记式的文学呢还是用第三人称的体裁之类，却是无关大体的事情，嘎嘎嘈嘈，说些废话，都不过是精神的浪费。

实际的情形是如此，但年轻的读者，和书店的编辑，却明知而故犯，偏是不肯在这一着上放松，于是弄弄文笔的人，也只好同工厂里的工人一样，勉强地制造出些自传或经验谈来，以应所需，以骗大家。我的做创作经验谈，这一回已经是第三次了，第一次是当《过去集》出版的时候写的一篇序文《五六年来创作生活的回顾》，第二次是《北斗杂志》编者硬来要去的一篇《忏余独白》（已印在《忏余集》的头上做了序文了），到现在的这第三次上，实在是另外更没有什么好写出来，不得已我只好来抄些书，抄一点外国人的创作经验谈之类的废话，聊以徇书店主人和编辑先生之情。

德国有一位作家叫 Hanns Heinz Ewers，他在一九二二年出了一本续成雪勒 Schiller 的 *Der Geisterseher* 的小说。当这小说未出之先，有许多人在骂他狗尾续貂，不该做这些不相称的事情；所以出书之后，他在这书上写了一篇后叙，这后叙的中间，有几句很直截了当的关于创作的话，我觉得很可以代表我的意思，现在先把它抄在下面：

> 我是一个诗人，不是一个有先见之明的预言者。世界是如何，我就丝毫不加改变地依它那样的接受进去。我是“为阅世而生，为观察而来”——或者正因为此，又把观察所得的如实再写下来。我只自以为我有一双很能观察的眼睛而已。
>
> （见五百二十一页）

这是在教人须具有观察的眼睛，须如实地把观察所得的再写下来的意思，所以虚伪的、空幻而不符实际的事情，我觉得不是作家所应写的。当法国自然主义的作家们，奉了裴乃德的实验医学研究的科学方法，在创制小说的时候，这意思是已在实际上被应用了，但问题还有一点，就是在作者的有无很好的观察眼睛。善于观察的人，虽不是神仙，虽不是预言者，但他却能够从现在观察到将来，从歧路上观察到正路上去的。

> 凡艺术家的几件常套事情，就是：旋律的来复，色彩的配合，对一特异主题的偏爱，一定的思路，和技巧的扶助之类。
>
> （见五百二十六页）

这是说技巧上的事情的。这技巧两字，实在是很不容易说，爱魏斯仅仅以这五项来说技巧，当然要挂一漏万，但我们应该注意，他这一篇后叙，主意是并不在说创作的经验和创作的技巧的，所以笼统说到了这五项，大致也差不多了。总之当创作的时候，技巧这一步工夫，也是很难以做到的极重要的实际。譬如我们在构想的时候，想到了十分，但偶一疏忽，当表现出来的时候，最多也不过做到了三分四分，或简直连三分都写不到的事情，也是很多，这便只能怪我们的技巧不够了。要练技巧，另外也无别法，多读多想多写之后，大约技巧总会有一点长进的。

新近以八十岁的老龄而辞世的爱尔兰作家乔其摩亚，在他译的那册达夫尼丝与葛罗衣的恋爱故事上，有一篇很长的对话序文。这序文头上有一段，他说到了脑里有许多思想，但到了动笔写时，却终于写不出来的焦躁苦闷。摩亚向他的幻想的朋友 Whittaker 述说了这一个不毛绝望连读书都感到无味的心境之后，扐泰客就劝他试试翻译看如何。扐泰客说：

> 翻译可以使你生出新的见地来，翻泽完后，你或者会再有兴趣回向你所抛弃了的书本子去也说不定。
>
> （见 Windmill Library 本第四页）

这是的的确确的经验之谈。我个人就老有感到绝望，虚无，完全不想做东西或看书的时候，这一种麻木状态的解除，非要有很强的刺激，或很适当的休养不能办到，创作不出来的时候的翻译，实在是一种掉换口味的绝妙秘诀。不过翻译惯了，有时也会不想再去创作的，除在这一点地方，少许带有些危险性外，则于倦作之余，试一试只为娱乐自己而做的翻译工作，终究是很有意义的方法；因为在翻译的时候，第一可以练技巧，第二可以养脑筋，第三还可以保持住创作的全部机能，使它们不会同腐水似地停注下来。

最后，只能讲到读书上去了。当从事于创作的中间，去读他人的著作，多少是带有些危险性的。但思路不能开展，或身体感到疲乏，或周围的环境起了变化，一时不能继续创作下去的时候，读读他人的书，是很能够促进创作力的复活的。中国的有许多近视批评家，只因你于某一时期在读某一种书，就断定你那时期的作品系改窜那一种书而成，这真是大笑话。第一，这种批评家就不懂得读书的意思，以为在读《论语》者，硬是孔门的弟子；第二，这种批评家大约根本就没有读过那两部所比较批评的书，所以会说出这样武断的话来；因为我们要晓得人家解释《资本论》的书，并不是《资本论》本身，我们非要将原作仔细研究一番之后，才能够说一句或是或非的话。关于读书，外国人说的名言很多，如裴孔，如蒙泰纽，如爱马生，最近还有一位 Hugh Walpole 之类的 Essay 大家的文章，抄起来真抄不胜抄，并且题目不同，要逸出创作经验谈的范围以外去了，所以不赘。

一九三三年三月七日

在春秋社公演座上的感想

蛰居在乡下稍稍久了，自然而然便染上了一种爱静贪闲的陋习。两三年来，不但繁华热闹的舞场戏院，不大想踏进去，就连闻人的集会，友朋的宴叙，也少有兴致去参加。当年青的神经病时代，本来是有过一次嫌人的孤独病症的，到了目下这日就衰落的中年，这病症仿佛是更有力地二次来复了，近来简直一到了稠人广众之中，身体就会因恐怖而发起抖来。

六月四日的晚上，却因为陪了新从北平逃难来沪的侄儿女辈去闲逛的结果，偶尔到了宁波同乡会里春秋社第一次公演的座上。门外虽则在下着愁人的细雨，可是观众的座儿，也竟卖去了十之八九。向左右前后一看，坐在那里的，尽是些成年以上的外貌端严的中产绅士，在这一点上，我就觉得中国的国民是进步了，对于话剧所抱的一般人的观念，已经不同十数年前一样，只把它当作学校恳亲会的余兴物看了。后来看到了舞台上的表现（第一出《梅雨》只看了一段结幕，第二出的《名优之死》却看了两幕），说白的清爽，动作的自然，剧中人态度的沉着，处处都使我吃了一惊，在这短短的数年之中，话剧居然也大大的进步了，进步得几乎要使我流下泪来；因为中国的政治，中国的社会状态，在这几年当中，只在一步一步的开加速度的倒车，而独有这一方面，这一小小的素来为社会人士所看不起的话剧方面，却独畸形地到达了它的长足的进境!

在乡下久伏之余，和艺术团体的交往，自然老早已经断绝，故而从前后左右的观众身上，熟面孔一张也不曾发见。因为侄儿女辈在停幕的当中喧嚷着要去看看后台，所以在离开演场之前，就一脚跨到了幕后。幕后的人，有一大半，也不大认识了。在这些年青心热的斗士身边，我只看取了一股奋勇直前的豪气，从前的那种老在竭力模仿颓废的艺人生活的恶习，也在这新剧团的幕后驱散尽了。和几位认识的旧人，草草招呼了一下，踏上了细雨昏沉的归路，我坐在车里，只默默的在想:“中国是还有希望的!”

传记文学

中国的传记文学，自太史公以来，直到现在，盛行着的，总还是列传式的那一套老花样。若论变体，则子孙为祖宗饰门面的墓志、哀启、行述之类，所谓谀墓之文，或者庶乎近之。可是这些，也总是千篇一律，人人死后，一例都是智仁皆备的完人，从没有看见过一篇活生生地能把人的弱点短处都刻画出来的传神文字。不过水浒也名曰传，文艺批评家视为一百零八人的合传。阿Q也有正传，新文学流行了十几年的中间，只有阿Q最为人所知道。若把这一类文学，都当作传记来看，则孙悟空的西游，董小宛的忆语，也都是传记了，我所说的传记文学范围决没有这样的广阔。

那么，中国所缺少的传记文学，是哪一种东西呢？正因为中国缺少了这些，所以连一个例都寻找不出来。若从外国文学里来找材料，则千古不朽的传记作品，实在是很多很多。时代稍旧一点体例略近于《史记》而内容却全然不同的，有泊鲁泰克（Plutarch）的《希腊罗马伟人列传》。时代较近，把一人一世的言行思想，性格风度，及其周围环境，描写得极微尽致的，有英国鲍思威儿（Boswell）的《约翰生传》。以飘逸的笔致，清新的文体，旁敲侧击，来把一个人的一生，极有趣味地叙写出来的，有英国Lytton Strachey的《维多利亚女皇传》，法国Maurois的《雪莱传》，《皮贡司非而特公传》。此外若德国的爱米儿·露特唯希，若意大利的乔泛尼·巴披尼等等所作的生龙活虎似的传记。举起来真举不胜举。

正唯其是中国缺少了这一种文学的传记作家，所以近来市场上只行了些自唱自吹的自传与带袭带抄的评传之类；但从一代伟人像孙中山那样的巨子，还在登报悬赏征求传记的一点看来，则中国传记文学的衰落，也就可想而知了。

静的文艺作品

自己大约因为从小的教养和成人以后的习惯的关系，所嗜读的，多是些静如止水似的遁世文学。现在侘傺无聊，明知道时势已经改变，非活动不足以图存，这一种嗜好应该克服扬弃了，但一到书室，拿起来读的，总仍旧是二十年前曾经麻醉过我的，那些毫无实用的书。

小时候第一次接触这一类书时的开口乳，是一位为法国翰林院所褒奖过的Emile Souvestre著的*Un philosophe sous les Toits*的英译本*An Attic Philosopher in Paris*。这一位屋顶间的哲人，生活简单，头脑冷静，对人世的过年过节，庆贺欢歌，都只是平心静气地在旁观赏；有时候发两句议论，有时候引一节古典，一年四季，春夏秋冬，兴与人同，狂非我分，乐道安贫，猫猫虎虎，一辈子就过去了。

嗣后就在我的心里，种下了一个偏嗜这一种清静的遁世文学的毒根，而和我周旋得最久，到现在也还是须臾不离的，是美国的那位肺病哲学家Henry David Thoreau的六七册著作。

他的森林生活的记录Walden：*My life in the Woods*原已经是世界有名的了，但其他的散著，若《孔告儿特河上的旅游》，若《坎拿大的一美国人》，若《麻省的早春，夏，冬》，若《田野间的漫步》，若*Cape Cod*诸作品，总没有一册不是经我读过在三四回以上的。

其他若 George Gissing 的《亨利・莱克洛夫脱的手记》，若 Alexander Smith 的《梦乡随笔》，或名《村落文章》，若 Hazlitt 的轻快的散文，若 Amiel 的《反省日记》，若 Silvio Pellico 的《狱窗回忆》，若 Sennacour 的 *Obermann*，一系下来，像这一种遁世文学，我真不知收集了多少册，读过了多少次，现在渐入老境，愈觉孤独，和这些少日的好友，更是分不开来了，所以我想特别提出来和大家说说，好教后来的读者，不致再蹈我的覆辙。

总之，西洋的物质文明，比我们中国进步得快，所以自从十八世纪以后，像卢骚，像卡拉儿，像费趣脱、尼采诸先觉，为欲救精神的失坠，物欲的蔽人，无不在振臂狂呼，痛说西洋各国的皮相文明的可鄙。因之头脑清晰一点，活动力欠缺一点的各作家，也厌弃了现实生活，都偏向到了清静无为的心灵王国里去。而我们中国人哩，本来是就有这一种倾向潜伏在大家的心里的，一和这些在西洋以为新奇，而在中国实在还不见得彻底的文学一接触，自然是很容易受它们的麻醉的了，更何况西洋物质文明的输入，都不过是最坏最浅薄的一面的现在呢！

因此，我有一点小小的建议：这些静的遁世的文艺，从文艺本身上说，原不是无价值的东西，但我们东方人的读者，总要到了主见已定，或事功成就之后，才可以去和它们接触；对于血气方刚，学业未立的青年，去贪读这些孤高傲出的文学作品，是有很大的危险性在的。

还有一种太热心于利禄，把自己的本性都忘了的中国现代的许多盲目男女，我倒很想劝他们去读读这些西洋人的鄙视物质的名言，以资调剂。因为中国目前之大患，原在物质的落后，但尤其是使我们的国命斫丧的，却是那一班舍本逐末，只知快乐而专谋利己的盲目的行尸。

并且这些静的文艺的好处，是在它的文辞的美丽。上面我所举出的各位作家，——虽然也还不过是千分之一的一小部分，——他们差不多个个都是很会使用文字的Stylist，所以对于争生存争面包忙得不了的现代人，于人生战场上休息下来，想换一换空气，松一松肩膀的时候，拿一册来读读，也可以抵得过六月天的一盒冰淇淋，十二月的一杯热老酒的功用。若去入了迷，成了瘾，那可要成问题了，这险是我所不敢保的。

一九三三年十二月

钱唐汪水云的诗词

钱唐汪大有，字元量，善鼓琴，以琴受知绍陵（即南宋度宗，在位十年，年号咸淳。咸淳元年乙丑，为元世祖至元二年，西历一二六五年。咸淳十年为至元十一年，西历一二七四年），出入宫掖。恭帝德祐二年丙子（元至元十三年，西历一二七六年），元丞相伯颜入临安，南宋亡，执帝后及太后与嫔御北，水云从之。入燕，留燕数年。时故宫人王清惠，张琼英辈皆善诗，相见，辄涕泣倡和。又文丞相文山被执在狱，水云至锒铛所，勉丞相必以忠孝白天下。作拘幽十操，文山倚歌和之。元世祖闻其名，召入，命鼓琴，一再行，乞为黄冠归钱唐，世祖赐为黄冠师。临行，故幼主瀛国公，故福王平原公，驸马右丞杨镇，故相吴坚，留梦炎，参政家铉翁，文及翁皆赋诗饯行。与故宫人王昭仪等十八人，釃酒城隅，分韵赋诗，哀音哽乱，泪下如雨。南归后，往来匡庐彭蠡间，若飘风行云，莫能测其去留之迹，自号水云子。

水云长身玉立，修髯广颡，而音若洪钟，江右之人以为神仙，多画其像以祠之。

上面的四五百字，是我从《水云集》后附录在那里的《钱塘县志文苑传》，《南宋书》，乃贤《诗序》上面，综合排列，抄录补缀成来的汪水云的全传。此外，关于汪水云的史实，我搜求了好几年，到现在还是一无所得。譬如他生于何年，死于何日，在商务的《历代名人生卒年表》，吴荷屋中丞的《历代名人年谱》上也查不到；当然在《历代名人生卒年表》的源流书里，如正续补以及三续的《疑年录》，全祖望的《年华录》等书里，也是没有的。此外的正书，如《宋史》、《元史》之类，更可以不必说，就是元明清人的笔记里，也寻不出他的生卒的年月。我们只知道文天祥生于宋端平三年丙申（西历一二三六年），被杀于元至元十九年壬午腊月初九（西历一二八二年），年四十七岁。伯颜丞相，卒于元至元三十一年十二月庚子日（西历一二九五年），年五十九岁。又据乃贤《金台集》的《读汪水云诗集》诗序里之所说，则乃贤之得识水云，系由于危太史（太朴名素）之言传。是则乃贤已不及见水云，而危素系元至正间翰林，生于元元贞元年乙未（西历一二九五年），卒于明洪武五年壬子（西历一三七二年），年七十八岁。危太朴似乎是见过水云的，因他的状貌长身玉立云云，都是由乃贤从危太史处听来的话。可是谢翱皋羽，也卒于元元贞元年，年四十七岁；终谢皋羽之身，四十七年中，应该和汪水云有一面的机会的无疑，而程篁敦编之《宋遗民录》卷第十一，载谢翱续琴操《哀江南》四章之序曰："宋季有以善鼓琴见上者，出入宫掖间，汪姓，忘其名。临安不守，太后嫔御北，汪从之。宿留蓟门数年，而文丞相被执在狱，汪上谒，且勉丞相必以忠孝白天下，予将归死江南。及归，旧宫人会者十八人，酾酒城隅与之别，援琴鼓再行，泪雨下，悲不自胜。后竟不知所在，嘻，汪盖死矣。客有感之者，为续琴操，曰《哀江南》，凡四章。"观此则谢皋羽始终未见水云，而水云之死，当在危太朴出生之前。岂危太朴亦人之传闻，而转告乃贤的么？

总之文山被杀之日（至元十九年），水云尚在人间，而水云的死，当在元贞元年（一二九五）前后（尚有大德元年卒之刘辰翁序文可据），距他的生日，若有八十岁者，当在嘉定宝庆之间，或竟在绍定年间出世的也说不定。至于元陈泰之《送钱塘琴士汪水云》一诗，成于何年，不可考，亦离大德至正不远，决不会在延祐年间。

这样武断地断定了他的生卒年岁以后，让我们再来谈谈他的诗词。

汪水云的诗之散见于笔记者，有元陶宗仪之《辍耕录》一段：

（上略）天兵平杭日，水云诗曰：西塞山边日落处，北关门外雨来天。南人堕泪北人笑，臣甫低头拜杜鹃。又曰：钱塘江上雨初干，风入端门阵阵酸，万马乱嘶临警跸，三宫洒泪湿铃鸾，童儿剩遣追徐福，疠鬼终当灭贺兰，若说和亲能活国，婵娟应是嫁呼韩。此语尤悲哽，先生诗有《水云集》。

瞿宗吉佑所著之《归田诗话》里，也有一段：

（上略）遣还，幼主送诗云：黄金台上客，底事又思家，为问林和靖，寒梅几度花。宋宫人，多以诗送行者，有云：客有黄金共璧怀，如何不肯赎奴回，今朝且尽穹庐酒，后夜相思无此杯。意极凄惋。元量有诗一帙，皆叙宋亡事，如云：乱点传筹杀六更，风吹庭燎灭还明，侍臣奏罢降元表，臣妾佥名谢道清。余诗大抵类是，可备野史。元乃易之题其帙后云：三日钱塘海不波，子婴系组纳山河，兵临鲁国犹弦诵，客过商墟独啸歌，铁马渡江功赫弈，铜人辞汉泪滂沱，知章喜得黄冠赐，野水闲云一钓蓑。

乃贤题的诗，本有两首，还有一首是："一曲丝桐奏未收，萧萧笳鼓禁宫秋，湖山有意风云变，江水无情日夜流，供奉自歌南渡曲，拾遗能赋北征愁，仙人一去无消息，沧海桑田空白头。"而前面所说的乃贤诗序云云，就是写在这两首诗前头的一段小序；正因这段小序之故，我们到今日还能想象得起汪水云的声形状貌。

《尧山堂外记》里也有一则。所记与前两书无大出入。唯多记了一首汪水云的诗。谓元量尝和清惠诗云："愁到浓时酒自斟，挑灯看剑泪痕深，黄金台回少知己，碧玉调高空好音，万叶秋声孤馆梦，一窗寒月故乡心，庭前昨夜梧桐雨，劲气潇潇入短襟。"

还有《西江诗话》里，说汪水云是浮梁人，咸淳进士，官兵部侍郎，当系另一姓汪者。因水云亦常出没于匡庐彭蠡间，故以之为浮梁人。此外则记事亦大抵相同，只多抄了一首汪水云的轶诗（系见于遂昌山人杂录中的），名《题王导像》："秦淮浪白蒋山青，西望神州草木腥，江左夷吾甘半壁，只缘无泪洒新亭。"诗的口气，倒很像是水云所作；同一节末后，更说"北去老宫人之能诗者，皆其指数；或谓瀛国公喜赋诗，亦水云教之。"这说或许有据，但亦不见得宫人个个都是水云的诗弟子。

（中国一般笔记的坏处，就在人云亦云；大抵关于某人之一事或一诗，特著名者，各家笔记，都只载这一段。结果弄得你想调查一古人之生卒年月，或一生大事及著作等类，翻尽千百种书，也只晓得那出名的一事或一诗而已，其他则空无所得也，这缺憾，在我搜查汪水云的史实时原常感到，而尤其当我在搜查明清之际的史实时，感到得最深。）

汪水云的诗之散见于笔记者，大略已如上述，现在当谈一谈他的诗词的整个的刻本。大约水云的诗，选刻得最早者，一定是元刘辰翁本，因刘辰翁死在大德元年，去汪水云之死不远也。

刘选本后失流传，明崇祯年间钱牧斋自云间旧钞本中录得水云诗二百二十余首的跋语里说，刘辰翁批点刊行之本，尚未及见，是其明证。至于《千顷堂书目》所载《湖山类稿》十三卷，词三卷本，则更少流传，简直无人见到了。康熙年间，石门吴氏刻宋诗，中有水云一集，诗共二百余首，当系钱牧斋钞存之集，唯吴刻有误书错简之病耳。雍正中有人发见汪水云《湖山类稿》全帙五卷，断为刘辰翁批点刊行之本。乾隆三十年鲍廷博将雍正间所发见之《湖山类稿》与《水云诗集》搜集合刊，复采《宋遗民录》中之刘辰翁原序补入卷首，于是汪水云的诗词，总算勉强成了全璧；不过《湖山类稿》卷一前脱四番，其上各卷中也每有脱字，一首或半首不等，乃雍正中旧本磨灭的地方，就是在《四库全书》里，也无法抄补，通行本自然更不必说了。我所见到的通行本，是光绪丁酉年钱唐丁氏，照四库本（亦即鲍氏本）翻刻的《湖山类稿》五卷，附录一卷，《水云集》一卷，附录三卷。大抵汪水云的诗词，以及宫人倡和的诗、遗闻、轶事、考证之类，差不多也搜罗到了十分之九，所可恨者，就是我上面所说的一件，终还不晓得汪水云的生卒年月耳。为此事，我也去访问过许多钱唐姓汪的年长者，想问问他们的家谱上，是如何的载在那里的。但浙江之汪氏，都是隋唐间汪华的子孙，派系繁多，多到了几百宗几千系。自南宋迄今，又七八百年了，其间兴灭不常，迁移无定，汪水云的嫡系子孙，即系有传存者，也无从说起了。

丁氏翻刻本，因系丛书《武林往哲遗著》中之一种，不能单买，所以一般学子，得读汪水云诗词全集者，为数不多。十余年前，有正书局曾照《宋诗钞》的底本，排印过一本《水云石门诗钞》的小册子，但绝版已久，市面上也不见流传了，故而近时除就《武林往哲遗著》中的刻本以外，很难有机会得读汪水云的诗词。

新文学大系散文选集导言

一　散文这一个名字

中国向来只说苍颉造文字，然后书契易结绳而治，所以文字的根本意义，还在记事。到了春秋战国，孔子说“焕乎其有文章”，于是“夫子之文章可得而闻”了；在这里，于文字之上，显然又加上了些文采。至于文章的内容，大抵总是或“妙发性灵，独拔怀抱”（《梁书·文学传》），或“达幽显之情，明天人之际”（《北齐书·文苑传序》），或以为“六经者道之所在，文则所以载夫道者也”（《元史·儒学传》），程子亦说：“道者文之根本，文者道之枝叶”。而六经之中，除诗经外，全系散文。《易经》、《书经》与《春秋》，其间虽则也有韵语，但都系偶然的流露，不是作者的本意。从此可以知道，中国古来的文章，一向就以散文为主要的文体，韵文系情感满溢时之偶一发挥，不可多得，不能强求的东西。

正因为说到文章，就指散文，所以中国向来没有“散文”这一个名字。若我的臆断不错的话，则我们现在所用的“散文”两字，还是西方文化东渐后的产品，或者简直是翻译也说不定。

自六朝骈俪有韵之文盛行以后，唐宋以来，各人的文集中，当然会有散体或散文等成语，用以与骈体骈文等对立的；但它的含义，它的轮廓，决没有现在那么的确立，亦决没有现代人对这两字那么的认识得明白而浅显。所以，当现代而说散文，我们还是把它当作外国字 Prose 的译语，用以与韵文 verse 对立的，较为简单，较为适当。

古人对于诗与散文，亦有对称的名字，像小杜的“杜诗韩笔愁来读，似倩麻姑痒处搔”，袁子才的“一代正宗才力薄，望溪文学阮庭诗”之类；不过这种称法，既不明确，又不普遍；并且原作大抵限于音韵字数，不免有些牵强之处，拿来作我们有科学知识的现代人的界说或引证，当然有些不对。

二　散文的外形

散文既经由我们决定是与韵文对立的文体，那么第一个消极的条件，当然是没有韵的文章。所谓韵者，系文字音韵上的性质与规约，在中国极普通的说法，有平上去入或平仄之分，在外国极普通的有长音短音或高低抑扬之别。照这些平仄与抑扬排列起来，对偶起来，自然又有许多韵文的繁琐方式与体裁，但在散文里，这些就都可以不管了，尤其是头韵脚韵和那些所谓洽韵的玩意儿。所以在散文里，音韵可以不管，对偶也可以不问，只教辞能达意，言之成文就好了，一切字数，骈对，出韵，失粘，蜂腰，鹤膝，叠韵，双声之类的人工限制与规约，是完全没有的。

不过在散文里，那一种王渔洋所说的神韵，若不依音调死律而讲，专指广义的自然的韵律，就是西洋人所说的 Rhythm 的回味，却也可以有；因为四季的来复，阴阳的配合，昼夜的循环，甚至于走路时两脚的一进一出，无一不合于自然的韵律的；散文于音韵之外，暗暗把这意味透露于文字之间，也是当然可以有的事情；但渔洋所说的神韵及赵秋谷所说的声调，还有语病，在散文里似以情韵或情调两字来说，较为妥当。这一种要素，尤其是写抒情或写景的散文时，包含得特别的多。

散文的第一消极条件，既是无韵不骈的文字排列，那么自然散文小说，对白戏剧（除诗剧以外的剧本），以及无韵的散文诗之类，都是散文了啦；所以英国文学论里有 Prose Fiction，Prose Poem 等名目。可是我们一般在现代中国平常所用的散文两字，却又不是这么广义的，似乎是专指那一种既不是小说，又不是戏剧的散文而言。近来有许多人说，中国现代的散文，就是指法国蒙泰纽（Montaigne）的 Essais，英国培根（Bacon）的 Essayes 之类的文体在说，是新文学发达之后才兴起来的一种文体，于是乎一译再译，反转来又把像英国 Essayes 之类的文字，称作了小品。有时候含糊一点的人，更把小品散文或散文小品的四个字连接在一气，以祈这一个名字的颠扑不破，左右逢源；有几个喜欢分析，自立门户的人，就把长一点的文字称作了散文，而把短一点的叫作了小品。其实这一种说法，这一种翻译名义的苦心，都是白费的心思，中国所有的东西，又何必完全和西洋一样？西洋所独有的气质文化，又哪里能完全翻译到中国来？所以我们的散文，只能约略的说，是 Prose 的译名，和 Essays 有些相像，系除小说，戏剧之外的一种文体；至于要想以一语来道破内容，或以一个名字来说尽特点，却是万万办不到的事情。

三　散文的内容

在四千余年古国的中国，又被日本人鄙视为文字之国的中国，散文的内容，自然早已发达到了五花八门，无以复加。我们只须一翻开桐城派正宗的《古文辞类纂》来看，曰论辩，曰序跋，曰奏议……一直到辞赋哀祭之类，它的内容真富丽错综，活像一部二十四史零售的百货商店。这一部《古文辞类纂》的所以风行二百余年，到现在还有人在那里感激涕零的理由，一半虽在它的材料的丰富，但一半也在它的分门别类，能以一个类名来决定内容。但言为心声，人心不同又各如其面，想以外形的类似而来断定内容的全同，是等于医生以穿在外面的衣服而来推论人体的组织；我们不必引用近代修辞学的分类来与它对比，就有点觉得靠不住了。所以近代的选家，就更进了一步，想依文章本体的内容，来分类而辨体。于是乎近世论文章的内容者，就又把散文分成了描写（Description），叙事（Narration），说明（Exposition），论理（Persuasion including Argumentation）的四大部类；还有人想以实写，抒情，说理的三项来包括的。

从文章的本体来看，当然是以后人分类方法为合理而简明；但有些散文，是既说理而又抒情，或再兼以描写记叙的，到这时候，你若想把它们来分类合并，当然又觉得困难百出了，所以我们来论散文的内容，就打算先避掉这分类细叙的办法。

我以为一篇散文的最重要的内容，第一要寻这“散文的心”；照中国旧式的说法，就是一篇的作意，在外国修辞学里，或称作主题（Subject）或叫它要旨（Theme）的，大约就是这“散文的心”了。有了这“散文的心”后，然后方能求散文的体，就是如何能把这心尽情地表现出来的最适当的排列与方法。到了这里，文字的新旧等工具问题，方始出现。

中国古代的国体组织，社会因袭，以及宗族思想等等，都是先我们之生而存在的一层固定的硬壳；有些人虽则想破壳而出，但因为麻烦不过，终于只能同蜗牛一样，把触角向外面一探就缩了进去。有些人简直连破壳的想头都不敢有，更不必说探头出来的勇气了。这一层硬壳上的三大厚柱，叫作尊君，卫道，与孝亲；经书所教的是如此，社会所重的亦如此，我们不说话不行事则已，若欲说话行事，就不能离反这三种教条，做文章的时候，自然更加要严守着这些古圣昔贤的明训了；这些就是从秦汉以来的中国散文的内容，就是我所说的从前的“散文的心”。当然这中间也有异端者，也有叛逆儿，但是他们的言行思想，因为要遗毒社会，危害君国之故，不是全遭杀戮，就是一笔抹杀（禁灭），终不能为当时所推重，或后世所接受的。

从前的散文的心是如此，从前的散文的体也是一样。行文必崇尚古雅，模范须取诸六经：不是前人用过的字，用过的句，绝对不能任意造作，甚至于之乎也者等一个虚字，也要用得确有出典，呜呼嗟夫等一声浩叹，也须古人叹过才能启口。此外的起承转合，伏句提句结句等种种法规，更加可以不必说了，一行违反，就不成文；你想，在这两重械梏之下，我们还写得出好的散文来么？

四　现代的散文

自从五四运动起后，破坏的工作就开始了。最显而易见的，就是文字的械梏打破运动，这一层工作，直到现在还在继续进行，可以说是已经做到了百分之六七十。第二步运动，是那一层硬壳的打破工作，可是惭愧之至，弄到今天，那硬壳上的三大厚柱总算动摇了一点，但那一层硬壳还依然蒙被在大多数人的身上。

五四运动的最大的成功，第一要算“个人”的发见。从前的人，是为君而存在，为道而存在，为父母而存在的，现在的人才晓得为自我而存在了。我若无何有乎君，道之不适于我者还算什么道，父母是我的父母；若没有我，则社会，国家，宗族等哪里会有？以这一种觉醒的思想为中心，更以打破了械梏之后的文字为体用，现代的散文，就滋长起来了。

现代的散文之最大特征，是每一个作家的每一篇散文里所表现的个性，比从前的任何散文都来得强。古人说，小说都带些自叙传的色彩的，因为从小说的作风里人物里可以见到作者自己的写照；但现代的散文，却更是带有自叙传的色彩了，我们只消把现代作家的散文集一翻，则这作家的世系，性格，嗜好，思想，信仰，以及生活习惯等等，无不活泼泼地显现在我们的眼前。这一种自叙传的色彩是什么呢，就是文学里所最可宝贵的个性的表现。

文极司泰（C. T Winchester）在一本评论英国散文作家的文集（*A Group of English Essayists*）的头上，有一段短短的序言说：

> ……（上略）
>
> 若有人嫌这书的大部分的注意，都倾注入了各人的传记，而真正的批评，却只占了一小部分的话，那请你们要记着，像海士立脱（Hazlitt）像兰姆（Lamb），像特·昆西（De Quincey），像威尔逊（Wilson），像汉脱（Hunt）诸人所写的主题，都系取从他们自己的个人经验之内的。恐怕在其他一样丰富一样重要的另外许多英国散文之中，像这样地绝对带有自叙传色彩的东西，也是很少吧。以常常是很有用的传记的方法来详论他们，在这里是对于评论家的唯一大道。他在能够评量那一册著作之先，必须要熟悉那作者的“人”才行。
>
> （序文七页）

这一段话虽则不能直接拿过来适用在我们现代的散文作家的身上，但至少散文的重要之点是在个性的表现这一句话，总可以说是中外一例的了。周作人先生在序沈启无编的《冰雪小品选》

的一文中说："我卤莽地说一句，小品文是文学发达的极致，它的兴盛必须在王纲解纽的时代。"（《看云集》一八九页）若我的猜测是不错的话，岂不是因王纲解纽的时候，个性比平时一定发展得更活泼的意思么？两晋的时候是如此，宋末明末是如此，我们在古代的散文中间，也只在那些时候才能见到些稍稍富于个性的文字；当太平的盛世，当王权巩固的时候，我前面所说的那两重械梏，尤其是纲常名教的那一层硬壳，是决不容许你个人的个性，有略一抬头的机会的。

所以，自"五四"以来，现代的散文是因个性的解放而滋长了，正如胡适之先生在一九二二年《申报五十年的纪念特刊》上《五十年来中国之文学》中的所说：

> 白话散文很进步了。长篇议论文的进步，那是显而易见的，可以不论。这几年来，散文方面最可注意的发展，乃是周作人等提倡的小品散文。这一类的小品，用平淡的谈话，包藏着深刻的意味；有时很像笨拙，其实却是滑稽。这一类作品的成功，就可彻底打破那"美文不能用白话"的迷信了。

胡先生在这里可惜还留下了一点语病，仿佛教人要把想起文言文就是美的这一个旧观念抛弃似的；其实一篇没有作意没有个性的散文，即使文言到了不可以再文，也决不能算是一篇文字的，美不美更加谈不上了。

因为说到了散文中的个性（我的所谓个性，原是指 Individuality［个人性］与 Personality［人格］的两者合一性而言），所以也想起了近来由林语堂先生等所提出的所谓个人文体（personal style）那一个的名词。文体当然是个人的；即使所写的是社会及他人的事情，只教是通过作者的一番翻译介绍说明或写出之后，作者的个性当然要渗入到作品里去的。左拉有左拉的作风，弗老贝尔有弗老贝尔的写法，在尤重个性的散文里，所写的文字更是与作者的个人经验不能离开了；我们难道因为若写身边杂事，不免要受人骂，反而故意去写些完全为我们所不知道不经验过的谎话倒算真实么？这我想无论是如何客观的写实论家，也不会如此立论的。

至于个人文体的另一面的说法，就是英国各散文大家所惯用的那一种不拘形式家常闲话似的体裁“Informal of FamiliarEssays”的话，看来却似很容易，像是一种不正经的偷懒的写法，其实在这容易的表面下的作者的努力与苦心，批评家又哪里能够理会？十九世纪的批评家们，老有挖苦海士立脱的散文作风者说：“在一天春风和煦的星期几的早晨，我喝着热腾腾的咖啡，坐在向阳的回廊上的安乐椅里读××××的书，等等，又是那么的一套！”这挖苦虽然很有点儿幽默，可是若不照这样的写法，那海士立脱就不成其为海士立脱了。你须知道有一位内廷供奉，曾对蒙泰纽说：“皇帝陛下曾经读过你的书，很想认识认识你这一个人。”你知道他是怎么回答的呢？“假使皇帝陛下已经认识了我的书的话，”他回答说，“那他就认识我的人了。”个人文体在这一方面的好处，就在这里。

几年前梁实秋先生曾在《新月》上发表过一篇论散文的文章，在末了的一段里，他说：“近来写散文的人，不知是过分的要求自然，抑过分的忽略艺术，常常的沦于粗陋之一途。无论写的是什么样的题目，类皆出之以嬉笑怒骂；引车卖浆之流的语气，和村妇骂街的口吻，都成为散文的正则。像这样恣肆的文字，里面有的是感情，但是文调，没有！”难道写散文的时候，一定要穿上大礼服，戴上高帽子，套着白皮手套，去翻出文选锦字上的字面来写作不成？扫烟突的黑脸小孩，既可以写入散文，则引车卖浆之流，何尝不也是人？人家既然可以用了火烧猪猡的话来笑骂我们中国人之愚笨，那我们回骂他一声直脚鬼子，也不算为过。况且梁先生所赞成的“高超的郎占诺斯”（The Sublime Longinus），在他那篇不朽的《崇高美论》（*On the Sublime*：Translated by A. O. Prickard）里，对于论敌的该雪留斯（Caeclius）也是毫不客气地在那里肆行反驳的，嬉笑怒骂，又何尝不可以成文章？

由梁先生的这一段论断出发，我们又可以晓得现代散文的第二特征，是在它的范围的扩大。这散文内容范围的扩大，虽然不就是伟大，但至少至少，也是近代散文超越过古代散文的一个长足的进步。

从前的人，是非礼弗听，非礼弗视，非礼弗……的，现在可不同了。一样的是人体的一部分，为什么肚脐以下，尾、闾骨周围的一圈，就要隐藏抹杀，勿谈勿写呢？（这是霭理斯的意见。）苍蝇蚊子，也一样是宇宙间的生物，和绅士学者，又有什么不同，而不可以做散文的对象呢？所以讲堂上的高议宏论，原可以做散文的材料，但同时“引车卖浆之流的语气，和村妇骂街的口吻”也一样的可以上散文的宝座。若说散文只许板起道学面孔，满口大学之道，泰山崩于前而色不变地没有感情的人去做的话，那中国的散文，岂不也将和宗教改革以前的圣经一样，变成几个特权阶级的私产了么？

当《人间世》发刊的时候，发刊词里曾有过“宇宙之大，苍蝇之微，无不可谈”的一句话；后来许多攻击《人间世》的人，每每引这一句话来挖苦《人间世》编者的林语堂先生，说：“只见苍蝇，不见宇宙。”其实林先生的这一句话，并不曾说错，不过文中若只见苍蝇的时候，那只是那一篇文字的作者之故，与散文的范围之可以扩大到无穷尽的一点，却是无关无碍的。美国有一位名尼姊（Nitchie）的文艺理论家，在她编的一册文艺批评论里说：

> 在各种形式的散文（按此地的散文两字，系指广义的散文而言）之中，我们简直可以说 Essay 是种类变化最多最复杂的一种。自从蒙泰纽最初把他对于人和物的种种观察名作 Essais 或试验以来，关于这一种有趣的试作的写法及题材，并不曾有过什么特定的限制。尤其是在那些不拘形式的家常闲话似的散文里，宇宙万有，无一不可以取来作题材，可以幽默，可以感伤，也可以辛辣，可以柔和，只教是亲切的家常闲话式的就对了。在正式的散文（The Formal Essay）项下也可以有种种的典型，数目也很多，种类也很杂，这又是散文的范围极大的另一左证。像马可来（Macaulay）的有些散文，性质就是历史式的传记式的，正够得上称作史笔与传记而无愧。也有宗教的或哲学的散文，德义的散文，批评的散文，或教训的散文。这些散文中的任何一种，它的主要目的，都是在诉之于我们的智性的……
>
> 可是比正式的散文更富于艺术性，由技巧家的观点说来，觉得更不容易写好的那种散文，却是平常或叫作 Informal（不拘形式的）或叫作 Familiar（家常闲话式的）或叫作 Personal（个人文体式的）Essays，这种种散文的名称，就在暗示着它的性质与内容。它是没有一定的目的与一定的结构的。它的目的并不是在教我们变得更聪明一点，却是在使我们觉得更快乐一点……
>
> （Nitchie：*The Criticism of Literature* p. 270，271—2.）

所以现代的散文之内容范围，竟能扩大到如此者，正因为那种不拘形式的散文的流行，正因为引车卖浆者流的语气，和村妇骂街的口吻，都被收入到了散文里去的缘故。

现代散文的第三个特征，是人性，社会性，与大自然的调和。

从前的散文，写自然就专写自然，写个人便专写个人，一议论到天下国家，就只说古今治乱，国计民生，散文里很少人性，及社会性与自然融合在一处的，最多也不过加上一句痛哭流涕长太息，以示作者的感愤而已；现代的散文就不同了，作者处处不忘自我，也处处不忘自然与社会。就是最纯粹的诗人的抒情散文里，写到了风花雪月，也总要点出人与人的关系，或人与社会的关系来，以抒怀抱；一粒沙里见世界，半瓣花上说人情，就是现代的散文的特征之一。从哲理的说来，这原是智与情的合致，但时代的潮流与社会的影响，却是使现代散文不得不趋向到此的两重客观的条件。这一种倾向，尤其是在五卅事件以后的中国散文上，表现得最为显著。

统观中国新文学内容变革的历程，最初是沿旧文学传统而下，不过从一角新的角度而发见了自然，同时也就发见了个人；接着便是世界潮流的尽量的吸收，结果又发见了社会。而个人终不能遗世而独立，不能餐露以养生，人与社会，原有连带的关系，人与人类，也有休戚的因依的；将这社会的责任，明白剀切地指示给中国人看的，却是五卅的当时流在帝国主义枪炮下的几位上海志士的鲜血。

艺术家是善感的动物，凡世上将到而未到的变动，或已发而未至极顶的趋势，总会先在艺术家的心灵里投下一个淡淡的影子；五卅的惨案，早就在五四时代的艺术品里暗示过了，将来的大难，也不难于今日的作品里去求得线索的。这一种预言者的使命，在小说里原负得独多，但散文的作者，却要比小说家更普遍更容易来挑起这一肩重担。近年来散文小品的流行，大锣大鼓的小说戏剧的少作，以及散文中间带着社会性的言辞的增加等等，就是这一种倾向的指示。

最后要说到近来才浓厚起来的那种散文上的幽默味了，这当然也是现代散文的特征之一，而且又是极重要的一点。幽默似乎是根于天性的一种趣味，大英帝国的国民，在政治上商业上倒也并不幽默，而在文学上却个个作家，多少总含有些幽默的味儿：上自乔叟，莎士比亚起，下迄现代的 Robert Lynd，Bernard Shaw，以及 A. A. Milne，Aldovs Huxley 等辈，不管是在严重的长篇大著之中，或轻松的零章断句之内，正到逸兴遄飞的时候，总板着面孔忽而来它一下幽默：会使论敌也可以倒在地下而破颜，愁人也得停着眼泪而发一笑。北国的幽默，像契诃夫的作品之类，是幽郁的，南国的幽默，像西班牙的塞范底斯之类，是光明的；这与其说是地理风土的关系，还不如说因人种（民族）时代的互异而使然；我们的中华民族，一向就是不懂幽默的民族，但近来经林语堂先生等一提倡，在一般人的脑里，也懂得点什么是幽默的概念来了，这当然不得不说是一大进步。

有人说，近来的散文中幽默分子的加多，是因为政治上的高压的结果：中华民族要想在苦中作一点乐，但各处都无法可想，所以只能在幽默上找一条出路，现在的幽默会这样兴盛的原因，此其一；还有其次的原因，是不许你正说，所以只能反说了，人掩住了你的口，不容你叹息一声的时候，末了自然只好泄下气以舒肠，作长歌而当哭。这一种观察，的确是不错；不过这两层也须是幽默兴盛的近因，至于远因，恐怕还在历来中国国民生活的枯燥，与夫中国散文的受了英国 Essay 的影响。

中国的国民生活的枯燥，是在世界的无论哪一国都没有它的比类的。上自上层阶级起，他们的趣味，就只有吃鸦片，打牌，与蓄妾；足迹不出户牖，享乐只在四壁之内举行，因此倒也养成了一种像罗马颓废时代似的美食的习惯。其次的中产阶级，生活是竭力在模仿上层阶级的，虽然多了几处像大世界以及城隍庙说书场之类的地方可以跑跑，但是他们的生活的没有规则与没有变化，却更比农村下层阶级都不如。至于都市的下层阶级呢，工资的低薄，与工作时间的延长，使他们虽有去处，也无钱无闲去调剂他们的生活。农村的下层阶级，比起都市的劳动者来，自然是闲空得多；岁时伏腊，也有些特殊的行乐，如农事完后的社戏，新春期内的迎神赛会之类，都是大众娱乐的最大机会，可是以一年之长，而又兼以这种大事的不容易举行，归根结蒂，他们的生活仍旧还是枯燥的。这上下一例的枯燥的国民生活，从前是如此，现在因为国民经济破产的结果，反更不如前了，哪里可以没有一个轻便的发泄之处的呢？所以散文的中间，来一点幽默的加味，当然是中国上下层民众所一致欢迎的事情。

英国散文的影响于中国，系有两件历史上的事情，做它的根据的：第一，中国所最发达也最有成绩的笔记之类，在性质和趣味上，与英国的 Essay 很有气脉相通的地方，不过少一点在英国散文里是极普遍的幽默味而已；第二，中国人的吸收西洋文化，与日本的最初由荷兰文为媒介者不同，大抵是借用英文的力量的，但看欧洲人的来我国者，都以第三国语的英文为普通语，与中国人的翻外国人名地名，大半以英语为据的两点，就可以明白；故而英国散文的影响，在我们的知识阶级中间，是再过十年二十年也决不会消灭的一种根深底固的潜势力。像已故的散文作家梁遇春先生等，且已有人称之为中国的爱利亚了，即此一端，也可以想见得英国散文对我们的影响之大且深。至如鲁迅先生所翻的厨川白村氏在《出了象牙之塔》里介绍英国 Essay 的一段文章，更为弄弄文墨的人，大家所读过的妙文，在此地也可以不必再说。

总之，在现代的中国散文里，加上一点幽默味，使散文可以免去板滞的毛病，使读者可以得一个发泄的机会，原是很可欣喜的事情。不过这幽默要使它同时含有破坏而兼建设的意味，要使它有左右社会的力量，才有将来的希望；否则空空洞洞，毫无目的，同小丑的登台，结果使观众于一笑之后，难免得不感到一种无聊（Nonsense）的回味，那才是绝路。

五　关于这一次的选集

这一次，良友图书公司发了大愿，想把“五四”以来的中国新文学作一次总结算；凡自一九一七年起至一九二七年止的十年间的论文小说诗歌戏剧散文等，都分头请人选择，汇成一帙，使读者可以收事半功倍之效：其中的散文部分，就委托了我和周作人先生，分选两册。我于接到这委托书函之后，就和周作人先生往返商量了好几次，两人间的选集，将以什么为标准，庶几可以免去重复？他在北平，我在杭州，相隔几千里，晨夕聚首的机会是没有的。

先想以文学团体来分，譬如我和创造社等，比较熟悉，就选这一批人的散文；他与语丝社、文学研究会都有过关系，就选那一批人的。但后来一想，自己选自己的东西，生怕割爱为难，就是选比较亲近的友人的作品，也难免不怀偏见。于是就想依近来流行的派别为标准，两人来分头选择，就是言志派与载道派。

谈到了这一个派别问题，我们又各起了怀疑。原来文学上的派别，是事过之后，旁人（文学批评家们）替加上去的名目，并不是先有了派，以后大家去参加，当派员，领薪水，做文章，像当职员那么的。况且就是在一人一派之中，文字也时有变化；虽则说朝秦暮楚，跨党骑墙等现象是不会有，可是一个人的思想，文章，感触之类，决没有十年如一日，固守而不变的道理。还有言志与载道的类别，也颇不容易断定，这两名词含义的模糊，正如客观和主观等抽象名词一样的难以捉摸。古人说："文以载道"，原是不错，但"盍各言尔志"的志，"诗言志"的志，又何尝不一样的是"道"？"道其道，非吾之所谓道"，那这一位先生所说的话，究竟是当它作"志"呢还是作"道"？

细想了好几日，觉得以派别为标准的事情，还是不可通的；最后才决定了以人为标准，譬如我选周先生的散文，周先生选我的东西，着手比较得简单，而材料又不至于冲突。于是就和周先生商定，凡鲁迅、周作人、冰心、林语堂、丰子恺、钟敬文、川岛、罗黑芷、朱大枬、叶永蓁、朱自清、王统照、许地山、郑振铎、叶绍钧、茅盾的几家，归我来选，其他的则归之于周先生。

人选问题决定之后，其次的问题，是选材的时间限制问题了。原定的体例，是只选自一九一七年至一九二七年之间的作品的。但被选的诸家，大抵还是现在正在写作的现代作家（除两位已故者外），思想与文章，同科学实验不同，截去了尾巴，有时候前半截要分析不清的。对这问题，我和周先生所抱的，是同一个意见，所以明知有背体例，但一九二七年以后的作品，也择优采入了一小点，以便参证；不过选集的主体，还是以一九一七到一九二七的十年间的作品为重心而已。

六　妄评一二

在这一集里所选的，都是我所佩服的人，而他们的文字，当然又都是我所喜欢的文字，——不喜欢的就不选了——本来是可以不必再有所评述，来搅乱视听的，因为文字俱在，读者读了自然会知道它们的好坏。但是向来的选家习惯，似乎都要有些眉批和脚注，才算称职，我在这里，也只能加上些蛇足，以符旧例。

我不是批评家，所见所谈也许荒谬绝伦，读者若拿来作脚注看，或者还能识破愚者之一得！名曰妄评，实在不是自谦之语。

鲁迅，周作人在五十几年前，同生在浙江绍兴的一家破落的旧家，同是在穷苦里受了他们的私塾启蒙的教育。二十岁以前，同到南京去进水师学堂学习海军，后来同到日本去留学，到这里为止，两人的经历完全是相同的，而他们的文章倾向，却又何等的不同！

鲁迅的文体简炼得像一把匕首，能以寸铁杀人，一刀见血。重要之点，抓住了之后，只消三言两语就可以把主题道破——这是鲁迅作文的秘诀，详细见《两地书》中批评景宋女士《驳复校中当局》一文的语中——次要之点，或者也一样的重要，但不能使敌人致命之点，他是一概轻轻放过，由它去而不问的。与此相反，周作人的文体，又来得舒徐自在，信笔所至，初看似乎散漫支离，过于繁琐！但仔细一读，却觉得他的漫谈，句句含有分量，一篇之中，少一句就不对，一句之中，易一字也不可，读完之后，还想翻转来从头再读的。当然这是指他从前的散文而说，近几年来，一变而为枯涩苍老，炉火纯青，归入古雅遒劲的一途了。

两人文章里的幽默味，也各有不同的色彩：鲁迅的是辛辣干脆，全近讽刺，周作人的是湛然和蔼，出诸反语。从前在《语丝》上登的有一篇周作人的《碰伤》，记得当时还有一位青年把它正看了，写了信去非难过。

其次是两人的思想了；他们因为所处的时代和所学的初基，都是一样，故而在思想的大体上根本上，原也有许多类似之点，不过后来的趋向，终因性格环境的不同，分作了两歧。

鲁迅在日本学的是医学，周作人在日本由海军而改习了外国语。他们的笃信科学，赞成进化论，热爱人类，有志改革社会，是弟兄一致的；而所主张的手段，却又各不相同。鲁迅是一味急进，宁为玉碎的，周作人则酷爱和平，想以人类爱来推进社会，用不流血的革命来实现他的理想（见《新村的理想与实际》等数篇）。

周作人头脑比鲁迅冷静，行动比鲁迅夷犹，遭了三一八的打击以后，他知道空喊革命，多负牺牲，是无益的，所以就走进了十字街头的塔，在那里放散红绿的灯光，悠闲地，但也不息地负起了他的使命；他以为思想上的改革，基本的工作当然还是要做的，红的绿的灯光的放送，便是给路人的指示；可是到了夜半清闲，行人稀少的当儿，自己赏玩赏玩这灯光的色彩，玄想玄想那天上的星辰，装聋做哑，喝一口苦茶以润润喉舌，倒也是于世无损，于己有益的玩意儿。这一种态度，废名说他有点像陶渊明。可是“陶潜诗喜说荆轲”，他在东篱下采菊的时候，当然也忘不了社会的大事，“少时壮且厉，抚剑独行游”的气概，还可以在他的作反语用的平淡中想见得到。

鲁迅的性喜疑人——这是他自己说的话——所看到的都是社会或人性的黑暗面，故而语多刻薄，发出来的尽是诛心之论：这与其说他的天性使然，还不如说是环境造成的来得恰对，因为他受青年受学者受社会的暗箭，实在受得太多了，伤弓之鸟惊曲木，岂不是当然的事情么？在鲁迅的刻薄的表皮上，人只见到他的一张冷冰冰的青脸，可是皮下一层，在那里潮涌发酵的，却正是一腔沸血，一股热情；这一种弦外之音，可以在他的小说，尤其是《两地书》里面，看得出来。我在前面说周作人比他冷静，这话由不十分深知鲁迅和周作人的人看来，或者要起疑问，但实际上鲁迅却是一个富于感情的人，只是勉强压住，不使透露出来而已；而周作人的理智的固守，对事物社会见解的明确，却是谁也知道的事情。

周作人的理智既经发达，又时时加以灌溉，所以便造成了他的博识；但他的态度却不是卖智与炫学的，谦虚和真诚的二重内美，终于使他的理智放了光，博识致了用。他口口声声在说自己是一个中庸的人，若把中庸当作智慧感情的平衡，立身处世的不苟来解，那或者还可以说得过去；若把中庸当作了普通的说法，以为他是一个善于迎合，庸庸碌碌的人，那我们可就受了他的骗了。

中国现代散文的成绩，以鲁迅周作人两人的为最丰富最伟大，我平时的偏嗜，亦以此二人的散文为最所溺爱。一经开选，如窃贼入了阿拉伯的宝库，东张西望，简直迷了我取去的判断；忍心割爱，痛加删削，结果还把他们两人的作品选成了这一本集子的中心，从分量上说，他们的散文恐怕要占约全书的十分之六七。

冰心女士散文的清丽，文字的典雅，思想的纯洁，在中国好算是独一无二的作家了；记得雪莱的《咏云雀》的诗里，仿佛曾说过云雀是初生的欢喜的化身，是光天化日之下的星辰，是同月光一样来把歌声散溢于宇宙之中的使者，是虹霓的彩滴要自愧不如的妙音的雨师，是……，这一首千古的杰作，我现在记也记不清了，总而言之，把这一首诗全部拿来，以诗人赞美云雀的清词妙句，一字不易地用在冰心女士的散文批评之上，我想是最适当也没有的事情。

女士的故乡是福建，福建的秀丽的山水，自然也影响到了她的作风，虽然她并不是在福建长大的。十余年前，当她二十几岁的时候孤身留学在美国，慰冰湖、青山、沙穰、大西洋海滨、白岭、戚叩落亚、银湖、洁湖等佳山水处，都助长了她的诗思，美化了她的文体。

对父母之爱，对小弟兄小朋友之爱，以及对异国的弱小儿女，同病者之爱，使她的笔底有了像温泉水似的柔情。她的写异性爱的文字不多，写自己的两性间的苦闷的地方独少的原因，一半原是因为中国传统的思想在那里束缚她，但一半也因为她的思想纯洁，把她的爱宇宙化了神秘化了的缘故。

我以为读了冰心女士的作品，就能够了解中国一切历史上的才女的心情；意在言外，文必己出，哀而不伤，动中法度，是女士的生平，亦即是女士的文章之极致。

林语堂生性憨直，浑朴天真，假令生在美国，不但在文学上可以成功，就是从事事业，也可以睥睨一世，气吞小罗斯福之流。《剪拂集》时代的真诚勇猛，的是书生本色，至于近来的耽溺风雅，提倡性灵，亦是时势使然，或可视为消极的反抗，有意的孤行。周作人常喜引外国人所说的隐士和叛逆者混处在一道的话，来作解嘲；这话在周作人身上原用得着，在林语堂身上，尤其是用得着。

他是一个生长在牧师家庭里的宗教革命家，是一个受外国教育过度的中国主义者，反对道德因袭以及一切传统的拘谨自由人；他的性格上的矛盾，思想上的前进，行为上的合理，混和起来，就造成了他的幽默的文章。

他的幽默，是有牛油气的，并不是中国向来所固有的《笑林广记》。他的文章，虽说是模仿语录的体裁，但奔放处，也赶得上那位疯狂致死的超人尼采。唯其憨直，唯其浑朴，所以容易上人家的当；我只希望他勇往直前，勉为中国二十世纪的拉勃来，不要因为受了人家的暗算，就矫枉过正，走上了斜途。

人生到了四十，可以不惑了；林语堂今年四十，且让我们刮目来看他的后文罢！

丰子恺今年三十九岁，是生长在嘉兴石门湾的人，所以浙西人的细腻深沉的风致，在他的散文里处处可以体会得出。

少时入浙江师范，以李叔同（现在的弘一法师）为师；弘一剃度之后，那一种佛学的思想，自然也影响到了他的作品。人家只晓得他的漫画入神，殊不知他的散文，清幽玄妙，灵达处反远出在他的画笔之上。

对于小孩子的爱，与冰心女士不同的一种体贴入微的对于小孩子的爱，尤其是他的散文里的特色。

他是一个苦学力行的人，从师范学校出来之后，在上海半工半读，自己努力学画，自己想法子到日本去留学，自己苦修外国文字，终究得到了现在的地位。我想从这一方面讲来，他的富有哲学味的散文，姑且不去管它，就单论他的志趋，也是可以为我们年青的人做模范的。

钟敬文出身于广东汕头的岭南大学，本为文风极盛的梅县人，所以散文清朗绝俗，可以继周作人冰心的后武。可惜近来改变方针，去日本研究民族传说等专门学问去了，我希望他以后仍能够恢复旧业，多做些像《荔枝小品》，《西湖漫拾》里所曾露过头角的小品文。

川岛人本幽默，性尤冲淡，写写散文，是最适宜也没有的人；但不知为了什么，自恋爱成功以后，却不常做东西了。薄薄的一册《月夜》，是正当他在热爱时期蒸发出来的升华，窥豹一斑，可以知其大概。

罗黑芷，朱大枬两人，幽郁的性格相同，文字的玄妙亦互相类似；可惜忧能伤人，这两位都不到中年就去世了。略录数篇，以志哀悼，并以痛我们散文界的损失。

叶永蓁比较得后起，但他的那种朴实的作风，稳厚的文体，是可以代表一部分青年的坚实分子的，摘录一篇，以备一格。

朱自清虽则是一个诗人，可是他的散文，仍能够满贮着那一种诗意，文学研究会的散文作家中，除冰心女士外，文字之美，要算他了。以江北人的坚忍的头脑，能写出江南风景似的秀丽的文章来者，大约是因为他在浙江各地住久了的缘故。

王统照、许地山的两人，文字同属致密，但一南一北，地理风土感化上的不同，可以在两人的散文里看得出来。许地山久居极南，研究印度哲学，玄想自然潜入了他的作品。王统照生长山东，土重水深，因而词气亦厚。这一次欧游的结果，虽还不能够从他的文字里，探得些究竟，但扩大了眼界，增进了学殖，古人所说的“读万卷书，行万里路”的成绩，当然是不会毫无的。

郑振铎本来是个最好的杂志编辑者，转入考古，就成了中国古文学鉴定剔别的人。按理而论，学者是该不会写文章的，但他的散文，却也富有着细腻的风光。且取他的叙别离之苦的文字，来和冰心的一比，就可以见得一个是男性的，一个是女性的了。大约此后，他在这一方面总还有着惊人的长进，因为他的素养，他的经验，都已经积到了百分之百的缘故。

叶绍钧风格谨严，思想每把握得住现实，所以他所写的，不问是小说，是散文，都令人有脚踏实地，造次不苟的感触。所作的散文虽则不多，而他所特有的风致，却早在短短的几篇文字里具备了；我以为一般的高中学生，要取作散文的模范，当以叶绍钧氏的作品最为适当。

茅盾是早就在从事写作的人，唯其阅世深了，所以行文每不忘社会。他的观察的周到，分析的清楚，是现代散文中最有实用的一种写法，然而抒情练句，妙语谈玄，不是他的所长。试把他前期所作的小品，和最近所作的切实的记载一比，就可以晓得他如何的在利用他的所长而遗弃他的所短。中国若要社会进步，若要使文章和实生活发生关系，则像茅盾那样的散文作家，多一个好一个；否则清谈误国，辞章极盛，国势未免要趋于衰颓。

胡言乱道，一气写来，自己也觉得谈得太多了，妄评多罪，愿作者与读者诸君共谅宥之。

一九三五年四月

怎样研究文学

像这样的问题目，譬如“我所爱读的书!”“我的写作的经历!”或“怎样来研究什么?”，诸如此类，一年不知要接到几多次，但我的回答，差不多总是一样的，所以近年来抱定宗旨，不想再写这些答案文章了。可是这一回又接到了《学校生活》编者的信，并且还三番两次的来催，情面难却，只好再来一次老调。

第一，研究文学，有为学究的研究法，为批评家的研究法，或充为欣赏的研究法，以及预备成一作家的研究法的种种。我不知道《学校生活》的编者，所注重的是哪一种，故而只能依上列的次序，来胡说一阵。

我们中国向来就有一种学问叫作汉学；汉学家的态度，是从根底做起，咬文嚼字，一笔一划，都要穷源溯本，不惜费去几十年的学力，来考据一字半句的。这一种学问，因为经书经秦火之余，在汉朝做整理工作的人，非要如此做，不能辨书之真伪，故而特盛一时；嗣后沿这一系下来，直到清朝，直到现在，也有人仍旧在那里照这样的做。研究文学，至少至少，要想研究中国国粹的古文学，则这一种研究法也未始不可以用。不过费力多而得效少，像这一种研究法，当以有闲，或有钱的人来试用时，比较得适当。我的所谓学究的文学研究法，大概是指这一种态度而言。譬如一篇文字罢，我们先得考据这是谁作的，然后再去考求作者的生平和历史的关系，社会时代的关系等等。这些考据明白之后，再来一字一句地，研究文字的内容。举一个例，就如唐绛州刺史樊宗师所作的绛守《居园池记》，是以难解难读著名的。直到现在，千余年来，注者不知有多少人，可是这一篇文字的句读，解释，还是不十分确定。要研究这一类的文字，当然是非用学究的研究法不可了。

批评家的研究法，当然是和学究的研究法，有一味相通的地方存在的。不过批评家着目在大处远处，有些细节，尽可以不必和学究取同一的态度。批评整篇文字的好坏，阐发一般人所看不出的优点或缺点，因而使作者与读者两受其益的，是批评家的文学研究法。在青黄不接，混乱或空位时期的文学界，这一种工作也很重要。

光为欣赏的文学研究法，比前一种批评家的态度，又可以猫虎一点了，因为这是纯主观的文学法；目的是在丰富我们的精神，调剂我们的生活，因而直接间接可以助长文化的普及与社会的进步的。古人读书不求甚解，但求适我之意，一层更进，也不妨与人共同欣赏奇文，就是这一种态度。大抵天下太平，文化进步，国民生活充裕的时候，这一种文学研究法，比较得流行；及之社会颠倒，是非不明，教人简直啼笑皆非的时候，个人取这一种研究的态度，用以逃避现实的事情也很普通。

最后要说到预备成一作家的研究法了，若我的猜测是不错的话，则《学校生活》编者所注重的力点，许在这里也说不定。但是我自己很觉得惭愧，因为弄到如今，总算弄了十几年的文学，可是究竟为了什么？做了些什么？应该怎么把做一个作家的基础建筑起来等问题，我到现在，也还莫名其妙。积了十几年的经验，时时刻刻，最切身地感到的事情，却只是（一）文学是无用的；（二）若有别的出路可走，我总劝青年不要走上这一条绝路上来，因为做车夫，做苦力，也还要比做作家来得容易，来得舒服，来得实用。况且作家又是三分之一天生，三分之一学得，三分之一由时代以及社会环境造成的；若缺少了任何的一层，就譬如宗教家所说地少了一个魂，或一个魄，作家便不成立了。

现在只能假定有一个人，已经具有了天生的灵性，与社会时代等身外的条件，若要成一个作家，应当如何做去地来说说。若是这样的话，那我们先得认清，第一，我们是现代的中国人。既做了现代的中国人，而不懂中国现代的文字和语言，那你就不配做人，更何况乎作家！或者大家要问，哪有中国人会不懂中国的文字语言的道理？这话可很难说。有许多劳苦阶级的同胞，幼年失学，长而失业，为饥寒所逼，因而致死，或者虽则活着也同死了一样的人，我们暂且不去说他。先说有些知识阶级罢，他们的脑里，只充满了些“子日”“且夫”，说起话来，简直像尧舜时代的灵龟；写起文字来，更是古篆奇字，画得成满纸的龙蛇，不但旁人看了不解，就是过几天后，他自己看了也会不懂。试问这一种灵龟的语言，这一种龟背的文字，是不是现代的我们中国人的？还有一种镀金的阳货（洋货），上东西洋去洗了一个澡，或只上租界上去住了一年半载回来，就满腹的经纶，满口的改造，建设，文化等等，大而无当的抄窃口号，天气一冷，连出卖重伤风的一张红字条都写不端正的诸公，试问是不是懂得现代中国人的文字和语言的？

所以我说，生而为现代的中国人，又要想做一个现代的，并不是唐宋八大家之一的作家，起码要弄清现代中国的语言文字以后，然后可以做第二步的工作。认识几个文字，还很容易，要会通各阶级的语言，以及这些语言的意识，背景，现状与演进可真非同小可。佛家有我不入地狱谁入地狱的一句沉痛语，现代的作家很可以拿来取法；必须要身入社会，苦苦地积些经历，然后以挚烈的热情，正确的见解，诚实的态度，清顺的文字，表现出来，文学才得成功。

古人的劝人读书，是只说博学之，审问之，慎思之，明辨之，笃行之的，这虽是道学家朱子的教条，但若将审问，明辨，笃行的三层，和成一段社会实际经历的工夫，那作家的修养，也就差不多了。我从前只劝人多读多写多思想——记得曾抄袭过曾文正公的话——的，现在却要劝人去读活的人生社会的教科书了，死书虽也不可不读，可是也不可多读；大约近来年纪大了一点，这或许是我个人的进步，也未可知。

一九三五年五月

继编《论语》的话

《论语》出世的时候，第一次在洵美的那间客室里开会，我也是叨陪末座的一个。后来经过了几次转折，编者由语堂而换了亢德，我虽不才，也时时凑过一点数，写过一点东西。但是根本就缺少幽默性的我，觉得勉强说几句笑话，来赶热闹，结果终像大脚姑娘坐里高底，对人对己，都是不舒服不雅观的事情；所以近一两年来，《论语》的文章，就绝对不再写了。

这一回起了绝大的游兴，跑到了福建，想南下泉漳，去看一看倭寇的故垒及前明末世的遗踪，北上武夷，好品评品评三三六六的山水与水貌；但到福州不久，忽又接到了洵美的来电，要我立刻回上海编辑《论语》。

当《论语》出版不久的时候，鲁迅先生有一次曾和我谈及，说办定期刊物，最难以为继的有两种，一种是诗刊，一种是像《论语》那么专门幽默的杂志；因为诗与幽默，都不是可以大量生产的货物，每期每期，要一定凑集多少字数来“诗”它一下，或“幽默”它一下，势必有所不可能；而语堂和亢德，居然能够把《论语》维持得这么长久，真才是天大的本领；我想这不但对读者可告无罪，就是在古今中外的杂志编纂史上，也是不容易常见的奇迹。现在于这种奇迹之后，要我这一个根本就缺少幽默性的笨者来规随继武，即使旁人不说，我也早晓得是不能胜任的。但是洵美的脾气，却又是不肯把说话收回去的人，我虽远离在几千里路外的闽中，一时不及赶回上海去埋头苦干，但拉拉稿子，陈述陈述编辑的意见，或者一时来得及，也写篇把不三不四的文章的责任，想来总是不得不负的了。所以在最近两三个月之内，当由洵美偏劳一下；等我从七闽回航之后，再来浆糊剪子地作文抄文简以及小丑的劳工。

一九三六年二月在福州

对福建文艺界的希望

近来看见报上有两种关于文艺的悲号：其一，是闽南文艺界的探讨出路；其二，是福州文艺不振的呼声。知道探讨出路，就是有上进心的证明。自认不振，也就是不甘没落的情绪的余辉。“两种情怀俱可谅，阳秋贬笔不宜多”也。

我以为福建的文艺，同福建的物产资源一样，若要开发，希望无穷。何以见得呢？福建地处海滨，就自然位置而言，所居地位，就在国防第一线上。唯其是如此，所以感受帝国主义的压迫，福建比别省为强，而世界的潮流浸染，所得的反响，也当然要比别省来得更切实与紧张。从前的文艺，尽可以与政治与社会无关，现代文艺却大家都认作是政治、社会，与环境的产物。有此环境，而产生不出文艺来，岂非笑话？然而终于有“往哪里走?”“不振”等等叹声者，最大的原因，还是在时机的未成熟。

第一，是修养的问题。福建的文艺青年，对于修养只在狭义的范围里打圈子。着重点太放在技巧文字的一方面。明知应深入社会、深入农村，去积取修养，然而终于所入不深，所知不广，所以产生的文字，不是“肤浅”就是“差不多”。有一派人，以为系稿费不丰，社会不知奖励之所致。殊不知青年脚跟没有立定，意志不经过锻炼，即使能一跃而成名，终于也将同烟火中的楼阁一样，不能持久的。所以研究社会，扩大视野，把握住政治动向，而抱定一坚强的意识，仍复是现代文艺青年所必须修养的要图。至于文字技巧，只求能达意，能出新而不落常套，也就够了。

第二，是驱除惰性，勇猛前进，自强不息的问题。地方文艺，追随全国的潮流，一时有涨落的现象，原也难免。可是地方文艺也有她独自的进程与目标，假如要进退随人，人云亦云，人不云亦不云，那地方文艺哪里还有她独特的价值之可言？其次还有，比如：政治、社会，一时渐入冷落或小康之境，文艺也因之而冷落，自满起来，那文艺对社会的功用究在哪里？文艺是应该站在尖端，决不能落在伍后的，这一种倾向，就是作者的惰性，作者的不能自强不息地精进之所致。

先举此两点，将来自警与警人。等黄梅节过，青天烈日来临的时季，我们再来重振精神，向复兴的道上猛进罢！

一九三七年六月末日

战时的小说

有一次，曾和郭沫若先生谈到战争时期文学作品的种别问题。郭先生说："在这抗战时间，事实上似乎不容易产生出伟大的小说来。你看，报告文学，有煽动性的各种论文小品诗歌，以及宣传戏剧等，在这一年里产生得很多，而大小说却还没有。"对这一点，我和他是有同样的感想。于是乎我们就开始探索这事实的原因。

第一：总之，在飞机大炮下过活着的这时候的读者，非要比炸弹、大炮更富有刺激性的东西，不会感动，不会接受。

第二：平时人生的大问题，譬如说"死"罢，在炮火下却大量地在实现。那么冷冷清清的茜纱窗下，一个肺病小姐林黛玉之类的死，当然是毫不成问题了。再说"爱"罢，"情"罢，父母兄弟姐妹妻子的离散，被虐杀，被轮奸，甚而至于奸后的戮尸——这虽系由于敌人的兽性天成，然而也可以说是变态性欲的一种——等事实，都已经变成了日常的茶饭琐事，一点点小感情的起伏，自然是再也挑不起人的同情和感叹来。至于"生"的问题哩，失业者成千成万，难民更上了几百万的数位，个人与个人的争生存，阶级与阶级的夺利润，在这当儿，当然也只成了一个极小的波澜。

第三：在战时，行动高于一切，步骤要快，时间要速，而效果要大。所以非但作者没有了推敲的余裕，就是读者也决没有焚香静坐，细读一部平面大小说的闲暇。因这些原因之故，所以在这些时候，我们以为实际上决没有产生大小说的可能。反之，可以歌咏的诗歌，可以上银幕的故事，以及富于刺激煽动性的短剧等，倒只会得一天一天的长进、增加，或竟达到全盛而完成的地步。

但是，或者要问，“战争难道不是写小说的好材料么?”我的回答，当然是积极的，战争当然是小说的好材料。稍古一点的，如托尔斯泰以拿破仑战争、克利米亚战争为背景的诸小说；以普法战争为材料的法德诸作家的作品；以古代加赛其战争，或中世十字军战役，法国大革命战事做骨干的大小说等，在欧美都流传得很广很多，就是现在也还在流行。近一点的，如《西线无战事》、《战争》、《战后》等一九一四年世界大战后的作品，在中国尚且已变成了普通的读物。所以，战争当然是小说的好材料。大家总该记得英诗人尉迟渥斯曾经说过一句话，热情的成为诗，要经过一道事后静静的思索与反省的。恋爱者在热恋中，悲哀者在棺材前头，决做不出伟大的作品来。并且在这时候，他们也并不需要作品。李义山也有两句话：“此情可待成追忆，只是当时已惘然”，这却是真情。

所以，我想，反映着这一次民族战争的大小说、大叙事诗，将来一定会出现，非出现不可。不过在战争未结束以前，或正在进行中的现在，却没有出现的可能。你看，几百壮士的殉国，某某军长、师长的成仁，甚至乡村一老百姓的因妻女被强奸后的奋不顾身，设计杀敌等等，是多么悲壮，多么伟大的故事！这些材料，难道竟会得湮没了不成?

回头来，再想一想战争小说的倾向，我以为描写战争的小说，和战争国家本身一样，也有两大类好分：一种是鼓吹战争的，一种是反战的。换句话说，就是，一种是有侵略性的，一种是反侵略的。带侵略性的战争小说，倒不在远，就把日本在中日、日俄两战役后所产生的诸作品拿来一读，便能明白。他们所歌颂的不外乎本国军队的勇敢精强，与征服了他人以后的快感。这正同李闯的剖人腹为马槽一样，教它们那些兽类，会嗜吃人肉。这一次的侵略战争，就是这一种风气所产生的恶果，而这恶果的苦味，它们现在也总该尝到一点了。反侵略的战争小说，所描写的，大抵是战争的恐怖，与人类理性的灭亡。欧战后各作家所做的小说，自然以属于这一类的为最多。这种小说，好当然不能说它们不好，但我总还觉得是太消极一点。所以，我想，我们在这次战争之后，若不做小说则已，若要做小说，就非带有积极性的反战小说不可。因为我们并不要找战争，我们并不想对人家挑战，我们只想把酿成战争的恶分子，斩草除根地除掉。我们对于抗战的英勇牺牲，当然也要歌颂，同时对于被虐杀、虏掠、奸淫的惨状，也要叙述。但最后的结论，却只在主持正义，维护人道，保卫民族。

我们不能作绝对和平主义者似的非战论调（如英国罗素等之所为），我们也不能作怂恿侵略的蛮武的颂赞（如德国法西斯蒂的诸劣作）。

耶稣降生之前，众先知有一句预言说，“光明将来自东方”。我相信，我们的抗战就是这光明的起点；而将来的我们的描写战争的小说，将成为记录这光明的圣经。

五月二十三日

我对你们还是不失望

楚琨先生：承蒙你们不弃，把我来当作一个讨论目标；天天于座谈之余，写些“颓废”，“回避”，“默认”，历史装饰的话来表明态度。我的五窍生不生烟，只有消防队的诸君知道，想来诸君是看不清的。须知研究问题，与人身攻击不同，创造文学，与参加运动两样。我是一个想创作的人，所以对一问题，只能阐述我个人的主见，我以为对一问题，将我的话说了，听不听由人，对这话的曲解不曲解，也只得由人。要我来五窍生烟，掇拾一两句话来俏皮人家，奚落奚落将来很有希望的青年，我是不来的，譬如“向天花板学习啦”“自经沟渎”啦之类。

对于各种问题的意见，我平时写的东西也不少；我所注重的，是在实际的创作，实事求是的工夫；而且也只在我自己一个人的反省与修养。我的作品，我的修养的结果，能使人家受到一点益处，或受到一点恶影响，那是出于我本望以外的事情，我不能强人家来附和我，从来也没有发号施令，左右群众的梦想，所以对于问题以外的枝节话，一字也不愿多写。

诸君若认这态度就是回避，那只能由诸君去“积极”，去“不便恭维”！因为诸君的职务是在“积极”，在“恭维”。

总之，我自家的信条，是在多做事，少说话。我对青年所能进的忠告，也只是这几句，我不希望青年的敬仰，我也从来没有强人家来送我一顶权威者的纸糊高冠——这是高长虹先生说的话。不过有一点须注意的，就是“文艺”不是“武艺”，“讨论”不是“抗战”。我自信正因为有了“过去的历史”，与鲁迅、郭沫若、史沫特莱、鹿地亘，或周恩来、吴玉章等的交情，所以觉得用不着五窍生烟；这就是我的“宽大的尺度与宽大的胸怀”的由来。

序《不惊人草》

《不惊人草》，是潮州萧遥天先生丁丑至己卯前的旧诗集。所谓旧诗集，当然是指语体诗以外的旧体诗而言，自然也只是有了语体诗以后的名词。

我不十分懂旧诗，因为所受的教育，完全是过渡时代的留学生教育，对于中国学术的旧根底，当然是很欠缺的。不过自从执笔写写东西以来，语体诗却绝对没有做过，并不是看不起语体诗而不屑作，实在是不会做，不敢做，却也不十分喜欢做。但是一个人，感情激动的时候，总是有的；同乡下人的看了落日朝暾而出神，渔夫的看了大海狂澜而荡气时一样。到了这一种有抒情之必要的瞬间，同乡下人的长啸一声，渔夫的慨叹一回一样，我有时候，也喜欢玩弄玩弄文字。因此历年来当感情紧张，而又不是持续的时候，或有所感触，而环境又不许可写长篇巨论的时候，总只借了五七字句来发泄；为了这而被人诟骂挖苦的地方也很多，譬如落伍啦，不前进啦之类，但是习惯或者说老脾气吧，却总改不过来。萧遥天先生的一定要我来为他写一点序文的原由，我想，或者也就是在这一点逐臭猎奇的地方。

《不惊人草》的头上，有一篇萧先生的自序，对这自序的意见，我是完全赞同的；所以我这一篇序文，在他的有了自序之后，实在已经是一个赘疣，不过萧先生的意思，或者是真有些“质教于海内”的诚意在那里，我所以也敢不嫌丑陋，大胆地说两句类似评语的话。

我没有读过萧先生的少作《遥天诗草》，所以对于“视前有进抑斯下”，不敢说；但只就这《不惊人草》里的诗说来，觉得古体诗比今体诗好得多。譬如《新禽言》、《寄王名绿》等，就比许多咏国事的律诗更有意义。

这原因，或者也可以从自序里看得出来；因为萧先生之作旧诗，是有“弃新垦之瘠田，耕旧有之腴田”的用意在；而又“耕旧有之腴田，非复用前人之锄犁，以最新之农事学问耕耘之”的。他所崇拜的，是黄公度、赵瓯北一流，想以旧瓶来装新酒。自然是瓶愈宽大愈好，古体诗的“缠脚”究竟要比今体诗放松些。至于我自己对于今体诗的见解，说出来恐怕更要招人唾骂。我是始终以渔洋山人的神韵，晚唐与元诗的艳丽，六朝的潇洒为三一律。自家虽然做不好，但怪嗜与痂癖，总是偏重在这些地方。因此有时虽也颇爱西昆，但有时总独重香奁。明前后七才子的模仿盛唐，公安竟陵的不怪奇而直承白苏李贺孟郊一派时的好句，虽然也很喜欢，但总觉得不如晚唐元季的诗来得更有回味，而萧先生的今体诗，却都半是近似宋人的。

此外则我更有一个偏见，就是以今体诗来咏现代的各种洪潮的起伏，终觉得是魄力不够，内容承受不下，仅仅以廿八字或五十六字来写出上海大战，徐州突围，武汉退出，似乎总还感觉到不足一点的样子。

简单地写了这样一点意见，不敢言序，实在也不过是想和萧先生来研究商讨一下的意思。

英国诗人说诗

诗人兼剧作家蜀林克华泰在一篇说诗的短论里说，假若你去请教二十个有智识的人，问他们“什么是泰姆士河?”每人或将答你一句——“是一条江水”，但这答案，是不能满足你的求问之心的。你或者更要问：“你所知道的泰姆士河是怎么样的?”或者说：“请你细叙一下给我听听!”那么你必将听到一大堆种种不同的意见。有些会讲地理的或历史的议论给你听，还有些会歌颂出它的美丽，更有些又会说许多个人的忏悔。在这里，我们就可以看出一对大问题时，各人有各人的态度和意见，各有主张，也许会互相冲突，总之，是一堆判断的印象，或许能给你许多近似真理的线索，可是每一个主见，决不是一个完全的解答，而一语破的最后一字，却永也不会被人道出。

“什么是诗?”的这一个问题，也和此一样，解释的人不知有几多，而且也有些最灵妙最清晰的人，都对此做过解答，可是结果却都是不同的。现在，对这问题的答案，积下来的已经有不少不少了，虽然大半是富于智慧，含有创造性的，并且也有许多诗人本身，也曾经参加过意见，可是这些解答都还是一个不完全的近似案。

可是，我们若将这问题再仔细来思考一下，则我们就可以看出，自《雪特尼的诗辩》起，一直到现在，这些富于才智的答案，都不是严格地准对着那问题的试答，它们并不是单纯地告诉我们什么是诗，大抵却是讲诗的效用或者诗的原汇的，或者，系研究诗人之所以要作诗的冲动，或者，系指出这诗或那诗对世人的印象等等。诗人尉迟渥斯说："诗是全智识的精灵和吐属"，他也不过用了直觉的字句，说明了诗的如何而做成，指示了我们一个诗的源泉的所在，却并未严格地解答了什么是诗这一个问题。同样地，诗人奢莱也不过用了热情的雄辩，说明了诗的神圣的职分。但是，若撇开诗的原汇和效用不谈，单从诗的纯粹本身而机械地说来，则诗终竟不过是一些文字的使用。一想及此，则"什么是诗?"的单纯解答就有了，这便是诗人考耳律其所说的——诗么——是最好的文字的最善的排列（Coleridge：Poetry……The best Words in the best order）。

从兽性中发掘人性

温柔敦厚，诗人之旨；我国的国民性向来就是这样，所以克己复礼，每以忠恕之道待人。结果，就成了爱好和平，宁人负我，毋我负人的习俗。但是被迫得厉害，当然也会知耻近乎勇地愤激起来；文王一怒，非要把凶猛、惨酷、贪得无厌、奸杀残暴诸种恶德锄尽不可。我们这一次的抗战，来和敌人誓死相拚，原因就从这些地方来的。

可是人性里带有兽性，同兽性里带有人性一样。敌人的残暴恶毒，虽是一般的现象，但兽尚且有时会表露人性，人终也有时会表现本性的无疑。鸟之将死，其鸣也哀，丁祭之前，黄牛被宰，衣冠士夫，丁宁致祭的时候，就是牛眼里也会得流泪。子鹿被虏，母鹿与悲，骨肉之爱，本来是人兽相同的，这种兽性里的人性，在我们当前的敌人中间，也不能说是完全没有。

最近，有人谈到抗战八股公式化的问题，其中有一项，是说我们所描写的敌人，都是青脸獠牙，杀人不怕血腥臭的恶鬼，所以有时会失去真实，这话讲得很对。

敌人中间，也有的是被迫而来，不失本性的人，我们但从各俘虏的忏悔，及各战地敌尸身上搜出来的日记，通信等文件里一看就可以明白。

淮尔特说，从丑恶中发现出美来，是艺术家的职分；所以，我也说，从兽性中去发掘人性，也是温柔敦厚的诗人之旨。

关于抗战八股的问题

我国自从神圣抗战的军事发动以来，我们的文学，和政治以及其他文化各部门的活动，一样有了绝大的进步，作了一次从来所未有的飞跃。各种细流，各种倾向，以及各种内在和外露的意识，都汇合成了一条巨川，上了一个唯一的轨道，在一个共同的目标下，或徐或疾，或暗或明地向前进了。

从前是不甚明确的一般意识，现在是同炬火一样地昭示出来了，从前是摸索不得，因而时常有迂回倒行的路线，现在是成了笔直的大道，横在我们面前了。如箭之离弦，如江之入海，只教是在这一个时代里的中国人，不问男女老幼，不管你意志和能力的有无，既然出了生，就只有这条路好走，也就只有这一个方向的好取。

时代是一个生死绝续的大时代，人种是有四五千年历史的黄帝之裔，环境又是同一的危险到了万分，逼迫你不能稍吐一口吁气，或稍稍停留住脚回顾一下的环境。在这三个大条件下所产生的现阶段的中国文学，就是目下的抗战文艺，当然是免不了有“差不多”的倾向的。

正唯其是如此，所以，最近在国内，就有了一种反对抗战八股的呼声。有一位教授，并且还造出了一个新异的名词，把文艺分作了与抗战有关与无关的两大类。意思大约总也是在对抗战八股怀有不满，想以非八股的文字来调剂一下单调。

抗战文艺的有“差不多”的倾向，是天公地道，万不得已的事情；除非你是汉奸，或是侵略者的帮凶，那就难说。否则，抗战文艺就决不会有鼓吹不抵抗，或主张投降议和，或劝人去吸鸦片，调妇女的内容。文艺倾向的一致，文艺作品内在意识的明确而不游移，并不是文艺的坏处，反而是文艺健全性的证明。所以，对于抗战文艺的有“差不多”的倾向，我非但不悲观，并且还很乐观。现在国内的一般人，在那里反对，在那里表示不满的，我以为并不是这一个倾向，而是那一种单纯、浅薄、固定化了的所谓像八股文一样的形式。

但是，形式是要靠内容才能决定的；有了充实的内容，准确的意识，熟练的技巧的人，决不会写出千篇一律的八股文来。即使说，碍于种种的禁令，或须顾及各方的影响，使你不得不取八股式的定律来写文艺；那么，我们应该知道，就是在八股文里面，也有八股文的杰作在那里，像俞曲园的八股文一样，有偏锋式的，有翻案式的种种。

所以，归根结底，抗战文艺的致流成千篇一律，变成八股的主因，并不是在于它的形式，还是在于它的内容。

文艺一般——不独是抗战文艺——内容的有无，是在生命与生活的有无。必须有充实的生活，与泼剌的生命的作者，才能付与文艺以丰富的内容。但是，我们是都在这世上经营生活，都系保持着生命的人，即那一般所谓抗战八股的作者，又何尝是不活着的呢？到了这里，就是问题的核心了。

先来说生命罢，人类以外的动物，又何尝没有生命呢？更进一步，人类之中，那种有先天白痴性的人，也何尝没有生命呢？所以，生命，是人人都有的。但使这生命有意义化，对这同样的生命，更使发生一种价值——或是时代，或是种族，或是广义文化上的价值——的这一件事情，却就不容易了。使生命有意义化，在生命这一个空洞的名词上，付与以具体的独特的价值的人，才能说是有了生活。把这一种生活，以及这一种生活的意义与价值的总和及个体，在一贯的线索之下，加上以艺术的整理与配合，以文字作为工具，如实地、匀称地表现出来的，才是文艺。抗战文艺，是普通的文艺中间，在这一时代，这一阶段里产生出来的文艺；支配一般文艺内容的原则，在抗战文艺上自然也用得着。所以，抗战文艺的内容，也就是我们在这一时代里的对抗战上有意义与有价值的生活。生活的意义不止一个，生活的价值，也有巨细差别与多方面的不同；我们的生活，更不是人人完全一样的。把这些种种不同的生活全部，或片断，如实地、匀称地表现出来的文艺，纵使大致的倾向是一样（全是在抗战建国这一个指导原则之下，为民族国家谋生存、独立与自由，而带有反侵略、反压迫的奋斗与努力的色彩），但这些作品，我就承认它们是抗战文艺中的成功之作了。

至于千篇一律的病源呢？根本，就在作者的没有生命与生活，在前面已经说过了；其次，是在作者的不去求生活；又其次，是在作者的有了生活而不能够紧紧地把捉住。说到把生活内容表现出来的技巧和工具，与或作诗歌，或作剧本小说随笔等形式诸问题，却是末之又末的枝节了。

写作闲谈

一　文体

法国批评家说，文体像人；中国人说，言为心声，不管是如何善于矫揉造作的人，在文章里，自然总会流露一点真性情出来。《钤山堂集》的“清词自媚”，早就流露出挟权误国的将来；咏怀堂的《春灯》、《燕子》，便翻破了全卷，也寻不出一根骨子（从真美善来说，美与善，有时可以一致，有时可以分家；唯既真且美的，则非善不成）。所以说，“文者人也”，“言为心声”的两句话，决不会错。

古人文章里的证据，固已举不胜举，就拿今人的什么前瞻与后顾等文章来看，结果也决逃不出这一铁则。前瞻是投机政客时，后顾一定是汉奸头目无疑；前瞻是夸党能手时，后顾也一定是汉奸牛马走狗了。洋洋大文的前瞻与后顾之类的万言书，实际只教两语，就可以道破。

色厉内荏，想以文章来文过，只期得一时的少数人而已，欺不得后世的多数人。“杀吾君者，是吾仇也；杀吾仇者，是吾君也。”掩得了吴逆的半生罪恶了么？

二　文章的起头

仿佛记得夏丏尊先生的《文章作法》里，曾经说起头的话，大意是大作家的大作品，开头便好，如托尔斯泰的《战争与和平》的开头，以及岛崎藤村的《春》、《破戒》的开头等等（原作中各引有一段译文在）。这话我当时就觉得他说的很对（后来才知道日本五十岚及竹友藻风两人，也说过同样的话），到现在，我也便觉得这话的耐人寻味。

譬如，托尔斯泰的《婀娜小史》的起头，说："幸福的家庭，大致都家家相仿佛似的，而不幸的家庭却一家有一家的特异之处"（原文记不清了，只凭二十余年前读过的记忆，似乎大意是如此的）。

又譬如：斯曲林特白儿希的《地狱》（?）的开头，说："在北车站送她上了火车之后，我真如释了重负"云云（原文亦记不清了，大意如此）。

真多么够人回味。

三　结局

浪漫派作品的结局，是以大团圆为主；自然主义派作品的结局大抵都是平淡；唯有古典派作品的悲喜剧，结局悲喜最为分明。实在，天下事决没有这么的巧，或这么的简单和自然，以及这么的悲喜分明。有生必有死，有得必有失，不必佛家，谁也都能看破。所谓悲，所谓喜，也只执着了人生的一面。

以蝼蛄来视人的一生，则蝼蛄微微，以人的人生来视宇宙，则人生尤属渺渺，更何况乎在人生之中仅仅一小小的得失呢？前有塞翁，后有翁子，得失循环，固无一定，所以文章的结局，总是以"曲终人不见"为高一着。

《文艺》及副刊的一年

自我接编《文艺》及《晨星》以来，匆匆已经满了一周年；而今天却是一九三九，中华民国二十八年的最后的一天。

文艺，尤其是中国文艺，在这一阶段，这一时期，所负的使命如何，应努力实践的方向如何，渐次走上理想化路去的步骤如何等，在这一年中，或由各位投稿诸君之惠稿，或于忙碌之中，络续抽空写过一点了，想已蒙读者诸君所鉴及，这里当然可以不必再说。在这里，所想和大家谈谈的，是在这一年中的编稿的经验。

不消说得，日报的副刊，篇幅有限，而且又是读者层复杂，每日须出的读物，所以，副刊投稿者和编辑者，都要受到时间与空间的两种限制。时间的限制，是文字须紧跟着现实，空间的限制是稿件的不宜过长，而写的又须是为某一地方的各层读者，多所乐于阅读的东西。

投来的稿件，若能都合乎上列的条件的，当然是副刊的最上材料，降而求其次，则两种限制之中，能适合其一的，也就可以充数了。

经一年间编稿的经验，觉得马华的投稿诸君，稿子都写得过长，是一个通病，其次，是对于现实的取舍手段不高明，紧要的地方，握住得不多，而不紧要的地方也同样地不晓得割去，又是一个通病。

一年以来，读稿子长短约有一万余篇，能用的，或加以一点删改，或照原文一字不易（这种稿件，自然较少）地一经发表，都已摆在诸君的面前。但是，剩余下来，现在积存在我手头的总还有八千件以上的原稿。由投稿者诸君说来，不用的稿子，为什么不立时一一退回，主观地自觉写得很好的，又不见诸刊登；大约不满的人，总是很多；但在我，却已经尽了最善，就是连在编余的闲暇，也多费在读稿子上了。

在这辛苦的一年工作之中，有一件事情，觉得欣幸的，一是来稿之中，意识不正确的稿了，却极少极少；文字欠通顺或辞不能达意的稿，有一小部分，其余的稿都是还能用的，不过所犯的，是上面说过的两个通病，未能免除而已。

祖国抗战已历两年又六个月，以后正是我们加紧反攻，争取最后胜利的阶段。在这一阶段里，文艺的斗争力之急须开展，对内外宣传的必需加紧，向汉奸失败主义思想之急切进攻的尤其重要，自不待言。我们在后方的笔部队，当然也得重整一番阵容，以求配合着抗战的进展。地方现实原属重要，小意见，小感情，原应该尊重，但是举国一致的大团结，更应该顾到。时至今日，文艺与政治军事的不分性，就在这些地方可以表现出来。所以，以后，我们写副刊稿件，不问是评论，或是创作，都应该向这一个方向前进。

在这一年的副刊文字之中，剧本的不能采登，原是一个遗憾；但一则限于篇幅，再则精悍的剧作，也不曾见到，却是主因。戏剧，富于战斗性，能教育大众，鼓励大众这一事实，是大家所公认的；但要创作一个好的剧本，实在也真不容易。在明年的副刊里，我们就想对于戏剧这一部门，多加以些注意。

小说的创作，自然比其他各种更觉容易，但在这一个时期，我们总希望有比《华威先生》及《差半车麦秸》更进一步的作品出现。

轻松而富于刺激性的小品散文，按理是副刊最适合的文字；但照我一年编辑的经验看来，则马华的作家，对这一种作品，似乎是不甚擅长。原因，我想还是在于气候的没有变化，与一般生活的没有余裕。

一年的岁月又过去了，我们检点一下过去，才发见我们的进步，决赶不上日轮的回转。但如哥德之所说，只教“不要急”“不要歇”（奥内·哈斯脱，奥内·拉斯脱）地向前进取，人生终于是会得到相当的成功的。谨以此语，献给读者及惠稿者诸君，作为我年底的一个精神礼物。

序李桂著的《半生杂忆》

李桂先生，和我并不相识，直到现在，也还不曾有过见面的机会；可是，我读了他的这一册《半生杂忆》的原稿之后，倒觉得和他仿佛是很熟的老朋友了；原因是在他叙述他半生经过的事实的细腻而有致。

自传式的作品，在这一个大时代里，也许是要被人笑为落伍的东西；可是一个人的经验，除了自己的之外，实在另外也并没有比此再真切的事情。重要之点，是在这一个小小的存在，如何地去吸收周围的空气，如何地去适应当时的时代。全体是集合个体而成的，只教这个体能不破坏全体，或者更能增进全体的效用，则这个体的意义，也并不是完全就等于零。

李桂先生的这一册《半生杂忆》，所写的虽则都是他个人的经验，但是每一处每一段，却仍能反映出他在当时所处的时代与环境。我虽则不能用最上级的形容词来称赞它，说这是一部稀有的杰作，可是我却终于想说一句，这是一个忠实的灵魂的告白，同时，也是很大胆的告白。

李桂先生的年纪还很轻，将来的造就，正还不可以限量；我在这里，只希望他更能深入到时代的核心和群众的怒潮里去，加以一番锻炼。

施笃姆

脱奥道儿·施笃姆（Theodor Storm），与德国近代的两大诗人美丽格（Eduard Mörike）、克儿栗（Gottfried Keller）同时，是在千八百十七年的九月十四生的。

他生的地方，是德国的北方雪娄斯维州虎汝谟市（Huum in-Schleswig）。他的父亲名约翰·客齐米儿·施笃姆（Johann Casimir Storm），母亲名罗姊，本姓佛儿特钻（Lutsie，nee Woldsen）。北方雪娄斯维州人的特性，是非常爱自由的，他们常说：

“与其为奴隶，不如死的好。”

他们大抵性格顽固，坚忍不拔，守旧排外，不善交际的。但外貌虽如冰铁一样的冷酷，内心却是柔情宛转的。

施笃姆的父亲是虎汝谟市的辩护士，家里也很可以，诗人施笃姆是他父亲的长子。

虎汝漠市是雪娄斯维州的一个小市，横在北海的边上。大凡北方的自然风景，都带着一味悲凉沉郁的气象，这虎汝谟市也不能脱离这一个凡例。自然的环境，与人的性格和他的作品最有关系，所以我们在施笃姆的诗里，可以看出虎汝谟市的阴森的气象来。施笃姆是一个大大的怀乡病者，他的诗、小说，都是在那里说这个“故乡的悲思”（Heimatweh），我们不先抱这一个观念，就不能明白他的诗、小说的深味。

东西南北，
　　虽则说是地大物博，
想去想来，
　　总不如在家的快活。
Nord und Sued。
Die Welt is weit，
Ost und West.
To Haus is best.

这几句诗，就可以说尽他一生的苦闷，和他诗、小说中间的哀调了。施笃姆自家有一首诗说：

灰色的海上，灰色的北海边旁，
　　是那个小市，是我的家乡，
一层浓雾常压在人家的屋上，
　　静寂的中间，只听得海浪的声儿歌唱，
单声单调，绕着了城儿来往。

那一边也没有树林儿咆哮，
　　到得春来，也不见有杜鹃啼叫，
沉沉的秋夜，纵有那旅雁飞来，
　　然而一声鸣后，又不知飞向何方去了，
在静寂的海滨，只剩得几丛小草。

你这北海上的小市儿呀，
　　我在日夜的相思，你可知道！

我的青春好梦，死死生生，
　总在你的怀抱中间缭绕，
你这北海上的小市儿呀，我的衷心，你可知道。
Am grauen Strand，am grauen Meet
Und seitab liegt die Stadt.
Der Nebel drückt die Dächer,
Und dutch die Stille dringt das Meer,
Eintönig um die Stadt.

Es rauscht kein Walk. es schlägt im Mai
Kein Vogel ohn'Unterlass,
Die Wander – gans mit hatted Schrei
Nur fliegt in Herbstesnacht vorbei
Am Strande weht das Gras.

Doch hängt mein ganzes Herz an dir
Du graue Stadt am Meet!
Der Jugend Zauber fuer und fuer
Ruht lächeln doch auf dir，auf dir,
Du graue Stadt am Meer!

像这样的腔调的诗和小说，在他的全集里正举不胜举的多，现在我们且把他的诗丢开，再回到他的传记上去。

施笃姆的小的时候，便是非常的沉静的一个梦想家，他的小的时候的性格，我们在德国第一乡土诗人弗鸾酸（Gustav Frenssen）的大著《咸五儿》（*Jörn Uhl*，千九百〇一年柏林出版，乡土艺术的最大名著）里面可以看得出来。《咸五儿》的第一篇里说的一个梦想家施笃姆，就是我们这《茵梦湖》的著者施笃姆呀。

施笃姆九岁的时候进了故乡的小学校，依他自己说来，这小学校时代并非是他平生最愉快的时代，他的诗的第一首，也在这小学校时代作的。初进小学校的四五年间，他并不得读德国各诗人的诗集，他自家在一处地方说，他在小学校的时候以为乌兰特（Uhland）是中世的道情诗人。浪漫派的诗人帝克（Ludwig Tieck）的像，他有一次在一本笔记簿上看见了，但是他并不知道这便是浪漫派的当时的一个大诗人。他的小学时代只有一件事，有介绍的价值的，这就是每年秋季执行的密舍利斯的祭日。虎汝谟的风俗，密舍利斯祭的时候，可使男女往来交际的，大约施笃姆在这时候所受的影象，到大的时候还忘不了，所以他叙述少年男女于祭日欢聚舞乐的时候，最易动人，我们读到《茵梦湖》的别筵的一节，谁能不被他感动呀！

一千八百三十五年的秋天，正是他十八岁的时候，他离开了故乡，到刘牌克（Lübeck）的高等学校去。这刘牌克的高等学校在当时是最有名的学校，雅各（Friedrich Jacob）是校长，克拉酸（Johannes Classen）是教务长。爱国诗人葛衣背儿（Emannuel Geibel）本来也在这学校的，但是施笃姆去的时候，他已经不在那里了。冬假放假的时候，施笃姆才同葛衣背儿相识。在这时代与施笃姆最好，并且启发他的诗才的还不是葛衣背儿，却是拉直（Ferdinand Roese）。海涅（H. Heine）的诗集，就是拉直介绍给他的。在这个时候，当时的诗人和前代有名的人的诗集，譬如Goethe'S Faust，Uhland'S *Lyrik und Balladen*，Heine's *Buch der Lieder* Eichendorff's *Werke* 等，都和他接近起来了。他的这时候的著作，有一篇《刘牌克的马利亚教堂》的诗，他曾把这首诗送到舍米所·须乏勃的《诗人年鉴》（der Chamisso Schwabische Musenalmanach）里去，但是被选者丢弃了。千八百三十七年的春天，施笃姆进了克衣耳（Kiel）的大学，他以为大学生都是天性柔美，能有文学趣味的，然而到了克衣耳去一看，他大失所望，郁郁的在克衣耳住了一年，到第二年的春天（一八三八）就转到了柏林去。柏林虽是德国的首都，然而人来人往的中间，谁也不知道有一个未来的大诗人住在这红尘十丈的长安市里，并且施笃姆的对于田园的爱恋心，一刻也不使他安闲，所以他对柏林也怀起恶感来了。

秋风凉冷，柏林街上的菩提树，转起黄色来的时候，他同了五个同乡的柏林学生，上局雷斯团（Dresden）去旅行了一次。那古都的风物和她的博物馆、征古馆、歌剧场、戏院，把年轻的施笃姆迷醉了，他在局雷斯团足足住了三个礼拜。千八百三十八年的中间，在施笃姆的生涯中所可大书特书的，就是这一篇短话，但是在柏林的时候，他的对于戏院的趣味，也是不可看过的。

千八百三十九年的冬季，他又回到克衣耳大学去，这时候去他卒业的时期也不远了，他的第二次的克衣耳大学时期，可算是他平生最快乐的时期的一段，他同孟姆钻兄弟（Theodor and Tycho Mommsen）的交情就是始于这时候的。

孟姆钻兄弟本来是他的同乡，弟兄都是才气横溢的人，脱奥道儿·孟姆钻后年来所著的《罗马史》，想是大家所知道的，可是这一位与阑开（Ranke）并称的大历史家的抒情诗才，也并不在他的史才之下。我们若能把千八百四十三年出版的《三友集》（*Liederbuch dreier Freünde*）拿来一看，便知道了。

《三友集》的面上第一个名字就是脱奥道儿·孟姆钻，第二个就是施笃姆，第三是铁血·孟姆钻（Tycho Mommsen）。三人的诗气，都有些故乡的情趣混在里头，施笃姆的诗，虽只有四十来首，但是他的抒情诗才，已是不可淹去的了。这一本《三友集》虽不能同白衣郎的《怯衣儿特·赫陆儿特》（Lord Byron's *Childe Harold*）一样，使作者三人去睡的时候，还是一个无名小卒，到第二天醒来的时候，便博得一个世界的诗名；然而因为这一卷《三友集》的缘故，著者的乡里雪娄斯维州却加了一朵锦上的花，从此人更知道这北方海上的小州，是产诗人的灵地了。

施笃姆与美丽格的作品《画家诺儿登》（*Maler Nolten*）和他的诗的接触，也是在这时候。所以《三友集》里的他的诗里，分明有与美丽格相像的地方。千八百五十三年以后，施笃姆在漂泊的时候，曾去访过美丽格的，我们但看他后来著的《美丽格追忆记》（*Erinnerrungen an Eduard Mörike*），就可以知道他对于美丽格的倾倒之情了。（Vergleichc auch seinen *Brie fwechsel mitMörike.* Stuttg. 1891.）

千八百四十二年他已经在大学卒业了，通过了辩护士的试验，所以就不得不回到故里虎汝谟去出庭去。自古的文人，于就职的时候，都有一番苦闷，他就辩护士职的时候也觉得逡巡不决；因为他的才地，决不是在法庭上可以战胜他人的；他学的虽然是法律，然而他的心意，却只许他作一个超俗的诗人来闲吟风月。到了这去就的歧途，他就不得不怨他的父亲强制他学法律的无理了。

千八百四十七年，他平生最快乐的时期到了。这一年的秋天，他同才葛拜儿克的康斯坦此·爱斯马儿克（Konstanze Esmarch aus Segeberg）结了婚，这一位优柔妩媚的新夫人，又使施笃姆作了许多如花如蜜的抒情诗，他的一八五三年给美丽格的书信里边，还有许多称赞他自家的夫人的柔美的地方，他的得意可以想见了。

在夏天的好梦里沉溺了三年，在夫人的妆台下享乐了三年之后，他的甘美的梦境的记录出来了。千八百五十一年在柏林出版的《夏天的小说和歌集》（*Sommer Geschicten und Lieder*）里，有许多迷人的小说和短歌在那里，他的千古不灭的杰作《茵梦湖》（*Immensee*）就是这里边的一篇，翌年（一八五二）的一卷诗集发行之后，他的诗名就同秋潮似的一天一天增长起来了。

写到这里，我的目的已经达到了；因为这一篇是《茵梦湖》

的序引（Einleitung），并非是施笃姆的评传。一八五二年以后的施笃姆的事迹，我且简单的说几句，最后我想把他的著作来批评批评。

千八百五十三年，虎汝谟市的排德事件起来了。当时的虎汝谟市的住民虽是德国人多，然而这地方的主权还属于丹麦。施笃姆受了德国的教育，父祖是纯粹的德国人，所以他总不得不为德国辩护，因此就招了地方权贵的嫉恶，千八百五十三年的夏天，他就不得不被逐到德国内地了。先在卜支丹（Potsdam）做了一任裁判官，后来又转到阿以歇斯弗儿特的海立西斯他脱（Heiligstadt in Eichsfeld）去。一八六四年的丹麦战争告终之后，雪娄斯维州的主权全部归属了德国。施笃姆回到故里之后，年年总有几篇短篇小说问世，他的声名已与当时的各大诗人并列了。一八八七年他的七十岁的生辰，德国全国为他祝寿，那时候纪念出版的他的杰作《茵梦湖》，目下在德国的骨董书铺里，还可以买得到。短命文人保罗须斋（Paul Schuetze）博士著的《施笃姆传》（*Theodor Storm，Sein Leben und seine Dichtung*），也是在这时候出版的。我这一篇东西，原系根据读了须斋的评传之后的记忆而作，因为须斋的书不在我的手头，所以我的这一篇东西里许有错误的地方，也未可知。须斋是施笃姆的好友，所以他著的这一部评传，正如葛格儿曼（Eckermann）著的《葛迪的座谈》（*Gespraeche mit Goethe*）一样，是很有价值的。我另外还读过一本佛爱儿（F. wehl）的《施笃姆传》（*Theodor Storm，Ein Bild seines Lebens und Schaf fens*），和皮者（A. Biese）的《施笃姆与现代写实主义》（*Theodor Storm und der moderne Realismus*）的两本书，但是这都是在三年前高等学校时代读的，现在已经忘记了。须斋博士做了《施笃姆传》之后，竟在施笃姆之先死了。

千八百八十八年的七月十四，施笃姆死在故乡的哈戴马儿染

（Hademarsehen）的家里。德国全国的文人对他的哀悼的情，可以不必说了。他的全集共十九卷，是一八六八到一八六九年间在勃狼须乏衣西（Braunschweig）出版的，一九〇五年版已改成八卷了。

施笃姆的艺术，是带实写风的浪漫派的艺术。与其称他作小说家，还不如称他作诗人的好，他毕竟是一个大抒情诗人。他的诗虽不多，然而他的诗人的地位，可与爱县道儿夫（Eichendorff），舍米所（Chamisso），帝克（Tieck）诸人并立，他的无数的短篇小说，是他的抒情诗的延长的作品。他的小说里，篇篇有内热的、沉郁的、清新的诗味在那里。他的一生的怀乡病，和北方住民特有的一种消沉的气象，便是他的艺术的中心要点。我们把他的短篇小说来一读，无论如何，总不能不被他引诱到一个悲哀的境界里去。我们若在晚春初秋的薄暮，拿他的《茵梦湖》来夕阳的残照里读一次，读完之后就不得不惘然自失，好像是一层一层的沉到黑暗无光的海底里去的样子。他的技巧上的特质，就是文体的单纯简略。我们读完了《茵梦湖》之后，无论如何总不能了解他何以用了这样简单的文字，能描写得出这样复杂的感情来的。然而这一层长处，就是他的短处，因为他太爱文体的简洁了，所以不能造出可歌可泣的艺术来，与葛迪（Goethe）的《福奥乌斯脱》争甲乙。因此我们读了他的小说之后，只是默默的觉得消沉下去，并不同读了独斯托伊妇斯克（Dostoyefsky）的小说的时候一样，能发狂发疯的。若把独斯托伊妇斯克的小说来比严冬的风雪，盛暑的狂雷，那么就不得不把施笃姆的小说来比春秋的佳日，薄暮的残阳。他的小说都是朗朗可诵的，也没有什么优劣可分。但是把他的小说里边的比较得妩媚可爱的揭出来，第一就是《茵梦湖》，其他如《三色紫罗兰》（*Viola tricolor*），*Aqujs submersus*，*Renate*，*Psyche*，*Zar Chronik von Grieshuus*，*Der Schimmelre-*

iter 等，都是优婉动人的作品，他的诗虽然不多，篇篇都是同荷叶上的露珠一样，葛迪所说的：

“艺术家呀，要紧的是情意，并不是言语，因为一口气息就是你的诗。”

“Bilde，Künstler，rede nieht，nur ein Hauch sei dein Gedicht.”

那几句话，就是他的诗的准则。

最后还有一句话，施笃姆所描写的，都是优美可爱的女人，在这一个地方，他的艺术和俄国的屠儿纳葛夫（Turgenev）有共同之处。他描写的儿童心理深婉得很，在这一个地方，他的艺术和法国的散披爱儿（Saint－Pierre）有共同之处。

一九二一，七，二一，

午后书于日本东京之函馆旅馆

艺文私见

文艺是天才的创造物，不可以规矩来测量的；所以严沧浪的《诗话》，是第二义的文艺。有了杜甫的“酒债寻常行处有，人生七十古来稀”，才有“流水对”的一个名目，断不是因为有了“流水对”那一个对法，杜甫才来做这两句诗的。近来科学发达到了高度，无论研究什么学问，都有用了 scientific method 来研究的倾向，所以各种批评家，每为了一定义 what is art 之故，生出许多争论来；这些争论，都是假批评家的用具，恐怕在天才的眼里，未必能有什么意思，因为天才的作品，都是 abnormal eccentric，甚至有 unreasonable 的地方，以常人的眼光来看，终究是不能理解的。

依此而论，文艺批评，竟是与文艺没有干涉的了？这也不是的。文艺批评有真假的二种，真的文艺批评，是为常人而作的一种“天才的赞词”，因为天才的好处，我们凡人看不出来，必待大批评家来摘发出来之后，我们才能知道丰城狱底，有绝世的龙泉；楚国山中，有和氏的美玉。所以有了 Lessing 的 *Laokoon*，我们才知道古典艺术的精华，有了 *Ruskin* 的 *Modern Painters* 我们才知道各派绘事的精致。

世人的才智，大约都是在水平线以下，或与水平线齐头的。中国的古人也说，天才必五百年一生，所以古今中外毕竟是天才少庸人多。文艺批评在天才眼里，虽没有什么价值，在庸人的堆里，究竟是启蒙的指针。勃兰特斯说：

> Derjenige，welcher auf der Reise ein Bergwerk besucht，laesst sich von einem Manne mit einer Laterne in einen unterirdischen schacht hinabwinden undsieht sich dann beim unsichern schein des Laempchens in der Grube ein. Zu einer aehnlichen Fahrtmoechte ich den Leser einladen，wenn er sich meiner Fuehrung und meiner Fackel anvertrauen will.
>
> （Aus Brandes "Hauptstromungen der Literaturdes lg-Jahrhunderts，" uebersetzt von Adolf Strodtmann.）
>
> 旅行的时候，去看矿山的人，要一个人擎了灯笼引着，曲曲折折的走到地下去；用了隐约不明的那灯光，方能看见那地下的矿坑。现在也是这样的，若读者愿意跟了我的指引和我的火把来，我却很愿意领他到这一条路上去。

这就是批评家的天责呀！用了火把来引导众人，使众人在黑暗不明的矿坑里，看得出地下的财宝来。这譬喻虽然简单，然而我想批评家的责任，已经被他说尽了。

目下中国，青黄未接。新旧文艺闹作了一团，鬼怪横行，无奇不有。在这混沌的苦闷时代，若有一个批评大家出来吒咤吒咤，那些恶鬼，怕同见了太阳的毒雾一般，都要抱头逃命去呢！

Matthew Arnold 也好，Walter Pater 也好，Thomas Carlyle，H. A. Taine，G. E. Lessing，Belinsky，Georg Brandes 等，无论哪一个，能生一个在我们目下的中国，我恐怕现在那些在新闻杂志上主持文艺的假批评家，都要到清水粪坑里去和蛆虫争食物去。那些被他们压下的天才，都要从地狱里开到子午白羊宫里去呢！

真的天才，和那些假批评家假文学家是冰炭不相容的，真的天才是照夜的明珠，假批评家假文学家是伏在明珠上面的木斗。木斗不除去，真的天才总不能放他的灵光，来照耀世人。除去这木斗的仙手是谁呀！就是真正的大批评家的铁笔！我们目下中国所要求的，就是一位真有识见的批评家。因为真的批评家出来之后，这一笔混帐，才开消得明白。

《女神》之生日

Holmes 所讥讽的 mutual admiration（互相标榜），原是文人所当避的态度，但是互相倾轧，也不是文人所宜做的事情。我们中国人的“同行忌妒”的倾向，是古代传下来的恶习惯的一种，王渔洋说“文人自古善相轻”，可见这恶习惯在文人社会里更加厉害。虫鱼禽兽，都要互相扶助，才能保持他们的社会，我们人类中间最灵秀的分子所集合的文人阶级，倒还不能免掉这一种恶习，岂不是我们的一大耻辱么？

大约是因为想维持文艺的尊严，保存文人的人格的缘故，外国的文学阶级，所以每有种种集会和组织，但中国自从新文化运动开始以后，各人都岌岌于自家的地位与利益，只知党同伐异，不知开诚布公，到了目下，终至演出甲派与乙派争辩，A 团与 B 团谩骂的一种怪现象来。长此以往，我怕几种登载文艺的新闻杂志，都要变成了骂人的机关，将来我们中国的文学，都要变成英国 Pope 时代式的谩骂文学了。争辩是学术进步上所必需的，有了 sophists 的诡辩，才发生 Socrates、Plato、Aristotle 的正统哲学，有了 Voltaire 的雄谈，才有庄严灿烂的十九世纪的法国文学。但是目下我们中国的争辩，都是与中心问题不相干的瞎骂讥讪。——譬如批评人家的评论和创作的时候，不说这创作在何处是不合文学的体裁，这评论在何处犯了论理的错误，却只说那作家是如何如何的一个人，那评论所批评的并不是自家，这样的辩明之后，最后讲几句俏皮话就算是一个结论。——我想这一种风气，虽是在启蒙时代所难免的，但也须有一个限制才好。须知我们的唇舌在骂人之外，还有摄取食物的一个天职存在，专门把在机能的一方面使用了，未免有些偏重，所以我想提议，凡我们想研究文学的人，以后还须在根本上用些工夫，做些事业出来，不要专在枝叶的问题上费尽了我们的心力。

我因为从大局着想，想为我们中国将来的文学，筑一些基础，在罗马城址上加一块石头，所以想请目下散在的研究文学的人，大家聚拢来谈谈，好把微细的感情问题，偏于一党一派的私见，融和融和，立个将来的百年大计。我正在计划这事的时候，却好得了本栏的编辑柯一岑君的赞同，我的计划，于是乎就实现了。

既然要谋这样的集会，非要寻个不失于夸张，不流于自卑的名目不可，我想了许久，才想起了郭沫若君的《女神》的生日。外国的文人，无论是什么主义什么派的文人，有一册著作出世的时候，大家每有为他或她开会纪念的事情。我们推想这种会合的起源，似乎不仅限于由互相标榜的劣情发生的，大抵也不过使大家聚合一次，谈谈大体的方针，谋一宵的欢乐罢了。是以因柯君的赞同，我的计划得了实行的机会，因想实行我的计划的缘故，我才想着了郭沫若君的《女神》出版的日子，于是《女神》生日纪念会的事情就此决定了。

《女神》的真价如何，因为郭沫若君是我的好友，我也不敢乱说，但是有一件事情，我想谁也应该承认的，就是“完全脱离旧诗的羁绊自《女神》始”的一段功绩。

我们不能说郭君是文学革命的开拓者，但是他在新诗方面所成的事业，我们也不能完全抹杀。所以这一次于《女神》出版后一周年的八月五日的晚上，我们研究文学的人大家聚集一次，开诚布公的谈谈我们胸中所蕴积的言语，同心协力的想个以后可以巩固我们中国新文学的方略，似乎于名目上实际上，也很讲得过去，我希望与我的寸志相合的人，都能赞成我的这一次的提议。

一九二二，七月三十一日，上海。

《创造日》宣言

山川草木，鸟兽虫鱼和世界万物，都是由无而有，由黑暗而光明，渐渐的被创造者创造出来的。我们不信受天惠特厚，人数众多的中华民族里，就不会现出光明之路来。

不过我们不要想不劳而获，我们不要把伊甸园内天帝吩咐我们的话忘了。我们要用汗水去换生命的日粮，以眼泪来和葡萄的美酒。我们要存谦虚的心，任艰难之事。我们正在拭目待后来的替民众以圣灵施洗的人，我们正预备着为他缚鞋洗足。

现在我们的创造工程开始了。我们打算接受些与天帝一样的新创造者，来继续我们的工作。

同人皆各有别业，不能日日担任稿件，本栏文字，除外来稿件外，都由我们几个心爱的弟兄姊妹负责。读者若能指正错误，赐以教训，是我们莫大的光荣。

我们想以纯粹的学理和严正的言论来批评文艺政治经济，我们更想以唯真唯美的精神来创作文学和介绍文学。现代中国的腐败的政治实际，与无聊的政党偏见，是我们所不能言亦不屑言的。

我们这一栏是世界人类共有的田园，无论何人，只须有真诚的精神和美善的心意，都可以自由来开垦。

王母的蟠桃，不是一日结得成，罗马的城壁，不是一人筑得就，纵使我们的努力，不过和沙上的足印一般旋即消去，然而投在太平洋东岸的一石，也许有微波传到太平洋的西岸去。我们的希望，原不过如此而已。

朋友们哟，梅雨期过了，“自然”的威势已经达到最高潮，我们的精神不是沉潜的时候。

朋友们哟，来！来！我们每日地开荒播种。

七月二十一日

《茑萝集》自序

自《沉沦》见天日以来，匆匆的岁月，已经历有两年。回想起来，对《沉沦》的毁誉褒贬，都成了我的药石。我本来原自知不能在艺术的王国里，留恋须臾，然而恶人的世界，塞尽了我的去路，有名的伟人，有钱的富者，和美貌的女郎，结了三角同盟，摈我斥我，使我不得不在空想的楼阁里寄我的残生。这事说起来虽是好听，但是我的苦处，已经不是常人所能忍的了。

人生终究是悲苦的结晶，我不信世界上有快乐的两字。人家都骂我是颓废派，是享乐主义者，然而他们哪里知道我何以要去追求酒色的原因？唉唉，清夜酒醒，看看我胸前睡着的被金钱买来的肉体，我的哀愁，我的悲叹，比自称道德家的人，还要沉痛数倍。我岂是甘心堕落者？我岂是无灵魂的人？不过看定了人生的运命，不得不如此自遣耳。

半年来因失业的结果，我的天天在作梦的脑里，又添了许多经验。以已例人，我知道世界上不少悲哀的男女，我的这几篇小说，只想在贫民窟、破庙中去寻那些可怜的读者。得意的诸君，你们不要来买罢，因为这本书，与你们的思想感情，全无关涉，你们买了读了，也不能增我的光荣。

我可以不再多讲了，因为我所欲讲的，都写在后面三篇小说里，可怜的读者诸君——请你们恕我这样的说——你们若能看破人生终究是悲哀苦痛，那么就请你们预备，让我们携着手一同到空虚的路上去罢！

一九二三．七．二八午后

叙于上海的贫民窟里

读了珰生的译诗而论及于翻译

翻译比创作难，而翻译有声有色的抒情诗，比翻译科学书及其他的文学作品更难。信、达、雅的三字，是翻译界的金科玉律，尽人皆知，我在此地可以不必再说。不过这三字是翻译的外的条件，我以为没有翻译以先，译者至少要对于原文有精深的研究，致密的思索，和完全的了解。所以我对于上述的信达雅三字之外，更想举出“学”、“思”、“得”的三个字来，作为翻译者的内的条件。我对于翻译，虽早抱有这一种陋见，但终是自惭不敏，不敢发表出来供大家的讨论。这一回的所以不揣冒昧，敢在此地胡说的原因，是因为在第三十九号（六月二十一日）的《文学旬刊》上见了王统照君的珰生（E. Dowson）的译诗。看了王君的译诗以后，我觉得我这一种陋见，也不是完全无补于目下中国的翻译界。我很希望王统照君及其他的读者，读了我这篇东西，能够赐以教诲。

现在先把王君的译诗和原诗抄出来看：

何处是我与你的寂静的地方？
　在那里苍白色的星光，
闪耀在苹果花与
　零露的葡萄树上。（王译第一节）

原诗系由美国《现代丛书》里的《E. Dowson 诗文集》抄出，题名 *Beata Solitudo*，载在第四十九页上：

What land of silence,
  Where pale stars shine
On apple - blossom
  And dew - drenched vine.
Is yours and mine?

王君译的第一节，我觉得还没有大错，不过第一句原诗是 What land of silence，王君译作“何处……寂静的地方?”还觉得有点不大对。诗人所问的是“怎么样的一个 land of silence?”并不是“何处”二字可以了结，看他底下的那个地方的说明，就可以知道。

王译第二节是：

我们要去寻到那
  寂静的峡谷，
在那里所有人类的声音
  都抛在后面。

原诗是：

The silent valley
  That we will find,
Where all the voices

Of humankind
Are left behind.

这一节译得很好，不过觉得有点不“雅”。

王译第三节是：

在那里忘却一切，
完全遗忘。
从这个光景里来的欢愉
我们要休息了我们自己。

原诗是：

There all forgetting
Forgotten quite,
We will repose us,
With our delight
Hid out of sight.

这一节完全译错了。第二行的 Forgotten quite 是 to be forgotten quite 的意思，是我们忘掉一切，而同时我们也被完全忘掉（我们弃世，世亦弃我们）的意思。王君轻轻看过，只以完全遗忘四字了之，是没有看懂这一句的意思，是缺少我上举的三个翻译者的内的条件的原故。这一节诗的大意是“在那里完全被忘，忘却一切，在那里我们最好将息，深藏在世人不见之处，我们自有我们的欢愉快适。”Out of sight 是一个熟语副词，并不是“从这个光景里来的”。With our delight 的 out，我觉得要翻得重些，意思是“我们的欢愉，因为系世人所不知道的，所以更觉美满。”

王译第四节是：

这世界是孤独呵，
　将荣誉与辛劳全都舍弃，
我们不要去找
　这些星星们的不仁慈。

原诗是：

The world forsaken,
　And out of mind
Honour and labour.
　We shall not find
The stars unkind.

这一节的第一行王君译错了。“这世界”并不“是孤独”，不过是被诗人与他的情人所弃而已。他和她弃了世界，寻到 The silent valley 里，享受他们独有的快乐，当然可以不把世上的荣誉与辛劳放在眼里，同时他们也可以不觉得星星的不仁慈。这一节的末了两行，王君也译得不好，We shall not find the starsunkind 是不能译作“我们不要去找出这些星星们的不仁慈的。”譬如我们说 I don't find him unkind，若翻成中国话，岂可以说“我不找出他的不仁慈”么？find 译作找出，未免太呆了。在这一句里的 shall 也不应该译成“要”字的。此外我更觉得 the stars 有一种另外的意思，因为英文的 stars 有时可以作“运命”讲，譬如说 The stars were against it，是“运命却与此相反”的意思。我疑 Dowson 此处的 stars

也当作“运命”用。

王译第五节是：

所有的人们过于劳苦，
　有的言笑，有的哭泣；
但是我们在神们睡眠的行列中，
　与深沉的梦里。

原诗是：

And men shall travel,
　And laugh and weep:
But we have vistas
　Of Gods asleep,
With dreams as deep.

这一节我以为王君没有懂得原诗的意义。所以译文竟犯了不信不达不雅之病。

最后一节王译是和他译的第一节丝毫不变。

而原诗是：

A land of silence.
　Where pale stars shine
On apple - blossoms
　And dew - drenched vine.
Be yours and mine!

原诗里的字句，虽则与第一节相差无几，而语气大不相同。原诗首节问怎么样的 land of silence 是你与我的地方？他一层层的解说下来，末了一个总结说："像这样这样的地方，才是你我所求的地方呢！让这样的地方，为你我的所有罢！"是表明愿望的意思，而王君竟把它译得同第一节一样，我以为王君还没有懂得原诗的全意。

翻译是一件难事，尤其是翻抒情诗。错误是一件常事，尤其是在翻译界。王君的误译并不算得怎么一回事，因为错误是吾人所难免的，现在我要说到我作这一篇东西的主旨上去了。

我作这一篇文字的主旨，并不在攻击王君，因为王君有王君的好处存在，并不是因为译错了一首小诗，就可以说他是一无可取的。

我所想与读者讨论的是外国文的翻译问题，并不是人身攻击问题。我对于翻译外国文，向来是取严格主义的，所以如在本文的头上说过的一样，我对于外国文翻译者，于他的译文的信达雅三要求外，还要加以三个根本的要求。第一个"学"字，是当然的事情。我们不学，当然不知，无知当然不能翻译。不过学有浅深，知有博狭。读过一两本文法读本，便自以为知者，想来翻译外国的高深的学说和美妙的诗文，是一件很危险的事情，结果必至于害人害己，闹出大笑话来。我所谓"学"者，是对于一种著作的深湛的研究，并不单指懂外国文的程度而言。譬如我们要翻译泰戈尔的英译诗歌，若仅以懂不懂英文为标准，则凡学过一二年英文的人，都可以把他著作里的简易的部分选译出来。然而介绍泰戈尔究竟是不是这样简单的呢？我们不研究印度的传统的思想，风俗，习惯，和泰氏现在所处的环境，拿到一本英文本就贸然来翻译一首两首短诗，便能算介绍泰戈尔了么？就指现在最流行的贝郎（Byron）翻译说罢！翻译贝郎，亦未始不可，当他百年祭的现在，出一本两本专号，也不算为多。不过一班翻译家，平时既不知贝郎为何许人，也不识贝郎所处的是什么时代，拿了一本学校里所用的外国文学史的简略的教科书，胡乱的翻译一节，就算尽了他们翻译家的介绍的职务。试问这种介绍，这种翻译，究竟有什么价值？我们要介绍贝郎，我想至少也要研究研究英国的社会当时是怎么的一个情形，贝郎的著作虽不能全部读一遍，至少也得把他的重要的作品检查一下。他的日记，书简，和同时代人作的关于他的记录，也不得不注意搜录一点。有了这一番准备之后，然后就事断事，以诗论诗，或评他的作风，或述他的行动，或简直来翻译他的只字片句，方能配得上说是贝郎的介绍翻译。像这样产生出来的介绍翻译，我想是断不至于有十分大错的，即使有了错误，那时候我们观过知仁，反可因了他是错误而尊敬他的用心之苦。写到这里，我想读者诸君，对于我所说的“学”字，大约是能了解了，我就说我第二个要求“思”字罢！翻译一点东西，谁无效达摩的必要，去用九年面壁之苦心而寻思物理。但我想我们既欲把一个异国人的思想丽句，传给同胞，我们的职务，终不是翻翻字典可以了局。原著者既费了几年的汗血，付与他的思想以一个形式，他们想传他的思想的人，至少也得从头至尾，设身处地的陪他思索一番，才能对得起作者。若看得字眼容易，拿起笔来就胡翻乱译，则不唯没有眼力的同胞，要受你的欺骗，便是原著者的死灰，也要受你的侮辱的呀！听说《水浒传》的作者，写到了武松打虎一段，即便闭上房门，脱下衣裤，练习了好几天的打虎的姿势，这虽是创造者的真实可佩的地方，但我说翻译者，亦不可不有这一种精神。第三个要求“得”字，是最要紧的一个条件。我们于动手翻译之先，至少先要完全了解原作者的精神，而原作者的精神的了解，不是单因通外国文字可办得到的。英国人也许不能了解贝郎，俄国人也许不能了解托尔斯泰。

翻译者的异邦人，要想了解空间时间远隔的原作者的精神，真真是谈非容易，然而我们的希望，却非达到这目的不可。说到此处，或者有人要骂我在唱高调，是的，这或者是高调，因为 Shakespeare 的译者 Schlegel，Goethe，Jean Paul Richter 的译者 Carlyle，Omar Khayyam 的译者 Fitzgerald 等是不可多得的。但无论如何，我想最卑之论，亦只应降到译者能完全了解原文的真意而止，“不了解原文而从事于翻译”，总不是我们理想中所应有的事罢！

顺手写来，这篇空谈觉得太冗长了。我知道读者诸君心里必有点不耐烦的说：

“你既对于翻译有这样的高见，何不自家翻点东西出来给我们看看呢？”

不错，这话也应该讲。不过我以为讨论翻译是一件事，实际上翻译不翻译，又是一件事。并且我因为常常对自己有过于严格的要求，所以到如今，虽则有几篇译稿藏在箱子底里，终不敢拿出来付印问世。一边我看看那些市场上的什么什么丛书，和杂志上的什么什么派的主义主张，又觉得脸上的筋肉要宽弛起来，因为那些东西，大抵不是胡闹的手势戏，便是雅典主义者的新鲜的呼声。

十三年六月二十二日

咒《甲寅》十四号的评新文学运动

《甲寅》肉麻，早有人说，譬如譬如，开口“执政”，“执政”，闭口“吾兄太炎”，“太炎吾兄”，天皇明圣，臣罪当诛，之类之类，若再提起，有伤厚道，暂且不说，要请阅谅。

我这一段第一股的文章，因为想学古文，要凑成四个字一句的句子，所以在不必要的“譬如”之下，只好再加上一个“譬如”。“之类之类”同此。末了一句，因为要它音韵铿锵，语意古奥，所以只好把“要请阅者原谅”的六个字缩成了四字。我把这第一股文章写完之后，觉得这种……事情，终竟干不了，所以只好回复我的本性了。说话没有说到本文之先，我还要来解一解题目。题目上我用的这个“咒”字，并不是北京人骂的时候用的那个意思。我在此地所以不用“批评”两字，而用“咒”字的原因，却因为该用两字的地方而用一字来代替，文章会简练些。并且“咒”字，在佛经上常常看见，比较平常用的“批评”两字要古雅些。闲话少说，还是回到本文上去罢！

原文是评胡适之氏在武昌大学的讲演《新文学运动的意义》的，《晨报副刊》上十月十日的记载，我没有看见，所以究竟记录有无错误，在此地不敢断说。但是当胡氏在武昌讲演的时候，我却在座听见。他第一句就说，真正的文学，本无所谓新旧，不过我们用以表示思想的工具有新旧而已，孤桐氏若能了解这一句话，我想他那一篇大文，可以不做。

原文第二段，仿佛说胡氏说明新文学运动的意义，说得太迟，因为“事关百年至计，而主之者竟无说以处此，即有亦卷而怀之，未尝明白示人。”照这样说来，大约白话文是胡氏创造出来的。《水浒》，《三国演义》，《红楼梦》等，大约也是胡氏一个人主倡了白话文以后才有人做的。中国四万万人说话的口和舌，除了几个虫蛀千字文的满口“之乎者也”和这一个孤桐之外，大约也全是胡氏身上的毛发化的。大家想想看，这一句话的逻辑通不通？要知道白话文的所以能流行，所以不必假执政和督办的势力来强制人家做或买而自然能够“风行草偃”的原因，却因为气运已到，大家恨八股文，恨“之乎者也”，已经恨极了，才办得到。哪里是当时胡氏的一句话，就能做出这样的结果来呢？假如你要卑污苟贱的做官，要受贿，要吸鸦片烟，我若对你说一句话说“你不应该”，你肯依我么？到了你罪恶贯盈，将要死去下地狱的时候，硬冰冰地躺在棺材头上，我若对你说一句“你不做官罢！你不受贿罢！你不吸鸦片烟罢！”那你自然要依我了。并且天下势有所必然的事情，大概不必来下定义，做宣传事业。譬如吃饭，睡觉，大小便等事情，从来不见有人打过电报，说明过意义，以昭示天下。因为这是自然的，应该的，可以不加上说明的。所以白话文——或者含糊一点就说新文学罢！——运动起来的时节，胡氏不来下定义，作解释，正见得这是顺应时代潮流而起的运动，为大多数的头脑明晰者所赞同的运动，不必再俟宣传才能普及的运动，又有谁梦想得到了民国十四年的现代，还有一个孤桐不明白这意义的呢？（况且当时的《新青年》，未必会没有说明的。我在写这篇东西的时候，虽还没有读过当时的各种杂志，但将来总想再去翻它一翻。）

在这第二段文章里头，还有一个大笑话。孤桐氏仿佛说抑压人性的自然，加上一番矫揉造作，就是所谓礼教，就是所谓文化。我在此地，且不必说出别的辩论来，只须问孤桐氏几件事情就对了。第一问，缠得很小的脚，是香的呢？还是不香的？是文化呢？还是不文化？第二问，若把你一个男子拿来当妇人用，是礼教呢？还是非礼教？

第三段文章里，孤桐氏对于“死文学”三字下了一个定义说：“凡死文学，必其迹象与今群渺不相习，仅少数人资为考古而探索之，废兴存亡，不系于世用者也。今之欧人，于希腊拉丁之学为然。……”照后两句看起来，希腊拉丁文完全是没有用的。学文学，学科学的人，拉丁文之类完全可以不学的。即使废去了，也不要紧的。Homer 的作品，Virgil 的作品，完全是死文学。照前两句看起来，埃及棺材里的死尸，新近出土的古物和一般考古学家所不容易识破的材料，如汉朝人的便器，晋朝人的破碗之类，都是死文学，而八股文，五言八韵的试帖诗之类，因为我们现在还认得它们，还读得下去，却都不是死文学了。这些话，我虽则想勉强承认说是通的，不晓得天下的明眼人，也承认得下去不能？

第四段文章，尤其玄妙了。它头上说，凡一种文字，使平民读了，可以做官的，都不是贵族文字。那么譬如前清的场屋应试的利器《名家制艺》、《庚辰集》之类的东西，使一个穷光蛋读了可以做宰相的文学，并不是贵族文学。反过来说，这些就是平民文学了。这倒还不要去管它，因为它后段还有说回去的话。不过有一点，我们是怎么也不能相信的，它说前清在作者的乡里，读书识字的牧童樵子，比现在的数目还要多，意思就是说，前清的教育，比现在还要普及。这句话，大家能够说它不是撒谎么？若果真是这样，那么教育的当局者，应该拿来打屁股。

第五段文章里，孤桐氏仿佛说胡氏自家承认白话文是没有韵味的。这一段话，我在胡氏讲演的时候，却没有听到，不过孤桐氏拿了世界语来比白话文一节，实在是说得很古怪。他说以世界语来翻英德法文是翻不出来的，世界语本身，也是“干枯杂沓”，没有趣味的。我在此地第一要问问孤桐氏：“你是懂得世界语的么?”第二要问问地球上研究世界语的人：“世界语果真是这样干燥无味，果真是不能把英德法及其他任何国的文字全译出来的么?”若说世界语，果真是这样的一件怪物，那么先让我来咒世界语，然后再来咒《甲寅》，现在暂且把世界语搁开不提，再来引孤桐氏的话罢。他说：“吾之国性群德，悉存文言，国苟不亡，理不可弃。今举百家九流之书，一一翻成白话，当非君等力能所至。君等竭精著作，将《水浒》，《三国演义》，《西游记》之心思结构，运用无遗，亦未见供人取求，应有而尽有。……”照此看来，以文言来翻译《红楼梦》，《水浒》，《儒林外史》等，是可能的，而以语录一类的白话文字来翻译解释四书等类是不可能的。文言是闭月羞花，沉鱼落雁，应有尽有，取之不竭，呜呼、乐哉，可惜孤桐氏迟生了二百年。

底下还有三段文章，一段是以感情而说的话。一段是关门闭户掩柴扉，许子自家说：“我不惮烦”，所以咒者也没有什么话可以咒。最后一小段，是一个尾巴。

总而言之，统而言之，天下太平，执政万岁。孤桐氏自家在文章里老喜欢称呼自家叫“愚”，“愚”，我在这里也只好老实不客气，加赠他一个谥法叫“愚……”

九月二十三日

《文艺论集》自序

平生以懈惰为最大德性的我，非要老虎追在背后，不肯回转头来看一看。两三年来为朋友所逼，临时写下来的文章，也以成于这一种状态下者居多。所以平常最没有自信，最怕集拢来出书。我有许多曾经登过预告的书，而到如今仍是一本也没有印出来的原因，也在于此。

这一回偶尔随了众人的热闹，终于把这一本三不像的什么《文艺论集》弄出来了。不知我者，以为我在热中名誉，想出一本书来出出风头。殊不知这一本书的催生药，还是去年的失业，和三、四个月来的疾病。

挂羊头卖狗肉，心里原有点过意不去。不过举世滔滔，都在干这个鬼，我想我这情有可原的一次狡猾，也算不得什么天大的一回事。

说到文艺，我本来是门外汉，还有什么可以论出来？过两三年前，自家心里想到的事情，仿佛不过是如此如此。

收在里头的东西，大半是在《创造周报》上登载过的。有九、十、十一的三篇，是在某大学混饭吃的时候的讲义。因为这大学里的学生，程度不大齐，所以很幼稚的解释，也不得不像煞有介事的写上去，请读者读了不要发怒，说我在把你们当作愚人看。

别的话没有了。窗外面在下微雨。隔壁的老妈子还在和姨太太说笑。我住在闸北的一间破屋里。时间是一九二六年三月四日的午前二时半。街上一个唱着戏的夜行者走过了。

创造社出版部的第一周年

——《新消息》代发刊词

创造社的历史并不长，记得是在六七年前（大约是一九二〇年前后的事情罢?），那时候我还在东京帝大经济学部念书，资平在同校的地质学系，仿吾在造兵科。有一天春天的下午，我们三人，约了田汉到我的寓楼上来谈天，打算合起来出一个文学杂志。当时我和资平住在不忍池边上的池之端一位同学的二楼上。官费正在闹荒的时候，所以我们穷也穷到了极点。那一天午后，我和资平，二人合起来出了一块钱买了一块钱的桔子，打算开会的时候大家吃的。等到午后二点多钟，仿吾如约来了，而田汉终究不到。我们把桔子吃完，看电灯上了火，田汉还是不来。我与资平，只好自认晦气，白化了一块钱，会终究开不成功。仿吾背上书袋，临走的时候，也只叫了几声“马鹿！马鹿！”

这时候，沫若在九州帝大的医科，他时常有信和诗寄来，竭力的促成我们结一个团体，来出一种杂志。所以那一天他虽然没有从几千里路跑来参与这一块钱的桔子会，但仿吾却把他的信和诗稿，一齐带来，作他对于我们的提议。

第一次的会，终于是这样的流了。到了第二年的春天，仿吾回国，在上海一家书局里当编辑。三四月间，他仍复想回日本，函促沫若来上海代他的职。这时候我因为胃肠不好，进了东京的一家病院。沫若接到了仿吾的来信，犹豫不定，且同时又听见了我的病，他就从日本的西南，跑了几千里路，到东北来看形势，同时也来看看我的病。他在西京停留了一日，和京都帝大的同学郑伯奇等接洽了一次。把出杂志、出丛书的计划，约略和大家谈了一谈。到东京之后，也会了田汉、徐祖正等，在病院里住了一夜，第二天早晨，他就匆匆的回去了。

这一件事情，我曾经做过一篇《友情和胃病》的短篇小说，文笔拙劣，而且只在一个小报的末尾上登了几天，所以没有人注过意。我现在已经把它修改了一遍，编在全集第二卷的《鸡肋集》里了。

到了夏天，沫若决意回国，到上海的时候，就把我的《沉沦》和资平的《冲积期化石》催去付印。先此，他已经把他在报上杂志上发表过的诗歌戏曲收集起来，出了一本《女神》。（《女神》和后出的《星空》，现在我们在请他修改付排，大约本年年内，可以合起来出一本沫若的全诗集。）

他在上海住到了秋天，似乎厌起来了，想回日本去，一边在促我回上海来替他的职。我于那一年的九、十月之交回国，一边转赴安徽去教书，一边就担负了沫若交下来的《创造季刊》编辑的重责。

这时候创造社的旗帜，已经张起。创造社丛书一、二册，也已经在市场上销售了（前后的详细情形，当另外撰文记述）。

在安庆住了半年，日日编讲义，忙于授课，把《创造季刊》编辑的事情搁起。中间又遭了几个军阀摧残学校的惨事，年底下同逃难似的回到了上海。在上海住了两个月，才把季刊第一期的稿子交出。急忙赶到东京，去提出论文，受毕业考试，急急乎殆哉，我在东京车站下车的第二天，学校就开始考了。

这一年的夏天，仿吾赴湖南教书去了，沫若于暑假中回上海，暑假后又返日本，编了一期第二期的季刊。

我在日本住到第二年的春天，因为留日学生官费问题回国，在杭州住了一个月，办了一点小小的交涉，正想折回东京去的时候，安庆又来催我去教书了。

这时候沫若也已回国，我在安庆住得不久，就也回来到了上海，仿吾也从长沙，赶到上海来和我们同住。嗣后两年，我们一边在饮书局的薄醴，一边更在受社会上已成名的诸人的反对，苦战恶斗，拼命的吃苦，拼命的做文章。这中间就出了几期季刊，一年周报，和一百日的《创造日》。这中间我们的苦况，在沫若的作品里，我的作品里和仿吾的大刀阔斧的论战文里，都可以看得出，此地不再说了。

两三年的苦战之后，矢穷弦尽，再也不能支持了，我们三人就一哄而散，仿吾回湖南，沫若去日本，我也逃往北京去，依靠我的哥哥。

其后沫若又回到上海来，做了一年的穷文士，我去湖北，在武昌大学教了半年书，仿吾也在长沙一个有名无实的铁工厂里当厂长。

这中间过得最安适的，是僻处在广东蕉岭的矿山中的资平。他老先生在那里娶了老婆，生了儿子，受了一般人的尊敬，一面在矿山当技师，一面还在一个中学里教书。后来不知怎么的风色一转，他辞了矿山的技师，跑上武昌当时的师大去教书了。

我于一九二四年的冬天，和一位北大的朋友去武昌的时候，第一个来接我的，是领着小孩的资平。三、四年不见，他竟长得胖胖，像一个小资本家了，虽然他的衣服是穿得很蹩脚。

武昌的改设大学，是我们去了以后的事情，当时我和校长石先生，是主张聘沫若去当文科学长的，哪里知道一位卑污狗贱的李什么蛋和一位同样的什么什么，从中捣鬼，硬想把师大改国立大学的计划打破，并且因为饭碗问题，就暗中阻止沫若的来武昌就职。我们在武昌，又和这些狗仔苦战了半载，终于被它们咬走。这一年的夏天，恰逢仿吾也自湖南来武昌，我和资平二人，就竭力怂恿他出来办出版部。我们三人只在武昌印章程，拉股子，一边在上海计划奔走的，却是沫若和全平。

一九二五年的冬天，我自武昌下来，到了上海，和沫若等决议，将创造社出版部弄起，一面编印《创造》和《洪水》，一面再来出书。可是事不凑巧，这一年的冬天，染了吐血病，所以只好到杭州病院里去养了两个月的病。这中间，为出版部出力奔走的，只有全平和沫若两人。

到了一九二六——就是去年的春天——我从杭州肺病院出来到上海的时候，出版部已经租下了闸北宝山路三德里的房子，一块小小的招牌，也已经挂上了。

其后我们去广州，担负编辑筹股等事，全平等在上海作印刷门市批发等工作。不幸去年一年中间出书不多，又因年终时局不靖，创造社被封了一次以后，风鹤时惊，弄得一般办公者，无心专业，所以结算下来，却只够开销饮食，而一般出资股东的红利，到现在还没有分发。

现在我们出版部的事情，由我一个人负责来办了，却又当一周年将满之期，我们虽则能力薄弱，然也想尽我们的至善，为社会谋一点福。然而大事须从小处做起，光吹大炮是没有用的。所以我们当这周年纪念的时候，先出这一张小小的周报，一边奉送给拥护我们的股东，爱读者，及同情者，作一个秀才的人情，一边也想以粗浅的文字，低廉的价目，来灌输些较新较彻底的知识。朋友诸君，我们大家应该联合起来，要干什么便干什么，先从这暗无天日的上海做起。

一九二七年三月十三日

公开状答日本山口君

自己生性疏懒，有许多外国朋友来访问过后，竟没有答访过一次。更有许多外国的朋友，对于我及创造社同人有所批评建议，及翻译我们的作品的要求，例如法国的摩南君，俄国的泊来佛君，日本的小烟君及《改造》杂志诸君，都没有答覆他们，或和他们谈议过。近来闲居在上海，专门来弄文笔的事情了，所以空下来的时候，很想追溯前情，做点文章来求他们的宽恕。可是一天两天地捱拖了下去，到现在并且事过境迁，有许多事情，已经成了过去，没有答覆的必要了，因此一直到现在，我从来不曾做过答覆海外的朋友的文章。

这一回，当南军正到上海后的一礼拜内，英国的帝国主义者，在南京挑拨了友邦，虐杀了我们的许多的同胞还不满意，更想在上海附近，再行一次大规模的屠杀。开来了几万海陆军，上海的交通大道上架设了无数的机枪大炮，弄得最爱和平的中国百姓逃生无路，入地无门。我也在这一个当儿，逃上一处比较安稳的地方去躲避了几天。记得在三月二十五日的午后，一位朋友和我在街上匆匆遇见，说到今天的日本人发行的上海《每日新闻》上，有一篇送给我的公开状。

后来到一位朋友的家里，才看见那一封信。是山口慎一君写给我的。我头脑健忘，对于曾经遇见过一两次的朋友，每想不起来。山口君，我确曾在内山书店会见过你，但是那时候相见匆匆，致我们不能深谈到中国的文艺界的趋势和现状。现在让我来借此杂志的余白，和你谈一谈。

你所批评的李初梨君的戏剧，我和资平的小说等，我暂不置辩，因为对于艺术品的评量，批评家有绝对的自由，作者并无抗议的必要。我在此地所想和你谈谈的，第一是我个人的心的变化——因为你曾经谈及了我的私事——第二是创造社的抱负，就是创造社在目下的潮流里所取的态度，和对于所谓无产阶级文学的意见。

你对于我个人的飘泊，似乎很表同情，并且对于我的不羁穷苦的生活，大有尊敬我的意思，山口君，我想对你说的话，是在这一点。

中国十余年来的内乱，弄得国民生计干枯尽了。中产者尚且无以为生，更何况无产者，当然是弄得死无葬地。在这一个军阀和外国资本主义的铁蹄下的中国青年，一般手无寸铁，知识发达，追求光明，如饥如渴的青年，哪一个能不和我一样的飘泊，哪一个免得了这一种不羁穷苦的生活？青年的渴求光明，是自然性。求之不得，就不得不苦闷，苦闷之余，前面就只有两条去路。一条是走往消极方面去的自杀，一条是积极进行的革命、喋血。然而中国的国民性，早已被三千年来的道德虚伪所腐化了。走积极这一条路的人，前面的敌人，不但只有帝国主义和资本主义，他们还要打倒了三千年来的陈死人，才能吐一口气。这三千年来的陈死人所遗下来的铁锁，就是盘踞在现代一般青年人心里的利己的思想，做官发财的思想，卑鄙龌龊，最善于利用机会的思想，只想打倒别人而把自己的地位抬高来的思想，甚而至于假了很好的名义，来营他的私利者有之，假了公共的事业，来建筑他个人的名誉者有之，此外更有种种很巧妙很光面，而为我们所意想不到的卑劣万状的阴谋诡计，要打倒一两个帝国主义者和资本家是容易得很，可是要打倒这一种中国民族的卑劣阴险性，却真是谈非容易。中国人心早已死了，所不成的就是这一种不可救度的利用机会的卑鄙的野心，举近例来说，在我的周围，在我的手下，就发见了这一种青年的腐劣行为。更拿大一点的事情来做比喻，则这一次的革命领袖中间，也何尝没有这一类的野心狼子？

我从前是绝对的承认这一种仇敌的来势的厉害，所以只愿退避，不敢前进。现在被我的手下的暗箭伤了几处，倒反把我的勇气鼓舞起来了。我觉得这一种鬼蜮，终有一天要死在大天使的照魔镜下的，若把这照魔镜的金光灿烂的镜面来收藏起，那么鬼子鬼孙，将要愈聚愈多。所以我觉得走消极的路，是走不通了，我想一改从前的退避的计划，走上前路去。所以我就不远千里的跑往南方，南方的天地，当然要清明得多，可是那三千年来的陈死人的余孽，却也同时增加了无限的军马人数，因为在这腐劣性和理想主义的中间的那一个缓冲国——就是资本主义和帝国主义——已经消灭了以后，那一批鬼蜮的阵势，就不得不加紧肉搏的原因。

我看了来势猛烈，觉得无谓的牺牲了自己，也与社会人世没有益处，所以就变更了计划，再回到上海来重守旧垒。我想以一己的力量，来拚命的攻击这三千年来的恶势力。我想牺牲了我一己的安乐荣利，来大声疾呼这中国民族腐劣的遗传。我想以一枝铁笔来挽回那堕落到再无可堕落的人心。这是我几年来心境变迁的径路，这也是我在南方的失望，所以又跑回到上海的旧巢里来的原因。你说“我身子虽住在黑暗里，而仰慕光明的心思，却仍是未死”的这句话是对的。在这一点，至少你也是我的知己之一。酒逢知己，千杯嫌少，今天听了你那一句话，并且听了你的对我的爱护和希望，我也来向你吐露一点儿衷曲。

你的信的末段，是希望创造社的进展，希望创造社的攻破旧势力，希望创造社的努力于新的建设的。这不但你这东邻的好友的希望是如此，就是国内一般同情于我们，和我们立在同一战线上的许多真的新青年，也在一样的希望，一样的督促。就是我们的几个同人，也日夜在以完成此任务为努力的目标。我们的几位同志，已经出去作实际的工作了。大约你总也已经知道，他们现在正在和恶势力激战的中间。有几位同志，并且已尝到了铁窗斧钺的风味了，我们是断不愿以艺术家自豪，而只想躲避在逍遥山上追逐美的幻梦的。

我国的无产阶级的觉醒奋起，是你所知道并且已经说过的。我国的知识阶级和无产阶级在受一样压迫痛苦，也是你所洞悉的。但是我国的新文艺——假使中国有新文艺的说话——的产生，本来就是根据于被压迫者的同情，本来就是为向无产阶级者来宣传阶级斗争的这一点，你却还没有看清。在政治的革命之先，总有思想革命为它的前驱。五四运动以前起来的新文学运动，到了“五四”，收了一个结束。“五四”以后的新文学运动的效果，在现在当然还不能看出。可是在过去的两三年中间，创造社所经行的路径，是明明在告诉读者以将来的趋向。我们最初是要求人心的解放，其次是旧道德的打破，第三步就和那些无聊的偶像决斗，接着就与资本家脚下的文人，启了衅端。我们都是无产者，我们也不敢以知识阶级自命，我们更配不上说同情于无产阶级，在最近我们所主张的，是直接行动，是彻底的革命，是中国革命的世界化。

《创造月刊》，虽则有时过于文雅，不免引起人家的误会，然而我们相信，我们的宗旨，是始终没有变过。我们的不平与攻击，就是无产阶级者对资产阶级的不平与攻击，我们的喜怒，就是无产阶级者在心的深处所感到的喜怒。我们所想走的路，是一般无产阶级者事实上被环境所迫，不得不走的路。所以你所忠告于我们的话，虽系出于你的好意，但实际上我们已经奉行得很久了。你若再能读一点我们的半月刊之类，或我们在他处印行的书籍，我想你一定会相信，相信我这一句话的非诬。

写了半天，我所想说的对于“无产阶级的文艺”的主张，终于没有说及。这当然是一个很大的问题，仿佛在日本的文坛上也正在议论辩驳。不过我想这问题在中国的新文学上，根本就不能成立。因为日本的文学，发轫于资本主义开展的初期，其后明治大正两代，资本主义开展到了再也不能前进的绝境，文学也因而陷入了穷地。一班在资本主义时代造成的作家，就和新进的受世界潮流的作家对抗起来，于是乎有无产阶级的文学的一个名目，因为日本的已成作家，都为有产阶级辩护，讴歌有产阶级的生活的。而中国则新文学运动起来的时候，从事于文学的知识阶级，都已成了无产者了。在中国这样的无产国里，有产阶级的人数本来是很少，并且从这一个阶级——大抵不外乎军阀官僚及外国资本家和帝国主义者的走狗——里，断不会产生出新文学家来的，因为新文学起来的时候，就带有和已成阶级——就是少数的有产阶级——宣战的使命。况且现在中国思想革命的时候早已过去，已将入于无产阶级专政的时代了，我想将来中国若没有文学则已，中国若有文学，一定是现在一般人所说的无产阶级的文学，断没有像日本那样的讴歌有产阶级的文学发生。所以山口君，临末，我想夸一句大口：“中国的将来，是无产阶级的，中国的文学，也是无产阶级的，因为有产阶级的足迹，将要在中国绝灭了的原因。”

拉杂的写了一大篇，希望你能够将我们的努力，我们的志愿，翻译过去，告诉你们日本的青年同志，我们大家都应该联合起来，废除国界，打倒我们共同的敌人。

一九二七年四月十一日在上海

《民众》发刊词

或者有人要问，目下的中国，还有民众么？

这是不错的，中国目下的民众，实在是一点儿势力也没有，一点儿声气也没有。在大街上坐汽车，或大踏步过去的，不是身穿制服的军官，便是什么什么委员，什么什么长。报上头，在最重要的地方登出来的，不是某要人行踪，便是某委员的启事。民众的事情，民众的存在，在什么地方，都看不出来。

然而我们再仔细一想，这些某要人，某委员坐的专车，汽车，或人力车，是哪一个为他们开，是哪一个为他们拉的？这些要人委员们吃的米和菜，是哪一个为他们种，哪一个为他们做的？他们坐汽车，养姨太太的钱，是从哪里出来的？

脸上背上流满了大雨似的汗，在烈日底下，在机关车的旁边，在污泥的田里，屈了背，弯了腰，在那里工作的，是什么东西？

买一斤盐，剪一尺布，吸一枝烟，租一乘车，典一亩田，要两重三重的贴印花，要五块十块的拿出去。一举一动，都要出什么税，上什么捐，这为的是什么？

这五块十块的捐，一分二分的印花，何以在上海的一角，在一个月中间，会积到三千万以上的？

我们把这里问题一想，才知道目下的中国，虽则在社会意识上，没有民众的存在，在利益享受上，没有民众的份儿，然而实际上，填在社会的最下层，时时刻刻，各到各处，在那里受压榨，被宰割的，仍旧是民众。中国的民众，仍旧是有的。那些坐汽车，穿制服，登启事，住洋房的人，仍旧是少数。真正的在从事于制造，耕种，服役，而又到处在被杀被欺的，仍旧是多数。

多数的民众，现正在水深火热之中。他们受的苦，受的压迫，倒比未革命之前，反而加重了。可怜他们大多数都是有声带的哑子，吃了苦，喊不出来。可怜他们都是有眼球的瞎子，目前有了危难，受了几重的敲剥负担，还认不清谁是你们的仇敌。

我们几个人，是有一半说话能力的小孩子，是不知说谎藏丑的鲁莽者，是天真未灭，在圆光的镜里，还能看得出鬼蜮的原形来的贞童。

我们想凭了我们的微弱的目力，用了我们的不善诡辩的喉舌，将所见所闻，和所爱的，赤裸裸地叫喊出来。

我们不想做官，所以不必阿谄权贵，我们不想执政，所以并没有党派，我们更不想争地盘，剥民财，所以可痛骂新旧的自私自利的军人，我们是被压迫、被绞榨的民众的一分子，所以我们敢自信我们的呼喊，是公正坦白的。我们要唤醒民众的醉梦，增进民众的地位，完成民众的革命。

法国的革命家说：

> 过去的民众是什么？是 Nothing!
> 将来的民众是什么？是 Everything!

我们是大多数者，是被压迫者，是将来的大革命的创始人。革命的民众，大家应该联合起来！

一九二七，九月二日

《奇零集》题辞

凡没有在《寒灰集》、《鸡肋集》、《过去集》里收集起的文字，都收在这集里了。最近一年中，思想上起了剧变，这剧变的径路，或者可以在这一本小集子里窥见一点端倪。

这集里所收的，都是些不成整篇的小文章，外国人称这一种东西作 odds and ends，中国人也有“鸡零狗碎”的一个成语。若把鸡零狗碎的四字拿来作书名，未免太长了一点，所以只取了前面的两个字。然“鸡零”似乎又有点讲不通，所以把“鸡”字改作了“奇”字。

这集里的东西，大抵是已在《洪水》、《民众》、《创造日》、《晨报》增刊、《小说月报》上所发表过的，现在集将起来，前后编制了一遍，倒似乎也有一点系统。其中有一篇德国小说，名《马尔戴和她的钟》，却是这一次新译的。

社会的情形大变了，以后恐怕再也不能做这些空谈的文字了，我想把过去几年间的懒惰的形体，在此显现一下，以后就想去作实际工作去。

一九二七年九月二十三日题于上海

卢骚的思想和他的创作

反抗精神差不多在他的身上聚集着具体化着的卢骚，为人是很谦和很柔弱的。当然他也有粗暴的一面，对社会的传统礼教完全也有不顾的一面，但是被反抗的精神所激发的先驱者，又哪一个能够同猎官逐誉者流一样的去结交权贵，结交上流社会的妇人呢？因此就有许多人说他是忘恩负义的野汉。

他的性格里，充满着矛盾的两极端，因此他的一生，就不得不为这矛盾所苦扰。

他是一个热爱人类的人，然而处处被人类的阴险毒诈所伤刺了以后，就不得不厌弃人类，厌弃社会了。他本来是不善辞令谈吐拙讷的人，但一到了脑里的思潮汹涌，胸前的热情喷发的时候，又只想一泻千言，比人家说得多，比人家说得好，但其结果，反只好默默无言的站在一边。

他的思路，有时候会不清，临机应变的才能，他是一点儿也没有的，因此他在社会上处处只遇着失败，而一个人退到了书斋里，退到了深林僻地去静静地思索，慢慢的忖辨一番之后，他的议论会比任何人的都透辟，他的主张会比任何人的都彻底。

他一生所做的事情，只想和他的主张能一致，所以弄得许多人，都不能够了解他的行为。他的自卑狂的一面，的确也有自大狂的倾向含着的，所以大抵的批评家，都说他的虚荣心很大，说他是世界上最骄傲，最虚伪的人。

他的爱好自然，诅咒现代社会的堕落，主张自由，主张平等，想归返到原始时代的自然状态去的这一种精神，一半虽因为他的羸弱的身体，使他不能在那种卑污险恶的社会里和人家竞争的结果，但一半也因为他的天性里，就有这一种矛盾性藏着，所以不得不对现代的虚伪的社会，下这一棒痛击的。

他的著作，可以分成两大类来说明，一类是关于提倡改革的思想方面的，一类是纯文艺的和自传式的创作。当然介于这两者之间的作品也有，就譬如关于教育的小说《爱弥儿》之类是，但因为叙述的便利起见，我们可以把它们分成两方面来研究。

关于思想方面的重要的著作，有下面的几部，可以举出来。

千七百五十年　《文学及艺术论》

(*Discours sur les Lettres et les Arts.*)

千七百五十五年　《人类不平等的起因》

(*Discours sur L'origine de L'inégalite parmiles hommes.*)

千七百五十八年　《与达兰倍儿氏的书》

(*Lettreà D'Alembert contre les spectacles.*)

千七百六十二年　《民约论》(Contrat social.)

《爱弥尔》(*Emile.*)

千七百六十四年　《山中杂信》(*Lettresécrites de la montagne.*)

当然在其他的创作里面，譬如《新爱洛绮时》之类的书中，也时常有他的关于宗教、道德、社会的意见等散织在里头，可是上举的诸书，总算是整个儿的议论思想的书，其中尤以《民约论》及《爱弥儿》两书，为最完整，而这两书的及于后世的影响，亦最深远而且广大。

从上举的各书中的议论结合起来，我们可以把卢骚的思分成几方面来叙述。

一、他的自南平等的主张，和对于现代社会恶的指摘。

二、他的政治学说。

三、他的教育观。

四、他的宗教思想和道德观念。

人类的束缚和不平等的起源，都因为社会的缘故。“自然”给与本来是善良的人类以幸福，但“社会”却使人类不得不腐化，不得不堕落。人类的美德，反而在野蛮人的部落里可以看出来。所谓文明的社会里，只有人为的礼仪，虚伪的道德，和欺骗的技巧。天文学是迷信的发端，雄辩术是虚言的装饰，科学使人流于奢侈犯罪，文学艺术是消磨国家元气、助长人类虚荣心的东西。所以千七百五十年的这卢骚的《文学及艺术论》，是极端的原始状态的赞美辞，和一个渴慕自然者的灵魂的喊声。“人类谁没有想念原始时代的单纯性的冲动？看了那自然所装饰着的美丽的岸边，谁没有抛离社会，投奔自然之心？可是一入社会，就渐渐的不得不和自然违离，不得不和自然疏远了。”

像这一路的论法，在《平等论》里，更加进了一层，他更加猛烈的攻击起社会来了。

人类的野蛮状态，本来是健全的，不辞劳瘁的，天赋的敏感和动物中最上的组织，足使他征服野兽、保护族类的。原始人只知道现在的需要，只求肉体的满足。在需要以外的东西，在满足以外的欲望，本来是一点儿也没有，一点儿也不要的。宇宙的善，由原始的自然人看来，只是营养和异性与休息；宇宙的恶，只是苦痛和饥饿。既没有道德，也没有善恶，也没有自他的所有观念，也没有所谓阶级的不平。但是像这样的乐园中的自然人，因世纪的进展，和文化的侵入，渐渐的堕落了。住屋造成之后，家族成立以来，人与人的中间，或有亲疏，或有怨妒，或互相倾轧，或互相报复的恶事竟发生了。人类要装出与天性相反的样子来维持尊严，要想出阴险的毒计来摧残同类。弱者肉强者食，为保持他的掠夺来的东西的原因，就不得不制定法律来保护强权，狼狈为奸。人民与首领的中间，就制出许多自私的契约来压迫弱者。创立种种的政府，设制各式各样的司法官吏，于是不平等的原因，就发生了。第一期是法律和所有权的发生，第二期是司法官职的创设，第三期是法律上的权利变成专政权的转向。换言之，第一期是贫富的时代，第二期是强弱的时代，第三期是君主和奴隶的时代。

像这样的政治上的差等，当然就造成了民众中间的阶级，不平等于是就成了一件必不能免的事实。强者就以富有、地位、功绩、力量等而役使弱者，结果弄得富者愈富，而贫者愈贫。少数的富者，拥有必要以外的财产，又掌有生杀弱者的权势，在他们的脚下，就有不知其数的人类在那里呻吟苦闷。投机者更能利用各种的机会，一步一步的向官位势力方面伸张，不善投机的百姓，就只有受他们的鞭挞凌辱，一级一级的往下沉降。

所以要除去这一种不平，只有革命，只有向压制者、投机者起一种反抗的暴动。在这革命暴动的中间，法律当然会失去它的效力，支配者、投机者当然不能再维持他们的尊严，统治契约，也马上可以解除束缚。只教是人，人和人都是平等，都是一样的。

在他的《平等论》里，对于所有权的一节，讲得尤其透辟。“最初的所有权的主张者，是贪暴无厌的黠者，他先把一部分的地方，设以围界，对人就公然的主张说：‘这是我的东西！’而当时的人类，因为头脑还很简单，所以也信了他，就承认了他的所有。像这一种恶人，就是我们的文明社会的建设者呀！”他接着又攻击所有权说：“当时若有一个人出来，撤去他们的围界，填平他们的沟壑，大声疾呼的告同类说：‘别被这一个投机的骗子所欺，果实是大家的东西，土地也是我们共有的物事，他不过狡猾一点，想欺骗我们罢了，我们不是疯子，不是愚者，谁去上他的当？’那么世上的犯罪、战争、悲惨和惊恐，可以除去多少哟？”

所以所有权是不正的所得，是从弱者处掠夺来的东西。财产的私有是违反自然，要大众作一个人的牺牲的要求。富者只知征服邻人，杀戮同类而堆积的富有。他人的穷困悲惨，就是他的目的，他的享乐。所以穷人要想求解放的时候，只有向富者的进攻，只有向富者的掠夺，才能恢复穷人的固有的权利。卢骚的这一段不平等论的结论，实在是已经开了近世的共产主义的先路了。

千七百五十五年的卢骚的关于演剧给达兰倍儿的信，系因达兰倍儿在百科全书里有一节劝日内瓦的长官许可在日内瓦演剧而作的反驳书。他的攻击社会，攻击戏园的满腔热意，以华丽的雄词，丰硕的引证写在那里，甚至于被驳的达兰倍儿自身，也承认这是天壤间稀有的文字。他的意思，以为像巴黎那样的大都会，已经是被奢侈淫逸所腐化了的大都会里，就是再加上一个两个腐化的宣传处像戏园一流的东西，还不要紧，可是像日内瓦一样的小都会里，市民勤勤恳恳，不晓得近代的恶，不晓得近代的游惰逸乐的小都会里，戏园是决不能有，决不能设立的。因为有了戏园，就免不了时间、金钱等的浪费，和虚荣、淫荡的流行。

他于攻击戏园之外，并且攻击到了戏剧，攻击到了优伶的放纵的行为。最后他因为怕民众道德的堕落，怕市民生活的没有生气，就提出了同古代希腊人一样的野外运动，水上竞技和乡下固有的一种舞踊等来代替演剧。总之他的这一种见解，根本是因为他还有日内瓦的清教徒风的宗教气存在心里，所以这一位现行道德的破坏者，反竭力的在提倡维持风化，提倡摈斥奢侈，而他自己，也还是许多剧本的作者哩！

《民约论》，是他的政治学说的最重要的著作，直接的影响，就惹起了法国的大革命，《民约论》里的许多词句，后来变了革命政府的大宪章，作了革命民众的口号。千七百五十五年出来的《百科大辞典》里，虽然也有他著的《政治经济论》，千七百六十五年他起草的《柯儿西加的施设案》里，虽然也有他的集产主义（collectivism）的意见，千七百七十二年他著的《关于波艺统治的考察》里，虽然也有他的种种政治教育的主张，但是关于整个国家全般的筹算，和人民与国家的相互的关系等，都在《民约论》里说得精详彻底，使当时正苦在君主贵族和僧侣的三重压迫下的法国民众，读了没有一个禁得住不点头称道他的卓见的。

以“我们人类生下来本来是自由的，然而到处却在受束缚”的·句起的《民约论》，大旨是以国家的各组合员中间——人民的中间——为保持个人和个人及个人和社会的关系起见，不得不成立一种协同一致，就是一种社会的契约为前提。所以使国家能成一个总体的，根本就是国家的组合员中间的协同一致的意向。然而这一个协同一致的出处，又在哪里呢？就在连络他们的义务之上。但这义务的发生，又是从什么地方来的呢？难道是强权的结果么？则我们的服从强盗的胁迫，并不感到是义务的行为。是神权么？神明何以会晓得人有政治的野心？又何以会赋与一部分人以权利，而课罚一部分人以义务？是父权么？然而小孩长成了之后，理性成熟的时候，却只晓得营谋自己保存的权利，不会盲从任何权力的。是隶属权么？则人类中没有把自己的自由，甘愿让与他人的蠢物。所以义务的产生，法律的权威的出处，完全是在习俗的上面，文明社会的基础，系建设在一种契约的高头的。因为有这一种契约，然后社会得以组成，然后可以“以公共的全势力来防御保护个人及各员的财产。又因为是协同的结果，所以各人结成全体之后，仍旧是自己服从自己，而不至于失掉原来的自由。”各人以自己的全权能，付给与“一般意向”所认为最重要的共通团体，只教组成这团体的人员中间，不失掉他们的一致，这集合团体，在精神上是统一的。这一个集合团体，就是政治上的“国家”或“主权者”，组成这团体的人员，集合起来就是民众，尤其是参与至上权的时候，称为市民（citoyen），服从国家的法律的时候，称为国民（sujet）者是。

统治权是发于民众，因于民众的“一般意向”的。所以统治权，换言之即民众的“一般意向”，是不可分也是不能让渡的东西。“一般意向”常不至于有什么谬误发生，也常是公正的。不过行动的时候，却不得不由于各种的法律。所以法律是关于“带有共通利益的对象物”的“一般意向”的严肃的宣言。若这对象，对于大众变成毫无关系的时候，那这法律，当然也失掉它的效力，法律就不是法律了。

但主权者或国家，为实行“一般意向”，和施行法律起见，不得不有一个代表者及权能者来执行实务，这一个权能者，就是“政府”，是一个施行的团体。创设这一个施行团体的行为，如英国霍勃斯（Hobbes）和洛克（Locke）等所主张，并非是契约，却是法律。施行权的受托者，当然是民众的仆役，而不是民众的主人。民众如其对于这一个受托者有不满意的时候，当然可以自由自在的任免他处置他的。受托者等不过在国家所委托的机能以内，在服从他们的市民的义务，实行他们的市民的义务而已。

政府有三种形式，就是君主政体，贵族政治和民主政体。这是因权能受托者的数目而分的形式。总之，数目愈少，政府的权力愈强大，数目愈多，政府的权力愈弱小，是一定之理。

那么最上的政府究竟是哪一种政府呢？君主政体，权力当然是最强大，但权能者最大的目标，未必能与公共的幸福相一致。国王只顾自己的强大，每有使民众失去反抗能力的野望，并且所用的人员，也必然以狡猾的奸策家为多。

民主政体，在理想中果然是最完美的政府，可是也有种种不可避免的条件。就是领土要小，民众要容易集合，各市民要互通声气，互相认识，风俗要单一，地位财产要平等，奢侈逸乐的倾向要完全没有。民众若能具有这几种条件，当然民主政体是最为完善，然而民众不是天上的神明，这些条件，当然是不能具备的。

此外当然只有贵族政治了，不过所谓贵族政府，自然是从属于单纯的民众的贵族政府，并非指世袭的贵族政治而言，所以选举制的贵族政治，于理于法，都是最上的政体。因为选举的结果，构成政府的人员，当然是大众所认为最贤明的人们。民众的选举，不一定以被选者的贫富为标准，而以他们的能将全时间贡献于管理公共事业的能率为指标。是以被选出的权能者，当然能比一般民众，更适当于保持国家的信用。这是《民约论》的大概，但到了法国大革命的时候，法国的革命民众，却把它缩成了底下的几条简纲。就是：（一）人类是自由的，（二）权利是平等的，（三）至上权在于民众，（四）法律是一般意向的表现。

《民约论》由现在的眼光看起来，当然是矛盾很多的政治主张，然而在一二百年前的专制政府之下，能够发表这一种著作，我们无论如何，总不得不佩服卢骚的勇敢。虽然他的学说，并非完全是他自己的创见，——因为他所受的霍勃司、洛克、和孟德斯鸠（Montesquieu）等的影响，是很显著的——然而自由平等的福音，天赋人权的提倡，经他的雄文来一宣述，法国的民众就同瞎子开了眼睛一样，对于君主贵族和僧侣的不平愤懑，就一齐迸发出来了。

我们可以不必去研究后人对于他的主张的攻击是如何的热烈，总之人类解放的第一个呼声，世界大革命的第一个煽动者，是出于卢骚之口，成于卢骚的一身的。《民约论》的实际上的功绩如何，只教翻开法国革命史来看一眼的人，都会知道，我们在此地，可以毋庸再说，现在且来谈谈他的关于教育的意见罢。

卢骚的宣传教育的小说《爱弥儿》，共分五卷，头上的四卷，是卢骚的假想的子弟爱弥儿从诞生起到二十岁止的四时期——从出生到五岁，从五岁到十二岁，从十二到十五，从十五到二十岁的四时期——间的教育状况，他的主张，是完全以发展小孩子的自然的天性为原则的，因为他承认人类的天性是善的缘故。

从开卷第一页起，他就对当时的偏见和风习的束缚，下了一个攻击。小儿的养育，断不应该加以拘束，加以强制的。生下地来之后，应该任他四肢畅放，行动自由。生母应该自己哺乳，切不可交给乳母等去管理。家庭内应该造成一种融融和蔼的空气，慰抚他的灵魂。若使他从小就感到孤独，不得不跑上外边去游行，那是为母者教子不得其方，后日的天性毁灭，德义沦亡的责任，应该是母亲去负的。

到五岁为止，小孩还应该抱在母亲的手里。五岁以后，可由父亲去领导，父亲无暇教育，应该有一位家庭教师，去担负全责。爱弥儿长到了五岁，还是在自然的状态之中，口述的教训之类，毫末也没有听见过的。他只以自然的智慧，来积取经验，读解周围环境的事物，使他不晓得人家在教育他的意志，他的智慧，反更能够长进。他和园丁谈话的中间，可以了解“所有”的观念。在骑马游泳的当儿，可以锻炼新生的体力。初期的教育，只应该取纯粹消极的态度，断不可取机械强制的式样。真理道德，不可以言语教训来灌输，只教能消极的防护他的犯恶，错误，偏见，坏习就够了。对于初步的言语，他自然会学他母亲和教师的所说，历史，事物和事物的关系等，你就是想勉强的教他，他又哪里能够懂得记得？束缚天性，械锁自然的书本，断不能要他去背诵暗记，但给以拉·方吞奴（La Fontaine）的童话（fables）一册就尽够了。任他自由，任他运动，任他到丛林旷地里去飞翔，任他在家庭里去叫唤奔跳，只教肉体能够锻炼得同斯巴达（Sparta）的小孩一样，他自然也会画起简单的图画，唱起单纯的歌曲来的。只教他能够享乐幼年的时代，发展固有的天性，虽则他不读书，不受机械的束缚，他的健全的身体里，自然会有正确的判断能力发生的。

爱弥儿长到十二岁了，应该用功的时期到了。但他还是同从前一样，只须自己去研究事物，不必读书，不必勉强去学语言文字。给他以《罗萍生漂流记》（*Defoe's Robinson Crusoe*）一册，他就有了书读。教师课以种种问题，由他自己去独断的解决。看见朝日的升自东天，他就有了最初的宇宙学的材料，把磁石放在面包之下，更从玩具的机械装置等处，他会学得磁力的法则。“这究竟是怎么回事!”的好奇心，就是他的良教师。他自然会跑到木匠作坊去看木匠的工作。使用机械的方法，他可以从木匠那里学得，俄国的彼得大帝，不也在这些地方去学习过的么！像这样的他自然会增进他的智慧。

他长到了十五岁了，虽然他晓得的事情不多，然而他所晓得的，却并不是等于痴人的说梦，纸上的谈兵，他所得到的都是些正确的再也不会忘记的知识。到这时候，他的知识欲也已经开了窍门，就是没有人去教他，他也自会去学习的。勤勉之心，会把他的意志锻成强同的铁意，自动的不求他人扶助的事实，会把他造成一个独立的胸中确有自信的青年。

最后到了第四个阶段了，二十岁前后，是青年的一个危机，是情热发生的时代。教育者应该了解他的生理的变迁，使他能自己防止自己，不使陷于忧郁，最要紧的是使他的精神肉体都能够常常快乐。为领导他的感受性，激发他的英雄性起见，历史上的伟人传记，在这时候对他最有益处。若想给他书读，海洛道督史（Herodotus），土雪提代史（Thucydides）和西撒（Caesar）等的历史都不行，最好是拍罗培克（Plutarch）的英雄传记。因为在那本书里，有英雄的性格和优美豪侠的琐事，以简单的笔法记在那里的缘故。爱弥儿读了这书，怜悯，感谢，同情等心情全被激动了，同时他也知道了“神”的存在。“萨伏以亚的助祭师”（Vicaire Savoyard）带他到山顶上去，指点自然的美景，说明上帝的创造和心灵及物质的一席话，启发了爱弥儿的宗教的信心，卢骚的宗教观，也就在这里表明了。他崇拜自然，相信至上之神，相信死后的生命。为调节肉体的长展，制止官能的欲念起见，卢骚更带爱弥儿到林野里去狩猎，使他的肢体疲倦，不至于困居作恶，致有邪念发生。在与都会远隔的村庄上，像这样锻炼好的少年爱弥儿。已经到了成熟之期了，卢骚就带他上巴黎去，使他与社会接触，教他研究雄辩，学习诗的美处，读代墨斯戴纳斯（Demosthenes）和西赛罗（Cicero）等的书，看那些近代的新闻纸，辞典，翻译及文学上的杂著，要他自然的对于学院派（Academic）的饶舌，会起嫌恶之情。最后卢骚就为他择配，在乡下找出了一个他的配偶者来。

这是《爱弥儿》前四卷的内容，是卢骚的教育学说。末后一卷，是他的对于女子教育的主张。

他的意思，妇人教育，应该和男子的相对的。女人应该像女人的样子，一家的家计，缝纫，计算，待客，装饰等，是女人所应做的事情。她须给男子以安慰，内助，装饰不必流于奢侈，习媚尤应不失去贞节，在公共的舞蹈场或大众的客厅里，要能够牵引多人，使人人能够得到快感为止。他的理想中的女人，只教在英国式的主妇身上再加上一层法国式的妇女的媚术就对了。女人不必多才，亦可不必过于能干。他虽不赞成把女人锁在红闺深处，但亦绝口的在赞美贞操和德性。他希望在结婚之中，有恋爱幸福的延长，对于家庭乡党的和睦亲近，和子女教育的用心周到，大有赞成贤妻良母式的教育的意思。

这一种教育学说，虽然也有许多矛盾和不近人情的缺点在里头，但《爱弥儿》一书的影响之大，就是在现代的教育思潮里，也还可以指点得出来。关于教育有特异贡献的如 Basedow、Lavater、Pestalozzi、Froebel、Jean Paul Richter 等学者，没有一个得逃得出卢骚的影响的，就是近代的幼稚园（Kindergarten）之创设，也有负于《爱弥儿》的一书。当时巴黎政府的教育案，当然不消说更是卢骚的计划的直抄了。

最后让我们来谈谈卢骚的对于宗教及道德的观念。他虽然被那些伪善的宗教家逼迫了半世，但生于宗教心热烈的日内瓦国里的卢骚，对于信仰，却是很坚固的一个有神论者。不过他的厌恶束缚，渴仰自然之心，使他不得不攻击那些宗教仪式，及宗门派别而已。

他的《民约论》里，也有关于宗教的法制论在那里，其他如《爱弥儿》、《山中杂信》及《新爱洛绮时》和书札、《忏悔录》等文字里，差不多没有一册不谈到宗教的。他的对于神的存在，对于灵魂的不灭等，可以在他送给克利斯笃夫·特·仆门（Christophede Beaumont）的一封信里看出来。他说外面的仪式，各种宗教上的迷信，及神学者的附会曲解，在他是毫没有意义的东西。假如将神学者除开，使世界上的各民族，就如土耳其人犹太人及欧洲的耶稣教徒及有思想的人们联合起来开一个会，使将无聊的争议除开，普遍的想出一个宗教的信条来，那么底下的三条决议，大约是谁也不会否认，谁也表示赞成的罢？第一条大约是这样的，“四海之内，皆兄弟也，所以大家应该相亲相爱。”第二条，“他们可以信仰创造天地的共通的文”。第三条，“人由两种要素所组成，一种是要死灭的，其他的一种是不灭的。”这三条信条，岂不是造成万人的宗教的重心么？我们何苦要争教义？何苦要分宗派？何苦要去信那些荒唐绝类的迷信？若要去信奇迹，还不如去信魔法，若要排斥异派，还不如去养军队。违背了理性，掩没了良知，要想探求宗教的真谛，是永远也办不到的事情。所以他对于信一样的上帝的人的改宗，及善人的不去教会拜神等事情，是主张绝对的宽恕的。他的自然神教的主张，和对于当时那些宗教教义及迷信的攻击，使一般伪善的宗教家，弄得无地可以自容，所以最后就只好大家联合起来，到处逼迫这一位信神的纯洁的宗教感情家了。

卢骚因为自己的行为失于检点，由正人君子看起来，仿佛是毁灭伦常，搅乱社会的怪物的原因，大家都以为他是一个拥护罪恶反对道德的异端者，谁知道卢骚的主张严正的道德，称许本性的善处，攻击社会及人类的恶毒，比哪一个都要猛烈，比哪一个都能彻底，他的任何一册著书里，随处都可以看出他的这一种论调主张来。我们不要说别的，就是德国的严肃的哲学者 Kant 和其他的各宗教家哲学家如 Jacobi、Fichte、Herbart、Schleiermacher 等的关于宗教社会，关于道德的学说，一大半还是抄袭卢骚的思想的哩！

在十九世纪里，摇动了欧洲的天地，就是一直到现在，他的余波也还未息的卢骚一代的思想，即使穷年累月，研究一生，也还研究不了，而浅学无才的我在这短短的一篇论文里想把他来绍介，实在是不知天高地厚的企图。现在我们暂且把他的思想搁在一边，来简单地谈谈他的创作的内容。

卢骚的创作，在估量卢骚的伟大上，本不十分重要，因为他在思想上，已经集了众人的大成，掀起了惊天的波浪，立下了庄严远大的金字塔了。但他在文学上，也促成了浪漫运动，开发了自然的美，留下了一个文学史上怎么也掩没不下去的影响。

他的前期的许多剧曲的创作，还脱不了模仿的痕迹，没有特别拿出来介绍的必要，我们现在只想把他的几部大著的内容，很简单的来讲一讲。

第一，*Julie, ou La Nouvelle Heloise*，当然是卢骚的创作里的最重要的作品的一部，内容是非常简单的，从前的高僧 Abelard 为爱欲所迷，引诱了 Heloise。教师的散泊罗（Saint Preux）也同样的诱惑了自己的女学生柔梨特旦柔（Julie d'Etange）。但是柔梨不能和一平民结婚，所以卒从了父亲之命，和特服尔马（M. de wolmar）氏结成了夫妇。散泊罗就失了望，因而上了天涯漂泊之途。从外面的漂泊回来，他的对柔梨的关系，已被特服尔马氏晓得了。善人的特服尔马氏就教散泊罗和柔梨订交，三人依旧结为很好的朋友。柔梨是一位良妻贤母式的有德者，卒因母性的牺牲而亡故，临死时又将她的男人和孩子的事情，托付了散泊罗。

卢骚的这小说，分明是受了英国李佳特生（Richardson）的 *Clarissa Harlowe* 的影响而作，前半部的书函体裁，亦很和李佳特生的作风相像的。可是三角关系的心理，自然描写的周致细密，和书中各人性格的特出，确是只有卢骚，才能创造得出来。一个有德的妇人，对于她的男人，想尽忠节，对于她的爱人，又抛弃不下的矛盾心理，在法国十七世纪的小说如 *Polyeucte*, *Princesse de Cleves* 等里，也曾有过，但行文的纤丽，场面的错综如《新爱洛绮时》一样的，实在是卢骚以前，无人能够做得出来的东西。更何况当他在写这篇小说的时候，遇了一次和杜屠笃夫人的失恋事情。将自己拟作了散泊罗，把特散兰倍儿变作了特服尔马，又把特伐兰夫人和杜屠笃夫人两个的美点德性，和起来造成了柔梨，像这样集合起来的《新爱洛绮时》的柔情一片，当然是可以骗尽天下人的眼泪了，当时法国的贵妇人社会的为卢骚而颠倒，说起来亦正是应该的事情。

第二，卢骚的重要的创作，除《新爱洛绮时》以外，当然要算他的《忏悔录》了。

《忏悔录》是他的流浪时代的作品，系一七六五至千七百七十年的六年间的作品。前六卷在英国及屈利写成，第十二卷是在巴黎写完的。卢骚死后，于千七百八十一年前六卷才印成发卖，后六卷到千七百八十八年，方才出世。

以雄伟的文字，和特创的作风，像这样赤裸裸的将自己的恶德丑行暴露出来的作品，的确是如他在头一章里所说的一样，实在是空前绝后的大计划。尤其是前六卷的牧歌式的描写和自然界的观察，使人读了，没有一个不会被他所迷，也没有一个不会和他起共感的悲欢的。在这前六卷的《忏悔录》里，因为抽象的哲学的议论，没有和《新爱洛绮时》里那么烦絮叠出，所以像我们外国人的读卢骚作品者，大抵都舍彼而取此，其实描写自然的沉着丰丽，和感动读者的深远幽妙，恐怕《忏悔录》还赶不上《柔梨》的地方很多。

《忏悔录》的前六卷，若比作春花的浓艳，那后六卷，只好比作冬天的阴郁了。因为在后半部里他的夸张的态度，突然增长了起来，一半他的实生活大约也实在是愈趋愈索寞了罢，在前半部里的那一种 romantic，idyllic 的色彩，在后半部里一点儿也寻不出来了。

三春的行乐，放浪的欢娱，一个一个的待他很柔爱的妇人，对伐兰夫人的热爱，嫉妒的苦闷，香倍利的小住，奢儿美脱的幽居，这是前半部的内容。友人的断绝，压制者们对他所结的阴谋，虽然有时也有对他表示热狂的欢迎的民众和知交，然而转瞬之间，忽又变了骂詈，变了嘲弄，变了反戈相向的仇人，卒至于重重的追迫，使他无地可以容身，这是后半部的梗概。

自然的描写，凡是他所经过的地方，乡村、深林、田园、草舍、溪流、湖泊、山路、深渊、绝壑，甚而至于朝日、斜阳、行云、飞鸟、花草，等等，凡可以增加自然的美，表现自然的意的东西，在《忏悔录》里没有一处不写到，大自然的秘密，差不多被他阐发尽了。他的留给后世的文学上的最大的影响，也可以说就是在这自然发见的一点上。

第三，他的晚年的作品 *Rousseau, juge de Jean Jacques*，是证明他的疯狂的作品，活跃的舞台上只有一个法国人和卢骚在那里对话，法国人攻击蒋捷克，卢骚在替蒋捷克辩护。蒋捷克，受了世人的误解逼迫，终至于弄得四面楚歌，无地可以容身。最后就变成了一个被世人全社会所摈弃，所恐怖的鼠疫病菌的样子。

在将死之前，他还完成了一部大作《孤独散步者的梦想》，实在是最深切、最哀婉的一个受了伤的灵魂的叫喊。在这里有他少年时候的回忆，有特伐兰夫人的追怀，有皮恩奴湖上的风光，有采集植物时候的空想。孤独的人，读到此书，总没有一个禁得住不为他或自己而落泪的。卢骚的最后的回光，到此书总算返照尽了。

上面所述的，是卢骚的思想和作品的最粗略的绍介，浅薄无才的我，只怕唐突了故人，得罪了读者。万一机缘凑巧，我想再读十年书，重来介绍这一位不幸而死的巨人，现在只好惭颜搁笔了。

一九二八年一月四日

卢骚传

千部万部的卢骚传记，总不能及他晚年的半部著作的价值的永久。法国也许会灭亡，拉丁民族的文明，言语和世界，也许会同归于尽，可是卢骚的著作，直要到了世界末日，创造者再来审判活人死人的时候止，才能放尽它的光辉。

喜马拉雅山的高，用不着矮子来称赞，大树的老干，当然不怕蚍蜉来冲击，可是不幸的卢骚，当他活在世上的时候，既受了同时代的文人的嫉妒攻击而发了疯，直到现在，还有许多英美流的正人君子，在批评他的行为，估量他的价值，说他是“一无足取”。

小人国的矮批评家，你们即使把批评眼装置在头顶的发尖上面，也望不到卢骚的脚底，还是去息息力，多读几年卢骚的书再来批评他罢。现在让我来谈一谈这一位到处受压迫，到处中毒箭，流离四方，卒至晚年来因疯自杀的人类解放者的生涯。

蒋·捷克·卢骚（Jean Jacques Rousseau）的先祖本来是巴黎人，一五四九年的时候，曾祖狄提爱·卢骚（Didier Rousseau），为求信仰的自由，始自巴黎迁往日内瓦（Geneva）住，他生大味特·卢骚（David Rousseau），大味特生以闸克（Isaac Rousseau），以闸克就是蒋·捷克的父亲。

一七一二年六月二十八日，我们的这一位反抗的诗人，自由平等的拥护者，大自然的骄子蒋·捷克生下地来了。一生下地，他的母亲就因生他而送了命，我们的这一位诗人，便成了一个无母的孤儿。

他父亲以闸克，是一个钟表师，母亲名秀残·倍儿那儿（Suzanne Bernard），是一个美人，一个聪明伶俐的女子，一个小说杂书的爱读者。

以闸克也是一位非常快乐的跳舞师，爱读小说，爱吃好东西，爱打猎，也爱和人争闹。一六九九年和几个英国人争闹了一场，被罚了罚金，一七二二年和一位陆军上尉打起架来，甚至于拔刀相向。因为是这样的一位感情家，所以他的爱妻死后，对待儿子，也没有温和的、柔爱的气概，所以蒋·捷克的一位同母的哥哥弗兰沙亚（Francois），从小就逃出了家庭，终究不知逃上什么地方去了。

但以闸克的一面，也是柔情脉脉的一位好好先生，蒋·捷克当七岁的时候，于寒冬的晚上，吃完晚饭，和他父亲两个，在炉旁灯下，竞读泊罗塔克的英雄传，议论种种当时在流行的小说中的人物运命，也不知坐尽了多少个的深宵，这一种早熟的读书癖，就暗暗的在少年蒋·捷克的胸中种下了空想冒险的深根。

蒋·捷克，从小就是一位隐忍好胜的奇童，有一次同一位表弟在一架工厂的机器边上厮混，将小手搁上了机器的回转器的轮中，表弟将机器转动了，致将他手上的两个指甲刮落了下来，他竟忍泪吞声的对表弟说："不碍不碍，我一定不去和人家讲出来。"

还有一次，他被一位小朋友用铁锤打得头破血流，然而他也忍痛不说，只装了一种若无其事的样子。殊不知这一种隐忍好胜的气概，就是他后来受人欺辱的底子哟！

蒋·捷克，自小本就虚弱，母亲早死，父亲也于和那位上尉争闹的一年出走了，所以自一七二二年以后，他就无母无亲，靠了一位姑母过活。这一位姑母，也是小蒋·捷克的母舅之妻，她因为和他有两重戚谊，所以待他自然是很好的。可是因为待他太好的原因，就养成了他的爱好自由和厌恶压制的心思。

不久，他就和表兄弟一道被送到薄塞（Boissy）去跟一位牧师兰倍儿西爱（Lambercier）读书。在这薄塞的乡间，他有同玩的许多同学，有宽广的庭院和嫩绿的园林，供他驰走，可以种花，可以采果，在他总算是幼时的一段快活的岁月。他的田园趣味，也就是在此地养成的，可是后来为一件无辜的事情被罚，他的洁白的童心，就感到了世上的没有正义，他的出走之心，也就隐隐的决定了。(见他的《忏悔录》)

自薄塞回来，他就跟叔父的倍儿那儿和表兄弟同住。十二岁的时候，早熟的他，就有了两件恋爱事情了。游手闲居，终不是道理，所以叔父先为他去拜了一位裁判所的书记为师，想他去学作小吏，可是住不上多久，他就被赶了回来，不得已又使他去学雕刻，但他的雕刻师傅的虐待专横，又使他起了反抗，倒反去学会了许多坏的习惯，如欺骗、偷盗、撒谎之类，虽然在闲时也拼命的读书，但他的凶恶的先生和低能的同伴，终没有好的感化给他，就使他变成了一个孤僻的、野蛮的孩子。后来终因为礼拜天游逛了太晚回来，两次被关出在门外，到了第三次的时候，他就从那里跑走了，这是一七二八年三月十四日的晚上。

他在郊外放浪了几天，因他读的许多小说和冒险谈的结果，自以为是个出来求主的骑士。然而风餐露宿，终究是没有善心的公主和慈祥的王者出来收留他回去，最后在萨伏亚（Savoy）的康沸宁（Confignon）才遇见了一位旧教的僧侣彭佛儿氏(M. dePontverre)，赐了他一餐饱饭，劝他改信旧教（天主教），并且为他写了一封介绍信，教他到安乃西（Annecy）去投靠一位也是新改宗的女太太去。这一位女太太，就是他半生的恩人伐兰夫人（Madame de Warens），是 Mademoiselle de la Tour 的本家。

当时的卢骚，只在十六岁与十七岁之间，眉目清秀，举止粗暴，于三月二十一日，当百花烂缦的复活祭日，且走且歌，在春风和煦的太阳光中，走上安乃西去寻伐兰夫人。夫人已出去上教会去了，他就追了出去，在路上一边发抖，一边交了她那封彭佛儿氏的介绍书信。

夫人名 Francois Louise，于一六九九年三月三十一日，生在伏郡（Pays de Vand）无外乡（Vevey）的一家信奉新教的人家，当时还未满二十九岁。她于一七一三年嫁给特伐兰氏，一七二六年当她二十七岁的时候，因为创办丝袜工厂，亏了本欠下了债的原因，就将财产残部，捆作了一堆，称作有病，逃过湖来，离开了她的男人，逃到了萨伏亚来改信旧教。当时因为沙地尼亚王未克多·亚马特奥（Victor Amadeo，King of Sardinia），正在爱未安（Evian）住着。他是一个旧教的宗教狂者，看见隔湖的新教国里有这样的一位美妇人来投，当然是喜欢的，所以就给她年金，教她专管宗教上的改宗的事情。她后来在安乃西住落，以她的美貌，以她的手腕，住了不久，就成了一个有名的妇人。她在那里，又起了企图事业的野心，和蒋·捷克离合迎拒的同居了好几次，也养了许多恋人。失败了几回事业，终于在一七六二年七月二十九日，贫困死了。但蒋·捷克去投奔她的时候，她还是美貌多财，在宗教上社会上正还是很有势力的时候哩！

伐兰夫人对于这一位新自日内瓦出来的青年，也起了一点乡情，劝他回去，他是不肯，留在身边，又无地可容，所以就又为他介绍，送他到屈利诺（Turin）的救护所去，使他去受一点改宗的训练。

蒋·捷克于三月二十四日，跟了几个可靠的人出发，步行到屈利诺的救护所去。

节季是初春，地方又是阿尔泊斯山的风景绝佳的胜地，他的九天九晚的徒步旅行，使他感到了一种放浪者特有的兴味，直到晚年，他还不能忘记这一次旅行的乐趣。

四个月中间，他受完了自新教改向旧教来的宗教上的训练，于一七二八年四月二日，从那救护所的铁门里出来，虽已成了一个旧教教徒，然而身上的财物，只有誓绝时人家所施舍的二十个法郎。他又是无亲无友的一个人漂流在屈利诺的市上了。

吃吃逛逛，做做弥撒，等他那二十法郎用完的时候，生活又成了问题。这中间虽有一个年轻的商人之妇，留他回去秘养了几天，可是被她的男人觉察了，立刻就被赶了出来。不得已他只好上一家贵族家去当仆人贱役。不意中他又得到了主人凡赛利（Countess Vercelli）老伯爵夫人的爱，这中间也犯了一次使他到死不忘的大罪——他偷了一枝丽绷给他正在想念的侍女，后来被发觉了，他就将这偷盗之罪，转嫁在侍女身上——可是夫人老了，养了他三个月，她就做了黄泉的旅客，他也因而失去了衣食之源、。辗转走了几家，在一家贵族的家里，他因为有一点学问，得到了主人的赏识，主人正预备教育他成人，将来去伴了这家的公子读书求学去，但又因为遇见了一位在日内瓦做学徒时候的朋友，他就不顾将来的计划，便和这位旧友，捧了一个打算沿途用以求乞的水盘玩具，逃走了出来。

他想起了徒步旅行的乐趣，本来是打算和他的旧友一道走回日内瓦去的，可是到了安内西的路口，他的朋友就一个人和他分别走掉了，所以一七二九年的春天，他又和一个流浪的丐者一样的回到了伐兰夫人的家里。

幸亏伐兰夫人是一位多情可爱的善主，她以慈和同母亲一样的脸，热烈同爱人一样的心，接受他回去。一边教他读书学礼，一边也托他做点书记杂务的事儿，留养他在自己的庑下，她打算慢慢的为他想法子找点事情做做。在这中间，又被送来送去的送了几处，学了一点音乐，在修道院跟一位乐师住了一年。可是这乐师又为和一位修道士起了冲突，从修道院里出走了，他也就跟他走了出来。到了里昂，这一位乐师发了癫痫病，睡倒在路上，他也害怕了起来，就把这一位乐师丢在路旁，仍复逃回到安乃西的伐兰夫人家中。伐兰夫人，也因了事故，上巴黎去了。他寻不着夫人，就和夫人的一位侍女一道的回到弗莱浦儿古（Fribourg）的这一位侍女的家里去。自此之后，几年的流浪生活又开始了。

他在劳桑（Lausanne）湖畔，也曾假冒过作曲的乐师，也曾开过骗钱的演奏大会，可是这一种《忏悔录》里的半虚半实的描写，我们也不必去转述，总之千七百三十年的冬天，他却在纽奢德儿（Neuchatel）过的冬，所以计算起来，直到他受了骗，于一七三一年的四月，跟一位假冒的神父上各处去募捐，离开纽奢德儿止，约莫也在那里住上了一年多。

法国的一位大使特·仆那克氏（M. de Bonac），从这一位假冒的募捐神父手里将他救了出来，送他到了巴黎。他又因为不喜欢巴黎的缘故，徒步走上了向萨伏亚，向香倍利（Chambery）的旅路。

这时候伐兰夫人，正在香倍利住，所以一七三二年的春天，他又变成了一个丐者，徒步走到了伐兰夫人的家中。

伐兰夫人为他介绍到当时的知事那里去当了一个书记，可是不惯过有规则的生活的他，不久又从那里辞了出来。一七三三年的一年中间，他因拉谟（Rameau）的《调和论》而起了成一个音乐家作曲家的野心，所以也就研究了一年音乐。嗣后一边教书，一边读书——依他自己所说，和伐兰夫人及夫人的情人克老乌特·亚耐（ClaLtde Anet）形成了三角的恋爱——在香倍利住了四五年。他在那里教音乐的学生中间，有一位特·康稽爱（M. de

Conzie)，时常和他谈到当代的文人，他的后来的文坛上的死敌服尔德（Voltaire）的文章，也于这一个时候，和他接触了。

在香倍利住着的这几年中间，他从伐兰夫人的家里，又出来逃亡了好几次，到了最后的一次，一七三八年的七月，他又从逃亡回到伐兰夫人的脚下的时候，夫人对他也冷淡起来了。依他说来，夫人于克老乌特·亚耐死后，又和一位名范张利爱（Vintzinried）的青年生了关系，所以和他就生疏了，但这一段事情，很有人在替伐兰夫人辩驳的，所以我们也不便决定，总之一七三九年的一年，他和伐兰夫人及范张利爱，一道迁到奢儿美脱（Les Charmettes）的别庄里住着，他因为伐兰夫人的宠爱消失了，倒得了一个发愤读书的机会。千七百四十年的四月，他也觉到了再和她们同居下去的不可能，所以就决然舍去了那绿树浓荫的田园别业，出了奢儿美脱的果树园，上里昂的特·马勃里（M. de Mably）家去当了些时家庭教师。马勃里夫人是一位年轻的美妇人，而她的二位公子，却是愚顽不化的不肖之子，卢骚在教授上失了望，便生出野心来想在马勃里夫人身上求补报，但是夫人对于他的种种调情的表示，一次也没有应酬他的答覆，所以住不上一年，他失了望又只好回到伐兰夫人的屋椽下来。.

但是事情变换了，他想到奢儿美脱别业里来寻的爱情和安居，已经不能回复到他的身边来了，所以将书籍等一卖，弄了几个旅费，他就在十五天的中间，算定了永久离开伐兰夫人的计划，捧了一卷自以为是新发明的乐谱新记法，便飘然离开了奢儿美脱，离开了萨伏亚，一个人到了巴黎的人海中间。

他的乐谱新记法，当然是不成东西的，所以到了巴黎之后，他虽已经有了二十九岁的年纪，但衣食问题，又苦得他无路可奔。

穷余之计，他又上了一回当，跟法国当时派往威匿思去的大使蒙泰沟（M. de Montaigu），去空跑了一趟，结果薪水也没有领到，就和蒙泰沟氏闹了几场，跑了回来。

由威匿思回到了巴黎，虽则得了几个朋友，制了几本乐曲，但是生活的压迫，一天重似一天，并且和他同住的一位西班牙的朋友达儿柯那（D'Alcuna）回国去后，他的寂寥也倍加了，在这中间，他竟做下了一件到死为止的天大恨事，就是和一位饭店的女侍，名泰来氏・罗・罚萨儿（Thérése le Vesseur）的，发生了关系。他自己一个人，已经是养不活了，此后又加上了下劣恶毒的泰来氏・罗・罚萨儿一家的负担。

他和她结合之后，生下了五个小孩，她的一家跟他到东到西，要他扶养。尤其是下贱的这母女二人，到处和人家吵骂，弄得他在什么地方都不能安居，一直到他死的时候为止。他的五个孩子，也因为不能养育，一生下地，就被他丢弃在孤儿院里了。后来就是关于他的死因，也有人认为是被他的这一位罗・罚萨儿因奸谋毙的。

在巴黎过这样的穷苦生活的中间，卢骚也遇到了一位有钱的贵妇人做了他的东家。屠潘夫人（Madame Dupin）和勿兰克油（Franceuil）在七八年中间，简直对他没有断过接济，在这中间他也结交了许多文士，结交了许多贵妇人，尤其是和他莫逆的，是《百科辞典》编纂员的提特洛（Diderot）氏。

这时候——一七四九年——提特洛为了笔祸，被系在范散奴（Vincennes）的狱里，卢骚在炎夏的七月，有一天挥汗前行，走到范散奴去看他的好友去。他一边走路，一边手里也带了一册《迈儿扣尔・特・勿兰斯》——Mercure de France——在阅读。忽儿在绿树荫里歇着的中间，他在这一册杂志上面，偶然翻着了一个迭强学院（Academy of Dijon）提出的第二年的征文题目：“科学与艺术的进步，和风俗的改良上，究有贡献否?”他的灵机触动了，头脑里的思想，同暴风雨似的激发了起来。兴奋了半天，去会见了提特洛，他回来之后，就开始做这篇论文了。

千七百五十年的迭强学院的赏金，果然为他得了去，他的论文《文学及艺术论》，竟得了意外的成功。从此之后，卢骚的名字，就布满在法国文学界艺术界的中间，他的著作的天才，也有起自信来了。在文坛上露了头角，他的决心，更加坚固了起来，所以在这一年中，勿兰克油请他去任会计主任，他也辞而不就，并且连七八年来担任着的屠潘夫人的秘书一职，也辞掉了。他只靠着抄写乐谱，来维持他的穷文士的生活。然而他的名誉，竟一天一天的大了起来，门前成市，来访者络绎于途，一七五二年的一篇乐剧《乡村的卜者》——*Devin du village*——出来以后，他的文名，就确立住了。

好运也轮到了卢骚了，《乡村的卜者》，在路易十五世的御前奏演了，民众的热望，希望国皇赐他一见，然而短翼差池，不善逢迎的他，终于在御前匆匆走了一趟，路易想赐他的年金，他也不要，男女的许多贵胄，想和他订交，他也辞却，我们的这一位不慕荣达，不善投机的作者，反嫌这些酬酢的劳神，于一七五四年的夏天，决计避开巴黎，逃回到了故乡的日内瓦去。和他同行者，有他的怨偶的女人泰来氏·罗·罚萨儿，和他的一位朋友考福古儿（Gauffecourt）氏。

然而在巴黎的成功，日内瓦人也传听到了，十几年前飘然出去的这一个浪子的还乡，居然在小小的日内瓦国里，惹起了掀天的大浪，他的乡人都以见他一面为荣，故国的河山，也为产生了他而生色了。但是，啊，这一种盲目的群众感情，翻变又何以会如此之速！

卢骚本系生在信奉谨严的新教的家里的，后来因为寄托无家，才改信了旧教，可是现在走回到了这新教国里，他就又不得不改回宗来，所以就于千七百五十四年的八月一日，领了圣餐，重取得了市民之权。

在故乡住了四个月，他看了乡人那假道德的行为，和伪善者的迷信，实在有点不耐烦起来了，所以就又离开了日内瓦，回到了巴黎。这时他虽也因迭强学院的征文题《人类不平等的起因》而撰了一篇论文，然而今后的定住计划，实在有点使他不得不东西迷惘着，寻不到一个最上的方法。若住在巴黎呢，因为外务太多，反而不能安心著作，住在日内瓦呢，又因为乡人的迷顽，有碍于他的哲学上的意见的发表。并且服尔德当时也住在日内瓦，这一位功名心很热，嫉妒心很大，善在王侯贵族前趋奉的名文家，也难免没有因嫉妒而毁损他的举动。因此一七五六年，虽有人为他介绍作日内瓦的图书馆员，然而他终究谢绝了，便应了代辟内夫人（Madame d'Epinay）的招待，到她的所有地蒙墨兰西（Montmorency）的林间的一间“栖遁所”（Hermitage）去住下了，这是一七五六年的四月九日。

林间已经是春天的景致了。草花满地，绿树也正在发放新枝新叶的浓香。晚上月明之夜，在他的窗外，就有夜莺来鸣。从红尘万丈的巴黎市上，初搬到这一个幽静的栖遁所来，漫说是爱自然如命的卢骚，就是一位热中名利的俗物，也会悠然作出世之想。所以当他初迁到这一个“爱而密泰居”来的时候的喜悦，当然是使他没世不忘的。

早晨起来，就到翠碧沉沉的树林里去散步，一边漫步，一边歌唱，他更可以沿途摘取几朵春花。和暖的春风，和暖的阳光，使他在漫步的中间，想起了少年时候的放浪，少年时候的也是在这样的春天的徒步旅行。他更想起了故国的浓春的山水，想起了在放浪的程途中相遇的可爱的女人们。空想更生空想，在这样的静寂的地方，当这一种迷人的节候，他行行走走，就想出了当少年时在他脑里想念过的两位妇人，于是乎种种情节，和来往的札，也想好了，他就在空中创造出了三个人来。一个是美德兼信备的女性柔梨（Julie），一个是优美活泼的少女克来儿（Claire），一个是热爱者散伯鲁（Saint Preux），背景是故乡最可爱的山水清秀的圣地，时间也是这样的阳春三月。在这些空想散策的中间，他的杰作 *La Nouvelle Héloise* 的腹稿，也就完成了。

自夏到冬，在日斜的午后，在风寒的晚上，一七五六年的下半年，他就从事于这一本《新爱洛绮时》的创作。在创作的中间发生的一场恋爱事件，更给与了此书以许多现实的热情。

代辟内夫人有一位表妹，是一位年轻性善，柔和婉美的女子。从小就被许嫁给一位贵族杜屠笃伯爵（d'Houdetot），在法国当时，像这一种专制婚姻很多。女子若在这一种婚姻之后，另外若只有一位始终不渝的情人，这女子便可算是德望皆备的淑女。是以这一位杜屠笃夫人，也只有一位名特散兰倍儿侯爵（M. de Saint Lambert）的爱人，散兰倍儿和卢骚也是朋友，他因为这一位诗人的林居幽寂，所以教杜屠笃夫人去访问了他两三次。热情奔放的卢骚，这时候虽已到了中年，旁边虽有一位性欲的给与者罗·罚萨儿和他同住着，可是在这样的幽居境内，遇到了这样柔顺高贵的女性，又哪里能使他不生敬爱之心呢？结果当然是他的失望，后来就因此和代辟内夫人，散兰倍儿，及巴黎的友人提特洛与由他介绍给代辟内夫人的格离姆（Grimm）等都反了目。他在“爱而密泰居”里也住不下去了，终于一七五七年的年底，迁出了代辟内夫人供养他的那个栖遁之所，承受了康特亲手（Prince of Conde!）的财务官马塔（M. Mathas）氏的好意，迁到了在蒙墨兰西的马塔氏的邸宅。但是他的未洽的爱情，终在他的心里燃烧，他想和杜屠笃夫人、散兰倍儿结成纯洁的友人，可是因为他在巴黎时的名誉的飞扬，和过去的行迹的不自检点，她们终于怕人指说，没有答应他这友情的缔结。

在伤心失望，好友知交都断绝的这当中，卢骚当然也没有完全失掉崇拜他的热心的妇人和有势的贵官。去他的幽居不远，当时有一位陆军元帅，公爵留古散蒲儿古（Duke de Luxembourg）住着，自他从“爱而密泰居”出来，迁入马塔的在蒙·路易（Mont Louis）的邸宅之后，这一位邻居的贵爵，就去访问了他好几次。看了他的居处的狭小，和起居饮食的节俭，留古散蒲儿古公爵，就一定要他迁住到他的蒙墨兰西的别业里去。本来是傲岸不屈的卢骚，经了公爵夫妇的再三劝说，也就定了种种条件答应了迁居。

是在公爵夫妇的爱护之中，他的不朽的大作《新爱洛绮时》（一七六一年）、《民约论》（*Contrat Social*）、《爱弥儿》（*Emile*，一七六二年）连续出版了。法国民众，对他的热忱，在底下的一节插话里也可以看得出来。

有一位巴黎的贵妇人，衣服也穿好了，马车也预备好了，正想出去赴夜会去。偶尔翻开了这本《新爱洛绮时》，她一张一张的翻读下去，竟忘记了夜会，忘记了饥饿，马车夫、底下人来连催了好几次，她也没有听见，一直读到午前的三时。后来息了一息气，她晓得了时间的深晚，就率性夜会也不去了，一口气读到了天明。

巴黎满都的士女，识法国文字的几百万民众，都被卢骚的催眠术催到了。他一跃成了王者之王，压倒了一切文人，居然成了欧罗巴的一个最受崇拜的文学家、哲学家和思想解放的大伟人。

可是因这一种的成功，这一种的思想的爆发，他同时也成了同时代的文人嫉妒的中心，与宗教家、野心政治家的攻击的目标。无神论者的服尔德，也由文人的卑鄙的嫉妒之心，和宗教家、野心政治家等结合在一处，逼迫他，虐待他，冷嘲热骂他，使他一直到死，终究弄得来无地容身。

千七百六十二年六月九日，巴黎的议会，议决了《爱弥儿》

的发卖禁止，发了一张著作者的逮捕令状，要捉他到官里去。留古散蒲儿古公爵夫人，在黑夜里帮他逃走。他逃到了瑞士，瑞士也不容他居住，逃回了故乡日内瓦，又因服尔德的毒计，日内瓦也追赶了他出来，到了这一年的秋天，他才在纽奢德儿的境内，找到了一处隐身之所。

在纽奢德儿的墨底爱儿（Motiers）村中，在屈拉凡尔（Val-de—Travers）谷里，他销声匿迹，隐住了两三年。在这中间，他受了元帅开脱（Marshal Keith）公的保护，着了亚儿美尼亚人的服装，闲来采集采集植物，和世界各处慕名寻迹而来的几位思想上的巡礼者谈谈今古，总算过了几年安乐的岁月。

可是逼迫的追手，不久又来了，纽奢德儿的牧师长老，终究也下了驱逐之令，原因是为了他作了抛弃故国日内瓦市民权的宣言，和反抗当时的教义的《山中杂信》（*Lettres écrites de lamontagne*），而这《山中杂信》，却是因为答复攻击他的一部屈郎香（Tronchin）著的《乡间杂信》（*Lettres écrites de la campagne*）而作的呀！

然而正义人道，在这世上终不会占到胜利的。卢骚受了墨底爱儿村民的攻击，又不得不走了，一七六五年九月六日的晚上，他住的小屋前头，竟飞来了许多乱石，他就不得不逃往皮恩奴湖（The Lake of Bienne）中的一个小岛圣披爱而（St. Pierre）岛上去藏身。但是号称自由独立国的瑞士，在这独立国中的独立市白尔恩（Berne），也传染了逼迫大思想家的热病了，他在圣披爱而岛上，又接受了退去之令。他甚至于向白尔恩的上院，提出了情愿你们赐我一个监狱的请愿，可是正义之声，又哪里能够摇动这些迷妄的议员，所以他终不得不于十一月廿九日，离开瑞士，走向德国的境内去。在斯屈拉斯婆儿古（Strasburg）小住了一月，到一七六五年的年底，又回到了巴黎。在巴黎，他受了留古散蒲儿古公爵夫人，康底（Conti）亲王等的保护，总算免了生命之危。这时候却好英国的历史家休姆（David Hume）也滞留在法京。休姆见了这正义的战士的无地容身，便起了义侠的同情，邀他到英国去和他同住。

当他离开瑞士之先，本来他是打算去南方柯儿西加（Corsica）帮助这岛国去厘订法律去的。但是当时法国，有一位执政者恨他入骨，弄得连这柯儿西加小岛，也因他而受了法国的蹂躏，所以他的亡命之所，就只有渡海而北，到英国去了。

一七六六年的三月，他到了英国，承休姆及待文抛脱（Davenport）等的盛情，寄住在大皮污候的涯东（Wootton in Derbyshire），可是这前后，他因种种逼迫的结果，头脑已经有点变了。

他犯了一种被迫狂，以为他的后面，老有人在逼迫他的样子。并且猜疑心，也激发到了极度。他以为欧洲各国的文人政客，都在结合起来，在组织一个大团体，想加逼迫危害于他的身上。他的著作，他也在疑他们在私下涂改，可以防止他的令名的流布。后来甚至于疑心休姆，也在和大家结合，想取笑他，嘲弄他，抹杀他的名字在思想史哲学史的上面，原因本来是因为霍来斯伏儿蒲儿（Horace Walpole），假了弗来特烈克大王（Frederickthe Great）之名而发的一封嘲弄他的信。这一种精神异状，愈变愈烈，结果他就于一七六七年的五月一日，仿佛是很危险似的从涯东又逃回了法国。大约因为他这一种不知恩义的行为的结果罢？当时的休姆和待文抛脱对他的不满当然是可以不必说。就是一直到现在，凡英国的批评家，和拾英人牙慧的美国的自称批评家，以及我们中国的到美国去转听来的许多批评家，总没有一个不骂卢骚是忘恩负义的无赖汉，是色情狂，是小贼根性的骗子的。一个自然的真诚之人，一个被逼迫而变得神经过敏的人，由这些打算得很周到的正人君子看来，当然是一个无赖汉而已，然而千百年后，我不晓得我们的子子孙孙，还是知道这无赖汉的卢骚的人多呢？还是知道崇拜这些古典的批评家的人多？

卢骚的事业，已经做成了大半了，在英国侨寓的一年中，他开始做了他的特一无二的《忏悔录》（*Les Confessions*）。回法国之后，他一时就躲在康底亲王的屈利居城（Chateau de Trye）之内。

他的精神错乱，使他以后没有一日能够安居，一七六八年的六月，他终因亲王邸内的一个下男之死，怕人家疑他为下毒手的主害者而逃亡了。

嗣后东奔西走，到了里昂，到了香倍利，这一种迫害观念，没有一刻离过他的身，他也从没有过过一天平安的日子。这一年的八月里，他住在道非耐州（Dauphine）的一个小村里，因为疯性发作的结果，去叫了泰来氏·罗·罚萨儿来，和她正式宣誓成了夫妇，在七八个月中间，写完了《忏悔录》的稿子，大半的工夫，却费在独步的漫游，和植物采集的上面。耐不住孤独，他又想回到巴黎来了，千七百七十年的六月，他就回到了巴黎，住在现在是因他得名而当时是名泊拉屈利爱儿街（Rue Platrere）的一间五层楼上。路过里昂，他遇见了服尔德的铜像的落成。宽宏大量，毫无成见的他，对于这一位逼迫他，嫉妒他的同时代者的铜像的除幕，也送了贺词，送了礼物。

在巴黎住了八年，他的生活的简单，和日用的节约，还是和从前没有成名的时候一样，他仍复是以抄写乐谱为生。然而几年来尝遍了谋害他的人的险恶的居心和受的虐待的种种，使他变成了一个完全厌弃社会，不喜交际的密桑斯洛毕斯脱。

他在沉默的中间，做他的工作，又写成了一篇裁判自身的《对话》（*Dialogues*），写成了一篇《忏悔录》的续篇《孤独散步者的梦想》（*Reveries du promeneur solitaire*）。

当他初回巴黎的时候，本来也有意把《忏悔录》来付印的，可是对朋友朗读了几回，因为代辟内夫人运动了警察总监将他朗读的事情禁止之后，也就把这一件事情搁起了。

在他的半狂的孤独寓居里，访问者当然不敢前去，有许多想见他一面的人，大抵是托名要他去抄写乐谱，去和他交涉。他于必要的言语以外，也不喜欢多和人家说话的样子。有一次，特·利妞亲王（Prineede Ligne），假作了访寻一位都鲁士（Thoulouse）的卢骚，闯进了他的室内，和他谈了半天，在他身上发见了一个很是和蔼可亲的长者。后来特·利妞亲王，就写了一封信给他，告诉了他去访的原委，并且想以自己领内的一处第宅给他居住，他倒反起了疑心，没有答应。时常在他那里进出的，只有一位倍儿那儿覃·散·披爱儿（Bernardin St. Pierre），就是对他，卢骚也时时抱着一种危惧之心。

他的疯狂的症候，愈来愈显了，一七七八年五月，他的医生的一位朋友谢拉儿覃侯爵（de Girardin），把他迁到了爱儿姆侬未儿（Ermenon ville）的邸内去住。七月二日的早晨，他突然神经症发，倒地死了。有人说他是自杀，也有人说是因他的女人罗·罚萨儿和侯爵家的马丁通了奸，将他谋杀的。

在他死的八日之前，谢拉儿覃侯爵曾在爱儿姆侬未儿园中的一个岛上为他开了一个演奏会。他喜欢之极，当散会的时候，曾对侯爵说：

“死后就葬我在此岛之上。”

所以七月四日，就在那里执行了葬礼，墓碑上刻了这样的一个墓铭：

Ici Repose
L’Homme de la Nature
et de la Vérité.

Vitam impendere vero.

真理的战士，自然的骄子，从此长逝了。虽则法国大革命之后，把他的主张来实行，把他的死灰来祭奠，然而一生的不遇，却弄得他死因都不能明白。

虽则他的精神，到现在还没有死，他的影响，笼罩下了浪漫运动的全部，可是对他的生前的迫害，也还有一部分余热，留下在现在的一部分正人君子的批评家中间，卢骚卢骚，你也何其不幸到了这一步田地。

关于卢骚

近来因为东跑西走，没有定住下来，所以上海的各种杂志小报，没有机会看到。今天在公共汽车上遇见了一位也是和我敌对的朋友，说“某某有两篇文章是骂你的，你见到了没有？”我才去托人寻搜了出来。费了许多工夫寻着了一看，原来还是梁先生的批评卢骚的批评的批评的……批评，是本年三月廿五日的《时事新报》的“书报春秋”栏。

梁先生对我在本志二卷七期上的那篇答辩，似乎一半是满意的，而一半还不满意。满意的是对于我所说的消极的气话的部分。仿佛我的客气，梁先生就引以为福气了，看了这一点，我非但佩服梁先生的“态度的光明”，我并且也佩服梁先生的态度的“老实”。

梁先生在竭力的辩明，说“攻击卢骚的思想，并不是单因为卢骚的道德之坏”。但是我想读过本年二月五日的《时事新报》上的那篇梁先生的批评文字的人，即使是头脑很清者，总也难免不误解梁先生是只在攻击他的道德的罢？最好请梁先生你自己去重读一遍试试。梁先生应该知道，我并不在替卢骚上折子，保举他去进孔庙吃冷豆腐生牛肉，而梁先生你却在那篇文章上大骂了一场卢骚的缺德。梁先生说因为我在“文里竭力的恭维卢骚的道德”，所以才骂，这话也很奇怪，我那篇文章，不过遵从了道德家耶稣的话，不审判是否，而将卢骚一代的行为事迹，辟除了一切恶意的偏见，公公正正的写了出来而已。这一场“因为……所以……”的逻辑官司，大约是只好请道德家耶稣来判断虚实了。

梁先生说我引了辛克来尔的话来作答辩，是鲁迅曾经用过的“借刀杀人”的方法，但是刀举而人亡，这被杀者又何其脆弱到如此。“借刀杀人”既然是鲁迅的方法，鲁迅已经有“借头示众”的话在《语丝》上发表了，我在此地可以不必再说。梁先生问辛克来尔是“什么样的一个人?”我答，“是一个碧眼隆鼻的美国人。”他的“学者的根基”等，我已在本志二卷第十期的《拜金艺术》介绍文里说过了，请梁先生看看那一篇文字就得。据梁先生“所知道的辛克来尔，是一个偏激的社会主义者，”但“据我所知道的辛克来尔”，似乎还不是十分偏激的，因为最近他曾有革命不用暴力的主张。辛克来尔的书的“肤浅挖苦”，或者是真的，因为他是产生白璧德的美国所产生的学者。

说到“日本人译书之无标准”，我想这也因译者的趣味和思想的不同而来，假如梁先生许我借用借用先生的成语的时候，那我却在“深恨我自家”的美国语——按美语非英语，见美国批评家H. L. Mencken序英国版《偏见选集》的文中——不好，否则我倒很想把先生的《浪漫的和古典的》及《骂人的艺术》译成美国文，去和白璧德的著书比较比较，大约总是同样的很深奥很老实的东西罢?

“荡子浪人”对“正人君子”，“英美流”对“东洋流”，却对得很巧。若在戏台上以对一课而定状元探花的世界里，那梁先生倒可以得到一个美国流的状元，可是我又在替梁先生“深恨”，深恨他不姓白而号璧德。我再要替梁先生“深恨”，深恨他不曾作“荡子浪人”的对手如娼妓小旦之流，否则梁先生对于“荡子浪人”的弱点和心理，总更要晓得得仔细深切一点。梁先生以不懂日本文为“深恨”，我也很抱同情，否则梁先生对于日本人将“中国现今一般人的作品”翻成了日本文的东西，至少也可以下一个道德的和根源的批判与追寻。

梁先生笑我不曾读过白璧德的《卢骚与浪漫主义》，——其实我并没有批评过这本书——而在批评 Babbitt Professor 的 Rousseau and Romanticism。我也同样的想说梁先生并没有读过卢骚的著作而在批评卢骚。何以见得梁先生并没有读过卢骚的著作呢？就是从梁先生所举的那两部连名字也记不清的卢骚评论和梁先生前次提出问我的一个译名上看出来的。因为迭强学院提出的征文题目：是 Si le progrés des sciences et des arts acontribué à corrompre ou à épurer lesmloeurs. 而卢骚的论文却是 *Discours sur les letters et les arts.* 我就把它译作了《文学艺术论》，但梁先生在二月十二日的《时事新报》上却问我这《文学艺术论》是不是指 Discours sur les arts et seiences 而言。假如卢骚的论文真是如梁先生所指的那一个题目，那当然不是《文学艺术论》了，这一点我想当然是梁先生的错误。

最后梁先生附带问我的法国十七世纪的小说 *Polyxéme* 是何人之所作，我答，“是 Francois—Moliére 之所作”。详细请看 Saintsbury 教授在一九一七年从 Macmillan 公司出版的《法国小说史》上卷的第一百六十一页。

此外梁先生还有一篇似乎隐约对我作人身攻击的文章，请恕我在此地不作答覆。但是奇怪得很，我在那篇文字里却发现了一群梁先生或者自己也猜想不到的同志；就是梁先生所说的话，竟和在总司令部与国民政府里注册而得有专卖特许权的只此一家创造为记的几位号称革命文学家所攻击我的话，是一样的一点。梁先生请了，革命文学家们请了，我们现在没有官做了，只好暂时把一切复辟派，军阀们，帝国主义者，总司令，军长以及农工群众压迫者等丢开，先在自己的伙友中以文字作为武器或无烟火药而杀一个痛快罢？

一九二八年四月十四日

歌德以后的德国文学举目

中华书局因为近年来中国的翻译界，太杂乱无章了，最近决定了一个大计划，想把十九世纪以后的世界文艺作品中之有价值者，先翻译一百种出来，作为提倡。这实在是有功于中国文艺界不浅的盛举，我以为凡我们想弄弄文艺的人，都应该竭尽微力，替他们帮忙才行。一九三一年一月二十七日，曾在某处开了一个会，邀大家去决定应该翻译的世界文学名著的目录，我当时亦在末座，先由中华书局编辑部提出了一个百种名著的目录，后经大家的洽议，才决定了下列的几条凡例，然后再托大家去商定应译的书目，以求完备。几条凡例，现在照抄在下面。

一　本丛书先出第一期，总数约计百种，以十九世纪以迄今日之作品为限。

附记：十九世纪以前之作品，容第二期续出。

一　本丛书不分派别，仅依其作品本身之价值，即以为文学而文学之标准选择之。

一　本丛书选译国别暂定英法俄各二十种，南北欧各十种，德十五种，日五种之比例，唯依作品情形，可略增减。

一　本丛书以小说为主，诗歌、戏曲、论说，均以国别出选集。

一　本丛书译文以明白流利俾不识外语者能读为主，译文未尽之处，加注说明。

一　本丛书每部之前，加印原作者相片及长篇序文介绍作者之生平作风及本书之价值。

一　本丛书每本以十万字左右为准，书价一律。内容多分少合。

一　本丛书预计三年出齐。

当时编辑主任舒新城先生教林语堂先生和我去选定者，是关于德国的一部分；我依据了当时书局所提出的目录，拟贡献以如下的意见。因为这事情是关系于中国文化前途很大的事情，又因为我的学识实在简陋不过，所以想先把我的管见发表在此，呼和大家来商议商议，庶几可以不负中华书局的一番为文化而晒牲的好意。

按书局所提出的总目录中，属于德国的作家共有下列的十一个（名字依 ABC 顺）：

一　歌德（Johann Wolfgang Von Goethe 1749—1832）的作品：

《浮世德》（*Faust*）

诗

《威廉・迈衣斯泰》（*Wilhelm Meister*）。

要译歌德，当然是以《浮世德》，和《威廉・迈衣斯泰》为适当，因为前者是他一生的思想的结晶，而后者为反映浪漫运动时代精神的小说。虽然脱不了英国李佳特生（Richardson）的影响，然而《威廉·迈衣斯泰》却是德国近代小说的先导者，凡女性性格的创造，对于演剧的意见，莎氏的作品《汉来脱》（Hamlet）的分析等处，无一处不可以看出作者的天才来。歌德的这两部作品的选择，我以为是很对的，不过选译他的抒情、叙事诸诗，却是很难很难。

二　霍泊脱曼（Gerhart Hauptmann 1862—　）的作品：

《织工》（*Die Weber*）。

《沉钟》（*Die Versunkene Glocke*）。

《寂寞的人们》（*Einsame Menschen*）。

霍泊脱曼的戏剧小说，实在也真多不过，而每一篇却都是有它的存在价值的。此地所选的三种，我以为《寂寞的人们》可以不要。若定要加一篇戏剧进去的话，那可以以他的出世作《日出之前》（*Vor Sonnenau fgang*）来代《寂寞的人们》，否则选译一册他的小说，如 *Der Narr in Christo Emanuel Quint* 之类的东西，也未始不可。

三　海纳（HeinriCh Heine 1797—1856）的作品：

《歌诗集》（*Buch der Lieder*）。

海纳虽是歌德以后的最大抒情诗人，他的嬉笑怒骂虽则都是明珠似的韵语，然而把这《诗歌集》全译出来，也未免觉得太单调一点，所以我以为把他的诗多选一部分和歌德、薛勒等的抒情诗合起来出选集就够了。

四　客衣裁（Georg Kaiser 1878—　）的作品：

《喀来的市民》（*Die Bürger Von Calais*）。

《从早晨到夜半》（*Von Morgens bis Mitternachts*）。

这一位表现主义作家的这两篇戏剧，原也很好，不过若想把表现主义的戏剧几种合起来出一册的时候，则《喀来的市民》可以不要，于下出的托儿勒（Toller）的《机器破坏者》之外，再加上一些 Carl Sternheim（1878—　）的作品，便可以合成一本表现主义的戏曲集了。

五　克拉衣斯脱（Heinrich Von Kleist 1777—1811）的作品：

Das Käthchen Von Heibronn.

Prinz Friedrich Von Homburg.

上举两剧，原是这一位薄命天才的最好的作品，然而当拿破仑战起，德国的那一种求自由解放的精神，更可以在这一位自杀的剧作家的另一剧本 *Hermannschlacht* 中求之。

六　尼采（Friedrich Nietzsche 1844—1900）的作品：

《查拉图斯脱拉》（*Also Sprach Zarathustra*）。

这虽是疯狂哲学家的一部像呓语似的杰作，然而神妙飘逸，有类于我国的楚辞，真是一卷绝好的散文诗。不过传神的翻译，怕有点儿不容易。

七　薛勒（Johann Christoph Friedrieh Von Schiller

1759—1805）的作品：

《玛丽·司徒亚脱》（*Maria Stuart*）.

《奥来安的少女》（*Die Jungfrau Von Orleans*）.

《美西娜的新娘》（*Die Braut Von M essina*）.

《威廉·泰儿》（*Wilhelm Tell*）.

若以作品出世的年代为主，严格地限于十九世纪以后的话，那薛勒初期的作品《群盗》（*Die Raeuber*）当然是不能列入这丛书之内的。但我觉得此地把薛勒后期的史剧选得太多，若删去一剧，而补上《群盗》——一七八二印行——则他一生前后的代表作，好算粗备了。

八　许尼次勒（Arthur Schnitzler 1862—1931）的作品：

《恋爱三昧》（*Liebelei*）。

Reigen。

Frau Berta Garlan。

许尼次勒虽有他特异的维也纳儿的作风，然而究竟能不能与上述诸家并列，我觉得还是一个疑问，即以他的小说而论，我觉得 *Fyau Berta Garlan* 还不如他后期之作 *Theres* 来得有味。

九　慈代曼（Her mann Sudermann 1857—1928）的作品：

《故乡》（*Die Heimat*）。

《多愁的母亲》（*Frau Sorge*）。

慈代曼虽则墓草已长，他的晚年虽则声誉大落，然而他却是一位天生的小说家。剧本《故乡》纵曾博得过一世的盛名，可是他的以后的荣誉恐怕要归付在他许多长篇小说之上。《多愁的母亲》终于是一部健全的小说。

十　托儿勒（Ernst toller 1893—　）的作品：

《机器破坏者》（*Die Maschinenstuermer*）。

表现主义作家中以托儿勒的作品为最强而有力，实在他的《转变》（*Die Wandlung*）之类也是可以翻译的。

十一　惠特肯特（Frank Wedekind 1864—1918）的作品：

《春情发动》（*Fruehlings Erwachen*）。

《罗罗》（*Erdgeist*）。

惠特肯特是大胆以性欲为题材的剧作家，正人君子或许要嫌弃他的作品，然而他的奇矫特异处，实可视为现代德国表现主义派的先驱。

……

上面举出的十一个作家和他们的作品，都是书局提出的目录上所有的，我对于这十一个作家的意见，已经逐个说出在上面了。现在于这十一人之外，我还想提出四个人来追加上去。

第一，赫倍儿（Friedrich Hebbel，1813—1863），是歌德、薛勒以后的一大悲剧作家，系界在德国新旧戏剧之间的一条桥梁，世界文学名著的译丛里，这却是不可少的人物。他的作品，照一般的通论，可以举出三种来作代表。

初期的作品 *Judith*（1840）。

成熟期的作品 *Maria Magdalena*（1843）。

后期的作品 *Agnes Bernauer*（1851）。

第二，开拉（Gottried Keller 1819—1890）。这一位瑞士的小说家，在小说方面是可以继承歌德的系统的。他的自叙传的《未熟的亨利》（*Der gruene Heinrich*1851—1855）是可以凌驾《威廉·迈衣斯泰》而上之的作品。还有短篇小说集《在儿特维拉的人们》（*Die Leute Von Seldwyla*）（Ⅰ.1856—Ⅱ.1874）中的有几篇，也是可以翻译的。开拉的一位同乡的同时代者迈衣爱（Conrad Ferdinand Meyer）（1825—1898）虽然也是具有奇才的大小说家，不过照一般的定论，似乎还没有开拉那么伟大。

第三，汤麦斯·曼（Thomas Mann 1875—）是德国现在活着的最受人欢迎的老大家。他的描写留培克一家大族的没落的小说 *Buddenbrooks*（1901）可惜太长了一点，实在是精细绝伦的作品。此外则较短的 *Tonio Kröger* 和 *Der Tod in Venedig* 也是可以代表他的作风的。

第四，伐赛曼（Jakob Wassermann 1873—）也是几乎可与汤麦斯曼并列的小说作家，代表作品是 *Die Juden Von Zirndorf*（1897）和 *Die Geschichte der jungen Renate Fuchs*（1901）。

此外像古典的 *Goillpaizer*，*Freytag*，现代的 *Hugo VonHofmannsthal*，*Alfred Döblin*，*Max Brod*，*Heinrich Mann* 等，要译是都可以译的，不过百种书里，怕是排不进去的了。

忏余独白

在小学校念书的时候——也许是在进小学校之先——记得老爱走上离城市稍远的江边上去玩。因为在那里有的是清新的空气，浓绿的草场，和桑槐的并立排着既不知从何处始也不知在何处终的树影，而从树桠枝里望出去的长空，似乎总是一碧无底的。在这些青葱蓝碧的中间，记得还有许多喳喳唧唧和悠然长曳地氿的一声便踪影全无的飞鹰的绝叫声听得出来。置身入这些绿树浓荫的黄沙断岸中间，躺着，懒着，注目望望江上的帆船——那时候这清净的钱塘江上是并没有轮船的——和隔江的烟树青山，我总有大半日白日之梦好做。对于大自然的迷恋，似乎是我从小的一种天性。

后来读到了般生（——Bjoernstjerne Bjoernson——这位农民艺术家生于一八三二年，卒于一九一〇年，是和伊孛生并立的一位北国的巨人）的农民小说，才知道挪威渔村里的青年，大半也是具有着这一种天性的。由这大自然的迷恋，必然地会发生出一种向空远的渴望（就是德国人的所谓 Sehnensucht nach derFerne），从这向空远的渴望中，又必然地会酝酿出一种远游之情（就是德国人的所谓 Wanderlust）来。想来想去，这三重要素，大约是不已地使我想拿起笔来写些东西的主要动机。因为对现实感到了不满，才想逃回到大自然的怀中，在大自然的广漠里徘徊着，又只想飞翔开去；可是到了一处固定的地方之后，心理的变化又是同样地要起来的，所以转转不已，一生就只能为Wanderlust的奴隶，而变作着一个永远的旅人（an eternal pilgrim）。

人生从十八九到二十余，总是要经过一个浪漫的抒情时代的，当这时候，就是不会说话的哑鸟，尚且要放开喉咙来歌唱，何况乎感情丰富的人类呢？我的这抒情时代，是在那荒淫惨酷，军阀专权的岛国里过的。眼看到的故国的陆沉，身受到的异乡的屈辱，与夫所感所思，所经所历的一切，剔括起来没有一点不是失望，没有一处不是忧伤，同初丧了夫主的少妇一般，毫无气力，毫无勇毅，哀哀切切，悲鸣出来的，就是那一卷当时很惹起了许多非难的《沉沦》。

所以写《沉沦》的时候，在感情上是一点儿也没有勉强的影子映着的；我只觉得不得不写，又觉得只能照那么地写，什么技巧不技巧，词句不词句，都一概不管，正如人感到了痛苦的时候，不得不叫一声一样，又哪能顾得这叫出来的一声，是低音还是高音？或者和那些在旁吹打着的乐器之音和洽不和洽呢？

这前后的内心的经验和外来的影响，曾在《沉沦》单行本的序文和《过去集》头上的一篇《五六年来创作生活的回顾》里写过一点，这里可以不再提起，且让我来谈谈以后的心情起伏与现在的噤若寒蝉的畏缩的由来。

流刑的判处期间总算满了，with a diploma兴浓浓地我就回到了上下交争利，后先不见人——是“人少畜生多”的意思——的故国。碰壁，碰壁，再碰壁，刚从流放地点遇赦回来的一位旅客，却永远地踏入了一个并无铁窗的故国的囚牢，英国的一位讽世家所说的Life is a prison without bar的这一句金言，到此我才领悟到了彻底。愁来无路，拿起笔来写写，只好写些愤世疾邪，怨天骂地的牢骚，放几句破坏一切，打倒一切的狂呓。越是这样，越是找不到出路。越找不到出路，越想破坏，越想反抗。这一期中间的作品，大半都是在这一种心情之下写成的。

然而这一个 Bastille 的囚牢终于破裂了，许多同我一样，在一样的幽闭状态里的青年都狂奔出来了，霹雳一声，天下响应，于是“国民革命成功！国民革命成功！”可是反将过来，就是“青年倒霉！革命落空！”在囚牢里奔放出来的成千成万的青年，只空做了一场欢喜的恶梦，结果却和罗马帝制下的奴隶一点儿也没有差别，照色照样地被锁住了脚锁住了手，日日要往热日下去搬石头抬梁柱，说是神圣至尊，劳苦功高的这位 Augustus 要营宫殿，造鹿台。命令一下，谁敢不遵，因为旁边站立在那里作监督的，一个个都是左执皮鞭右拿阔斧的狞凶的卫士。你搬石抬梁稍或迟缓一点，自然是轻则一鞭，重则一斧，谁还来向你讲理？在这一个出狱之后的苦役状态之下，我也竟垂垂老了，气力也没有了，喉咙也嘶哑了，动都动弹不得，哪里还能够伸一伸手，拿一拿笔！

沉默了这许多年，本来早就想不再干这种于世无补，于己无益的空勾当了，然而友人说定要我写一点关于创作生活的经验，我也落得在饿死之前，再作一次忏悔。好学一学歌德在垂死的时候所说的 Mehr Licht！……Mehr Licht！（更要光明！更要光明！）

“辛苦半生，聊复尔尔；未来一劫，如是云云。”这是我一位亲戚王老在今年元旦未死时写下的春联，摆在这里做一个尾巴，却正适合。

一九三一年十二月

在热波里喘息

因为还有许多未完的稿子想做，所以在一个月前，就定下了独身北上的计划。但一直到六月底止，上海的天气真也凉爽得可爱，因此一捱两捱，就捱到了七月。直至七月中旬将到，而忽然一变，上海竟变成了天天在百度以上的灼热地狱了。在这样的热波里浸着，便吐一口气都觉得累赘，还哪里有心想上车雇马，放心行旅呢？所以这几日来，只在小小的寄寓里，脱光了衣服，醉酒酣卧和看书。

第一部看的，是谷崎润一郎的《食蓼之虫》。三数年来，和谷崎的笔墨，疏远得也很长久了。这一次得到了春阳堂发行的这一册小本小说，真使我寝食俱忘，很快乐地消磨了一个午后，和半夜的炎热的时季。文笔的浑圆纯熟，本就是这一位作家的特技，而心理的刻划，周围环境的描摹，老人趣味和江户末期文化心理的分析，则自我认识谷崎，读他的作品以来，从没有见到比这一部《食蓼之虫》更完美的结晶品过。这一部书，以我看来，非但是谷崎一生的杰作，大约在日本的全部文学作品里，总也可以列入到十名以内的地位中去的。我很希望中国的爱读谷崎氏的作品者，马上能够把它翻译出来，来丰富丰富我们中国的翻译文学。

至于这书的内容背景，当然是和他的让妻给友，有点关系的。可是这些实感，并不是使这书所以成为伟大的中心点，即使离开了关于个人的生活关系和趣味来看，它也必然地是日本文学中的一篇美丽谐整的宝石样的东西。

第二部看的，是柳无忌、无非、无垢兄妹三人合作的《菩提珠》小品集，作者们都还不过是二十岁内外的妙龄儿郎，文笔的幼稚，一看就可以看出。可是这幼稚，却是《随园诗话》里所说的不失其赤子之心的诗人的幼稚，读到了他们的话，则自以为阅世较深，年事稍长的我们，也不禁会张口微笑起来，笑纳他们的同小孩子似的憨态。譬如看见了日本人的厚重的木屐，便想教他们走得轻些，免得生活在地球这面的她哥哥的头上，会感到木屐的践踏，这岂不是不失其赤子之心的诗人的幼稚么？

第三部看的，是《现代杂志》的编者施蛰存君的《将军的头》。以史实来写小说，是我在十几年前就想做而未成的工作，现在看到了这四篇东西，我觉得我的理想，却终于被施君来实践了。曾读过我的那篇《历史小说论》的人，或者会记得我之所以想以史实来写小说的原因，历史小说的优点，就在可以以自己的思想，移植到古代的人的脑里去。施君的四篇东西，都是很巧妙地运用着这一个特点的。尤其是《将军的头》神话似的结束，和《石秀》的变态地感到性欲满足的两处地方，使我感到了意外的喜悦。

天时若再热一点起来，说不定看书会更看得多一点，也说不定会勉强出发，上北国去过它一个残夏和初秋。但这一周间，我的唯一的消暑的方法，却只在睡觉和读书，而读过的那三部书的意见，已约略说出在上面了。

一九三二年七月十九日

《达夫自选集》序

我的出选集，这一回是第二次了。第一次的一部，名《达夫代表作》，系五六年前，二三友人，为我选出的，但人心不同，有如其面，嗜好不同，又如其心，他人的嗜好，不一定能合我的胃口，反过来说，我的偏见，也许将为旁人所不取。可是文章千古，得失相知，只在寸心，尤其是侧重于个人体验的我的那些不足为法的浅薄作品，大约其中的得失甘苦，总只有我自己知道得详细一点。故而这一回天马书店，来约我编一册自选集的时候，我便毫无踌躇地，私自愉乐地，立即答应了。

不过答应了下来之后，我把六七册全集和三四册其他的著作等，翻了一翻，觉得能够自己感到满足的东西，仍旧是只有寥寥的几篇。或者更严格一点的说起来，则我做到如今的小说散记等文字中间，可以拿出去给世界各国人看，给天下后世人读的东西，简直一篇也没有。因为年纪近来大了，国内外的作品也看得多了，理性和批评的能力也有起定著来了，所以过去一天，只感到一天对自己的不满。而天分又低，努力更加不足，来日茫茫，想将起来，只好闷声不响，以后绝对不写东西，才能补得过过去的轻率的罪障。但生到了这一个，举世滔滔，大家都是磨拳擦掌，或用政治的手腕，或凭自大的精神，在竭力扩张自我，一心打到同人的二十世纪的中国，我倘若再要彻底的听取良心的命令，作一个忠于自己的愚夫，则以后不但连一口苦饭都将无着，就是死了，怕也将没有我的葬身之地。因此，苦闷了几天，默想了几晚，我的胆子又大起来了，把良心一昧，就又毅然决然，进行了这一次的自选的工作。

选了两个多星期，反复改窜了许多次数，我的自选集总算告成了，一共有小说十篇，散记五篇，合十余万字的样子。把这四五年中间所作的东西，特选了一半，而最近做的，又选了三万字的光景。

《二诗人》虽近于荒唐，但中国迩来，似乎也在要求这一种幽默文字的增加，因风趣和其他各篇不同，故列在头上，以备一格。

《采石矶》虽技巧幼稚，但因当时曾引起过许多批评，而主人公黄仲则的诗词现在似乎也还在流行，故仍采入，以志习作。

《离散之前》、《烟影》，或系同一格调。但悲怀伤感，决不是一个人的固有私情，照托尔斯泰的艺术论看来，则感情的渲染传流，却是艺术作品的主要功用之一，是以不避自叙传的嫌疑，仍旧选入。

《迟桂花》、《过去》、《在寒风里》的三篇，字数略多，称作短篇，或不适当，谓为长篇，尤其不合，大约因平时爱读德国小说，是于无意之中，受了德国人的 Erzählungen 的麻醉之后的作品。特选三篇，以明偏嗜。

《春风沉醉的晚上》、《薄奠》、《微雪的早晨》，多少也带一点社会主义的色彩，但因创作的年代很旧，故而意识不明，力量微薄，标语口号，不曾提出。本拟删去，免致遗恶影响于后来的作者，但似闻这数篇已被外人翻出了，一旦割去，恐辜负俄日英德诸同志的盛意，因仍留着，以永遗羞。

散记清淡易为，并且包含很广，人间天上，草木虫鱼，无不可谈，平生最爱读这一类书，而自己试来一写，觉得总要把热情渗入，不能达到忘情忘我的境地，如日本芭蕉翁的奥之细道，英国 Richard Tefferies 的野外生涯。是以只选了种类各异的五篇，附在卷尾，以示不及。

一九三二年十二月达夫自序于杭州之水明楼上。

文章的公式

中国做政治军事财政外交等国家大事，总不上轨道，乱跑野马，唯文章一事，却每是规规矩矩，数千百年，如出一辙的。晋谢康乐评张华的文字说："张公虽复千篇，犹是一体耳"这句话，到现在也还可以应用。小说作品中的三角五角恋爱，姑且不必去说起，就是军人的通电，第一总以"天祸中华，干戈迭起"为誓约，末了总以"旧时袍泽，海内高贤"为证人。而文字的变化尤其是最少的，却是报上社会记事的文章，这些文章日日有，张张有，可是作者也不会得生腻，读者似乎也不觉得讨厌。让我来抄一个公式：

某地某氏，花信年华，小家碧玉——或年届破瓜，丰姿绰约，或徐娘半老，丰韵犹存——与某处某生，一见倾心，结不解缘，始则陈仓暗度，继则栈道明修——或一度春风——竟而珠胎暗结，大腹便便。近且窃鹣鹣鲽鲽，我我卿卿，双宿双飞，俨如夫妇。

这几句文章，在哪一则社会新闻里，都缺少她们不得，仿佛是菜里的鸡汤，味之素。至于诗词里的抄袭前人，论文里的生吞活剥呢，只教炮制得巧妙，倒还可以原谅，但在仅仅几百字的社会记事里的这一套十番响鼓，老在那里翻来覆去，我可真不懂得作者读者两方面的所以会感到兴趣的心理。

批评的态度

批评这事情，依亚米爱儿说，是一种天赋之才，一种直觉，是神技与识见的问题，不能教授，不可言传，——完全是一种艺术（见 Mrs. Humphry Ward 英译 *Amiel's Journal* 二百五十页一八七八年五月十九日条）。

照此说来，则文艺批评，可以不必讲了，这原是彻底之论。但在一般，则卑之无甚高，比较比较，研究研究，对于初学者，也未始不是一种认识文学的助力。

谈到批评的能力，是任何人多少总有一点的，譬如说这是美，那是丑，这好吃，那不好吃之类的初步批评，则就是粗人小孩，也该明白。不过有了比较，积了学识经验，则批评的程度，自然会更精细坚定起来。

文艺批评，是以文艺作品为对象的批评。种种批评，因批评者所持的态度的不同，就生出各异的学说和派别来。但从根本上说，则古今来各派所争持者，大别总不外乎两种态度，即（一）是坚持批评的原则者；（二）是顺被批评的作品和批评者的情趣者。前者则于定 theory 时，比较便利，后者则于实际批评时，富有伸缩。我们若以前者的态度为科学的客观的态度，那后者当然是主观的印象的态度了。古今来的文艺批评的见解之歧异，差不多全是这两派的影响的更替（见 J. E. Spingarn's Creative Criticism

p. 10）。

约略地说，则十七八世纪以前的欧洲文艺批评，是有独断的倾向的，十八世纪以后的，是偏于主观的印象的方面的。意大利的 Scaliger 是亚里士多德的继代者，Pietro Aretino 就是反对方面的健将。从意大利而至法国，则有 Boileau 与 Saint—Evremond 之对立。其后由 Saint—Beuve 而传至为艺术而艺术的一分派，与从 Taine 至 Brunetiére 的另一派。我们依批评家所持的态度的不同，为便利起见，可以把他们的学说分一分类，而来介绍他们的主张。

一、独断的批评（Dogmatic Criticism）此派起源于希腊的柏拉图（Plato），而大成于亚里士多德（Aristotle），其后继之者，为罗马之霍来斯（Horace），法国十七世纪之博亚罗（Boileau）等。柏拉图主张文以载道，只知真、善，便是美。故在他的《理想共和国》（Republic）里，诗人没有生存的权利，因为他独断地承认诗人是不道德的（worsford's *The Principles of Criticism*，p. 22—37）。亚里士多德的《诗学》一书，是此派的最初的专门著作，以模仿为艺术之起源，故重外形，而尊纪律。霍来斯继其说而扩大其内容。至博亚罗，则以清晰、正确、实在为批评的标准，虽于古典派的实写作风上大有裨益，但范围终觉失之太狭。

二、印象的批评（Impressionistic Criticism）此派的主张，已在前面约略说及，十九世纪的法朗士（Anatole France），在《文学生活》第一卷的头上所说的几句话，是可以代表这一派批评的态度的：“好的批评家，是能将他的灵魂在杰作中的冒险说出者也。”自周作人先生引用此语后，印象批评在中国目下的文坛上，颇见风行，但它有太重主观，使人只见批评者的灵魂，而不见杰作之恨。并且什么是杰作，也很不容易说。

三、科学的批评（Scientific Criticism）此派为欲救印象批评的空疏之失，以分类、解剖为批评之要务。小说家霍威尔斯（William Dean Howells）在《批评与小说》（*Criticism and Fiction*）一小册子里说："将人心所产生的果实，同自然科学家一样的来分类解剖，说明这类这门的合不合法，完不完全，便是批评家的职务。"但不别好坏的结果判断，而徒事解剖分类，似乎也觉得不够。

四、审美的批评（Aesthetic Criticism）是以审美的学说为批评之准则者，其要在辨别艺术作品之美，而分析、证明、测度一艺术作品中之迷人之点。要亦如印象批评一样，范围太狭，而兼顾不周。

五、欣赏的批评（Appreciative Criticism）此派系合用以上各派的批评方法来鉴赏文学，而结果的目的，只在欣赏者也。含义较宽，方法亦主观客观的两面互用，其失在于无一定主张，与柏拉图的坚持一定之主张，恰恰相反。

六、创造的批评（Creative Criticism）这名字是美国新进批评家 J. E. Spingarn 所造。以为批评很简单，从前的一切学说，尽属无谓。我们既知道文学是表现，则只须问作者有没有充分表现出他的主意而已。此说出于意大利哲学家克罗采（Croce），英国的卡莱尔（Carlyle）所说亦同。

七、社会主义的批评（Socialistic Criticism）此派立脚于唯物史观，以社会的物质的生产力来测定文学。从文学为依存于社会的经济构造之观念形态，文学的职务，在阐明与促进社会的变革，故重在文学的意识与力量。此说在苏俄已促生有很好的果实，世界各国的新兴文学，无不视为目前唯一的批评标准。

凡此种种，要皆近代的批评心的流露的一端，我们不能墨守一家之言，而有入主出奴之偏见，一味挑剔寻过，原非批评之本意，只求欣赏快乐，也非创造文学者之初衷。解剖分析，须有目的，方生好果。此外则社会背景的关系与个人心理的关系以及历史的意义，也为批评文学者所必须注意的地方。

既用了各种方法，积了许多研究之后，集各说而汇众长，融会贯通，而后文学批评的最后任务，乃得完成。所谓批评的最后任务者，不外乎对文艺作品的评价而已。大约对一文艺作品的价值之测定，可从智的价值（Intellectual Value），伦理的价值（Ethical Value），或合以上二种为社会的价值（Social Value），情感的价值（Emotional Value，或称诗的价值［Poetic Value］）等三项来分说。文学既是表现，则内容与形式的问题，自然也不得不双方顾到。

批评家本系与创作家并重的，故批评家的修养，也属第一义的要事。

率真，宽容，同情，学识，为批评家之四德。此外则人生的经验，与想象力审美力的具备，亦为好批评家之必须条件。

批评家同时亦创作家也，因批评文字，不得不清晰美丽，有力动人。

上述诸条件备，则好的批评，自然会产生，因之好的文学，也就跟着可以出来了。

英文文艺批评书目举要

A. 以文艺批评的历史为内容者：

1. Saintsbury：*History of Criticism.* 三大册，麦美伦公司发行。

2. W. B. Worsford：*The Principles of Criticism.* GeorgeAllen&Unwin Ltd.

3. 美学史之足资参考者：

Bernard Bosanquet：*A History of Aesthetic*，Swan&Sonnenschein&Co.

B. 集众说而供给材料源流者：

1. Gayley and Scott：*Methods and Maierials of Literary Criticism.*

2. Gayley and Kurtz：*Ditto*，美国 Ginn and Co. 发行。

C. 适用于大学作课本者：

1. I. A. Richards：*Principles of Literary Criticism.* Harcourt，Brace&Co. 发行。

2. Elizabeth Nitchie：*The Criticism of Literature.* 美国麦美伦公司发行。

D. 用文学概论的讲法，而对于文艺批评也有助益者：

1. C. T. Winchester：*Some Principles of Literary Criticism.* 麦美伦公司发行。

2. Moulton：*The Modern Study of Literature.* 发行处同上。

3. Hudson. *An Introduction to the Study of Literature.* 美国 D. C&Heath Co。

4. Luise Dudley：*The Study of Literature.* Houghton Mifflin Co. 发行。

E. 批评文钞：

1. Brewster：*Modern English Literary Criticism.* 麦美伦公司发行。

2. *Criticism in America.* Harcourt，Brace&Co. 出版。

3. *English Critical Essays.* Nos. 240，206，两册，牛津大学出版部发行。

4. Modern Library *A Modern Book of Criticism.*

上举各书，皆浅近易读，也容易买得到，故略举一斑。此外如德、法、俄、日的书，既买不到，大家的语学学力也不够直接去看，所以不举。还有各家专著，原系欲作再进一步的研究时所必要者，举不胜举，当于以后的短文里随时抄录，指出来源，如亚里士多德，霍来斯，博亚罗的《诗学》等类。中国书籍之在近十年内所翻译者，也复不少。尤其是关于新兴文艺的书籍很多，对于这些，因为翻译文笔，尚未一一看过，不敢冒昧推荐，但觉得鲁迅先生所监译的几种总可以一读。

屠格涅夫的临终

——为屠氏逝世五十周年纪念作

以一八一八年十月二十八正午生下来的屠格涅夫，从数字错列的玩意儿中试卜起来，他自己以为一八八一年的十月一日，是他的死期。但到了一八八一年的年终，他的健康，却丝毫也没有损坏。在这一年里，他并且还和爱人费雅度夫人把他自己的著作《胜利者之歌》译成法文，写了一篇《不怕死的人》。

一八八二年春，虽则他遇着了许多不幸的事情，如爱女的逃回，疯痛的发作等，但健康还是如常，直到二月底边，忽而急症袭来了，从这一年的三月上床以后，一直到翌年的九月三日午后辞世为止，他真受尽了肉体上的千千万万的苦痛。

在苦痛的中间，他屡次要求自杀，以减轻他的痛楚，甚至向来看他病的莫泊桑乞求一支手枪，请费雅度夫人将他的身体从窗里抛掷出去了。

托尔斯泰听到了他的病痛，有很恳切的信来慰问。他在病床上，用铅笔亲自写了一封覆函，是他的最后的一道书简。他自觉到了死的将临，自己是完了，疲竭了，劝托尔斯泰再好好的重复去干些文学的工作。

一八八三年正月，他因囊肿而试手术之时，竟不用局部麻醉的注射，而想亲自来体验一次受手术时的剧痛的状态。事后他对来看他的都德说："我想尝一尝这痛味，而发见一种最适当的表现手法，来写出这些感觉与心状，解剖刀割入肉去，真有点儿像利刃切香蕉。”

临死前半月的有一天晚上，他叫费雅度夫人到床边去，央求她为他笔记一篇短篇，写的是一位俄国贵族的裔孙，堕落成为偷马的窃贼的故事。这故事名叫《结末》，是他的著作的末一篇，也是暗示着俄国贵族阶级的终了没落的东西。

一八八三年八月末日，是礼拜五，露易莎走入了他的病房。昏睡之余，他似乎还辨认得出这是露易莎，因而叫着说：

“露易莎！真真奇怪，我的腿怎么会挂在那儿角落里的呢？房间里并且塞满了棺材。可是，他们还许我有三天好活。”

九月二日，礼拜天，他又清醒了一回，说了些只有费雅度夫人能懂的话。九月三日，礼拜一的午后二时，他便气绝了。

一九三三年七月

《我的忏悔》序

《我的忏悔》，是弗兰特儿的木刻大家麦绥莱勒 Franz Masereel 的白叙传式的连环木刻画木，德国原本的书名，叫作 *Mein Stunden buck*，是由一百六十五页木刻画连系起来的一册图画小说。原本头上，有德国老大家汤麦斯·曼的一篇序引印在那里，在这中国的翻刻本上的我的这篇短序，当然是抄袭 Thomas Mann 的了；因为近来抄袭之风，正盛行于中国，在这里，我也落得来学一次乖。

先来讲些关于木刻的一般的话；原来木刻这一种艺术，无论是在中国在外国，老早就发达了，就是在二十世纪的现代，科学昌明，一切的技术都进了步，独有木刻，还保持着十五六世纪的 Albrecht Durer 及 Lukas van Leiden 等的古风。这不是说木刻的不进步，不过因为这艺术的遒劲纯美处，是依赖于作者的万能学力的地方多，依赖于器具材料的地方少的缘故。正唯其是如此，所以木刻是一种承古开来的艺术，是可以不借科学的光而独立的艺术。现在僻处在内地，交通不能如意，新式机械材料供给也感着短乏的扬子江中部有些区域里，全仗着这古风的木刻，在那里宣传文化，代替印刷的所以然，也就在这里了。

Franz Masereel 于一八八九年生于 Blankenberghe。父母是小有产的市民阶级，在 Gent 长大成人，当二十五岁以前，所作的 Verhaeren，Jauve，Rolland，Duhamel，Charles - Louis Philippe 各外国

作家作品里的插画，为数已经不少了。二十五岁以后，因受了世界大战的激刺，技艺的进步转向，当然是可以不必说的。胸怀一广，他就由一个地方的作家，变成了一个具有世界的心的欧洲的作家。直到现在，他的年纪还只有四十几岁，而木刻的成绩，却已经有了几千百幅，单从量的一点来说，麦绥莱勒，实在也是为我们所不及的一位勤苦的天才。

这一本《我的忏悔》，是他的许许多多的画本中间的最富于个性的一本，在这画本里，他的遭遇，他的思想，他的对于时代的批判，都忠实简单地暴露得无余。

第一，他是一位木刻艺术家，头上的一张自画像，手里的一块木头，一把小刀，就说明了他的对社会的任务。其次，是他所引用的两位外国作家的言语，美国的那位白发诗人说："你们注意着！我并不想来说教，我也并不想来施一点小惠；我若有所施给，那就是施给着我侬自己。"罗兰说："喜悦与痛苦，打击弱点，尝试与愚行，无聊与杂碎，无花果与葡萄，未熟的酸果与已熟的甜实，玫瑰与野蔷薇，我所见过读过经验过的种种，我所把握着的生活过的一切事实。"就是他的这一本《我的忏悔》的内容全部。始则对大都会而发生憧憬，汽笛一声，火车就载他出发，到站下来，这一位不戴帽子的主人公，就成了大都会的芸芸众生中间的一个。看尽了种种都市的繁华，也参加身历了许多现代的享乐，争斗，与辛酸，其后就来了几次恋爱。道旁的相遇，街上的追逐，楼头的密约，大愿的成就，一度拥抱裸妇之后，走到街上，他所感到的快乐与光明，甚至对无知的车马，他都想传给一点他所感到的愉悦，而加以抚拍。见到街上的劳苦群众，他也曾动过心，扶老携幼，怜孤恤寡。对天真的小孩子们，他尤其感着有不能自已的热爱。为小孩子们歌唱，和小孩子们玩耍的画面，有七八页之多。他也曾作过工，如做厨子，上电杆，掘泥土之类，可也享乐得不亦乐乎，上咖啡馆，看画展，喝酒读书，胡调闲耍的画面，也着实不少。

见到了社会的不平，他也曾发愤参加过革命运动，听过宣传家的讲演，上图书馆去翻阅过社会主义的书籍，并且自己也上过演坛，率领群众，做过示威运动。但终究他还是一位小市之子，信仰不坚，主义不定，虽满有革命的热忱，却缺少了贯彻到底的毅力。动摇之后，就又只好恋爱了，于是乎又是一出得恋失恋的悲喜剧。失恋之后，甘心堕落，醇酒妇人，乱来了一阵，但清夜醒来，终觉得性灵未死，悲哀失望之余，忽而却动了一动皈依宗教之心。忏悔过后，尘心涤净了，在街上见到了虐待女小孩的不平，他的义勇心又被激起了。就将这小孩带在身边，又演成了一幕极纯洁极高尚的恋爱神曲。这女小孩由他抚养成人，渐长渐大，他也感到了恋人与父亲的双重的情爱。但好梦易醒，这昙花似的女孩，忽又病了，死了，他在送葬之后的悲哀失望，真使我们看画者，也不得不为他伤心落泪。其后迁地自娱，十几面青天碧海的海洋画面，又使我们能得着一种心旷神怡的快感。哀心悒郁，终因为见到了航海的轮舟而动游兴，万里之行，就从此始了。上轮渡海，这一位无帽的主人公就到了颜色各异的慕尔人的国里。虽则漂流在黑人异国，他也忘不了爱小孩，抱不平的义侠的初心。重返欧洲，他又演了些风流痛快的奇行奇事，也曾救助过跳水自杀的人，也曾身入到森林旷野去贪味过自然的美。终而至于厌倦了物质的繁华，低首俯受了时间的裁判，他的肉体支解了，击碎了他那颗热爱人世的心，清清冷冷，他的骸骨就悠游自在地进入了永久的群星世界。

这是他的这部自传的内容大略，这种复杂纷繁的身世起伏，与夫热情的变幻高潮，他真表现得多少简单诚挚啊！麦绥莱勒自己，虽则并不是一位具有阶级意识的大众的斗士，但他的书却是可以为无产者申诉，使文盲者阅读的为大众的书。他的木刻的在中国的翻印，重要的意义，我想也就在这一点上。

一九三三年九月达夫序

读劳伦斯的小说

——《却泰来夫人的爱人》

劳伦斯的小说《却泰来夫人的爱人》（*Lady Chatterlev's Lover*），批评家们大家都无异议地承认它是一代的杰作。在劳伦斯的晚年，大约是因为有了闲而又有了点病前的脾气的结果罢，他把这小说稿，清书重录成了三份之多。这一样的一部小说的三份稿本，实质上是很有些互相差异的，头一次出版的本子，是由他自己计划的私印出版；其后因为找不到一个大胆的出版者为他发行，他就答应法国的一家书铺来印再版，定价是每本要六十个法郎，这是在数年以前，离他的死期不久的时候。其后他将这三本稿子的版权全让给了 Frieda Lawrence。他曾在英国本国，将干犯官宪的忌讳，为检查官所通不过的部分削去，出了一本改版的廉价本。一九三三年，在巴黎的 Les Editions Du Pégase 出的廉价版，系和英国本不同的不经删削的全豹，头上是有一篇 Frieda Lawrence 的公开信附在那里的。

先说明了这版本的起伏显没以后，然后再让我来谈谈这书的内容和劳伦斯的技巧等等。

书中所叙的，仍旧是英国中部偏北的 Derby 炭矿区中的故事；不过这书与他的许多作品不同，女主人公是一位属于将就没落的资产贵族阶级的男爵夫人。

克列福特·却泰来是却泰来男爵家的次子，系英国中部 Terershall 矿区的封建大地主。离矿区不远的山上的宫囿 Wragby Hall 就是克列福特家历代的居室，当然是先由农民的苦汗，后由矿区劳动者的血肉所造成的阿房宫。

却泰来家的长子战死了，克列福特虽有一位女弟兄，但她却在克列福特结婚的前后作了故，此外，却泰来家就没有什么近亲了。

却泰来夫人，名叫康司丹斯（Constance），是有名的皇家美术协会会员，司考得兰绅士（Sir Malcolm Reid）之次女。母亲是费边协会的会员。所以康司丹斯和她的姊姊希儿黛（Hilda）从小就受的是很自由的教育。她们姊妹俩，幼时曾到过巴黎、弗罗兰斯、罗马等自由之都。当一九一三年的前后，希儿黛二十岁，康司丹斯十八岁的光景的时候，两人在德国念书，各人曾很自由地和男同学们谈过恋爱，发生过关系。一九一七年克列福特・却泰来从前线回来，请假一月，他就和康司丹斯认识，匆匆地结了婚。一月以后，假期满了，他只能又去上了弗兰大斯的阵线，三个月后，他终被炮弹所伤，变成了一堆碎片送回来了，这时候康司丹斯（爱称康尼 Connie），正当是二十三岁的青春。在病院里住了二年，他总算痊愈了，但是自腰部以下，终于是完全失去了效用。一九二〇年，他和康尼回到了却泰来世代的老家；他的父亲死了，所以他成了克列福特男爵，而康尼也成了却泰来男爵夫人。

此后两人所过的生活，就是死气沉沉的传统的贵族社会的生活了。男爵克列福特，是一个只有上半身（头脑），而没有下半身的废人，活泼强壮的却泰来夫人，是一个守着活寡的随身看护妇。从早起一直到晚上，他们俩所过的都是刻板的不自由的英国贵族生活。而英国贵族所特有的那一种利己、虚伪、傲慢、顽固的性格，又特别浓厚地集中在克列福特的身上。什么花呀、月呀、精神呀、修养呀、统治阶级的特权呀等废话空想，来得又多又杂，实际上他却只是一位毫不中用，虚有其名的男爵。

在这中间，这一位有闲有爵，而不必活动的行尸，曾开始玩弄了文墨。他所发表的许多空疏矫造的文字，也曾博得了一点社会上的虚名。同时有一位以戏剧成名的爱尔兰的青年密克立斯 Michaelis（爱称 Mick）于声名大噪之后，终因出身系爱尔兰人的结果，受了守旧的英国上流社会的排挤，陷入了孤独之境。克列福特一半是好意，一半也想利用了密克而成名，招他到了他的家里。本来是一腔热情，无处寄托，而变成孤傲的密克，和却泰来夫人一见，就成了知己，通了款曲。但却泰来夫人，在他的身上觉得还不能够尽意的享乐，于是两个人中间的情交，就又淡薄了下去。密克去伦敦以后，在 Wragby Hall 里的生活，又回复了故态，身强血盛的却泰来夫人，又成了一位有名无实的守活寡的贵族美妇人。这中间她对于喜欢高谈阔论，自命不凡的贵族社会，久已生了嫌恶之心了。因厌而生倦，因倦而成病，她的健康忽而损坏到了消瘦的地步。

不久以后，克列福特的园囿之内，却雇来了一位自就近的矿区工人阶级出身，因婚姻失败而曾去印度当过几年兵的管园猎夫 Mellors 小说中的男主人公从此上场了！这一位工人出身的梅洛斯就是却泰来夫人的爱人！

原书共十九章，自第五章以下，叙的就是却泰来夫人和爱人梅洛斯两人间的性生活，以及书中各人的微妙的心理纠葛。

梅洛斯的婚姻的失败，就因为他对于女人，对于性，有特异的见解和特别的要求的缘故。久渴于男性的爱，只在戏剧家密克身上尝了一点异味而又同出去散了一次步仍复回到了家来一样的康尼，遇见了梅洛斯的瘦长精悍的身体以后，就觉得人生的目的，男女间的性的极致，尽在于此了。说什么地位，说什么富贵，人生的结果，还不是一个空，一个虚无！运命是不可抗，也不能改造的。

在这一种情形之下，残废的却泰来，由他一个人在称孤道寡，让雇来的一位看护妇 Mrs. Bolton 寡妇去伺候厮伴，她——却泰来夫人自己便得空就走，成日地私私的来到园中，和梅洛斯来过原始的彻底的性生活。

但是很满足的几次性交之后，所不能避免的孕育问题，必然地要继续着发生的。在这里，却泰来夫人，却想起了克列福特的有一次和她谈的话。他说："若你去和别人生一个孩子，只教不破坏像现在那么的夫妇生活，而能使却泰来家有一个后嗣，以传宗而接代，保持我们一家的历史，倒也很好。"她想起了这一段话的时候，恰巧她的父亲和也已出嫁的姊姊希儿黛在约她上南欧威尼斯去过一个夏。于是她就决定别开了克列福特，跟她父亲姊姊上威尼斯去。因为她想在这异国的水乡，她或者可以找出一个所以得怀孕的理由。而克列福特，或者会因这使她怀孕者是一个不相识的异乡人之故而把这事情轻轻地看过。

但是巴黎的醉舞，威尼斯的阳光，与密克的再会，以及和旧友理想主义者的福勃斯相处，都不能使她发生一点点兴趣；这中间，胎内的变化，却一天天的显著起来了，最后她就到达了一个不得不决定去向的人生的歧路。

而最不幸的，是当她不在的中间，在爱人梅洛斯的管园草舍里，又出了一件大事。就是梅洛斯所未曾正式离婚的前妻珂资 Bertha Coutts 又突然回来了。这一位同母牛一样的泼妇，于出去同别的男人同住了几年之后，又回到了梅洛斯的草舍，宣布了他和却泰来夫人的秘密，造了许多梅洛斯的变态性欲的谣言，硬要来和梅洛斯同居，向他和他的老母勒索些金钱。梅洛斯迫不得已，就只好向克列福特辞了职，一个人又回到了伦敦。刚在自威尼斯回来的路上的却泰来夫人康尼，便私下和梅洛斯约好了上伦敦旅馆中去相会。肉与肉一行接触，她也就坚决地立定了主意，去信要求和克列福特离婚，预备和梅洛斯两人去过他们的充实的生活。

这一篇有血有肉的小说三百余页，是以在乡间作工，等满了六个月，到了来年春夏，取得了和珂资 Bertha Coutts 的离婚证后，再来和康尼同居的梅洛斯的一封长信作结束的。“一口气读完，略嫌太短了些”，是我当时读后的一种茫然的感想。

这书的特点，是在写英国贵族社会的空疏、守旧、无为，而又假冒高尚，使人不得不对这特权阶级发生厌恶之情。他的写工人阶级，写有生命力的中流妇人，处处满持着同情，处处露出了卓见。本来是以极端写实著名的劳伦斯，在这一本书里，更把他的技巧用尽了。描写性交的场面，一层深似一层，一次细过一次，非但动作对话，写得无微不至，而且在极粗的地方，恰恰和极细的心理描写，能够连接得起来。尤其要使人佩服的，是他用字句的巧妙。所有的俗字，所有的男女人身上各部分的名词，他都写了进去，但能使读者不觉得猥亵，不感到他是在故意挑拨劣情。我们试把中国的《金瓶梅》拿出来和他一比，马上就可以看出两国作家的时代的不同，和技巧的高下。《金瓶梅》里的有些场面和字句，是重复的，牵强的，省去了也不关宏旨的，而在《却泰来夫人的爱人》里，却觉得一句一行，也移动不得；他所写的一场场的性交，都觉得是自然得很。

还有一层，劳伦斯的小说，关于人的动作和心理，原是写得十分周密的，但同时他对于社会环境与自然背景，也一步都不肯放松。所以读他的小说，每有看色彩鲜艳刻划明晰的雕刻之感。

其次要讲到劳伦斯的思想了，我觉得他始终还是一个积极厌世的虚无主义者，这色彩原在他的无论哪一部小说里，都可以看得出来，但在《却泰来夫人的爱人》里，表现得尤其深刻。

现代人的只热衷于金钱，Money！Money！到处都是为了 Money 的争斗、倾轧，原是悲剧中之尤可悲者。但是将来呢？将来却也杳莫能测！空虚，空虚，人生万事，原不过是一个空虚！唯其是如此，所以大家在拼命的寻欢作乐，满足官能，而最有把握的实际，还是男女间的性的交流！

在这小说的开卷第一节里，他就说：

> 我们所处的，根本是一个悲剧的时代，可是我们却不想绝望地来顺受这个悲剧。悲惨的结局，已经出现了，我们是在废墟之中了，我们却在开始经营着新的小小的建设，来抱着一点新的小小的希望。这原是艰难的工作；对于将来，哪里还有一条平直的大道；但是我们却在迂回地前进，或在障碍物上匍匐。不管它地折与天倾，我们可不得不勉图着生存。

这就是他对于现代的人吃人的社会的观察。若要勉强地寻出一点他的乐观来的话，那只能拿他在这书的最后写在那封长信之前的两句话来解嘲了：

> 他们只能等着，等明年春天的到来，等小孩的出养，等初夏的一周复始的时候。
>
> （三五五页）

劳伦斯的小说的结构，向来是很松懈的，所以美国的一位批评家约翰麦西（John Macy）说："劳伦斯的小说，无论从哪一段，就是颠倒从后面读起都可以的。"但这一本《却泰来夫人的爱人》却不然，它的结构倒是前后呼应着的，很有层次，也很严整。

这一位美国的批评家，同时还说他的作风有点像维多利亚朝的哈代（Thomas Hardy）与梅莱狄斯（George Meredith），这大约是指他的那一种宿命观和写的细致而说的；实际上我以为稍旧一点的福斯脱（E. M. Forster）及现在正在盛行的乔也斯（James Joyce）与赫胥黎（Aldous Huxley）和劳伦斯，怕要成为对二十世纪的英国小说界影响最大的四位大金刚。

一九三四年九月

谈 诗

我不会做诗，尤其不会做新诗，所以新诗的能否成立，或将来的展望等，都谈不上。似闻周作人先生说，中国的新诗，成绩并不很好。但周先生的意思，不是说新诗可以不要，或竟教人家不要去做。以成绩来讲，中国新文学的里面，自然新诗的成绩比较得差些。可是新的感情，新的对象，新的建设与事物，当然要新的诗人才歌唱得出，如以五言八韵或七律七绝，来咏飞机汽车，大马路的集团和高楼，四马路的妓女，机器房的火夫，失业的人群等，当然是不对的，不过新诗人的一种新的桎梏，如豆腐干体，十四行诗体，隔句对，隔句押韵体等，我却不敢赞成，因为既把中国古代的格律死则打破了之后，重新去弄些新的枷锁来带上，实无异于出了中国牢后，再去坐西牢；一样的是牢狱，我并不觉得西牢会比中国牢好些。

至于新诗的将来呢，我以为一定很有希望，但须向粗大的方面走，不要向纤丽的方面钻才对。亚伦坡的鬼气阴森的诗律，原是可爱的，但霍脱曼的大道之歌，对于新解放的民族，一定更能给与些鼓励与刺激。

中国的旧诗，限制虽则繁多，规律虽则谨严，历史是不会中断的。过去的成绩，就是所谓遗产，当然是大家所乐为接受的，可以不必再说；到了将来，只教中国的文字不改变，我想着着洋装，喝着白兰地的摩登少年，也必定要哼哼唧唧地唱些五个字或七个字的诗句来消遣，原因是因为音乐的分子，在旧诗里为独厚。

当然，新诗里——就是散文里，也有一种自然的韵律，含有在那里的；但旧诗的韵律，唯其规则严了，所以排列得特别好。不识字的工人，也会说出一句“今朝有酒今朝醉”来的道理，就在这里。王渔洋的声调神韵，可以风靡一代；民谣民歌，能够不胫而走的原因，一大半也就在这里。

除了声调韵律而外，若要讲到诗中所含之“义”，就是实体的内容，则旧诗远不如新诗之自在广博。清朝乾嘉时候有一位赵翼(瓯北)，光绪年间有一位黄遵宪（公度)，曾试以旧式古体诗来述新思想新事物，但结果终觉得是不能畅达，断没有现在的无韵新诗那么的自由自在。还有用新名词入旧诗，这两位原也试过，近代人如梁任公等，更加喜欢这一套玩意儿，可是半新不旧，即使勉强造成了五个字或七个字的爱皮西提，也终觉得碍眼触目，不大能使读者心服的。

旧诗的一种意境，就是古人说得很渺茫的所谓“香象渡河，羚羊挂角”，无迹可求的那一种弦外之音，新诗里比较得少些。唐司空表圣的《二十四诗品》，所赞扬的，大抵是在这一方面。如冲澹，如沉着，如典雅高古，如含蓄，如疏野清奇，如委曲，飘逸，流动之类的神趣，新诗里要少得多。这与形式工具格律，原有关系，但最大的原因，还是在乎时代与意识之上。今人之不能做陶韦的诗，犹之乎陶韦的不能做《离骚》一样，诗人的气禀，原各不同，但时代与环境的影响，怎么也逃不出的。

近代人既没有那么的闲适，又没有那么的冲澹，自然做不出古人的诗来了；所以我觉得今人要做旧诗，只能在说理一方面，使词一方面，排韵炼句一方面，胜过前人，在意境这一方面，是怎么也追不上汉魏六朝的；唐诗之变而为宋诗，宋诗之变而为词曲，大半的原因，也许是为此。

旧诗各体之中，古诗要讲神韵意境，律诗要讲气魄对仗，近代人都不容易做好。唯有绝诗，字数既少，更可以出奇制胜，故而作者较多，今后中国的旧诗，我想绝句的成绩，总要比其他各体来得好些，亦犹之乎词中的小令，出色的比较的多，比较得普遍也。

做诗的秘诀，新诗方面，我不晓得，旧诗方面，于前人的许多摘句图，声调谱，诗话诗说之外，我觉得有一种法子，最为巧妙。其一，是辞断意连，其二，是粗细对称。近代诗人中，唯龚定庵，最擅于用这秘法。如“终胜秋磷亡姓氏，沙涡门外五尚书”，“近来不信长安隘，城曲深藏此布衣”，“只今绝学真成绝，册府苍凉六幕孤”，“为恐刘郎英气尽，卷帘梳洗望黄河”，“梦断查湾一角青”，“自障纨扇过旗亭”，“苍茫六合此微官”之类，都是暗用此法，句子就觉得非常生动了。古人之中，杜工部就是用此法而成功的一个。我们试把他的咏明妃村的一首诗举出来一看，就可以知道。

咏怀古迹　明妃村

群山万壑赴荆门，生长明妃尚有村，
一去紫台连朔漠，独留青冢向黄昏，
画图省识春风面，环珮空归月夜魂，
千载琵琶作胡语，分明怨恨曲中论。

头一句诗是何等的粗雄浩大，第二句却收小得只成一个村落。第三句又是紫台朔漠，广大无边，第四句的黄昏青冢，又细小纤丽，像大建筑物上的小雕刻。今年在北平，遇见新自欧洲回国的美学家邓叔存，谈到此诗，他倾佩到了极顶，我说此诗的好处，就在粗细的对称，辞断而意连，他也点头称然。还有杜工部的近体，细看起来，总没有一首不是如此的。譬如在夔州作的《登高》一首：

风急天高猿啸哀，渚清沙白鸟飞回，
无边落木萧萧下，不尽长江滚滚来，
万里悲秋常作客，百年多病独登台，
艰难苦恨繁霜鬓，潦到新亭浊酒杯。

又何尝不然。总之，人的性情，就古今一样的，所用的几个字，也不过有多少之分，大抵也差不到几千几万。而严沧浪所说的“诗有别才，非关学也”，几微之处，是在诗人的能用诀巧，运古常新的一点。

一九三四年十月

读《赛金花本事》

新近由北平寄来了一册《赛金花本事》，系在北平一家书铺出版，由故刘半农博士起稿，后人续成的赛金花传。

当刘博士正在发愿写这一部传记的时候，我们在上海曾遇见过他几次，大家都抱着十足的兴趣，在催促他早日的出书。但后来不晓为了什么原因，一别两年，这一册书竟也搁起了。今年夏天去北京，则博士已病故了月余，遗稿尘封，似乎此书没有见天日的机会了；而现在竟由博士的同伴续完，加以整理，印出来了，在我自然是非常的欢喜。

可是读了之后，在欢喜之中也不免感到了些失望。第一，这书，完全是根据赛金花的自述，博士并不加以半句形容描写衬托与补足，所以全篇三万余字，只像是新闻纸上的一段记事，艺术的香味是一点儿也没有的。第二，自述者的赛金花，处处像在公堂上作辩护人，有许多不利于她之处都轻轻删去，一字不提；而连篇累牍，述得很详细的地方，就是她如何的救济北京的国民，及克林德碑的所以得成立等等。

本来，这自述不过是一堆赛金花传的原料，我想博士的意思，总不打算就此出书了事的。若天假之年，使得悠悠构思，落笔，推敲下去，说不定我们会有迭福的《荡妇自传》（Daniel Defoe：*Moll Flanders*）那么的大著可以读到；或者至少至少，也可以有一种像密尔果尔的《宁侬·特·兰克洛》(Mirecourt：*Ninonde Lenclos*)那样的记传。但是不幸得很，博士竟当壮年而死去了。

将《赛金花本事》，与曾孟朴先生的《孽海花》来一比，自然是《孽海花》强得多，后者是成熟的艺术，前者不过是一堆并不完备的参考资料罢了。前两月在《申报》上见到曾老先生对记者的谈话时，我不觉发了一笑；老先生的斤斤辩白，表明他的与赛金花无个人的感情等处，真是老而弥坚的书生的本色。一个作家的作品，与事实原可以不合的；并且曾先生的没有对赛金花感到过恋慕，或打过茶围，也是与作品《孽海花》无关，与作者的私德无损的琐事。孟朴先生竟有这样的兴致，来引经据典地申辩他和赛金花时代的参差，真是这老先生的绝大的爱娇。记得当他也住在静安寺路近旁，我们也常在他家里进出的时候，叶鼎洛曾奉赠过他一个称号，叫作“小老头子”。这小老头子的意思，是在指他的人老而兴致不衰的性格的；叶鼎洛毕竟是一位善于观察，善于断语的奇才。

闲话少讲，我读了《赛金花本事》之后，觉得有几点疑案，有几点猜测，非说一说不可。

第一，洪状元死后，赛金花搬丧回籍，到了苏州，何以不去洪家，反与洪家断了关系？

第二，德指挥瓦德西问她与洪钧是什么关系时，她何以不说是状元夫人，而只说还是状元的姨妹，一未嫁的女子？

第三，最后所嫁的那一位魏议员死后，何以大家会说因她而死的？（早晨起来，冷浴一次，遽亦殒命，是赛金花所说的魏的死因。）

从三点疑案出发，我们可以下一结论，晓得赛金花的性欲的特别强烈，是一部赛金花传的重要关键，而那一位身强体壮的三爷，能够和她厮伴到数年之久的最大原因，也就在这里。并且据编者的附注中之所说，则赛金花曾于嫁魏之先，嫁过了一位铁路从事员，这位先生之死，也似由于痨瘵。

所以若以弗洛衣特的分析，再加以唯物的社会条件，来写成赛金花传，成绩一定还要比《赛金花本事》好得多；我豫想着不久的将来，中国文坛必有一位新作家出来做成这一起步工作。

一月七日

《西施》的演出

国历的正月三日，在西湖艺专的大礼堂看艺专剧社的《西施》这剧本，在未上演之先，大家都以为要失败的；原因是：（一）对话有几处太长，（二）古装剧而不以歌舞、打仗等动作来穿插，怕舞台落寞，观众厌倦。

关于第一个原因，是一般话剧的通病。剧作家能够把这一关打破，剧本就可以说已经成功了一半。第二个原因，是受的旧剧传统之害。古装的古人，而说今人之话，不弄点玄虚花样，来麻醉观众，西洋镜便容易拆穿的。

可是看了《西施》的演出之后，这两重杞忧，都觉得是无根的理由了。这成功，当然是在制装的人的苦心，一大半可全在演员分配的适当，与大家的卖力。

我看艺专的戏，这已经是第三次了。第一次的《西哈诺》，虽也可以说是成功的演出，但究竟因剧中人是碧眼隆鼻的夷狄之人。而史实与剧中人的名字等，又系对中国观众是生疏碍耳的事情；所以演出虽然成了功，但听听一般观众的看后感想，似乎都有点感到了美中的不足。这一回的《西施》，可不同了。从艺专礼堂散戏出来，我一路上走着走着，听观众纷纷，都在热心地赞叹。这剧的所以得成功到如此的原因，就在剧本里的史实，有一大半已经在观众的心里谙熟了；在这无形的基础之上，再加以一点点缀与伸引，自然大家就可以感到十足的享受。历史剧的好处，原在这里，可是短处也就在这些地方。

所谓史剧的短处，就是作者要受史实的束缚，不能自由自在地运用他的想象与虚构，与今古时代的不同，用语及观念等，都不容易调整到纯熟自然，浑成地印入到现代人的脑里去。请看《西施》剧上演之后，有多少人的考订西施的姓氏，与郑旦之是否即西施之类的论文，就可证明作家的不免要受史实的束缚。至于用语，最怕的是将新名词，说出在古人的口里；《西施》剧本中，陷入这种弊病的地方，原也有两三处，但因为还少，并且又在剧情紧张之际，所以观众还不容易觉察，不成大病。譬如说罢，“地狱”两字，是佛家的用语，古人大抵只说“黄泉”，西施垂死时的一串独白，听者若系吹毛求疵的考据学家，就要觉得不对了，但因剧情到此，已经紧张到了极点，故而对全剧也无妨碍。此外还有两三处新名词，所生的舞台效果，大抵都是如此。

对于史实的歪曲改造，我以为不到使观众感到幻灭的地步，是可以容许的。所以西施不管她姓西姓施，与郑旦是一人或两人，都不成问题。作者，演者，只教把西施不表演成一个瞎子或哑子就对了意，偶尔失检，就流露出了一二处破绽，便可以证明作长剧本的不容易。

总而言之，《西施》是新年辟面的一个大成功。演西施主角的程丽娜的艺术的哭，原可以和话匣子里洋人乐的 Artificial Laughing 共传不朽，就是麦放明的正色的言词，端丽的举止，也可以说是适合身分，一丝不苟。此外的吴王夫差，范大夫，伍子胥，文种，越王，以及侍女难民农妇之类，都演到了恰到好处。我说此话，并非是想为《西施》做广告，实在因为努力者是应该得到报酬的。

古来的艺术家，都是孤独的人，唯其孤独，所以反一倍的在希望同情。《西施》作者的林文铮，和演员诸君，在这剧里，都证明了他们是艺术家。让努力者得到应得的报酬吧！让孤独者得到我们无限的同情吧！

给《新小说》编者

《新小说》第三期接读了。老舍的《善人》读得很有趣。蒙你在编辑后记里赞许我那篇勉强试写的东西，真觉得汗颜，又蒙与这篇《善人》并举，更觉得惶恐。我自以为通俗小说，终不是我所能写的东西。近来连小说都写不出来，更何况乎通俗的小说！实在要把小说写得通俗，真不容易，曹先生所提的那一个办法，恐怕是最好的方法了，不过处处要受着方块字的累，实行恐也不易。

日本的大众小说，倒是我们的一个模范；可是要运用一般大众所熟悉的历史题材，而加以新的意识和新的用语，也很不容易成功。若同日本一样，仍旧袭用老调和那种军国思想为骨干，那我们的大众，恐怕反要受到这些小说的危害。

再谈日记

一九二七年的夏天，在杭州养病，曾写过一篇名《日记文学》的杂文；其后鲁迅先生在广州写了一篇对此文而作的随感，说文学作品的写实与读者的幻灭，不限于作品的体裁，即在读日记时，若记载虚伪，读者也同样可以感到幻灭，此论极是。七八年来，日记作者渐多，而坊间的单行本，汇选本，也出得有十数种以上，足见中国近来大家都有了记日记的习惯；从事文笔的人，为备遗亡，录时事，志感想起见，日记更记得勤，当然是意想中的事情。将过去所发表过的日记全部收录改订了一遍之后，我更想来谈一些关于日记一般的话，用以代作书的序文。唯前作的杂文，曾谈到以日记体做的小说之类，而现在所谈的，却只限于日记。

英国恩斯脱·彭（Ernst Benn）书店发行的小丛书里，有一本阿谁·崩松倍（Arthur Ponsonby）氏著的《英国日记作家》（*British Diarisfs*）的小册子，他在序文上说，日记之作，也许是由于自小的习惯，可是作者并无问世之野心，只为了取悦于自己，如女作家法尼·排内（Fanny Burney）之所说，只有技痒难熬之隐衷，而并无骄矜虚饰，坦白地写下来的关于自己关于当时社会的日记，才是日记的正宗。好的日记作家，要养成一种消除自我意识的习惯，只为解除自己心中的重负而写下，万不可存一缕除自己外更有一个读者存在的心。从前有许多人的日记，往往死后遗言，命子孙辈为他销毁，这些才是可贵的真日记的作者。所以日记总是无始无终，没有一定的结构，没有谨严的文体，也没有叙述的脉络的。

好的日记作者，不一定是文人或名人，也有一生并不知名的人，能写下很好的日记来的。一个人的事功职业性别年龄以及道德学识之类，也不一定会影响到他的日记的好坏；大人物大作家写的日记，有时候也可以比无名作者或盗贼小贩写的更干燥而无味。

西洋日记的开始发达，是在文艺复兴的末期；十七世纪以后，在英国，记日记竟变成了一种流行的风气。威廉·达格代儿爵上（Sir William Dugdale，1605—1686）虽系一位收藏古物的保皇党，但他的日记，却是关于那一个革命时代的好史料；至如法律家的桦衣脱洛克（Bulstrode Whitelocke，1605—1675）的英国时事记，出使瑞典记之类，更是日记之有关于历史社会的重要记录。此外像福克司（Elder George Fox，1624—1690）、约翰·衣夫零（John Evelyn，1620—1706）、萨母儿·配比司（Samuel Pepys，1633—1703）等，都是英国十七世纪的日记名家，他们的日记，到现在还是为我们所爱读的东西。

十八世纪的英国作家之以日记著者，有斯味夫脱的 *Journal to stella*，系一七一〇年至一七一三年间的日记，是感情泼剌的文学作品；约翰·维斯莱（John WeSley，l703—1791）的日记，法尼·排内（Madame d'Arblay）的日记，早已喧传众口，是大家公认为日记中的白眉之作，此地当然可以不必再说了。

鲍司蕙而的《希勃拉衣此旅游之记》（Boswell：*Journal of a Tour to the Hebrides*），罢倍零的《失望者的日记》（W. N. P. Barbellion：*The Journal of a Disappointed Man*1919. *A Last Diary* 1921.）等，都是作者还活着就印出来的日记，虽系可以当

作文学创作品看的产物，但按其体载记叙来说，当然也是日记无疑。

法国中世纪，有一位无名的牧师，曾写过一部《巴黎一市民的日记》（*Journal d'un Bourgeois de Paris*），系记谢儿六、七世时代的时事的，从一四〇九年起至一四三一年终，后来由他人续记至一四四九年的。路易十四世时代前后的日记作者，自然更多，此地只介绍几个名字在这里：Dangeau（有一部沉闷的日记）、Saint Simon（他的回忆录系1691至1723年间之日记）、法学家Edmond Barbier（有1718至62年间之日记）、Bachaumont（有1762年前后的私记）等，是重要的人物。

近世的日记作家，以法文写出，而为大家所激赏者，当推那位生在俄国，长在欧洲，以二十四岁的青春死在巴黎的少年奇女子马利·白须葛采夫（Marie Bashkirtseff）氏，其次则龚果尔兄弟的文艺日记（*Edmond et Jules de Goncourts*）与亚米爱儿的内省日记（*Amiel's Journal Intime*），是日记中的仙露明珠，不可多得的逸品。

崩松倍氏把日记的种类，分作了历史的，宗教的，游历与畋猎的，社交与文艺的，军事与职业的，家庭的，妇孺的七类；在序文上他也在说，把日记来分类，本来是一件不可能的工作，可是为叙述的便利起见，勉强把它们分成了这样的七类，我觉得也很适当。

日记的有功于考据，使历史家于干燥的史实之中，得见到些活的关于个人关于当时社会的记载，原是不可掩没的事实；而热心于宗教，想将心里的邪念怀疑，尽情吐露，以求一时的安心立命，以祈将来的德积行修的人，日记当然也是一个最上的忏悔之所。游历的行旅者，遇到了新的山川景物，风土人情，要想把眼前的印象留下，可以转告他人，并且日后也可以唤醒自己的追怀，记日记自然是一个最好的方法；所以在我们中国，自古代遗下来的日记中间，特以这一种记行程，叙游迹的游记为最多，外国的作家，于漫游世界之后，也差不多每个人都有些记行的作品，足见一逢新异，手痒难熬，每日于游倦之余，在旅舍的灯下，弄弄笔杆，终是古今一例，中外相同的心理。

记交游的来往，叙俗尚的迁移；遇见了伟人，发生了一种怎么的感想，留下了些如何的印象，逢着了大事，受到了些怎么的激刺，写下了怎么样的批评，也是日记中常有的事情；所谓社交与文艺的日记，就是指这一类的日记而言。

除宗教与游历之外，战事自然是记日记的人最注意的一件事情，自一五九一年，英国的汤麦斯·柯宁斯倍（Sir Thomas（Coningsby）记了他的鲁安（Rouen）被围的日记以来，每次战争，总有这样的日记出现。所谓职业的日记者，就是负有记这些日记的使命，或当战争起后，任有职务的人所记的日记。

于这些大事之外，家庭的琐事，也是反射社会风俗的一面镜子；像主妇的气分行动，小孩的疾病治疗，男女佣人的脾气，日常起居的调度之类，也是日记的材料，这一种日记就是所谓家庭的日记；记者也许不很出名，而当我们读他或她的记事时，却也能感到无上的快乐。

妇人观察精细，并且也较多闲暇，所以记下来的日记，虽觉累赘，但在另一方面，却能把当时的琐事，比较正确完全地记叙下来；崩松倍氏之所以要分立妇孺日记的一类者，实因妇孺所记的日记，为人传诵者独多的缘故。

上面所说的，是关于日记的一般的话，现在要说到我自己的记日记的经验了。在日本读书的时候，当然也断断续续的记下了许多的日记，但这些稿本，不知丢到哪里去了，现在简直一本也找不到。回国之后，做了些编杂志和教书的事情，中间虽也不曾断过记日记的习惯，可是刻板生活的记载，就是自己看了，也要生厌。自从南下广东，北回北京，生活上起了变化之后，日记方才记得多了一点；但当记载的时候，当然是没有把这些无聊的日常琐事，公之于大众之前的意识的。可是为补救生活之故，将《日记九种》刊行之后，销路也居然有了好几万部，于是为了版税，就一版再版地任书局去印行；其后为杂志编辑者及书局之催逼，也曾经将零星记下来的日记，拿去塞过责；于是于《日记九种》之后，又发表了许多断篇的日记。现在当将全集改编一道的时候，当然是要先从容易做的事情来着手，达夫日记的汇录改削，就于是乎成功了，这就是我这一册日记的所以得与诸君相见的缘由。

一九三五年六月

山水及自然景物的欣赏

自从亚里士多德的文学模仿论创定以来，以为诗的起源是根据于模仿本能的学说，到现在还没有绝迹；论客的富有独断性者，甚至于说出“所有的艺术，都是自然的模仿；模仿得像一点，作品就伟大一点，文学是如此，绘画亦如此，推而至于音乐、舞蹈，也无一不如此”等话来。这句话，虽则说得太独断，太笼统；但反过来说，自然景物以及山水，对于人生，对于艺术，都有绝大的影响，绝大的威力，却是一件千真万确的事情；所以欣赏山水以及自然景物的心情，就是欣赏艺术与人生的心情。

无论是一篇小说，一首诗，或一张画，里面总多少含有些自然的分子在那里；因为人就是上帝所造的物事之一，就是自然的一部分，决不能够离开自然而独立的。所以欣赏自然，欣赏山水，就是人与万物调和，人与宇宙合一的一种谐合作用，照亚里士多德的说法，就是诗的起源的另一个原因，喜欢调和的本能的发露。

自然的变化，实在多而且奇，没有准备的欣赏者，对于他的美点也许会捉摸不十分完全的；就单说一个天体吧，早晨的日出，中午的晴空，傍晚的日落，都是最美也没有的景象；若再配上以云和影的交替，海与山的参错，以及一切由人造的建筑园艺，或种植畜牧的产物，如稻麦牛羊飞鸟家畜之类，则仅在一日之中，就有万千新奇的变化，更不必去说暗夜的群星，月明的普照，或风雷雨雪的突变，与四季寒暖的更迭了。

我们人类，大家都有一种特性，就是喜新厌旧，每想变更的那一种怪习惯；不问是一个绝色的美人，你若与她日日相对，就要觉得厌腻，所以俗语里有“家花不及野花香”的一句；或者是一碗最珍贵最可口的菜，你若每日吃着，到了后来，也觉得宁愿去换一碗粗肴淡菜来下饭；唯有对于自然，就决不会发生这一种感觉，太阳自东方出来，西方下去，日日如此，年年如此，我们可没有听见说有厌看白天晚上的一定轮流而去自杀的人。还有月亮哩，也是只在那么循行自有地球有人类以来的一套老调，初一出，月半圆，月底全没有，而无论哪一处的无论哪一个人，看了月亮，总没有不喜欢的，当然瞎子又当别论了。自然的伟大，自然的与人类有不可须臾离的关系，就此一点也可以看出来了，这就是欣赏自然景物的人类的天性。

欣赏自然景物的本能，是大家都有的；不过有些人忙于衣食，不便沉酣于大自然的美景，有些人习以为常了，虽在欣赏，也没有欣赏的自觉，因而使一般崇拜自然美的人，得自命为雅士，以为自然景物，就只为了他们少数人而存在的。更有些人，将自然范围限制得很小，以为能如此这般的欣赏，自然景物就尽在他们的囊中了。下边的四首歌曲，和一张节目，就是这些雅士们的欣赏自然的极致，我们虽则不能事事学他们，但从小处也可以见大，倒未始不是另一种欣赏自然景物的规范。

山居自乐（四季之歌，见乾隆御制《悦心集》）

无名氏

爱山居，春色佳，有桃花有杏花；绿杨深处莺儿啼，天阴草色连云暖，夜静花阴带月斜。兴来时，醉倒荼蘼下；这是俺山中和气，岂恋他金谷繁华？（春）

爱山居，夏日长，抚苍松坐翠篁，南风不用蒲葵扇，放开短发迎朝爽，洗涤尘襟纳晚凉。竹方床，一枕清无汗；这是俺山中潇洒，岂恋他束带矜妆？（夏）

爱山居，秋月清，白蘋洲红蓼汀；芳菲黄菊开三径，风前倚石吹长笛，月下焚香抚玉琴。木兰花，坠露朝堪饮；这是俺山中雅淡，岂恋他人世红尘？（秋）

爱山居，冬景余，掩柴门著道书；红炉榾柮煨山芋，开窗积雪千峰白，绕屋梅花几树疏。兴来时，驴背闲寻句；这是俺山中冷趣，岂恋他车马驰驱？（冬）

明高濂稚尚斋四时幽赏目录

孤山月下看梅花。八卦田看菜花。虎跑泉试新茶。保俶塔看晓山。西溪楼啖煨笋。登东城望桑麻。三塔基看春草。初阳台望春树。山满楼观柳。苏堤看桃花。西泠桥玩落月。天然阁上看雨。（以上春时幽赏。）苏堤看新绿。东郊玩蚕山。三生石谈月。飞来洞避暑。压堤桥夜宿。湖心亭采莼。晴湖视水面流虹。山晚听轻雷断雨。乘露剖莲涤藕。空亭坐月鸣琴。观湖上风雨欲来。步山径野花幽鸟。（以上夏时幽赏。）西泠桥畔醉红树。宝石山下看塔灯。满家弄赏桂花。三塔基听落雁。胜果寺月岩望月．水乐洞雨后听泉。资岩山下看石笋。北高峰顶观云海。策杖林园访菊．乘舟风雨听芦。保椒塔顶观海日。六和塔夜玩风潮。（以上秋时幽赏。）湖冻初晴远泛。雪霁策蹇寻梅．三节山顶望江天雪霁。西溪道中玩雪。山头玩赏茗花。登眺天目绝顶。山居听人说书。扫雪烹茶玩画。雪夜煨芋谈禅，山窗听雪敲竹。除夕登吴山看松盆。

雪后镇海楼看晚炊。(以上冬时幽赏。)

(录自《西湖集览》。)

这些原也不免有点过于自命风雅，弄趣成俗之嫌；可是对于有些天良丧尽，人性全无的衣冠禽兽，倒也可以给他们一个警告，教他们不要忘掉自然。我从前在北平的时候，就有一位同事，是专门学法律的人，他平时只晓得钻门路，积私财，以升官发财为唯一的人生乐趣，你若约他上中央公园去喝一碗茶，或上西山去行半日乐，他就说这是浪漫的行径，不是学者所应有的态度。现在他居然位至极品，财积到了几百万了，但闻他唯一娱乐，还是出外则装学者的假面，回家则翻存在英国银行里的存折，对于自然，对于山水，非但不晓得欣赏，并且还是视若仇敌似的。对于这一种利欲熏心的人，我以为对症的良药，就只有一服山水自然的清凉散，到这里，前面所开的那两个节目，倒真合用了；因为山水、自然，是可以使人性发现，使名利心减淡，使人格净化的陶冶工具。我想中国贪官污吏的辈出，以及一切政治施设都弄不好的原因，一大半也许是在于为政者的昧了良心，忽略了自然之所致。

自然景物所包涵的方面，原是极博大，极广阔的；像上面所说的天地岁时，社会人事，静而观之，无一不是自然，无一不可以资欣赏，但这却非要悠闲自得，像朱夫子那么的道学先生才办得到；至于我们这种庸人，要想得到些自然的美感，第一，还是上山水佳处去寻生活，较为直截了当；古今来，闲人达士的游山玩水的习惯的不易除去，甚至于有渴慕烟霞成痼疾的原因，大约总也就在这里。

大抵山水佳处，总是自然景物的美点发挥得最完美，最深刻的地方；孔夫子到了川上，就觉悟到了他的栖栖一代，猎官求仕之非；太史公游览了名山大川，然后才死心塌地，去发愤而著书，从知我们平时所感受不到的自然的威力，到了山高水长的风景聚处，就会得同电光石火一样，闪耀到我们的性灵上来；古人的讲学读书，以及修真求道的必须要入深山傍大水去结庐的理由，想来也就在想利用这一点山水所给与人的自然的威力。

我曾经到过日本的濑户内海去旅行，月夜行舟，四面的青葱欲滴，当时我就只想在四国的海岸做一个半渔半读的乡下农民；依船楼而四望，真觉得物我两忘，生死全空了。后来也登过东海的崂山，上过安徽的黄岳，更在天台雁荡之间，逗留过一段时期，每到一处，总没有一次不感到人类的渺小，天地的悠久的；而对于自然的伟大，物欲的无聊之念，也特别的到了高山大水之间，感觉得最切。所以要想欣赏自然的人，我想第一着还是先上山水优秀的地方去训练耳目，最为适当。

从前有一个赞美英国十九世纪的那位美术批评家拉斯肯的人说，他在没有读过拉斯肯以前，对于绘画，对于蒙勃兰高峰的积雪晴云，对于威尼斯，弗露兰斯的壁画殿堂，犹如瞎子，读了之后，眼就开了。这话对于高深的艺术品的欣赏，或者是真的，但对于自然美，尤其是山水美的感受，我想也未必尽然。粗枝大略的想欣赏自然，欣赏山水，不必要有学识，有鉴赏力的人才办得到的；乡下愚夫愚妇的千里进香，都市里寄住的小市民的窗槛栽花，都是欣赏自然的心情的一丝表白。我们只教天良不泯，本性尚存，则但凭我们的直觉，也就尽够做一个自然景物与高山大水的初步欣赏者了。

“家”的专号征文启事

社会虽基于个人之集合，而个人却总免不了有家室之依存。丧家之犬，在喻人之无家，等于畜类——独身主义的诸姊诸兄，望勿责骂，实在中国的一般文字里，这四字是如此用法的——绝祀孤魂，又在说鬼若无家，虽到了阴曹地府，也不能够阔步而昂头。家庭在社会生活上意义的重大，就是不学社会科学的人，也都晓得，《论语》之出“家庭”专号，对此本可以不再哓哓。可是中年人爱说家累，佛弟子又每欲出家，则这有重要意义的家庭，似乎又不是千人爱，万人乐的东西。平心讲来，中国的大家族制度，祖先崇拜制度，以及不知何人新发明的裙带制度等，虽不是简单一个家字可以包括得了，但社会的风尚，政治的前途，甚而至于国步的艰难，也都可以在这里寻到许多症结；家之为用，若阔而广之，也真可以同“大哉孔子”一样的“大”。

所以本刊编者，深望执笔诸君，能将“家”的历史，“家”的批评，以及关于“家”而感受到的酸甜苦辣，尽情叙述一番，使已成家者，可以改善，未成家者，可以预防。万一天下有情人，都得成眷属，天下良眷属，都得到白头；而此“得成”、“得到”之真因，是在读了《论语》的“家”的专号的话，则诸先生的所赐，岂不远胜过千万间的广厦，七百级的浮屠？编者区区，不过像寺院里的募化僧，只敲了几下木鱼而已。

一九三六年九月

国防统一阵线下的文学

——在福州格致中学演讲

诸位先生，诸位同学！今天承薛校长的宠召，得在福州历史最长，从前叫作格致书院，现在叫作格致中学的这礼堂上与诸君相见，是很愉快的一件事情。诸君在薛校长领导之下，德育智育方面，有诸位中外教师的启迪，体育群育方面，有李教官的督促锻炼，本来是用不着校外的人，再来训诲演讲的；刚才在薛校长的介绍词里所说的过誉之话，当然是愧不敢当，但一般青年的那一种对于作家想见见面，谈谈话的热忱，或许也是真情。鄙人在过去曾写过些关于文学的书籍，所以今天的谈话，也想用一个关于文学的主题来做中心，叫做“国防统一阵线下的文学”。

中国目下的形势，已经到了一种如何危急的程度；在这一个秋高气爽的明朗空气之内，隐含着如何空前的阴惨气氛，想是日日在看报的诸君所洞晓的事实，我在这里可以不说。但因这事实所促生的准备，就是一个国家想成立在世界上的一种必需条件，我们在过去因为没有遇到迫切的环境，一向是漠然置之度外的，现在却上下一致的感觉到非急起直追，加倍的努力不可了。这国家所必需的主要条件是什么呢？就是国防！

国防，在从前的中国，并不是没有。清朝一代，各省各地都有驻扎防守的绿营。到了清末，更有袁世凯小站的练兵，张之洞湖北的营垒，总算将兵制近代化了一点。其后民国成立，各地的新式军旅，数目多到了百万以上，所以说中国一向没有国防，这一句话是很有语病的。但是诸君总也知道，在国民革命以前的中国军队，与其说他们是国防，倒还不如说称他们作国蠹，来得更真实些。军阀割据各地，以人民为刍狗，以军队作爪牙；只知自私自肥，夺利争权。在他们的脑里，非但寻不出一个民字，简直也寻不出半个国字来。因这结果，所以才有这一次的国民革命的产生。国民革命完成以后，到现在也已经有七八年了，一切政治、经济、产业、建设，虽则都有了一点头绪，可是像从前那样的军阀的遗孽，也不能说是完全绝了迹。因而在这七八年之中，虽则大家晓得有许多事情，不得不做，但事实上却仍旧沿袭了过去的因循苟且，终于没有一点儿成效。物必自腐，然后虫生。果然东北事件发生，华北事件继起，现在全国骚然，这一个大侵略的步骤，几乎到了没有边际的程度。到了这里，全国的国民，上下的识者，才愕然起了恐慌，憬然有了觉悟；虽则时机已迟，但现在总算全国统一，大家集中力量，把全注意倾向到了国防的一点。

军备虽则是国防的唯一重心，但要想充实国防，使兵器给养都能不感缺乏，不致落后，还须在政治、经济、产业、文化、教育、交通的各方面非使同时并进的准备不为功。所以广义的国防，不单是在军备的一面，就是在个人的生活起居，以及我们的思想言行上面，也有着连带的关系。除了真正入了战时迫急状态，男女老幼都要上前线去工作以外，我们对于国防，是要时时刻刻处处都留着意，努着力，去分头苦干的。广义的国防，是永久继续，无处不在，每一个国民在无论何时都得负起责任来向前做去的工作；在这意义上，文学与国防才发生了关系。文学是社会上部机构中最重要的精神文化的一块础石，社会的共通目标，既倾向了完成国防的一点，文学者自然也应该负起他固有的使命。

因此，从前是最不受约束，被一般人误视为浪漫、堕落的上海文学者的一群，最近也改变态度了；他们集合了起来，发表了宣言，提出了口号，一个叫作“国防文学”，一个叫作“民族革命战争的大众文学”。对这两个口号，虽则也有人在提出异议，主张派别，但有识者间，大家都承认这两个口号并不相背，却是相成的；中国到了目下这一个国家民族的生死关头，唯一的工作，自然是在完成国防，拯救民族。口号的名目，或有出入，但最后的理想，最大的目标，当然是只有一个。最近在上海的各种杂志，以及各地的新闻附刊栏里，对这问题都有详细的讨论，周到的介绍，我虽则没有工夫来遍读这些言论，但归纳起来后觉得底下的几点，却是大家一致的意见。

第一，“国防文学”的抽象内容，大约可以从三方面来说：一、是唤醒民族意识的。中国人的民族意识，一向就不十分明了，百姓只教能够安居乐业，不管来治理我们的是人是兽，大家都无二言。宋朝亡了国，元朝的汉人臣子，还在诚惶诚恐，死罪死罪地歌功颂德。清朝入了关，一百余年间，我们汉人几乎忘记了统治者是另一类族。洪杨起义的时候，殉国就义的汉族人民，数目比满人还要来得多。这原因是在什么地方呢？就因为汉族的人数多，汉族的文化高，当时在军事上虽则成了被征服者，但在制度、文物、礼教，以及诸种文化的支流上，却渐渐地倒成了征服者的样子。因而大家就忘记了本源，混认了族类。所以民族意识的这一个观念，根本就没有保存的必要。现在却不同了，我们汉族，无论在军事上、文化上、学术上，一切的一切，比人家都要落后到几百千倍；所以目下中国若不亡国则已，若一亡国，就是亡种灭族，同新大陆的红种，阿非利加州的原始土人一样，不上几十年，一定会变得子孙一无噍类。在这一个关头的文学，自然要以唤醒民族意识为主要的内容。

二、应该是鼓励向上奋斗的革命的文学。中国文学的传统，大抵以吟风弄月，抒写性情的一类为最多；这些从美学的观点来批评，原也有很高的价值，我们不能禁止人家不再作，也不能把过去的所有的这些文学完全来焚化。但是从饥渴的时候需要饮食，寒冷的时候需要衣服的普通常识来评断，总觉得这些粉饰太平的文学，是不适合于现代的时机的。在这一个非常时期里所要求的，不是楚辞的咏叹，魏晋的风流，却是汉高祖的大风之歌，诸葛武侯的出师两表。对青年，要加以鼓励，对老弱，是加以筹谋，对强敌要抵抗，对本身要坚持。这一种向上、奋斗、革命的精神，当然是目前的文学的重要成分。

三、暴露现实，从消极的一方面来做积极的工作，也是目下的文学者的任务。我们的弱点、坏处，凡一切真的事实，都应该尽情暴露出来才对。汉族中间也有汉奸，汉奸上下，也有父母子女，所有的丑恶，所有的劣情，只教是真的话，都应该不加以歪曲掩饰，和盘托出来给人家看清。看清之后，然后要改者得改，要进者得进，要防者得防。写作的范围，不必定要限于忠臣义士，或经国济民的一圈伪国里；也许有真心人，愚群众也许有大作为，社会是复杂，人心是善变的；不看反面，何由辨别到正面呢？“国防文学”，或者说“民族革命战争的大众文学”，我以为抽象的内容，举这三点，总也差不多了。

至于写作的技巧，我一向就赞成新写实主义的手法的；再详细一点的说，就是有情写实的那一种手法。冷冰冰的事实的细描，以及空泛泛的概念的陈述，都不是我们所需要的作品。我们写战争的恐怖，写亡国的悲哀，或写种族绝灭的惨祸，要将热的流动的血，贯注到铁的事实的里面去，才能得到效果。光是叫几声口号，原是不够，就是细叙了一件从头至尾的事件之后，没有画龙点睛的最后一滴热血注射进去，也等于一笔流水细账，这些并不是文学。譬如就以报告文学来说吧，在报告之中，也未始不可以加些盐酸的香味进去。从前我记得曾在一册英译的契诃夫书简集上读到过一篇契诃夫的简传，作者的名字现在记不起来了，只记得末后的两句话，实在是有力量。他于报告了一长段契诃夫的生平历史，以及病死的事实经过之后，最后就说："送葬的人，大家都回去了，剩在坟园和夜阴里的，灵柩上就堆上了泥块。"——仿佛是这样的两句——我当时读到了这里，真不知道受到了多少的感动，我之所谓"有情的写实"，就系指这一种写法而言。

今天本来是没有什么预备跑来讲话的，希望诸君能够在言外听取我的真意。诸君未必个个都是去从事文学的人，将来出了学校，入了社会，大家所做的工作，一定是多方面各不相同的；但是第一应该记取的，是中国在目下的情形之下，最重要的事情，唯在国防的一点。我们在这一个大前提下，自然个人的自由、利益，甚而至于生命，有牺牲的必要时，也只好牺牲；因为国防的完成，民族的再兴，代价是并不低廉，责任是并不容旁贷的。诸君若能牢记着这一点，行住坐卧，时时处处都不忘记这目前的任务，勇往直前的奋斗到底的话，那我敢断言，当诸君到了像我年纪的时候，中国的国运，一定会得隆兴，中国的国际地位，也一定会得抬高到汉唐盛世一样，而我们的子子孙孙，也永远地不会再受人家的轻侮，这就是我今天特地要跑来和诸君相见谈话的唯一的希望与目的。

一九三六年九月廿五日

说闽剧的布景

中国戏剧的有布景，当是近三十年来的事情。我们小的时候，并不知道有布景这一回事。大约春柳社起来以后，上海才注意到布景的重要，以后在旧剧里，也有布景这玩意儿了。若要追溯京剧布景的真正起源，恐怕是开始于清廷宫内的戏院的，我们但须上颐和园去一看那内廷供奉的戏台，就可以知道当时已有了上天入地等机关的布置了。

旧剧布景的推陈出新，另有进步，把舞台面改得楚楚可观的，是出洋以后的梅兰芳剧团。梅兰芳的改良，是把各种绣花红绿缎的帐围等除去，后面一律张以白幔或黑幔。敲锣鼓的人，隐在幔后，闲杂人等一律不准上前台。演员不在前台观众前喝茶更衣，值台者有必不得已事，须上前台来时，一律穿着规定制服。至今北平开明戏院，或真光电影院等舞台，若由梅兰芳或杨小楼等名艺员上演时，还是照这一种的布置。

这是我这戏剧外汉所知道的布景演变的大概。这回来了福州，看了闽剧的布景，才知道这里的舞台面，又是一种派别。镁光一响，舞台面一变，神奇古怪的动作，与景物的半真半假的变换、移易都来得很快。这一种魔术似的布景，十年前在上海，原也盛行过一时。有的人说上海的布景装置，有时候也系到福州来定的，这也许是事实。

不过我对于这种布景法，还有一点意见。

一、太着重于布景以后，演员的唱做妙处，易为观众所忽略；因而演员的艺术，也不容易进步。

二、费用太贵，搬运不易，且容易影响到编剧的方面，每有不得不将剧情迁就布景之嫌。

三、容易使观众堕落，永久沉埋在低级趣味的中间。

四、用镁光来遮眼，有碍观众的健康，如光过猛则损目，烟太多则害呼吸之类。

除这四点之外，我对于闽剧的布景，绝对赞成，并且更希望多利用电气装置，以电光来充实场面的变换，虽则福州的电光是贵而常断，但若利用得当，多少总也可以收些科学化的效果。

天热，头也昏乱，对于闽剧的改良意见，另外都说不出什么来了。

一九三七年七月十日

战时的文艺作家

想到了战时文艺作家的问题，感想就很多。

第一，文艺作家也是普通的一个人，所以生活问题，是与一般人一样的。

第二，文艺作家也是普通的一个国民，所以国民应尽的义务，尤其是战时应尽的义务如壮丁补充，入伍上前线，后方勤务，生产或军需事业的服役，特别捐税的负担之类，也应该同一般的国民一样的。

第三，才是文艺作家特殊的问题，就是文艺作家，如何能发挥他或她的特长，去为国家为民族尽些一般人所不能尽的力。换句话说，就是文艺作家，将如何地本其平日的心得、成就，去增强抗敌、建国，与复兴民族的力量。

在这里，当然又有许多细目的分枝。

（甲）以文艺为武器，去作宣传，借收现在足鼓励民众，后世足警惕子孙之效。这是对内的。

（乙）对敌人，对第三国等，去宣传，去联络，以减削敌人侵略的势力，增加我们抵抗的势力。这是对国外的。

第四，想到了作家在战时的作品内容问题。

（甲）以战事为题材。作强有力的宣传文学，所谓“差不多”的现象当然是不能避免，并且也不必避免。一样的在“差不多”

之中，也有杰作与劣作之分，如同是女人，而有妍丑的一样。

（乙）报告文学，在这时候，当然是特别的多，这些纪录，虽不是纯粹地为文艺而文艺的作品，但于一些的宣传，报告效力之外（即一时的价值），当然也可以作为永久的纪录，在文艺上之能发生永久价值，自然是于一般文艺作品一样的。

（丙）在战争正热烈的时候，大文学，大作品可以不必急急去制作，因为在战时，行动高于一切，实际当然强于虚构，这时候的作品调子，自然要与平时的不同。

第五，中国的文艺，经此一番巨变之后，将截然地，与以前的文艺异趋，这是可以断言的。

以后的中国文艺，将一般地富于革命性，民族性，世界合作性，是毫无疑问的。从前的那些不正确，无实感，有造作性的革命文学，民族文学，必将绝迹于中国的创作界，也是毫无疑问的。所以经此一番抗战之后，中国文艺才真正地决定了与社会合致，与民族同流的可能与必然。

我们对此次抗战，原各有最后胜利必属于我的信念，但我对于中国将来的文艺复兴，更抱有很坚确的期望。中华民族，决然复兴无疑，哪有新兴的民族，而无更灿烂的新兴文化的道理！所以真正的中华民族文艺复兴的高潮，就是在今天与以后的数年之中。

四月，十五日。

抗战以来中国文艺的动态

抗战以来，文艺作家的一个最好的现象，亦即是最大的成功，便是无论哪一系哪一派的文人，都团结了起来，结成了一个全国文艺作家的抗敌协会。

大家都知道，从前的中国人，都是领袖欲很强，个人的意见最深，绝少有合作的精神的。一个人的时候，便称孤道寡；二人在一道，又会分成左右派而各自争长；三个人的时候，更会分出左右中的三派来。这倾向，在一般人间原是如此，在文人间可说是更甚一点，所谓文人相轻，就系指此。

而今年春间，全国的文人，居然大众一心，牺牲己见，抗日建国的一个共同目标下于武汉团结起来了。

协会的经费，是由各会员的自由捐助，和中宣部、政治部、教育部的津贴而集成。工作是先刊行抗战三日刊周刊，而后再出月报。现在退出武汉，将中心移往重庆去了，周刊仍在重庆继续地出版，月刊也快集稿了；负责编辑的，是笔名老舍的舒舍予先生。理事则有郭沫若、邵力子、茅盾、丁玲和鄙人等四十二人。我相信这一个集团，将来定会发生很大的推动力，以助抗战建国的成功。

其次是“文章下乡，文章入伍”这一个标语的实践。从前的文人，只在享乐中心的文化都市里集中，穷乡僻壤，军队与下层民众中间，以及海外各侨胞居留地与夫游击区里，是绝没有文人肯去冒险牺牲，为国家为大众服务的；现在则因环境与事实的关系，执笔的文人，与执枪的战士，以及执镰刀斧头的工农打成了一片了。

由这两大动向所生的结果，自然文学产品也和从前的变了作风。

第一，是报告文学的突飞猛进，这是在各种报章杂志上，谁都看得出来的一个成果。

第二，是歌咏、戏剧的勃兴，同时也实际收了很大的鼓动抗敌情绪的成效。

第三，消极的功用，就把那些靡靡之音，不健全的低级趣味的作品，以及贵族化纯文艺化的刊物打倒了。

第四，从前所空喊的文艺通俗化、民族化、革命化等口号，实际上自然而然地实现出来了，大家只教把最近一年来的文艺作品，和二三年前的刊物上所载的东西拿出来一比，就可以看出这倾向的显著。

第五，是所谓“反差不多”潮流的隐没，在这时期，只有抗战是我们全民族唯一的任务，差不多也好，差得多也好，只教与抗战有裨益的作品文字，多多益善。不问大文章小品，八股七股，只教是与抗战有益的东西，在这时候，都可以成立，都可算作广义的文艺。

第六，是作家破弃了象牙塔，幻想宫，而与政治军事，社会民众，合成一道的洪流。

凡上列几点，是一般的抗战以来的文艺最显著的特性，具体的分析剖解，以及创作方法与材料收集等问题，以后当慢慢地详细举出来，与南洋各埠的诸位作家来商讨。

文化是民族性与民族魂的结晶，民族不亡，文化也决不亡，文化不亡，民族也必然可以复兴的。我们在这一次抗战当中，敌人虽竭其全力，想毁灭我们的文化，但我一看去年一年中所出的大部总集（如《鲁迅全集》、《列宁选集》、马克思《资本论》等）之多，与各种新闻杂志创刊的众多，就可以知道我们的民族是愈有敌国外患，愈富弹力的民族。而这些作品，这些集子，以及这些现象，都不是亡国之音，亡国之兆。

知识阶级，文化人，尤其是青年作家们，我们应该奋起，应该改除旧习，应该加倍努力，以期最后胜利的早日到来。祖国在切盼着我们，世界各友邦也都在期待着我们。

一月三日在槟城

几个问题

到星洲后不久，就去槟城，自槟城回来不久，又便接编《星洲日报》的三种副刊，此后更有一种文艺半月刊刊行的计划，和《星槟日报》的星期文艺的编纂。因为过去所做的工作，是关于文艺方面的居多，而此次来星洲后，所负的，又是偏于文艺方面的责任，所以见到听到的，都是些关于这一方面的问题。尤其是有地方性的，关于南洋方面的文艺界的问题。

其一，是在南洋的文艺界，当提出问题时，大抵都是把国内的问题全盘搬过来的，这现象不知如何？

这是槟城的几位朋友提出来的质问，对这疑问，我因为过去在南洋的论战历史不熟悉，所以答案里，一定缺少史实的根底，但是粗粗说来，我们即是以中国文字在写作的中国民族的一分枝，则我国的论战题目，当然也可以做我们的论战题目。不过第一，要看这题目的本身的值不值得讨论。第二，要看讨论的态度真率不真率。我在此地所说的真率两字，是英国批评家汤麦斯·喀拉衣耳所说的 Sincerity 这一个字的直译。譬如说罢，上海在最近，很有些人在提出“鲁迅风”的杂文体，在现在是不是还可以适用？对这问题，我以为可以不必这样的用全副精神来对付，因为这不过是一个文体和作风的问题。假如参加讨论的几十位先生，个个都是鲁迅，那试问这问题，会不会发生？再试问参加讨论者中间，连一个鲁迅也不会再生，则讨论了，也终于有何益处？法国有一位批评家说，文者人也。我们的文体，我们的思想，受一点古人的影响，原是难免的事情，若要舍己耘人，拼命去矫揉造作，那也何苦？其次，是讨论人的态度。提出问题，或参加讨论，以及搬过题目来的人，若对这问题，真真是受到五衷的驱使，诚实地将这问题熟虑过研究过，觉得非提出来请教人家，是怎么也不能够过去的了，那这时候的态度，当然是真率的。持这一种态度的问题提出者和讨论参加者，我们只有对他表示敬意；即使那问题是一愚问，我们也只有惊叹着他的“其愚不可及也”。而不能施以谩骂和轻薄。反之，若这问题的提出者和讨论参加者，其意只在炫示新奇，夸张博学，根本的目的，只在出点风头，而徒然将国内的言论，全盘搬到此地再论一遍，那这态度就是不真率的态度；对这一种人，我们当然也不能以人废言，不能以谩骂讥笑的态度来抵抗，但至少至少我们也要以诚恳的忠告，使他走向忠实，有用的正路上去。

其二，南洋文艺，应该是南洋文艺，不应该是上海或香港文艺。南洋这地方的固有性，就是地方性，应该怎样的使它发扬光大，在文艺作品中表现出来？

这问题实在是一个很重要而亦极普通的问题。文艺，既是受社会、环境、人种等影响的产物，则文艺作品之中，应该有极强烈的地方色彩，有很明显的社会投影。我以为生长在南洋的侨胞，受过南洋的教育而所写作的东西，又是以南洋为背景，叙述的事件，确是像发生在南洋的作品，多少总有一点南洋的地方色彩的。问题只在这色彩的浓厚不浓厚，与配合点染得适当不适当而已。

地方色彩，在作品里原不能够完全抹煞掉而不管，但一味的要强调这地方色彩，而使作品的主题，反退居到了第二位去的这一种手法，也不是上乘的作风。所以，根本问题，我以为只在于人，只在于作家的出现。南洋若能产生出一位大作家出来，以南洋为中心的作品，一时能好好的写它十部百部，则南洋文艺，有南洋地方性的文艺，自然会得成立。我们只须向这一方向去努力，修练我们自己的表现力、观察力、消化力，将来当然是有希望的。但是，要写出一部可以为南洋吐气放光的作品，也是一件不容易的事情，不是人人能够写，天天可以写。学几何没有捷径，创造文学，也没有捷径，所要紧的，是在我们的时时刻刻的学习与用心。

在这一次的自港来星的途中，于圣诞节后一日，我曾经过菲律宾的首都马尼拉市。当去菲律宾大学参观的路上，于无意中，买得了一份 *The Sunday Tribune Magazine*，在这一份杂志上，我又于不意中，看到了一篇记载一位菲律宾的大作家 *Rizal* 的记事。菲律宾的民族英雄李查儿，他为欲改进民族的福利，纠正社会的错误起见，只写了一部小说，叫作 *Not Me Tangere*，这一本小说出来后，世界各国才知道南洋有一个菲律宾群岛，这岛国的政治、社会，以及一般岛民的生活是怎样的。李查儿当初当然不是在故意强调菲律宾的地方色彩，然而这小说一出世后，菲律宾文学，当然也就成立了。虽然他的原文是用西班牙文写的，但这小说现在已经成了无论哪一国的爱读物，译成了几十国的文字了。“彼何人也，我何人也，有为者亦若是”。这话虽然不可以挂在嘴上，但总得时时记在心里，我们才有希望。

其三，是最近有人提出的，在南洋来做一番启蒙运动的问题。

这问题，是无时代不新，无时代不可以有的问题。我对这运动，当然是十分的赞成，而且也认为是必要的。核心，只在启蒙的程度——启哪几种蒙，启到怎样的程度——和实际的做法。范围稍广，涉及思想、社会，以及为人处世、政治、经济、教育等范围的问题，暂且不说，单就文艺的这方面来讲，我想，至少至少，首先还应大家来选出若干部书，开一个书目出来，教青年去读读，如哪几种是奠定思想基础的书，哪几种是教人写作的书之类。可惜我到这里还为时不久，对这里的社会环境，以及教育程度，都还不甚了解，所以不敢具体的说话，冒昧的举出些书名和杂志日报等名目。此外，则办理小规模的图书馆，创设函授学校，发行讲义录等等，我想也是轻而易举，对启蒙运动极有裨益的事情。总之，这事情是百年的大计，影响到民族，社会，以及思想的力量，是很大很大。法国在大革命前的那些启蒙运动者的功绩，到现在还留在拉丁民族的心里，口上，以及一切文化设施之中。我们在这一时期，正当青黄不接，我国在受大难的这一时期，来推行这一个运动，自然是极有意义，值得一做的事情。

其四，是文艺的大众化，通俗化，以及利用旧形式的问题。

文艺的应该通俗化，大众化，是天经地义的一个原则，对这个问题的宣传，讨论，在国内已经有了将近十年的历史，但是种种的论列，终不及现实的推动来得有力。自从这一次神圣抗战的烽火燃起以后，实际上，文艺就不得不社会化，通俗化，大众化了。我们在武汉，在重庆，在鄂西北，在延安，已经脚踏实地的在向这一方面做去。讨论的时代之后，现在似乎已进入了实际创作的阶段。我想在南洋，不久之后，也一定会和我国的洪流接上，使文艺不至于像在过去一样，仅仅是几个人或少数阶级的娱乐品、装饰品。至于用旧形式的问题呢，也不必反对，也不必一定作非用不可的固执。老舍、老向，曾把台儿庄的胜利，和杀敌人的故事，编过许多弹词、京词，与大鼓书。老舍并且嗓子很好，自己会上台唱，收到的效果，的确不少。但是，同时哩，巴金、茅盾等也还在写与从前不十分两样的小说杂文。丁玲女士我虽则有好久看不到她的写作东西了，但在武汉遇见史沫特莱女士的时候，她曾告诉我说，丁玲仍在写一部长篇小说，题材当然是这一次的抗战。所以我以为这利用旧型的问题，只是文艺通俗化大众化的种种手段之一。手段不止一个，样式也当然是很多，只教能使文艺达到通俗化大众化的目的的，各种手段都不妨试试。戏法人人会变，各人巧妙不同。同是一个京调，谭鑫培、刘鸿声，与余叔岩唱来，各自不同，而又各能动人。总而言之，问题不妨提出，也不妨讨论，但是实际的解决，却只在实地去做的人的成绩。

还有一件事情，讨论问题，提出问题原不要紧，但须注意的，是在我们前面所说的“态度”。若一涉及意气，各分门户，甚而至于置本题于不顾，专走向谩骂讥笑，植党营私这一条路去，那是最不对的一个错误。在平时尚且不可以如此，在必须精诚团结，一致对外的现刻，尤其是一件破坏统一不可饶恕的大罪。

一九三九年一月十八日

星槟两周文艺发刊词

从今天起我又负起了编辑星槟两周文艺的责任。星槟星洲，本是兄弟报，而星加坡，槟榔屿，又是姊妹岛，既编了星洲的晨、繁二星，则为星槟编这一栏艺苑，当然也是义不容辞。好在南施北宋，投稿的多是南洋文艺的急先锋，我这老马羸骀，虽则有力竭声嘶的危险，但得附骥尾以驰骋，也未始不是人生的一乐事。而今而后，先与投稿诸君子约定，凡投寄此栏之稿，统请预为标出，写明星槟文艺栏等字样。因系两周一次的发行，长稿势难登载，原件除有特别情形者外，恕不一一寄回。刊出之后，略奉薄酬，请径向星槟日报会计处领取。增删减削，欲供一得之愚，僭越之处，还祈宽宥。我自己若有拙作，当另刊于此栏之外，免占投稿诸君的篇幅。特此奉约，敬请爱好文艺的诸君，踊跃参加，共同的来创造些足以弥补人生缺憾的纪录。好，现在就譬如登高，让我们来一个卑卑的开始。

廿八年二月一日于星洲

《星洲文艺半月刊》出版预告

为沟通南洋与祖国的文化起见，来出个纯文艺半月刊的计划，是老早就定下的。但一则因为和国内的通信不便，再则编辑副刊的事情也太忙碌，所以，一直搁下，直到了现在。

我们国内各作家的聚集地，大致是在上海，香港，重庆，昆明，桂林，延安，迪化等处，我于上月向各处的友人发了许多信后，只上海，香港，两地的友人，已来了稿件；而重庆，迪化等处，恐怕我的去信，也还在路上。若要等大家的回信稿件到后，再来编印，恐怕时间上要迟得很久。所以，现在决计于四月十日，先发刊第一期的创刊号。

有许多南洋的稿子，本来是写得很好的，但多因字数太多，日刊容纳不下，现在也还在我的手头，这些当按期地分载入半月刊去。

半月刊的内容，当然是评论，创作（诗歌，戏剧，小说，散文小品），翻译都有的，但为求贯彻宣扬文化的初衷起见，翻译自然只能每期容纳五分之一。

剧本存在我这里的特别多，因地位的关系，是日刊里无论如何也登载不下的缘故。

小说，则长篇的也可以登，但总以短篇或中篇为适宜。

诗歌的创作，本来是很难，并且可用的存稿也很少，深望投稿诸君，在这一方面，再加以充分的努力。

先在这里，做一个预告，希望读者，投稿者，都能和我来做一下有意义的合作。

事物实写与人物性格

十九世纪在艺术上最大的一个贡献，就是写实主义的提倡。无论在哲学上、绘画上、文学上，不以写实主义为骨干的作品，都站不住脚，如没有脊骨的软体动物。写实主义所走的道路，实在也很长很远，从自然主义，琐末主义起，经过世纪末的超现实主义，一直到现在的新写实主义止，其间经过的历程，就是一部庞大的近世艺术史。

自入二十世纪以后，因科学的极端发达，人口的大量增加，智识的普遍扩充，从第一次世界大战以来，社会人事的纠纷错杂，演成了从来历史上所少有的一个复杂局面。所以，欧洲的文艺批评家，有慨叹着诗的世界，已经消失了的（就是说现在是散文的世界），有懊恼着罗曼史已经无处可寻的。实际上，现世上的社会事物，的确比小说传奇，还要来得更伟大、更复杂、更有味，许多小说家，诗人，在最近，都放弃了结构、布局、幻想、涂色等种种空灵的把戏，群趋于事实报道的一途的原因，或者也就在这里。

譬如说罢，约翰·龚赛（《欧罗巴的内幕》的作者），起始就是一位小说家，他初次问世的小说《红色的园亭》，本是很成功的一篇长篇，但现在却不再写小说了。传记文学家爱弥儿·罗特味希、安特来·穆洛亚，当初也是想以小说立身的人，但现在也流入了大新闻记者之列，专去写人物印象记之类的中间读物了。

这一个诗人作家群趋于事物实写或类似新闻报道的倾向，尤其是在我国这一次抗战事情发生，与欧洲风云紧急之后的两三年中，更为显著。

我们所在提倡，而事实上也收获最大的报告文学、战地记事、人物印象、通信文学之类的文字，也就是这一个潮流里的特殊浪花，在战事不止，世界大战的威胁不除去以前，自然只有增长的趋势。

一件事情的经过，一个地方的印象，或一场战事的记录等，我们在读的时候，以为写写是最容易不过的事情，但实际执起笔来，则事实的取舍，先后的排列，刺激的点缀，以及宽弛与紧张场面的对称等等，难处也不让于写一长篇的小说。新闻记者范长江的成功，就在于这些地方布置的得当。

所以，在实写事物的时候，我们第一也要分别一个重心或要点出来，凡足以烘染，影托这重心的记事，可以不嫌详尽，拼命的细写。其次与这重心不相干的末节，只教能点出一段连系，就可以不必琐叙。这就是写实的经济方法，也就是一般作文的旨趋。

至于人物性格呢？在报告文学或通信文学等记事文里，并不占重要的位置，与作小说的时候，总有点不同。当然人是活的个性，社会的一切事物，是人造出来，或者因人而起的纠葛，要报告一件事情，而略去这事情的主角，是不对的。

可是事情有两种，有造时势的英雄，也有造英雄的时势，看我们要写出报告来的时候，是以时势为重呢？还是以英雄为重而取决。战争、民族的兴起，愤怒与流亡，不是英雄的事业，所以人物性格是居其次。反之，若想写委员长的伟大，希特勒的滑稽，或墨梭利尼的蛮横时，却又是另一种了，当然要以人物性格，为第一目标，但照现在的情形来看，当我们写这一代的时事时，总还是记事物的文字多，描性格的文字少，所以，人物性格的捏塑、装潢等技巧，用处还比较得少些。

对于初学写作的人，我的唯一的忠告，就是以从试写记事文入手为最妙。一件事情的写实写得好了，然后再来练习人物个性的描写，是普通的路程。反之，若专欲在小说创作上用工夫的人，那又当别论。譬如，典型人物，要如何写出，才不至于流成类型。一个个性的写出，用意并不是在造成典型的时候，则局部描写时，又当用如何的手法等，却是小说的作法了。因近来很有些人，来问及这两种作法的路径的，所以略贡这一点愚见，而最好的教师，还是那些成功的作品.

二八年四月

艺术上的宽容

历史上的不宽容态度，表示得最惨酷的，要算欧洲中世纪的宗教分裂的时期。这一种不宽容的宗派固执，一直继续下来，直到了产业革命发生，近代国家成立之后，才稍稍成了下风。

其次的不宽容态度，当然是以政治上的现象为最甚；无论古今中外，在政治上的排斥异己，分成朋党，似乎是必然之势。到了议院政治成立以后，各党公开的互相水火，且被一般人所公认为不可避免的事实。

但这现象，不幸在艺术界，也时时发生，却是艺术界的一件可悲的事情。绘画有派别，音乐有派别，文艺亦有派别。其始，还有些主义主张的争论，“其争也”还可以说是“君子”。但到了后来，则卑污龌龊，什么事情都来了，尤其以各门下的走狗辈为甚。

这一种不宽容的态度，足以破坏社会，阻遏文化，扰乱治安而有余的一件事情，是谁都明白晓得的，可是明知而故犯之，到了亡国灭种的时候，还要争一争谁先做奴隶，或谁死得快一点。其愚真不可及。

我所以要主张艺术上的宽容，不主张以宗派观念来扰乱大局，对于文学，态度也是如此.

人家或者要说，这是没有主义主张的态度；但我则以为要想创造文化，造福人类，却非先将这偏私狭小的气量扩大起来不可。

当然，限度是有的，譬如以目下的情势来讲，对于汉奸文艺，当然是不可宽容的，譬如对于破坏统一，危害团结，因以促致国亡种灭的那些言论文辞。

我就觉得在艺术界的立论创作上，总以愈宽容为愈好。

战后敌我的文艺比较

自己在日本留学的时代，正当明治维新大业完成之后，百务向上，达到了敌国在数百年间仅有的社会兴盛期的顶点。那时候的敌国上下，个个都守法安分，军人在社会上并没有放肆专横的行为。欧洲的自由主义思想，以及十九世纪文化的结晶，自然主义中的最坚实的作品，车载斗量地在那里被介绍。日本近代文学的黄金时代，当然除了这从明治末年起到大正的一代结束止的几年以外，以后是恐怕永远也恢复不过来了。

试数一数当时作家的辈出，就可以想见文坛兴盛的大概。

帝大出身的一群文士，以夏目漱石为中心，《新潮志》、《帝国文学》，是他们的营垒，森鸥外，与夏目旗鼓相当，或用译笔，或用创作，每一季总有他的单行本出来，每一月的杂志上，总可以见到他的几篇文字。早稻田文学，以岛村抱月为首领，此外还以坪内老博士作顾问，杂论在戏剧界、小说界、新闻界，都有他们的地盘，而机关杂志的《早稻文学》，比《中央公论》的文艺部门，并不见得逊色。

新归朝的永井荷风，独霸在三田文学的一隅，水上泷太郎、久保田万太郎等，还是初出茅庐的新进。

白桦派同人正在学习院大学修学的期中，志贺直哉、有岛武郎、武者小路等，还刚在开始编他们的同人杂志。

自然主义的先锋长谷川二叶亭去世未几，北村透谷的自杀，也仍传在大家的口上，岛崎藤村，正在发表他的《破戒》、《春》等作品。田山花袋与德田秋声，还在博文馆及读卖新闻社当记者，国木田独步养病湘南，他的《渚》及《武藏野》等小丛书，刚刚出世。

以曾经身历过这一个时代的我们，来看目下敌国的所谓“铳后文学”，真疑自己是退倒了百余年的年纪。多行了几万里地的荒路，像入了非洲极没有人到的原始的世界。

“铳后文学”的思想头脑，当然是为钢铁所缚住，“铳后文学”的内容，也像似不含毒性的臭瓦斯的白烟，最近听说连恋爱文学，都在被禁止之列了。

所以，一般作家的回复到咬死骨，搅尸灰，只在《源氏物语》、《西鹤世物语》上面打滚，事实上，恐怕也是不得已的事情。

日前曾在报上，看见罗斯福总统在华盛顿艺术博物院开幕时所作的讲演；他说，艺术要在和平的社会，自由的空气里长成的；这话当然有一面的理由。在军部的指挥刀下产生出来的绝无取材用词等自由的敌国现在的所谓“铳后文学”，就是罗斯福总统这话的一部分的证明。

至于说到和平呢？倒也并不是产生艺术的绝对必须条件；为正义、人道、真理、文化而斗争的牺牲坚忍，这斗争本身，就是一种艺术。斗争者倘有余暇，在斗争之中，或斗争的前后，创制出来的艺术，终是与行动一致的伟大的艺术。这些话的实例，在中外的历史上举不胜举。只就目前中国自抗战以后所产生的一切艺术来说，浑成圆熟，典丽裔皇的形式美，或者要差一点，但只仅仅两年之间，我们所产生出来的斗争艺术的内容和气概，却早比前十年表面上似乎是和平时代所产生的艺术，也进步也伟大得多了。

所以，敌我的现时文艺，两相比较起来，谁也能看得出，敌人的文艺是空虚的，弛懈的，反真理，后退的。反之，我们的文艺呢，却是充实的，紧张的，满含正义人道自由真理的内容而前进的。

五月廿六日

抗战两周年敌我的文化演变

敌国的文化，本来就是模拟文化，或可以称作猴子文化，在侵略战争发动之前，各文化人早已就丧失了自由与生气了；不过到了抗战之后，这铳口的威胁与压迫，变得更加厉害了一点而已，照敌人的说法，是叫作“言语道断”。

先来说新闻界吧，各种新闻报道，完全由官营的同盟社一手包办了去。正确的消息，与有理性的言论，是一概不准发表的。杂志的论文，不准提一提军阀两字，尤其不准说一句敌人在中国战场上有伤亡。

莎士比亚的名作《汉来脱》则因有辱皇室，不准上演；《罗密阿与朱丽叶》又因为是恋爱剧，也不准上演。

帝国大学的经济学部里，不准讲经济学史，介绍英国自由主义思想的河合荣次郎，被免去了教授之职。

小说作家石川达三，写了一篇《未死的兵》，因为内容稍为涉及了一点敌兵在中国的兽行（奸淫，虐杀，以及掳掠），就被捉去坐牢，私刑拷问，声明自愿歌颂军阀皇道之后，才被放出，派到中国来作笔部队，现在却一变而为军阀们的宠儿了。

像在这一种状态下日本文化（狭义的文化），会不会有进步，或有发扬光大的可能的？我想就是三岁的小孩，也能够判断。

至于一般的文化生活哩，学生不许上咖啡馆，洋服不准新制，不准带领带与穿皮鞋。战死兵士的未亡人只准笑不准哭，钮扣的铜银金属，以及身上屋内的皮革，要拿去献给政府。饭菜不得过二样，吃饭不准上三碗。……光就举这一点细事来说，敌国现在一般人民的生活，也就可想而知了。所以敌人的一点猴子文化可以说是经了这两年战事的结果，完全步入了绝灭的深渊；以后能不能再有文化，则要看军阀专政的横蛮独裁（奥太基），是否会在短期内崩溃以为断。

至于文化中最狭义的敌国文艺哩，我前在本刊上，已经写过一次了，大概的倾向，是重嚼尸骨，搬弄搬弄古代文艺；与写些虚伪歪曲的战争报道；以及以色情，怪异，与囊逊斯（无意义的事物）为骨干的极不透彻的空虚作品而已。

所以，对于敌人的文化，在抗战两周年的现在，实在也没有什么值得一说的。十几年前，有一位法国的作家汤麦斯·洛喀（Thomas Rancat）曾经写过一部小说，叫作《江之岛的旅游》。他将日本的情形风俗描写得实在很逼真，日本的小气量，上下的无智，警察制度的不必要的严密，一点也没有夸张地都重现在那里。可是这书由日本看起来，或许以为是讽刺，但日本的文化生活，却真是那一种样子。这是十几年前的事情。现在则他们上下的疯狂、褊狭、无智的状态，当然要加深一层。但总结一句话，日本的文化，文学，以及一切，在这廿世纪的时代里，是一种完全稀有的反动，与后退的现象。

反过来，一看我国的文化，则在这两年之中，真有了二十年的进步。第一，文艺界知识界的合作，普遍地在一般民众心里脑里，唤起了国家民族的意识。第二，知识与文艺，在这抗战期中，从特权阶级的手里，移交给了广大的群众。第三，是个个人想创造文化，个个人想对国家、民族尽力，尽他们最善的力。这三点是推动文化的大齿轮，从前只是在纸上空谈的，现在竟实际已经做到了。

在形质上，虽然是有许多大都市以及文化机关，都被敌寇毁了，可是在精神上，却促成了我们有史以来所没有的创造文化的决心。即从最狭义的文化，先就艺术一方面来说，戏剧运动在抗战中长成了；艺术家到群众中间去的运动，在抗战中实现了；笔杆枪杆和工人的机械，农人的斧锄，在抗战中结合起来了。另外像生活的严肃，小工业的勃兴，一般民众对世界社会的任务的自觉，像这种种，无一不是这抗战两年所给予我们的精神上的刺激，也无一不是造成我民族的新的文化的基石。

至于文化中的一小部分的文艺哩，至少至少，也增加了她的对人生社会的实际的任务。虽则伟大的文学，还没有产生，但产生伟大的文学的始基，已经奠下了。并且在这两年中的许许多多血的记录，即使还没有达到纯粹的大艺术的境地，但这些实录，也就是将来的伟大作品的生铁；要炼成钢，铸成鼎，是只差了一步工夫而已。

所以，在这抗战满两周年的现在，我们回顾一下过去，就更不得不奋勉我们的将来。过去的努力，过去的成就，过去的牺牲，务必使在将来都发生意义，更必使将来再向前猛进，才是人类，尤其是我们民族的真正出路。

抗战建国中的文艺

——七七建国纪念日作

抗战两周年，我们在无论哪一点上，从军事、经济、政治、文化、外交各方面看，都已有了最后胜利的把握；事实与数字，本人已在晨星栏、文艺栏里写过一点，这里只想写一点，关于抗战文艺的内容和将来的展望。

第一，以一弱国来抵抗一个蓄意侵略，密备至数十年之久的虎狼之国，这牺牲，这决心，就已经是一首伟大的建国史诗了；问题就只在目下的诸种英烈的史实，行动，如何的使它们能成一浑成的艺术品而已。在这里，就得有两个步骤：（一）是这些广泛伟大的素材的采集与保存整理；（二）是将这庞大的矿石，如何地经过艺术的熔炉，而炼成纯金。

第二，是由民众总体演成的这一篇大史诗，将如何地仍旧再现出来，还给全体的民众，使他们得享受、批评，与咀嚼自己的这些丰功伟绩。在这点的主要问题，当然是艺术——文艺——的大众化，通俗化的实践。

第三，新现实主义，同旧式的自然主义不同之点，是在将现实整理再现之中，更须寓以将来的启示，即理想的指引的；在这里自然又发生一个思想的确立，和将这思想神巧地溶入现实的具象化之中的问题。

现在，全国文艺界抗敌协会，已组织前线将士慰劳队和宣传队出发了。他们的工作，对于第一点素材的收集和保存整理，必能做到的无疑。将来若汇成一部集体创作集出来，用之于宣传，用之于大众教育的时候，则第二点的功效，也直接间接地可以收到。

至于第三点的将来的启示，以及抗战建国的中心思想，在文艺中的溶化问题，有一半是可以随第一、第二两问题而解决，有一半还需要大家的不断地努力的。因为时势与环境变了，指导思想也必然地要随之而进展，如现在我们的目标，还在抗战第一，胜利第一的两点上，但抗战胜利之后．重点当然会移到建国的上面去。

文艺的伟大性，多半是依存在先知先觉的警觉性上的。富于启示，指引出路的文艺，比一切科学教育，还更有力量；原因是系以情感来推动智力的缘故。

从以个人情感为中心的文艺转入到以大众情感为中心的文艺之后，它的思想的根据，教示的范围，自然不得不完全变过。今后抗战文艺的内容和辐射，自然要向这一方面进展开去。这在初时，当然是一条艰险之路，但新时代的艺术家的成功，就在这些艰险的克服上面。

关于战争的文艺作品

在中国的伟大抗战两年之中，零星的抗战文艺，原产生了不少，但大规模的战争文学，却还没有产生。现在，欧战又爆发了，规模之大，将来结局的不易预测，比第一次的世界大战，只有过之，而无不及；原因是在兵器的进步，飞机和潜艇的比第一次世界大战时更来得普遍，所以，战祸的惨烈，当然是非前次的情形，所可比拟。

可是，从第一次世界大战后的欧洲战争文学来推算，则我们也可预断，在战争进行中，大文学是决不会产生的。

所以在中国，我们现在也正可以不必着急，不必悲观，来慨叹伟大战争文学的没有产生。至少至少，我想，于抗战胜利之后，同第一次欧战结束那样的作品，是必然地会在中国作家的笔底下写出来的。何以在战争进行中，大文学不会得产生的呢？原因是很简单：第一，就是，作家又要从军，又要写作，时间不够分配。第二，现地当时的变化太剧烈，印象太繁杂，作家没有摄影机那么的速力。第三，在参加战争时，情感与理智，不能平均。

英浪漫诗人尉迟渥斯曾在他的一部诗集的叙文上说过，热情要经过一次静静的回思的滤过，才能成为诗。这话虽很浅近，但也确实是真理。材料是要整理，印象是要用情感与理智平衡的镜头来摄取的。

当代的大小说家海敏威，曾亲身参加过西班牙政府军的抗战场面，但他当时所写下来的西班牙战记，也不过同我们中国报纸上的战地通信差不多。

第一次世界大战，正在进行之中，有一英国的青年作家，写了一篇《苏姆战记》，当时韦尔斯曾誉为杰作；就是到了现在，这中篇（仅三万余字而已），在英国的战争文学里也还算是第一流的文学。然而要说到伟大，那可也未妥。

所以，战争正在进行的时候，大文学当然是不会产生的；但是“没有争斗，便没有戏剧”，大战当然是未来的文学作品的好材料。

英诗人爱特蒙特·勃兰屯的《战争的低调》，小说家毛脱兰姆的《西班牙农家》，在英国，是算上乘的战争文学了；但前者系诗人在东京教英文时所写成，后者也于一九二〇年后才脱稿，在大战结束期，各有三五年以上了。

至于德国的那些非战的文学，如《西线无战事》、《归途》、《战争》等，都是一九二〇年以后的作品，去大战时愈远了。

所以，关于战争的大作品，当在战争结束以后，才会慢慢地被产生出来。

现在，正当烽火漫天之际，我们若要想寻几本关于战争的作品，来刺激一下我们的神经，那只有向第一次世界大战后的欧洲各作家的作品中去找寻。

譬如法国的杜亚美儿，道殊来，德国的雷马克，棱等，就是我们所熟知的战争文学的作家们。

《原野》的演出

这一次，因武汉合唱团在吉隆坡中华大会堂排演曹禺的名剧《原野》，要我去为他们揭幕，所以得有一个欣赏《原野》演出的机会。

曹禺的剧作，从《雷雨》到《日出》，从《日出》到《原野》，显然地划出了三个时代，呈现了三个进步的阶段。《雷雨》还是不脱浪漫剧末期的喜弄小技巧的作风，《日出》则完全是自然主义的作品，而《原野》又是带有象征意义的问题剧了。

专弄小技巧，如传奇杂剧的种种离奇情节，巧则巧矣，观众及读者，一时也能感到趣味，但趣味一过，便没有什么意义剩余了。纯粹的写实剧，使人生社会的事事物物，缩压成简密的几幕，再在我们的眼前演映一回，原可使我们起一点反省，从反省里成或得到一点对人生，对社会的批评；但这作用，还很微弱，是不能给予我们以疾风雷雨的猛烈激刺的。只有把象征具体化出来以后，明确地提出一个问题，指示我们一条道路，一定要有这样的剧本，才有深刻的印象，使永铭在读者和观众的心头。照此说法来看，则《原野》就有它特有的价值了，其价值自然远在《雷雨》《日出》的两剧之上。

剧本的目的在演出，演出的最后目的在成功；所以，一本剧本的能得到完全的效果，须由剧作家的天才，演出者的艺术，观众们的同情，三方面合作起来，才兹可能的。这一次《原野》的上演，几乎可以说是达到了理想的境地。

《原野》的剧情，已在各报上登载过了，此地只想说一说合唱团诸君在当晚演出的情形。

原来，一本带有象征色彩，而剧中又时含有神秘情调的剧本，在演出时很难收到舞台上的效果，譬如哥德的《浮士德》，但丁的《神曲》之类；而这一次的《原野》，却从装置，灯光，服装，及布景各方面来说，都没有半点儿的破绽。而且更不得不加入到我们的考虑中去的，是司其事的诸君，都不是有长期经验的专家；他们（合唱团诸君）中间除少数人，受有些正常戏剧教育，和略具演剧的训练之外，大部分还可以说是“爱美”者呢！

剧中的人物，上演时最怕有参差性；就是演的太好，和演得生疏粗硬的太坏的一个现象；合唱团的诸君，在这一次的《原野》演出里，却绝对地没有这一个缺点，各人都演到了恰好处，各人都够味儿劲儿，互相搭配得上，这原须归功于导演者的平时督导之功，但各演员的肯虚心学习，各具天才，当然也是基本的条件。

饰仇虎的郑秋子，饰花氏的陈文仙，当然是十分消化了他俩所演的角色，可是演焦大星的项堃，演焦母的黄昆玉和演常五的谢锦标，与演白呆子的王南溪，也未尝不一个个都尽了他们的至善。台词的熟练，动作的自然，与表情的适当，有职业演员的沉着，而没有太职业演员化的俗腐，这就是这半爱美剧团的唯一好处。

这一次《原野》的演出，我以为是对于推动马华剧运的一个最有效率的引擎，开关机开了以后，电流和蒸气力传播开来，受其转动齿轮的推进的，当不至只在中马的一隅。

现在武汉合唱团又到彭亨去了；我希望他们全体的团员，再能加以刻苦与锻炼，放大襟怀，认清目标，团结到底，向艺术的完成和救国的彻底这一条大道上猛进！

马华剧运的进展

最近在报纸上，时常看见，有某某乐团或社团，在某日某地演话剧筹赈的记事；这些爱美剧团的剧艺，不管它是美好或是幼稚，总之，单从演出的频繁一点来说，也是进步的现象。第一，可以知道，观众已进步到了能了解或想努力了解话剧的程度；第二，主演者方面，也已大家觉得话剧是教育大众，或用作宣传手段的好方法。

现在，继这些爱美剧团之后，居然同时又有好几个职业剧团成立了，这现象当然是比从前更进一步的飞跃。我们对此，自然只有欣幸，希望他们都能够实现他们的理想。不过在这一个剧运隆兴的高潮点，我觉得还有几点要点，必须请从事剧运的诸君留意的。

第一，我们还得注意于适应马华观众的剧本的创造，这是使剧运能普遍化，永久化的一个关键；因为国内各作家的创作，搬到南洋来上演，恐怕观众（尤其是不曾回过祖国的诸侨胞）的欣赏量，要大大的减低。我们假使能以南洋的社会为背景，或以南洋社会的现实，来作成剧本的内容，则观众对话剧的兴趣和理解，必定比看中国的名剧本的上演，要丰富得多。譬如，对南洋侨界的封建守旧习俗等的讽刺；或侨生的不谙祖国情势等的再现；以及惹娘们对世界，对国家的知识的浅陋等，岂不都是很好的喜剧材料？

第二，假使以方言来演出话剧时，对于方言的洗炼问题，又是一个重要的难关。我们知道，无论哪一种方言，若能加以洗炼，付以抑扬，运用得很好的时候，则即使是不懂方言的观众，也能得到几分领悟。我们原不在希望方言的普通话化，或普通话的夹入方言，使成一种新文明戏的变态。但试以方言来演出话剧时，则对这方言，至少至少，要加以几分音韵上或修辞上的改进。文绉绉的成语，原不应加得太多，而完全俗陋得不堪，只有小范围之内的人能懂得的缉口之类，也不好插入得太繁。这就是我所说的对于方言，欲加以洗炼的难处。

第三，是利用现有诸舞台时的简便舞台艺术的改进问题，也是目下从事剧运诸同志所应留意的一点。我们知道，在马来亚各埠的剧场，大抵都是为映电影或演旧剧而设的。为配置布景之故的回转舞台，或天上，地下能升降自如的立体舞台，都还没有灯光照明的装置，也仍旧是只适合于旧剧的演出的；而演话剧的剧团，要想自己来建造一个剧场的能力，恐怕还不够。在这一种情形下，挖肉补疮，要想舞台效力能增加，自然只有靠临时随地的种种新方法的案出了。从事剧运的诸同志，对此当然也都在绞脑汁，费苦心，可是若能于百尺竿头，更进一步，则既经济，而又简便的布景、照明、扩音等的配合，当更能使话剧的演出，容易成功。

思想的种种

杜威博士把思想分成了四种。第一，是最广义的所谓思想，凡是涌上心头，通过脑子的，都是一般所说的思想。是前后不接，零乱琐碎，没有次序，不合理性，近于空想一类的东西，我们平常总有大部分时间，花费在这一种思想里。

第二，虽则也是广义的所谓思想的一种，但这种思想，却只限于不现有的事物的。譬如我们听一个人讲一件事情之后，你若追问一下，这是的确的么？则他将答你说："不，只是我想是如此的。"在这一种思想里，自然是想象力要占据大部分的地位。这一种思想也许是有次序，有系统，或有意义，有理性的，但还不是学问上我们所说的"反省的思想"。

第三，是一种根据些当然事实的思想。这些事实不必去证明，或未曾下过研究工夫的。这一种事实的信念，大抵是由直觉、传统、耳闻、受教，或模仿而来的居多。譬如说，地球是平面的，或于午后，对人说："我想你已经吃过饭了"之类。这一种思想，很有些偏见独断的成分，都系偏于对自己是肯定的一方面的。所以，主观的色彩比较浓厚。

第四，才是由一种正确信念出发，经以研究，加以证实，既有联系、次序，又有确实根据的思想；学问上所用得着的，唯有这一种反省的思想，才有效力。这系由于怀疑、试验而得来，凡有勇气与恒性，更其是精细勤勉的人，才有这一种思想。譬如大家都在说，地球是平面的时候，哥仑布却偏不信，要实际来试验试验看，终于被他发见了地球是圆的证据，发见了新大陆。

所以，在从事文艺工作的人，应用的，大约是第二类的思想居多；但若要想把作品做得有力，使它永久有价值的话，则第三、第四类的思想，也必然地不可缺少。说空话，装门面的时代是过去了，要紧的却是实际的成绩，想得到，说得到，做得到，写得出；而结果又是充实自己，充实人家的作品，才是上乘，写实主义，在文学上，哲学上的价值也就在这里。我们只希望新中国的创作者，多做些脚踏实地，充满着有理性、有思想的作品。

关于戏剧演出时之接吻问题

本月廿一晚，晨光社为协助“回教徒募药救济中国难民”之故．试演独幕剧《重逢》，剧中演员秦璧（《新国民日报》记者）与徐绵（南洋女中生），为忠于原作剧意起见，实行接吻，本系应有之动作。但听说外间颇有卫道之徒对此在提出抗议，似乎在说演员不应该有此等举动等话。这一种陈腐的见解，还能在开明的现代听到，我却以为是一奇事。

当然，在历史上，像这一种守旧的时代，不能说是没有。譬如英国当克林威尔执政的时候，一般热情的清教徒，就根本以戏剧为罪恶，不准看戏，当然是清教徒的戒律之一，甚至当时国内政府，还颁发命令不准演戏。若在这一时代，有人出来主张反对男女同席，或主张男女不准在同一屋顶下住宿，当然也不会被社会所嗤笑，因为固执不通，就是那一时代的特征。

至于现代呢？大家都晓得，是注重于现实的时代了，一切迷信，和没有事实根据的精神信条，都应该被淘汰了；尤其是在经过了十九世纪自然主义的洗礼以后的艺术界。

当反映现实的近代剧，初次自欧洲翻译过来，在上海北平等大都市里上演的时候（“五四”时代），关于这一个问题，也曾有人提出过。记得有一次，在北平中央公园开会，席上也曾有人提出了这一个问题，有一位卫道的老先生，曾说起中国是礼义之邦，在舞台上不该有此夷狄之行。所以，他主张，以打躬作揖，即男女两演员相对作一个长揖，来代替接吻。他这主张，终于只成了一个笑料，一直传下来活跃在当时出席的人的脑里。

我们试想想，以穿西装，说近代话的一对男女，到了热情激发，势不可遏的时候，要想表现出他们两人热爱之情时，若忽而各自站开，相对而作一恭恭敬敬的长揖，这场面还成为剧的场面么？若系故意开玩笑的滑稽剧，那倒还可以说；若系写实的社会剧，则这一场面，当然是无从说起了。

又有人，从医学的见解立言，说男女演员的实行接吻，恐有碍卫生。这说，似乎比卫道之言，较近理些；但我们以常识来下判断，既然是立在舞台上演剧的同人，则其中决不会有肺病三期，或梅毒麻风上脸的演员，是必然的事实。所以从病的传染这一点上来说，我们认为可能性非常之少。若说接吻是可以传染疾病，则握手也何尝不可以传染。苟从医生的种种预防条规来说话，则我们恐怕要弄到头戴防毒面具，身穿潜水衣服，才能到公共场所去露脸的地步。

总之，我们的意见，是“对艺术，须忠实到底”；若要卫道，应该从新的道德观点来说话。譬如，民族至上，国家至上，就是现在我们这一代人的道德信条，一切的评语，都应从这一立场出发才对。艺术与道德，根本是不冲突的；不过时间与空间有不同，道德的观点，亦应随时随地作演进而已。

说国产影片中的插入歌曲

从前在国内，很少去看国产影片，但这回到了南洋，不知是否为怀乡病所驱使，就时时去看国产国语的影片。我们的国产影片，在近几年来，尤其是抗战以来，的确是有了绝大的进步。当然那些麻醉民众，广播毒素的神怪、色情国产片，也同时在南洋阔步；但一般比较有名的大公司的出品，到底是渐渐地走向了前进的一方；这无论从文化上，或从国家民族的前提上着想，当然都是一个可喜的现象。

不过，美中不足，在事事进步的中间，我总觉得还有一点很幼稚可笑的病根，没有除去；那就是在每一个国产影片里总要插入一处或多处的歌唱场面的一点，仿佛是影片里没有一曲歌，就不成其为影片；女明星不唱一支曲，就不成其为女明星似的。所以，近来的国产影片中，几乎是随时随地，都有几曲歌在唱着，不问情节，不管前后的气脉，女明星总要在故事进行中唱一曲歌；譬如，吃饭之歌，洗面之曲，或洗澡有感之类的歌就是。

本来在有声影片里，插入一点歌曲，当然是很好的；但是要插入得自然，不致引起观众对那故事情节的幻灭才行。譬如霸王别姬，酒酣泣下，而虞姬引吭一声，自然能激起观众的哀感。但若在一般的忧伤场面里，忽而来弹一曲琴，唱一只歌，如孤哀子哭父之歌之类，岂不反会使人失笑？我曾见过以美国诗人郎弗罗的那首长诗《希亚华绥》所演成的影片，中有女主人公坐在独木舟上，悲啼婉唱，一路去寻觅她的情人的一幕，这中间的歌曲，真插入得恰到好处。

中国近时所出的影片中，所插入的歌曲，我以为《七重天》里的那一段，却很自然；但如《文素臣》第一集里，当那位乡宦之女，在病中对文素臣所唱的那一段，就有点觉得不对了。

总之，有声影片中，插入歌曲，第一，要使有助于剧情；第二，也要使观众不至于感到“这是做作”，“事实上是不会在这一个时候唱起曲来”的感想才对。有声影片，并不是张张都要有一个唱曲的场面的，譬如最近的《魂归离恨天》里，它并没有魂归之歌，或离恨之曲。但这影片，我却以为摄制得很好。对国产影片的各大导演，谨贡这一点愚见，希望他们能够采择改良。

左拉诞生百年纪念

本年四月二日，是自然主义开山始祖、法国大写实作家左拉，在巴黎诞生的百年纪念日；法国各地，虽则在烽烟满目之际，也都大大地举行了纪念会，及出版了纪念刊等等。

左拉的出生地的恰巧同他逝世地的奇特一样，是为一般人所预想不到的。他的父母，本是马赛北部泊鲁凡斯的“哀”地方人，但正当他们在巴黎旅行之中，便生下了他。而他的死去，却因德雷非斯事件，他不得不亡命到英国，在旅居中，因为房间中装置的煤气管不闭，被煤气窒息而致死（一九〇二年）。

左拉的大小说，大家都知道，是描写法国第二帝制时代的社会各方面动态的那部罗贡－玛喀尔家的世系叙传小说集，但他在欧洲各国的妇孺口上所传说的，却并不是他的三十余册的著作，而是他为正义而斗争，替一犹太军官德雷非斯辩诬的那一件事情。

诚然，他的作为一文学家的伟大，作为一世界文豪的伟大，还不及嚣俄、拉马尔丁，或托尔斯泰、高尔基等，因为他并不为我们造成一个典型的人物。但是他的摘发社会的丑恶与黑暗，热爱正义人道的诚挚与坚忍，改良社会的志望的迫切，除表现在他的三部以都会命名的小说，及未完成的四福音小说（只成了《果实》、《劳作》、《真理》的三部，还有一部《正义》未成）中的全部思想之外，还有那最切实的替德雷非斯辩诬的一件具体事实，在那里作证明。

他实在是一位具有绝大毅力的理想家，虽则他所提倡的是反对想象，注重实验的学说。到了晚年，他自己也在承认，他仍是没有脱除浪漫主义的一个写作家。到了他实验主义成熟，浪漫主义几几脱尽时的那三部四福音小说写成之日，他的精神力已经交瘁，那三部大作，却成为干燥无味的作品了。

左拉是伟大的，但他的伟大和一般文学家的伟大却有点不同。伟大的，是他的理想，是他的一生的毅力。光凭这一种对未来光明的努力追求，和正义人道的拼死的主张上看来，我们就可以证实拉丁民族，是决不会灭亡的民族。

现在的欧战，虽则一时似乎对英法有点不大顺利；但我相信最后胜利，必在主张正义人道的一方面。纳粹疯犬决不能征服全欧，同倭寇的决不能征服我中国一样。

当这一位大作家诞生百年纪念之际，我们虽则为时已迟了一月，但仍旧想遥遥呈献我们对那正在奋斗中的民族，以最大的敬意。

看《永定河畔》的演出

田汉的这剧本，我虽则还没有读过，但听说几次上演的成绩都很好。这一次，又经过赵洵先生的改编，和诸位热心赞助者的客串参加，他们不但出了力，并且还出了钱，以此热忱来演这戏，自然成绩是决不会坏的。

这剧的内容，演出的成功，以及观众的受感动，前昨两天，各报都已有了很详细的介绍和批评，我今天看了，觉得此外也不必更说些什么。不过有一点，是我在此看国语话剧时，常常感到的，就是当地的侨胞，可惜对国语还不十分普遍地能懂能欣赏。

有一位女同志，曾教我为她们姊妹三人写一剧本。她说，她们三姊妹想来演一次筹赈的话剧，这剧本要写得简单，三人就可以演出，对话要短些，浅近些，使人听了大家都能够懂得。这一位女同志，虽则不是演剧的专家，但她的这一个定做剧本的尺寸，却实实在在地道破了这里的一般观众的国语程度。

其次，是这里的舞台设备的不周全，这一出《永定河畔》，幸亏赵先生能设法，使永定河上的桥立体化了，使剧中群众都有了插足之地；否则恐怕全星加坡没有第二个剧场，能适合于这剧本的上演，虽然是经过了赵先生的这一番苦心，仍能得到这样好的成绩，但有几处在桥脚下的演员，当他们作对话时，四面的观众，还是听不出来，这当然是舞台扩音机装置得不周之所致。

对这剧本的话，别的不想再说了。使我感慨无量的，却是“芦沟晓月”这一旧日游过的胜地的回想，还有当日同游的胞兄，已经也为了国家民族而殉了难了。

再回想到当年同在一处玩、一处闹的原剧的作者田汉，近来头发也白了，看小字剧本的时候，还要一双老花眼镜的帮助。因为有两女友在旁一道看戏，所以感伤老病，勉强抑制了下去，否则恐怕伤时之泪，要和伤逝之泪，夹流在一道，滔滔而成一大泛滥局面，也说不定。

推荐八百壮士影片

八百壮士在四行仓库抵死奋斗的一段史迹，是我大中华民国民族魂的不朽的纪念碑。在世界史上，要求一个差不多可与此事比比的史实，只有纪元前四百八十年据守提莫壁垒由“来奥尼达斯”所率领的三百斯巴达的勇士，和卡赛奇在汉尼罢儿将军领导下的对罗马人的抵抗，才可以说说。

而我国抗战初期的这一段悲壮的史迹，现在却由军委会摄成了影片，在应云卫的导演之下，由袁牧之、陈波儿两位演员活生生地表现在银幕上了。

这影片的价值，是不可以和好莱坞或英德诸制片厂，在和平空气里所创制出来的诸种幻想的战事影片来相提并论的；因为一方面的作品，是技巧的搬弄，和科学的运用，而另一方面的作品，却是事实的再现，和血泪的结晶。

我们在这里可以看到谢晋元团长的如钢铁般的意志；我们在这里可以看到八百壮士们的拼死的决心；我们在这里更可以看到女童子军杨惠敏女士冒水火去献旗的英姿；我们在这里又可以看到欧美各国的新闻记者和守军们对我们诸壮士的关心与同情。

凡看到了这一幕壮史，而不想奋身杀敌，和寇兵拼一个你死我活的，决不是中华民国的国民；若看到了此片，而仍在过醉生梦死的生活的，也不是中华民国的国民。

现在我们的抗战已将近最后胜利的阶段了；侵略国家在无可奈何的窘状下，虽已结成了三国联盟的阵线，来摧残世界上凡拥护和平正义的国家，但日落虞渊，它们的覆没之期，已在目前。在这抗战最后的一个阶段，我们为激励我们的志气，坚定我们的信念，尤其不得不以八百壮士的孤军苦斗，来作我们的模范。我所以敢推荐这一个影片，希望我黄帝的子孙，都能一看此片，而来尽他们或她们对国家民族所应尽的责任。

序冯蕉衣的遗诗

当蕉衣于去年十月去世的时候，他生前的朋友们，曾经为他出过些追悼的特刊；料理丧务的他的许多友人，自然也把编印遗集这一任务，负在肩上。纪念诗人，这当然也是唯一的好办法。但听说编印遗集的诸位朋友，后来又通过了一个决议，说是无论如何，总要我为他的遗集写一篇序文；这却有点好笑了。因为，第一，我根本不是诗人；第二，我知道蕉衣的思想、生活、学识，也并没有他们那么的深。可是，现在，遗集早已经编好了，而印刷的款子，也已经由各处筹措得差不多；郭坤成女士，和王君实君，便再三的来催我，说万事齐备，只少了我的一篇序，假使我若不写这一篇序的话，则对不起出款子的诸位热心家的事小，对不起死在九泉下的诗人，却很大哩！固辞不获已，我只能在这里简单的说几句。

一，冯蕉衣是一位生来的抒情诗人。因为他的才气，他的倾向，他的性情，都是适宜于写抒情小诗的。但他并不是一位大诗人，虽则诗人的大小，是很难具体地说出的。但举一个实例来讲，譬如苏东坡就是一位大诗人，而苏门四杰之一的秦淮海，却是小诗人了。

二，冯蕉衣并不是一位革命诗人。硬要把死去的人捧得很高，牵强附会地替故人辩护等事情，我是不大喜欢做的。所以我要简单老实的说一句，他并不是一位革命诗人。可是，照不革命就是反革命的过激论断来说时，那么冯蕉衣岂不就是反革命的诗人了么？这话当然也不对。他对革命没有贡献，热情不够使他唱出能激发革命情绪的诗句，原是事实；不过他既生在这时代，受有一般教育，理性也极发达，意识相当正确，像这样的一个人，而会有反革命的思想，却是我所不信的。他也爱国，他也知道这社会组织的不合理，所以对于改革社会，打破邪恶的雄心，他一定是有的。所缺少的，就是直接推动革命的行动与歌咏这些行动的热情而已。在这一个动乱的大时代里，若说不直接去参加革命，或鼓吹歌唱革命的人，就不配做诗人的话，那冯蕉衣或者在这独断机械论之下，并不是诗人。可是，社会是复杂，人类也是不一列的。当法国大革命的时候，我们也晓得有一位叫作赛难古儿的抒情作家，独居在乡间，写成了一部不朽的杰作《奥倍曼》。冯蕉衣的情形，我觉得同这一位作家，很有点儿相像。

此外，关于蕉衣的诗的具体的话，我不想说了。因为读者读了他的诗后，好恶的判断，当然是自己能够去下的；作序者大可以不必先定下一个范畴来，强迫人家赞同。至于诗的传不传，与传的广不广，则更加与序文无关了。我在这里只算对已故的诗人，尽了一种最后的义务。

一九四一年二月

图书在版编目（CIP）数据

郁达夫文论集 / 郁达夫著 . —长春：吉林出版集团股份有限公司，2017.6（2021.5 重印）
（昨日芳菲：近现代名家经典作品丛刊 / 杜贞霞主编）
ISBN 978-7-5581-2710-6

Ⅰ . ①郁… Ⅱ . ①郁… Ⅲ . ①文学理论–中国–现代 Ⅳ . ① I0

中国版本图书馆 CIP 数据核字（2017）第 129736 号

郁达夫文论集（全二册）

著　　者　郁达夫
策划编辑　杜贞霞
责任编辑　齐　琳　史俊南
封面设计　老　刀
开　　本　650mm × 960mm　1/16
字　　数　652 千字
印　　张　48.5
版　　次　2017 年 10 月第 1 版
印　　次　2021 年 5 月第 2 次印刷

出　　版　吉林出版集团股份有限公司
电　　话　总编办：010-63109269
　　　　　发行部：010-69584388
印　　刷　三河市京兰印务有限公司

ISBN 978-7-5581-2710-6　　定价：118.00 元（全二册）